A maldição de Domarö

John Ajvide Lindqvist

A maldição de Domarö

Tradução de
Renato Marques

TORDSILHAS

Publicado originalmente sob o título *Människohamn*.

O texto deste livro foi fixado conforme o acordo ortográfico vigente no Brasil desde 1º de janeiro de 2009.

EDIÇÃO UTILIZADA PARA ESTA TRADUÇÃO John Ajvide Lindqvist, *Harbour*, Melbourne, The Text Publishing Company, 2012
PREPARAÇÃO André Oliveira Lima
REVISÃO Márcia Moura e Otacílio Nunes
PROJETO GRÁFICO Kiko Farkas /Máquina Estúdio
CAPA Andrea Vilela de Almeida
IMAGEM DE CAPA ihoe / istockphoto.com

1ª edição, 2013

CIP-Brasil. Catalogação na publicação
Sindicato Nacional dos Editores de Livros, RJ

L724m

Lindqvist, John Ajvide
A maldição de Domarö / John Ajvide Lindqvist ; tradução Renato Marques. - 1. ed. - São Paulo : Tordesilhas, 2013.

Tradução de: Människohamn
ISBN 978-85-64406-56-8

1. Romance sueco. I. Marques, Renato. II. Título.

13-04682 CDD: 839.73
CDU: 821.113.6-3

2013
Tordesilhas é um selo da Alaúde Editorial Ltda.
Rua Hildebrando Thomaz de Carvalho, 60
04012-120 – São Paulo – SP
www.tordesilhaslivros.com.br

A maldição de Domarö

Para meu pai
Ingemar Pettersson (1938-1998)
Ele me deu o mar
O mar roubou-o de mim.

Bem-vindo a Domarö.

É um lugar que você não vai encontrar em nenhuma carta marítima, a não ser que olhe com muita atenção. Fica a cerca de duas milhas náuticas ao leste de Refsnäs, no arquipélago no sul de Roslagen, a uma considerável distância de Söderarm e Tjärven.

Para avistar Domarö você terá de tirar algumas ilhas do caminho e criar vastas extensões vazias de água entre elas. Depois disso será capaz de avistar também o farol em Gåvasten e todos os outros marcos e pontos de referência que surgem nesta história.

Sim, surgem. Essa é a palavra certa. Estaremos em um lugar que é novo para as pessoas. Por dezenas de milhares de anos ele ficou submerso sob as águas. Mas eis que as ilhas se erguem e até elas vão as pessoas, e com as pessoas surgem as histórias.

Vamos começar.

I

Banidos

"Onde as ondas estrondeiam e as tempestades gritam.
Onde os vagalhões trovejam e a água salgada rodopia,
é aí que surge do mar o lugar que é nosso.
O legado que passa de pai para filho."

Lennart Albinsson, *Rådmansö*

O MAR DEU E O MAR TOMOU

> "Quem é que voa lá no porto-pluma, quem é que sobe até lá, saindo das águas negras e brilhantes?"
>
> Gunnar Ekelöf, *Tjärven*

Espinheiro-marítimo

Três mil anos trás, Domarö não passava de um enorme rochedo achatado e saliente projetando-se da água, encimado por um bloco errático que o gelo tinha deixado para trás. A uma milha náutica a leste era possível vislumbrar a forma arredondada que mais tarde se ergueria do mar e receberia o nome de Gåvasten. Fora isso, nada mais havia ali. Ainda seriam necessários mais mil anos até que as ilhas e ilhotas adjacentes ousassem colocar a cabeça acima da água, iniciando a formação do que hoje é conhecido pelo nome de arquipélago de Domarö.

A essa altura o espinheiro-marítimo ou falso-espinheiro já tinha chegado a Domarö.

Por baixo do enorme bloco de pedra deixado pelo gelo, formara-se uma orla. Ali, em meio ao acúmulo de pedras na base do penhasco, o espinheiro-marítimo foi abrindo caminho com suas raízes rastejantes, o arbusto vigoroso encontrando alimento na alga em putrefação, crescendo onde nada mais crescia, aferrando-as às pedras. Espinheiro-marítimo. Durão e obstinado como só ele.

E o espinheiro-marítimo produziu novas raízes, rastejou por cima da margem e cresceu nas encostas até que uma fímbria verde-metálica circundou feito uma borda as praias desabitadas de Domarö. Os pássaros agarraram com os bicos as bagas amarelo-fogo que tinham gosto de laranja amarga e com elas voaram para outras ilhas, espalhando o evangelho do espinheiro-marítimo a novas plagas, e depois de algumas centenas de anos a borda verde já podia ser vista em todas as direções.

Mas o espinheiro-marítimo estava preparando sua própria destruição.

O húmus formado por suas raízes que apodreciam era mais fértil do que qualquer coisa que as praias pedregosas podiam oferecer, e o amieiro viu sua chance. Depositou suas sementes na matéria vegetal em decomposição deixada pelo espinheiro-marítimo, cresceu e foi ficando mais forte. Incapaz de tolerar tanto o solo rico em nitrogênio como a sombra de suas folhas, o falso-espinheiro se recolheu água adentro.

Com o amieiro vieram outras plantas que precisavam de um nível maior de nutrição, competindo pelo espaço disponível. O espinheiro-marítimo foi relegado a uma linha de beira-mar que crescia lentamente, apenas meio metro em cem anos. Apesar do fato de que tinha dado à luz outras plantas, o espinheiro-marítimo foi desalojado e posto de lado.

E, assim, lá está ele, na extremidade da costa, esperando o momento propício. Debaixo de suas folhas verdes finas e sedosas há espinhos. Espinhos enormes.

Duas pessoas pequenas e uma rocha enorme (julho de 1984)

Eles estavam de mãos dadas.

Ele tinha treze anos, ela doze. Se alguém da turma os visse, os dois simplesmente morreriam na mesma hora. Eles se arrastaram entre os abetos, alertas a qualquer som e qualquer movimento, como se estivessem em uma missão secreta. De certa maneira estavam: ficariam juntos, mas ainda não sabiam disso.

Eram quase dez da noite, mas ainda havia luz suficiente no céu para que um visse os movimentos pálidos dos braços e pernas do outro sobre o tapete de grama e terra, que ainda conservava o calor do dia. Um não ousava olhar para o rosto do outro. Se por acaso se entreolhassem, teriam de dizer alguma coisa, e não havia palavras.

Eles tinham decidido subir até a pedra. No meio da trilha entre os abetos as mãos se roçaram e um deles resolveu segurar com mais força, e foi isso. Agora estavam de mãos dadas. Se alguma coisa fosse dita, algo mais direto teria sido difícil.

A pele de Anders estava quente e dolorida, como se ele tivesse ficado o dia todo exposto ao sol; além disso, ele se sentia tonto, como se estivesse com insolação. Ele estava com medo de tropeçar em alguma raiz, medo de que sua palma da mão ficasse suarenta, medo de que o que ele estava fazendo fosse de alguma maneira *anormal*.

Havia casais na turma. Martin e Malin estavam juntos agora. Malin já tinha saído por um tempo com Joel. Eles podiam se deitar na grama e se beijar na frente de todo mundo, e Martin disse que ele e Malin tinham chegado ao ponto de dar uns amassos junto às garagens para barcos. Fosse isso verdade ou não, para eles não havia problema em dizer – e fazer – esse tipo de coisa. Em parte porque eram um ano mais velhos, em parte porque eram bonitos. Legais. Isso dava a eles licença para fazer uma porção de coisas e também usar uma linguagem diferente. Não fazia o menor sentido tentar ser como eles. Seria constrangedor. O que restava era simplesmente ficar lá sentado, tentando rir na hora certa. Era assim que a coisa funcionava.

Nem Anders nem Cecilia eram uns coitados. Não eram peixes fora d'água como Henrik ou Björn – Hubba e Bubba –, mas tampouco eram parte da panelinha que fazia as regras e decidia quais piadas eram engraçadas.

Para Anders e Cecilia, andar por aí de mãos dadas era completamente ridículo. Eles sabiam disso. Anders era baixinho e quase magricela, e seu cabelo castanho era fino demais para ter algum estilo. Ele não sabia como Martin e Joel faziam aquilo. Uma vez ele até tinha tentado jogar o cabelo para trás com gel, mas ficou esquisito e ele enxaguou tudo antes que alguém tivesse tempo de ver.

Já Cecilia lembrava uma figura plana. Seu corpo era anguloso, seus ombros eram largos, apesar do fato de ser magra. Praticamente não tinha seios nem quadris. Por causa dos ombros largos, seu rosto ficava pequeno. O cabelo louro era de comprimento mediano e seu nariz extraordinariamente pequeno era salpicado de sardas. Quando prendia o cabelo em um rabo de cavalo, Anders achava que ela ficava muito bonita. Nos olhos azuis dela havia sempre uma expressão um pouco triste, e Anders gostava disso. Ela tinha o olhar de quem sabia.

Martin e Joel não sabiam. Malin e Elin não sabiam. Tinham instinto, diziam as coisas certas e usavam sandálias sem parecer que eram pessoas estúpidas. Mas não sabiam. Simplesmente faziam as coisas. Sandra lia livros e era inteligente, mas em seus olhos nada indicava que soubesse.

Cecilia sabia, e Anders podia ver que ela sabia, o que provava que ele também sabia. Eles se reconheciam. Ele não era capaz de explicar *o que* exatamente eles sabiam, mas era alguma coisa. Alguma coisa sobre a vida, sobre como as coisas realmente eram.

O terreno foi ficando mais íngreme e, à medida que os dois subiam na direção da pedra, as árvores foram rareando. Em um ou dois minutos, teriam de desvencilhar as mãos para conseguir escalar.

Anders olhou de relance para Cecilia. Ela estava usando uma camiseta listrada amarela e branca com uma gola larga que deixava à mostra sua clavícula. Era simplesmente inacreditável que ela tivesse ficado ligada a ele por aqueles cinco minutos, que a pele dela tivesse tocado a dele.

Que ela tivesse sido dele.

Tinha sido dele por cinco minutos. Logo soltariam as mãos, se separariam e voltariam a ser pessoas comuns. O que diriam então?

Anders olhou para baixo. O chão estava começando a ficar pedregoso, ele tinha de prestar atenção a onde punha os pés. A cada segundo era invadido pela expectativa de que Cecilia o soltaria, mas ela não soltava. Ele pensou que talvez estivesse apertando a mão dela com tanta força que ela *não conseguia* se soltar. Era um pensamento constrangedor, por isso ele foi afrouxando o aperto até por fim soltar de vez a mão dela.

Ele passou os dois minutos necessários para escalar a pedra analisando se tinha mesmo apertado a mão dela com muita força, ou se o fato de ter afrouxado o aperto a tinha feito pensar que *ele* sim é que queria soltar, e por isso ela soltou primeiro.

Independentemente do que ele sabia ou não sabia, estava convencido de que Joel e Martin jamais tinham esse tipo de problema. Com um gesto furtivo, ele limpou a mão na calça. Estava um pouco rígida e suada.

Quando chegaram ao topo da pedra, Anders teve a sensação de que sua cabeça parecia maior que o habitual. O sangue zumbia em seus ouvidos e ele teve certeza de que seu rosto estava vermelho-vivo. Ele abaixou os olhos e olhou para o próprio peito, onde um fantasminha o encarava do meio de um círculo atravessado por uma linha vermelha. *Os caça-fantasmas*. Era sua camiseta favorita. Já tinha sido lavada tantas vezes que o contorno do fantasma estava começando a se transformar num borrão indistinto.

– É tão lindo!

Cecilia estava de pé na ponta da pedra, contemplando o mar. Eles estavam acima do topo das árvores. Lá embaixo podiam avistar o vilarejo de veraneio em que morava a maior parte dos amigos. No alto-mar a balsa rumo à Finlândia era um cardume de luzes deslizando sobre a água. Bem mais ao longe havia outros arquipélagos, cujos nomes Anders não sabia.

Ele ficou de pé junto dela, o mais próximo que sua ousadia lhe permitia, e disse:

– Acho que é a coisa mais linda do mundo.

E se arrependeu assim que essas palavras lhe saíram da boca. Era um comentário estúpido, e ele tentou melhorar a situação acrescentando:

– Bom, é só uma maneira de dizer.

Mas a emenda saiu pior que o soneto. Ele se afastou dela, seguindo a ponta da pedra.

Tinha andado até o outro lado, percorrendo uma distância de cerca de trinta metros, e, quando já estava voltando para perto dela, ela disse:

– É esquisita esta pedra, não é?

Ele tinha uma resposta para essa pergunta.

– É um bloco errático. Pelo menos foi o que meu pai me disse.

– O que é isso?

Ele encarou o mar, com os olhos fixos no farol de Gåvasten, e tentou se lembrar do que o pai havia dito. Fez um movimento largo com o braço, abarcando a área circundante. O antigo vilarejo, a missão, o sino de alarme junto à loja.

– Bom... Quando havia gelo, cobrindo tudo aqui. A era do gelo. O gelo incorporava e arrastava as rochas. E, quando derreteu, estas pedras acabaram espalhadas por toda parte.

– Então de onde elas vieram? Originalmente?

O pai dele também tinha ensinado isso, mas ele não se lembrava. De onde podiam ter vindo as pedras? Ele encolheu os ombros.

– Do norte, eu acho. Das montanhas... Bom, lá tem uma porção de pedras.

Cecilia observou atentamente o abismo. O topo era quase plano, mas devia ter pelo menos uns dez metros de profundidade.

– Devia ter gelo pra caramba – ela disse.

Anders lembrou-se de um fato. Fez um movimento na direção do céu.

– Um quilômetro. De espessura.

Cecilia franziu o nariz, e Anders teve a sensação de que havia sido esfaqueado no peito.

– Nunca! – ela exclamou. – Tá de brincadeira?

– Foi o que o meu pai me disse.

– Um *quilômetro*?

– Sim, e... sabia que as ilhas e tudo mais meio que continuam subindo à tona e a cada ano ficam um pouco mais visíveis?

Cecilia fez que sim com a cabeça, e ele prosseguiu:

– É porque o gelo era tão pesado que meio que puxava tudo pra baixo e tal, então até hoje elas ainda... estão voltando pra cima. Bem pouquinho, mas o tempo todo.

Agora Anders estava com tudo. Ele se lembrava. Cecilia ainda olhava para ele com expressão interessada, e ele seguiu em frente. Apontou na direção de Gåvasten.

– Dois mil anos atrás, aqui só havia água. A única coisa para fora da água era o farol. Ou melhor, a pedra. A pedra onde o farol foi construído. Ainda não havia o farol, é claro. E esta pedra aqui. Todo o resto estava debaixo d'água.

Olhou para os pés, chutando a fina cobertura de musgo e líquen crescendo sobre a rocha. Quando ergueu os olhos, Cecilia estava contemplando o mar, o continente, Domarö. Ela levou a mão à clavícula, como se de repente tivesse ficado com medo, e perguntou:

– Isso é *verdade*?

– Acho que é.

Alguma coisa se alterou dentro da cabeça dele. Anders começou a ver a mesma coisa que Cecilia. Quando estivera ali com o pai no verão do ano anterior, as palavras dele tinham entrado em sua cabeça apenas como fatos e, embora ele tivesse achado tudo sensacional, na verdade ainda não tinha parado para *pensar*. Ainda não tinha visto.

Agora ele podia ver. Como tudo era *novo*. Tudo estava ali havia pouco tempo. A ilha, o terreno em que as casas foram construídas, até mesmo as velhas garagens para barcos de madeira lá embaixo no porto não passavam de peças de Lego na montanha primitiva. Ele sentiu um nó no estômago, que se contorceu como se ele estivesse prestes a desmaiar, a vertigem de encarar as profundezas do tempo. Abraçou o próprio corpo e de repente se sentiu completamente sozinho no mundo. Seus olhos buscaram o horizonte e não encontraram conforto algum. Somente silêncio e infinito.

Então ele ouviu um ruído à sua esquerda. Um bafejo. Virou a cabeça e viu o rosto de Cecilia a milímetros do seu. Ela olhou dentro dos olhos dele. E respirou. A boca da menina estava tão próxima que ele sentiu nos lábios o hálito quente dela, um leve resquício de chiclete de fruta nas narinas.

Mais tarde ele teria dificuldade para entender, mas foi o que aconteceu: ele não hesitou. Inclinou o rosto e beijou-a sem pensar. Simplesmente fez.

Os lábios da menina estavam tensos, ligeiramente rígidos. Com a mesma inexplicável determinação ele enfiou a língua entre os lábios dela. A língua dela encontrou a dele. Era quente e macia, e ele a lambeu. Era uma experiência inteiramente nova lamber algo que era ao mesmo tempo o objeto que lambia. Ele não pensou exatamente isso, mas algo parecido, e naquele momento tudo pareceu incerto e estranho, e ele não sabia o que fazer.

Lambeu a língua dela um pouco mais, e parte dele estava adorando e achando aquilo fantástico, enquanto outra parte pensava: *É isso mesmo que devo fazer? Isso está certo?* Não podia estar, e ele suspeitou que o passo seguinte era partir para as carícias. Mas, embora seu pênis estivesse começando a enrijecer enquanto sua língua deslizava sobre a dela, não havia a menor possibilidade, *a menor chance* de que ele fosse começar... a tocar o corpo dela daquele jeito. A menor chance. Ele não podia, não sabia como e... não, ele nem sequer *queria* isso.

Preocupado com esses pensamentos, sem perceber ele tinha parado de mexer a língua. Agora era ela quem lambia, o que ele aceitou com gratidão. A alegria aos poucos foi aumentando, suas dúvidas se dissiparam. Quando ela recolheu a língua e o beijou do jeito normal antes que os rostos se afastassem, ele concluiu: *foi tudo bem.*

Ele tinha beijado uma menina pela primeira vez e tudo tinha corrido bem. Seu rosto estava afogueado e suas pernas, bambas, mas tinha dado tudo certo. Olhou de relance para ela, que parecia compartilhar da mesma opinião. Quando viu que ela estava sorrindo, sorriu também. Ela percebeu e abriu mais o sorriso.

Por um segundo eles se entreolharam, ambos sorrindo. Depois foi demais e olharam de novo para o mar. Anders já não achava que parecia assustador, mas também não conseguia entender como podia ter pensado que era.

Acho que é a coisa mais linda do mundo.

É o que ele tinha dito. E agora era verdade.

Eles desceram. Quando passaram a parte pedregosa, deram-se novamente as mãos. Anders queria berrar, queria dar pulos e esmagar galhos secos contra os troncos das árvores, alguma coisa queria escapar de dentro dele.

Segurou a mão dela, uma felicidade tão enorme que por dentro ele sentiu uma dor fervilhando.

Estamos juntos. Cecilia e eu. Estamos juntos agora.

Gåvasten (fevereiro de 2004)

– Que dia. Está incrível.

Cecilia e Anders estavam de pé junto à janela da sala de estar, olhando para a baía. O gelo estava coberto de neve virgem, e o sol brilhava em um céu sem nuvens, aos poucos devorando os contornos do braço de mar, do molhe e da praia feito uma fotografia superexposta.

– Deixa eu ver, deixa eu ver!

Maja veio correndo da cozinha, e Anders mal teve tempo de abrir a boca para alertá-la pela centésima vez. E então as meias grossas da menina deslizaram pelo assoalho de madeira lustrado e ela desabou de costas aos pés dele.

Em um ato reflexo ele se abaixou para consolá-la, mas Maja imediatamente rolou de lado e se esquivou. Com os olhos cheios de lágrimas, ela berrou:

– Coisas estúpidas, estúpidas!

E arrancou as meias e jogou-as contra a parede. Depois se levantou e voltou correndo para a cozinha.

Anders e Cecilia trocaram olhares e suspiraram. Podiam ouvir Maja fuçando nas gavetas da cozinha.

É a vez de quem?

Cecilia piscou e assumiu a tarefa de intervir antes que Maja despejasse no chão todo o conteúdo das gavetas ou quebrasse alguma coisa. Ela foi para a cozinha e Anders se voltou para o dia glorioso.

– Não, Maja, espera!

Maja saiu correndo da cozinha com uma tesoura na mão e Cecilia logo atrás dela. Antes que pudessem impedi-la, Maja já tinha agarrado uma das meias e começou a fazê-la em pedacinhos.

Anders segurou os braços da menina e conseguiu fazer com que soltasse a tesoura. O corpo dela tremia de ódio quando ela por fim jogou a meia no chão.

– Eu odeio você, sua idiota!

Anders abraçou-a, imobilizando os braços agitados dela.

– Maja, isso não adianta nada. As meias não entendem o que você diz.

Maja parecia um pacote trêmulo nos braços dele.

– Eu odeio elas!

– Eu sei, mas isso não significa que você tenha que...

– Vou picotar elas e depois queimar elas!

– Calma aí, menininha. Calma.

Sem soltar Maja, Anders sentou-se no sofá. Cecilia sentou-se ao lado dele. Os dois falaram baixinho e afagaram o cabelo da menina e o agasalho aveludado que era a única peça de roupa que ela aceitava usar. Depois de alguns minutos Maja parou de tremer, as batidas do seu coração diminuíram de ritmo e ela relaxou nos braços de Anders. Ele disse:

– Você pode usar tênis, se quiser.

– Quero ficar descalça.

– Isso não pode. O chão está frio.

– Descalça.

Cecilia encolheu os ombros. Maja raramente sentia frio. Mesmo quando a temperatura estava congelante, ela sairia de casa de camiseta a menos que alguém dissesse alguma coisa. Dormia no máximo oito horas por noite, quase nunca adoecia nem ficava cansada.

Cecilia aninhou nas mãos os pés da menina e soprou neles.

– Bom, agora você vai ter de pôr meias. A gente vai sair.

Maja sentou-se direito no joelho de Anders.

– Para onde?

Cecilia apontou para fora da janela, na direção nordeste.

– Para Gåvasten. Para o farol.

Maja inclinou o corpo para a frente, apertando os olhos a fim de encarar o sol. O velho farol de pedra era visível apenas como uma vaga fissura ao longe, no ponto onde o céu encontrava o horizonte. Estava a cerca de dois quilômetros de distância, e eles vinham esperando um dia ideal como aquele para fazer a jornada sobre a qual tinham falado durante todo o inverno.

Desanimada, Maja curvou os ombros.

– A gente vai *andando* até lá?

– A gente pensou em ir esquiando – respondeu Anders.

Mal as palavras saíram de sua boca, Maja deu um salto e correu para o corredor. Duas semanas antes ela ganhara de presente de aniversário de seis anos o primeiro par de esquis, e já na segunda vez em que saíra para praticar se dera muito bem. Tinha um talento natural. Dois minutos depois ela estava de volta e vestida com jaqueta, gorro e luvas.

– Então, vamos!

Eles ignoraram os protestos de Maja e prepararam um piquenique para comer junto ao farol. Café, chocolate e sanduíches. Depois pegaram todo o equipamento de esqui e rumaram para a baía. A luz estava deslumbrante. Não ventava fazia vários dias, e a neve fresca ainda cobria os galhos das árvores. Para onde quer que se olhasse só se via a brancura, a brancura ofuscante. Era impossível imaginar que pudesse haver calor e verdor em algum lugar. Mesmo vista do espaço a Terra devia parecer uma bola de neve de contorno perfeito, branca e redonda.

Não foi fácil colocar os esquis em Maja, porque de tão empolgada a menina não conseguia ficar parada. Assim que apertaram bem os ganchos de ajuste das botas e lhe prenderam nas mãos as correias dos bastões, ela imediatamente saiu deslizando gelo afora, aos berros:

– Olhem pra mim! Olhem pra mim!

Pelo menos ali Anders e Cecilia não precisavam se preocupar com a menina ter saído na frente. Antes mesmo que conseguissem fixar os próprios esquis, Maja já tinha deixado o píer para trás e percorrido cem metros, mas estava perfeitamente visível, uma mancha vermelha em meio a toda a brancura.

Na cidade era diferente. Maja já saíra correndo sozinha inúmeras vezes depois de ter visto alguma coisa ou pensado em alguma coisa, e eles tinham feito piada dizendo que comprariam um transmissor GPS. Não que isso fosse totalmente piada; eles tinham mesmo cogitado seriamente a ideia, mas julgaram ser um exagero.

E os dois começaram a esquiar. Ao longe Maja caiu, mas um instante depois já estava de pé, zunindo feito um raio. Anders e Cecilia seguiram a trilha deixada por ela. Depois de cinquenta metros, Anders se virou.

Viu a casa, conhecida como A Choça, na extremidade do pontal. Nuvens de fumaça subiam das duas chaminés. Dois pinheiros, vergados sob o peso de tanta neve, emolduravam os lados da casa. Era uma espelunca, mal construída e mal conservada, mas naquele exato momento, daquela distância, parecia um pequeno paraíso.

Anders se esforçou para pegar de dentro da mochila sua velha Nikon, ajustou o *zoom* e tirou uma foto. Para servir de lembrete quando estivesse amaldiçoando as paredes mal-ajambradas e o assoalho escorregadio. De que era seu pequeno paraíso. Também. Guardou a câmera e seguiu sua família.

Depois de alguns minutos alcançou as duas. Tinha a intenção de ir na frente, facilitando as coisas para Maja e Cecilia, mas Maja se recusou. Ela era a guia e a líder do grupo, e eles é que tinham de segui-la.

O gelo não era motivo de preocupação, o que se confirmou quando ouviram um ruído de motor vindo da direção do continente. Um carro tinha saído do ancoradouro em Nâten e se dirigia a Domarö. Daquela distância, parecia do tamanho de uma mosca. Maja parou e olhou fixamente.

– Aquilo é um carro *de verdade*?

– É – respondeu Anders. – O que mais seria?

Maja não respondeu, mas continuou encarando o carro, que estava a caminho do promontório, do outro lado da ilha.

– Quem é que está dirigindo?

– Turistas, provavelmente. Gente querendo nadar.

Maja esboçou um risinho irônico e olhou para ele com a expressão desdenhosa a que algumas vezes recorria.

– Papai. Querendo nadar? *Agora?*

Anders e Cecilia caíram na risada. O carro desapareceu atrás do cabo, deixando no seu encalço uma nuvem fina de neve rodopiante.

– Gente de Estocolmo, então. Acho que estão a caminho de seu chalé de verão pra... olhar o gelo, ou coisa do tipo.

Maja pareceu satisfeita com a resposta e deu as costas para os pais a fim de retomar sua jornada. Depois pensou em outra coisa e se virou novamente.

– Por que então nós não somos gente de Estocolmo? Afinal de contas a gente mora lá.

Foi a vez de Cecilia responder:

– Você e eu somos de Estocolmo, mas o papai não, porque o papai dele não era de Estocolmo.

– O meu avô?

– É.

– O que ele era, então?

Cecilia fez um movimento vago com os lábios e olhou para Anders, que disse:

– Um velho pescador.

Maja concordou com a cabeça e partiu rumo ao farol, que agora tinha se tornado um extenso borrão em contraste com o céu brilhante.

Simon estava de pé na varanda, rastreando com uma luneta o avanço do trio. Viu quando os três pararam para conversar, viu quando retomaram a jornada, Maja à frente. Sorriu de si para si. Aquilo era típico de Maja. Dar o máximo, se esforçar, se cansar. A criança tinha um dínamo dentro dela, um motorzinho girando, eternamente se recarregando. A energia acumulada tinha de ser gasta em alguma coisa.

Simon era em tudo, menos em sangue, o bisavô dela, assim como era um avô para Anders. Reconheceu-os antes mesmo que seus olhos focalizassem o rosto de Anders. Simon era um intruso, absorvido por aquela família que não era sua.

Enquanto punha água na cafeteira, olhou de relance, por puro hábito, para a casa de Anna-Greta. Sabia que ela tinha ido ao continente fazer compras e que só voltaria à tarde, mas olhou mesmo assim e se flagrou sentindo falta dela.

Mais de quarenta anos juntos, e ele ainda ficava ansioso para vê-la. Isso era uma coisa boa. Talvez tivesse a ver com o fato de que viviam separados. A princípio ele tinha se magoado quando Anna-Greta disse que sim, que o amava, mas não tinha a menor intenção de morar junto com ele. Ele podia continuar alugando a casa dela como antes, e se essa situação não lhe fosse adequada, era uma pena, mas paciência.

Ele tinha concordado, na esperança de que com o tempo as coisas mudassem. E mudaram, mas não da maneira como ele tinha pensado. No fim das contas, ele é que acabou mudando de ideia e, depois de dez anos, tinha chegado à conclusão de que tudo funcionava extremamente bem. O aluguel que ele pagava era simbólico. Não tinha aumentado uma única coroa desde que ele se mudara para a casa, em 1955. Mil coroas por ano. Eles gastavam o dinheiro em viagens de balsa até a Finlândia, comendo e bebendo do bom e do melhor. Era um pequeno ritual.

Não eram casados – na opinião de Anna-Greta o casamento com Erik já tinha sido suficiente –, mas em termos práticos e para todos os fins Simon era marido dela, o avô e bisavô das crianças.

Ele saiu à varanda envidraçada e pegou a luneta. Os três ainda avançavam a duras penas na neve, e agora já tinham quase chegado ao farol. Tinham parado, e ele não conseguiu ver direito o que estavam fazendo. Tentou ajustar o foco para ver o que estava acontecendo, quando a porta de fora se abriu.

– Ô de casa!

Simon sorriu. Tinha demorado alguns anos para se acostumar ao fato de que as pessoas que viviam ali o ano inteiro simplesmente iam entrando nas casas alheias sem sequer bater. No começo, quando ia à casa de alguém, ele batia à porta e era recompensado com uma longa espera. Quando a porta finalmente se abria, o olhar do dono da casa dizia com todas as letras, *Por que diabos você está aí parado bancando o grã-fino? Entre.*

Botas foram removidas, ouviu-se o som de alguém pigarreando, e a seguir Elof Lundberg entrou, como sempre usando seu gorro, e cumprimentou-o com um meneio de cabeça.

– Bom dia, senhor.

– E bom dia pra você também.

Elof lambeu os lábios, secos por causa do frio, e olhou ao redor. Nada do que ele viu lhe deu motivo para fazer algum comentário, por isso limitou-se a perguntar:

– E então? Alguma novidade?

Simon fez que não com a cabeça.

– Não. As mesmas dores de sempre.

Às vezes ele achava isso engraçado, mas hoje não estava disposto a trocar gentilezas com Elof enquanto não iam direto ao assunto, por isso decidiu cortar a conversa fiada:

– Você veio atrás da broca, não foi?

Elof estreitou os olhos, como se tivesse ouvido uma pergunta totalmente inesperada e que exigia reflexão, mas depois de pensar um pouco respondeu:

– A broca. Sim. Achei que eu podia... – apontou com a cabeça na direção do gelo – ...sair e ver se tenho alguma sorte.

– Está debaixo da escada, como sempre.

Da última vez que tinham tido um inverno gelado de verdade, três anos antes, Elof pedia emprestada a broca de gelo três vezes por semana. Simon disse que ele podia vir e pegar sempre que precisasse, e depois era só recolocá-la no lugar certo. Elof tinha emitido alguns grunhidos em sinal de consentimento, e continuou vindo e pedindo-a emprestada.

Nesta ocasião, mesmo com sua missão aparentemente concluída, Elof não deu sinal de que ia embora. Talvez quisesse ficar e se aquecer antes de sair no frio. Fez um sinal de cabeça na direção da luneta na mão de Simon.

– Então, o que você está olhando?

Simon apontou para o farol.

– A família está lá no gelo. Estou de olho neles.

Elof olhou pela janela, mas é claro que não conseguiu ver coisa alguma.

– Onde eles estão?

– Perto do farol.

– Perto do farol?

– É.

Elof continuou olhando pela janela, mexendo as mandíbulas como se estivesse mascando algo invisível. Simon queria dar um fim à visita antes que Elof sentisse o aroma do café e se convidasse para uma xícara. Queria ficar sozinho e em paz. Elof franziu o lábio e de repente perguntou:

– Anders tem um daqueles... telefones celulares?

– Tem, por quê?

Elof seguia olhando fixamente pela janela, com a respiração pesada, à procura de alguma coisa impossível de ver. Simon não entendia aonde ele queria chegar com aquilo, por isso perguntou de novo:

– Por que você quer saber se ele tem um celular?

Houve silêncio por alguns segundos, Simon ouviu o resto da água borbulhando na cafeteira. Elof se afastou da janela, encarou o chão e disse:

– Acho que você deve ligar pra ele e dizer... que é melhor ir embora pra casa agora.

– Por quê?

Novo silêncio, e Simon sentiu o aroma do café se insinuando da cozinha. Aparentemente sem perceber isso, Elof suspirou e respondeu:

– O gelo lá pode estar perigoso.

Simon bufou.

– Mas está com meio metro de espessura do outro lado da baía!

Elof suspirou ainda mais fundo e estudou a trama do tapete. E então fez algo inesperado. Ergueu a cabeça, olhou Simon bem nos olhos e insistiu:

– Faz o que eu estou dizendo. Liga pro menino. Diz pra ele pegar a família e voltar pra casa.

Simon encarou os olhos azuis aquosos de Elof, cuja expressão era séria. Não entendeu o que estava acontecendo, mas jamais tinha visto aquele grau de seriedade, aquele tipo de autoridade em Elof. Alguma coisa se passou entre eles, algo que ele não sabia dizer ao certo o que era, mas que o fez ir até o telefone e teclar o número de Anders.

"Oi, aqui é o Anders. Deixe seu recado após o sinal."

Simon devolveu o telefone ao gancho.

– Não atende. Provavelmente está desligado. O que está acontecendo?

Elof olhou mais uma vez para a baía. Depois franziu o lábio e meneou a cabeça, como se tivesse tomado uma decisão.

– Espero que dê tudo certo. – Virou-se na direção do corredor e disse: – Vou levar a broca por algumas horas, então.

Simon ouviu a porta da entrada se abrir e fechar. Pegou a luneta e olhou na direção do farol. Com muito esforço, três formiguinhas subiam as pedras.

– Esperem um minuto!

Anders acenou para Maja e Cecilia instruindo-as a ficarem na posição certa e tirou uma, duas, três fotos, com diferentes graus de zoom. Maja lutou o tempo todo para se desgarrar, mas Cecilia manteve a menina no lugar. A imagem das duas pequenas figuras na neve com o farol assomando atrás delas tinha um aspecto fantástico. Anders fez sinal de positivo para elas e voltou a guardar a câmera na mochila.

Maja e Cecilia caminharam para a porta vermelho-vivo do farol. Anders ficou onde estava, com as mãos enfiadas nos bolsos, contemplando a torre de vinte metros. Feita de pedra. Não de tijolos, mas de pedras cinzentas comuns, uma edificação que parecia capaz de resistir a qualquer coisa.

Que trabalheira deve ter sido. Transportar todas estas pedras para cá, erguê-las, colocá-las no lugar.

– Papai, papai, vamos!

Maja estava de pé junto à porta do farol, dando pulos de empolgação, sacudindo as luvas no ar.

– O que foi?

– Está aberta!

De fato, estava. Logo na entrada ele viu uma caixa de coleta e um estande contendo folhetos. Havia um cartaz em que se lia que a Fundação Arquipélago saudava os visitantes do farol de Gåvasten. Por favor, pegue um folheto de informações e entre para conhecer o farol; todas as contribuições são muito bem-vindas.

Anders enfiou a mão nos bolsos e encontrou uma cédula amarrotada de cinquenta coroas, que de bom grado enfiou na caixa de coleta. Aquilo superava todas as expectativas. Ele jamais esperava encontrar o farol aberto, especialmente no inverno.

Sem demora, Maja já tinha começado a subir os degraus, seguida de perto por Anders e Cecilia. A velha escada em caracol era tão estreita que simplesmente impossibilitava que duas pessoas subissem ao mesmo tempo. Venezianas de ferro trancadas com porcas de asa revestiam as aberturas das janelas.

Cecilia estacou. Anders ouviu sua respiração ofegante. Ela levou uma das mãos às costas. Anders segurou a mão dela e perguntou:

– Está tudo bem?

– Tudo bem.

Cecilia apertou a mão de Anders e continuou a subida. Ela tinha tendências claustrofóbicas, e desse ponto de vista o farol era um pesadelo. As espessas paredes de pedra erguendo-se tão rentes uma da outra engoliam qualquer som, e a única luz vinha da porta aberta lá embaixo e de uma fonte de luz, mais fraca, acima.

Depois de mais uns quarenta degraus tudo ficou totalmente às escuras atrás deles, ao passo que a luz que emanava de cima tinha ganhado intensidade. De algum lugar lá de cima, ouviram a voz de Maja:

– Depressa! Venham ver!

A escadaria terminava em uma área sem divisórias, com piso de madeira. Eles estavam em uma sala circular, onde diversas janelinhas feitas de vidro grosso permitiam a entrada de uma quantidade limitada de luz. No meio da sala havia outra porta aberta em uma torre dentro da torre, despejando luz.

Cecilia sentou-se no chão e esfregou o rosto com as mãos. Quando Anders agachou-se ao seu lado, ela o dispensou com um gesto da mão:

– Eu estou bem. Só preciso...

Maja berrava de dentro da torre, e Cecilia disse a ele que fosse em frente, ela seguiria logo depois. Anders afagou-lhe o cabelo e entrou pela porta aberta que levava a outra escada em caracol, esta feita de ferro. A luz feriu seus olhos enquanto ele subiu os vinte e poucos degraus até o coração e o cérebro do farol, o refletor.

Anders parou e contemplou o refletor, boquiaberto. Era tão lindo!

Da escuridão subimos na direção da luz. Ele abriu caminho escada escura acima, e foi um choque chegar ao topo. Exceto por uma borda de alvenaria caiada bem embaixo, as paredes circulares eram feitas inteiramente de vidro, e tudo era céu e luz. No meio da sala ficava o refletor, um obelisco feito de prismas e pedaços de vidro de diferentes cores e geometricamente precisos. Um templo à luz.

Maja estava de pé, o nariz e as mãos pressionados contra a parede de vidro. Assim que ouviu Anders chegando, ela apontou para a vastidão de gelo, na direção nordeste.

– Papai, o que é aquilo?

Anders apertou os olhos contra a luminosidade e perscrutou o gelo. Não conseguia ver coisa alguma a não ser a camada branca e ao longe, no horizonte, a vaga sugestão do arquipélago de Ledinge.

– Do que você está falando?

Maja apontou.

– Lá. No gelo.

Uma rajada de vento fez a neve pulverulenta rodopiar, movendo-se feito um espírito sobre a superfície imaculada. Anders balançou a cabeça.

– Viu aquilo?

Eles examinaram a fonte de luz e Anders tirou algumas fotografias de Maja do outro lado do refletor, atrás do refletor, em frente ao refletor. A menina e o caleidoscópio de luz, refratada em todas as direções. Já tinham terminado quando Cecilia por fim subiu os degraus, e também ficou maravilhada.

A família fez seu piquenique na sala de luz, olhando para o outro lado do arquipélago, tentando identificar pontos de referência e lugares conhecidos. Maja ficou interessada pelas pichações na parede branca, mas, uma vez que exigiam explicações inadequadas para os ouvidos de uma menina de seis anos, Anders pegou o folheto informativo e começou a ler em voz alta.

As partes inferiores do farol tinham sido erguidas no século XVI, como plataforma para as balizas luminosas que marcavam o canal navegável até Estocolmo. Mais tarde foi acrescentada a torre e instalou-se um refletor primitivo; no começo a fonte de alimentação da luz era o petróleo, depois querosene.

Maja julgou que já tinha ouvido o bastante e fez menção de descer a escada. Anders agarrou a jaqueta da menina.

– Espere aí, meu benzinho, aonde a senhorita pensa que vai?

– Vou dar uma olhada naquela coisa que eu vi.

– Não vá muito longe.

– Não vou.

Anders soltou Maja e ela desceu a escada. Cecilia ficou olhando a menina desaparecer.

– A gente não devia...?

– Bom, sim, mas pra onde ela pode ir?

Os dois passaram alguns minutos lendo o restante do folheto, e ficaram sabendo que por fim o composto da marca Aga tinha sido instalado, que o farol tinha sido desativado em 1973 e depois disso fora encampado pela Fundação Arquipélago, que instalara como foco de luz simbólico uma lâmpada de cem watts. Hoje em dia funcionava à base de células solares.

Ao examinar as pichações o casal concluiu que pelo menos uma relação sexual tinha sido consumada naquele chão, a não ser que se tratasse de uma fantasia do pichador. Depois recolheram suas coisas e começaram a descer juntos a escada. Cecilia teve de ir devagar, por causa das palpitações, da pressão no peito. Anders esperou por ela.

Quando saíram, não havia sinal de Maja. O vento tinha começado a soprar e a neve redemoinhava pelo ar em véus finos, resplandecendo à luz do sol. Anders fechou os olhos e inspirou bem fundo. Tinha sido um passeio fantástico, mas agora era hora de voltar para casa.

– Maaaja – ele gritou.

Não houve resposta. Eles contornaram o farol, procurando a menina. A pedra em si era pequena, tinha talvez cem metros de circunferência. Não havia sinal de Maja em parte alguma, e Anders perscrutou o gelo. Não avistou nenhuma figura pequena e vermelha.

– *Maaaja!*

Dessa vez ele gritou um pouco mais alto, e seu coração começou a bater mais rápido. Era uma tolice, é claro. Não havia a menor chance de a menina ter se perdido ali. Ele sentiu no ombro a mão de Cecilia. Ela estava apontando para a neve.

– Não há pegadas aqui.

Na voz dela também havia uma ponta de inquietação. Anders concordou com a cabeça. É claro. Tudo que tinham a fazer era seguir o rastro dela.

Voltaram ao ponto de onde tinham começado a procurar, junto à porta do farol. Anders enfiou a cabeça lá dentro e gritou escada acima, para o caso de Maja ter voltado sem que a ouvissem. Nada.

A área perto da porta estava coberta de pegadas deixadas por todos eles, mas não havia rastro que levasse nem à esquerda nem à direita. Anders deu alguns passos pedra abaixo. Viu as pegadas deles, que iam do gelo na direção do farol, e as pegadas de Maja, que iam na direção contrária.

Ele ficou encarando o gelo. Nada de Maja. Piscou, esfregou os olhos. Ela não podia ter ido tão longe a ponto de ter sumido de vista. Os contornos de Domarö se fundiram com os do continente, uma linha mais espessa de carvão acima de outra, mais fina. Ele virou o rosto para o outro lado e se deparou com a expressão de Cecilia, concentrada, tensa.

Na direção oposta também não encontraram nem sinal da filha.

Cecilia passou por ele a caminho do gelo. Andava de cabeça baixa, seguindo o rastro com os olhos.

– Vou dar uma olhada dentro do farol – Anders avisou Cecilia aos berros. – Ela deve estar escondida em algum lugar.

Foi correndo até a porta e subiu os degraus, chamando Maja aos gritos, mas não obteve resposta. Seu coração estava martelando dentro do peito e ele tentou se acalmar, manter a lucidez, a cabeça no lugar.

Isso simplesmente não é possível.

Sempre é possível.

Não, não é. Não aqui. Não há lugar algum onde ela possa estar.

Exatamente.

Pare com isso. Pare com isso.

Esconde-esconde era a brincadeira favorita de Maja. Ela era boa em encontrar esconderijos. Embora em outras situações às vezes ficasse agitada demais e ansiosa, quando brincava de esconde-esconde era capaz de ficar quieta e imóvel por horas a fio.

Ele subiu os degraus com os braços esticados, curvando-se feito um macaco de modo que seus dedos roçassem as extremidades onde a escadaria encontrava a parede. Para o caso de a menina ter caído. Para o caso de estar deitada na escuridão onde ele não podia vê-la.

Para o caso de ela ter caído e batido a cabeça, para o caso de ela...

Mas ele não viu coisa alguma, seus dedos não sentiram coisa alguma.

Vasculhou a sala no topo da escada, encontrou dois armários pequenos demais para que ela coubesse neles. Mesmo assim, ele os abriu. Dentro havia peças de metal enferrujadas, garrafas identificadas com rótulos escritos à mão. Nada de Maja.

Ele foi até a porta que levava à torre superior, fechou os olhos por um par de segundos antes de entrar.

Ela está lá em cima agora. É lá que ela está. Vamos voltar para casa e vamos esquecer essa história, junto com todas as outras vezes em que ela ficou um tempo desaparecida e depois ressurgiu.

Perto da escada havia um sistema de pesos e correntes, e o armário que continha o mecanismo da luz estava fechado com um cadeado. Ele mexeu no cadeado e deduziu que estava trancado, portanto ela não poderia estar lá dentro. Subiu lentamente os degraus, chamando o nome dela. Sem resposta. Agora em seus ouvidos havia um forte zumbido, e suas pernas estavam bambas.

Chegou à sala onde ficava o refletor. Nada de Maja.

Menos de meia hora atrás ele estava fotografando a filha aqui. Agora ela tinha sumido sem deixar vestígios. Nada. Ele gritou:

– Maaaajaaaa! Aparece! Não tem mais graça!

O som foi absorvido pela sala estreita, fazendo vibrar o vidro.

Ele andou até o outro lado da sala, olhou para fora, para o gelo. Lá embaixo avistou Cecilia seguindo a trilha que os levara até ali. Mas nada de jaqueta vermelha. Ele estava ofegante, a língua colada no céu da boca. Isso era impossível. Não podia estar acontecendo. Desesperado, encarou a vastidão do gelo, lançando os olhos em todas as direções.

Onde ela está? Onde ela está?

Ouviu o som da voz de Cecilia, gritando de novo a mesma coisa que já tinha gritado tantas vezes. Ela também não obteve resposta.

Pense, seu idiota. Pense.

Ele encarou de novo o gelo. Não havia obstáculo que interrompesse ou impedisse seu olhar, nenhum esconderijo. Se houvesse buracos no gelo, seriam visíveis. Por mais que alguém seja bom em se esconder, precisa de *um lugar* onde se esconder.

Ele parou. Estreitou os olhos. Podia ouvir a voz da menina dentro da cabeça.

Papai, o que é aquilo?

Foi até o lugar onde estava de pé quando a menina fez a pergunta, olhou na direção em que ela tinha apontado. Nada. Somente gelo e neve.

O que foi que ela viu?

Ele fez força para tentar ver alguma coisa, depois percebeu que ainda estava carregando a mochila nas costas. Pegou a câmera, olhou pelo visor, ajustou o *zoom* e explorou a área para a qual apontara. Nada. Nem o menor indício de outra cor, a menor nuance, nada.

Com as mãos trêmulas, jogou a câmera dentro da mochila. Lá fora, no gelo, tudo estava branco, branco, mas o céu tinha começado a escurecer um pouco. Logo cairia a tarde, em algumas horas anoiteceria.

Ele levou as mãos à boca, fitou o vasto vazio, ouviu os gritos distantes de Cecilia. Maja tinha sumido. Desaparecido.

Pare com isso. Pare com isso.

Mas uma parte dele sabia que era verdade.

Passava um pouco das duas quando o telefone de Simon tocou. Fazia uma hora que ele vinha fuçando em velhos acessórios de mágica que suas mãos, enrijecidas por causa do reumatismo, já não conseguiam usar. Tinha cogitado a ideia de vendê-los, mas decidiu guardar tudo como um pequeno tesouro de família.

Ele atendeu o telefone no segundo toque. Mal conseguiu dizer "alô" e foi logo interrompido por Anders.

– Oi, é o Anders. Você viu a Maja?

– Mas ela está com você, não está?

Uma breve pausa. Do outro lado da linha Anders deixou escapar um suspiro trêmulo. Simon percebeu que tinha acabado de matar uma esperança.

– Qual é o problema?

– Ela sumiu. Eu sabia que não tinha como ela ter voltado pra terra, mas achei... sei lá, Simon, ela sumiu. Desapareceu.

– Você está no farol?

– Sim. E ela não pode... não tem como... não há lugar... mas ela não está aqui. Onde ela está? Onde ela está?

Dois minutos depois Simon já tinha vestido suas roupas de frio e ligado a motoneta. Saiu de casa e no gelo encontrou Elof sentado numa cadeira dobrável, encarando o buraco que tinha feito com a broca emprestada de Simon. Elof ergueu os olhos quando ouviu a motoneta se aproximando. Simon freou.

– Elof, você viu a Maja, a filha do Anders?

– Não... O quê, aqui? Agora?

– Sim. Na última hora, por aí.

– Não. Não vi vivalma. Nem peixe, aliás. Por quê?

– Ela desapareceu. Lá no farol.

Elof virou a cabeça para o farol, com os olhos fixos na direção por alguns segundos, e coçou a testa.

– Eles não conseguem encontrar a menina?

Simon cerrou os dentes com tanta força que os músculos de sua mandíbula tensionaram. Aquele maldito jeito enfadonho de lidar com as coisas. Elof concordou com um meneio de cabeça e começou a enrolar a linha.

– É melhor eu... reunir um grupo de pessoas, então. A gente vai até lá.

Simon agradeceu e rumou para o farol. Depois de cinquenta metros, virou a cabeça. Antes de entrar em ação, Elof ainda estava às voltas com seu equipamento de pesca, verificando se tudo estava meticulosamente guardado. Simon cerrou os dentes e acelerou, o que fez a neve rodopiar dos lados das rodas enquanto o crepúsculo caía.

Cinco minutos mais tarde Simon estava junto ao farol, ajudando a procurar, apesar do fato de que não havia onde procurar. Ele se concentrou em percorrer o gelo para confirmar se Elof estava certo, de que podia haver pontos de gelo quebradiço. Não encontrou nenhum.

Depois de um quarto de hora foi possível avistar alguns pequenos pontos se aproximando da direção de Domarö. Quatro motonetas. Elof e seu irmão Johan. Mats, o dono da loja, com a esposa Ingrid na garupa. Por último, Margareta Bergwall, uma das poucas mulheres no vilarejo a ter sua própria motoneta.

O grupo procurou em torno do farol, em círculos cada vez mais amplos, vasculhando cada centímetro quadrado do gelo. Em silêncio, Anders e Cecilia vagavam a esmo na rocha do farol. Depois de uma hora já estava tão escuro que o luar era mais forte do que a pequena quantidade de luz remanescente.

Simon foi falar com Anders e Cecilia, agora sentados junto à porta do farol, a cabeça apoiada nas mãos. Ao longe, no gelo, mal dava para ver as fracas luzes das quatro motonetas, ainda girando e girando feito satélites de um planeta desolado. Um helicóptero da polícia equipado com holofote tinha chegado para estender a área de busca.

As juntas de Simon estalaram quando ele se agachou em frente ao casal. Os olhos de Anders e de Cecilia estavam vazios. Simon afagou o joelho de Cecilia.

– O que você disse sobre as pegadas?

Cecilia acenou vagamente na direção de Domarö. Sua voz estava tão fraca que Simon teve de se inclinar para ouvir.

– Não havia nenhuma.

– Quer dizer que as pegadas não iam pra uma direção diferente?

– Elas paravam... Como se ela tivesse sido erguida e levada pro céu.

Anders soltou uma lamúria:

– Isso não pode estar acontecendo. Como isso pode estar acontecendo?

Anders encarou Simon, examinando-o atentamente, como se estivesse procurando a resposta escondida em algum lugar de sua retina.

Simon se levantou e voltou para o gelo; sentou-se no banco de sua moto e olhou ao redor.

Se pelo menos houvesse um lugar por onde começar.

Uma nuance, uma sombra, qualquer coisa que valesse como ponta solta que eles pudessem começar a puxar para arrancar alguma coisa. Enfiou a mão no bolso e fechou os dedos em torno da caixa de fósforos guardada lá dentro. Depois pousou a ponta dos dedos da outra mão no gelo e esperou que derretesse.

Primeiro a neve derreteu, depois apareceu um vazio cada vez mais fundo, que se encheu de água. Cerca de vinte segundos depois se formou um buraco negro no gelo, talvez do tamanho de um grande punho fechado. Ele soltou a caixa de fósforos e com alguma dificuldade abaixou o braço dentro da água fria. Quando atingiu o fundo, a superfície do gelo estava pouco acima do cotovelo.

O gelo estava espesso. Não havia a menor chance de Maja ter caído e afundado em algum lugar.

Então o que aconteceu?

Não havia ponta solta. Não havia lugar algum onde seus pensamentos pudessem cutucar, esmiuçar, ampliar a rachadura, resolver o problema. Era simplesmente impossível. Ele voltou, sentou-se com Anders e Cecilia, abraçou-os e disse algumas palavras. Até que no fim a escuridão caiu por completo e as motonetas voltaram em espiral para o farol.

Domarö e o tempo

Ao longo desta história, ocasionalmente será necessário recuar no tempo de modo a explicar algumas coisas do presente. Isso é lamentável, mas inevitável.

Domarö não é uma ilha grande. Tudo que aconteceu permanece aqui e influencia o presente. Lugares e objetos estão carregados de significados que não são facilmente esquecidos. Não podemos escapar.

No esquema geral das coisas, esta é uma história pequena. Pode-se dizer que caberia numa caixa de fósforos.

O que o gato trouxe (maio de 1996)

Era a última semana de maio e havia percas em abundância. O método de pesca de Simon era simples. Depois de passar muitos e muitos anos fazendo experiências com suas redes, espalhando-as em diferentes lugares, ele tinha chegado à conclusão de que todas aquelas viagens eram desnecessárias. Funcionava muito bem se ele prendesse uma ponta da rede ao píer e puxasse a outra ponta com o barco. Fácil de lançar à água e mais fácil ainda de esvaziar. Ele puxava a rede desde o quebra-mar, e na mesma hora podia facilmente desenroscar os peixes que não queria e devolvê-los ao mar.

As sete percas desta manhã estavam na frigideira e prontas, e as carpas que ele soltou tinham saído nadando. Simon estava de pé ao lado do cavalete de secagem, tirando da rede pedaços de algas, enquanto as gaivotas terminavam sua refeição de vísceras de peixe. Era uma manhã clara e quente, o sol fustigava a nuca de Simon, que suava em bicas vestido em seu macacão.

Dante, o gato, o seguira durante toda a manhã; aparentemente não se conformava com a ideia de que era extremamente raro encontrar arenques enroscados na rede. O ocasional arenque que ele havia ganhado era suficiente para manter acesa sua chama da esperança, e por isso ele sempre seguia Simon no molhe.

Assim que constatou que naquela manhã não havia arenques enroscados na rede, ele se acomodou no píer para observar as gaivotas brigando pelas vísceras. Não se atreveria a atacar uma gaivota, mas sem dúvida tinha lá suas vontades, como qualquer outra criatura desta terra.

Simon desenganchou a rede e enrolou-a para que não ficasse quebradiça no sol. Quando voltava para a garagem do barco de modo a pendurar a rede, viu que o gato estava entretido com alguma coisa no píer.

Ou melhor, lutando com alguma coisa. Dante dava pulos para a frente e para trás, em pleno ar, batendo com as patas em algo que Simon não conseguia ver. Parecia que o gato estava dançando, mas Simon já o tinha visto brincar com ratos da mesma maneira. Só que agora era diferente. A brincadeira com ratos e sapos realmente era uma brincadeira, em que o gato fingia que sua presa era mais difícil de pegar do que de fato era. Nesse jogo parecia que o gato estava genuinamente... com medo?

O pelo nas costas de Dante estava eriçado, e seus pulos e tentativas de ataque podiam ser interpretados como uma indicação de que ele estava lidando com alguma coisa digna de respeito. O que era difícil de entender, já que nada havia de visível em um raio de vinte metros, e a visão de Simon era boa.

Ele enrolou a rede para evitar nós, pousou-a no chão e foi ver o que o gato estava fazendo.

Nem mesmo quando chegou ao molhe Simon conseguiu ver por que o gato estava tão agitado. Ou... sim, o gato estava girando em círculos em volta de um grande pedaço de corda caído no chão. Aquilo não era do feitio de Dante; ele tinha onze anos e já não se dava mais ao trabalho de brincar com bolas ou pedaços de papel. Mas obviamente aquele pedaço de corda era muito divertido.

Dante fez um ataque súbito e enfiou as duas patas na corda, mas foi arremessado para trás com um arranco, como se a corda tivesse dado nele um choque elétrico. O gato balançou e pendeu de lado, depois desabou pesadamente no molhe.

Quando Simon chegou lá o gato estava deitado, imóvel junto ao poste de amarração. A coisa com que brincava não era um pedaço de corda, porque estava se movendo. Era uma espécie de inseto, parecia algum tipo de inseto. Simon ignorou a coisa e se agachou junto ao gato.

– Dante, velho amigo, qual é o problema?

Os olhos do gato estavam arregalados e seu corpo estremeceu algumas vezes como se assolado por soluços. Alguma coisa escorria de sua boca. Simon ergueu a cabeça do gato e viu que era água. Um filete de água gotejava da boca do gato. Dante tossiu e esguichou água. Depois ficou deitado, imóvel, com os olhos arregalados e sem expressão encarando o nada.

Um movimento na visão periférica de Simon. O inseto estava rastejando pelo píer. Simon se inclinou, examinando-o mais de perto. Era totalmente preto, da espessura de um lápis e com o mesmo comprimento de um dedo mindinho. Sua pele brilhava no sol. As unhas de Dante tinham feito um arranhão, revelando uma nesga de pele rosada.

Simon engoliu em seco; olhou ao redor e viu um copo plástico de café que alguém tinha deixado no píer. Agarrou o copo e com ele recolheu o inseto. Piscou algumas vezes e passou as mãos pelo rosto.

Não é possível. Não pode ser...

Esse inseto não era encontrado em nenhum livro de entomologia, e Simon era provavelmente a única pessoa da região que sabia o que era. Ele já tinha visto um antes, na Califórnia, quarenta anos antes. Mas o que viu estava morto, seco. Não fosse pelo que acontecera com o gato, jamais teria se lembrado.

Dante.

O Dante original, que dava nome a todos os gatos de Simon.

O mágico, o maior de todos. Depois de décadas excursionando e fazendo filmes, ele tinha fixado residência em um rancho na Califórnia. Quando tinha vinte e quatro anos e era um talento promissor, Simon conseguiu uma audiência com ele.

Dante mostrou-lhe seu museu. Acessórios feitos à mão e objetos de cena de diferentes eras: as fontes de água chinesas que por muitos anos haviam sido o ponto alto de seu show, caixas de substituição em diferentes versões, tanques e baús de água de que Dante havia escapado em picadeiros do mundo inteiro.

Assim que a visita guiada acabou, Simon apontou para um pequeno expositor de vidro em um canto. No meio do expositor havia um pedestal, sobre o qual havia algo que parecia um pedaço de cadarço de couro. Simon perguntou o que era.

Em um gesto dramático e bastante ensaiado, Dante levantou uma das sobrancelhas e, em seu dinamarquês da infância, perguntou a Simon até que ponto ele acreditava em magia.

– Está falando de... magia de verdade?

Dante assentiu.

– Eu diria que sou... agnóstico, neste caso. Nunca vi prova alguma, mas também não descarto a possibilidade. Parece razoável?

Dante pareceu satisfeito com a resposta e removeu o tampo de vidro do expositor. Simon percebeu que o mágico esperava que ele olhasse mais de perto, e foi o que fez. Pôde ver então que o cadarço de couro era na verdade um inseto ressecado muito parecido com uma centopeia, apesar de ter apenas um pequeno número de patas.

– O que é isto, exatamente?

Dante encarou Simon por tanto tempo que a situação começou a ficar constrangedora. Então o mágico assentiu como se tivesse chegado a uma decisão tácita, recolocou o tampo de vidro no expositor, pegou um livro de capa de couro e começou a folheá-lo; ilustrações coloridas passavam diante dos olhos de Simon até que Dante parou em uma página específica e mostrou-lhe o livro.

A ilustração, que cobria a página inteira, era pintada à mão. Mostrava um enorme inseto com corpo de verme, habilmente pintado de modo que a luz brilhava em sua pele preta e reluzente. Simon balançou a cabeça e Dante suspirou antes de fechar o livro.

– É um Spiritus, ou *spertus*, como vocês dizem na Suécia.

Simon olhou para o expositor de vidro, para o mágico, para o vidro mais uma vez. Por fim perguntou:

– Um de verdade?

– Sim.

Simon se abaixou para olhar mais de perto o vidro. A criatura ressecada ali dentro não parecia possuir poderes extraordinários. Simon encarou-o por bastante tempo.

– Como pode estar morto? Quero dizer, está morto, não está?

– Não sei, respondendo às suas duas perguntas. Estava nestas condições quando o recebi.

– E como isso aconteceu?

– Prefiro não falar no assunto.

Dante fez um gesto indicando que a audiência no museu estava encerrada. Antes de ser arrastado para longe do expositor de vidro, Simon perguntou:

– Que elemento?

O mágico abriu um sorriso amarelo.

– Água. Naturalmente.

Depois de tomar uma xícara de café e trocar palavras polidas com o mágico, Simon foi embora do rancho. Dois anos depois, Dante morreu, e Simon leu no jornal que seus pertences foram a leilão. Ele até cogitou a ideia de viajar à Califórnia para fazer um lance pelo objeto no vidro, mas para começo de conversa estava no meio de uma turnê de shows a céu aberto; além disso, depois de feitas as contas dos custos da viagem, concluiu que a jornada seria cara demais. Decidiu não se dar ao trabalho.

Ao longo dos anos seguintes, de vez em quando Simon se pegava pensando naquele encontro. Quando ouviam dizer que tinha se encontrado com Dante, seus colegas queriam saber de tudo. Simon contava-lhes histórias, mas omitia a coisa de que se lembrava com mais clareza: o Spiritus de Dante.

Podia ter sido uma piada, é claro. O mágico não era famoso apenas por suas habilidades como ilusionista, mas também pela maneira engenhosa com que vendia seu peixe, executando vistosas performances públicas, daquelas de "parar o trânsito". Ele tinha criado em torno de si uma aura de mistério. Sua aparência, o cavanhaque e os olhos escuros haviam sido por muitas décadas a imagem pronta e acabada de um mágico. A história toda bem que podia ser uma completa mentira.

Mas havia algo que sugeria que não era esse o caso: o fato de que Dante jamais tivesse declarado publicamente que possuía um Spiritus; Simon nunca ouvira de ninguém a menor menção a isso. Dante ficava feliz de jogar lenha na fogueira da especulação de que tinha feito um pacto com o demônio, de que firmara uma aliança com as forças das trevas. Claro que tudo não passava de um belo golpe de marketing, e pura tolice. Porém, a última resposta que o mágico dera naquele dia no museu tinha levado as especulações de Simon para uma versão diferente, em que Dante era uma espécie diferente de mentiroso.

Simon acreditava que Dante havia mentido ao dizer que o Spiritus já estava morto quando o recebeu.

Água. Naturalmente.

Dante era um ilusionista renomado por suas mágicas envolvendo água. Era páreo para Houdini em sua habilidade de escapar de diversos recipientes contendo água. Dizia-se que era capaz de prender a respiração por cinco minutos – no mínimo. Conseguia mover água de um lugar para outro, truque em que fazia aparecer uma grande quantidade de água onde antes não havia nenhuma.

Água. Naturalmente.

Se Dante havia possuído um Spiritus do elemento água, tudo era fácil de explicar: magia genuína, e Dante meramente se limitava a evitar que as pessoas suspeitassem do que realmente estava acontecendo.

Ou talvez os poderes do Spiritus fossem limitados? Simon leu alguns livros a respeito do tema.

Sua inclinação agnóstica gradualmente deu lugar à crença no fantástico, pelo menos com relação ao Spiritus. Ao que tudo indicava apenas algumas pessoas ao longo da história tinham sido donas do artigo genuíno. Sempre um inseto negro do tipo que ele tinha visto no museu de Dante, fosse qual fosse o elemento: terra, fogo, ar ou água.

Simon tentou descobrir o que tinha acontecido com o Spiritus que ele viu com os próprios olhos, mas em vão. Arrependeu-se amargamente de não ter feito a viagem quando surgiu a oportunidade. Jamais voltaria a ver um Spiritus.

Pelo menos era o que ele pensava.

* * *

Seu olhar se alternava entre o gato morto e o copo plástico. Era uma ironia do destino que *Dante* tivesse encontrado um Spiritus para ele e depois acabasse morrendo.

Algumas horas mais tarde Simon já tinha providenciado uma caixa de madeira, dentro da qual colocou Dante, e enterrou-o junto ao arbusto de aveleira onde o gato costumava ficar sentado observando os pássaros. Só então sua agitação por causa do Spiritus começou a dar lugar a uma ligeira sensação de luto. Simon não era um homem sentimental e tivera quatro gatos diferentes de mesmo nome; mesmo assim, agora toda uma época ia para a cova junto com o quarto Dante, uma pequena testemunha que nos últimos onze anos se entrançara entre as pernas de Simon.

– Adeus, meu amigo. Obrigado por todos esses anos. Você era um ótimo gato. Espero que seja feliz, aonde quer que você vá. Espero que lá haja arenque pra você pegar com suas patas. E alguém que... goste de você.

Simon sentiu um nó na garganta e enxugou uma lágrima. Meneou a cabeça, disse "amém" e depois se virou e entrou na casa.

Sobre a mesa da cozinha havia uma caixa de fósforos, dentro da qual Simon tinha conseguido colocar o inseto sem tocar nele. Agora se aproximou cautelosamente da caixa de fósforos e encostou a orelha. Não ouviu som algum.

Ele tinha lido sobre isso. Sabia o que se esperava que ele fizesse. A pergunta era: até que ponto ele realmente queria aquilo? Com base nos livros que havia consultado, não era fácil separar fato e especulação, mas de uma coisa ele sabia: comprometer-se e jurar fidelidade a um Spiritus acarretava uma obrigação. Uma promessa ao poder que o havia liberado.

Vale a pena?

Não, na verdade, não.

Na juventude ele teria enlouquecido com a mera possibilidade, mas agora estava com setenta e três anos. Dois anos atrás ele tinha guardado em um armário os apetrechos de magia. Só se apresentava em casa, quando os amigos pediam. Truques de festa. O cigarro no casaco, o saleiro passando através da mesa. Nada especial. Não tinha necessidade alguma de magia genuína.

Ele podia ficar argumentando e contra-argumentando consigo mesmo até o dia de São Nunca, mas sabia que ia fazer aquilo. Tinha passado uma vida inteira a serviço da magia de salão. Será que desistiria agora, quando a própria essência da coisa estava ali na ponta de seus dedos?

Idiota. Idiota. Você vai mesmo fazer isso, não vai?

Com cautela, ele abriu a caixa e olhou para o inseto. Nada nele indicava que era um elo entre o mundo humano e a insana beleza da magia. A bem da verdade, era uma coisa bastante nojenta. Como um órgão interno que tivesse sido arrancado e enegrecera.

Simon pigarreou, acumulando saliva na boca.

E então ele fez.

O glóbulo de cuspe surgiu entre seus lábios. Ele abaixou a cabeça sobre a caixa e viu a gosma viscosa caindo em direção ao inseto. Ainda havia um fio conectado a seus lábios quando a saliva atingiu o alvo e se espalhou sobre a pele brilhante.

Como se o fino fio de saliva que ligava os dois fosse uma agulha, por meio dos lábios Simon sentiu um gosto peculiar, que imediatamente atingiu seu corpo e era um sabor sem igual. Lembrava muito o sabor de numa noz que havia se estragado ainda dentro da casca. Madeira podre, mas doce e amarga ao mesmo tempo.

Simon tentou engolir saliva, mas nada havia que lubrificasse sua garganta, e estalou a língua no céu da boca. O fino fio se partiu, mas o gosto continuou crescendo em seu corpo. O inseto se contorceu e a ferida em sua pele começou a cicatrizar. Simon se ergueu, o corpo inteiro nauseado.

Foi um erro.

Conseguiu chegar à geladeira e pegou uma cerveja, que abriu e tomou em alguns goles, deixando o líquido enxaguar sua boca. Um pouco melhor, mas a náusea em seu corpo ainda estava lá, e o vômito começou a lhe subir pela garganta.

O inseto tinha se recuperado e agora começava a sair de dentro da caixa, rastejando sobre a mesa da cozinha na direção de Simon, que foi se afastando de costas até a pia, encarando o torrão negro que se arrastou rumo à ponta da mesa até cair no chão com um baque suave e úmido.

Simon foi caminhando de lado, na direção do fogão. O inseto mudou de rumo, seguindo-o. Simon sentia que estava prestes a vomitar. Respirou fundo um par de vezes e esfregou os olhos com a ponta dos dedos.

Acalme-se. Você sabia disso.

Mas não foi capaz de se manter imóvel quando viu que o inseto se aproximava e já estava quase aos seus pés. Correu para o corredor e sentou-se sobre o baú onde guardava suas capas de chuva, pressionando as mãos nas têmporas e tentando ver a situação com clareza. A náusea estava começando a diminuir, o gosto já não era tão intenso.

O inseto rastejou corredor afora, na direção de Simon. Atrás de si deixava um tênue rastro de limo. Agora Simon sabia de coisas das quais cinco minutos antes não sabia. O conhecimento tinha sido injetado nele.

O que Simon estava sentindo como um gosto em seu corpo, o inseto experimentava como um cheiro. O inseto se arrastaria atrás dele, o seguiria até que tivesse permissão para estar com ele. Era seu único objetivo. Estar com ele –

até que a morte nos separe

– compartilhar com ele seu poder. Simon sabia. Com a saliva ele havia forjado um vínculo inquebrável.

A menos que...

Havia uma saída, uma escapatória. Mas não era relevante no momento, agora que o inseto mais uma vez abria caminho e se aproximava do seu pé. Agora o inseto era dele. Para sempre, até segunda ordem.

Simon deu alguns passos rápidos e passou pelo inseto, que imediatamente mudou de direção, e pegou a caixa de fósforos em cima da mesa da cozinha. Colocou a caixa sobre o corpo negro rastejante e fechou a tampa. Nas mãos de Simon, o menino no rótulo da caixa marchava rumo a um futuro brilhante.

Ele cerrou os lábios, sufocando a sensação de nojo enquanto o inseto se mexia dentro da caixa, e sentiu o calor na palma da mão. Sim. Era quente. Agora o inseto estava se sentindo bem, tinha sido alimentado e acabara de adquirir um dono.

Simon guardou-o no bolso.

SOBRE A CHOÇA

> "Pois para esses cavalos, os corcéis que não toleram nem a espora nem o chicote, a vida é difícil. Toda vez que sentem dor, apavoram-se e fogem, aterrorizados, na direção do abismo escancarado."
>
> Selma Lagerlöf, *A história de Gösta Berling*

A samambaia (outubro de 2006)

Foi a samambaia que encerrou o assunto.

Fazia vinte minutos que Anders estava sentado, encarando a samambaia, tempo durante o qual tinha fumado dois cigarros. Olhava fixamente para a samambaia através de um véu de fumaça e partículas de poeira que dançavam em meio à imunda luz do sol. Havia muito tempo que ninguém limpava a janela, cuja superfície estava marcada com manchas engorduradas e irregulares, legado de todas as noites em que Anders ficara de pé com a testa encostada no vidro, fitando o estacionamento, à espera de que alguma coisa acontecesse, algo capaz de mudar as coisas. Alguma coisa, qualquer coisa, um milagre.

A samambaia ficava no parapeito da janela, acima do radiador. Uma comprida fronde tremulava no calor que emanava do aquecedor. As folhas eram pequenas e marrons, murchas.

Anders acendeu outro cigarro para aguçar os pensamentos, ou talvez como recompensa pelo fato de ter formulado um pensamento de verdade, um pensamento claro. A fumaça fez seus olhos arderem, ele tossiu e continuou encarando a samambaia.

Está morta.

A maior parte das folhas estava emplastrada na lateral do vaso, marrom pálido contra o vermelho. De tão seco, o adubo composto em que a samambaia havia sido plantada estava quase branco. Anders deu uma profunda tragada e tentou se lembrar: há quanto tempo a samambaia estava daquele jeito, há quanto tempo estava morta?

Vasculhou a memória, revisitando os dias e noites do passado em que por horas a fio ficara sentado no sofá ou zanzando pelo apartamento ou de pé junto à janela. Os dias e noites se acumularam e juntos formaram uma névoa, e em meio a esse nevoeiro ele não foi capaz de enxergar uma samambaia definhando. Fez força, e mesmo assim não conseguiu lembrar sequer de quando havia adquirido a samambaia, ou por que tivera a ideia de comprar uma planta viva.

Será que ganhara de presente de alguém?

Possivelmente.

Ele levantou-se do sofá, mas suas pernas não pareciam capazes de sustentar o peso do próprio corpo. Pensou em encher uma garrafa de água e regar a samambaia, mas sabia que na pia havia tanta louça suja empilhada que não conseguiria colocar a garrafa debaixo da torneira. No banheiro era impossível encaixar a garrafa no ângulo correto para enchê-la de água. Então teria de desatarraxar o chuveiro...

Ela já está morta mesmo.

Além do mais, ele simplesmente não tinha forças.

No vaso encontrou oito bitucas de cigarro. Algumas meio enfiadas dentro do adubo duro. Então ele devia ter fumado ali, de pé, junto ao vaso. Não se lembrava disso. Quando passou os dedos pelas folhas secas, algumas caíram e se espalharam pelo chão.

De onde você veio?

Aferrou-se à ideia de que a planta simplesmente havia se materializado no mundo, surgindo do nada, da mesma maneira que Maja havia desaparecido. Por meio de uma fenda no tempo e no espaço, de repente a samambaia estava ali, assim como sua filha subitamente tinha deixado de estar. Sumira.

O que era mesmo que Simon dizia quando apresentava seus truques para eles?

Nada aqui, nada ali... depois apontava para a própria cabeça... *e absolutamente nada aqui.*

Anders sorriu ao se lembrar do olhar no rosto de Maja na primeira vez que viu os truques de mágica de Simon, poucos meses antes de seu desaparecimento. Uma bola de borracha em uma das mãos foi jogada para cima em meio a uma nuvem de fumaça, e subitamente a bola que até então estava na mão da menina tornou-se duas. Maja continuou olhando para Simon com a mesma expressão de expectativa. *Certo, e agora?*

Quando se tem cinco anos de idade, a mágica não parece tão milagrosa. É algo mais natural.

Anders apagou o cigarro no vaso, aumentando de oito para nove o número de bitucas, e no mesmo instante lembrou: *Mamãe.*

A mãe dele é quem tinha trazido a planta, quando viera visitá-lo quatro meses antes. Ela limpara o apartamento para ele e colocara a planta lá. Ele estava passando por um período de apatia, e limitou-se a ficar deitado na cama observando a mãe. Depois disso ela retomou sua vida em Gotemburgo e desapareceu.

A samambaia não estava entre as coisas de que ele precisava, por isso tinha se esquecido dela, que não merecia mais atenção do que uma manchinha no papel de parede.

Mas agora ele estava vendo a planta. Estava olhando para ela. Pensando nisso mais uma vez.

É a coisa mais feia que eu já vi na vida.

Sim. Foi o que lhe veio à mente quando ele por fim enxergou a planta. A samambaia morta e solitária no parapeito empoeirado tendo ao fundo a luz do sol imunda atravessando uma janela suja. Era a coisa mais feia que ele já tinha visto na vida.

Pela primeira vez o pensamento não parou aí, mas continuou e esquadrinhou a vida que acabara produzindo tal monstruosidade, e era uma vida feia.

Isso ele dava conta de suportar, a ideia de que sua vida era feia. Sabia disso, tinha organizado as coisas dessa maneira, se acostumara com isso e estava pronto para morrer em alguns anos em decorrência de sua vida feia.

Mas a samambaia...

A samambaia era demais. Era intolerável.

Anders tossiu e, aos trancos e barrancos, se arrastou para fora do quarto. Seus pulmões pareciam ter encolhido até o tamanho de um punho. Um punho firmemente cerrado. Pegou a fotografia de Maja que estava sobre o criado-mudo e levou-a até a janela.

A fotografia tinha sido tirada no aniversário de seis anos da menina, duas semanas antes de seu sumiço. Sobre a testa de Maja havia uma máscara, que ela mesma tinha feito na creche e que chamou de "diabinho". Anders tirou a foto assim que ela puxou a máscara até a testa e encarou-o com olhar de expectativa, ávida para ver o efeito que seu "rosto assustador" tinha causado.

As covinhas nas bochechas eram lindas, o cabelo fino puxado para trás pela máscara revelava as orelhas ligeiramente despegadas. Os olhos, que na verdade eram singularmente pequenos, estavam arregalados, encarando os olhos dele.

Ele conhecia de cor essa foto, cada minúscula partícula que tinha grudado na lente e permanecia como um pontinho branco, cada fio de cabelo caído sobre o lábio superior da menina. Podia visualizá-la sempre que quisesse.

– Maja – ele disse. – Não posso mais. Aqui. Olha só.

Virou a fotografia de modo que os olhos de Maja vissem a samambaia.

– Chega.

Pousou a foto ao lado da samambaia e abriu a janela. Seu apartamento ficava no quarto andar e, quando se inclinou, pôde avistar o Haninge Centrum, a estação de transferência de trens. Olhou para baixo. Estava a cerca de dez metros da entrada do estacionamento. Não havia vivalma.

Pegou a fotografia de novo, apertou-a contra o peito. Anéis de fumaça abriram caminho na direção da luz do sol, subindo em espirais.

– Já chega.

Agarrou a lateral do vaso e ergueu a samambaia da janela. E soltou. Um segundo depois ouviu o baque distante do vaso se espatifando no chão. Virou o rosto para o sol e fechou os olhos.

– Isso tem que parar.

A âncora

Junto à praia, no cemitério em volta da igreja em Nåten, há uma âncora. Uma âncora enorme, feita de ferro fundido, com uma base de madeira revestida com alcatrão. É maior do que qualquer lápide, maior do que qualquer outra coisa no cemitério, com exceção da própria igreja. Quase todas as pessoas que visitam o cemitério da igreja acabam diante da âncora mais cedo ou mais tarde; elas param e a observam atentamente por alguns minutos antes de seguir em frente.

Na base da âncora, ao nível dos olhos dos visitantes, há uma placa em que se lê: "Em memória dos que se perderam no mar". A âncora é, então, um monumento em homenagem àqueles cujos corpos não puderam ser enterrados no solo, cujas cinzas não puderam ser espalhadas sob as árvores. Aos que saíram e jamais voltaram para casa.

A âncora tem quatro metros e meio de comprimento e pesa aproximadamente novecentos quilos.

Imagine o navio de onde ela veio! Onde será que está agora?

Talvez no cemitério em Nåten haja uma corrente invisível que sai da âncora, sobe até o céu, e desce chão adentro ou mar afora. E lá, na outra extremidade da corrente, encontraremos o navio. Os passageiros e a tripulação são as pessoas que desapareceram. Vagam a esmo pelo deque, contemplando o horizonte vazio.

Estão esperando que alguém as encontre. O som de um motor a diesel ou o topo de um mastro ao longe. Um par de olhos que surja e as veja.

Elas querem continuar a jornada, chegar por fim, querem descer ao túmulo, querem arder. Mas estão presas à terra por uma corrente invisível, e tudo que podem fazer é fitar um mar desolado, eternamente sereno.

De volta

Assim que o escaler deu marcha a ré e começou a se afastar do píer, Anders ergueu a mão em sinal de adeus a Roger, que pilotava o barco. Os dois eram quase da mesma idade, mas nunca tinham saído juntos. Contudo, toda vez que se viam sempre trocavam cumprimentos, como de resto faziam todos na ilha. Exceto talvez por alguns dos turistas de verão.

Ele se sentou em cima da mala e ficou observando o escaler se mover para trás, depois endireitar o curso e rumar para o pontal sul, no caminho de volta para Nåten. Desabotoou o paletó. Ali a temperatura estava alguns graus mais quente do que na cidade; a água do mar ainda conservava um pouco do calor do verão.

Para ele, a chegada a Domarö sempre estivera associada a um cheiro específico, uma mistura de água salgada, algas marinhas, pinheiros e o diesel dos tanques junto ao molhe. Ele respirou fundo, dilatando bem as narinas. Não conseguiu sentir praticamente cheiro algum. Dois anos fumando feito louco tinham sabotado suas membranas mucosas. Tirou do bolso um maço de Marlboro, acendeu um cigarro e viu o escaler contornar o pontal Norte, manobra que para olhos destreinados parecia perigosamente rente demais.

Desde o desaparecimento de Maja ele não punha os pés ali, e ainda não sabia ao certo se voltar tinha sido um erro. Até então sentira apenas o sossegado, solitário e melancólico prazer de regressar para casa. Para um lugar onde sabia a localização de cada pedra.

O arbusto de espinheiro-marítimo junto ao píer parecia o mesmo de sempre, nem maior nem menor. Como tudo na ilha, o espinheiro era eterno, sempre tinha estado lá. Na infância, ele usara o arbusto como esconderijo quando brincavam de esconde-esconde e, mais tarde, como local secreto para esconder bebida da balsa das ilhas Alanda quando não queria que seu pai visse.

Anders pegou a mala e caminhou até a estrada sul do vilarejo. As edificações na área em torno do porto consistiam basicamente em casas de timoneiros, agora reformadas ou reconstruídas. Os pilotos de barco formavam a base da relativa prosperidade de Domarö durante o século XIX e o início do século XX.

Anders não queria encontrar ninguém, por isso pegou o atalho ao longo dos rochedos na direção da hospedaria, que estava fechada para a estação. A trilha se estreitava e se bifurcava em duas; o caminho da esquerda levava à casa de sua avó e à casa de Simon; o da direita, à Choça. Depois de refletir um pouco, pegou o da esquerda.

Simon era a única pessoa com quem Anders mantivera contato regular nos últimos anos, a única para quem sentia que podia telefonar quando nada tinha a dizer. A avó de Anders ligava às vezes, a mãe ligava com menos frequência, mas Simon era o único cujo número Anders teclava quando precisava ouvir a voz de outra pessoa.

Simon estava revolvendo a terra em seu canteiro de flores, preparando-o para o outono, e aparentemente não tinha envelhecido nem um pouco desde a última vez que Anders o vira, no inverno do desaparecimento de Maja. Provavelmente estava naquela idade em que isso já não importa mais. De resto, aos olhos de Anders, Simon parecera ter sempre a mesma idade, o que equivale a dizer que era muito, muito velho. Somente quando Anders viu fotos de sua própria infância, época em que Simon tinha por volta de sessenta anos, é que notou como vinte anos haviam feito diferença.

Simon abraçou-o e esfregou suas costas.

– Bem-vindo de volta ao lar, Anders.

A cabeleira grisalha e de comprimento médio de Simon, seu orgulho e alegria, fez cócegas na testa de Anders quando ele pousou a bochecha no ombro de Simon e fechou os olhos. Aqueles breves momentos em que você não tem de ser um adulto responsável. É preciso aproveitar ao máximo esses momentos.

Entraram na casa e Simon foi preparar o café. A cozinha não tinha mudado quase nada desde o tempo em que, ainda menino, Anders costumava se sentar ali durante o verão. Um aquecedor de água tinha sido instalado acima da pia, e agora havia um micro-ondas. Mas no fogão de ferro fundido o fogo ainda crepitava como sempre, irradiando calor sobre o mesmo papel de parede, a mesma mobília. Os ombros de Anders se soltaram um pouco, relaxando. Ele tinha uma história e um lar, que não haviam desaparecido só porque todo o resto tinha ido para o inferno. Talvez suas lembranças tivessem lhe dado uma licença, a permissão para existir aqui.

Simon colocou sobre a mesa uma caixa de plástico com biscoitos e serviu o café. Anders pegou sua xícara.

– Eu me lembro de quando você... como era mesmo que você fazia? Você usava três destas xícaras e um pedaço de papel que se movia para a frente e para trás. Depois, no fim... aparecia uma balinha de leite debaixo de cada xícara. Que eu pegava pra mim. Como é que você fazia aquilo?

Simon balançou a cabeça e puxou o cabelo para trás.

– Treino, treino e mais treino.

Também nesse quesito nada tinha mudado. Simon jamais revelava seus segredos. Porém, ele tinha recomendado um livro intitulado *Mágica como passatempo*, que Anders leu aos dez anos e do qual não entendeu quase nada. O livro ensinava a fazer diferentes tipos de truques. E Anders até tentou executar alguns. Mas não era a mesma coisa que Simon fazia. Aquilo era *magia*.

Simon suspirou.

– Hoje em dia eu não conseguiria fazer aquilo. – Ergueu os dedos, rígidos e tortos, que seguravam a colherinha de mexer o café. – Só me sobraram as coisas simples.

Apertou uma mão contra a outra e esfregou-as, antes de abri-las de novo. A colher tinha sumido.

Anders sorriu e Simon, que tinha se apresentado nos melhores palcos do mundo, para reis e rainhas, recostou-se na cadeira, com uma expressão de quem estava insuportavelmente satisfeito consigo mesmo. Anders olhou para as mãos de Simon, procurou na mesa, no chão.

– Então, cadê?

Quando ergueu os olhos de novo, Simon estava mexendo seu café com a colherinha. Anders bufou.

– Desorientação, eu suponho?

– Exatamente. Desorientação.

Era a única coisa importante que Anders tinha aprendido no livro. Que boa parte da magia era questão de desorientação, de apontar para a direção errada. Fazer com que o observador olhe para onde a coisa não está acontecendo, e fazer com que olhe de novo quando a coisa já aconteceu. Como no truque com a colher. Mas isso era mero conhecimento teórico. Em nada ajudava Anders. Ele tomou um gole de café e ouviu o crepitar do fogão. Simon pousou os braços sobre a mesa.

– Como vão as coisas?

– De verdade?

– De verdade.

Anders abaixou os olhos e encarou sua xícara de café. A luz que entrava pela janela refletia feito um retângulo tremeluzente. Ele olhou e esperou que a luz parasse. Assim que o retângulo ficou completamente imóvel, disse:

– Decidi viver. Apesar de tudo. Achei que eu queria desaparecer também. Mas... no fim das contas concluí que não é o caso. Então agora eu pretendo tentar... Estou no fundo do poço. Cheguei ao ponto mais baixo e... é só aí que se torna possível seguir em frente. Para cima.

– Hummm – murmurou Simon, e esperou. Quando viu que Anders não diria mais nada, perguntou: – Você ainda está bebendo muito?

– Por quê?

– Só pensei que... pode ser difícil parar.

Um músculo se contraiu na bochecha de Anders. Ele não estava com vontade de falar sobre isso. Quando ainda tinham Maja, ele e Cecilia costumavam beber com moderação. Uma garrafa de vinho por semana, aproximadamente. Depois do desaparecimento da filha, Cecilia parou totalmente de beber; dizia que bastava uma taça de vinho para bagunçar sua cabeça. Anders bebia pelos dois, e mais ainda. Noites silenciosas diante do televisor. Taças e taças de vinho, uma atrás da outra, e outros tipos de bebida. Para não ter de pensar em coisa alguma.

Ele não sabia até que ponto toda essa bebedeira tinha a ver com o fato de que depois de seis meses ela anunciou que não aguentava mais, que a relação dos dois era como um peso de chumbo amarrado aos pés dela, arrastando-a para uma escuridão cada vez mais profunda.

Depois disso a bebida passou a ser uma parte fundamental da vida de Anders. Ele tinha estabelecido um limite: não começar a beber antes das oito da noite. Uma semana depois, tinha baixado o limite para as sete. E assim por diante. No fim estava bebendo toda vez que sentia vontade, ou seja, quase o tempo todo.

Durante as três semanas que haviam se passado desde o incidente com a samambaia, ele mais uma vez tinha restabelecido o limite para as oito da noite, e com uma enorme força de vontade conseguiu cumprir a meta. Agora seu rosto e seus olhos tinham recobrado um pouco da cor normal, depois de um ano inteiro vermelhos por causa dos vasos sanguíneos dilatados.

Anders passou a mão no rosto e disse:

– Está tudo sob controle.

– Está mesmo?

– Sim. Que diabo você quer que eu diga?

A reação de Simon a essa explosão foi não mover um músculo. Anders piscou algumas vezes, envergonhado, e insistiu:

– Estou dando um jeito nisso. De verdade.

Novo silêncio. Anders nada tinha a acrescentar. O problema era dele, e somente dele. Em parte a ideia de retornar a Domarö era escapar das rotinas destrutivas a que ele tinha se submetido. Sua única esperança era que funcionasse. Fora isso, nada mais havia a dizer.

Simon perguntou se ele tinha notícias de Cecilia, e Anders encolheu os ombros.

– Faz seis meses que não tenho notícias dela. Estranho, não? Você compartilha tudo e, de repente, puf... A pessoa some. Mas acho que é assim que as coisas são.

Ele sentiu a amargura se insinuando. Isso não era nada bom. Se ficasse ali sentado mais um pouco, provavelmente começaria a chorar. Nada bom. Não era uma questão de sufocar suas emoções, ele já tinha chorado baldes.

Baldes?

Bem. Um balde, talvez. A porra de um balde inteiro de dez litros cheio de lágrimas. Absorvidas por lenços, mangas de camisa, molhando o sofá, os lençóis, subindo de seu rosto feito vapor durante a noite. Sal na boca, ranho no nariz. Um balde. Um balde de plástico azul cheio de lágrimas. Ele tinha chorado.

Mas não ia chorar agora. Não tinha a intenção de começar sua nova vida choramingando por tudo aquilo que desaparecera.

Terminou seu café e se levantou.

– Obrigado. Vou descer e ver se a casa ainda está de pé.

– Está, sim – disse Simon. – Por incrível que pareça. Você vai ligar e visitar a Anna-Greta, não vai?

– Amanhã. Com certeza.

Quando Anders voltou ao ponto onde a estrada se bifurcava em duas direções diferentes, pensou: *Uma vida nova? Isso não existe.*

Só mesmo nas manchetes das revistas é que as pessoas iniciavam uma vida nova. Paravam de beber ou de tomar drogas, encontravam um novo amor. Mas era a mesma vida.

Anders olhou ao longo a trilha que levava à Choça. Podia comprar móveis novos, pintá-la de azul e trocar as janelas. Ainda assim seria a mesma casa horrível, a mesma precária construção básica. É claro que podia pôr tudo abaixo e construir uma casa nova, mas como é que se faz isso com uma vida?

Não dá. Quando se trata da vida, a única coisa que se pode mudar é o equivalente aos móveis, à pintura e às janelas. Às portas, talvez. Mudar as coisas que estão em péssimo estado e esperar que os alicerces aguentem. Apesar de tudo.

Anders apertou com firmeza a alça da mala e se pôs a percorrer a trilha até a Choça.

A Choça

Nome curioso. A Choça. Não é o tipo de coisa que se põe em uma placa de madeira trabalhada, como *Sjösala* ou *Fridlunda*.

Mas acontece que A Choça não era o nome que havia sido dado pelo construtor, tampouco o nome que constava na papelada da seguradora. A bem da verdade o nome oficial era Chalé da Rocha. Mas todo mundo em Domarö chamava a casa de Choça, porque era uma choça.

O trisavô de Anders tinha sido o último piloto de barco na família Ivarsson. Quando seu filho Torgny herdou o chalé do piloto, ampliou e converteu o lugar em uma casa de dois andares. Inspirado pelo bom resultado, construiu também o Chalé Vista para o Mar, a casa que agora Simon alugava de maneira permanente.

Quando os primeiros turistas de verão chegaram nas balsas de Vaxholm, no início do século XX, vários ilhéus quiseram ampliar suas casas ou reconstruí-las por completo. Os ilhéus transformaram galinheiros em pequenos chalés de verão, trocaram os telhados de garagens dos barcos e em alguns casos chegaram até mesmo a comprar novas propriedades. O edifício que mais tarde se tornaria a hospedaria foi construído por encomenda de um empresário da área têxtil de Estocolmo.

Quando o filho – Erik, o avô de Anders – precisou de um lugar para morar em meados da década de 1930, ganhou um terreno no desfiladeiro. É bem provável que as pessoas tivessem duvidado. Erik tinha acompanhado o pai em diversos canteiros de obras, dando uma mãozinha e se encarregando do trabalho mais simples. Não demonstrava nenhum talento particular. Mas sabia o básico.

Seu pai se ofereceu para ajudar, mas Erik estava determinado a construir sozinho a sua casa. Era um rapaz irritadiço que não suportava ser contrariado. Oscilava entre períodos de intensa atividade e melancólica introspecção. Construir a casa seria uma prova de que era capaz de ser virar sozinho e encontrar seu próprio caminho no mundo.

Comprou madeira de lei de uma madeireira no continente; depois de cortada na serraria em Nåten, sua encomenda foi despachada de barco para Domarö. Até ali, tudo estava correndo bem. No verão de 1938, Erik assentou os alicerces de alvenaria. Com a chegada do outono, as vigas, barrotes e treliças já estavam no lugar. Em momento algum ele pediu o conselho do pai e não permitia sequer que o pai visitasse a obra.

E então aconteceu o inevitável. Num sábado de meados de setembro, Erik foi a Nåten. Ele e sua noiva Anna-Greta iam a Norrtälje procurar alianças de noivado. Seu plano era se casarem na primavera, e durante aquele verão o jovem casal pouco se viu, já que Erik estava muito ocupado trabalhando na casa. A ideia era que ele e a futura esposa se mudassem para a casa nova logo depois da festa de casamento.

Assim que o barco de Erik desapareceu ao longe contornando o pontal Sul, seu pai, munido de um fio de prumo e um nível de bolha, foi sorrateiramente dar uma espiada na construção.

Chegou ao desfiladeiro e parou para examinar a estrutura de madeira. Parecia razoável, mas será que o espaço entre os montantes verticais não estava grande demais? Ele sabia que o pinheiro junto à porta da frente crescia a um ângulo de exatamente noventa graus em relação ao chão. Agachou-se, fechou um dos olhos e observou com atenção. Ou a árvore tinha começado a entortar durante o verão ou...

Sentiu uma pontada ruim na boca do estômago, sacou seu metro dobradiço e mediu a distância entre as vigas. Estavam longe demais uma da outra, e em lugar algum mantinham a mesma distância. Em alguns pontos era de setenta centímetros, em outros, de um pouco mais de oitenta. Ele sempre optava por um espaçamento de cinquenta, sessenta centímetros no máximo. E tampouco havia barras horizontais suficientes.

Foi dar uma olhada no estoque de madeira. Exatamente como já suspeitava: não havia uma única viga de sobra. Erik tinha economizado demais na hora de comprar madeira.

A sensação ruim no estômago subiu para o peito enquanto ele percorria a obra com o fio de prumo e o nível de bolha. O alicerce se inclinava ligeiramente para o leste, ao passo que o vigamento se inclinava de maneira mais acentuada para o oeste. Supostamente Erik tinha percebido que a fundação não estava certa e tentara compensar fazendo com que a casa se inclinasse na direção oposta.

Torgny percorreu o alicerce batendo nele com uma pedra. Não era um desastre, mas em alguns pontos parecia oco. Erik tinha deixado que se formassem bolhas de ar na argamassa do assentamento. E também não havia orifícios de ventilação. Se Erik colocasse um telhado de ardósia naquela estrutura torta, a questão era saber o que arruinaria a casa primeiro: a umidade de baixo ou o peso de cima.

Torgny se abaixou para passar pela soleira e notou que as medidas da porta estavam erradas. E foi a primeira pessoa a pensar o que muita gente diria no futuro: *Que porcaria de choça.*

O que ele podia fazer?

Se dependesse dele, poria tudo abaixo imediatamente e ergueria uma nova estrutura de madeira antes que Erik voltasse para casa, confrontando o filho com o fato consumado. Por um momento chegou a cogitar a ideia de inventar um pretexto maluco qualquer para manter Erik longe por uma semana, e então reunir uma turma de conhecidos seus e fazer isso. Mas a coisa não era assim tão simples. Só para refazer o alicerce...

Ele zanzou pelos barrotes esparsos do piso e inspecionou o desenho interno da casa. Isso também era esquisito. Um corredor longo e estreito atravessava a casa, e espalhados nas duas pontas ficavam os quartos de dormir e a cozinha, todos com medidas desproporcionais. Era como se Erik tivesse começado o projeto pela sala de estar, que a bem da verdade parecia normal, e depois fosse acrescentando a esmo cada um dos outros cômodos, até ficar sem madeira.

Torgny abriu bem as pernas, equilibrando-se sobre duas traves no meio do que seria a sala de estar. E sentiu vergonha. Não pelo fato de um filho seu ter construído aquilo, mas pelo pensamento de que teria de passar o resto de seus dias vendo aquela monstruosidade tão perto de si, no terreno de sua propriedade. Que aquilo, por assim dizer, faria parte da família.

Torgny pegou suas coisas e foi embora da casa de Erik sem olhar para trás. Assim que entrou em sua casa, despejou uma generosa dose de aguardente na caneca de café e foi sentar na varanda, rodeado por uma pesada aura de tristeza, sob a luz do sol de outono.

Sua esposa, Maja, saiu e sentou ao lado dele com um balde de maçãs, que depois de descascadas seriam transformadas em purê.

– Como estava? – ela perguntou enquanto começava a descascar a primeira maçã, formando uma serpentina.

– Como estava o quê?

– A casa. A casa do Erik.

– Bom, vamos torcer para o vento não derrubar o lugar.

A faca de Maja escorregou e a casca em espiral caiu no chão, incompleta.

– Está tão ruim assim?

Torgny fez que sim com a cabeça e encarou a borra do café no fundo da caneca. Imaginou ver a Torre de Babel desabando no chão diante de uma multidão em polvorosa. Não é preciso ser clarividente para entender o que isso queria dizer.

– Há alguma coisa que você possa fazer?

Torgny balançou a caneca fazendo desaparecer a torre e deu de ombros.

– Eu podia ir até lá com um galão de querosene e um fósforo, é claro, mas... talvez ele me interprete mal.

Naquela noite Erik voltou de bom humor para casa. Ele e Anna haviam concordado em comprar alianças simples e baratas, então essa questão tinha sido mais ou menos uma mera formalidade. Mas passaram um dia agradável em Norrtälje, sentados junto ao canal e trocando juras de amor enquanto planejavam a festa de casamento.

Torgny estava sentado à mesa da cozinha, remendando redes; enquanto ouvia o falatório do filho – em um momento de surpreendente tagarelice –, respondia com meneios de cabeça e os ruídos certos, de quem achava que Erik tinha encontrado uma boa moça.

Maja estava junto ao fogão mexendo o purê de maçã e pouco contribuía para a conversa. Logo depois Erik notou que havia algo errado. Olhou para a mãe e para o pai.

– Aconteceu alguma coisa?

Torgny enfiou a linha em um buraco, puxou com firmeza e deu um nó. Sem desviar os olhos de seu trabalho, respondeu com outra pergunta:

– O que você está pensando em fazer com o telhado?

– Que telhado?

– Da sua... casa.

– Como assim?

– Eu tenho direito de te fazer uma pergunta.

Erik olhou para a mãe, que estava de costas para os dois, profundamente concentrada em mexer as maçãs. O pai continuava com os olhos fixos nos buracos da rede. Depois de um breve silêncio, Erik perguntou:

– Não está tudo certo com a casa? – Como o pai não respondeu, acrescentou: – Então qual é problema com ela?

Torgny cortou com o canivete as pontas soltas e enrolou-as até formar uma bolinha.

– Bom, vejamos... você devia pensar na ideia de usar folhas de metal. Se é que realmente planeja que morem pessoas naquela casa. – Erik encarou-o. – Se a gente puder trabalhar nisso juntos, acho que há umas coisinhas em que eu preciso dar um jeito e talvez a gente...

Erik o interrompeu.

– O senhor acha que eu devia pôr a casa inteira abaixo, não é? – Torgny abriu a boca para responder, mas Erik deu um murro na mesa e berrou: – Vá se foder!

Maja girou tão rápido do fogão que algumas gotas de purê voaram da colher de pau e foram aterrissar na camisa de Erik no exato instante em que ele se levantou da mesa.

– Erik! Isso não é jeito de falar com seu pai!

Erik encarou a mãe como se estivesse pensando em bater nela, depois seu olhar mirou as gotas quentes e cor de âmbar no seu peito.

– Duas coisas – disse Torgny para o filho, que estava de pé à sua frente, com a cabeça abaixada. – Duas coisas, depois você pode ir para onde quiser e sentir raiva à vontade. Você não vai colocar telhas de ardósia naquele telhado. E vai abrir orifícios de ventilação no alicerce. Depois disso, faça o que quiser.

Torgny cortou um pedaço de linha para começar a remendar o buraco seguinte. Mas suas mãos estavam trêmulas e ele cortou o polegar. Não foi um talhe profundo, mas o suficiente para arrancar algumas gotas de sangue.

Ele olhou para o sangue. Erik fitou os respingos de purê de maçã na camisa. Maja ainda estava de pé com a colher de pau erguida no ar. Alguns segundos se passaram e algo que não era uma casa tinha desabado entre eles. Ouviu-se o som da madeira se estilhaçando, os gritos de protesto dos pregos sendo arrancados.

Por fim, Erik saiu da cozinha. O pai e a mãe ouviram os passos pesados do filho subindo a escada, a porta do quarto batendo com estrépito. Torgny chupou o sangue do dedo. Maja mexeu mais um pouco a panela.

Alguma coisa havia desabado.

Depois dessa noite Erik perdeu todo o entusiasmo. Deu continuidade ao trabalho de carpintaria ao longo do outono e, antes da chegada do inverno, já tinha instalado os painéis e assentado um telhado de metal. Fez orifícios de ventilação disformes e feiosos, mas que pelo menos permitiam que a base da casa respirasse.

Fez tudo isso, mas sem o menor prazer, sem energia. Jantava em silêncio e respondia com monossílabos às perguntas dos pais. De vez em quando ia a Nåten encontrar-se com Anna-Greta, ocasiões em que deve ter se esforçado um pouco, pois o casamento continuou de pé.

Torgny nunca mais voltou a visitar a casa em construção. Quando alguém lhe perguntava como o rapaz vinha se saindo com a obra, ele dizia que não estava interferindo, que era assunto do Erik. Tinha dito o que precisava dizer, salvara o que podia ser salvo. Mais que isso não podia fazer.

O inverno custou a vir. Além da usual onda de frio no início de novembro, o tempo continuou agradável, sem sinal de neve até o final de janeiro. Erik instalou as janelas e agora passava suas tardes e noites na casa. Um grande lampião de querosene espalhava sua luz desfiladeiro afora, e de longe a casa parecia realmente aconchegante.

Em meados de janeiro, Erik levou sua cama e utensílios domésticos básicos para a casa. Da janela da cozinha Torgny e Maja viram em segredo o filho carregar a cama nas costas colina abaixo. Maja pousou a mão sobre o ombro de Torgny.

– Nosso menino está indo embora de casa.

– É – disse Torgny, dando as costas para a janela quando as lágrimas começaram a formigar seus olhos. Sentou-se e encheu o cachimbo. Maja permaneceu na janela até ver Erik desaparecer atrás do Chalé Vista para o Mar.

– Afinal de contas ele é cabeça-dura – ela disse. – Quando põe uma coisa na cabeça, ninguém tira.

A casa ficou pronta no final de maio. O casamento foi celebrado duas semanas mais tarde, em uma cerimônia realizada ao ar livre, nos rochedos do pontal Norte; depois todos foram convidados para uma festa que seria uma mistura de recepção e inauguração da casa de Erik.

Ventou muito no dia. As pessoas tiveram de segurar os chapéus e, quando a noiva atirou seu buquê, o vento arrastou-o para o mar antes mesmo que alguém tivesse a chance de pegá-lo. Com as roupas do corpo fustigadas pelo vento, o grupo de convidados seguiu a pé até a casa de Erik, com lágrimas nos olhos por causa tanto da ventania como da emoção da ocasião.

Erik e Anna-Greta iam à frente, liderando a procissão e, quando passaram pelo porto a caminho da casa, ela achou que ele estava apertando sua mão com muita força. Provavelmente porque estava nervoso e empolgado. Também se sentia inquieta e com frio na barriga, porque até então Erik ainda não lhe mostrara a casa onde viveriam juntos como casal recém-casado, na alegria e na tristeza, até que a morte os separasse. Contudo, ele segurava a mão de Anna com tamanha força que ela não podia retribuir com um leve aperto de reconforto; a verdade é que ela nem sequer conseguia mexer a mão.

Naquela manhã a mãe de Erik e as amigas dela tinham colocado as mesas do lado de fora da casa; porém, uma hora antes do casamento o vento ficou mais forte e elas levaram tudo de volta para dentro. Quando os convidados chegaram, as mesas já estavam arrumadas e Maja e seus ajudantes começaram imediatamente a servir a comida.

Erik soltou a mão de Anna e fez um pequeno discurso de boas-vindas. Isso deu a ela a oportunidade de olhar ao redor. Tudo parecia lindo, mas havia um detalhe que ela não conseguiu deixar de notar; apesar de as janelas estarem fechadas, as cortinas se mexiam, ondulando. E...

O que é? Tem alguma coisa...

Os olhos dela passaram do corredor da entrada para a cozinha e a sala de estar. As janelas, as portas, o teto. Alguma coisa estava deixando Anna enjoada, mareada, como se um pesado pêndulo oscilasse em vaivém dentro de seu estômago. Ela não teve tempo para refletir sobre o assunto. Erik terminou seu discurso e os convidados ocuparam seus lugares. Ela atribuiu a estranha sensação ao seu próprio nervosismo.

A tarde avançou, caiu a noite e com o passar do tempo Erik foi ficando cada vez mais taciturno. As conversas giraram em torno de pesca, turistas de verão, Hitler e a possível ocupação das ilhas Alanda, mas nos cantos as pessoas começavam a dar batidinhas nas paredes e a apontar para arestas e ângulos da casa. Erik viu gente balançando a cabeça, e certos comentários chegaram aos seus ouvidos.

Anna-Greta percebeu que Erik estava se servindo de generosas doses de bebida. Tentou distrair a atenção dele do álcool, mas depois que Erik passou de certo ponto era como se tivesse se transformado, e daí por diante se tornou um par de ouvidos atentos e uma boca beberrona. Mais tarde, quando diversos convidados já conversavam abertamente sobre o que antes só ousavam sussurrar, ela o encontrou sentado em uma poltrona, encarando uma das paredes.

Três crianças estavam brincando com um ovo cozido, sobra do jantar. O jogo consistia em ver qual dos competidores conseguia fazer o ovo rolar para mais longe, simplesmente soltando-o no chão.

De repente Erik se levantou e pigarreou sonoramente. Na casa engraçada havia um clima festivo e poucas conversas se interromperam. Erik pareceu não se importar. Encostou-se no espaldar de uma cadeira para não cair e anunciou em alto e bom som:

– Estou ouvindo todo tipo de conversa, então achei que era hora de *eu* dizer o que *eu* penso desse tal de Hitler.

E fez um discurso inflamado, mas muito estranho. Seu argumento era confuso e vagamente incompreensível. Em todo caso, a ideia principal era a de que pessoas como Hitler deveriam ser erradicadas da face da Terra, e por quê? Bom, porque eram intrometidas e enfiavam o nariz onde não eram chamadas e, com seu autoritarismo, acabavam com a liberdade alheia. Hitler era uma dessas pessoas que sempre achavam que sabiam mais que todo mundo e, portanto, esmagavam os outros como se fossem insetos.

Erik terminou dizendo:

– Porra, a gente pode muito bem viver sem esses sabichões. Pelo menos é o que eu acho.

Somente um pouco mais tarde, quando Torgny se levantou, pediu licença e foi embora levando consigo Maja, é que Anna-Greta percebeu que o discurso tinha sido sobre outra coisa.

Não, não foi exatamente uma recepção de casamento bem-sucedida. Tampouco a noite de núpcias. Erik ficou bêbado demais para fazer qualquer coisa e, na manhã seguinte, Anna-Greta foi buscar consolo nas gaivotas que tinham começado a sobrevoar em círculo as falésias.

Como vai ser a vida aqui nesta casa?

Contas de plástico

O pinheiro ainda estava lá, ao lado da varanda, ereto, firme e forte como sempre. Anders pousou a mala junto à árvore e contemplou a Choça. O telhado de folhas de metal havia sido substituído por chapas de estanho corrugado, cujos sulcos estavam cheios de folhas de pinheiro. Provavelmente as calhas estavam entupidas.

Na orla, do meio da campina de absinto o precário e instável píer se estendia mar adentro. Muitos anos antes a avó de Anders tinha trazido de Stora Korset uma planta que lentamente foi se espalhando até que a manta oscilante de folhas e talos nus cercou o velho barco de casco de plástico emborcado sobre um par de blocos de madeira.

Ele contornou a casa, inspecionando toda a parte exterior. Do lado que ficava de costas para o mar parecia tudo bem. Mas do lado de frente para o mar a tinta vermelha tinha desbotado e algumas placas de madeira do revestimento das paredes estavam rachadas. A antena de TV tinha desaparecido. Quando subiu até o pátio, ele viu a antena caída no chão feito uma aranha machucada.

Sentia dor o tempo todo. O tempo todo havia em seu peito um peso e uma dor que parecia um grito. Numa das quinas da casa avistou, em um canto, algo vermelho entre as rosas-bravas. O barquinho de Maja. Uma coisinha inflável e barata com a qual eles tinham brincado naquele último verão. Ele e Maja e Cecilia.

Agora o brinquedinho estava ali, caído, dilacerado e murcho entre as roseiras. Ele se lembrava de ter dito a Maja para não arrastá-lo entre as pedras pontudas, para não... agora o barquinho estava empalado por centenas de espinhos e tudo tinha acabado e era tarde demais.

Era por causa do barquinho que ele não voltava a Domarö havia quase três anos. Por causa do barquinho e de outras lembranças como essa, outros vestígios do passado. As coisas que desdenhosamente continuavam existindo, apesar de já não deverem mais estar no mundo, porque o significado delas já tinha evaporado.

Ele já esperava por isso. Tinha se fortalecido. Não chorou. Continuou contornando a casa, levado pelas pernas que só se moviam porque ele mandava que se movessem, e com o canto do olho viu o brilho vermelho do barco. Seguiu em frente e chegou à mesa no jardim, desabou pesadamente sobre o banco. Estava com dificuldade de respirar, minúsculas mãos apertavam sua traqueia e pontinhos negros dançavam diante de seus olhos.

Que diabo eu vim fazer aqui?

Assim que passou a fase mais aguda da paralisia dos músculos de sua garganta, ele se levantou e chutou para longe a pedra junto ao arbusto de groselheira-espinhosa. Sobre a sacola plástica que continha a chave da porta havia um pequeno tropel de tatus-bola. Esperou que eles sumissem, depois se abaixou e pegou a sacola. Quando endireitou o corpo, sentiu-se tonto. Caminhou até a porta da frente como se estivesse bêbado, destrancou-a, arrastou-se até o banheiro e tomou vários goles da água de gosto enferrujado da torneira. Respirou, bebeu mais alguns goles. A tontura ainda estava lá.

A porta do corredor para a sala de estar estava aberta, e a luz do mar e do céu lançava no sofá sob a janela um esplendoroso brilho branco. Ele perdeu a visão periférica, cambaleou e desabou no sofá.

O tempo passou.

Ele ficou deitado no sofá com os olhos abertos ou fechados e percebeu que estava morrendo de frio. Mas isso era apenas um mero fato, pouco importante. Olhou para a tela vazia do televisor, as portas cobertas de fuligem do fogão de Roslagen.

Ele reconhecia tudo, e tudo lhe era desconhecido. Tinha imaginado que haveria alguma sensação de volta ao lar, uma sensação de retornar a algo que ainda lhe pertencia. Não houve nada disso. Ele sentia-se como um ladrão nas lembranças de outrem. Tudo ali pertencia a um estranho, a alguém que ele tinha sido muito tempo atrás e a quem agora já não conhecia.

Lá fora tinha escurecido e o mar lambia ruidosamente as pedras. Ele fez força para se levantar do sofá, arranjou uma lata, que encheu com fluido de limpeza de chaminé; colocou a lata no piso da lareira e acendeu para se livrar do ar gelado na chaminé. Depois acendeu o fogo da lareira e foi abrir a porta do quarto, de modo a irradiar o calor pela casa toda. Estacou.

A porta.

A porta estava fechada.

Alguém tinha fechado a porta.

Anders ficou imóvel, respirando pelo nariz. Cada vez mais rápido, feito um animal farejando o perigo. Encarou a porta. Era uma porta comum. Madeira clara do tipo mais barato. Ele mesmo a tinha comprado da serraria em Nåten e passara um dia inteiro tirando o batente velho e carcomido e instalando a porta nova. Uma porta perfeitamente comum, banal. Mas estava fechada.

Ele tinha certeza absoluta de que a porta não estava fechada quando ele e Cecilia saíram dali pela última vez, exaustos, vazios, com os olhos secos de tanto chorar.

Acalme-se. Foi o Simon quem fechou.

Mas por que ele teria feito isso? Não havia outros sinais de que alguém tinha estado na casa. Por que Simon viria aqui apenas para fechar a porta do quarto?

Portanto a porta devia estar fechada quando eles foram embora. Ele devia ter se enganado.

Mas eu não me enganei.

Ele se lembrava de tudo com clareza. De como Cecilia tinha ido para o carro carregando a última coisa, uma mala contendo as roupas de verão de Maja. De como ele tinha ficado lá parado, olhando pela última vez para a casa antes de fechar e trancar a porta da frente. Sabia que estava dizendo adeus, que nenhuma das coisas que tinha imaginado aconteceria, que ele talvez jamais voltasse a ver aquele lugar. A imagem estava cauterizada em seu cérebro.

E a porta do quarto estava aberta.

Ele esticou a mão e agarrou a maçaneta. Estava gelada. Seu coração martelava dentro do peito. Com cautela, girou a maçaneta e empurrou. A porta se escancarou. Apesar do bafo gelado que saiu de dentro do quarto, ele sentiu uma gota de suor escorrer de sua axila.

Nada.

Não havia coisa alguma ali dentro, é claro. O jato de luz do farol cintilava sobre a cama de casal do outro lado do quarto. Tudo estava como deveria estar. Mesmo assim ele tateou a parede à procura do interruptor e acendeu a luz antes de entrar.

A cama de casal estava feita, a colcha de cetim branco brilhava e espalhava luz pelo azul pálido das paredes revestidas de madeira e sobre a pintura barata acima da cabeceira, um navio em perigo num mar tempestuoso.

Ele foi até a janela. O farol do pontal Norte faiscava do outro lado da baía. Um único jorro de luz no porto iluminou o píer do vapor e os barcos balançando. Lá não havia vivalma. Nos breves intervalos de escuridão, ele podia ver rápidos lampejos de Gåvasten, o odioso farol de Gåvasten.

Na vidraça suja e escura viu refletida a parede oposta. O guarda-roupa, a cama de Maja. Estava bagunçada, do mesmo jeito que a tinham deixado. Nem ele nem Cecilia tinham sido capazes de alisar a colcha e apagar os últimos vestígios da criança que costumava se deitar ali. Anders estremeceu. Os lençóis e cobertas caóticos pareciam esconder um corpo. Ele se virou.

Uma cama. Uma cama desfeita. Nada mais. Uma cama, pequena e bagunçada. A fronha com o desenho do ursinho Bamse carregando uma pilha de potes de mel. Ela tinha a assinatura da revista em quadrinhos, que continuara sendo entregue pelos Correios. Ele seguira lendo os gibis em voz alta, do mesmo jeito que costumava fazer, só que agora ninguém mais o ouvia.

Ele se sentou na cama dela, passeou os olhos pelo quarto. Deitou-se em posição fetal, todo encolhido. Encolheu-se ainda mais. Sentia uma dor no peito, um caroço se formando. Viu o quarto pelos olhos dela.

Tem a cama grande, onde dormem a mamãe e o papai, e pra onde eu posso ir se ficar com medo. Esta é a minha linda cama, tem o Bamse. Eu tenho seis anos. Meu nome é Maja. Sei que sou amada.

– Maja... Maja...

O caroço em seu peito era tão grande que não podia ser dissolvido com lágrimas, e Anders estava sendo tragado para dentro dele. Ele não tinha túmulo para visitar. Nada que significasse Maja. Exceto aquilo. Aquele lugar. Só agora ele tinha entendido isso. Estava sentado no túmulo da menina, no lugar de descanso dela. A cabeça dele estava entre os joelhos, rente ao chão.

No assoalho junto à cama ele viu um punhado de contas de plástico dela. Vinte ou trinta, espalhadas. Com elas Maja fazia colares, desenhos. Era seu passatempo favorito. Ela tinha um balde repleto de contas de todas as cores imagináveis, que ficava debaixo da cama.

Exceto por aquelas que estavam espalhadas pelo chão.

Anders pegou algumas, colocou-as na palma da mão e examinou-as. Uma vermelha, uma amarela, três azuis.

Outra lembrança do último dia, ajoelhando-se junto à cama da filha, a cabeça encostada no colchão, procurando o cheiro dela e encontrando, o tecido sugando suas lágrimas.

Ele tinha ficado de joelhos. E de joelhos fora se movendo em torno da cama, à cata do cheiro dela. Sim. Mas naquele dia não sentiu contas de plástico sob os joelhos. Nos anos que se seguiram ele tinha se esquecido de boa parte da própria vida, muita coisa se perdera em uma névoa de confusão mental, mas aquele último dia passado ali ainda ardia com intensidade. Claramente. Não havia contas de plástico no chão pressionando sua pele.

Tem certeza?

Sim. Tenho.

Ele se abaixou e olhou debaixo da cama. O balde transparente estava quase na ponta. Dois terços cheio. Enfiou a mão nele e deixou que ela se rodeasse de contas. Quando a tirou, havia várias contas grudadas na pele.

Ratos. Camundongos.

Enterrou ambas as mãos no balde, encheu de contas as palmas em concha e deixou que caíssem de volta no balde. Sem derrubar nenhuma. Ratos não eram capazes sequer de andar pelo armário da cozinha sem deixar cair alguma coisa.

Empurrou o balde para seu lugar debaixo da cama e examinou o chão. As vinte ou trinta contas estavam todas próximas da cama. Ele engatinhou pelo chão, inspecionou os cantos e beiras. Nenhuma conta. Sob a cama de casal, enormes bolas de poeira, e nada mais.

Espera um pouco...

Voltou para a cama de Maja e olhou debaixo.

Atrás do balde de contas de plástico havia uma caixa sem tampa contendo peças de Lego. Ele puxou-a para si. Uma camada de poeira cobria os blocos multicoloridos. Ele não tinha como verificar, porque mexera as mãos dentro do balde, mas será que havia poeira nas contas?

Sentou-se no chão, com as costas apoiadas na cama de Maja e os olhos fixos no guarda-roupa. Era um objeto desajeitado fixado na parede, construído pelo avô de Anders com a mesma falta de habilidade que caracterizava o restante da casa. Tinha aproximadamente um metro de largura e fora feito com sobras de madeira grosseira. A chave estava na fechadura.

Seu coração começou a palpitar de novo, e nas palmas das mãos ele sentiu um filete de suor gelado. Sabia que o guarda-roupa tinha uma alça interna. Maja gostava de se sentar lá dentro, debaixo das roupas, e fingir que...

Para. Para com isso agora.

Ele espremeu os lábios, parou de respirar. Escutou com atenção. Não ouviu coisa alguma além do marulhar das ondas contra as pedras, o vento sussurrando entre os pinheiros, o próprio coração esmurrando seus ouvidos. Olhou para a porta do guarda-roupa, para a chave. Ela estava se mexendo.

De um salto, Anders se pôs de pé e comprimiu as mãos nas têmporas. Sua mandíbula inferior tinha começado a tremer.

A chave não estava se mexendo. É claro que não estava se mexendo.

Para. Para.

Sem olhar para trás ele saiu do quarto, apagou a luz e fechou a porta. Seus dedos estavam gelados, os dentes rangiam. Colocou alguns pedaços de lenha no fogo, depois ficou um bom tempo sentado aquecendo as mãos, o corpo.

Quando se acalmou, abriu a mala e tirou uma das caixas de vinho tinto que havia trazido, abriu e mandou goela abaixo um terço do conteúdo. Olhou para a porta do quarto. Ainda estava apavorado.

Na cozinha o fogo do fogão tinha se apagado. Ele não se incomodou com isso, apenas pegou os cigarros e uma taça e voltou para o círculo seguro do calor junto ao fogo, onde deu cabo do vinho. Assim que a caixa ficou vazia ele jogou-a no fogo e pegou outra na mala.

O vinho fez seu trabalho, os nós de tensão dos músculos afrouxaram e seus pensamentos vagaram a esmo, sem pousar em nenhum lugar em particular. No meio da segunda caixa de vinho ele se levantou e contemplou o mar, a taça na mão. O farol de Gåvasten brilhava ao longe.

– Um brinde, seu desgraçado. Saúde, seu desgraçado de merda.

Esvaziou a taça e seu corpo começou a oscilar no mesmo ritmo da luz.

O mar. E nós, pobres desgraçados, com nossos faroizinhos.

Alguma coisa ruim está chegando

Às três e meia da manhã Anders foi acordado por alguém que esmurrava a porta. Abriu os olhos e permaneceu deitado imóvel no sofá, enrolando-se ainda mais no cobertor. A sala estava às escuras. O jato de luz do farol inundou a sala e o chão balançou. A cabeça dele estava pesada.

Anders ficou lá deitado com os olhos arregalados, imaginando se havia ouvido mal, se tinha sido um sonho. A luz do farol varreu mais uma vez a sala. Dessa vez o chão permaneceu no lugar. Atrás de si ele percebeu a ventania ganhando força. O mar se arremessava contra as rochas e uma corrente de ar frio se insinuava, sibilando, por entre os vãos da casa.

Anders tinha acabado de fechar os olhos para tentar voltar a dormir quando os golpes na porta da entrada começaram de novo. Três potentes socos. Ele endireitou o corpo e, agora sentado, olhou ao redor, instintivamente procurando uma arma. Havia algo de horrível naqueles baques secos e firmes.

Como se... como se...

Como se alguém estivesse ali para pegá-lo. Alguém obedecendo a uma ordem. Alguém com o direito de levá-lo embora. Com as pernas prontas para fugir ele deslizou do sofá, arrastou os pés até a lareira e pegou o atiçador.

Imóvel e com o atiçador em riste, esperou que as batidas da porta recomeçassem. Não ouviu ruído algum a não ser a fúria crescente do mar, o rangido de um galho sendo rachado pelo vento.

Calma. Talvez seja só...

Só o quê? Um acidente, alguém precisando de ajuda? Sim, essa era a situação mais provável, e ele ali, agindo como se esperasse uma invasão alienígena. Deu alguns passos na direção da porta, ainda empunhando o atiçador.

– Oi! – ele gritou. – Quem está aí?

Com o coração acelerado, ele tinha a sensação de que havia alguma coisa comprimindo sua cabeça.

Tem alguma coisa errada comigo.

Algum barco havia encalhado, o motor morrera no temporal e os tripulantes haviam subido pelas pedras até a porta de sua casa, talvez estivessem ali bem agora, ensopados até os ossos e tiritando de frio.

Mas por que estão esmurrando a porta desse jeito?

Sem acender as luzes, que podiam lhe ofuscar a visão, Anders rastejou até a janela do corredor e olhou para fora. Até onde viu não havia vivalma na varanda. Acendeu a luz externa. Ninguém. Abriu a porta e espiou.

– Oi. Tem alguém aí?

O balanço de Maja oscilava loucamente sob a ação do vento, folhas secas rodopiavam pelo pátio. Ele fechou sem trancar a porta atrás de si, saiu na varanda e olhou ao redor, aguçando os ouvidos.

Julgou ter escutado o ronco de um motor vindo da direção do vilarejo. Um pequeno motor de popa ou uma motosserra. Mas quem sairia de barco àquela hora, quem estaria cortando árvores no meio da noite? Podia ser uma motoneta, é claro, mas ainda assim a mesma pergunta era válida.

O balanço de Maja era desconcertante. Oscilava de tal maneira que dava a impressão de que havia alguém sentado nele, brincando. Alguém que Anders não conseguia ver. Uma rajada de vento gelado golpeou-o no peito e na barriga quando ele se afastou alguns passos da porta e gritou "Maja?" no ar vazio.

Nenhuma resposta. Nenhuma alteração no movimento frenético do balanço. Ele abaixou o atiçador e passou a mão pelo rosto. Ainda estava bêbado. Bêbado e bem acordado. O som do motor – se é que era mesmo isso – tinha parado. Tudo que ele podia ouvir era o rangido do galho rachado.

Voltou até a porta e examinou-a na parte externa. As batidas não haviam feito estrago. Os cantos da sua boca se contorceram.

Eu sei o que isso significa.

Sua avó lhe contara sobre a ocasião em que o pai dela passou a noite em uma choupana numa das ilhotas do arquipélago. Ele tinha ido "fazer um serviço", o que na época era um eufemismo para contrabando de bebida alcoólica. Provavelmente tinha marcado um encontro de madrugada com um cargueiro estoniano fora do limite de três milhas náuticas de mar territorial e decidiu que era mais seguro passar a noite no arquipélago.

No meio da noite ele é acordado por pancadas na porta da choupana. É uma porta simples, e as batidas são tão fortes que fazem o trinco dar saltos. Ele acha que é a guarda portuária no seu encalço, mas dessa vez as autoridades haviam se adiantado. Como ainda não está de posse de coisa alguma que a alfândega possa confiscar, ele se dispõe de bom grado a explicar por que está passando a noite ali – trouxe consigo sua espingarda de caça de aves selvagens, em nome das aparências. Abre a porta com toda a tranquilidade do mundo.

Não encontra ninguém. Não vê vivalma, e no píer avista apenas seu próprio barco de pesca atracado. Porém, por precaução, ele pega o dinheiro que vai usar para pagar o contrabando e dá uma volta pela ilha com a arma em punho. Consegue assustar um casal de patos êider-edredão, que estava em uma moita de juncos, e nada mais.

O dia amanhece e ele ruma para o local combinado. Depois de algumas milhas náuticas, avista o cargueiro pouco além do limite.

E então ele ouve uma explosão.

De início acha que é seu próprio motor de ignição por compressão, mas percebe que a ressonância da explosão é profunda demais, que vem de fora de seu barco. Pega a luneta e mira o cargueiro.

Alguma coisa aconteceu com o navio. De início ele não consegue entender o que é, mas assim que se aproxima vê que o cargueiro está se inclinando e começando a afundar. Quando por fim chega lá, não há mais nada. Ele esquadrinha a superfície, mas já não resta o que ver.

"Quatro homens e pelo menos mil litros de aguardente afundaram naquele dia", contou mais tarde o pai de sua avó. "Não sei quem ou o que estava esmurrando a porta, mas, fosse o que fosse, era isso que aquelas batidas queriam me dizer. Que alguma coisa ruim estava chegando."

A avó de Anders tinha contado a história usando exatamente as mesmas palavras, que desde então passaram a ser uma expressão que de tempos em tempos lhe vinha à mente quando ele queria descrever alguma coisa. Ele se lembrou dela agora, enquanto examinava a porta sem encontrar o menor vestígio de quem tinha sido o responsável pelas batidas.

Alguma coisa ruim está chegando.

Olhou para os pinheiros, cujas copas balançavam invisíveis na escuridão fora do círculo de luz da lâmpada da varanda. Um pedaço solto de metal no depósito de madeira fez um estrondo, como que para realçar a frase.

Alguma coisa ruim está chegando.

Era impossível voltar a dormir. Anders acendeu o fogão, sentou-se à mesa da cozinha e ficou encarando a parede. Tinha a sensação de que sua cabeça estava cheia de mingau morno, envolto numa perversa membrana de claridade. Conseguia pensar com clareza, mas não com profundidade.

O vento uivava pelas paredes, e Anders sentiu um calafrio. Subitamente teve a sensação de que estava *desprotegido*. Como uma criança indesejada abandonada na floresta. Exposto. Sua frágil casinha estava lá, sozinha, exposta no pontal. O mar profundo forçava caminho para cima, esticando os braços. O vento se dobrava sobre a casa, flexionando os músculos e tentando achar uma entrada.

Alguma coisa ruim está chegando. Está atrás de mim.

Ele não fazia ideia do que era essa "coisa". Sabia apenas que era enorme e forte, e estava atrás dele. Que suas fortificações eram inadequadas.

O vinho velho deixou um gosto de fruta podre na boca de Anders; ele bebeu meio litro de água direto da torneira para tirar o gosto. Não adiantou muito. Devia ter entrado água salgada no poço – a água da torneira estava com um gosto forte, metálico. Anders molhou o rosto e o secou com um pano de prato.

Sem pensar muito, ele voltou ao quarto e pegou o balde com as contas de plástico, depois se sentou à mesa da cozinha e começou a pegar uma por uma, juntando-as. Primeiro fez um coração vermelho. Depois um coração azul em volta do vermelho. Depois um amarelo, e assim por diante. Como uma boneca russa, um coração circundando o outro. Quando chegou à extremidade, levantou-se e colocou um pouco mais de lenha no fogão.

As contas que ele separou para fazer seu desenho de coração não tinham feito a menor diferença no nível do balde. Ele tinha uma fartura de contas e muitos azulejos. Teria realmente gostado de azulejos maiores. Assim conseguiria fazer um desenho inteiro.

Se você colar um no outro...

Da caixa de ferramentas Anders tirou uma serra de arco e pôs mãos à obra. Assim que terminou de serrar a ponta de nove azulejos, alisou-as com uma lixa de modo a formar uma superfície uniforme para a ação da cola. O trabalho monopolizou a tal ponto sua atenção que ele nem sequer percebeu que a alvorada vinha se arrastando sobre o mar.

Somente quando todas as pontas estavam lisas e ele se levantou para procurar o tubo fechado de araldite, que ele sabia que devia estar em algum lugar, é que Anders olhou de relance pela janela e percebeu que o sol da manhã tinha dissolvido o brilho do farol do pontal Norte.

Manhã. Café.

Anders lavou boa parte da camada de limo do bule e despejou água na cafeteira. Na despensa havia um pacote aberto de café, que sem dúvida tinha perdido todo o sabor. Ele compensou usando o dobro da quantidade habitual de pó e ligou a máquina.

Encontrou a cola e passou mais meia hora alisando as pequenas imperfeições e colando os azulejos. O sol da manhã entrava de viés pela janela da cozinha e ele se afastou um pouco para admirar seu trabalho.

Nove azulejos com espaço para quatrocentas contas cada um, todas coladas. Uma superfície branca e nodosa à espera de três mil e seiscentos pontinhos coloridos. Anders assentiu. Estava contente consigo mesmo. Agora sim podia seguir em frente.

Mas o que devo fazer?

Fumando um cigarro e bebericando o líquido quente, que a bem da verdade mais parecia a sombra de uma caneca de café, ele contemplou a superfície branca e tentou imaginar que figura criaria ali.

O mar tempestuoso de uma das telas de Strindberg em forma de contas. Sim. Mas provavelmente não havia nuances suficientes para isso. Alguma coisa mais *naïf*, mais ingênua, como um desenho de criança. Vacas e cavalos. Uma casinha com chaminé. Não, isso não era desafio nenhum.

Um desenho de criança...

Ele olhou fixamente para o farol do pontal Norte e vasculhou a memória. Depois pôs de lado a caneca de café e começou a revirar as gavetas. Não tinha a menor ideia do paradeiro da câmera.

Encontrou-a na "gaveta da bagunça", onde ia parar tudo que parecia digno de ser guardado. O contador indicava que haviam sido tiradas doze fotos. Ele usou a ponta de um lápis para apertar o botão de rebobinar, e o motor começou a girar, lentamente e bastante relutante. As pilhas estavam mais ou menos mortas. Ouviu um clique e o motor acelerou: nada mais a rebobinar. Anders tirou o rolo de filme e sentou-se de novo à mesa da cozinha.

Fechou a mão em torno do pequeno cilindro de metal, que, depois de tanto tempo na gaveta, estava gelado. Elas estavam lá. As últimas fotografias de uma família. Ele aqueceu na mão o rolo, aqueceu as minúsculas pessoas no gelo, que pouco depois seriam assoladas por algo terrível.

Segurou o rolo de filme entre o polegar e o indicador, examinando-o como se assim fosse capaz de enxergar ao menos em parte o que havia ali dentro. Um impulso instigou-o a guardar o rolo, deixar que aquela família ficasse ali dentro, para sempre sem saber o que estava por vir. Não permitir que ela saísse para chafurdar na lama que a vida tinha se tornado. Deixar que aquela família permanecesse em sua pequena cápsula do tempo.

Alguém nos odeia

Com a primeira xícara de café da manhã ao seu lado, Simon estava sentado à mesa da cozinha olhando fixamente para a caixa de fósforos semiaberta. A larva negra estava ali dentro, imóvel, mas Simon sabia que ela estava viva.

Ele apertou com firmeza os lábios, juntando saliva na boca. Assim que formou cuspe suficiente, deixou o filete escorrer da boca para dentro da caixa. Como se estivesse sonolenta, a larva se moveu de leve quando o cuspe aterrissou sobre sua pele brilhante; Simon observou a saliva sendo lentamente absorvida até desaparecer.

Era um ritual matutino tão necessário quanto ir ao banheiro fazer xixi e tomar uma xícara de café, ele acabou constatando.

Certa manhã, cerca de uma semana depois que o Spiritus passou aos seus cuidados, Simon tinha deixado a caixa na gaveta da cozinha sem cuspir nela e foi de barco ao continente a fim de fazer compras. Tão logo entrou no barco, começou a sentir o gosto na boca. O gosto de madeira velha, de noz rançosa, foi ficando cada vez mais forte durante a travessia, escapou da boca e se alastrou pelo corpo, invadiu sua corrente sanguínea e se infiltrou entre seus músculos.

Quando começou a desacelerar o barco, já pronto para atracar no molhe em Nåten, Simon vomitou no chão. Ele sabia a razão, mas se recusou a entregar os pontos e seguiu adiante, o mais devagar possível, na direção do ancoradouro. Quando o barco bateu num dos postes do píer, foi como se seu corpo estivesse sendo revirado pelo avesso. Vomitou até não restar nada além de bile.

Era uma náusea muito mais poderosa do que o próprio corpo é capaz de produzir, um choque séptico semelhante ao envenenamento agudo. Com o corpo dobrado de dor, o estômago contorcendo-se de cólicas, Simon conseguiu virar o barco a fim de retornar a Domarö.

Estava convencido de que ia morrer e, durante todo o trajeto de volta, permaneceu deitado em posição fetal na popa, enquanto golfadas profundas de líquido insistiam em sair à força de seu corpo que apodrecia.

Não conseguiu atracar direito o barco, mas embicou-o na orla e rastejou de joelhos na água rasa, passando em meio aos seixos e ao gramado até por fim entrar em casa. Quando tirou a caixa de dentro da gaveta, sua boca estava tão seca de tanto vomitar que ele levou alguns minutos para conseguir reunir saliva suficiente de modo a dar ao Spiritus o que o Spiritus ansiava. Demorou vários dias para se recuperar plenamente, para que seu corpo voltasse a se sentir forte.

Desde então Simon passou a ser mais cuidadoso e cuspia na caixa de fósforos toda manhã. Não sabia o que o aguardava no final desse pacto que havia firmado, mas sabia que, até o fim de seus dias, tinha de cumprir sua parte do acordo.

E depois?

Ele não sabia. Mas, de alguma forma, temia pelo pior. E lamentava o fato de, naquele dia, não ter se livrado do Spiritus no píer. De não tê-lo atirado nas profundezas do mar, o lugar a que pertencia. Ele lamentava isso. Mas agora era tarde demais.

Bebericou o café e olhou pela janela. O céu estava alto e límpido, como só acontece no outono, com algumas folhas amarelas de bétula flutuando ao sabor do vento. Nada indicava que uma tempestade estava a caminho, mas Simon sabia que estava, assim como sabia de muitas outras coisas. Onde encontrar água, quando se formaria gelo, a quantidade de chuva do próximo aguaceiro.

Assim que terminou seu café e lavou a xícara, Simon calçou suas botas de cano alto e saiu. Era um dos hábitos dos ilhéus que tinha adotado: botas de cano alto até os joelhos em qualquer situação. Ele nunca sabia onde teria de acabar pisando, e era melhor estar preparado.

Talvez hoje a correspondência e os jornais tivessem chegado no barco da madrugada; se não tivessem, sempre havia velhos conversando junto às caixas de correio, homens que, como Simon, não tinham coisa melhor a fazer do que ver se o correio chegara no primeiro barco da manhã. O que quase nunca acontecia.

A caminho das caixas postais, olhou de relance pela trilha que levava à Choça. Havia muito trabalho a fazer lá, e talvez isso fosse uma boa coisa para Anders. Algo com que ocupar as mãos é uma excelente cura para pensamentos sombrios, ele sabia disso por experiência própria. Durante os piores períodos com Marita, sua primeira esposa, a prática com baralhos, lenços e outras coisas é que tinha afugentado seus ataques de pânico.

Com Anna-Greta é claro que as coisas eram bem diferentes. Nesse relacionamento era principalmente a melancolia que ele tinha enxotado com técnicas de prestidigitação e a agilidade das mãos.

Até onde Simon sabia Anders não tinha nenhum hobby específico com que ocupar sua mente; por isso lhe faria bem lidar com o gramado, que precisava de poda, com as paredes, que precisavam de uma nova demão de tinta, e com a madeira, que precisava ser cortada.

* * *

Já de uma distância de cem metros ele viu que naquele dia o grupo de velhos conversando junto às caixas postais se resumia a Holger e Göran. Reconheceu os dois de imediato. Holger era um homem curvado e infeliz por causa das decepções e dissabores que haviam começado ainda na juventude, ao passo que Göran ainda tinha as costas retas e firmes depois de quarenta anos de trabalho na polícia.

Mas o que...?

Os dois homens estavam travando uma acalorada discussão. Holger balançava a cabeça e agitava um dos braços na direção do mar, ao passo que Göran chutava o chão, como se estivesse aborrecido. Mas não era esse o fato estranho.

As caixas postais tinham sumido.

A parede da loja, fechada para a estação, estava completamente vazia. Restava apenas a caixa de correio amarela para a postagem de correspondência, e isso também parecia esquisito.

Interromperam o serviço postal?

Assim que chegou mais perto, Simon percebeu que não era esse o problema. A dez metros da loja pisou nos primeiros estilhaços. Fragmentos de plástico e lascas de madeira, pedaços das caixas postais que ainda ontem estavam afixadas à parede. O metal amarelo da caixa de correio estava amassado e torto.

Holger avistou Simon e vociferou:

– Ah, lá vem o cara de Estocolmo. Até parece que ele vai ter dó.

Simon pisou dentro do mosaico de plástico estilhaçado multicolorido.

– O que aconteceu?

– O que aconteceu? – devolveu Holger. – Eu vou te contar o que aconteceu. Ontem à noite, enquanto a gente dormia a sono solto, alguns desgraçados de Estocolmo vieram aqui de barco e acabaram com as nossas caixas postais.

– Por quê?

Holger parecia não acreditar no que tinha acabado de ouvir. Essa era sua reação normal a qualquer coisa que ele considerasse uma contestação a suas teorias, afronta a que ele em geral respondia repetindo a pergunta do interlocutor, a fim de mostrar como era absolutamente estúpida.

– Por quê? Você acha mesmo que eles precisam de um *motivo*? Talvez porque não tenham conseguido arranjar um lugar pra atracar no porto, ou talvez porque estivessem infelizes por julgar que o sol não brilhou muito no verão do ano passado, ou quem sabe porque achem que a coisa mais divertida do mundo é sair por aí destruindo o que aparecer pela frente. Se você quer saber a minha opinião, fico com a última opção. Isso me deixa furioso.

Holger girou sobre os calcanhares e saiu mancando na direção do píer do vapor, onde Simon avistou Mats, o dono da loja, aguardando o escaler.

Simon virou-se para Göran e perguntou:

– Você também acha que foi isso?

Göran olhou para a devastação ao redor dos dois e balançou a cabeça.

– Acho que a gente não faz ideia de quem fez isso. Pode ter sido qualquer um.

– Alguém da ilha?

– Não consigo pensar em ninguém. Mas nunca se sabe.

– Alguém ouviu alguma coisa?

Göran meneou a cabeça na direção do píer.

– O Mats ouviu algo, e depois escutou um motor sendo ligado. Mas ele não sabe se era um motor de popa ou uma motoneta. O vento estava na direção contrária.

– Devem ter feito... uma barulheira dos infernos.

– Não sei – disse Göran, pegando com a mão em concha um punhado de pedaços verdes e cinzentos e mostrando a Simon. – Olha só isto aqui. O que você acha?

Os pedaços na mão de Göran, romboidais e em formato de barbatana, tinham as pontas afiadas. Os pedaços no chão também eram bastante grandes. Não havia pedacinhos.

– Não parece que foram pancadas.

– É, não é mesmo? Parece mais que foram *cortados*. Com um estilete ou coisa parecida. E olha só isto aqui.

Göran apontou para a caixa de metal. Estava amassada e entortada, mas as depressões tinham ângulos pontiagudos no meio, onde o metal era transparente. Aqueles amassados não haviam sido criados por golpes ou pancadas, mas sim um esfaqueamento. Alguém tinha atacado a caixa postal com uma faca enorme.

Simon balançou a cabeça.

– Por que alguém faria uma coisa dessas?

Göran hesitou antes de responder, como se quisesse ter certeza de que estava escolhendo as palavras certas. Por fim respondeu:

– Minha experiência com esse tipo de coisa... é que as pessoas fazem isso porque sentem ódio.

– E em casos assim o que é que eles – ou ele – odeiam?

– Nós.

Simon olhou de novo para o entulho no chão, para a caixa de metal amassada. Todas as caixas postais representavam os moradores da ilha. Cada caixa era uma extensão da pessoa a quem pertencia. Um nome.

Göran encolheu os ombros.

– Ou é o simples desejo de destruir as coisas. Como é que eu vou saber? Às vezes é isso. Mas em geral não é. E então, o que a gente vai fazer com essa bagunça?

Qualquer tipo de abuso ou de desvio violento da norma tem a tendência de criar lacunas na cadeia de responsabilidades: ninguém é culpado, ninguém é responsável. Nesse caso, dois velhos que por acaso passavam por ali podem muito bem acabar limpando a bagunça. Göran se agachou e começou a recolher os pedaços do chão; Simon pegou a lixeira que ficava nos degraus da loja. Depois os dois trabalharam juntos para recolher os estilhaços. Assim que o cesto ficou cheio, Göran desceu até o porto para pegar um latão vazio, enquanto Simon sentou-se nos degraus e limpou o suor da testa.

Que coisa desnecessária. Toda essa confusão só porque alguém... sente ódio.

Ele fechou a cara e esfregou os olhos.

Ah. Quando alguém odeia de verdade, a encrenca não tem fim. Para dizer a verdade, a gente deve se sentir agradecido se a coisa ficar só nas caixas de correio.

– Simon?

Simon ergueu os olhos. Anders estava de pé à sua frente, com uma carta na mão, olhando ao redor.

– Cadê as caixas de correio?

Simon explicou o que tinha acontecido e instruiu Anders a entregar a carta diretamente a Mats, que na verdade vinha subindo do porto carregando nos braços o engradado azul do correio. Göran e Holger vinham logo atrás.

Göran tinha arranjado um rolo de sacos plásticos e começou a enfiar dentro de um deles os pedaços. Holger enfiou as mãos nos bolsos e encarou Anders.

– Então a gente tem visita. Quando você chegou?

– Ontem.

Ao ouvir essa informação, Holger ficou um bom tempo assentindo. Olhou para os outros em busca de apoio, primeiro para Mats e depois para Göran, mas ambos não demonstraram o menor esboço de solidariedade. Quando viu que o olhar de Göran era mais de aborrecimento do que qualquer outra coisa, Holger lembrou-se da situação.

– A propósito, meus pêsames pela perda que você sofreu – ele conseguiu dizer.

Durante alguns minutos o grupo conversou sobre o que fazer com a correspondência. Por ora Mats ficaria ali e explicaria a todo mundo o que tinha acontecido. Precisariam de novas caixas postais assim que possível. Enquanto isso um balde de plástico com tampa ou mesmo uma sacola quebraria o galho. Contanto que todos colocassem seu número da caixa postal.

Anders agitou no ar sua carta.

– Então o que eu devo fazer com isto? É um filme pra revelar. Eu não quero que se extravie.

Mats pegou a carta e prometeu que daria um jeito de enviá-la. Depois distribuiu a correspondência dos que estavam ali. Para Simon não havia cartas, apenas um jornal, *Norrtelje Tidning*, e um folheto de propaganda de um fundo de pensão.

Quando Simon e Anders se puseram a caminho de casa, Göran disse:

– Você não vai esquecer, vai?

– Não – respondeu Simon. – Eu farei uma visita um dia desses.

Os dois seguiram ao longo da orla. Os píeres pertencentes aos visitantes de verão estavam mais ou menos vazios. Era provável que pessoas estranhas aparecessem no final de semana, mas por outro lado a temporada de férias já tinha acabado.

– O que ele quer que você não esqueça?

– Faz um tempinho que Göran mudou-se de volta pra cá, quando se aposentou. Mas ainda não tem poço, por isso quer que eu vá com ele com a minha varinha de condão encontrar água.

– Como é que você faz isso, afinal?

– Treino, treino e mais treino.

Anders deu um soco de brincadeira no ombro de Simon.

– Para com isso. Isso não é mágica. Estou interessado de verdade.

– Bom, é um tipo de mágica. Vai visitar Anna-Greta?

Anders desistiu do assunto. Fazia alguns anos que Simon era o "adivinhador de água" local. Toda vez que alguém precisava perfurar um poço, era a Simon que recorria para encontrar uma fonte. Simon ia até o lugar, zanzava de um lado para outro munido de um galho fino de sorveira-brava, que era sua varinha de condão, e no fim das contas apontava para um local adequado. Nunca tinha errado.

Anders bufou:

– Parece que Holger acha que fui eu quem destruiu as caixas postais.

– Você sabia que a esposa dele morreu afogada no ano passado?

– Sigrid? Não, eu não sabia.

– Ela foi de barco verificar as redes e nunca mais voltou. Encontraram o barco dias depois, mas vazio.

Sigrid. Uma das poucas pessoas de quem Anders sentia genuíno pavor quando era pequeno. Um copo cheio até a boca simplesmente à espera da gota que faria tudo transbordar. Podia ser qualquer coisa. O tempo, o som das bicicletas, uma mosca que chegou perto demais do seu sorvete. Toda vez que Anders vendia arenque a ela, fazia questão de escolher o maior e melhor, e preferia dar-lhe de mais do que de menos.

– Ela se afogou?

Simon deu de ombros.

– Acho que algumas pessoas pensam isso, mas...

– Mas o quê?

– Outros acham que foi o Holger.

– É isso que você acha?

– Não. Não, não. Ele morria de medo dela.

– Então agora só sobraram os moradores de Estocolmo pra ele odiar?

– Isso mesmo. Mas agora ele pode fazer isso com mais energia ainda.

A tese de Holger

Essa aversão a pessoas da capital não é exclusividade de Domarö, tampouco da Suécia. Ela existe em toda parte, e às vezes por bons motivos. A história de Holger é representativa do que aconteceu no arquipélago de Estocolmo em geral, e em Domarö em particular.

Assim como Anders e muitos outros de Domarö, Holger veio de uma família de pilotos de barco. Graças a uma série de aquisições, casamentos e outras manobras, no fim das contas a família Persson acabou proprietária de toda a porção nordeste de Domarö, uma área que cobria cerca de trinta hectares da linha costeira para o interior abrangendo uma floresta, campinas e campos cultiváveis.

Foi disso tudo que o pai de Holger teve de cuidar quando atingiu a maioridade no início da década de 1930. Os turistas de verão tinham começado a aparecer, e como muitos outros moradores da ilha ele reformou e ampliou algumas garagens de barcos a fim de alugá-las.

Para resumir a longa história, havia dívidas na família, e o pai de Holger tinha a infeliz tendência de recorrer à bebida quando as coisas não iam bem. Certo verão ele conheceu um corretor de Estocolmo. Houve generosas ofertas de fartas quantidades de álcool, trocaram-se brindes fraternos. Chegou-se inclusive a cogitar a ideia do pai de Holger tornar-se membro dos Cavaleiros Templários, a lendária loja maçônica liderada por Carl von Schewen.

Bem. De um jeito ou de outro a coisa terminou assim: o pai de Holger vendeu Kattudden para o corretor. Um pedaço de terra de cerca de quinze hectares onde não cresciam árvores e onde as pastagens eram de péssima qualidade. E o negócio rendeu um valor bem mais alto do que o preço que ele teria conseguido caso vendesse a terra para outro ilhéu.

Mas é claro que o corretor não estava interessado nem em pastagens nem em silvicultura. Poucos anos depois já tinha dividido Kattudden em trinta lotes, que a seguir vendeu para potenciais turistas de verão. Cada lote saiu por uma soma equivalente à metade do preço que pagara pelo primeiro pedaço de terra.

Quando o pai de Holger percebeu o que tinha acontecido, como tinha sido completamente enganado pelo corretor, a garrafa estava à espera para consolá-lo. A essa altura Holger tinha sete anos e foi obrigado a assistir ao pai afundar em um pântano de autocomiseração, enquanto os moradores de Estocolmo construíam "chalés de verão" na terra que por muitas gerações havia pertencido à sua família.

Alguns anos depois o pai dele saiu de casa levando consigo a espingarda, foi para o meio da floresta que ainda pertencia à sua família e nunca mais voltou.

Diferentes versões dessa história são contadas em muitas das ilhas do arquipélago, mas essa era a versão da família Persson, e é inegavelmente um dos relatos mais medonhos. Esses acontecimentos suscitaram por toda parte uma boa dose de amargura, e Holger era o mais amargo de todos.

Sua tese básica era simples: os moradores de Estocolmo eram a raiz de todo mal. Alguns tinham mais culpa no cartório do que os demais, e os maiores vilões de todos eles eram Evert Taube e Astrid Lindgren.

Holger jamais se cansava de explicar sua tese a quem estivesse disposto a ouvir: o arquipélago tinha sido uma comunidade cheia de vida com uma população afeita ao trabalho, até que o cantor Evert Taube apareceu e romantizou tudo com suas canções folclóricas *Rönnerdahl* e *A valsa de Calle Schewen*. Já idoso, o verdadeiro Carl von Schewen tinha se tornado um recluso, graças aos habitantes de Estocolmo que rumavam de barco até seu píer ou ficavam lá espionando com lunetas e binóculos para ver se Calle estava ocupado com uma pilha de feno ou dançando com a flor de Roslagen.

Mas, diante das circunstâncias, isso não passava de um detalhe enfadonho. O pior mesmo foi o fato de que o retrato romântico pintado por Taube abriu os olhos dos moradores de Estocolmo para o arquipélago, onde as pessoas usavam flores no cabelo, dançavam ao som do acordeão e apreciavam uma bebidinha de maneira pitoresca. Todos os que podiam pagar compraram seu chalé de verão. Os lotes foram vendidos e o arquipélago se despovoou.

Quando o auge do frenesi perdeu força e os residentes do arquipélago começaram a achar que poderiam relaxar, o golpe de misericórdia veio com o livro de Astrid Lindgren, *A vida na ilha do Galeirão*, e a subsequente série de TV. Agora não eram apenas os ricos que queriam um chalé de verão. A fim de construírem casinhas para vender ou alugar por semanas ou por mês, os corretores compraram tudo em que puderam pôr as mãos. Todo mundo queria ir ao arquipélago, para saborear exatamente a mesma sensação de ligar um motor de popa ou encontrar uma foca de estimação.

Os jovens do arquipélago acabaram conhecendo os visitantes de verão e começaram a ansiar pelas casas noturnas e pelos cinemas da capital. Sem herdeiros interessados, casas e fazendas foram abandonadas ao deus-dará, e é claro que mais uma vez os corretores deram as caras, comprando tudo que podiam até que o arquipélago ficou parecendo um cadáver que ganhava vida durante alguns meses no verão e depois afundava novamente em seu silêncio sepulcral.

Essa era a essência da tese de Holger, que normalmente encerrava sua exposição com alguma detalhada fantasia do que gostaria de fazer com Evert e Astrid caso ainda estivessem vivos. Eram coisas terríveis envolvendo pesos de chumbo e gasolina, e ele não tolerava que discordassem dele.

O arquipélago tinha sido romantizado até a morte. Era essa a respeitada opinião de Holger.

Anna-Greta

Uma parede de lilases amarelecidos escondia a casa de Anna-Greta. A única coisa visível acima da sebe era o telhado de metal da torre, coberto de verdete. Quando criança Anders pensava que era uma torre de verdade, do tipo que se encontrava em castelos onde viviam cavaleiros, e ficava frustrado porque jamais conseguia encontrar o caminho até ela, e também porque ninguém lhe mostrava o caminho.

Mais tarde constatou que a torre pontuda era puramente decorativa e que a janela no espigão era apenas uma pintura. Cento e cinquenta anos passados dormiam naquele painel de madeira castigado pelo vento, e a impressão de uma casa assombrada perdida em suas próprias lembranças teria sido completa não fosse pela mulher que abria a porta da frente e vinha correndo pela vereda do jardim.

Anna-Greta estava usando jeans e uma camisa xadrez. Nos pés, galochas. O cabelo longo e grisalho estava preso em uma trança que lhe batia nas costas enquanto ela corria na direção de Anders e se atirava sobre ele.

– Oh, Anders! – ela o abraçou e o sacudiu. – Que bom te ver!

Anna-Greta apertou-o com tanta força que por um momento Anders achou que ela o estava erguendo do chão, do mesmo jeito que costumava fazer quando ele era criança. Ele não ousou retribuir com a mesma força – ela tinha oitenta e dois anos, afinal – e limitou-se a afagar as costas dela e dizer "Oi, vó".

De repente Anna-Greta desvencilhou-se de Anders e fitou atentamente o rosto dele durante cinco segundos. Só então pareceu notar a presença de Simon. Ela pendeu a cabeça de lado. Simon inclinou-se e beijou-a na bochecha. Anna-Greta assentiu, como que indicando que ele tinha se comportado corretamente, e agarrou a mão de Anders.

– Venha, o café está pronto.

Ela o conduziu até o interior da casa, e Simon foi atrás, caminhando com dificuldade. Não que seu modo de andar tivesse sofrido de fato alguma alteração, mas é que perto de Anna-Greta a maior parte das pessoas, independentemente da idade, parecia se arrastar.

Era como se ela existisse apenas no ar limpo e salgado, e quando chegasse o dia de sua morte o mais provável era que ela faria exatamente a mesma coisa. Daria um passo de lado. E se dissolveria no vento norte-noroeste, rodopiando em torno do farol do pontal Norte e depois mar adentro.

A mesa estava posta na sala de visitas: sanduíches de anchovas com ovos, delicados biscoitos e caracóis de canela. Subitamente a fome que Anders tinha se recusado a admitir tomou conta dele. Simon fingiu ficar ofendido e disse a Anders:

– Ah, entendi. Só estamos na sala de visitas porque você está aqui. Já eu tenho de me sentar na cozinha. Isso quando sou convidado.

Anna-Greta parou e ergueu a sobrancelha.

– Isso é uma queixa?

– Não, não – respondeu Simon. – Só estou dizendo que, ao que tudo indica, há nesta casa algum tipo de tratamento preferencial.

– Se você ficasse longe daqui por quase três anos, quando voltasse acho que eu também poria a mesa na sala de visitas.

Simon coçou o queixo.

– Bem, então talvez seja melhor eu fazer isso.

– Nesse caso vou entrar no mar e me afogar, como você bem sabe.

Uma vez o pai de Anders dissera que Simon e Anna-Greta eram como uma velha dupla de comediantes. Já tinham estabelecido seus números, burilados e aperfeiçoados ao longo dos anos, e a essa altura se conheciam tão bem que já não eram números ensaiados, mas sim uma base para o improviso. Dava para reconhecer o tema, mas a cada vez as palavras do texto eram diferentes.

Anna-Greta viu Anders devorar dois sanduíches e empurrou o prato na direção dele.

– Acho que você não tem comida nenhuma lá no chalé.

A mão de Anders estacou no ar, a meio caminho do prato.

– Desculpa, eu...

Anna-Greta fez um muxoxo.

– Besteira. Não é o que eu quis dizer. Sirva-se à vontade. Mas a gente precisa tomar providências.

– Lenha – disse Simon. – Você tem lenha lá?

O problema foi discutido, e decidiu-se que Anders levaria para casa uma sacola com mantimentos, que no dia seguinte ele e Simon iriam juntos fazer compras e que o barco de Anders precisava ir para a água o mais rápido possível. E que ele podia pegar lenha à vontade caso ficasse sem.

Anders pediu licença e saiu à varanda para fumar. Sentou-se num banquinho, acendeu um cigarro e olhou para a ameixeira de Anna-Greta, vergada sob o peso das frutas maduras demais. Pensou em Holger, na esposa de Holger, no mar, que parecia exigir a intervalos irregulares o que lhe era de direito, na âncora no cemitério da igreja em Nåten, em Maja...

Ainda parece estranho... que até hoje... ninguém nunca...

Quando voltou para dentro da casa, a mesa tinha sido tirada e a cafeteira reabastecida. Simon e Anna-Greta estavam sentados à mesa, aninhados um ao outro, as cabeças encostadas. Anders ficou parado, observando-os em silêncio.

Isso é o retrato do amor. Pode acontecer. Duas pessoas podem se encontrar e depois trabalhar juntas para manter essa terceira parte, amorfa e incompreensível, que surge entre as duas. O próprio amor torna-se uma entidade: a coisa que determina como a vida deve ser vivida.

Como isso acontece?

Anders sentou-se na cadeira, pesada e úmida. Simon e Anna-Greta se afastaram.

– É bom respirar um pouco de ar puro, não é? – perguntou Anna-Greta.

Anders fez que sim com a cabeça. A bem da verdade Anna-Greta jamais o tinha repreendido por fumar, mas as indiretas eram muitas e variadas.

– Eu estava pensando uma coisa sobre o Holger – disse Anders. – O fato de que ele achou que fui eu.

Anna-Greta franziu os lábios.

– Se você perguntar para o Holger, ele vai dizer que até a escassez de bacalhau é culpa de quem mora em Estocolmo.

– Sim. Mas não foi isso. Tem mais a ver com essa história... essa história da Maja.

Simon e Anna-Greta olharam para ele sem mover um músculo. A atmosfera desabou feito uma pedra, mas Anders seguiu em frente.

– Parece estranho que... quando eu penso nisso agora... que ninguém tenha suspeitado de mim. Nem da Cecilia. Ora, é a coisa óbvia, não é? O pai e a mãe, uma criança. A criança desaparece sem deixar vestígios. É óbvio que os pais são os culpados.

Simon e Anna-Greta trocaram olhares. Anna-Greta esticou a mão sobre a mesa e esfregou os nós dos dedos de Anders.

– Você não devia pensar assim.

– Não é isso que eu quero dizer. Eu sei, vocês sabem o que aconteceu. Ela desapareceu. Ainda não entendi como isso foi possível. Mas por quê...?

Anders ergueu as mãos como se estivesse tentando agarrar uma bola inexistente, invisível, algo que ele simplesmente não era capaz de agarrar. E reviu tudo. Os rostos, o tom de voz, as perguntas e as condolências. E em parte alguma... em parte alguma...

– Por que nunca, por que ninguém, *uma única pessoa sequer*, suspeita de mim? Por que todo mundo parece achar que é... uma coisa natural?

Simon descansou a cabeça numa das mãos e franziu a testa. Ele também parecia ter constatado que era algo estranho. Com uma expressão impossível de interpretar, Anna-Greta olhou para Anders e disse:

– Imagino que as pessoas sintam um pouco de respeito pelo luto alheio.

– Mas e quanto ao Holger? – devolveu Anders. – A esposa dele morreu afogada e o Simon me disse que na mesma hora uma porção de gente desconfiou dele. Apesar do fato de que se trata de uma coisa mais ou menos... natural. Um afogamento. Acontece. Mas a Maja... Quero dizer, a polícia fez perguntas, é claro. Mas ninguém daqui. Ninguém.

Simon terminou seu café e pousou delicadamente a xícara, como se não quisesse romper o silêncio. Impelido por uma rajada de vento, um punhado de folhas de choupo passou rodopiando pela janela.

– É *mesmo* muito estranho – disse Simon. – Quando a gente pensa na coisa dessa maneira.

Anna-Greta passou a cafeteira para Anders, incentivando-o a se servir de outra xícara.

– Acho que depende de quem está envolvido – ela ponderou. – Todo mundo aqui te conhece desde pequeno e todo mundo sabe que você não faria uma coisa dessas. Ao contrário do Holger.

Anders serviu-se de mais meia xícara. Não estava convencido, ainda achava difícil de entender. Mas aquiesceu:

– Sim. Talvez.

Mudaram de assunto, falaram sobre outras coisas. Sobre possíveis consertos na Choça, sobre o que fariam caso o motor do barco de Anders não quisesse dar a partida, sobre fofocas do vilarejo. Anders não tinha a menor vontade de se levantar e ir embora. A única coisa que o aguardava lá era uma casa gelada.

Aproveitando um hiato na conversa, ele recostou-se na cadeira, cruzou as mãos sobre a barriga e olhou para Simon e Anna-Greta.

– Como é que vocês ficaram juntos, afinal? Como se conheceram?

A pergunta provocou um risinho simultâneo em Simon e Anna-Greta. Eles se entreolharam, e Simon balançou a cabeça.

– É uma longa história.

– Vocês têm alguma coisa que precisam fazer? – Anders perguntou. Nem Simon nem Anna-Greta conseguiram pensar em algo urgente. – Então por que não me contam a história?

Anna-Greta olhou pela janela. A ventania estava ganhando força, o céu estava carregado de nuvens e na água cinza do mar as ondas arrebentavam. Um punhado de gotas de chuva tamborilou na vidraça. Ela esfregou a mão na testa e perguntou:

– Quanto você sabe sobre seu avô?

AMOR NO ARQUIPÉLAGO

A história da história

Na ilha de Domarö há duas garrafas muito especiais de aguardente. Uma está na velha garagem de barco de Nathan Lindgren, onde sem sombra de dúvida continuará até que seus parentes consigam por fim esquadrinhar seus pertences. A outra está de posse de Evert Karlsson.

Evert tem quase noventa anos e agora já é dono da garrafa há quase seis décadas. Ninguém sabe qual é o sabor da aguardente barata dentro dela e tampouco terá a chance de descobrir, pelo menos não enquanto Evert estiver vivo. Ele não tem a menor intenção de abrir a rolha. A garrafa e seu conteúdo são uma história boa demais para isso.

Eis a razão pela qual Evert guarda a garrafa: quando conversa com algum forasteiro que ainda não conhece o relato, ele pode tirá-la do guarda-louça e perguntar: – Já ouviu a história de quando Anna-Greta contrabandeou aguardente no barco da alfândega? Não? Bom, foi assim...

E ele conta o episódio enquanto vai acariciando a garrafa com as pontas dos dedos. É a melhor história que ele conhece, e, ainda melhor, absolutamente verdadeira. Quando termina o relato, passa a garrafa para as mãos do interlocutor, com rígidas instruções sobre como segurá-la com cuidado e não deixá-la cair.

As pessoas olham para o líquido claro no interior da garrafa e nada ali indica que ela veio dar na praia em circunstâncias tão especiais. Mas esse mesmo líquido era parte da história que fez Anna-Greta ficar famosa no arquipélago inteiro. É, como diz Evert, a aguardente original.

Depois ele devolve a garrafa ao guarda-louça, e lá ela fica, à espera da próxima ocasião em que será exibida e a história será contada mais uma vez.

A filha do rei do contrabando

As coisas não saíram nem um pouco como Anna-Greta esperava. Depois de terminar a construção da casa e de se casar com ela, Erik parecia ter exaurido as próprias forças. Não tinha fôlego para fixar novas metas.

O verão correu razoavelmente bem, uma vez que a chama original ainda ardia, mas no outono Anna-Greta começou a se perguntar se Erik realmente tinha se apaixonado por ela. Talvez fosse apenas um projeto, como a casa. Construir casa, instalar esposa. Missão cumprida.

Hitler tinha invadido a Polônia em agosto, e por todo o arquipélago a movimentação era febril. A linha costeira tinha de ser fortificada, e destróieres e navios de transporte da marinha iam e vinham sem parar entre Nåten e as ilhas em torno de Stora Korset, o último posto avançado de frente para o mar das Alanda. Duas plataformas de canhões e diversas guarnições de defesa seriam construídas, e em Domarö vários rapazes se envolveram no trabalho de preparação: usando explosivos para abrir trincheiras de cabo, erguendo muros e levantando cercas. Os russos tinham endurecido sua posição com a Finlândia, e pairava no ar uma boa dose de incerteza.

Erik tinha usado todas as suas economias na construção da casa, e os recém-casados faziam malabarismos para se manter com os ganhos de Anna-Greta como costureira, o emprego esporádico de Erik na serraria em Nåten e as contribuições oferecidas pelos pais de ambos. Doía em Erik ter de aceitar dinheiro do pai, e no que dizia respeito ao pai de Anna-Greta... bem, certa noite, tão logo a esposa voltou para casa trazendo mais uma quantia dada pelo pai, Erik foi direto ao ponto:

– Esse dinheiro vem de atividade criminosa, e você sabe.

Anna-Greta não hesitou em responder:

– Melhor atividade criminosa do que atividade nenhuma.

No decorrer do outono a relação dos dois foi ficando cada vez mais fria, e quando Björn, um velho colega de escola de Erik, juntou-se às equipes incumbidas de erguer linhas de defesa nas ilhas mais distantes, Erik foi com ele. Anna-Greta passou as duas primeiras semanas de outubro sem receber notícias do marido.

Ela descia ao píer toda vez que atracava um barco, via os grupos de soldados rumando para a loja ou para o trabalho de construção em torno do porto, mas ninguém sabia coisa alguma sobre os que estavam trabalhando nas ilhas mais afastadas. Em vez disso, acabava ouvindo intermináveis arengas sobre a péssima comida, as roupas horríveis e a penúria nos quartéis das ilhas.

Depois de duas semanas Erik voltou para casa. Mal trocou de roupa, entregou a ela algum dinheiro e foi embora de novo. Anna-Greta nem conseguiu lhe contar que estava esperando um filho, pois a oportunidade não surgiu. Mas era verdade. Estava grávida de doze a catorze semanas, segundo sua parteira.

Parada de pé no porto, com as mãos pousadas na barriga, Anna-Greta viu Erik subir no barco de pesca de Björn. Despediu-se dele acenando com o braço inteiro, e Erik retribuiu erguendo discretamente uma das mãos. Ele estava com os rapazes e não queria passar vergonha. Foi a última vez que ela o viu.

Dez dias depois ela recebeu uma carta. Erik tinha morrido em um acidente enquanto realizava seu valoroso trabalho de defesa do país. O corpo chegou no dia seguinte, e Anna-Greta não teve forças para olhar. Enquanto Erik rebocava os muros de uma guarnição de defesa, um bloco de pedra tinha se soltado da argamassa e atingira sua cabeça.

– Ele não está exatamente nas melhores condições – explicou o tenente que acompanhava o cadáver.

Realizou-se um funeral em Nåten e houve muitas expressões de compaixão e promessas vagas de ajuda e apoio, mas o exército não pagou pensão de viuvez, porque tecnicamente Erik não era membro efetivo das Forças Armadas.

Aos dezenove anos e no quarto mês de gravidez, Anna-Greta enviuvou. Morava em uma casa cheia de correntes de ar, em um lugar que não era o seu lar, e não tinha nenhum tipo de qualificação ou experiência profissional. Não surpreende que de início o inverno tenha sido um período difícil e desolador para ela.

Torgny e Maja tinham se afeiçoado a ela como se fosse sua própria filha e se desdobravam para ajudá-la. O pai dela também fazia o melhor que podia.

Mas Anna-Greta não queria viver de doações. Queria ser independente, para seu próprio bem e o de seu filho.

Não bastasse isso, para piorar as coisas o inverno foi extraordinariamente gelado. Os militares transitavam pelo gelo em veículos off-road até que o frio ficou tão intenso que os motores congelaram e o exército teve de recorrer aos cavalos. Quando vinham das ilhas para o arquipélago, os soldados de folga tinham de caminhar no gelo.

Num sábado de manhã, sentada à janela da cozinha e observando mais uma procissão de soldados – semelhante a um bando de lemingues – tiritando de frio, Anna-Greta teve uma ideia. Havia uma demanda. Ela a supriria.

Maja guardava diversos sacos de lã no palheiro do celeiro. A lã jamais seria usada, e de bom grado ela doou tudo para Anna-Greta, que carregou os sacos para a cozinha na Choça, o único cômodo que usava, porque queria economizar lenha. E pôs mãos à obra. Em uma semana tinha tricotado oito pares de luvas de lã estofadas. As mais quentes que se pode imaginar.

Na manhã do sábado seguinte, Anna-Greta posicionou-se junto ao píer em Nåten e esperou os soldados. Naquele dia o termômetro registrava vinte e dois graus negativos, e o frio pairava no ar feito um grito silencioso. Ela dava pulos para se aquecer enquanto aguardava a aproximação da horda taciturna vinda da baía.

Quando os homens desembarcaram, tinham o rosto vermelho-vivo e seus corpos estavam encolhidos. Ela perguntou se estavam com as mãos frias. Só um deles respondeu com um comentário vagamente indecente, os demais se limitaram a um leve meneio de cabeça.

Ela mostrou-lhes sua mercadoria.

Houve burburinho no grupo. Era evidente que as luvas pareciam consideravelmente mais substanciosas do que os patéticos pega-panelas fornecidos pelo exército, mas três coroas o par? Afinal de contas eles estavam indo à cidade para se divertir, precisavam do dinheiro para outras coisas. Logo estariam sentados dentro de um ônibus aquecido, relaxando, e a lembrança do frio simplesmente derreteria. O prazer vinha antes da utilidade, nisso todos concordavam.

O gelo foi quebrado pelo tenente que meses antes tinha acompanhado o cadáver de Erik. Ele abriu a carteira e colocou três coroas na mão de Anna-Greta. Depois calçou as luvas para ver se eram boas.

– Incrível – ele decretou, segundos depois. – A sensação é a de que elas aquecem de dentro pra fora. – Virou-se para seus homens: – Estamos de folga agora e não vou dar ordens. Mas ouçam meu conselho. Comprem luvas. Vocês vão me agradecer depois.

Fosse porque estavam acostumados a obedecer, fosse porque ele conseguiu convencê-los, pouco importava. Anna-Greta vendeu todas as luvas. Apesar da resistência inicial, os homens pareciam contentes quando saíram andando a passos pesados na direção do ponto de ônibus.

O tenente ficou para trás. Tirou a luva da mão direita e estendeu-a, como se estivessem se encontrando pela primeira vez.

– Meu nome é Folke.

– Anna-Greta. Ainda.

Folke olhou para o cesto vazio e beliscou o nariz.

– Já pensou em fazer meias, quem sabe suéteres?

– Estão em falta?

– Bem, não exatamente. A gente até tem, mas acho que não foram feitos pra um inverno como esse, se é que entende o que eu digo.

– Nesse caso, obrigada pela dica.

Folke voltou a calçar a luva e bateu continência. Depois de dar alguns passos na direção do ponto de ônibus, virou-se e disse:

– Em todo caso, vou estar de folga daqui a três semanas. Se houver um suéter à venda, eu... tenho interesse.

Assim que chegou em casa, Anna-Greta colocou as moedas em cima da mesa e contou o dinheiro. Vinte e quatro coroas, dinheiro ganho da melhor maneira possível, por meio de seu próprio trabalho e sua própria ideia. Quando tentou dividir os lucros com Maja, sua sogra não lhe deu ouvidos. Porém, talvez estivesse interessada em entrar no negócio se a demanda crescesse demais.

E cresceu. Já no sábado seguinte a notícia das luvas de Anna-Greta tinha se espalhado, e o estoque nem deu conta de satisfazer todos os soldados interessados em comprar luvas para si ou para os camaradas que ainda estavam nas ilhas.

Maja ficou incumbida de produzir as luvas, ao passo que Anna-Greta se concentrou nas meias. E em um suéter, é claro.

Para quem está alerta, basta o mais leve indício para farejar a possibilidade de amor. E foi o que aconteceu. Pelo menos da parte de Folke. Tão logo comprou o suéter, ele quis meias também. Mas tinham de ser listradas, então ela teve de tricotar um par especialmente para ele. Depois, é claro que ele precisou de um gorro.

Anna-Greta era inteligente o bastante para entender o que estava acontecendo. Folke era bondoso e decente, e ela vasculhou o próprio coração em busca de um sinal de amor, mas não encontrou o menor vestígio. Nada havia que ela pudesse fazer. Fingia embarcar na conversa tão bem quanto podia, mas se desviava das hesitantes investidas de Folke.

Veio a primavera e a barriga de Anna-Greta cresceu. A procura por roupas quentes cessou, e agora ela tinha de buscar outra coisa para fazer. Num dia de abril, um mês antes da data prevista para Anna-Greta dar à luz, seu pai arribou no píer em um barco de pesca que ela nunca tinha visto antes.

Depois de acariciar a barriga e perguntar sobre a saúde da filha, ele explicou o verdadeiro motivo de sua presença ali. Tinha conhecido um capitão de navio russo, e havia a chance de fazer um bom negócio se ele pudesse ir de barco um pouco além do limite de três milhas náuticas a fim de pegar um carregamento.

– Mas é um pouco... difícil pra mim nessas águas, como talvez você saiba.

Oh, sim, Anna-Greta sabia. Se um barco da alfândega avistasse seu pai, o barco dele seria imediatamente revistado.

– Então eu estava pensando que, se talvez você pudesse ir, isso reduziria bastante os riscos. E eles não conhecem este barco.

Anna-Greta pôs na balança os prós e os contras. O que a incomodava não era o risco de ser pega, mas o aspecto puramente moral de dar um passo na direção do envolvimento em uma *atividade criminosa*. Por outro lado, já havia gente que a olhava atravessado por causa do pai. Bem que ela podia satisfazer as expectativas dessas pessoas.

– Quanto eu ganharia? – ela quis saber.

O pai olhou de relance para a barriga protuberante e fez um gesto largo.

– Digamos metade do lucro. Já que é você.

– Que é?
– Dois mil, mais ou menos.
– Fechado.

A operação transcorreu sem problemas. Embora os dias de glória do contrabando de bebida alcoólica já estivessem perdidos no passado, ainda restava a questão do racionamento e do trabalho doméstico, e mil litros de vodca russa sempre encontrariam gargantas dispostas a beber.

O transporte foi feito à moda antiga. As caixas foram carregadas dentro de um torpedo que era rebocado pelo barco. Se a alfândega aparecesse, bastava simplesmente cortar a corda e a carga afundaria, levando consigo uma pequena boia flutuante e um saco de sal suficientemente pesado para manter a boia submersa. Depois de alguns dias o sal se dissolveria e a boia viria à tona. Então tudo que se precisava fazer era resgatar a carga.

Anna-Greta sentou-se na popa com o leme na mão, despedindo-se com acenos do capitão russo. Ela olhou para a proa, onde o pai estava agachado, depois levantou os olhos para o horizonte. Dentro da barriga a criança chutou e ela foi invadida por uma onda de tontura. A sensação era um pouco parecida com medo, mas quando ela pensou melhor percebeu o que era: liberdade.

Ela fitou o arquipélago ao longe, onde os soldados mantinham a vigilância em suas guarnições de defesa e as pessoas cuidavam da própria vida em seus chalés. Todas aquelas pessoas, sentadas em silêncio e zelando pelo que lhes pertencia. Ela segurou com mais força o leme e ergueu o rosto, oferecendo-o ao vento.

Eu sou livre. Posso fazer o que quiser.

A criança nasceu em meados de abril, um menino saudável a quem ela deu o nome de Johan. No verão, Anna-Greta investiu na compra do próprio barco de pesca mil coroas do dinheiro que ganhara.

No rádio, Ulla Billqvist cantava sobre os meninos de uniforme azul, mas a verdade era que os meninos de azul estavam entediados nas ilhas. Os russos não tinham encostado sequer um dedo nas águas territoriais suecas, e os defensores da Suécia estavam sentados nos quartéis jogando baralho, contemplando gaivotas e morrendo de tédio.

Anna-Greta tinha conversado com muita gente e identificou uma carência. Durante o inverno faltava calor e durante o verão faltava algum tipo de diversão. Ela pôs mãos à obra.

Fazendo uso de vários métodos, alguns perfeitamente legais, outros um tanto duvidosos, comprou um estoque de coisas capazes de amenizar a solidão e dissipar a melancolia: doces, rapé, tabaco, revistas, livros de suspense de fácil digestão, além de uma gama de quebra-cabeças. Anna-Greta não ousou oferecer álcool, mas nas entrelinhas deixou claro que, se alguém precisasse de algo nessa linha, ela poderia arranjar.

Então começou a viajar regularmente entre as ilhas, vendendo sua mercadoria. O negócio era muito bom. Anna-Greta não era vaidosa, mas tinha plena consciência do efeito que causava nos homens. É provável que alguns deles comprassem seus produtos apenas para passar algum tempo na companhia dela, fazendo piadas e roçando a mão nela por acidente.

Ela sabia, e até certo ponto tirava vantagem disso, mas recusava todas as investidas antes mesmo que fossem devidamente formuladas. Já tinha seu homem, e o nome dele era Johan. Quando Anna-Greta saía para fazer suas viagens de negócios, o menino ficava com os avós, arranjo que agradava a todos.

Durante o inverno ela voltou ao tricô, e no verão do ano seguinte retomou suas viagens de barco.

Tudo bem. Mas e aquelas garrafas de aguardente?

Essa história só aconteceu depois da guerra, e envolveu Folke. Ele não havia desistido de Anna-Greta. De vez em quando, em suas incursões pelas ilhas, ela o encontrava por acaso; Folke tinha sido promovido à patente de capitão, e Anna-Greta sempre dispunha de um tempinho livre para bater papo com ele, mas jamais fez coisa alguma para alimentar as esperanças do militar.

Terminada a guerra, Folke deu baixa do exército e foi trabalhar na polícia aduaneira. Um par de anos depois já era capitão de um dos cruzadores da alfândega.

Supostamente com o objetivo de impressionar Anna-Greta, um dia ele atracou o cruzador no píer dela e caminhou a passos largos até sua casa trajando uniforme completo: dragonas, boné de pala, o pacote todo. Perguntou se ela gostaria de acompanhá-lo numa pequena viagem, pois ele faria uma inspeção oficial.

Justamente nesse dia Anna-Greta tinha recebido a visita do pai, que trocou com Folke alguns comentários casuais com um subtexto cáustico. Porém, a essa altura o pai já havia abandonado suas atividades, e entre os dois homens não havia antagonismo genuíno. O pai disse que ficaria feliz de cuidar de Johan se a filha quisesse fazer um agradável passeio com o inimigo.

O cruzador navegou em disparada até o limite de três milhas náuticas de mar territorial. Como a maioria dos homens, Folke parecia convencido de que se locomover em alta velocidade era um método infalível para amolecer o coração de uma mulher: forçou ao máximo o cruzador e ficou de pé na ponte de comando, fingindo-se de impassível. Anna-Greta achou muito divertido navegar assim tão rápido, mas nada mais.

O cargueiro ancorado pouco além do limite das águas territoriais foi abordado com a costumeira troca de palavras gentis. Anna-Greta achou que a embarcação lhe parecia muito familiar. Tudo ficou claro quando apareceu o capitão. Era o mesmo capitão russo que, muitos anos antes, tinha vendido vodca para ela e o pai. Ele também a reconheceu, mas não se traiu.

Anna-Greta levara consigo algum dinheiro e, quando Folke e seus homens desceram para inspecionar o interior do barco, ela sussurrou para o capitão:

– Quatro caixas.

O capitão olhou para ela com um misto de terror e deleite.

– Mas onde?

Anna-Greta apontou. Na parte de trás do cruzador da alfândega havia um barco salva-vidas coberto.

– Ali. Debaixo da lona.

O capitão pegou o dinheiro e deu ordens para sua tripulação. Depois desceu para assegurar que Folke e seus homens se demorassem no porão de carga até que a mercadoria fosse escondida.

No compartimento de carga do navio Folke e seus homens encontraram o que já esperavam encontrar, mas, uma vez que o navio estava em águas internacionais, pouca coisa podiam fazer. Quiseram apenas verificar as quantidades e ver se havia necessidade de vigilância especial.

Anna-Greta jamais tinha visto o capitão russo sorrir, mas ele certamente estava sorrindo quando se despediu dela e do cruzador da alfândega. A bem da verdade o homem estava rindo de orelha a orelha.

– Apesar dos pesares, ele parece um bom sujeito – disse Folke.

– Pois é, parece, sim – Anna-Greta respondeu.

Quando o cruzador atracou no píer de Anna-Greta, ela perguntou se podia convidar a tripulação para ir até sua casa e saborear bolo com café, uma maneira de agradecer pela viagem. Os homens aceitaram com prazer e marcharam até a Choça.

Enquanto brincavam com Johan, Anna-Greta puxou o pai de lado e disse que havia algumas coisinhas que ela precisava pegar no barco salva-vidas. Talvez ele pudesse guardá-las na garagem de barcos por enquanto. O pai ficou de queixo caído e seus olhos se incendiaram. Sem dizer uma palavra, ele simplesmente assentiu e saiu.

Depois disso, é claro, Anna-Greta disse que estava tendo problemas de vazamento no depósito de madeira na frente da casa. Enquanto o pai desaparecia na esquina, ela levou Folke e os outros para o depósito de madeira e ouviu inúmeros conselhos sobre como poderia reforçar a estrutura ou quem sabe até mesmo construir um novo depósito.

Dez minutos depois o pai estava de volta, no mesmo momento em que Anna--Greta agradecia aos homens a ajuda e os convidava a deliciar-se com o prometido café.

Após as devidas despedidas e quando o cruzador com as visitas já tomava seu rumo, o pai se virou para Anna-Greta, a essa altura de mão dada com Johan, e disse:

– Caramba, essa é a melhor coisa de todos os tempos.

– Nem uma palavra.

– Não, não.

Um mês depois o arquipélago inteiro já sabia da história de como Anna--Greta havia contrabandeado aguardente no barco da alfândega. É provável que o pai tenha de fato tentado se manter de bico calado, mas simplesmente não conseguiu; ele estava orgulhoso demais da filha e do formidável episódio no qual tivera um pequeno papel.

Por fim a história deve ter chegado também aos ouvidos de Folke, já que ele nunca mais visitou Anna-Greta. Ela repreendeu o pai tagarela por dar com a língua nos dentes e destruir a reputação de Folke, mas o que estava feito estava feito. Anna-Greta jamais fora dada a arrependimentos.

Em todo caso, a aguardente foi transferida para garrafas e no fim das contas uma delas acabou indo parar no guarda-louça de Evert Karlsson, onde está até hoje.

O mágico

A vida poderia ter sido perfeita para Simon no início da década de 1950. Ele tinha trinta e poucos anos, época em que, se tivermos sorte, colhemos o que semeamos durante a juventude. E ele estava tendo uma colheita farta. Sucesso atrás de sucesso.

Durante alguns anos ele e sua esposa Marita – sob o nome de El Simon & Simonita – figuraram entre os artistas mais populares do circuito de shows de verão nos grandes parques. Nos últimos dois verões, tinham inclusive sido obrigados a recusar algumas propostas a fim de evitar conflitos de agenda.

Naquela primavera Simon havia descoberto que a dupla tinha boas chances de se apresentar – por duas semanas em outubro – no mais cobiçado palco de todo o outono: o show de variedades do Teatro Chinês de Estocolmo. Isso por sua vez lhes daria a oportunidade de pedir cachês mais altos nos parques. Apresentar-se no Teatro Chinês era uma marca de honra na profissão.

A bem da verdade o programa de El Simon & Simonita não tinha nada de muito especial: um pouco de adivinhação de números, um pouco de prestidigitação envolvendo cartas, alguns truques com lenços. Um tanque de substituição singularmente rápido, mais uma versão do número da mulher serrada ao meio – com um toque inesperado: Marita era dividida em três partes em vez de duas. Um número de fuga. Nada especial.

Mas a dupla tinha um estilo particular no palco. Os movimentos calculados e os passos concentrados de Simon em contraste com os rodopios leves de Marita criavam um tipo de dança da qual era difícil desgrudar os olhos. Além disso, Simon era elegante e Marita – bem, Marita tinha glamour.

Uma revista semanal tinha feito uma matéria do tipo "em casa com" sobre o casal, e o fotógrafo achou difícil parar de tirar fotos de Marita – em poses ao lado da poltrona, junto ao gramofone, segurando uma tampa e olhando em êxtase para a panela.

Assim, tudo deveria estar maravilhoso, mas não estava. Simon mostrava-se sinceramente infeliz e, como muitas vezes acontece, uma única e mesma coisa estava na raiz tanto de seu sucesso como de sua infelicidade: Marita.

Simon tinha a tendência de pensar demais. O que podia ser muito útil quando se tratava de investigar a fundo uma questão – por exemplo, dissecar um truque de ilusionismo de modo a descobrir como aperfeiçoá-lo. Entre outras coisas, ele foi o primeiro a cortar a mulher ao meio usando uma motosserra. A maioria dos ilusionistas fazia o maior estardalhaço girando palco afora as partes separadas. Simon refletiu bem e chegou à conclusão de que o interessante não eram as *partes* separadas, mas sim a separação propriamente dita.

A enorme serra de mão que normalmente era usada parecia um objeto de cena. Mas o aspecto físico de uma motosserra, em contraste com a aparência elegante de Simon e a fragilidade e leveza de pluma de Marita – isso talvez alcançasse o efeito desejado.

E de fato alcançou. Em uma das apresentações, um casal de espectadores desmaiou quando Simon acionou a serra. Por sorte havia um repórter na plateia, o que rendeu excelente publicidade. Esse foi o resultado das profundas reflexões de Simon sobre a questão da mulher serrada ao meio.

Marita era de outra laia. Quando Simon a conheceu, em meados da década de 1940, ela era uma mulher brilhante e cheia de energia com a ambição de ser dançarina, e zanzava feito uma nuvem de fumaça pelos clubes noturnos de Estocolmo.

Somente cerca de um ano depois de unirem forças Simon descobriu a caixa secreta dela. Uma caixa de sapatos contendo vinte inaladores de benzedrina. Simon supôs que ela estava usando o medicamento para emagrecer e nem tocou no assunto.

Mas ficou atento e não demorou a constatar o que ela estava fazendo. Toda vez que saíam para tomar um drinque, vinho ou conhaque, notava que Marita ficava fuçando alguma coisa na bolsa. Até que certa noite agarrou a mão dela, puxou-a de dentro da bolsa e encontrou... uma tira de papel. Ele não entendeu.

A essa altura Marita já estava caindo de bêbada. Começou a zombar dele na frente dos convivas. Rindo de escárnio, disse que Simon era cego e estúpido, e acima de tudo chato. Assim que Marita saiu cambaleando na direção do toalete, alguém explicou a situação a Simon: sua esposa era usuária de drogas.

Quem abre os inaladores encontra uma tira de papel encharcada de benzedrina, um tipo de anfetamina. Basta enrolar o papelzinho até formar uma bolinha e engolir: de repente a pessoa se sente com molas nos pés.

Simon foi embora antes mesmo de Marita voltar do banheiro. Foi direto para casa e jogou no lixo os destrutivos tubos de metal da esposa. Quando viu o que ele tinha feito, Marita ficou furiosa, mas logo se acalmou. Cedo demais. Simon suspeitou que ela sentia plena certeza de que poderia substituir o estoque que ele havia jogado fora.

Ele levou algumas semanas para localizar o fornecedor de Marita, um ex-namorado que servira como intendente no exército e que tinha roubado dos estoques da farmácia militar uma enorme quantidade de inaladores destinados a evitar a fadiga dos soldados durante os longos turnos de vigia. Ele tinha iniciado Marita no uso da droga e seus efeitos no sistema nervoso central e continuou alimentando o vício dela mesmo depois do fim do namoro.

Simon fez todo tipo de ameaça. A polícia, uma surra, humilhação pública. Não sabia se isso surtiria algum efeito, mas fez o melhor que pôde.

O efeito foi que os hábitos clandestinos de Marita assumiram formas mais dramáticas. Ela desaparecia por dias a fio e se recusava a dizer onde tinha estado. E deixou bem claro para Simon que, se ele quisesse, podia apodrecer dentro do apartamento, mas ela tinha uma vida a viver.

Contudo, Marita jamais faltou a um show. Seus sumiços coincidiam sempre com os intervalos entre uma apresentação e outra. Quando era hora de entrar em cena, lá estava ela, radiante como sempre, com seus passos curtos e leves no palco. Em parte, era por essa razão que ele tentava manter sua agenda de shows tão lotada quanto possível.

Mas ele não estava feliz.

Precisava de Marita. Ela era sua parceira e a outra metade do show – sem ela provavelmente ele não passaria de um prestidigitador competente. E era sua esposa. Em certo sentido ele ainda a amava. Mas não estava feliz.

E assim, na primavera de 1953 Simon estava no auge de sua carreira, folheando a agenda de shows da dupla com uma sensação de inquietude na boca do estômago. A apresentação no Teatro Chinês estava marcada, o verão parecia promissor. Mas havia três semanas completamente vazias em julho. Junho e agosto estavam mais ou menos cheios, mas o buraco em julho o incomodava. Ele já se via lá, sentado no calor de verão de Estocolmo com um enorme caroço de medo no peito, ao passo que Marita se divertia Deus sabe onde ou como. Ele não queria isso. Definitivamente não queria.

Contudo, havia uma possibilidade. Quem sabe não era hora de finalmente agir? Ele pegou o jornal diário, *Dagens Nyheter*, e leu os classificados de hospedagem. No item "Chalés de verão", encontrou:

"Casa em bom estado na iha de Domarö, no sul de Roslagen. De frente para o mar, com píer próprio. Barco para alugar disponível. 80 m^2. Amplo jardim. Aluga-se por ano. Contato: Anna-Greta Ivarsson."

Domarö.

Com sorte era mesmo uma ilha, sem ligação direta com o continente. Se ele conseguisse afastar Marita da influência destrutiva de Estocolmo, então talvez as coisas dessem certo. E não faria mal algum ter um lugar para onde fugir quando a vida ficasse acelerada demais.

Ele telefonou.

A mulher que atendeu explicou polidamente que ninguém mais tinha se interessado, então tudo que ele tinha a fazer era aparecer por lá e dar uma olhada. O aluguel era de mil coroas por ano, o que não estava sujeito a negociações. Gostaria que ela o ensinasse a chegar lá?

– Sim, por favor – respondeu Simon. – Mas há uma outra coisa que eu queria saber. É uma ilha?

– O senhor está me perguntando se é uma ilha?

– Sim, tem... tem água por todos os lados?

Durante alguns segundos fez-se silêncio do outro lado da linha. Por fim a mulher pigarreou e respondeu:

– Sim, é uma ilha. Com água por todos os lados. Bastante água, pra dizer a verdade.

Simon fechou os olhos como se estivesse sentindo dor.

– Eu só estava querendo saber.

– Oh, e acabaram de instalar uma linha telefônica com o continente, se é isso que o senhor queria saber.

– Não, é que... então, como é que as pessoas chegam aí?

– Há um escaler que sai de Nåten, que fica na rota de uma linha de ônibus. Quer mais detalhes?

– Sim... por favor.

Simon anotou os números das linhas de ônibus de e para Norrtälje e disse que ligaria antes para marcar uma visita. Quando desligou, estava suando em bicas. Tinha sido ridículo e se sentia constrangido. Bastara a voz daquela mulher para ele perceber que não queria bancar o idiota na frente dela. Anna-Greta.

Marita não fez um comentário sequer sobre os planos de Simon para o verão, mas ele tinha de ir lá e ver o lugar com os próprios olhos. Certo dia no final de abril, Simon seguiu as instruções de Anna-Greta e, depois de duas horas e meia de viagem de ônibus e barco, viu-se na sala de espera do píer do vapor de Domarö.

A mulher que foi encontrá-lo estava usando um gorro de tricô, com duas longas tranças castanhas aparecendo por baixo. Suas mãos pequenas tinham um aperto firme.

– Bem-vindo – ela o saudou.

– Obrigado.

– Fez boa viagem?

– Ótima, obrigado.

Anna-Greta gesticulou na direção do mar.

– Como o senhor pode ver... tem muita água aqui.

Enquanto saía do porto seguindo Anna-Greta, Simon tentava imaginar: que aquele seria *o lugar*. Que aquela era a primeira de incontáveis vezes que ele subiria por aquela trilha, veria as coisas que podia ver agora: os píeres, as garagens dos barcos, a trilha de cascalho, o tanque de diesel, o sino de alarme. O cheiro do mar e a qualidade particular da luz no céu.

Ele tentava ver a si próprio dali a dois anos, cinco anos, dez. Já velho, caminhando na mesma trilha. Ele podia imaginar isso?

Sim. Eu posso imaginar.

Quando chegaram ao topo da trilha, Simon cruzou os dedos para que *aquela* fosse a casa. A branca, com uma varanda envidraçada de frente para uma encosta gramada que descia até o píer. A casa não parecia grande coisa num dia como aquele, nublado e sem o menor sinal de verde à vista, mas ele era capaz de vislumbrar como ela seria num dia de verão.

Um menino de cerca de treze anos estava de pé no jardim, com as mãos enterradas nos bolsos de uma jaqueta de couro. Era magro e tinha cabelo curto, e havia algo de travesso no olhar com que mediu Simon dos pés à cabeça.

– Johan, você pode pegar a chave do Chalé Vista para o Mar, por favor?

O menino encolheu os ombros e se dirigiu a passos lentos para uma casa de dois andares a cerca de cem metros. Simon olhou de relance para o terreno, que também parecia incluir um chalé do outro lado do braço de mar. Anna-Greta seguiu seu olhar e disse:

– A Choça. Ninguém mora lá no momento.

– A senhora vive aqui sozinha?

– Bom, somos eu e o Johan. O senhor vai inspecionar a propriedade?

Simon fez o que ela mandou e zanzou a esmo. Checou a tampa do poço, o gramado, o píer. Era algo completamente despropositado. Ele já tinha se decidido. Quando Johan voltou com a chave e Simon viu o interior da casa, sua certeza se confirmou. Quando saíram de novo, ele anunciou:

– Fico com a casa.

Papéis foram assinados e ele pagou o depósito. Anna-Greta ofereceu-lhe uma xícara de café, pois o escaler ainda demoraria uma hora para voltar. Simon ficou sabendo que Anna-Greta herdara a casa dos sogros, que haviam morrido anos antes. Johan respondia educadamente às suas perguntas, mas dizia apenas o necessário.

Quando Simon já começava a pensar em ir embora, Johan perguntou:

– Qual é sua profissão?

Anna-Greta repreendeu o filho:

– Johan...

– É uma curiosidade natural – alegou Simon –, já que vamos ser vizinhos. Eu sou mágico.

Johan encarou-o com expressão cética.

– Como assim, mágico?

– As pessoas pagam pra me ver fazendo truques.

– *Verdade?*

– Sim. Verdade. Bom, os truques não são de verdade, é só...

– Eu sei disso. Mas então você é um ilusionista?

Simon sorriu. Fora dos círculos de mágicos profissionais, pouca gente usava esse termo.

– Você está muito bem informado.

Johan não respondeu. Em vez disso ficou lá sentado, meneando a cabeça de si para si por um par de segundos e, por fim, soltou:

– Achei que você era só um sujeito chato.

Anna-Greta bateu a mão na mesa.

– Johan. Isso não é maneira de falar com uma visita!

Simon pôs-se de pé.

– Sou só um sujeito chato. *Também.* – Retribuiu o olhar fixo de Johan por alguns segundos, e alguma coisa aconteceu entre os dois. Simon sentiu que tinha acabado de fazer um amigo. – É melhor eu ir andando.

No começo de julho, Simon pagou seu usual motorista para levá-lo a Nåten com Marita e toda a bagagem do casal. Marita adorou o lugar, e Simon conseguiu relaxar. Por cinco dias. Talvez a abstinência tenha sido demais para ela, talvez a culpa fosse do isolamento, mas na manhã do sexto dia Marita declarou que tinha de ir a Estocolmo.

– Mas acabamos de chegar aqui – alegou Simon. – Tente relaxar. Descanse.

– Já descansei. É maravilhoso aqui, e estou enlouquecendo. Sabe o que eu fiz ontem à noite? Fiquei sentada no jardim olhando para o céu e rezando a Deus pra aparecer um avião. Aí pelo menos aconteceria *alguma coisa*. Não aguento isso. Eu volto amanhã.

Ela não voltou no dia seguinte, nem no outro. Quando reapareceu, no terceiro dia, arrastou-se do píer colina acima. Tinha círculos escuros sob os olhos e imediatamente caiu na cama e apagou feito uma lâmpada.

Quando Simon mexeu na bolsa da esposa, não encontrou inaladores. Já estava quase fechando a bolsa e agradecendo à Providência quando notou um estranho volume no forro. Enfiou os dedos e encontrou um estojo fino contendo uma seringa e uma latinha de pó branco.

Era um glorioso dia de verão. Por toda parte reinava a quietude; somente o zumbido dos insetos criava algum movimento no ar. Um par de cisnes ensinava seus filhotes a procurar comida na baía. Simon sentou-se sob o lilaseiro junto à trilha como se estivesse em transe, segurando a latinha e o estojo na mão. Sim, cabiam na palma da mão dele. Dois objetos inocentes e de aspecto banal que continham um exército de demônios. Ele não sabia o que fazer, não conseguia juntar a energia para fazer alguma coisa.

Quando Anna-Greta passou por lá, algo no olhar vazio de Simon deve tê-la feito parar.

– Como vai? – ela quis saber.

Simon ainda estava sentado com a mão aberta e estendida, como se tivesse um presente que queria entregar a ela. Não tinha mais forças para mentiras.

– Minha esposa é viciada em drogas – admitiu.

Anna-Greta olhou para os objetos na mão dele.

– O que é isso?

– Não sei. Anfetamina, acho.

Simon estava quase chorando, mas conseguiu se conter. Se Anna-Greta sabia de fato alguma coisa sobre anfetaminas, não era adequado conversar com ela sobre o assunto. De vez em quando Johan aparecia para bater papo, e era pouco provável que Anna-Greta quisesse ver o filho convivendo com drogados. Talvez ela até desistisse de continuar alugando a casa para ele.

Simon pigarreou e disse:

– Mas está sob controle.

Anna-Greta encarou-o, incrédula:

– Mas como é possível? – Uma vez que Simon não respondeu, ela perguntou: – E o que você vai fazer com isso aí?

– Não sei. Achei que talvez eu pudesse... enterrar.

– Não faça isso. Ela vai te obrigar a dizer onde você escondeu. Já vi como os alcoólatras se comportam. Acho que não tem muita diferença. Jogue no mar.

Simon olhou na direção do píer, que parecia flutuar sobre a água cintilante. Ele não queria macular o lugar onde toda manhã ia nadar.

– Aqui? – perguntou, como que pedindo permissão.

Anna-Greta também olhou para o píer e parece ter pensado a mesma coisa. Sacudiu a cabeça.

– Eu estava indo para Nåten. Se você vier comigo, pode... jogar fora o lixo no caminho.

Simon desceu com ela até o píer e ficou lá parado, meio perdido, enquanto Anna-Greta, com mãos tarimbadas, ligava o motor, desamarrava a corda que prendia o barco e lhe dizia para subir a bordo. Assim que o barco deu partida ele olhou de soslaio para ela, que, sentada ao leme, contemplava o mar apertando os olhos contra a luz do sol.

Ela não era um primor de beleza: as maçãs do rosto eram proeminentes e os olhos eram fundos demais para isso. Mas era cativante, e Simon se flagrou seguindo uma linha de pensamento parecida com a que tinha seguido assim que chegou a Domarö pela primeira vez.

Cinco anos, dez anos, uma vida inteira. Será que eu consigo?

Sim.

Ele já tinha visto o suficiente da beleza efêmera do mundo artístico para saber que a formosura de Anna-Greta era do tipo que durava. Um daqueles indivíduos abençoados que ficam cada vez mais bonitos com o passar do tempo.

Eles se entreolharam e Simon corou levemente, afastando o pensamento. Ela não tinha dado o menor indício de que podia ter o mais remoto interesse por ele, nenhum gesto, nenhuma palavra. E ele era casado, pelo amor de Deus. Não tinha absolutamente o menor direito de pensar nisso.

Anna-Greta diminuiu a velocidade do barco e acenou com a cabeça na direção da água. Simon levantou-se e, pelejando para manter o equilíbrio, segurou o estojo e a latinha sobre a lateral do barco.

– Acho que eu devia cantar alguma coisa.

– Tipo o quê?

– Sei lá.

Ele jogou os objetos no mar e sentou-se de novo. Anna-Greta acelerou o barco. Era como se os dois tivessem acabado de passar juntos por algum tipo de ritual, razão pela qual ele tinha tido a ideia da canção. Simon não sabia que espécie de ritual era aquele ou o que significava. Não conseguiu pensar em nenhuma canção. Somente um vazio e uma sensação de pavor que foi crescendo dentro dele enquanto estavam em Nåten e se transformou em puro terror quando atracaram no píer de casa e se despediram.

Ele estava com medo do que ia acontecer com Marita e estava com medo de Marita. Do que aconteceria agora que a máscara tinha caído e tudo estava escancarado.

A vida com um drogado. Os episódios são tão tediosos, e você já ouviu tudo isso antes. Digamos que depois disso Marita não fez o menor esforço para esconder seu vício. Naquele verão ela não passou muitos outros dias em Domarö.

Durante o outono Marita segurou as pontas e suas apresentações no Teatro Chinês foram impressionantes. Depois disso as coisas degringolaram ladeira abaixo. Simon saía à procura dela em endereços de péssima fama e conseguia convencê-la a se submeter a algum tipo de tratamento por curtos períodos. E então ela desaparecia de novo. Faltava a um ou dois shows, sumia sem dar sinal de vida, até que por fim Simon recebia um telefonema de Copenhague e ia até lá.

E assim por diante.

Ele havia telefonado para Johan e Anna-Greta a fim de convidá-los para ver as apresentações no Teatro Chinês. Os dois foram e ficaram maravilhados. Mais tarde Johan ligou e perguntou sobre outros lugares onde poderiam assistir a números de ilusionistas, e quando Simon retornou a ligação foi Anna-Greta quem atendeu.

Depois disso os dois criaram o hábito de conversar por telefone pelo menos uma vez por semana. Anna-Greta era completamente autossuficiente, mas também bastante solitária. Sem entrar em detalhes, ela deixava bem claro que estivera envolvida em atividades cuja consequência fora fazer com que certas pessoas não quisessem contato algum com ela.

Ela gostava das histórias que Simon contava sobre o mundo artístico e se compadecia das preocupações do mágico com Marita. Assim que a primavera deu lugar ao verão, ambos se viram dependentes dessas conversas e ficavam emburrados e ansiosos toda vez que alguma coisa os atrapalhava e acabava levando ao adiamento da ligação semanal.

Os dois tornaram-se amigos via uma centena de quilômetros de cabos de cobre, mas nenhum deles ousava dizer uma única palavra sobre o tema do amor. A questão não era essa: eles eram simplesmente duas pessoas com vidas muito diferentes, mas que não obstante podiam entrar em harmonia no nível da conversa mútua. Os dois se entendiam e gostavam da companhia um do outro. Não havia a menor possibilidade de qualquer coisa a mais entre eles.

E Marita? O que acontecia com ela?

Isso era imprevisível.

Não existia indicação alguma de que seu uso de drogas estivesse aumentando, e depois de uma ou duas recaídas ela voltava a ser tão confiável quanto antes no que dizia respeito ao seu comprometimento com as apresentações. Porém, assim que tinha a oportunidade, Marita desaparecia. Simon ouvia de conhecidos que ela estava se esbaldando em vários bares e casas noturnas, invariavelmente na companhia de outros homens.

Simon tinha desistido dela. Quando Marita lhe pedia ajuda, ele era solícito, mas já não alimentava qualquer tipo de ilusão de levar uma vida caseira normal com ela, uma mulher que era bonita demais para seu próprio bem – ou de qualquer outra pessoa. A fim de afugentar o azar, Simon elaborou um programa em que podia se apresentar sozinho e aceitou alguns contratos de shows.

Sua atitude era estoica. Desde que as coisas não piorassem, ele era capaz de aguentar. Para o bem e para o mal, Simon tinha prometido amar Marita e, se agora já não era capaz de amá-la, via como sua obrigação manter a promessa pelo menos no que tangia à parte do juramento que dizia "na alegria e na tristeza".

Um dia, em plena primavera, Simon andava sozinho ao longo do bulevar Strandvägen a caminho do Teatro Chinês para discutir com a gerência a futura agenda de shows. As folhas das árvores vicejavam e todos os alegres passarinhos gorjeavam à vontade. Simon andava com os olhos fixos no chão, não pensando em nada.

Até que um cheiro atingiu em cheio suas narinas. A princípio ele nem soube dizer o que era, mas seu peito se expandiu, de repente ele conseguiu respirar e seus olhos se encheram de lágrimas. Ergueu os olhos e viu que tinha chegado a Norrmalmstorg. O cheiro vinha do cais de Nybro, era o cheiro do mar que ele estava sentindo. O tênue traço de sal que ficaria cada vez mais forte além, lá longe. Lá em Domarö.

Ele se aprumou e encheu de ar os pulmões. Não faltava muito tempo. Apesar das pressões financeiras, ele tinha deixado o verão livre para poder passar cinco, talvez seis semanas em Domarö. Teria gostado de ficar mais tempo, mas Marita era uma mulher de hábitos caros e a bem da verdade ele não tinha como juntar dinheiro, embora desse a impressão contrária.

Será que eu devia fazer alguma coisa lá? Tentar arranjar um ou dois shows nas redondezas?

Parou na saída do Parque Berzelii e olhou para Nybrokajen. Foi quando teve a ideia.

A fuga

Agora já fazia quase um mês que todo mundo estava esperando. No início havia sido apenas um boato, depois pipocaram pôsteres. E então, dois dias antes, o evento tinha sido inclusive mencionado no rádio. Aquele mágico que alugava o chalé de Anna-Greta ia apresentar seu número de fuga junto ao píer do vapor em Domarö.

A apresentação estava marcada para o meio-dia. A fim de garantir um bom lugar e investigar o terreno, os curiosos espectadores começaram a chegar do continente e de outras ilhas já às dez da manhã. Era possível vê-los zanzando pelo píer, esquadrinhando a água na tentativa de avistar algum equipamento especial, algum dispositivo secreto destinado a ajudar o mágico.

Às onze e meia, um jornalista e um fotógrafo do *Norrtelje Tidning* chegaram. A essa altura cerca de duas centenas de pessoas abarrotavam o píer do vapor. O jornalista explicou aos interessados que obviamente era proibido fazer propaganda no jornal acerca de iniciativas tão arriscadas, mas que não havia problema algum em escrever sobre elas.

Enquanto todos aguardavam a atração principal, foi um morador de Estocolmo – locatário de uma propriedade em outra ilha – quem atraiu o maior número de ouvintes. Muitos já tinham ouvido falar do famoso especialista em números de fuga dinamarquês Bernardi, mas esse morador de Estocolmo era o único que de fato tinha visto uma performance dele, no Circo Brazil Jack. A atmosfera ficou mais tensa quando o homem contou a história de como Bernardi tinha morrido em Bornholm durante uma tentativa de fuga parecida com a que estavam prestes a presenciar.

A multidão em torno do morador de Estocolmo só se dispersou com a chegada de um policial. Ainda que, na verdade, não se tratasse de um policial *de fato*. Era Göran Holmberg. Sim, ele tinha cursado a academia de polícia e por alguns anos patrulhou as ruas, mas afinal era da ilha. Quando apareceu todo paramentado para a ocasião, trajando o uniforme completo que incluía até quepe, Göran suscitou mais provocações e gracinhas do que respeito legítimo.

"Abram alas para as forças da lei e da ordem!", "Prendam Karlsson, ele já está bêbado e ainda nem é meio-dia!" e comentários semelhantes foram dirigidos a Göran, que explicou estar ali a convite de Simon. Para criar efeito e causar sensação, por assim dizer. Simon também tinha pedido a Göran que trouxesse um par de algemas, que circularam de mão em mão entre todos os que quisessem examiná-las. Depois de muito cutucarem e puxarem as algemas, os presentes acabaram concluindo que se tratava de um artigo genuíno.

Algumas poucas pessoas da plateia ali reunida já tinham assistido a uma apresentação de Simon e sua assistente em um show ao ar livre em Gröna Lund, mas na ocasião ele não executara um número de fuga. Em todo caso, o evento de hoje serviria como publicidade para uma série de shows que Simon faria no teatro comunitário local em Nåten durante o verão. Ao meio-dia tudo indicava que o mágico era um sucesso absoluto. Havia pelo menos quinhentas pessoas reunidas no e em torno do píer quando Simon saiu de seu chalé e veio caminhando.

O que era um tanto quanto estranho. Um mágico devia fazer uma entrada em cena, talvez envolto em uma nuvem de fumaça. Mas aquele ali era apenas o sujeito que alugava um imóvel de Anna-Greta, andando tranquilamente do chalé do outro lado da baía rumo ao píer. Isso diminuiu a atmosfera de mistério, mas aumentou a expectativa. Será que ele é mesmo capaz de realizar o número, esse visitante de verão?

Abriu-se espaço para Johan e Anna-Greta bem na frente quando mãe e filho chegaram ao píer. Afinal de contas os dois estavam *envolvidos*, em certo sentido. Alguém cutucou Anna-Greta:

– Depois disso acho que você vai precisar de um novo inquilino!

Anna-Greta sorriu.

– Bom, vamos ver.

Ela não tinha o hábito de expor seus sentimentos para o consumo geral; de pé na ponta do píer com as mãos enfiadas bem fundo nos bolsos do cardigã, seu rosto não demonstrou o menor indício de turbilhão emocional.

Mas, para dizer a verdade, Anna-Greta também estava um pouco apreensiva. Sabia que Marita continuava desaparecida fazia uma semana e que Simon não estava se sentindo bem. E que a água estava gelada. Nove graus. Ela mesma tinha verificado naquela manhã.

Vai dar tudo certo, ela dizia a si mesma, encarando a água escura. *Tenho certeza de que ele sabe o que está fazendo... vamos esperar que sim, pelo menos.*

Não era fácil impressionar Anna-Greta. O número de pessoas que tinha comparecido ao píer não a surpreendeu. As pessoas se reúnem para ver qualquer coisa, desde que seja uma novidade. Quando alguém lhe perguntou como ela achava que Simon fazia aquilo, respondeu:

– Acho que tem alguma coisa a ver com as juntas dele.

A pessoa que fez a pergunta sorriu de maneira indulgente: obviamente Anna--Greta não sabia de nada e Simon não lhe dera pista alguma. Mas ela sabia sim, de um jeito enviesado. Um dia, passando pelo jardim do chalé de Simon, ela o viu sem camisa e notou algo estranho em sua constituição física: os ossos eram salientes e formavam ângulos estranhos, como se as juntas estivessem fora do lugar.

Ela chegou à conclusão de que a prática da fuga tinha criado aquele corpo, ou de que Simon passara a praticar números de fuga por causa de sua ossatura. Na juventude ela tinha visto no circo um contorcionista cujo corpo era bastante parecido. Fosse lá o que mantinha os ossos de Simon unidos, era algo mais flexível do que nas pessoas normais.

Assim ela concluiu que havia algum tipo de artifício por trás da habilidade de se libertar de correntes e cordas. Mais que isso ela não queria dizer: os segredos de Simon eram problema dele. Ademais, ela não conseguia ver de que maneira era possível lançar mão de alguma manobra para livrar-se de algemas. Mas devia haver maneiras de fazer isso também – pelo menos era o que ela esperava.

Assim que Simon se aproximou do píer trajando seu roupão de banho, a multidão começou a aplaudir. Anna-Greta também bateu palmas, olhando de soslaio para Johan. Ele também aplaudia, mas com o rosto tenso e os olhos fixos em Simon, que caminhava com o ar despreocupado de quem estava prestes a dar um mergulho.

Anna-Greta sabia que Johan gostava de Simon. Ainda no verão do ano anterior ele desaparecia por um par de horas, depois voltava para casa e se exibia mostrando um truque que Simon lhe havia ensinado. Coisas simples, de acordo com Simon, mas Anna-Greta certamente não sabia como Johan conseguia fazer o saleiro atravessar a mesa.

Anna-Greta afagou as costas de Johan e ele assentiu, sem tirar os olhos de Simon. Não era surpresa alguma que o menino estivesse tenso – Anna-Greta tinha lido os dizeres do pôster:

ALGUÉM É CAPAZ DE RESISTIR A ISTO???

Ser preso pelas mãos e pelos pés
com correntes e algemas?
Ser enfiado dentro de um saco
e lançado ao mar?
Enganar a morte enquanto
o saco afunda no mar?

No dia 15 de julho, **El Simon** tentará
isso tudo no píer de Domarö.

ELE CONSEGUIRÁ SOBREVIVER???

Johan era inteligente o bastante para perceber que tudo isso era para impressionar e causar sensação, mas o simples fato de as palavras "lançado ao mar" e "correntes e algemas" aparecerem na mesma página que o nome de uma pessoa de quem se gosta é o suficiente para fazer alguém ficar tenso. Anna-Greta não tinha nenhum sentimento particular por Simon. Ele era uma companhia agradável e um bom inquilino, nada mais. Ainda assim teve de cerrar os pulsos nos bolsos para parar de roer as unhas.

Simon dirigiu-se a uma das garagens de barco, abriu o trinco e entrou. Quando saiu, trazia nas mãos um pacote, que levou para mostrar aos espectadores. Jogou o fardo no chão e ouviu-se um ruído metálico. A seguir, Simon anunciou em alto e bom som:

– Senhoras e senhores! É maravilhoso ver tantos de vocês aqui. À minha frente, no chão, há um conjunto de correntes, cordas e cadeados. Eu gostaria de convidar dois cavalheiros fortes da plateia para que se apresentem e usem estes itens para me prender e acorrentar como melhor lhes convier, até estarem convencidos de que não tenho como escapar.

Simon deixou cair o roupão. Estava vestindo apenas uma sunga azul e parecia alarmantemente magro e frágil.

Ragnar Pettersson deu um passo à frente, o que era de esperar. O homem era famoso por ter desatolado sozinho uma de suas vacas que tinha afundado no brejo junto à baía. Ninguém conseguira entender como ele fizera isso, mas desde então havia adquirido a reputação de homem forte.

Ele foi seguido por um sujeito que trabalhava no estaleiro de Nåten, mas Anna-Greta não sabia seu nome. A camisa de mangas curtas que ele estava usando parecia um número menor. Apertada, ela realçava seus músculos, e talvez fosse esse o efeito que ele almejava.

Os dois homens se puseram imediatamente ao trabalho, e alguma coisa aconteceu com seus movimentos, seus olhos. Assim que pegaram nas mãos as correntes e cordas, pararam de considerar Simon uma pessoa. Ele era uma noz a ser quebrada, um problema a ser resolvido, nada mais, nada menos. Nenhuma outra coisa a não ser isso devia ser levada em conta.

Anna-Greta rangeu os dentes enquanto o homem de Nåten enrolava, retorcia e apertava as correntes com tanta força que a pele de Simon franziu e ficou avermelhada. Aquilo parecia doloroso, mas Simon simplesmente se manteve imóvel, com os olhos fechados e as mãos dobradas sobre o abdome. Por uma ou duas vezes seus lábios se contraíram quando um dos homens se apoiou para dar às correntes um puxão extra antes de trancar os cadeados.

Por fim eles ficaram satisfeitos. Ambos enxugaram o suor da testa e assentiram um para o outro. Devia haver trinta quilos de correntes enroladas no corpo de Simon, presas em diferentes lugares com quatro cadeados. Eles praticamente não tinham usado as cordas, exceto em dois pontos, apenas para apertar as correntes.

Os homens deram alguns passos para trás e contemplaram seu trabalho manual. Estavam bastante contentes, e dava para ver a razão. Parecia absolutamente impossível escapar da rede entrelaçada de metal que eles haviam criado.

Simon abriu os olhos e a barriga de Anna-Greta se contraiu. Em torno do homem acorrentado havia um círculo vazio de cerca de vinte metros de profundidade.

Sozinho.

Anna-Greta pensou: *Sozinho.* Naquele momento Simon parecia horrivelmente solitário. Alguém que tinha sido expulso da comunidade, completamente desarmado. E agora eles o jogariam no mar. Havia naquilo tudo um poderoso elemento de degradação; um indivíduo permitindo a outros que fizessem aquilo com ele. Um segundo depois que Simon abriu os olhos, era como se tivesse tido um vislumbre da coisa toda. Antes de desaparecer, foi essa expressão que fez a barriga de Anna-Greta se contrair; Simon olhou para um dos homens, depois para o outro e perguntou:

– Os senhores estão satisfeitos? Estão convencidos de que não posso escapar?

Ragnar agarrou e puxou uma das correntes, deu de ombros e respondeu:

– Bom, eu com certeza não conseguiria.

Alguém da multidão gritou:

– Você devia fazer isso com suas vacas, Ragnar, aí elas não vão fugir!

As pessoas de Domarö caíram na gargalhada, as demais não entenderam a piada. Simon pediu aos dois homens que o carregassem até a beira do píer, o que eles prontamente fizeram. Anna-Greta e Johan recuaram para abrir espaço, e Simon acabou ficando a menos de um metro de distância deles. Os olhos de Simon encontraram os de Anna-Greta e um sorriso passou rapidamente pelos lábios dele. Anna-Greta tentou retribuir o sorriso, mas não conseguiu.

– E agora – disse Simon – eu gostaria de pedir a uma terceira pessoa que me colocasse dentro do saco e amarrasse a parte de cima.

Antes que algum voluntário tivesse tempo de se apresentar, uma voz lá de trás da multidão gritou:

– E as algemas, hein? Cadê?

De repente Simon pareceu ter ficado com um pouco de medo. Fechou os olhos sem dizer uma palavra. Depois acenou com a cabeça para Göran, que deu um passo à frente com as algemas e perguntou:

– Tem certeza disso?

– Não – respondeu Simon. – Mas acho que vou precisar tentar.

Göran coçou a nuca e pareceu indeciso, sem saber o que fazer. Supostamente situações como aquela não faziam parte da rotina de treinamento na academia de polícia. No fim das contas, ele enfiou as algemas em meio às correntes e prendeu os pulsos de Simon.

A essa altura Anna-Greta tinha dobrado os braços com força sobre o peito de modo a refrear a vontade de roer as unhas. Ela esquadrinhou o rosto de Simon, tentando determinar exatamente até que ponto esses últimos eventos eram apenas puro teatro, parte do show, ou se Simon estava realmente incerto acerca do que fazer. Era impossível dizer.

O fotógrafo tirou algumas fotos de Simon agrilhoado na beirada do píer. Um homem que Anna-Greta jamais tinha visto – um forasteiro de Estocolmo, a julgar por suas mãos finas – deu um passo adiante e se ofereceu para amarrar a boca do saco. Simon virou-se para Johan e disse: "Você gostaria de conferir uma última vez?"

Johan puxou as correntes e, quando fez isso, Anna-Greta viu Simon inclinar o corpo para a frente e sussurrar alguma coisa nos ouvidos dele. Então Johan recuou um passo e fez que sim com a cabeça. O homem de Estocolmo envolveu Simon com o saco e amarrou a ponta com um pedaço de corda.

A cena era horrível. O saco marrom bem na beirada. Era um momento de escuridão, ou de decisão. As pessoas pareciam sentir isso; as piadas e os gracejos tinham cessado, e agora imperava o silêncio absoluto.

– Podem me jogar – pediu a voz de Simon de dentro do saco.

Passaram-se cinco segundos. Depois dez. Somente o silêncio, e ninguém ousou obedecer. A situação ainda não era irreversível. Ainda era possível abrir o saco, desfazer as correntes. Mas assim que o saco estivesse na água, não haveria muito a fazer. Ao largo do píer o mar tinha seis metros de profundidade.

Se Simon fracassasse, quem tinha jogado o saco na água seria o responsável. As pessoas se entreolhavam, mas ninguém se dispunha a dar um passo à frente. Simon se mexia dentro do saco; dava para ouvir o tilintar das correntes, o leve rangido de um elo contra o outro. Algumas câmeras clicaram. Mas ninguém se arriscava.

– Joguem-me no mar.

Provavelmente teria sido mais fácil se Simon dissesse algo mais trivial e divertido como "Vão me deixar esperando aqui o dia inteiro?" ou "As correntes já estão começando a enferrujar", mas obviamente ele não estava interessado em aliviar a tensão dramática.

Bem que seria melhor se ele tivesse feito isso. Passado um minuto, ninguém havia se apresentado ainda. As pessoas estavam começando a ficar inquietas. Talvez tenha sido exatamente assim quando Jesus disse "Quem nunca pecou que atire a primeira pedra".

De repente o homem musculoso pigarreou e, sem mais delongas, deu um passo adiante e empurrou o saco. O fardo bateu na água com um baque pesado e um sobressalto coletivo percorreu a multidão. As pessoas se acotovelaram para olhar, e Anna-Greta teve de lutar para não ser empurrada água adentro pelo movimento da onda humana.

Não havia muito que ver. O saco afundou e levantou uma torrente de bolhas, mas depois de trinta segundos a última bolha estourou na superfície e só restou a água escura. Os que esperavam ver a luta de Simon para escapar ficaram decepcionados, pois era impossível enxergar qualquer coisa além da profundidade de três metros.

Depois de mais um minuto a turba começou a murmurar: alguém sabe quanto tempo uma pessoa é capaz de prender a respiração? É possível trazer o homem de volta caso ele não se saia bem? Alguém tem as chaves daqueles cadeados?

Mais um minuto se passou, e agora um número maior de pessoas começou a ficar ansioso. Por que é que ninguém tinha prendido uma corda de segurança no saco? Por que não estabeleceram um limite de tempo, depois do qual deviam tentar resgatar o homem, por quê...?

O homem que tinha empurrado o saco no mar parecia o mais angustiado de todos. Ele encarava a água, e o corpo até ali tão confiante em sua força e autoridade agora parecia ter afundado em si mesmo; seus movimentos eram espasmódicos, seus olhos se agitavam de um lado para o outro, suas mãos não paravam de se esfregar.

Anna-Greta ficou lá imóvel, abraçada a si mesma. Com força. Ao seu redor as pessoas olhavam ora para os relógios, ora para a água, mas Anna-Greta mantinha o olhar fixo no farol de Gåvasten ao longe. Ela encarava o farol e esperava. Esperava o chapinhar do corpo de Simon emergindo, a súbita entrada de ar nos pulmões.

Mas ele não veio à tona.

Depois de três minutos, alguém gritou:

– Mas ele vai morrer!

A multidão consentiu com um murmúrio, mas ninguém fez coisa alguma. Anna-Greta desviou o olhar do farol e, sem conseguir evitar, mirou a superfície da água. Estava negra e vazia. Nada se movia.

Vamos. Vamos lá, Simon.

Ela podia ver a cena bem à sua frente, podia ver através da água, além do limite da visibilidade normal, bem lá no fundo, onde Simon jazia batalhando em meio à lama e a pedaços enferrujados de metal. Ela o viu escapar, viu o saco aberto e o viu abrindo caminho do fundo do mar rumo à luz.

Mas não foi isso que aconteceu. O que de fato aconteceu se deu dentro de Anna-Greta. Alguma coisa que tinha sido afundada e jogada fora se libertou lá em meio à escuridão, rompeu a corrente que ela tinha amarrado em volta e nadou na direção da superfície. Subiu através de seu corpo e se pregou em sua garganta como um caroço. Ela quis chorar.

Eu amo este homem.

Ela começou a tremer.

Amor. Não desapareça.

Seus olhos encheram-se de lágrimas quando alguém atrás dela gritou "Quatro minutos!", e ela uniu as mãos, apertou-as sobre o coração e se amaldiçoou por já ser tarde demais, ia acontecer de novo, ia...

Então ela sentiu uma mão pousada sobre seu braço. Sua visão ficou turva quando ela ergueu os olhos e viu que a mão pertencia a Johan. Ele piscou e assentiu. Ela não entendeu o que ele quis dizer, como ele podia estar tão calmo.

O homem que tinha empurrado Simon no mar tirou a camisa e mergulhou na água. Anna-Greta apertou a mão de Johan enquanto a multidão mais uma vez se lançava para a frente e se acotovelava na beira do píer. O homem veio à tona, balançou a cabeça, respirou fundo e mergulhou novamente.

Foi então que ouviram uma voz em terra:

– É a mim que vocês estão procurando?

Ouviu-se o roçar de tecido contra tecido quando a multidão inteira se virou ao mesmo tempo, como se fosse uma única pessoa. Era Simon, de pé junto à garagem de barcos. Seu corpo estava marcado por um desenho de linhas vermelhas cruzadas deixadas pelas correntes. Ele caminhou na direção de Göran e lhe devolveu as algemas trancadas.

– Achei que você ia querer isto aqui de volta.

Simon vestiu seu roupão, e alguém ao lado de Anna-Greta gritou para o homem de Nåten, que tinha emergido de novo:

– Kalle, ele está aqui! Pode parar de procurar!

– Mas que diabos! – berrou Kalle de dentro da água, e uma paralisia coletiva foi quebrada. Primeiro vieram risadas, depois irromperam aplausos. A salva de palmas ecoou por toda a área como as batidas das asas de um bando de pássaros alçando voo desde a superfície da água, e deu a impressão de que não teria fim.

As pessoas se aproximaram e afagaram Simon como se ele fosse seu maior tesouro, finalmente resgatado do fundo do mar. A atitude de Kalle, que saiu sozinho da água batendo os dentes de frio, foi um pouco menos positiva. Simon tinha obviamente antevisto essa situação, porque trouxera consigo uma garrafa de aguardente decente e ofereceu a Kalle um ou dois drinques para ajudá-lo a se aquecer. Depois de um quarto de hora, Kalle já era o mais entusiasmado admirador da proeza de Simon.

As pessoas rodearam a garagem de barco em cujos degraus os dois homens se sentaram lado a lado. Elas riram de Kalle – que estava levemente embriagado por causa da aguardente e tonto em consequência da montanha-russa de emoções pela qual tinha passado em rápida sucessão – quando ele jogou os braços na direção de Simon e bradou:

– Caramba, este sujeito aqui estava muito bem amarrado, feito um... sei lá o quê, e eu mesmo o acorrentei! Talvez eu esteja sentado aqui com um fantasma! – Ele agarrou Simon pelo ombro. – Mas como diabos você fez aquilo?

Simon exclamou "Bu!", e todos caíram na risada.

Anna-Greta ainda estava de pé no píer com Johan. Graças a uma vida inteira como vendedora, ela tinha aprendido a arte de manipular as emoções das pessoas, mas ao que tudo indicava agora encontrara alguém à altura. A humilhação pela qual Simon passou enquanto estava acorrentado no píer tinha sido transferida para Kalle quando ele mergulhou no mar numa equivocada tentativa de heroísmo. Depois disso Simon tinha habilidosamente restaurado o equilíbrio arrastando Kalle para a radiante glória de seu feito. Agora havia apenas alegria.

Muito bom, Anna-Greta pensou. *Refinado*.

Ela estava aliviada, estava confusa, estava furiosa. Principalmente furiosa. Tinha sido enganada. Simon a tinha feito comportar-se como uma tola na frente de toda aquela gente. Ela tinha perdido o controle. Hipoteticamente falando, podia ter gritado. Não tinha feito isso, felizmente. Mas estava aborrecida.

– Não foi brilhante? – perguntou Johan.

Anna-Greta concordou com um breve meneio da cabeça e Johan passou a mão no cabelo, olhando na direção de Simon.

– Acho que ele é absolutamente incrível.

– Sim, mas tem muita gente por aí que consegue fazer esse tipo de coisa – ponderou Anna-Greta. Quando Johan lançou-lhe um olhar de reprovação, ela perguntou: – Bom, mas o que ele te falou? Antes?

Johan sorriu por dentro e fechou a cara:

– Oh... pra falar a verdade, eu não sei.

Anna-Greta deu um tapinha no ombro de Johan.

– O que ele disse?

– Por que a senhora quer saber?

– Eu só estou curiosa.

Johan olhou para as garagens de barco do outro lado, onde Kalle tinha iniciado um novo discurso, proclamando que jogaria no mar quem não fosse assistir aos shows de Simon no teatro comunitário local. Johan deu de ombros.

– Ele disse pra eu não me preocupar. Que ia sumir por alguns minutos para causar mais efeito.

– Por que ele disse isso?

Johan olhou para Anna-Greta como se ela estivesse zombando dele.

– Pra eu não ficar preocupado, obviamente. – Encarando-a acrescentou: – Como a senhora ficou.

Anna-Greta nem se deu ao trabalho de protestar. Johan a conhecia e tinha olhos aguçados. Em vez disso, ela disse:

– Bom, em todo caso, acho que agora pra mim já chega disso aqui. Você vem pra casa?

Johan balançou a cabeça e contemplou a água.

– Não, eu quero ficar mais um pouco.

Anna-Greta ajeitou seu cardigã e rumou para casa, deixando para trás a multidão e o píer. No meio do caminho, virou-se e olhou o porto. Não conseguia se lembrar de alguma vez já ter visto tanta gente no píer, nem mesmo no dia de São João.

Johan já não estava mais lá, sem dúvida tinha se juntado ao círculo de admiradores.

Bem, ela pensou. *Acho que foi bom ele ter dito aquilo para o Johan. Foi muita consideração da parte dele.*

Anna-Greta continuou caminhando na direção de casa e, embora praticamente não tenha se permitido formular o pensamento, ela pôde senti-lo: *Mas para mim ele não disse nada.*

Naquela mesma noite, Simon estava sentado à mesa do jardim com uma taça de conhaque. O último escaler tinha chegado, e mesmo assim nem sinal de Marita. Alguns rapazes nadavam junto ao píer do vapor.

Seu corpo inteiro estava dolorido; a pior dor era nas juntas dos ombros, que ele teve de torcer a ponto de tirá-las quase completamente das articulações de modo a se libertar das correntes. Não tinha sido uma fuga particularmente difícil, porque os homens haviam usado pouca corda, mas fixaram as correntes com força além do normal, e ele levara quase um minuto para se livrar delas. Se Simon não tivesse tido aquele minuto extra antes que jogassem o saco na água, teria sido obrigado a subir direto para a superfície depois de se soltar.

Mas ele tivera um minuto adicional, que havia usado para nadar no fundo da água para o mais longe possível do píer e depois emergir, escondido pelos barcos.

Tinha alcançado o efeito desejado e achou que os shows vindouros contariam com boa presença de público.

Simon levou a taça aos lábios e fez uma careta ao sentir um aperto no peito. Não aguentaria fazer aquilo por muito mais tempo. Era exigir demais do corpo. Uma vez saiu com uma costela quebrada quando um homem da plateia se mostrou absolutamente determinado a acorrentá-lo com toda a força do mundo. Depois dessa ocasião ele parou de oferecer uma recompensa aos voluntários capazes de amarrá-lo com firmeza. As pessoas já eram vigorosas o bastante sem a recompensa.

O farol de Gåvasten reluzia na noite de verão: o foco luminoso era apenas um ponto, sem jogar fachos de luz na água.

Eu devia estar me divertindo.

Sua performance tinha sido um grande sucesso, a noite estava linda e o conhaque espalhava seu calor pelo corpo enrijecido. Ele devia estar se divertindo com tudo aquilo.

Mas era sempre assim. Depois de uma façanha bem-sucedida, de um truque publicitário realizado com força e energia, o vazio que se seguia era ainda maior. Além disso, Marita tinha desaparecido, e Simon já tinha bebido uma taça a mais que o habitual. Não queria seguir os passos de tantos de seus colegas, que afundavam num mar de bebida para nunca mais vir à tona. Mas naquela noite ele achava que merecia.

Acho que é assim que começa, pensou Simon, enchendo novamente a taça.

Ele estava menos preocupado com Marita em sua função de esposa do que em sua função de assistente. Os shows em Nåten estavam marcados para dali a três dias e, caso ela não aparecesse, ele teria de abrir mão de alguns de seus melhores números: a adivinhação de pensamentos e a cartola mágica. Não era o fim do mundo, mas é que ele queria muito que esse show em particular fosse verdadeiramente bom.

Simon tomou um longo gole do conhaque e suspirou. Aquela não era a vida que ele esperava. As coisas funcionavam, e só. A felicidade tinha se perdido em algum lugar ao longo do caminho. Ele deixou que seu olhar se demorasse na água, que parecia macia como seda em meio às cores da noite de verão. Ao longe, uma gaivota gritou.

Ah, sim, a felicidade existe. Só que não aqui.

Simon ouviu atrás de si o som de passos e uma leve vibração metálica. Com alguma dificuldade, virou-se na cadeira e viu que Johan se aproximava empurrando um carrinho de mão sobre a grama. O rapaz estava usando apenas sunga e uma volumosa camisa ensopada em diversos trechos; seu cabelo pingava de suor.

– Johan? O que é isso aí? – perguntou Simon.

Johan abriu um sorriso largo e continuou empurrando o carrinho de mão, dentro do qual estavam todas as correntes e cadeados que Simon tinha deixado no fundo do mar. Ele tombou a carriola aos pés de Simon.

– Achei que era um desperdício.

Simon riu. Teria gostado de afagar o cabelo de Johan, mas, para começo de conversa, naquele momento específico não conseguia ficar de pé; além disso, não sabia se era a coisa certa a fazer. Por isso limitou-se a concordar com um meneio de cabeça e disse:

– Teria sido. Obrigado. Sente-se aí, se quiser.

Johan sentou-se na outra cadeira de jardim e soltou uma generosa baforada de ar.

– Mas como você conseguiu? – perguntou Simon. – Deve estar pesado.

– E está – respondeu Johan. – Eu não consegui levantar as correntes, então tive de prender um gancho e puxar uma por uma.

Era o que o próprio Simon geralmente fazia, e era o que pretendia fazer dessa vez. Contudo, não tinha a menor intenção de contar isso a Johan e se sentia agradecido por ter sido poupado da trabalheira.

– Nada mal – comentou Simon.

– Não – concordou Johan, enfiando a mão no bolso da camisa. – E achei isto aqui também. Estava dentro do saco.

Com um olhar conspirador, Johan entregou a Simon um pedaço de metal fino e em forma de cunha. Simon ergueu as sobrancelhas e guardou no próprio bolso o objeto.

Johan recostou-se na cadeira e disse:

– Até agora ainda não entendi como é que você faz isso.

– Você quer saber?

Na mesma hora John endireitou o corpo:

– Quero!

Simon concordou com a cabeça.

– Tudo bem. Vá lá e traga uma garrafa de refresco da geladeira. Minha carteira está em cima da mesa da cozinha. Pegue cinco coroas pra você por ter trazido as correntes. Depois volte aqui que eu te conto.

Johan se levantou feito um raio e saiu em disparada para dentro da casa. Depois de trinta segundos já estava de volta. Simon não entendia por que razão tinha dito aquilo. As palavras simplesmente saíram voando de sua boca. Em geral ele nunca revelava seus segredos. Devia ser o conhaque, a atmosfera. E, afinal de contas, Johan já sabia da única parte que realmente envolvia um truque.

Por isso ele resolveu contar. Quando terminou de falar, a garrafa de refresco estava vazia e a baía tinha escurecido até tornar-se um tapete azul-escuro, salpicado de arranhões finos desenhados pelo farol de Gåvasten. Um morcego passou batendo as asas, à caça de mariposas.

Johan soltou um arroto efervescente e disse:

– Ainda assim acho que parece bastante perigoso.

– É, sim – concordou Simon. – Mas se você... – ficou perplexo com um pensamento que lhe ocorreu e, com o dedo em riste, alertou Johan: – Não vá tentar fazer isso sozinho!

– Não vou.

– Promete? – Simon estendeu o polegar na direção de John. – Então faz comigo o juramento do polegar.

Johan sorriu e esfregou seu polegar no de Simon. Depois examinou o próprio dedo, como se quisesse conferir se ali havia algum tipo de acordo ou compromisso gravado na impressão digital. Depois mudou de assunto:

– Acho que a minha mãe está meio apaixonada por você.

– O que te faz pensar isso?

Johan deu de ombros.

– Eu simplesmente acho. Ela fica toda esquisita.

Simon esvaziou sua taça de conhaque e refreou o desejo de enchê-la novamente. Aquilo bastava, um agradável calor que se espalhava por todo o seu corpo. Ele ergueu a taça, contemplando a luz do farol de Gåvasten que se refratava através dos restos de líquido na borda, e disse:

– Bom, tem uma porção de razões pelas quais as pessoas ficam assim tão esquisitas.

– Acho que sim, mas... esse é um tipo específico de esquisitice.

Simon apertou os olhos:

– Você parece muito bem informado sobre esse tipo de coisa.

– Conheço minha mãe.

Os dois ficaram sentados em silêncio por alguns instantes. O único som era o adejar das asas do morcego, que se lançava bruscamente de um lado para o outro, dando rasantes atrás de algo que somente ele era capaz de perceber. A atmosfera de silêncio foi quebrada quando alguém ligou o motor de um barco lá embaixo no porto e Simon pediu:

– Você pode me ajudar? Meu corpo ainda está um pouco duro. Amanhã estarei melhor.

Johan se pôs de pé e estendeu a mão para ajudar Simon a se levantar da cadeira. Os dois ficaram se encarando. Por alguns segundos fluiu entre eles uma aprovação mútua. Então Simon deu um tapinha no ombro de Johan e disse:

– Mais uma vez, obrigado pela ajuda. Vejo você amanhã.

Johan assentiu, pegou o carrinho de mão e foi embora. Simon seguiu-o com o olhar. Assim que Johan desapareceu na escuridão sob os choupos, Simon bufou e disse em voz baixa, de si para si:

– Um tipo específico de esquisitice...

Depois entrou em casa arrastando os pés e fechou a porta atrás de si.

O convidado indesejado

Na manhã seguinte Simon deu alguns telefonemas, tentando, sem sucesso, localizar o paradeiro de Marita. Depois, munido de papel e caneta, sentou-se sob o lilaseiro a fim de elaborar um programa alternativo para as apresentações do teatro comunitário.

Não conseguiu se concentrar na tarefa. Seus pensamentos insistiam em divagar para as questões mais graves e extremas. Por que razão ele continuava levando aquilo adiante, qual era o propósito de tudo, como uma pessoa podia levar uma vida sem futuro e por que diabos ele se dava ao trabalho de se preocupar.

Era esse seu estado de espírito quando Anna-Greta passou a caminho do píer e berrou um breve "Obrigada por ontem, estava muito bom". Ele pediu que ela entrasse e se sentasse um pouco. Ela se empoleirou na beirada da cadeira de frente para ele e parecia inquieta. Simon ficou imaginando se aquele desassossego era o *tipo específico de esquisitice*, mas obviamente não sabia como perguntar.

Os dois conversaram sobre isto e aquilo, temas inofensivos, e Anna-Greta tinha acabado de se ajeitar de maneira mais confortável na cadeira quando Simon percebeu que estavam sendo observados. Marita estava parada de pé no portão, de olho neles. Por qualquer razão Simon sentiu-se como se tivesse sido pego em flagrante e já estava prestes a dar um salto da cadeira, mas a raiva chegou primeiro que a culpa e ele se manteve imóvel; sem mexer um só músculo, encarou Marita.

Marita estava piscando vagarosamente; suas pálpebras se moviam em câmera lenta, como se ela precisasse fazer um esforço consciente para abri-las e fechá-las. Seu cabelo estava sujo e ela tinha olheiras negras e imensas ao redor dos olhos. Coçava mecanicamente o braço.

– Ora, ora, olha só pra isso. Que gracinha – ela disse.

Simon continuou a encará-la. Pelo canto do olho, viu que Anna-Greta estava em vias de se levantar da cadeira e, com um gesto, pediu que ela ficasse onde estava. Em voz baixa, Simon fez a pergunta que nos últimos anos tinha se tornado uma espécie de mantra:

– Por onde você andou?

Marita meneou a cabeça em um gesto que podia significar praticamente qualquer coisa, e portanto significava: *Aqui e ali, mas principalmente lá no espaço.*

Marita entrou e estacou bem em frente a Simon, encarou-o e disse:

– Preciso de dinheiro.

– Para quê?

Ela abriu e fechou a boca, que pareceu ao mesmo tempo seca e viscosa quando ela desatou a língua do céu da boca.

– Vou pra Alemanha.

– Você não pode. A gente tem trabalho aqui.

O olhar de Marita deslizou entre Anna-Greta e Simon. Ela parecia estar tendo alguma dificuldade de se concentrar.

– Estou indo para a Alemanha. Você tem de me dar algum dinheiro.

– Não tenho dinheiro e você não vai pra Alemanha. Entre e vá dormir.

Marita balançou lentamente a cabeça e pareceu ter ficado emperrada no mesmo movimento, como se sua cabeça fosse um pêndulo que ela tinha de manter em movimento para que o tempo não parasse. Anna-Greta se levantou da cadeira.

– Já vou indo.

O som de sua voz atraiu a atenção de Marita. Ela apontou para Anna-Greta.

– Você tem algum dinheiro?

– Não, não tenho dinheiro pra você.

Os lábios de Marita se curvaram para cima, numa imitação de sorriso.

– Você está ficando com o meu marido, isso significa que você tem de pagar, sabia?

Simon saltou como uma flecha da cadeira, agarrou Marita pelo pulso e empurrou-a na direção da casa:

– Cale a boca!

O movimento violento fez Marita cambalear, e Simon arrastou-a atrás de si até os degraus da porta da frente. Marita deixou-se puxar por alguns metros pelo gramado, depois começou a gritar:

– Socorro! Socorro!

Simon tentou transmitir a Anna-Greta algum tipo de mensagem com os olhos, *Sinto muito* ou *Não me condene*, mas antes que tivesse tempo de formular sua expressão viu um homem surgir detrás do arbusto de lilás. Alguém que já estava lá de pé, à espera.

Marita girou o pulso e desvencilhou-se de Simon, depois saiu engatinhando na direção do recém-chegado e, numa vozinha patética, disse:

– Rolf, ele está batendo em mim.

Rolf era um sujeito tão grande que parecia capaz de facilmente erguer Simon e carregá-lo no colo. Um imundo terno de linho pálido escondia seus músculos, mas ele aparentava ter controle limitado sobre o próprio corpo. O homenzarrão caminhou na direção de Simon: passos irregulares, titubeantes, os braços pendendo inutilmente ao lado do corpo. A pele do rosto era vermelho-escura, e seu nariz estava escamado. Os cantos da boca eram descaídos de um jeito anormal, como se ele tivesse tido um derrame.

Pelo fato de Simon estar numa ladeira, quando Rolf se avultou diante dele abanando o dedo a diferença de altura entre os dois era de vinte centímetros ou mais.

– Não é pra você bater na sua esposa. Você tem é que dar dinheiro pra ela.

Marita aninhou-se aos pés de Rolf, numa cena que lembrava a capa de um romance barato. Com o coração disparado, Simon dobrou os braços sobre o peito e, encarando os olhos do gigante – que eram injetados –, perguntou:

– E o que exatamente isso tem a ver com você... *Rolf*?

Rolf mexeu para cima as bochechas, de modo que seus olhos se estreitaram. Era um rosto completamente bizarro com a boca caída, mas Simon conteve o riso. As pupilas de Rolf se moveram como dardos por alguns segundos, depois ele disse:

– Você não gosta do meu nome, é isso? Acha bobo.

Simon balançou a cabeça.

– Não, eu acho que é um nome maravilhoso, só não entendo o que você está fazendo aqui.

Rolf piscou um par de vezes e olhou para o chão. Seus lábios se moviam como se ele estivesse analisando cuidadosamente as palavras de Simon e pensando bem em uma possível resposta. Do chão, Marita contemplava Rolf como se fosse um oráculo. Simon olhou ao redor e percebeu que Anna-Greta já não estava mais lá.

Simon fez um rápido inventário dos itens nas redondezas que poderiam ser usados como armas. O mais próximo era a pá encostada nos degraus, a dez metros de distância. Rolf terminou de pensar e, bem devagar, perguntou:

– Quer dizer então que você não vai dar dinheiro para ela?

– Não.

Rolf suspirou. Depois pousou uma das mãos no braço de Simon como se estivesse a ponto de compartilhar uma confidência. Antes que o mágico tivesse tempo de reagir, Rolf agarrou a mão direita de Simon, envolveu com o pulso o dedo mínimo dele e torceu-o para trás. Simon teve a sensação de que seu dedo seria literalmente arrancado e foi forçado a cair de joelhos. Marita já estava no chão e lançou-lhe um olhar furioso, de modo a deixar bem claro que não, ele não devia esperar nenhum tipo de ajuda. Ela parecia... sôfrega.

Ela estava ansiando por este momento.

O dedo de Simon ainda estava sendo torcido para trás e, antes que ele tivesse tempo de abrir a boca para dizer que lhes daria o dinheiro, ou que os mataria ou que os levaria para um passeio de barco, Rolf o puxou com um arranco e o quebrou. Um espasmo de dor subiu pelo braço de Simon e saiu de sua boca como uma tosse profunda. Por uma fração de segundo todas as coisas que ele nunca mais conseguiria fazer com as mãos –

as cartas, os lenços, as cordas, os jornais rasgados

– passaram rodopiando antes que o dique se rompesse e ele soltasse um berro. Ele viu seu dedo mínimo lá pendurado feito um pedaço inútil de pele, a dor obscena envenenando seu sangue enquanto as lágrimas lhe inundavam os olhos. Berrou de novo, mais de desespero do que de dor. Marita ficou sentada em silêncio, observando-o.

Então Rolf subiu em cima de Simon. Sentou-se sobre o peito dele e forçou seu braço de lado, comprimindo sua mão contra uma pedra. Do bolso da jaqueta Rolf sacou um enorme canivete, que abriu usando um dos braços e os dentes. Pousou a ponta da lâmina sobre a pedra, pouco acima do dedo inutilizado de Simon.

Mais uma vez Rolf pareceu precisar de tempo para formular sua frase seguinte. Olhou para o rosto de Simon, para sua mão. Aparentemente era incapaz de compreender de que maneira as coisas tinham acabado daquele jeito e precisava pensar um pouco antes de decidir o que fazer a seguir.

Simon ficou imóvel, contemplando uma pequena nuvem que pairava acima da cabeça de Rolf. Por um momento pareceu que Rolf tinha um halo. Depois a nuvem virou, libertou-se dele e seguiu flutuando. Uma gaivota gritou no mar, e por um par de segundos Simon sentiu uma paz absoluta. Aí Rolf falou:

– Você é mágico. Então você precisa dos seus dedos, certo?

Simon nada disse, não se moveu. Ouviu o marulhar das ondas lambendo os seixos na praia. O som parecia... tão saudável. Ele estava com uma sede terrível. Rolf tinha encontrado a linha de raciocínio correta e continuou falando:

– Agora vou cortar seu mindinho. Depois vou pegar o... como é que se chama? O anelar. E vou quebrar ele. Depois vou cortar fora. E assim por diante.

Rolf assentiu para a própria declaração, feliz por ter se expressado com tanta clareza. E resumiu:

– E esse vai ser o fim do mágico. A menos que...

Olhou para Simon e ergueu as sobrancelhas, encorajando-o a completar a frase. Como Simon não fez essa gentileza, Rolf suspirou e balançou a cabeça. Virou-se para Marita, que estava sentada com o corpo dobrado na grama e acompanhava de olhos semicerrados o desenrolar dos eventos.

– Você disse que isto aqui seria moleza.

Marita fez aquele movimento ondulante de cabeça que podia ser interpretado de diversas maneiras. Rolf fez uma careta e disse para Simon:

– Bom, a culpa é toda sua. Você não me dá nenhuma opção.

Voltou suas atenções para a mão de Simon sobre a pedra. Um corte e o dedo deixaria de existir.

– Para com isso!

A voz aguda de Anna-Greta rompeu a calma paradoxal que havia reinado por um ou dois instantes. Rolf virou a cabeça e, mais que qualquer outra coisa, parecia cansado. Anna-Greta caminhava na sua direção empunhando uma espingarda de cano duplo.

– Afaste-se dele! – ela berrou.

Houve uma longa pausa. Anna-Greta estava de pé a um metro de Rolf, apontando para ele o cano duplo. Rolf mais uma vez tinha se emaranhado em uma cuidadosa análise do rumo dos eventos. Seus lábios se moviam e ele olhava demoradamente para o mar. Então o homenzarrão se levantou. O cano duplo da espingarda mirava bem no seu peito.

– Larga o canivete – ordenou Anna-Greta.

Rolf balançou a cabeça. Depois, com cautela, dobrou o canivete e guardou-o no bolso. Anna-Greta balançou o cano duplo da arma, apontando a direção do píer do vapor.

– Suma daqui! Agora!

Só então ocorreu a Simon que ele estava de fato presente. Que podia ter um papel ativo no que acontecia. Seu braço estava dormente e, quando ele puxou-o para si, teve certa dificuldade em se levantar. Quando conseguiu se sentar, o gramado começou a se mexer de um lado para o outro, como o deque de um barco.

Rolf deu um passo na direção de Anna-Greta e ela recuou, erguendo e abaixando a arma ao mesmo tempo.

– Para! Vou atirar em você!

– Não – Rolf respondeu curto e grosso e esticou o braço na tentativa de se apossar da arma. Anna-Greta recuou ainda mais, e a batalha estava perdida. Quando Rolf investiu mais uma vez para agarrar o cano duplo da arma, em vez de pressionar o gatilho ela moveu a espingarda de lado. Rapidamente Rolf deu um passo à frente e com a palma da mão aberta deu-lhe um tapa na lateral da cabeça. Anna-Greta caiu de lado. A espingarda voou nos arbustos de aveleira e Anna-Greta desabou sobre uma pilha de grama, choramingando de dor e cobrindo com a mão a orelha.

Quando Simon tentou ficar de pé, ouviu a voz de Marita:

– Ele não é incrível?

Anna-Greta estava deitada a poucos metros de distância, Rolf curvado sobre ela. O cérebro de Simon não funcionava direito, ele não conseguia decidir se tentava pegar a pá ou se simplesmente arremessava o próprio corpo para a frente.

Antes que tomasse uma decisão, ouviu atrás de si um zumbido, como o de um enorme inseto. Houve um clique e Rolf caiu. Simon se levantou e viu Johan de pé junto ao lilaseiro, com seu rifle de ar comprimido nas mãos. Ele estava abaixando a arma e mordendo o lábio inferior.

Rolf se levantou. Em sua têmpora apareceu uma mancha preta, de onde começou a escorrer uma pequena quantidade de sangue. Seu olhar estava ensandecido e agora ele já não hesitava, não precisava de tempo para pensar. Saiu caminhando na direção de Johan, sacou e abriu o canivete.

Simon estava atrás dele, mas, em vez de tentar impedi-lo, mergulhou nos arbustos e agarrou a espingarda. Antes mesmo de segurá-la direito nas mãos, berrou:

– Pare aí, seu desgraçado!

Mas Rolf não lhe deu a mínima.

Johan tinha soltado sua arma de ar comprimido, inútil depois de disparar o único tiro, e saiu correndo ladeira acima na direção da casa. Com o canivete na mão, Rolf correu atrás dele. Com uma careta de dor, Simon ergueu a espingarda e levou-a ao ombro, no exato momento em que Rolf desaparecia atrás do arbusto de lilás a quinze metros.

Simon jamais tinha disparado uma espingarda na vida, mas sabia que o mais importante era o fato de que um tiro cobre uma área ampla. Mirou o lilaseiro e pressionou o gatilho.

Depois disso, em menos de um segundo aconteceram diversas coisas. Houve um estrondo ensurdecedor e o coice da arma atingiu Simon com tanta força que ele desabou de costas dentro dos arbustos de avelã, mas, antes mesmo de Simon começar a cair, abriu-se um buraco no lilaseiro e fragmentos de folhas voaram feito um bando de borboletas apavoradas. Enquanto os primeiros galhos da aveleira rasgavam a camisa de Simon e arranhavam suas costas, Rolf começou a rugir.

Simon ainda estava segurando a coronha da espingarda no ombro quando os galhos se fecharam em torno dele e ele caiu dentro das folhagens trêmulas. Rolf continuava urrando. Os galhos mais grossos impediram Simon de cair ainda mais fundo, e ele sentiu o sangue na pele das costas. Agarrou a coronha de madeira e respirou; permaneceu onde estava e um pensamento começou a entrar e sair de sua mente no mesmo ritmo de sua respiração ofegante:

Eu acertei ele. Acertei ele.

Somente depois de alguns segundos, quando já tinha se desemaranhado dos galhos e viu Anna-Greta sentada com as mãos cobrindo a boca e Marita balançando para a frente e para trás, é que outros pensamentos começaram a abrir caminho à força:

E se eu matei ele... se eu...

Rolf tinha parado de rugir. Simon tentou engolir, mas sem saliva alguma.

Sede. Que maldita sede.

Uma gota de suor escorreu para dentro de seu olho, obscurecendo-lhe a visão. Ele limpou o suor e esfregou os olhos. Quando os abriu de novo, Anna-Greta estava de pé ao seu lado. Ela piscava com os olhos meio fechados e parecia estar sentindo dor. Anna-Greta apontou para a mão que segurava o cabo da arma e tentou dizer alguma coisa, mas não conseguiu articular palavra alguma.

Simon olhou para a espingarda. Somente agora descobriu que havia dois gatilhos, um atrás do outro, um para cada cano. Ele tinha pressionado só o gatilho externo. Ainda restava um cartucho. Anna-Greta assentiu e pôs a mão sobre a orelha. Caminhou na direção do lilaseiro e Simon a seguiu com a arma erguida.

Era evidente que Rolf não tinha morrido, porque estava se mexendo. E bastante, para dizer a verdade. Deitado no chão, arremessava o corpo para a frente e para trás, como se estivesse tentando se livrar de um pesadelo invisível. Sua jaqueta estava rasgada e coberta de sangue do ombro esquerdo até embaixo, na metade das costas. O tiro não o havia acertado em cheio. Se Simon tivesse disparado meio segundo depois, provavelmente agora Rolf estaria completamente imóvel.

Hesitante, Johan voltou e aproximou-se do homem caído no chão como se Rolf fosse um animal selvagem ferido que a qualquer momento poderia dar um salto e atacá-lo. Depois, com o cuidado de passar bem longe, contornou o corpo estropiado e se jogou nos braços de Anna-Greta. Ela afagou o cabelo do filho e os dois ficaram abraçados em silêncio por um longo tempo. Por fim Anna-Greta disse:

– Pegue sua bicicleta e vá buscar o doutor Holmström. E Göran.

Johan fez que sim com a cabeça e saiu correndo. Trinta segundos depois passou zunindo de bicicleta. A essa altura Rolf tinha se aquietado e agora estava simplesmente caído no chão, cerrando e abrindo um dos punhos. Simon ainda mantinha a espingarda apontada para ele, com o indicador pousado sobre um dos gatilhos. Sentia-se doente.

Não sou eu. Isso não pode estar acontecendo comigo.

Depois de vinte minutos chegaram o médico e o policial. Embora extremamente dolorosos, os ferimentos de Rolf não punham sua vida em risco. Cerca de quinze fragmentos do disparo da espingarda tinham penetrado os músculos e o tecido de seu ombro esquerdo e a parte superior do braço em torno da omoplata. Fizeram uma bandagem provisória apenas para estancar o sangramento, e por telefone o médico solicitou uma ambulância. Göran preencheu um relatório que teria de ser concluído na delegacia de polícia de Norrtälje. O dedo mínimo de Simon recebeu uma tala.

Como era de esperar, Marita tinha desaparecido, e mais tarde descobriu-se que ela tinha conseguido embarcar no escaler antes que começassem a procurá-la de verdade. Rolf foi transportado a Norrtälje, e Göran e o dr. Holmström voltaram para casa assim que ficou combinado que todos iriam juntos à delegacia no dia seguinte.

Simon, Anna-Greta e Johan ficaram sentados em silêncio sob o lilaseiro. As folhas rasgadas na sebe eram o único sinal de que apenas um par de horas antes a escuridão havia abusado de sua hospitalidade. Assim como um ligeiro movimento de um dedo é capaz de disparar uma chuva devastadora de chumbo, também um evento que não durou mais do que cinco minutos pode lançar suas repercussões ao longo de dias e anos. É impossível ignorar as consequências, há muita coisa a dizer, e o resultado é o silêncio.

Johan estava bebendo refresco, Simon bebia cerveja e Anna-Greta nada bebia. Cada um deles havia salvado o outro em diferentes momentos na complexa trama criada por um único e simples ato de violência; gratidão e constrangimento se misturavam, as palavras eram difíceis.

Simon fuçou na sua bandagem e disse em voz baixa:

– Eu sinto muito. Que vocês tenham sido envolvidos nisso tudo.

– Não sinta – respondeu Anna-Greta. – É inevitável.

– Sim, mas mesmo assim eu sinto muito. Peço desculpas.

Depois que esmoreceu o choque inicial, eles começaram a conversar sobre o que tinha acontecido. A conversa continuou durante a tarde e depois na casa de Anna-Greta, onde comeram um jantar simples. Por volta das nove da noite tomou conta deles um tipo diferente de silêncio, uma exaustão da fala. Eles simplesmente já não suportavam mais ouvir o som das próprias vozes, e Simon desceu de volta para seu chalé.

Sentou-se à mesa da cozinha com as palavras cruzadas a fim de distrair a mente e, pela primeira vez, recortou o jornal, preencheu seu nome e endereço e colocou o jogo dentro do envelope. Quando terminou, do lado de fora da janela a noite de verão ainda estava lilás, e ele lamentou ter recusado o convite para dormir no sofá da cozinha lá em cima na casa grande. Os eventos do dia passavam e repassavam em sua mente. Até então o futuro tinha sido sombrio mas previsível, ele tinha sido capaz de ver a si mesmo arrastando-se penosamente ao longo dos anos. Agora não conseguia ver mais nada.

Assim como o coice da arma o jogara para trás, no momento em que disparou o tiro Simon tinha sido jogado para fora de si mesmo. Não era a ação propriamente dita que o deixava apavorado – ela tinha sido fruto da necessidade e do pânico –, mas o que tinha acontecido dentro dele.

Ao pressionar o gatilho ele tinha visto a cabeça de Rolf explodir. A bem da verdade sua intenção tinha sido mandar pelos ares a cabeça de Rolf. Mais tarde, quando Anna-Greta apontara para a arma e Simon percebera que ainda restava um cartucho, seu impulso imediato tinha sido atirar em Marita também. Executá-la. Estourar a cabeça dela em pedacinhos. Livrar-se dela.

Ele não tinha feito nenhuma dessas coisas. Mas tinha pensado nelas, e sentira um desejo louco de fazê-las. Talvez tivesse feito, se não houvesse testemunhas. Ele tinha sido lançado para dentro de uma versão diferente de si mesmo, alguém que queria matar qualquer um que se metesse em seu caminho. Não era um pensamento agradável, mas ao mesmo tempo era um pensamento bastante agradável: de agora em diante ele poderia ser alguém diferente, se quisesse ser.

Mas quem? Quem sou eu? Quem eu me tornarei?

Seus pensamentos continuaram girando em círculos depois que ele foi para a cama. Sentia vergonha de si mesmo. Pelo que tinha feito e pelo que não tinha feito. Tentou se forçar a pensar nas apresentações vindouras em Nåten, em como se sairia com o dedo quebrado, mas as imagens eram varridas para longe, substituídas por outras.

Depois de algumas horas Simon caiu em um sono intranquilo, que mais tarde foi interrompido por estrondos, estrépitos, batidas. Batidas. Ele levantou-se rapidamente e olhou ao redor do quarto. Alguém estava batendo à porta. Alguém queria entrar. Ainda havia um resquício de luz no céu, e ele pôde ver a silhueta de uma cabeça do outro lado da janela.

Soltou a respiração e abriu a janela. Quem estava lá fora era Anna-Greta, com as mãos unidas sobre o peito. Vestia uma camisola branca.

– Anna-Greta?

– Posso entrar? Um pouco?

Instintivamente Simon estendeu o braço para ajudá-la a subir no peitoril da janela, mas percebeu que estava se comportando de maneira imbecil.

– Vou abrir a porta.

Anna-Greta deu a volta pela lateral da casa e Simon abriu a porta da frente para deixá-la entrar.

MADEIRA À DERIVA

O sonho com Elin

Por cerca de duas horas Simon e Anna-Greta revezaram-se para contar sua história. Os joelhos de Anders rangeram quando ele se pôs de pé e esticou os braços para o teto. Do lado de fora da janela o tempo não estava nem melhor nem pior. Pequenos pingos de chuva acariciavam a vidraça e, sem grande pressa, o vento sussurrava entre as árvores. Aparentemente era possível fazer uma caminhada, e ele precisava de um pouco de exercício.

Simon levou a bandeja para a cozinha e Anna-Greta tirou os farelos da mesa. Anders olhou para as mãos enrugadas dela, imaginando que haviam empunhado a espingarda.

– Uma história e tanto.

– Sim. Mas é só uma história – devolveu Anna-Greta.

– Como assim? O que a senhora quer dizer com isso?

– Exatamente o que eu disse. – Anna-Greta endireitou-se na cadeira com os farelos na mão. – A gente nunca tem como saber o que aconteceu no passado, porque ele se transforma em histórias. Mesmo para quem estava envolvido.

– Então... não aconteceu assim?

Anna-Greta deu de ombros.

– Eu não sei. Não mais.

Anders seguiu-a até a cozinha, onde Simon empilhava cuidadosamente na lava-louças as melhores porcelanas da casa. Anna-Greta jogou os farelos no cesto de lixo e pegou o sabão em pó. Os dois se moviam em torno um do outro com evidente tranquilidade. A fácil e suave dança da vida cotidiana, aperfeiçoada pela repetição ao longo dos anos. Anders olhava os dois em um tipo de exposição dupla.

A filha do rei do contrabando e o mágico. Enchendo a lava-louças.

Fosse ou não verdadeira, a história de Simon e Anna-Greta havia instigado coisas em sua mente. Novas associações deviam ser feitas, novas sequências de imagens deviam ser organizadas. Ele sentiu uma exaustão física enquanto suas sinapses preparavam o caminho para todas essas novas conexões.

– Vou sair pra dar uma caminhada – ele avisou.

Anna-Greta apontou para a geladeira.

– Você não vai levar um pouco de comida?

– Mais tarde. Obrigado pelo café. E pela história.

Anders saiu para a varanda, acendeu um cigarro e caminhou pela vereda do jardim. Chegou à trilha que dava na casa de Simon e parou, dando uma profunda tragada.

Meu pai veio correndo por aqui com sua arma de ar comprimido. E sem a arma.

A arma ainda existia, dentro de um armário na Choça, e quando menino ele chegara a tentar atirar com ela uma ou duas vezes. Mas o cano estava frouxo e a pressão era tão fraca que a bala ficava presa dentro do próprio cano. Ele sempre tinha se perguntado por que razão o pai havia guardado a arma. Agora sabia.

Ao seu redor as folhas farfalhavam ou caíam, e uma garoa fina umedecia seu cabelo enquanto ele seguia trilha acima, rumo à loja. Um escaler dava a ré e se afastava do píer depois de desembarcar um grupo de crianças voltando da escola. Uma menina de cerca de sete anos veio correndo pela trilha na direção dele. Era Maja...

Não é a Maja

... que depois de muito tempo tinha voltado...

não é a Maja.

... e ele teve de se conter para não cair de joelhos e envolvê-la com os braços.

Porque podia ter sido Maja. Toda criança por volta de seis ou oito anos podia ter sido Maja. Esse pensamento o tinha reduzido ao desespero durante os primeiros seis meses após o desaparecimento dela. Todas as crianças que poderiam ter sido Maja, mas não eram. Milhões de rostos ansiosos, alegres ou tristes, pequenos corpos em movimento, e nenhum deles era *a criança certa*. Sua menininha, e somente sua menininha, tinha sido apagada. Não existia mais.

Ele a amara tanto. Outra pessoa é que devia ter desaparecido no lugar dela. Alguém que não fosse amado. A menina passou correndo por Simon e ele se virou, ficou observando a mochila dela com o desenho do ursinho Bamse ir ficando cada vez menor à medida que ela se encaminhava para a parte sul do vilarejo.

Devia ter sido você.

Depois que Maja sumiu, Anders abandonou o curso de formação de professores, e foi melhor assim. Jamais teria tido condições de trabalhar com crianças, não enquanto sentisse emoções tão conflitantes. Seu primeiro impulso era amar e abraçar a todas elas, o segundo era desprezá-las pelo fato de ainda estarem vivas.

Já havia um bom número de sacolas penduradas em ganchos na parede da loja, juntamente com uma mescla de caixas postais novas e velhas e alguns baldes com tampa em que os respectivos números estavam marcados com tinta. Anders pensou que precisava se lembrar de colocar alguma coisa lá em um ou dois dias, antes que as fotos voltassem.

O píer do vapor estava vazio e gansos brancos corriam de um lado para o outro no mar sem levantar voo, o vento fustigava os sacos plásticos na parede da loja. Ouvia-se um rangido irregular. Anders apurou os ouvidos e tentou identificar o som. Vinha dos degraus defronte à loja, ou de detrás deles.

Ele foi até lá e, quando viu a fonte do barulho, não conseguiu entender por que de repente sentiu tanto medo. Recuou um passo, ofegante, os pelos do braço arrepiados. À sua frente estava o homem do sorvete GB.

O homem do sorvete GB era uma figura de plástico montada sobre molas em cima de um bloco de cimento, e o vento o fazia oscilar para a frente e para trás, rangendo. Em geral ele ficava dentro da loja, mas agora, na baixa temporada, tinha sido posto de lado. Assim que encarou o rosto risonho da mascote da marca de sorvete, Anders sentiu sua pulsação disparar e sua respiração virar um fiapo. Cobriu a boca com as mãos em forma de concha e tentou respirar fundo.

É só o homem do sorvete. Ele não é perigoso.

Era isso que ele tinha dito. Para Maja. Era Maja quem tinha medo do homem do sorvete, não ele.

Tinha começado como uma brincadeira. Maja tinha medo de cisnes. Não dos cisnes no mar, o que teria sido natural. Até mesmo Anders tinha certo respeito por eles. Não, a menina tinha medo de que um cisne entrasse pela porta ou pela janela enquanto ela estivesse dormindo.

Uma vez que Maja sempre gostava de ver o boneco da GB – o que significava a promessa de ganhar um sorvete –, Anders havia tentado fazer piada dizendo:

– Os cisnes não são perigosos. Não precisa ter medo deles. Eles não são mais perigosos, por exemplo, do que... do que o homem do sorvete GB. E, quando você está lá deitada na cama, você não fica preocupada achando que ele vai entrar no seu quarto, fica?

Maja continuou a sentir medo dos cisnes, mas passou a sentir mais medo ainda do homem do sorvete GB. Ela jamais tinha pensado nisso antes: que o homem do sorvete podia estar deitado debaixo da cama, ou que ele pudesse entrar rastejando por uma frincha na porta com aquele sorriso engessado no rosto. Anders acabou se arrependendo de ter dito aquilo. Depois daquela noite, passou a abrir a janela do quarto de Maja a fim de se certificar de que o homem não estava de pé lá fora. A cama de Maja era muito baixa, não havia espaço para um leão se esconder debaixo. Mas havia espaço para o homem do sorvete GB, que era completamente achatado.

O homem do sorvete GB estava em toda parte. Estava no mar quando ela queria dar um mergulho, estava oculto nas sombras. Era o medo encarnado.

Agora ele estava ali de pé, parado, rangendo atrás da escada da loja, e Anders foi invadido por um horror que não conseguia explicar. Ele se forçou a encarar o homem do sorvete, olho no olho, apesar de estar tão apavorado que queria sair correndo.

Casa. Vinho.

Mas supostamente o álcool era o culpado da coisa toda. Seus nervos estavam em frangalhos. Hipersensíveis. A qualquer minuto ele podia sentir um súbito medo de praticamente tudo. Porém, Anders se fez forte. Não voltaria para casa a fim de começar a beber. Ficaria ali encarando o homem do sorvete GB até que o desgraçado desviasse o olhar ou deixasse de parecer perigoso.

O homem do sorvete GB balançava para a frente e para trás como se estivesse prestes a dar a um bote. Anders não desgrudou os olhos dele. Os dois entreolharam-se, medindo-se dos pés à cabeça. Um arrepio percorreu a espinha de Anders.

Alguém está me observando.

Ele girou sobre os calcanhares e deu alguns passos de modo a não ficar perto demais da pendular figura de plástico às suas costas. O inimigo vinha de todas as direções. Anders rapidamente olhou de relance para o píer, as garagens dos barcos, a área coberta de pedregulho, o mar. Uma gaivota solitária pelejava contra as correntes de ar, aparentemente incapaz de abrir caminho e descer até a superfície da água. Não havia vivalma.

Mas tem alguém me observando.

Já fazia algum tempo que havia alguém de olho em Anders enquanto ele estava de pé, tremendo, de frente para o homem do sorvete GB. Alguém ainda o observava. A única coisa que faltava era um par de olhos, ou mais de um par. Mas eram olhos que não se deixavam ver em parte alguma.

Alguém sem olhos está me observando.

Com o coração acelerado ele se afastou da loja e pegou a trilha para Kattudden. À medida que se distanciava, a sensação ia se atenuando. Ainda podia ouvir ao longe o rangido do homem do sorvete, mas a impressão de estar sendo observado tinha esmorecido. Caminhando a passos largos, Anders passou pela escola fechada, a casa da missão, também fechada, e pelo sino de alarme em sua torre branca de madeira.

Centenas de metros depois o coração de Anders continuava acelerado, mas a essa altura era porque ele estava fora de forma, não porque sentisse medo. Ele diminuiu o passo. Assim que chegou em meio aos abetos, parou ao pé da trilha estreita que levava à pedra, ao bloco errático. Com as mãos ainda trêmulas tirou do bolso um cigarro, acendeu-o e deu uma tragada profunda e sôfrega.

O que era aquilo?

Uma forte sensação de algo desagradável continuava em seu corpo, e Anders desejou ter um pouco de vinho para varrer do mapa esse mal-estar. O cigarro em seus dedos úmidos tinha um gosto mofado; ele apagou o toco do cigarro entre as agulhas de abeto espalhadas ao longo da trilha. Não estava se sentindo bem. Alguma coisa se remexia dentro de seu corpo, e não era de um jeito bom.

Deu um passo trilha acima na direção da rocha, depois mudou de ideia. Não queria subir até lá. A trilha pertencia a ele e a Cecilia, e ele e Cecilia era algo que já não existia mais, então...

Lembranças. Malditas lembranças.

Tudo em Domarö estava imerso em reminiscências. Se não eram lembranças dele, eram as de outras pessoas. Se pelo menos fosse possível livrar-se de todas essas lembranças. A trilha serpenteava floresta adentro como uma promessa sussurrada de alguma outra coisa. Outro lugar e outro tempo.

Preciso ir embora daqui.

Anders seguiu com o dedo a rota da trilha, gesto que se converteu em um aceno, um adeus.

Preciso estar aqui. E preciso escapar.

Ele podia ver com perfeita clareza. Aquele era o problema em si, em toda a sua impossível simplicidade. Quando se pôs de novo a caminho de Kattudden, ocorreu-lhe uma solução. Uma solução prática para dominar seu constante sentimento de medo e ansiedade.

Anders continuou avançando no interior da floresta e passou pela casa de Holger, que se erguia, melancólica, em meio à escuridão. Elaborou os detalhes de seu plano para o futuro, e não sobrou nada sem explicação, nada que não pudesse ser solucionado. Quando Anders saiu da floresta, seu planejamento estava completo, e ele estava respirando com mais facilidade.

Naquela época do ano Kattudden era um lugar desolado. As casas não tinham proteção contra o clima do inverno e, na maior parte dos casos, eram intoleravelmente pequenas, sem o mesmo acesso ao ar livre que havia no verão.

Anders tinha passado boa parte dos verões de sua vida em Kattudden. Quase todos os seus amigos tinham sido os filhos dos visitantes de verão, e era naqueles cômodos e chalés que ele havia consumido bebida alcoólica pela primeira vez, assistido a filmes de terror proibidos e ouvido Madonna. Entre outras coisas.

Agora não passava de um vilarejo de veraneio deserto em meio à tristeza de outono, e um lugarzinho bem feio. Em sua maioria as casas eram pré-fabricadas. Pacotes com módulos pré-moldados transportados desde o continente na balsa de Kalle Gripenberg. Erguiam-se chapas moduladas que faziam as vezes de paredes, encaixavam-se os telhados, as janelas e as portas e então era só ocupar o chalé e se divertir! O tipo de casa que tende a envelhecer sem dignidade – ainda que mesmo assim quase todas fossem bem mais sólidas que a Choça.

Anders caminhou ao longo da trilha até os píeres, olhando os vestígios abandonados de verão, a mobília de jardim coberta. Em um dos jardins viu os blocos de madeira de uma partida inacabada de Jenga abandonados ao relento, como se os donos de súbito tivessem se dado conta de que precisavam ir embora para a cidade e simplesmente tivessem deixado para trás o que estavam fazendo.

Havia uma luz acesa em uma das casas mais próximas dos embarcadouros. Anders já tinha entrado muitas vezes naquela casa. A casa de Elin. Já devia fazer uns dez anos desde que vira Elin pela última vez, e quase vinte anos desde que tinham parado de sair juntos. Até alguns anos atrás Anders, como metade da população da Suécia, via Elin com frequência na televisão e na imprensa. Depois disso, nunca mais.

A casa era uma das melhores da área, com poço e píer próprios. Ao contrário da maior parte das outras residências, tinha sido construída ali mesmo – e não em um local remoto para depois ser transportada e montada –, e Anders lembrou-se de como o som oco presente em todas as casas não existia na casa de Elin. A porta em que ele agora estava batendo era bastante sólida, com ferrolho e tudo mais.

Ele esperou. Nada aconteceu e ele bateu de novo. Ouviu passos dentro da casa, e uma voz perguntou:

– Quem é?

Não podia ser a voz de Elin, mas sim de uma pessoa mais velha, por isso Anders respondeu:

– Meu nome é Anders. Estou procurando por Elin. Elin Grönwall.

Foi somente quando disse o nome dela em voz alta que Anders se lembrou. De *por que* eles tinham parado de se ver. De por que todos eles tinham parado de sair e passar tempo juntos, de por que os verões e a infância de todo o grupo tinham chegado ao fim.

Elin. Joel.

Anders tinha conseguido esquecer. Um impulso o fizera bater à porta, mas agora se sentia grato pelo fato de Elin não estar em casa, de que não teria de vê-la. Estava prestes a dar meia-volta e ir embora quando a porta se abriu. Anders tentou esboçar um sorriso, que desapareceu no momento em que viu a pessoa que abriu a porta.

Se não fosse pelas mais recentes capas de revista e pelas fotos nos tabloides de fofoca, ele jamais teria reconhecido a mulher que muito tempo atrás tinha sido sua amiga, e, se não a conhecesse desde que era apenas uma menina, jamais teria reconhecido a mulher das capas de revista.

O que eles tinham feito com ela?

Anders não sabia quem eram "eles", mas era impossível imaginar que alguém tivesse voluntariamente feito aquilo com a própria aparência. Ele conseguiu erguer um milímetro dos cantos da boca.

– Oi.

– Oi.

Até mesmo a voz de Elin tinha mudado. Aos dezessete anos ela tinha adotado uma vozinha infantil que na época atraía certos rapazes, e que mais tarde foi ridicularizada pela imprensa. Agora sua voz parecia mais gutural e mais áspera. A voz de uma pessoa mais velha, mudança que a bem da verdade havia sido uma melhoria.

Anders não podia dizer o que estava pensando, por isso alegou:

– Eu estava só passando e vi a luz acesa, então achei...

– Entre.

A casa tinha quase exatamente o mesmo cheiro de outrora, de quando Anders era menino. Pelo visto não havia mais ninguém. Anders esperava encontrar lá a pessoa que mantinha Elin sob domínio.

– Posso te oferecer alguma coisa? Café? Vinho?

– Vinho seria ótimo, obrigado.

Ao responder, Anders ergueu os olhos, mas imediatamente voltou a abaixá-los. Era difícil olhar para ela. Ele se concentrou em desamarrar os cadarços e Elin desapareceu cozinha adentro.

O que ela fez?

Na juventude ela tinha sido bonita, podia escolher o rapaz que quisesse. Entre a participação no *Big brother* e os ensaios nas páginas centrais das revistas, ela tinha feito cirurgia nos seios e lábios, transformando-se em uma clássica perua. Uma dessas pessoas que circulam entre poses para fotos oportunistas e festas e escândalos. Uma noitada seguida de manchetes; outro término de namoro seguido da matéria completa. É só carregar um pouco mais na maquiagem toda vez que as coisas degringolarem.

É fácil ver como isso cobra um preço, como a pessoa por trás da máscara vai lentamente se endurecendo – o sorriso fica rígido, a pele enrijece e entorpece –, até que resta apenas uma casca brilhante e fossilizada ao redor do espaço vazio. Como o glamour perde para a gravidade.

Mas isso ainda não explicava a transformação de Elin. Ela não tinha apenas envelhecido, tinha *remodelado a si mesma* em algo bem pior do que qualquer coisa que o tempo seria capaz de criar. De certa maneira, por alguma razão ela tinha se enfeado.

A janela panorâmica da cozinha tinha vista para Kattholmen, e apesar da nuvem os azulejos e as bancadas de aço inoxidável estavam banhados da luz do céu e do mar. Tudo tinha a mesma claridade de uma fotografia. Anders sentou-se de costas para a janela enquanto Elin enchia duas taças de vinho Gato Negro. Eles ergueram as taças e Anders fez força para não engolir tudo de um trago só.

– Como vai você? – ele perguntou.

Elin passou o dedo no desenho do gato no rótulo da garrafa.

– A gente costumava passar tardes inteiras sentados aqui, não é? Quando minha mãe e meu pai saíam.

– É. E noites também. Mais tarde.

Elin concordou com a cabeça, ainda seguindo com o dedo os contornos do gato. Como não estava olhando para ele, Anders criou coragem para examinar o rosto dela.

O nariz, que um dia tinha sido fino e reto, agora estava duas vezes maior e achatado. O queixo, outrora firme, bastante proeminente e um tanto quadrado, agora estava tão pontudo e recuado que fazia parte da garganta. As maçãs do rosto altas e as sardas tinham desaparecido, e os lábios...

Aqueles lábios que tinham feito beicinho em tantos closes, tantas fotos glamourosas de topless e de corpo inteiro, e que eram desejáveis mesmo antes dos implantes de silicone, agora tinham sido comprimidos até virarem duas linhas estreitas que se limitavam a marcar onde sua boca começava e onde terminava, se tanto.

Debaixo dos olhos havia bolsas que teriam parecido anormais em uma mulher vinte anos mais velha, e a coisa mais desconcertante de todas era que, em meio ao brilho clínico da cozinha, Anders podia ver as marcas de cicatrizes mal curadas sob os olhos. Como se ela já tivesse feito cirurgia nas bolsas. Como se em algum momento elas tivessem sido piores.

Anders deu um grande gole no vinho, tragando quase metade da taça, e, quando percebeu o que estava fazendo, já era tarde demais, obviamente não podia cuspir a bebida, por isso engoliu tudo. Elin estava olhando para ele, com uma expressão que não ele conseguiu interpretar. Era impossível ler o rosto dela, assim como seria impossível ler um livro despedaçado.

Hora da conversa fiada.

Hora de Anders retomar o fio da meada e papear sobre os bons e velhos tempos em que se sentavam juntos ali, sobre tudo que tinham feito naqueles anos do passado, e ele não mencionaria o rosto dela nem a garagem de barco em Kattholmen onde tudo tinha chegado ao fim.

O que nós fizemos de verdade?

Ele vasculhou a memória em busca de alguma lembrança divertida. Alguma coisa de que eles pudessem rir, algo que pudesse dissipar a estranha atmosfera entre os dois. Não conseguiu pensar em nada. Só lembrava que bebiam chá, muito chá, com mel, e que às vezes o mel acabava e... As palavras saíram desabando de sua boca:

– O que você fez com o seu rosto?

O sulco entre os lábios de Elin alargou-se e os cantos da boca se moveram para cima, na direção das bochechas, o que podia ser interpretado como um sorriso.

– Não é só o meu rosto.

Ela andou até o meio da cozinha e passou as mãos pelo corpo. Anders abaixou os olhos, e Elin disse:

– Olha.

Ele olhou. Os seios pesados que haviam dado aos responsáveis pelas legendas das fotos da revista masculina *Slitz* a desculpa para escrever “Belezinhas saltitantes!" tinham encolhido e se achatado a ponto de ficarem quase imperceptíveis. Elin levantou o suéter. Sua barriga estava pendurada sobre o cós da calça jeans. Os lábios fingiram sorrir de novo.

– Na verdade foi possível usar os implantes dos seios e colocá-los aqui. – Ela agarrou e apertou a protuberância acima do quadril direito. – É claro que tive de tirar fora muita coisa. Antes eles eram bem grandes.

Ela levantou um pouco mais o suéter, de modo a deixar visível a parte inferior do seio. Anders viu a cicatriz e mais uma vez abaixou os olhos para o chão.

– Por quê?

Ela ajeitou o suéter e sentou-se do outro lado da mesa. Bebericou o vinho e reabasteceu sua taça.

– Porque eu quis.

Sua voz estava ligeiramente embargada. Uma pessoa com graves ferimentos ou deformidades podia se comportar daquela maneira, exibindo-os como um desafio ao interlocutor – para dizer alguma coisa, afrontar uma pergunta. Mas agora a voz dela estava embargada.

–Ainda não acabei.

– Como assim?

– Ainda não acabei. Tenho mais trabalho a fazer pela frente. Mais cirurgias.

Anders perscrutou o rosto alterado de Elin, os olhos dela, em busca de sinais de insanidade, mas nada encontrou. Pensou que ela devia estar irradiando outra coisa que não resignação pesarosa. Algum tipo de fanatismo, no mínimo.

– Eu não entendo.

– Nem eu – disse Elin. – Mas é assim que as coisas são.

– Mas o que... o que você *almeja* com isso, por assim dizer?

– Eu não sei. Só sei que ainda não acabei.

– Mas que médico concordaria em...

Elin o interrompeu:

– Se você tem dinheiro, sempre há alguém. E eu tenho muito dinheiro.

Anders virou-se e olhou pela janela. O vento soprava entre os poucos e esparsos abetos que ainda resistiam de pé em Kattholmen. Anos antes uma tempestade tinha posto abaixo a maior parte das árvores, e a ilha tornara-se um imenso jogo de varetas, em meio ao qual era quase impossível abrir caminho. A garagem de barco podia ter sido feita em pedaços. Ele esperava que tivesse sido.

– Está pensando na mesma coisa que eu?

– Provavelmente.

– Tudo desaparece. No fim.

– Sim.

Eles evitaram o assunto e começaram a falar de coisas que tinham desaparecido, do que tinha acontecido com os velhos amigos. Anders falou sobre Maja, fazendo um tremendo esforço para não desabar dentro do fosso que sempre se abria sob seus pés toda vez que revivia a história contando-a de novo. Conseguiu se equilibrar na borda do precipício.

A tarde tinha desenhado no mar um véu cinza-escuro, e a garrafa de vinho já estava vazia quando Anders se levantou, apoiou-se na mesa para se firmar e anunciou que ia embora para casa.

– Eu moro aqui agora. Acho.

Teve de se concentrar muito para amarrar os cadarços no corredor escuro. Com a cabeça de lado, Elin o fitou.

– Por que você voltou?

Anders fechou os olhos a fim de conseguir amarrar os cadarços sem se distrair pela maneira como a sala estava se movendo. Por que ele tinha voltado? Tentou encontrar as palavras certas e, por fim, respondeu:

– Eu queria ficar perto de alguma coisa que tem algum significado.

Pôs-se de pé, com a ajuda da maçaneta. A porta se abriu e ele quase caiu na varanda, mas empertigou-se e recuperou o equilíbrio.

– E você?

– Eu só queria escapar. Fugir de todos aqueles olhos.

Levemente embriagado, Anders fez que sim com a cabeça e continuou assentindo por um bom tempo. Completamente compreensível. Todos os olhos. Longe de todos os olhos. Ele se lembrou de alguma coisa, algo a ver com olhos, mas não soube exatamente o que era. Despediu-se e fechou a porta atrás de si.

Quando Anders abriu caminho na direção da floresta a tarde rapidamente escurecia e virava noite. O vento ganhava força, e algumas rajadas particularmente brincalhonas o fizeram cambalear. Ele estava pensando em Elin.

Ainda não acabei. Tenho mais trabalho a fazer pela frente.

Ele riu. Encarada como um projeto, a ideia era estranha, mas não incompreensível. É preciso ter projetos, e destruir seu próprio corpo é apenas uma entre muitas opções. Disso pelo menos ele certamente sabia. Torrar seu dinheiro entrando na faca e ir ficando cada vez mais feio era, à sua própria maneira, algo grandioso, um verdadeiro comentário cultural.

Ou uma reparação.

Junto à porta da casa Anders encontrou uma enorme sacola de papelão abarrotada de comida. Enviou sinceros agradecimentos para o outro lado da baía, levou a sacola para a cozinha e guardou tudo na geladeira e na despensa. Assim que terminou, bebeu quase um litro de água para diluir seu sangue coalhado de álcool, depois se sentou à mesa da cozinha e começou a fuçar nas contas de plástico. Acrescentou ao acaso algumas azuis na borda do azulejo.

As cortinas da cozinha ondulavam levemente por causa da corrente de ar que se insinuava pela janela mal-ajambrada, e ele acendeu o fogão da cozinha para expulsar a umidade que se acumulara desde a manhã. Depois voltou para as contas.

Dez pontinhos azuis em torno da extremidade do grande desenho branco, como um pequeno remendo de céu atrás de uma nuvem. Ele adicionou mais algumas.

Suspeitas

Hoje em dia eles não faziam amor com tanta frequência, mas quando faziam, faziam direito.

Naquele primeiro verão Simon e Anna-Greta mal conseguiam tirar as mãos um do outro. Por consideração a Johan, em geral usavam as noites à sua disposição, mas de vez em quando a luxúria também tomava conta deles – feito um cardume de arenques – no meio do dia. Nessas ocasiões eles se trancavam na garagem do barco e caíam um sobre o outro em cima das redes, satisfazendo sua fome e pagando com várias escoriações no corpo.

Agora não faziam mais isso. Para falar a verdade, melhor assim.

Passavam-se semanas inteiras sem que se apresentassem as circunstâncias ideais. Já que não dormiam na mesma cama nem sequer na mesma casa, fazer amor não era algo que simplesmente acontecia, sem planejamento, um adendo tardio antes de adormecerem. Tampouco tinham chegado ao ponto em que simplesmente podiam ir direto ao assunto. Jamais chegariam lá, porque para ambos a sexualidade era um mistério e um segredo – e não partes do corpo em busca de conexão.

Assim a questão era uma teia de perguntas e respostas não pronunciadas, pequenos movimentos de sondagem do terreno. Uma mão no braço, um olhar de soslaio que se demorava uma fração de segundo a mais, um sorriso sugerindo uma travessura. Isso podia durar por dias a fio, até que já não sabiam mais quem estava perguntando e quem estava respondendo, mas uma certeza crescia, em silêncio, entre os dois: era hora.

Então iam juntos para o quarto, para o quarto de Anna-Greta, pois ela tinha uma cama maior. Acendiam uma vela e se despiam. Anna-Greta ainda conseguia tirar a roupa de pé, mas Simon precisava sentar-se na beirada da cama para tirar a cueca e as meias.

Ficavam cada vez mais raras as ocasiões em que as coisas davam certo desde o início. Talvez já como algum tipo de preparação para a morte, o espírito e a carne de Simon tinham começado a se separar um do outro. Quando Anna-Greta se deitava ao lado dele, pouco importava quanto o desejo dele se enredava em volta do adorado corpo dela, os lábios dele acariciando o quadril dela. Simplesmente não funcionava.

A ereção frustrada de Simon era um problema que vinha sendo minimizado havia muitos anos, e hoje em dia já era uma parte esperada dos procedimentos. Mas ainda o incomodava; não havia uma única ocasião em que ele não pensasse: *Certo... agora. Só desta vez*. Tinha inclusive cogitado usar Viagra, para quem sabe, pelo menos uma vez, surpreendê-la com uma ereção verdadeiramente esplêndida desde o começo, como um presente.

Mas, por enquanto, a coisa simplesmente levava o tempo que precisava levar. Os dois se acariciavam, lambendo-se e se mordiscando. De vez em quando Anna-Greta o chupava, hesitante, tentativa que servia apenas para ver se os tecidos eréteis já tinham decidido acordar. Se houvesse o menor sinal de resposta, ela seguia em frente até que ele estivesse pronto, mas em geral era como conversar com uma parede.

Simon tinha pensado que era essa a ironia de sua velhice: a única parte de seu corpo que não era dura e rígida era justamente a única parte que ele queria que ficasse dura e rígida. Os anos fazendo números de fuga tinham arruinado suas juntas, e seu esqueleto era como um monstro da praia, feito de remendos de troncos à deriva e pregos enferrujados. Ele podia sentir – a bem da verdade podia ouvir – o rangido, toda vez que se movia ao lado do corpo mais flexível de Anna-Greta.

A cada ano que passava a demora era maior, mas gradualmente o milagre começava a se operar. Ele sentia um calor entre as omoplatas que aos poucos se espalhava pelo ombro e descia pelas costas, até que conseguia mover o braço de um jeito que jamais seria possível em sua vida cotidiana: delicadamente. Anna-Greta sorria quando as carícias dele ficavam mais flexíveis e seu toque, mais suave.

Mais uma vez Simon voltou a se sentir em casa e à vontade com seu próprio corpo, e quando Anna-Greta abaixou a cabeça até o baixo-ventre dele a resposta veio como uma picada, e os mortos se levantaram. Mesmo nesse estágio Simon estava flutuando na onda de prazer que era a ausência de dor, e podia facilmente ter parado aí, satisfeito em sentir-se brando, esquecido de si e próximo. Mas quando Anna-Greta se mexeu em cima dele e o guiou para dentro dela, outra sensação adormecida foi despertada. Os preparativos tinham chegado ao fim e o corpo dele estava pronto para a ação. Ele podia libertar a *lascívia*.

Quando finalmente chegaram a esse ponto, o desejo de ambos estava em perfeita sintonia. Uma esfera em brasa no peito, enviando fios vermelhos para a cabeça. Ele agarrou os quadris dela e um seguiu os movimentos do outro, ou impeliu o corpo contra o corpo do outro, fazendo tudo que parecia certo, e nesse momento ninguém mais existia no mundo, somente ele e ela.

Depois que Simon se punha em marcha, podia continuar assim por um longo tempo, por isso os dois continuaram por um longo tempo. Teria sido estupidez não fazer isso. Vergados sob o peso da idade, seus corpos jamais se sentiram tão leves, e o tempo e os dissabores jamais tinham sido tão insignificantes; às vezes Simon conseguia inclusive usar seus dedos enrijecidos, e agora ele aproveitou a oportunidade para fazer isso.

Já não ousavam mudar de posição, porque anos antes Simon tinha jogado o corpo de lado e acabara quebrando uma costela. Por isso os dois ficaram onde estavam, mexendo-se sem sair do lugar e murmurando palavras de amor silenciosas até que tudo explodiu e se tornou uma coisa só.

Anna-Greta estava dormindo. Deitado ao lado dela, Simon a contemplava. Os lábios dela estavam murchos, encovados, porque depois de fazer amor ela tinha tirado a dentadura. Nem mesmo com o mais supremo esforço Simon seria capaz de dizer que sem os dentes a boca de Anna-Greta era bonita, por isso ele não olhava para a boca da mulher.

As pálpebras dela eram finas, quase transparentes à luz da vela meio queimada, e sob a pele ele podia ver os globos oculares se mexendo. Talvez ela estivesse sonhando. As linhas fundas entre o nariz e a boca de Anna-Greta moveram-se minimamente, como se no sonho ela tivesse tomado ciência de um cheiro de que não gostou.

Quem é você?

Lá fora o vento soprava com violência, e a luz bruxuleou. Uma sombra passou pelo rosto de Anna-Greta, e a expressão dela se alterou por meio segundo, tornou-se algo que ele jamais tinha visto. Depois ela voltou.

Quem é você?

Cinquenta anos juntos, e ele sabia tudo sobre ela. Exceto quem ela era. Anna-Greta tinha contado a Simon diversas histórias do tempo antes de se conhecerem, estavam juntos por quase dois terços da vida dela e ele sabia como ela reagiria em praticamente toda e qualquer situação. E mesmo assim não conseguia evitar aquela sensação: não sabia quem ela era.

Talvez fosse algo que toda pessoa sentia em relação à outra, por mais íntimas que fossem, mas a verdade é que no fundo ele não achava isso. Não, era algo mais. Algo na mesma linha do... Spiritus. Simon jamais tinha contado a Anna-Greta o que guardava dentro da caixa de fósforos. Então, em certo sentido ele era um estranho para ela.

Por que não contei a ela?

Ele não sabia. Alguma coisa lhe dissera para não contar. Supostamente tudo isso estava interligado.

Simon soltou um profundo suspiro e rolou até a beirada da cama; com alguma dificuldade, manobrou o corpo até ficar sentado. Se quando estavam fazendo amor seu corpo de alguma forma conseguia jogar fora trinta anos, em compensação depois acumulava mais trinta anos extras. Músculos e juntas estalaram e se queixaram, e ele se sentiu pronto para o caixão.

Acho que não vou dar conta de fazer isso muitas vezes mais.

Conseguiu vestir as meias, a cueca e a calça. Nos últimos anos tinha pensado exatamente a mesma coisa toda vez que faziam amor. Mas, quando chegava a hora, o seu maquinário, resmungão e barulhento, dava um jeito de voltar à vida. Pelo tempo que a coisa durasse.

Ele achou a camisa e o colete, soprou a vela e saiu de fininho do quarto. Com a ajuda do corrimão, lenta e cautelosamente abriu caminho escada abaixo, um degrau por vez. O vento assoviava em volta da casa e a madeira da velha habitação se queixava, mais barulhenta do que o próprio corpo dele. A força do vento tinha aumentado até tornar-se uma tempestade de verdade, e ele devia descer para checar o barco.

E se o vento tiver arrancado o barco das amarras do cais?

Não havia nada que ele pudesse fazer. Ele não estava à altura desse tipo de manobra. Mas pelo menos saberia em que pé estava a situação. Agarrou um suéter que estava jogado em cima da cadeira na cozinha, enfiou-o pela cabeça e abriu a porta da frente.

O vento apoderou-se da porta e por alguns segundos ele teve de lutar para conseguir fechá-la sem estrépito. Depois abraçou o próprio corpo e saiu andando – ou melhor, caminhando sem levantar os pés – na direção de sua casa.

Era uma tempestade magnífica, mas difícil de apreciar. As enormes bétulas balançavam ameaçadoramente sobre a casa e, se uma delas caísse na direção errada, o estrago seria feio. Como sempre acontecia quando havia vendaval, Simon pensou que devia cortá-las e, como sempre acontecia quando a ventania amainava, deu um jeito de esquecer essa ideia, porque era trabalho demais.

Voltou o rosto na direção do mar e o vento norte arrebatou-o com toda força. O farol de Gåvasten piscava ao longe, e o mar...

... o mar...

Alguma coisa se soltou dentro de Simon. Parte do que ele precisava se desprendeu.

... o mar...

Ele tateou o ar em busca de esteio e agarrou o galho de uma macieira. O vento chacoalhou uma maçã persistente, que caiu no chão com um baque surdo.

... vai embora... cai...

O galho cedeu sob o peso de Simon, que afundou na grama. O galho soltou-se de sua mão e, no brusco movimento de volta, chicoteou seu rosto. Simon sentiu uma ferroada e caiu de costas, os olhos arregalados. A coisa que tinha se soltado estava flutuando dentro dele e ele se sentiu doente. E fraco. Fraco.

Os galhos da macieira chicoteavam para a frente e para trás, como se a árvore quisesse apagar o céu estrelado, e Simon ficou lá deitado, imóvel, fitando o céu. As estrelas cintilavam por entre as folhas remanescentes e aos poucos a força foi escoando, abandonando os braços e pernas de Simon.

Não tenho forças. Estou morrendo.

Simon ficou um bom tempo deitado assim, esperando que as luzes se apagassem, e teve oportunidade de sobra para pensar. Mas as estrelas continuaram a brilhar e o vento, a rugir. Ele tentou mexer o braço, que obedeceu. Sua mão fechou-se em volta de uma maçã caída e ele deixou-a pousada ali durante alguns minutos. A exaustão estava diminuindo um pouco, mas ele ainda se sentia bastante fraco.

Simon conseguiu se ajoelhar e por fim se levantar de todo, depois ficou lá de pé, balançando como um choupo no vento. Numa das mãos percebeu uma sensação estranha, e, quando olhou para ela, ele viu que ainda estava segurando a maçã. Soltou-a. Pôs-se de novo a caminho de casa, arrastando os pés.

Alguma coisa aconteceu.

Quando por fim chegou à porta, perscrutou o píer. Era difícil ver sob a luz tênue do farol e das estrelas, mas ao que parecia o barco estava exatamente onde devia estar. O cais de pedra estava absorvendo a pior parte. Não que ele tivesse condições de fazer o que quer que fosse, especialmente não agora, mas era bom ainda ter um barco.

Arrastou-se para dentro e acendeu a luz, sentou-se à mesa da cozinha respirando em fracos espasmos e tentando acostumar-se à ideia de que ainda estava vivo. Tinha se convencido de que ia morrer, tinha inclusive se resignado com essa convicção. Desabar sob a macieira de Anna-Greta e ser aniquilado, levado de chofre pela tormenta. Podia ter sido pior, muito pior.

Mas não foi isso que aconteceu.

Um pensamento tinha fincado raízes em sua mente durante a lenta e dolorosa jornada de volta para casa – de fato, uma suspeita. Ele tirou a caixa de fósforos de dentro da gaveta da cozinha e a abriu. Apesar de ver exatamente o que já suspeitava, deixou escapar um sonoro arquejo.

A larva estava cinza. A pele outrora tão preta e brilhante tinha encolhido e secado, adquirindo uma coloração cinzenta. Simon chacoalhou cuidadosamente a caixa. A larva se contorceu e Simon soltou o ar. Juntou saliva e deixou o filete cair. Quando a saliva aterrissou, a larva se mexeu, mas não muito. Estava fraca; parecia estar desvanecendo.

Como eu.

A tempestade tamborilava com estrépito nas vidraças. Simon ficou lá sentado encarando a caixa, tentando entender. Quem vinha primeiro, ele ou o Spiritus? Era ele quem influenciava a larva, ou vice-versa? Quem era culpado – ambos?

Ou uma terceira parte. Que influencia a nós dois.

Ele olhou pela janela e piscou. O farol de Gåvasten piscou de volta.

Comunicação

Anders acordou porque estava congelando de frio. Lá fora a tempestade fustigava a Choça e dentro da casa circulava um vento de leve a moderado. As cortinas estavam ondulando e o ar gelado roçava seu rosto. Ele se levantou com o cobertor em volta dos ombros e foi até a janela.

O mar estava revolto, as ondas lançavam-se furiosamente para a frente à luz da lua. A bem da verdade algumas gotas extraviadas alcançavam a janela da casa, que rangia de modo agourento sob a pressão da tormenta. As velhas janelas com dupla camada de cobertura vitrificada eram uma defesa precária contra a fúria da natureza. Além disso, já havia um par de vidros rachados de antes.

O que vou fazer se alguma coisa se quebrar?

Ele simplesmente teria de ver o que aconteceria. Acendeu a luz da cozinha, bebeu dois copos de água, acendeu um cigarro. O relógio na parede marcava duas e meia. A fumaça do cigarro rodopiava nas correntes de ar que desferiam golpes de faca pela casa. Ele se sentou à mesa e tentou soprar anéis de fumaça, mas não conseguiu.

Cerca de cinquenta contas azuis e cinco brancas estavam caídas em um canto do azulejo. O grupo das brancas formava um pequeno amontoado, rodeado pelas azuis. Anders esfregou os olhos e tentou se lembrar de quando as tinha colocado ali. Voltara para casa bastante embriagado e tinha enfileirado algumas contas a esmo. Depois disso não conseguia se lembrar de coisa alguma além de ter se deitado no sofá e ouvido o vento até pegar no sono.

O desenho formado pelas contas azuis e brancas não fazia sentido e não era exatamente bonito. Ele pigarreou quando a fumaça do cigarro formou um caroço viscoso em sua garganta, depois olhou ao redor procurando uma faca ou algo semelhante com que pudesse desprender as contas. Junto ao azulejo havia um lápis caído, que ele pegou antes de perceber que não serviria para seu intento.

Foi então que avistou as letras.

O lápis havia estado em cima de algumas letras, escritas diretamente na superfície da mesa com tanta pressão que tinham feito sulcos na madeira velha. Anders inclinou-se para a frente e leu:

MF CAЯЯFGA

Ele fitou as letras, passou o dedo pelas suaves ranhuras que elas tinham feito.

Mf carrfga?

Era como se os olhos de Anders estivessem colados às letras espaçadas e desajeitadas, e ele não ousava olhar nem à esquerda nem à direita. Sentiu um tremor na espinha.

Tem alguém aqui.

Alguém o estava observando. Ele retesou os músculos das pernas, sentiu a boca seca e subitamente levantou-se de um salto da cadeira, num movimento tão brusco que ela caiu para trás. Olhou de relance em torno da cozinha, em todos os cantos e sombras. Não havia ninguém lá.

Olhou pela janela da cozinha, mas, se colocasse as mãos em redor dos olhos, os pinheiros obscureciam o luar, de modo que era impossível ver se havia alguém lá fora. Alguém de olho nele.

Cruzou os braços sobre o peito como que para manter no devido lugar o coração disparado. Alguém tinha estado ali e formara as letras. Supostamente a mesma pessoa que o estava observando. Ele se assustou e correu até a porta de entrada. Não estava trancada. Abriu-a e viu o balanço ser arremessado no ar, girando e batendo nos troncos das árvores. Nada mais.

Voltou para a cozinha, molhou o rosto com água fria, secou-se com um pano de prato e tentou se acalmar. Não funcionou. Estava morrendo de medo, sem saber do que sentia medo. Uma rajada de vento extraordinariamente poderosa fez a casa sacudir, e ouviu-se um rangido.

No instante seguinte uma das janelas da sala de estar foi despedaçada, e Anders soltou um grito. O vidro estilhaçado se espalhou com estrépito pelo chão, e Anders continuou berrando. O vento entrou alucinado na casa, apoderou-se de tudo que era leve ou estava solto, virou e revirou tudo, zuniu chaminé acima, uivou em cada espaço vazio, e Anders uivou junto. Seu cabelo esvoaçava e o ar úmido deu-lhe um banho enquanto ele ficou lá parado, aos berros, os braços trançados em volta do próprio corpo. Só parou de gritar quando sua garganta começou a doer.

Seus braços se soltaram e ele relaxou um pouco, respirando lentamente pela boca aberta.

Não há ninguém aqui. É apenas o vento. O vento quebrou uma janela. Nada mais.

Anders fechou a porta da cozinha. O vento recuou, retirando-se para a sala de estar, onde ele podia ouvi-lo lutando com velhos jornais e revistas. Sentou-se à mesa da cozinha e pousou a cabeça nas mãos. As letras ainda estavam lá. O vento não as tinha levado embora.

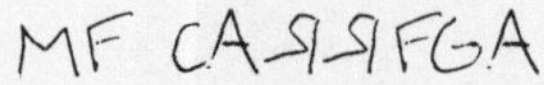

Ele pressionou as mãos sobre as orelhas e fechou os olhos com força. Na frente de seus olhos tudo ficou vermelho-escuro, mas ele não conseguiu escapar. As letras apareceram em amarelo-vivo, desapareceram e foram escritas mais uma vez em suas retinas.

MF CAЯЯFGA

De repente Anders tirou as mãos das orelhas, levantou-se e olhou em volta. Não. Os desenhos não estavam ali. Com um par de passadas largas e rápidas ele alcançou a porta da cozinha, abriu-a e passou pela sala de estar sem dar a mínima para o vento que se agarrou ao cobertor que ele estava usando como casaco.

Entrou no quarto e fechou a porta atrás de si. Ajoelhou-se junto à cama de Maja, estendeu o braço e tateou até encontrar o que estava procurando. A pasta de plástico contendo os desenhos da filha. Com mãos trêmulas, conseguiu tirar o elástico e espalhou os desenhos sobre a cama.

Na maior parte dos desenhos não havia nada escrito, e naqueles em que havia as palavras limitavam-se a "Pra mamãe" ou "Pro papai".

Mas havia um...

Ele virou os vários desenhos de árvores, casas e flores, verificando o verso de cada um, e por fim encontrou. No verso de um dos desenhos de quatro girassóis e algo que podia ser ou um cavalo ou um cão, Maja tinha escrito:

PЯA QUFЯIDA BISAVO
ANNA GЯFTA

A menina tinha precisado de dez minutos e dois acessos de raiva antes de ficar satisfeita com o que tinha escrito. Versões anteriores haviam sido furiosamente apagadas. O desenho era para o aniversário de Anna-Greta, e por alguma razão jamais tinha sido entregue. O texto queria dizer: "Pra querida bisavó Anna-Greta".

A letra R tinha saído ao contrário, exatamente como nas palavras escritas sobre a mesa, mas o que fez Anders levar a mão à boca enquanto seus olhos se enchiam de lágrimas foi um erro mais insólito: nos dois casos estava faltando o traço de baixo para completar a letra E.

É óbvio que o tempo todo Anders sabia o que estava escrito na mesa da cozinha. Ele tinha se recusado a aceitar. A caligrafia era exatamente a mesma do desenho e dizia: "Me carrega".

* * *

Eram três e quinze da manhã e Anders sabia que não conseguiria dormir. A tempestade tinha amainado um pouco e a coisa mais sensata a fazer era tentar arrumar a bagunça da sala de estar, se possível dar um jeito de cobrir com tábuas a janela.

Mas ele simplesmente não tinha forças. Sentia-se exausto e ao mesmo tempo alerta, o cérebro trabalhando em ritmo febril. A única coisa que podia fazer era ficar sentado à mesa da cozinha retorcendo os dedos uns nos outros enquanto fitava a mensagem da filha.

Me carrega.

De onde devia carregá-la? Onde devia ir buscá-la? Para onde devia carregá-la? Como?

– Maja, minha querida, se você puder me ouvir... me diga alguma outra coisa. Explique. Não entendo o que eu tenho de fazer.

Não houve resposta. A ansiedade corroía Anders, que estava em vias de se dissolver em uma forma fantasmagórica. Se ela não tinha de fato estado ali e...

Mas nesse caso por que ela foi embora de novo?

Ele se levantou e zanzou de um lado para o outro, incapaz de se aquietar. Avistou algumas garrafas vazias de meio litro de Imsdal, a água que às vezes eles levavam nos passeios. Ainda era incapaz de fazer o que quer que fosse, não estava chegando a lugar algum. Naquele momento o melhor era pôr seu plano em ação.

Na despensa pegou as seis caixas de um litro de vinho espanhol que tinha trazido consigo para Domarö. Encheu em cerca de um terço as quatro garrafas de Imsdal. Depois completou uma delas com água da torneira e bebeu um pouco da mistura. O gosto não estava bom. Parecia mais água aromatizada do que vinho diluído.

No fundo da despensa encontrou duas caixinhas de suco de uva. Espremeu um pouco dentro de uma das garrafas, por cima do vinho. Depois acrescentou água. Agora não estava aguado, era só um vinho fraco. Quatro e meio por cento de teor alcoólico, talvez, praticamente o mesmo da cerveja.

Anders recolocou a tampa na garrafa e puxou para cima o bico, de modo que pudesse sugar o líquido, depois sugou um bom gole.

Seu plano para escapar da constante ânsia de beber até o estupor era bastante simples: beberia de maneira constante, mas beberia menos. Manteria um nível razoável de bebedeira desde a manhã até a noite. Com esse plano ele esperava que tanto o violento e dilacerante desejo como as pontas afiadas do mundo se tornassem mais dóceis, mais manejáveis.

Preparou as quatro outras garrafas da mesma maneira. Quando terminou, ainda tinha cinco caixas de vinho e uma caixinha de suco de uva de sobra, reserva que usaria para reabastecer as quatro garrafas assim que esvaziassem.

Me carrega.

Anders fechou os olhos e tentou visualizar a cena. Maja entrando na cozinha, pegando o lápis, escrevendo aquelas letras e depois... e depois... colocando algumas contas no azulejo antes de sair. Ela ainda estava usando o macacão de inverno vermelho, agora encharcado e pingando enquanto a menina andava, e suas órbitas oculares estavam vazias. Os peixes vorazes tinham...

Pare com isso!

Ele abriu os olhos, balançou a cabeça e bebeu um gole da garrafa. A imagem ainda estava ali. O corpinho dela, o rosto redondo, a roupa completamente encharcada...

Ele examinou o chão em busca de algum vestígio de água. Nada.

Fui eu que escrevi. Fui eu que coloquei as contas no azulejo.

Podia ter sido isso que acontecera. Neste caso, para dizer a verdade ele estaria enlouquecendo. Mas era apenas um lapso de memória, não é? Foi durante esse período em aberto que ele...

Não.

Ele *achara* que tinha tido um lapso de memória quando viu as contas, já que não conseguia se lembrar de tê-las colocado lá. Agora, é claro, havia outra explicação.

Me carrega.

Ele deu um murro na mesa.

– Apareça. Diga alguma outra coisa! Não faça isso!

Não podia acreditar que estava tão louco assim. A única explicação era a de que alguém estava pregando uma peça nele, uma brincadeira realmente doentia, ou... que aquilo era exatamente o que parecia ser. Que Maja existia no mundo, de alguma forma, e estava tentando se comunicar com ele.

Pousou a palma das mãos sobre a mesa. Puxou e soltou o ar várias vezes, com calma e ponderação.

Sim. Tudo bem, que assim seja. Estou tomando a decisão. Eu escolho acreditar.

Assentiu diversas vezes, tomou outro gole de vinho e acendeu um cigarro. Sentia-se melhor agora. Agora que tinha aceitado a situação. Deu uma tragada profunda, segurou a fumaça nos pulmões, recostou-se na cadeira e soltou a fumaça devagar. A tempestade tinha passado, por isso a fumaça chegou ao teto sem se dissipar.

Eu acredito. Você existe.

O círculo de luz emitido pela lâmpada se expandiu e se transformou em uma agradável sensação que cresceu em seu peito até irradiar uma felicidade pura e límpida.

Você existe!

Jogou o cigarro no cesto de lixo, levantou-se e ficou girando no meio do chão da cozinha, os braços bem abertos. Arriscou alguns passos desajeitados de dança, pulou e rodopiou até se sentir tonto, começou a tossir e teve de se sentar. A felicidade ainda estava lá, crepitando, efusiva, um jorro que queria encontrar a saída.

Sem pensar, Anders pegou o telefone e teclou o número de Cecilia, do qual ainda se lembrava porque ela foi morar no apartamento dos pais em Uppsala depois que estes se mudaram para uma casa. Era o mesmo número de quando Anders e Cecilia eram adolescentes e passavam horas a fio conversando ao telefone enquanto ansiavam pelo próximo encontro. Se é que ela ainda estava morando lá.

O telefone tocou três vezes. Anders pressionou firmemente o receptor contra a orelha, olhou para o relógio e fez uma careta. Passava um pouco das quatro. Ocorreu-lhe, tarde demais, que aquela talvez não fosse a melhor hora para ligar para alguém. Deu um gole grande da garrafa enquanto o telefone tocava pela quinta vez.

– Alô?

Era Cecilia, cuja voz soou exatamente como era de esperar – a de alguém que tinha acabado de acordar. Anders engoliu o vinho que estava em sua boca e disse:

– Oi. Sou eu, Anders.

Depois de alguns segundos de silêncio, Cecilia disse:

– Não é pra você me ligar aqui quando estiver bêbado. Eu já te disse.

– Não estou bêbado.

– Você está o quê, então?

Anders refletiu. A resposta foi simples.

– Feliz. Eu estou feliz. E achei que devia... ligar e te contar. O motivo.

Cecilia suspirou, e Anders se lembrou. Ele já tinha ligado para ela assim diversas vezes. Depois que já estavam separados, às vezes ele telefonava para dizer... o que ele tinha dito? Estava bêbado e não conseguia se lembrar. Mas Anders jamais tinha ligado para dizer que estava feliz. Bom, pelo menos ele achava que não.

– Sei. Então, por que você está feliz?

Pelo tom de voz ela não parecia genuinamente interessada, mas Anders julgou que isso era compreensível, então respirou fundo e disse:

– A Maja fez contato comigo.

Do outro lado da linha Cecilia se sentou, e ele ouviu o roçar das roupas de cama.

– Do que você está falando?

Anders contou o que tinha acontecido. Deixou de lado os detalhes sobre Elin e todo o vinho, disse apenas que tinha caído no sono e depois acordado no meio da noite e encontrado a mensagem em cima da mesa da cozinha. Enquanto falava, ia passando os dedos pelas letras na mesa, pelas contas.

Quando terminou, houve um longo silêncio. Anders pigarreou e perguntou:

– O que você acha?

A julgar pelos sons do outro lado da linha, Cecilia tinha voltado a se deitar.

– Anders. Eu conheci outra pessoa.

– Certo. Sim.

– Então... não tem muita coisa que eu possa fazer por você. Agora não mais.

– Mas... não é sobre isso que eu estou falando.

– Então é sobre o quê?

– É sobre... sobre... Cecilia, isso realmente *é* o que aconteceu. Sinceramente. É verdade o que eu te contei.

– O que você quer que eu faça?

De repente o que tinha sido tão simples se tornou difícil. Anders esquadrinhou a mesa como se estivesse à procura de uma pista. Mais uma vez seu olhar pousou nas nove letras compridas e finas.

– Não sei. Eu só queria... te contar.

– Anders. O tempo que a gente passou junto... embora tenha terminado do jeito que terminou... se você precisar de ajuda. Se você realmente precisar *mesmo* de ajuda. Aí eu te ajudo. Caso contrário, não. Eu não posso. Você entende isso?

– Sim, eu entendo. Mas... mas...

As palavras simplesmente ficaram empacadas em seus lábios. Anders ouviu o que dissera, como a conversa se desenrolara. E se deu conta de que ela não poderia ter dito outra coisa a não ser exatamente o que tinha acabado de dizer.

O que eu teria dito?

Ele pensou no assunto. Teria aproveitado a chance, pronto para acreditar em praticamente qualquer coisa. Não? Afinal, ele mesmo tinha sido resistente ao milagre. Mas ainda assim não teria reagido da mesma maneira que Cecilia. Ele teria acreditado nela, com a intenção de ter uma desculpa para estar com ela. Sentiu uma dor aguda no peito e tossiu.

Cecilia esperou a tosse acabar e disse:

– Boa noite, Anders.

– Espera! Só uma coisa. O que isso pode significar?

– O quê?

– "Me carrega". O que será que significa?

Cecilia suspirou; não era propriamente um suspiro, porque veio acompanhado de um fiapo de som, um fragmento de lamúria. Talvez ela estivesse a ponto de dizer alguma outra coisa, mas o que acabou dizendo foi:

– Eu não sei, Anders. Eu não sei. Boa noite.

– Boa noite.

Um segundo depois Anders acrescentou um "desculpa", mas a ligação já tinha sido cortada e ela não escutou. Anders recolocou o fone no gancho e pousou a testa sobre a mesa.

Outra pessoa.

Somente agora Anders se deu conta do quanto tinha alimentado a esperança, em algum recanto remoto de seu coração bêbado, de que de alguma maneira, em algum lugar, eles poderiam...

Outra pessoa. Será que ele estava lá, será que estava escutando? Não. Não parecia que houvesse alguém lá. Cecilia não tinha conversado com ele como se alguém estivesse lá ouvindo.

Então eles não estão morando juntos. Talvez...

Bateu a cabeça na mesa. Com força. Uma onda de dor branca atravessou seu crânio. Pensamentos embaralhados vieram à tona, depois foram arrastados para longe.

Desista. Desista.

Ele levantou a cabeça e a dor foi um líquido que alterou a situação, escoou de sua fronte para a parte de trás da cabeça e lá ficou. Com olhos límpidos, perscrutou a cozinha e disse:

– Somos apenas eu e você.

O mar abraçou os seixos na praia, abandonou-os e os abraçou de novo. Para a frente e para trás, o mesmo movimento repetido até a eternidade. Abraçar e soltar, começar de novo.

Estava cansado agora, não tinha força para lidar com mais nada.

Com a dor de cabeça firme e forte, ele se levantou e caminhou pela sala de estar, ignorou o vidro no chão e toda a poeira da chaminé que tinha sido soprada pelo vento e triturada sob seus pés. Foi até o quarto. Sem acender a luz nem se despir, deslizou na cama de Maja e se cobriu com o cobertor dela.

Pronto, pronto. Tudo está bem agora.

Olhou para a cama de casal no meio do quarto, fracamente iluminada pelo luar, que brilhava através da janela.

Tem a cama grande, onde dormem a mamãe e o papai, e pra onde eu posso ir se ficar com medo.

Ele fechou os olhos e segundos depois adormeceu.

Uma descoberta na praia

Quando alguém bateu em sua porta às oito e meia da manhã, Simon tinha dormido por apenas um par de horas. O vento e as premonições do mal o mantiveram acordado até que a primeira luz do alvorecer se insinuou pela janela do quarto. A essa altura a ventania tinha amainado e ele finalmente relaxara, entregando-se a um sono leve. Seu corpo estava rígido e pesado. Com a sensação de estar se movendo debaixo d'água, Simon saiu da cama, vestiu o robe e foi cambaleando até a porta.

Elof Lundberg parecia ter acordado no exato momento em que Simon tinha caído no sono. Alerta e de olhos brilhantes, o gorro firme no lugar. Olhou Simon de cima a baixo e fez uma careta.

– Ainda na cama?

– Não – respondeu Simon, girando a cabeça para aliviar a rigidez do pescoço. – Não mais.

Lançou um olhar de desafio a Elof, instigando-o a desembuchar logo de uma vez o que queria. Não estava a fim de conversa fiada. Não naquele momento. E não com Elof, que por sua vez sentiu a atmosfera e ficou truculento. O lábio inferior de Elof se projetou e ele ergueu as sobrancelhas.

– Eu só queria contar que seu barco se soltou das amarras do cais. Se você estiver interessado.

Simon suspirou.

– Estou, sim. Muito obrigado.

Elof não resistiu e aproveitou ao máximo a oportunidade. Tinha ido até lá com a melhor das intenções, mas foi muito mal recebido.

– É claro que algumas pessoas preferem desse jeito. Com uma única corda. Mas o motor fica raspando o tempo inteiro. E isso pode não ser uma coisa boa.

– Não, não é. Obrigado.

Elof ficou lá parado como se estivesse esperando algum tipo de recompensa, mas Simon sabia que não era apenas isso. Ele queria ajudar com o barco, depois ser convidado para um café de modo que pudesse se sentar e tagarelar sobre o que pode acontecer quando os barcos ficam à deriva, e assim por diante. Sobre como entre vizinhos as coisas deveriam ser feitas da maneira certa.

Mas Simon não estava disposto; por isso, depois de alguns segundos em que Elof ficou lá de pé meneando a cabeça e Simon insistiu em não dizer a coisa certa, por fim Elof esfregou as mãos e disse:

– Então, tudo bem. É isso aí – e saiu pisando duro, cada fibra de seu corpo sinalizando que ele tinha sido tratado com a maior injustiça do mundo. Simon fechou a porta e acendeu o fogo do fogão da cozinha.

Se o barco ficou assim a noite inteira, pode muito bem aguentar mais um pouco.

Ele e Elof tinham se dado bem até o desaparecimento de Maja. Quando Anders e Cecilia voltaram para a cidade, Simon visitou Elof para perguntar o que ele quis dizer naquele dia na varanda de sua casa: quando pediu a Simon que telefonasse para Anders mandando-o voltar para casa.

– Por que você disse aquilo?

De repente Elof tinha se mostrado ocupadíssimo com a fritada que estava preparando e respondeu sem sequer tirar os olhos da tábua de picar carne:

– Aquilo apenas me ocorreu, só isso.

– O que você quis dizer?

Elof estava picando as batatas cozidas com cuidado exagerado. Não queria olhar Simon nos olhos.

– Nada de especial. Apenas me veio à cabeça que talvez não fosse uma coisa boa. Eles estarem lá.

Simon sentou-se na cadeira e ficou encarando Elof até que ele terminasse de lidar com as batatas e não lhe restasse opção a não ser mirá-lo nos olhos.

– Elof. Você sabe de alguma coisa que eu não sei?

Elof se levantou, deu as costas a Simon e começou a se ocupar com a frigideira e a manteiga. Encolheu os ombros.

– Como o quê?

No fim Simon tinha desistido e ido embora para casa, deixando Elof com suas batatas e seu bacon picado. Depois desse dia a relação entre os dois azedou. Simon não fazia a menor ideia do que Elof sabia, mas havia alguma coisa, e ele não se conformava com o fato de Elof se recusar a lhe dizer. Era a bisneta de Simon que estava em questão, afinal de contas. A bisneta dele, ora bolas.

Quando Simon contou a Anna-Greta, ela mais ou menos tomou o partido de Elof. Para ela, provavelmente tinha sido alguma coisa que passara pela cabeça de Elof, nada com que valesse a pena se preocupar.

Simon deixou a história de lado. Mas não tinha esquecido.

No fogão da cozinha o fogo se recusava a pegar. Após a tempestade durante a noite o vento tinha se exaurido. Havia apenas um bafejo de vento, e a chaminé não estava sugando bem o ar. Simon borrifou o líquido combustível na pequenina chama, e o fogo ganhou vida com um sopro de surpresa.

Ele abriu um enorme bocejo e puxou uma cadeira para perto. Tinha sido descuidado e deixara a caixa de fósforos fora da gaveta, em cima da mesa da cozinha. Quando a abriu, viu que a larva parecia ter se recuperado um pouco. A pele já não estava cinza, mas sim preto-pálida, se é que existia essa tonalidade. Contudo, não estava brilhante, nem mesmo depois que despejou sobre ela um pouco de saliva. A larva já não tinha o aspecto de que estava morrendo, mas tampouco parecia saudável.

Agora já fazia dez anos que o Spiritus estava em sua posse. Simon lhe dava saliva todo dia e trocava a caixa de fósforos sempre que a antiga ficava velha e gasta demais. Mas nunca tinha feito o que fez agora: virou a caixa e tombou o inseto na palma da mão.

Alguma coisa tinha acontecido durante a noite. Depois de todos aqueles anos encarando o Spiritus com uma mistura de respeito e nojo, seus sentimentos tinham mudado quando vira a criatura com aspecto lamentável, moribundo. Compaixão não era a palavra certa, era mais uma espécie de destino compartilhado. Os dois estavam sujeitos às mesmas condições.

A pele da larva tocou a dele, e Simon mordiscou de leve a própria língua. É sempre um pouco repulsivo segurar um inseto. O movimento tênue, a pequena vida que existe independentemente da pessoa que o está segurando.

Mas não nesse caso.

Nada aconteceu, e Simon relaxou. Sentou-se com a larva na palma da mão aberta, e ela estava morna. Era sempre mais quente que ele próprio, Simon sabia disso. Apenas uns poucos graus, mas o suficiente para ele perceber nas mãos um ponto mais quente.

Com cautela e sem muita força ele dobrou os dedos em torno do inseto e fechou os olhos. Delicadamente, muito delicadamente, a larva se moveu dentro da mão fechada e a sensação de cócegas na pele dele subiu pelo braço, atravessou o coração e continuou para dentro da cabeça, onde se movimentou feito uma fraca corrente elétrica, fazendo seu couro cabeludo sentir uma comichão.

Simon olhou pela janela. O orvalho da manhã brilhava sobre a grama e ele teve a sensação de que podia ver cada gota, tocar cada gota com seus pensamentos. Nos troncos das árvores podia ver os véus ocultos, a água sendo sugada pela ação capilar para dentro das finas veias das árvores. Como se estivesse em transe, ele caminhou até a porta da frente e saiu na varanda, com a mão ainda fechada em torno da larva.

Foi um choque.

Toda a água... toda a água...

Ele viu toda a água. A umidade na terra e como ela era constituída. A água da chuva no barril, um corpo vivo envolto em insetos mortos e folhas velhas. Ao longo do gramado viu as veias subterrâneas correndo no leito da rocha. E viu como tudo, tudo que vivia e era verde ou amarelo ou vermelho... como tudo era formado quase que inteiramente de água.

Seguiu em frente, foi descendo até e o píer e viu o mar.

Quebrado.

Era um conhecimento sem palavras, um pensamento não claramente formulado: o mar estava quebrado. Havia alguma coisa errada com ele. Simon caminhou na direção do píer e estava andando sobre água. Água quebrada.

Com força de vontade, conseguiu sobrepor seus próprios pensamentos ao conhecimento abrangente que tinha se apossado dele. A velha corda de algodão amarrada à popa do barco tinha se rompido, e o barco estava virado ao contrário, desgarrando-se do píer.

No passado ele precisaria entrar em contato com a água para que as coisas acontecessem. Agora simplesmente pediu a uma onda que desse um empurrão no barco de modo que a embarcação voltasse boiando até o píer. A onda veio e o barco girou sobre seu próprio eixo até que a proa bateu num poste de amarração.

Ele se agachou, mas não conseguiu alcançar o toco de corda pendurado atrás do barco, por isso pediu à água que o jogasse para ele. Um movimento do fundo do mar quebrou a superfície e a corda subiu, jogada até o píer em uma cascata de água. Simon ficou completamente ensopado, e a extremidade da corda deslizou de novo água adentro antes que ele conseguisse agarrá-la.

Simon enxugou a água do rosto e fitou a corda afundando no mar; viu que a corda tinha absorvido água em suas fibras, por isso pediu à água na corda que fosse até ele. Feito uma cobra erguendo-se de um cesto a corda obedientemente se levantou da superfície e deslizou até sua mão estendida. Ele fez um nó simples com a pequena extensão de corda que restou, e mais uma vez o barco estava atracado em segurança.

Simon estava congelando em seu roupão ensopado, e no caminho de volta para casa pediu à água no tecido que ficasse um pouco mais quente, e a água obedeceu. Não quis pedir à água que fosse embora dele, porque se alguém o visse teria sido uma cena bastante estranha. Um homem caminhando envolto numa nuvem de vapor pelo píer.

O tremor do Spiritus ainda percorria o corpo de Simon como se seu sangue tivesse começado a cozinhar, e ele ainda podia ver toda a água ao seu redor com esmagadora clareza. Era como uma febre, e ele estava começando a se sentir exausto. Era uma sobrecarga: inadequada para humanos.

Depois que entrou em casa e recolocou o Spiritus na caixa, Simon tentou completar seu último pensamento.

Inadequado para humanos.

Era essa a situação. Ele tinha em sua posse algo que era inadequado para humanos. Talvez fosse essa a razão pela qual Simon mantinha o Spiritus em segredo: porque não estava destinado a ser dono dele. O inseto pertencia a outra pessoa. A outra coisa.

Por fim, Simon trocou de roupa e saiu. Com o Spiritus de volta à caixa alojada em seu bolso, a percepção da presença da água tinha voltado a seu lugar habitual: uma consciência e um entendimento, nada mais. Simon sentou-se no banco da varanda e tentou assimilar o belo dia de outono sem os sentidos anormalmente aguçados.

Não conseguiu direito. Um par de gaios fuçava entre as bagas vermelho-vivas de uma sorveira-brava e ele viu apenas pássaros. A luz da manhã atravessava de modo oblíquo as folhas de bordo em mil nuances entre o vermelho e o amarelo, mas ele viu apenas uma árvore. As nuvens no céu eram nuvens e o céu atrás delas era um vasto vazio.

Tudo estava no lugar, mas sem conexão mútua. Ele via tudo que seus olhos viam, mas a totalidade lhe escapava. De uma inquieta agulha de sismógrafo ele tinha se tornado um graveto rígido. Balançou a cabeça e afagou o bolso.

Você é perigoso, é sim. Acho que uma pessoa pode acabar ficando viciada em você.

Libertado de seu dom da visão extrassensorial, ele olhou ao redor e contemplou seu pequeno reino na Terra: o gramado, o píer, a praia pedregosa, os juncos na baía. Tudo estava quieto e banal. Mas havia alguma coisa entre os juncos. Ele estreitou os olhos contra a superfície cintilante da água e levantou-se para ver melhor.

Parecia um tronco. Talvez algum píer tivesse se despedaçado durante a noite e se espalhado ao longo do arquipélago. Se fosse esse o caso, provavelmente devia haver mais madeira à deriva a ser recolhida na baía. Ele endireitou o corpo com um gemido e foi andando pela praia. Quando chegou mais perto, viu que não se tratava de um tronco, a menos que, é claro, alguém tivesse decidido vestir um tronco com saia e cardigã.

É uma pessoa. Uma mulher.

O feitio dos passos de Simon mudou. À medida que avançava, chapinhando na água, seu andar foi se tornando cauteloso, respeitoso. A coisa da qual ele estava se aproximando era uma pessoa morta, e ele julgou também ter reconhecido as roupas.

Sigrid. A esposa de Holger.

Com a água já quase nos joelhos, Simon se viu a um metro da pessoa que agora ele tinha a certeza de ser Sigrid. Ela boiava de barriga para baixo, mas não havia dúvida. O cardigã cinza e a grossa saia marrom eram as roupas que ela sempre usava na vila e no mar, todo santo dia.

Sigrid. Ele estacou. A cabeleira grisalha de médio comprimento flutuava ao redor do crânio como se uma enorme água-viva pairasse sobre a parte de trás da cabeça. Ela jazia a um par de metros entre os juncos, e sob o peso de seu corpo tinha quebrado ou dobrado um bom número de talos. Simon não quis olhar para o aspecto do rosto. Com a ajuda do Spiritus ele poderia facilmente ter virado o corpo, até mesmo arrastá-lo até a praia, mas era inútil. Não restava dúvida de que ela se afogara. Enquanto Simon se aproximava, o corpo permanecia deitado, imóvel, na água calma.

Há quanto tempo será que ela está aqui?

Devia ter acontecido durante a noite. Ela estava desaparecida havia quase um ano, e agora o movimento do mar a trouxera, arrastando o corpo para a praia.

Um ano?

Um dos braços de Sigrid estava esticado, e Simon avistou uma mão branca. Examinou os dedos dela e teve um sobressalto quando julgou tê-los visto se mexer. Mas foi apenas o marulho da água, a luz do sol cambiante. Ainda assim ele deu um passo para trás e esfregou a mão no rosto.

Mas a esta altura ela não devia ser... um esqueleto?

A bem da verdade ele não entendia muito dessas coisas, mas não achava que era possível que uma pessoa que estava na água por quase um ano ainda tivesse os dedos intactos. Nas profundezas há muitas criaturas famintas.

Somente agora ele viu a si mesmo, ali de pé, com a água quase nos joelhos, fitando um cadáver. Era como se houvesse uma bolha ao redor deles, um feitiço desagradável e difícil de quebrar. Ele podia continuar lá assim por um bom tempo.

Göran.

Era o que ele tinha de fazer. Voltaria para a praia e avisaria Göran. Era isso. Lentamente começou a se afastar do cadáver flutuante. Não quis dar as costas à mulher morta. Assim que chegou à praia, por fim ousou se virar, e seguiu caminhando com dificuldade até sua casa, o mais rápido que podia. Olhou de relance algumas vezes por cima dos ombros, só para se certificar.

De que ela não está me seguindo.

Felizmente Göran estava em casa e sabia o que tinha de ser feito. Telefonou para as devidas autoridades competentes e uma hora depois o serviço de salva-vidas resgatava o corpo de Sigrid e o transportava para Nåten. Um jovem policial fez algumas perguntas a Simon acerca dos detalhes de sua descoberta. Assim que terminou, o policial fechou sua caderneta e indagou:

– Há um marido, não é?

– Sim – respondeu Simon, olhando de relance para Göran, que estava de pé com as mãos nos bolsos da calça, encarando o chão.

– Onde ele mora?

Simon apontou na direção de Kattudden e já estava prestes a ensinar o caminho quando Göran se ofereceu:

– Pode deixar que eu cuido disso. Eu conto para ele.

– Não tem problema?

Göran sorriu.

– É menos ruim. Na minha opinião você acabaria achando Holger uma pessoa com quem é um pouco... difícil de se conversar.

O policial consultou o relógio. Era evidente que tinha coisas melhores para fazer do que falar com gente difícil.

– Certo, mas é melhor avisá-lo de que mais tarde pode ser que a gente queira fazer algumas perguntas para ele. Depois que ela tiver sido examinada – disse o policial.

– Ele não vai fugir.

– O que quer dizer com isso?

– O mesmo que você, suponho.

Os dois entreolharam-se e assentiram, em um momento de concordância profissional.

O policial balançou o polegar na direção da baía e perguntou:

– Ora, ela não pode ter ficado lá deitada na água durante um ano, pode?

– Não – respondeu Göran. – Sem chance.

Quando o jovem voltou para a lancha da polícia, Göran e Simon permaneceram no píer, fitando o mar quase morto. Exceto pelo sulco aberto pela lancha da polícia que rumava para o continente, a água era um espelho gigante, refletindo o céu e ocultando seus segredos.

– Alguma coisa está acontecendo – disse Simon.

– O que está acontecendo?

– Alguma coisa a ver com o mar. Alguma coisa está acontecendo com ele.

Pelo canto do olho Simon viu que Göran tinha se virado para olhar para ele, mas continuou com os olhos cravados na superfície gelada, brilhante e azul.

– Em que sentido? – quis saber Göran.

Não havia palavras para formular o que Simon sabia. O mais perto que ele conseguia chegar era a percepção de que o mar estava quebrado. Como não podia dizer isso, acabou falando:

– O mar está mudando. Está ficando... pior.

Um pequeno evento

Talvez tudo tivesse sido completamente diferente, talvez esta história tivesse seguido um rumo diferente, se uma folha não tivesse caído. A folha em questão pertencia a um enorme bordo localizado a vinte e poucos metros do píer de

Simon. Somente naquela manhã, quando estava sentado na varanda e liberto da intensa consciência sensorial evocada pelo Spiritus, é que Simon tinha olhado de relance para a folha.

Uma vez que eram meados de outubro, o bordo tinha perdido muitas de suas folhas durante a tempestade, e as que restavam na árvore estavam apenas frouxamente presas aos seus galhos, em diferentes matizes de morte. Contudo, ao que parecia a maior parte delas conseguiria manter-se agarrada aos galhos por mais um dia. A tarde ia calma e morta, e muito ocasionalmente uma ou outra folha se desgarrava para se juntar às pilhas secas já no chão.

Quem pode de fato dizer como as decisões são tomadas, como as emoções mudam, como surgem as ideias? Fala-se de inspiração; de um relâmpago no céu azul, mas talvez tudo seja tão simples e tão infinitamente complexo como os processos que fazem uma determinada folha cair num determinado momento específico. Atingiu-se certo ponto, só isso. Tem de acontecer, e acontece.

A folha em questão não requer descrição mais detalhada. Era uma folha de bordo qualquer, comum, no outono. Do tamanho de um pires, com algumas manchinhas negras e escuras sobre um fundo amarelo e alaranjado. Muito bonita e absolutamente trivial. Os fios de celulose que tinham mantido o talo preso ao galho tinham secado, a gravidade levou a melhor. A folha se soltou e caiu rumo ao chão.

Depois que Göran tinha ido falar com Holger, Simon ficou um bom tempo no píer, encarando a água. Estava em busca de algo que era impossível de ver, da mesma maneira que é impossível avistar terra no meio de um nevoeiro espesso, mas era pior que isso: ele nem sequer sabia o que estava procurando.

Desistiu e se pôs a caminho de casa, onde pretendia tomar uma xícara de café. Saiu do píer balançando os braços, com o olhar perdido em contemplação, e viu um movimento trêmulo e fugaz. Um segundo depois sentiu uma carícia na mão. Estacou.

Havia uma folha de bordo na palma de sua mão; ela dava a nítida impressão de que estava grudada ali. Simon ergueu os olhos para a coroa da árvore. Nenhuma outra folha caiu. Somente aquela, a folha que ele estava segurando na mão sem o menor esforço próprio; ela tinha se soltado e pousara na palma de sua mão no exato momento em que ele passava por ali.

Ele ergueu a mão e examinou as nervuras da folha como se estivesse tentando decifrar um texto desconhecido. Nada havia ali, e a folha não tinha mensagem alguma para lhe transmitir. O vento segurava seu próprio fôlego, e tudo estava quieto e imóvel.

Aqui estou eu.

Uma súbita e inesperada felicidade surgiu e cresceu em seu corpo. Simon olhou ao redor, a ponto de chorar. Sentiu uma gratidão efervescente pelo fato de existir. Pelo fato de que era capaz de andar sob uma árvore no outono e uma folha podia cair em sua mão. Era como uma mensagem da folha, um lembrete: *Você existe. Eu caí e você estava lá. Eu não estou no chão. Portanto, você existe.*

Não, a folha não estava caída no chão e Simon não jazia morto debaixo da macieira ou em meio aos juncos. Seus caminhos haviam se cruzado, e ali estavam eles. Talvez Simon estivesse um pouco sensível demais depois de tudo que acontecera, mas aquilo lhe pareceu um milagre.

Ele já nem queria mais voltar para casa. Mudou de direção e rumou para a casa de Anna-Greta, com a folha na mão e versos de Evert Taube tocando na cabeça.

Quem te deu sua visão, seus sentidos? Os ouvidos que ouvem o ímpeto das ondas, a voz que você ergue em canção?

O mundo de outono ao seu redor era lindo, e ele caminhou com passos cuidadosos a fim de não perturbá-lo. Abriu delicadamente a porta de Anna-Greta e entrou de fininho no corredor, deixando-se ficar no sentimento de que o mundo era um lugar sagrado e toda percepção era um dom. Podia sentir o aroma da casa de Anna-Greta, podia ouvir a voz dela. Dali a pouco a veria.

– Não – disse ela na cozinha. – Eu só acho que a gente deve conversar sobre a coisa toda. Alguma coisa mudou e a gente não sabe o que isso significa.

Simon franziu a testa. Não sabia com quem ela estava conversando ou sobre o que estava falando, e isso fez com que ele se sentisse um espião. Já estava se virando para fechar a porta e assim anunciar sua presença quando ouviu Anna-Greta dizer:

– Sigrid é o único caso que eu conheço, e não faço ideia do que isso quer dizer.

Simon hesitou, depois agarrou a maçaneta. Pouco antes de bater a porta com estrépito, ouviu Anna-Greta dizer:

– Depois de amanhã, então?

Simon fechou a porta atrás de si e avançou corredor adentro, certificando-se de que podia ser ouvido. Chegou à cozinha a tempo de escutar Anna-Greta se despedindo:

– Tudo bem. A gente se vê então.

Ela colocou o fone no gancho.

– Quem era? – perguntou Simon.

– Só o Elof – respondeu ela. – Café?

Simon virou a folha entre os dedos e, tentando soar despreocupado, perguntou:

– E do que vocês estavam falando?

Anna-Greta se levantou, pegou duas xícaras, trouxe a cafeteira do fogão. Simon havia feito sua pergunta em voz tão baixa que ela talvez não tivesse ouvido. Mas ele achava que ela tinha ouvido, sim. Simon torceu a folha e, sentindo-se como uma criancinha, refez a pergunta:

– Do que vocês estavam falando?

Anna-Greta pousou a cafeteira sobre a mesa e bufou, como se achasse divertida a pergunta:

– Por que você quer saber?

– Curiosidade, só isso.

– Venha se sentar aqui. Quer um biscoito?

A alegria que até então estava fervilhando dentro de Simon foi embora, deixando atrás de si um leito de rio seco em sua barriga. Pedras e arbustos espinhentos. Alguma coisa estava errada, e o pior era que ele já tinha sentido aquilo, já tinha passado por aquilo antes, um par de vezes. Anna-Greta se ausentara, e quando ele perguntou por onde ela tinha andado, ela evitou suas perguntas até que ele por fim desistiu.

Dessa vez ele não tinha a menor intenção de desistir. Sentou-se à mesa e cobriu com a mão a xícara quando Anna-Greta tentou servir-lhe um pouco de café. Quando ela ergueu os olhos para encontrar os dele, Simon disse:

– Anna-Greta, eu quero saber do que você e o Elof estavam falando.

Ela esboçou um sorriso. Quando sua tentativa não encontrou o menor sinal de resposta no rosto de Simon, o sorriso se desvaneceu. Ela o encarou e, por um segundo, alguma coisa... perigosa passou por sua expressão. Simon esperou. Anna-Greta balançou a cabeça.

– A gente falou disso e daquilo. Não sei por que você está tão interessado.

– Estou interessado – disse Simon – porque eu não sabia que você e o Elof tinham esse tipo de relacionamento. – Anna-Greta abriu a boca para dar algum tipo de resposta, mas Simon prosseguiu: – Estou interessado porque ouvi você falando na Sigrid. Sobre o fato de que alguma coisa mudou.

Anna-Greta abandonou a tentativa de manter a conversa no nível cotidiano. Pousou a cafeteira, endireitou-se na cadeira e cruzou os braços.

– Você estava escutando.

– Ouvi sem querer.

– Neste caso, acho que você devia esquecer o que ouviu sem querer. E deixar isso pra lá.

– Por quê?

Anna-Greta chupou as bochechas como se tivesse na boca alguma coisa azeda que ela estava prestes a cuspir. Depois a postura de seu corpo inteiro se suavizou e ela afundou um milímetro na cadeira.

– Porque estou pedindo pra você fazer isso.

– Mas isso é loucura. O que é que há de tão secreto assim?

Aquele indício de perigo, ou de algo hostil, apareceu novamente nos olhos de Anna-Greta. Ela serviu-se de uma xícara de café, recostou-se na cadeira e, com toda a calma e sensatez do mundo, anunciou:

– Independentemente do que você pensar. Por mais decepcionado que você possa ficar. Eu não tenho intenção alguma de discutir isso. Fim da história.

Nada mais foi dito. Um minuto depois Simon estava de pé na varanda de Anna-Greta. Ainda segurava na mão a folha de bordo. Olhou para a folha e mal conseguiu se lembrar do que tinha visto de tão especial nela, ou do que o tinha feito ir até lá. Jogou a folha fora e saiu caminhando para sua casa.

– Fim da história – resmungou para si. – Fim da história.

VELHOS CONHECIDOS

> "Muito tempo atrás, na Bíblia
> nossos professores do jardim de infância
> tinham tomado nota da nossa verdadeira origem:
> saímos das sombras, boiamos até a praia."
>
> Anna Ståbi, *Flux*

Sobre o mar

Terra e mar.

Podemos pensar neles como opostos; como complementos. Mas há uma diferença na maneira como pensamos neles: o mar e a terra.

Quando estamos andando numa floresta, numa campina ou cidade, aos nossos olhos o ambiente ao redor é constituído de elementos individuais. Há os muitos tipos diferentes de árvores de tamanhos variados, os edifícios, as ruas. A campina, as flores, os arbustos. Nosso olhar se demora nos detalhes e, se estamos numa floresta no outono, emudecemos se tentamos descrever a riqueza à nossa volta. Tudo isso existe sobre a terra.

Mas o mar. O mar é uma coisa completamente diferente. O mar é um só.

Podemos perceber os inconstantes estados de espírito do mar. Qual é a feição do mar quando o vento sopra, como o mar brinca com a luz, como ele sobe e desce. Mas ainda assim é sempre do mar que estamos falando. Demos a diferentes partes do mar diferentes nomes, para fins de navegação e identificação, mas quando estamos diante do mar, existe somente um único todo. O mar.

Se formos levados em um barquinho para o alto-mar, tão longe que não há terra visível em direção alguma, podemos avistar o mar. Não é uma experiência agradável. O mar é um deus, uma divindade cega e surda que nos rodeia e tem sobre nós todo poder imaginável, e que, contudo, nem sabe que existimos. Nós somos menos que um grão de areia no lombo de um elefante, e, se o mar nos quiser, ele nos leva. É assim que as coisas são. O mar não conhece limites, não faz concessões. Ele nos deu tudo e pode tirar tudo de nós.

Para os outros deuses encaminhamos nossas preces: Protejam-nos do mar.

Sussurros em seu ouvido

Dois dias depois da tempestade, Anders se viu na campina de absinto inspecionando seu barco. A embarcação estava de cabeça para baixo apoiada sobre blocos, e era uma visão deprimente. Cinco anos antes, pagara uma ninharia pelo barco, e havia boas razões para isso.

Uma vez que não existia sistema de descarte de barcos de plástico estragados, as opções eram deixá-los abandonados ao deus-dará ou doá-los para alguém em necessidade. O último recurso, caso o dono estivesse realmente determinado a se livrar da velharia, era rebocar o barco baía adentro, fazer buracos nele e deixá-lo afundar. O barco de Anders parecia estar pronto para essa derradeira jornada.

Havia rachaduras por todo o casco, e o suporte do motor tinha fissuras. A fibra de vidro em volta das forquetas estava tão quebradiça que provavelmente se despedaçaria caso alguém tentasse remar. O fato é que Anders tinha um motor guardado no galpão, um velho Johnson de dez cavalos, mas não sabia se conseguiria fazê-lo pegar.

A bem da verdade o barco não tinha conserto, a questão era apenas ter algum tipo de embarcação própria, alguma coisa para colocar na água de maneira que ele não precisasse pedir emprestado o barco de Simon quando quisesse sair para comprar mantimentos.

Anders caminhou pelo píer, principalmente a fim de checar se a construção ainda era suficientemente forte para suportar seu peso. Oh, sim. Algumas das tábuas estavam podres e uma das toras da seção inferior estava frouxa, mas provavelmente o píer duraria por pelo menos mais um par de anos.

Soprava uma leve brisa sudoeste, e Anders teve de fechar a mão em concha em volta do isqueiro para acender um cigarro. Exalou a fumaça no vento, tirou do bolso a garrafa plástica com vinho diluído, tomou alguns goles e ouviu o suspiro da brisa nos juncos na baía. Eram apenas onze da manhã, mas ele já estava agradavelmente meio embriagado, capaz de contemplar sem um pingo de ansiedade os juncos verdes ondulando na brisa.

Sem o vinho, Anders provavelmente teria começado a imaginar coisas. O corpo de Sigrid tinha sido encontrado nos juncos alguns dias antes. Era infinito o arsenal de coisas que ele era capaz de imaginar para se sentir apavorado. De acordo com o relato de Simon, tinha sido exatamente como ele suspeitava. Sigrid só estava na água havia menos de vinte e quatro horas quando ele encontrou o corpo. Onde o cadáver tinha estado antes disso, ninguém sabia.

Equipados com botas impermeáveis, alguns técnicos da polícia forense tinham esquadrinhado entre os juncos. Da janela de seu quarto Anders assistiu ao trabalho dos peritos, que aparentemente não haviam encontrado nenhum indício capaz de solucionar o mistério. Os homens deixaram para trás juncos esmagados e regressaram ao continente.

Depois de verificar a chapa de compensado que ele tinha pregado na janela quebrada, Anders entrou, serviu-se de uma xícara de café e sentou-se à mesa da cozinha. Agora o número de contas no azulejo chegara a quase cem. Exceto pelas primeiras, ele não tinha colocado mais nenhuma outra. Acontecia à noite, depois que ele já tinha ido dormir.

Anders ainda estava aguardando uma mensagem, e as contas não lhe deram coisa alguma. Além do pedaço branco, somente contas azuis tinham sido usadas.

A cada dia ele podia sentir com mais força a presença de Maja na casa, mas ela se recusava a lhe dar um sinal claro. Anders já não se sentia com medo, mas sim confortado pela certeza de que alguma coisa de sua filha continuava existindo no mundo. Ele a tinha com ele, conversava com ela. O nível constante de ligeira embriaguez evitava que ele concentrasse seus pensamentos, deixava-o receptivo.

Bateram à porta, que depois de três segundos se abriu. Pelos passos, Anders reconheceu que era Simon.

– Tem alguém em casa?

– Na cozinha. Entre.

Anders olhou de relance para se certificar de que não havia garrafas de vinho à mostra. Barra limpa. Somente uma caixa de suco de uva, inocentemente pousada sobre a bancada.

Simon entrou na cozinha e sentou-se sem cerimônia:

– Tem café?

Anders se levantou, deitou café em uma xícara e colocou-a na frente de Simon, que estava sentado contemplando o azulejo.

– Passatempo novo?

Anders fez um gesto desdenhoso e pegou sua própria xícara, que cambaleou e quase tombou. Simon não percebeu. Seu olhar estava voltado para dentro de si mesmo, e era óbvio que ele estava pensando em alguma coisa. Ficou lá sentado por alguns instantes passando o dedo pela superfície da mesa, desenhando formas invisíveis, e por fim perguntou:

– Você acha que é possível conhecer outra pessoa? Conhecer de verdade outra pessoa?

Anders sorriu.

– É você quem devia ser o especialista nessa área.

– Estou começando a achar que não sou.

– Como assim?

– O que quero dizer é que nunca dá para se tornar outra pessoa. Por mais que de vez em quando você possa até imaginar que pode. Você já se viu na situação em que é tão próximo de alguém que às vezes... só por um momento... quando você olha pra essa pessoa, tem a impressão, só de passagem, de que... *ela sou eu*. Uma espécie de confusão, um vácuo onde você não sabe quem está pensando o pensamento. Se essa outra pessoa é você. E então se dá conta. De que estava errado. De que, no fim das contas, eu sou seu. Isso já aconteceu com você?

Anders nunca tinha visto Simon falar daquele jeito e não sabia ao certo se estava gostando. Simon devia ser descomplicado e estável. Anders já tinha suas próprias dúvidas existenciais. Porém, respondeu:

– Sim. Acho que sim. De todo modo, sei do que você está falando. Mas por quê? Tem alguma coisa a ver com a vovó?

– Entre outras coisas. É estranho, não é? Você pode passar a vida inteira com outra pessoa. E mesmo assim não dá pra saber. Não de verdade. Porque você não consegue se tornar essa outra pessoa. Consegue?

Anders não entendia aonde Simon queria chegar.

– Mas isso é obvio. A gente já sabe de tudo isso.

Simon bateu o dedo indicador na mesa. Com rapidez, rabugentamente.

– Essa é a questão. Não acho que a gente saiba. A gente se considera o ponto de partida e imagina um punhado de coisas. E, só porque a gente entende o que a outra pessoa está dizendo, acha que a conhece, que sabe quem ela é. Mas a gente não faz ideia. A menor ideia. Porque a gente não pode *ser* a outra pessoa.

Depois que Simon foi embora, Anders ficou um bom tempo deitado na cama de Maja, olhando para o teto, onde as teias de aranha se espalhavam como linhas sujas. Ele tinha preparado uma nova garrafa, e a intervalos irregulares sugava a bebida. Pensou no que Simon tinha dito.

A gente não consegue se tornar outra pessoa. Mas acha que consegue.

Não era isso que o levara a ligar para Cecilia? O fato de que tinha suposto que ela entenderia, que ela seria capaz de ver o que ele podia ver, porque por muitos anos tinham sido parte um do outro. Tinham se tornado a mesma pessoa, quase.

Mas não havia conexão mística. Eles se separaram e já não tinham mais nada a ver um com o outro. Se sua afinidade tivesse sido verdadeira, não teria sido tão fácil romper. Os dois teriam insistido, seguido em frente, teriam se compreendido completamente, enfrentando, juntos, o inferno em que se viram.

Anders ergueu a garrafa e fez um movimento circular com a mão, abrangendo o quarto e a casa, e disse em voz alta:

– Mas eu te entendo.

Ou entendia?

Pensou em todas as vezes que ficara ali de pé olhando para Maja, quando sua filha ainda era um bebê, dormindo no berço. Ele se lembrou de como ficava espantado com os movimentos rápidos dos olhos dela sob as pálpebras quando ela estava sonhando. No quanto desejava poder entrar na cabeça dela, ver o que ela podia ver, tentando entender os possíveis problemas que a jovem mente da menina tentava resolver. Em outras palavras, como ela via o mundo.

Não. Não somos capazes de entender.

Depois do desaparecimento de Maja, ele a tinha carregado consigo o tempo todo. Tinha conversado com ela, ou em sua mente ou em voz alta. Com o passar do tempo, acabou formando uma imagem muito clara de Maja. Já que ela tinha deixado de viver, não podia mais mudar, e ele passara a carregá-la como uma boneca, uma imagem congelada a que recorrer.

– Não é mais assim – ele disse em voz alta no quarto. – Agora eu estou pensando no que você está fazendo. Como é o lugar onde você está, o que está acontecendo com você. Estou com muito medo e queria te ver de novo. É o que eu mais queria. – As lágrimas inundaram seus olhos, transbordaram e escorreram pelo travesseiro de Maja. – Apenas ver você de novo. Abraçar você. É isso que eu desejo. É isso que eu desejo.

Anders fungou, enxugou os olhos, secou as lágrimas. Sentou-se na ponta da cama e encolheu os ombros, curvando-se como uma criança ansiosa com medo de levar uma bronca. Avistou um amontoado de revistas do ursinho Bamse debaixo da cama e pegou a primeira da pilha. Edição número 2, 1993. Ele tinha comprado os gibis num mercado de quinquilharias para que Maja tivesse o que ler – ou melhor, olhar – quando estivessem em Domarö.

A capa mostrava o ursinho e dois de seus amigos, o coelho Pulinho e a tartaruga Carapaça, em um barco a caminho de uma ilha coberta por um nevoeiro. Como sempre, Pulinho parecia terrivelmente preocupado. Anders deitou-se de costas na cama de Maja e começou a ler.

A história tratava do capitão Destruição e algum tesouro enterrado, o que no final não passava de um truque. Anders continuou lendo, sorrindo com o diálogo tão conhecido que ele tinha lido tantas vezes em voz alta para Maja, em diferentes interpretações:

– Espera aí, Bamse! Eu tenho um pouco de mel-trovão.

– Ufff... obrigado, Pulinho... Ufff!

– Ah, não! Ele derrubou o cachimbo. Agora eles estão encrencados.

Anders seguiu em frente e passou a ler a história seguinte, que tratava da vaidade do gato Jansson. De tempos em tempos ele tomava um gole de sua garrafa de vinho. Quando terminou de ler a revistinha e estava examinando a quarta capa – a fotografia de duas crianças usando bonés do ursinho Bamse, que podiam ser comprados por apenas 58 coroas –, viu a si mesmo.

Estava deitado na cama de Maja com uma revista do ursinho Bamse numa das mãos e uma garrafa na outra. Deu uma gargalhada. Maja tinha parado de beber leite e comer papinha havia muito tempo, mas aos seis anos ainda queria beber suco na mamadeira, de modo que pudesse ficar lá deitada sugando a mamadeira enquanto olhava seu gibi do Bamse ou ouvia suas fitas.

Ele percebeu o que estava fazendo. Enquanto a cama de Maja estivesse vazia e enquanto ainda houvesse revistinhas por ler, havia um espaço vazio onde ela tinha estado. Se ele não queria apagá-la e jogar fora suas coisas, então alguma coisa tinha de preencher o espaço vazio, e ele estava usando a si mesmo. Viver as lembranças dela e fazer o que ela tinha feito significava que ela não tinha desaparecido. As coisas que ela tinha amado ainda estavam lá.

– E, em todo caso, você ainda existe. Em algum lugar.

Quando Anders se ergueu da cama, suas pernas estavam pesadas. No corredor, ele pegou a felpuda blusa da marca Helly Hansen que Maja tinha chamado de pele de urso, saiu e foi até a pilha de lenha.

Se ia passar o inverno na Choça, precisaria de madeira, muita madeira. A pequena herança que recebera após a morte do pai já havia se dissipado quase por completo, e ele não tinha como bancar o aquecimento central a óleo mais do que o absolutamente necessário.

Uma pilha de troncos que Holger entregara no inverno do ano anterior ainda estava lá, esperando para ser manuseada. Anders foi ao depósito de ferramentas e pegou a motosserra, abasteceu o tanque de gasolina e o depósito de óleo lubrificante da corrente, fez uma oração e deu um puxão na corda de arranque. A máquina não pegou, tampouco ele esperava que funcionasse.

Depois de puxar a corda de partida umas trinta vezes, Anders já estava suando em bicas e seu braço direito estava começando a ficar dormente. Nem sinal de vida da serra. Ele pegou sua chave Phillips e sua chave de encaixe, desatarraxou a vela de ignição e a limpou. Talvez fosse algo bem simples, do tipo uma vela enferrujada.

Assim que tornou a pôr no lugar a vela de ignição, Anders acendeu um cigarro, tomou um gole do vinho e começou encarar a motosserra; afagou-a e tentou ludibriá-la com palavras, levá-la na conversa, convencê-la de que não havia nada de errado nem com o carburador nem com alguma outra peça que ele não era capaz de consertar. Que o problema tinha sido a vela de ignição, e que tudo já estava resolvido.

– E eu preciso de madeira, sabe? Se eu quiser ficar aqui. Se eu não tiver madeira, vou ter de me mudar, e você vai acabar trancada lá no galpão, enferrujando por mais um inverno inteiro.

Tomou outro gole de vinho, pensou bem e percebeu que havia um furo na sua argumentação. A serra acabaria no galpão mesmo se ele tivesse madeira.

– Certo, o que me diz disso? Se você pegar, pode passar o inverno guardada lá dentro, num lugar quentinho, exatamente como acontecia no passado. Foi mancada minha. Beleza?

Com o calcanhar, Anders apagou a bituca no carpete de serragem velha que cobria a área.

Estou falando muito. Estou falando com todas as coisas.

Segurou a serra, puxou o afogador, respirou fundo e puxou a corda de partida. O motor tossiu, um cilindro disparou e Anders rapidamente puxou de novo o afogador, mas o motor morreu. Quando ele puxou novamente o cordão de arranque, a serra funcionou. A máquina era obviamente suscetível à persuasão.

A corrente estava novinha em folha, e foi fácil fatiar as toras em blocos manejáveis. Quando o tanque esvaziou, Anders já tinha serrado um terço da madeira.

Sua cabeça estava zunindo quando ele tirou os protetores de ouvido. Durante a meia hora que passou curvado sobre as toras de madeira, serrando e rolando as toras, serrando e rolando, ele não tinha pensado em *coisa alguma*. Nenhum pensamento ruim, nem bom, nada. Somente o rugido da serra e a sensação de cócegas da serragem borrifando contra as canelas.

Eu poderia viver assim.

Anders estava suado e com a boca seca, mas em vez de matar a sede com vinho ele entrou em casa e tomou um longo gole de água. Fazia séculos que não se sentia tão bem; sentia inclusive que tinha acabado de fazer algo que valia a pena. Não se sentia assim havia muito tempo.

Saiu de novo e bebeu todo o vinho para celebrar, fumou um cigarro e pegou o machado. Mais de metade dos troncos era de abeto e estava ali secando havia dois anos. Anders começou por esses. Era um trabalho árduo, e ele levava vários minutos para cortar os blocos. Nos intervalos, relaxava com um pedaço de bétula ou olmo.

Depois de cerca de meia hora de trabalho empunhando o machado e já com os braços doloridos, Anders estava prestes a dar o dia por encerrado quando sentiu de novo. Alguém estava de pé atrás dele, observando-o. Dessa vez ele não ficou com medo. Com a cabeça do machado afastou o pedaço de bétula sobre o cepo, apertou com mais força o cabo e girou.

– Quem é você? – berrou. – Apareça. Eu sei que está ai!

A folhagem amarela dos choupos farfalhou e ele olhou de soslaio para as folhas que tremiam como se fossem as lâminas de metal de um *outdoor*. A qualquer momento apareceria uma mensagem, ou um rosto se tornaria visível. Mas nada surgiu. Somente a ininterrupta percepção de uma ameaça sombria. Alguém que o examinava dos pés à cabeça e amolava uma faca.

De repente ele ouviu um ruflar de asas e uma bola escura passou por sua cabeça. Instintivamente ele ergueu o machado para se proteger, mas a bola seguiu em frente e pouco depois ele ouviu um baque surdo dentro do depósito de ferramentas.

Um pássaro. Era um pássaro.

Anders abaixou o machado. Dentro do depósito o pássaro se debatia contra as paredes, um ruflar apavorado de plumas, o estrépito de garras raspando. Pelo som, Anders deduziu que era um pássaro pequeno. E esperou. A sensação de estar sendo observado tinha desaparecido.

O pássaro?

Não, não era o pássaro que o estava observando. Era alguma coisa maior e mais sombria. O pássaro simplesmente tinha surgido ali por acaso. Anders deu alguns passos na direção do galpão e espiou pela porta. Mesmo sendo uma criatura pequena, há em um pássaro preso em espaços fechados alguma coisa que incita à cautela. Os movimentos rápidos e súbitos, o bico e as garras. Eles podem até ser pequenos, mas são também espertos e impetuosos.

Somente depois de criar a coragem necessária para ir até a porta aberta é que Anders avistou o pássaro. Ele era incapaz de diferenciar uma espécie da outra. O passarinho podia ser um pisco-chilreiro. Ou um enorme chapim. A ave estava sentada nos fundos do galpão, em cima de uma garrafa plástica numa prateleira, pendurada como um artista de circo, equilibrando-se sobre a rolha estreita de uma garrafa.

Anders deu um passo galpão adentro. O pássaro se mexeu, inquieto, as garras raspando no plástico. Os olhos pretos brilhavam, e Anders não soube dizer para onde a ave estava olhando. Chegou mais perto, inclinou-se e sussurrou:

– Maja? É você, Maja?

O pássaro não reagiu. Anders esticou a mão na direção dele. Lentamente, poucos centímetros de cada vez. Quando estava a ponto de roçar as plumas, o pássaro deu um salto e saiu voando do galpão. Anders ficou lá parado, com a mão estendida, como alguém que tinha tentado capturar uma miragem. Em vez disso fechou os dedos em volta do gargalo de uma garrafa.

Olhou pela porta, mas o pássaro tinha desaparecido. Por falta de coisa melhor a fazer, ele examinou a garrafa que tinha na mão. Estava cheia de um líquido turvo que não parecia nem gasolina nem óleo. Ele desarrolhou a garrafa, que deixou escapar uma onda de odor amargo. Não fazia ideia do que podia ser. Quando devolveu a rolha, girou lentamente a garrafa e reparou no rótulo escrito à mão.

Reconheceu a caligrafia. As letras onduladas e oscilantes pertenciam ao seu pai. Em uma tira rasgada de fita adesiva ele tinha escrito "absinto". A garrafa continha algum tipo de concentrado de absinto, talvez para se livrar de insetos. Ou cervos.

Anders balançou a cabeça. O absinto era venenoso, e aquela garrafa devia estar ali quando Maja ia correr e brincar no lugar.

Coisa típica de um pai desleixado.

Como penitência tardia, Anders fechou com firmeza a rolha e colocou a garrafa na prateleira acima da bancada de trabalho, onde Maja não poderia alcançá-la. Depois saiu e pegou o carrinho de mão. Antes de colocar dentro do depósito a lenha recém-cortada, teria de mover para a frente a madeira velha e seca.

Mais uma vez ele constatou que o trabalho lhe proporcionava a paz do esquecimento, coisa que agora ele percebia que era algo por que valia a pena se esforçar. Depois de uma hora já tinha reorganizado o estoque de madeira e pôde guardar a lenha nova. O crepúsculo começava a apagar o brilho do céu quando ele tombou o carrinho de mão contra a parede do galpão. Tirou as luvas e esfregou as mãos enquanto contemplava o estoque de madeira, que agora parecia bem melhor.

Um dia de trabalho Um bom dia de trabalho.

Depois de tanto esforço, Anders estava faminto e preparou uma refeição que consistia em uma enorme porção de macarrão com meio quilo de salsicha de Falun. Assim que terminou de comer, fumou um cigarro, sentou-se e ficou olhando pela janela. Seu corpo inteiro estava dolorido, e ele se sentia quase como uma pessoa real.

Ele cogitou a ideia de sair para uma caminhada e ir até a casa de Elin para ver se ela aceitava compartilhar um pouco de vinho, ou muito vinho, mas decidiu não ir, em parte porque ela tinha estado ausente havia dois dias e provavelmente não devia estar em casa, em parte porque ele achava que hoje não precisaria de vinho para conseguir dormir. Pela primeira vez em muito tempo.

Encontro

Simon estava farto.

A descoberta do corpo de Sigrid e o que se seguiu tinham sido a gota d'água. Ele já não podia fechar os olhos para o que vinha chegando cada vez mais perto havia cinquenta anos. Chega.

A história de sua fuga junto ao píer do vapor tinha sido refinada ao longo dos anos, num jogo de vaivém entre ele e Anna-Greta, burilado e repetido à exaustão até tornar-se o primor de história que ele tinha contado a Anders quatro dias antes; Anders era apenas o mais recente de uma longa sucessão de ouvintes. Um relato de feitos heroicos e o despertar do amor.

É óbvio que era também esse tipo de história, mas faltava alguma coisa essencial. Algo que ele tinha assumido com Anna-Greta, mas ela se recusava a admitir qualquer relação com essa coisa, que tinha sido expurgada da história oficial. Isso o incomodava.

Mas Simon se lembrava muito bem. Do que realmente tinha acontecido.

Para começo de conversa, tinha sido uma fuga surpreendentemente simples. Somente correntes tinham sido usadas, e correntes nunca eram de fato um problema. Enquanto ainda estava de pé dentro do saco, Simon tinha conseguido se livrar da maior parte delas e também abrira o fecho das algemas.

Quando por fim recebeu o empurrão que o jogou dentro da água, Simon tinha calculado que precisaria de no máximo trinta segundos para se libertar da última das correntes e sair do saco. Depois, tudo que teria a fazer era nadar na direção dos píeres e aguardar um ou dois minutos, simplesmente para causar maior impacto.

O saco bateu na água e ele afundou. Tinha aprendido a fechar as vias respiratórias das narinas de modo a conseguir nivelar a pressão de dentro com a de fora sem usar os dedos. Enquanto afundava, por duas vezes ele tapou o nariz e expirou com alguma força, o que empurrou o tímpano para fora do jeito certo e reduziu o barulho e a dor na cabeça. Fechou os olhos para poder se concentrar melhor enquanto a água gelada penetrava pelo saco e começava a enrijecer seus braços e pernas.

O maior perigo de passar muito tempo debaixo d'água não era a falta de oxigênio. Ele tinha treinado para dar conta de prender o fôlego por mais de três minutos. Não, o verdadeiro perigo era o frio. Depois de apenas um minuto os dedos deixariam de ser capazes de executar movimentos precisos. Razão pela qual ele sempre fazia questão de dar um jeito nas algemas o mais rápido possível.

Dessa vez esse problema já tinha sido resolvido. Quando atingisse o fundo, ele precisaria apenas realizar algumas torções no corpo antes de abrir o saco com a gazua afiada e nadar para o triunfo.

Então, no exato momento em que afrouxava a penúltima corrente sobre seu ombro, a água acima dele ficou subitamente mais pesada. Alguma coisa tinha caído sobre ele. Seu primeiro pensamento foi o de que alguém no píer tinha jogado alguma coisa dentro da água. Alguma coisa grande e pesada. Ele estava sendo empurrado para o fundo e teve de fazer um tremendo esforço para impedir que o ar saísse à força de seus pulmões.

Simon abriu os olhos e viu somente a escuridão. O frio que castigava sua pele do lado de fora agora tinha a ajuda do medo do lado de dentro. Seu coração começou a bater mais depressa, consumindo o valioso oxigênio que lhe restava. Ele tentou entender o que podia estar em cima dele, de maneira a ter uma melhor chance de escapar de seu peso e opressão. Não conseguiu pensar em coisa alguma. A coisa não tinha forma, não tinha costuras. A primeira sensação que Simon tivera era a mais acurada que ele era capaz de formular: a água tinha ficado pesada.

O pânico ameaçou tomar conta dele. Agora seus olhos tinham se acostumado à débil luz que penetrava pelo tecido grosseiro do saco e seis metros de água. Quando algumas bolhas de ar escaparam de seus lábios, ele as viu como reflexos borrados.

Eu não quero morrer. Não assim.

Com um esforço enorme, ele conseguiu torcer o corpo sob a opressão da água de modo a se desvencilhar das últimas correntes. Ainda tinha tempo. No período de treinamento para aperfeiçoar sua capacidade de segurar o fôlego, às vezes Simon contava com a ajuda de Marita, o que lhe dava a coragem de prender o fôlego o máximo de tempo possível. Ele sabia dizer quando estava prestes a perder a consciência. Ainda não tinha chegado a esse ponto.

Mas não conseguiu escapar do peso, que caía sobre ele como um pilão gigante, e o saco era um grão de pimenta no fundo do almofariz.

Simon conseguiu rasgar o saco com a gazua, e foi recompensado com um vislumbre da verdadeira luz do dia. Estava deitado de costas, pressionado contra o fundo do mar, e avistou lá em cima os contornos das pessoas de pé no píer, acima delas o céu azul. Ninguém tinha jogado nada, não havia coisa alguma coisa por cima dele. A não ser a água. Seis metros de água impenetrável.

O frio agora tomava conta dele para valer e uma sensação de calma começava a se alastrar por seu corpo. Uma calma parecida com calor. Ele relaxou e parou de lutar. Tinha pelo menos um minuto de sobra antes de tudo terminar. Por que passar esse último minuto lutando, se debatendo? Ele tinha se livrado das correntes, das algemas e da corda, mas sabia que não conseguiria se libertar da água. No fim das contas ele tinha sido derrotado.

Tudo era lindo.

Quieto e indefeso, Simon ficou deitado no fundo do mar. Ficou lá deitado como os mortos e, pelo rasgo no saco, viu o céu e vagas figuras à sua espera. Eram os anjos chamando-o, e dali a pouco ele estaria lá. Estava na escuridão, mas logo entraria na luz, e isso era bom.

Ele não sabia por quanto tempo permaneceu lá assim. Talvez tenha sido um minuto ou dois, talvez dez segundos, quando a água subitamente diminuiu sua pressão. Com a leveza de um véu, o peso foi retirado e ele se viu livre.

Com uma calma que ele mesmo mais tarde teria dificuldade de compreender, Simon meramente pensou em algo do tipo: *Entendi, vamos fazer desse jeito, então.* Saiu do saco e nadou com braçadas ritmadas até o cais distante. Não havia nada agarrando seu corpo, nada querendo pegá-lo. Não havia peso algum, apenas leveza. Quando irrompeu na superfície da água, oculto pelos barcos, ele respirou fundo, e somente então tudo ficou preto. Ele agarrou a amurada do esquife mais próximo e conseguiu parar de afundar. Respirou com calma e em ritmo lento, e o mundo começou a tomar corpo outra vez.

Do píer do vapor ele ouviu alguém gritando "Três minutos!", e mal conseguiu acreditar que se referiam a ele. Tinha se ausentado por muito mais tempo.

Agarrado à amurada, Simon tentou reaver seu domínio da realidade. Quando a voz no píer berrou "Quatro minutos!" ele já tinha recuperado os sentidos. Reconheceu o tênue cheiro de alcatrão do esquife, o gosto de sal e do velho medo na boca, o frio cortante em seus músculos.

Eu estou vivo.

Nadou na direção da praia e depois de alguns metros pôde andar nos baixios, agachando-se atrás dos barcos. Seguiu até as pedras, e o resto da história condizia com a versão oficial.

Essa foi a primeira de uma série de coisas que ele tinha permitido passar em branco ao longo dos anos. Diversas pessoas haviam desaparecido em circunstâncias misteriosas, ele tinha encontrado o Spiritus e Maja sumira sem deixar rastro. Ele se convencera a acreditar que as coisas estavam do jeito que deveriam estar, porque assim era mais fácil e porque a alternativa era impossível de exprimir em palavras. Era simplesmente ridículo pensar que havia alguma espécie de conspiração entre os que viviam em Domarö o ano todo. Mesmo assim, ele começara a se perguntar se não era justamente essa a situação.

Simon vestiu sua velha jaqueta de couro por cima do macacão e saiu. Havia um fio, que ele puxaria na tentativa de provocar uma reação. O fio chamava-se Holger. Era evidente que a descoberta do corpo de Sigrid tinha abalado Holger, porque não havia nem sinal dele, então talvez ele estivesse desequilibrado e suscetível a uma conversa.

Eram quatro da tarde, e o som de um machado cortando madeira ecoava ao longo da baía. Simon assentiu de si para si. Anders estava obviamente trabalhando com afinco, e isso era uma coisa boa. O baque surdo de um naco de lenha sendo repetidamente espancado no cepo sugeria que ele tinha começado a lidar com o abeto seco.

Bom, isso vai dar a ele uma trabalheira danada.

O vilarejo estava deserto na suave luz da tarde. As crianças tinham voltado da escola para casa, e a essa hora provavelmente estavam comendo alguma coisa. Simon olhou na direção do píer e se lembrou do dia longínquo em que ali desembarcara pela primeira vez. Espantosamente, pouca coisa tinha mudado. Os barcos de madeira em torno do cais tinham se tornado barcos de fibra de vidro, e no final do quebra-mar havia uma espécie de estação transformadora, zumbindo baixinho. De resto, tudo parecia exatamente igual.

A sala de espera tinha sido demolida e reconstruída. As garagens de barco haviam sido tombadas como patrimônio cultural e por isso permaneciam inalteradas; o tanque de diesel continuava arruinando a trilha que levava ao vilarejo, e o espinheiro-marítimo parecia um pouco melhor, mas ainda continuava rigorosamente no mesmo lugar. Aquelas coisas tinham visto Simon desembarcar, tinham-no visto quase se afogar e agora o viam caminhar através da vila deserta chutando seixos à sua frente.

Vocês sabem mais que eu. Muito mais.

Ele estava tão absorto nos próprios pés que não percebeu uma luz acesa na casa da missão até praticamente topar com nela. Somente em casos excepcionais a casa da missão era usada em qualquer outra ocasião a não ser as manhãs de sábado, quando um pequeno grupo dos residentes mais velhos lá se reunia para tomar café e cantar hinos com o acompanhamento de um órgão de pedaleira.

As cortinas estavam fechadas, e o candelabro no teto, a menina dos olhos da missão, era visível apenas como uma mancha pálida. Simon se aproximou da janela e apurou os ouvidos. Escutou vozes, mas não o que estava sendo dito. Pensou um pouco, depois contornou a lateral da casa e abriu a porta.

O conselho do vilarejo. Eu também faço parte desta vila.

A cena que os olhos de Simon viram quando ele entrou não tinha nada que fosse digno de nota. Uma dúzia de indivíduos entre sessenta e oitenta anos sentados em cadeiras em uma roda improvisada sob a nave votiva. Ele conhecia ou reconhecia cada uma daquelas pessoas ali reunidas em conferência. Lá estavam Elof Lundberg e seu irmão Johan. Lá estavam Margareta Bergwall e Karl-Erik sei-lá-o-quê da parte sul do vilarejo. Lá estava Holger. E Anna-Greta. Entre outros.

A conversa foi interrompida no mesmo segundo em que Simon abriu a porta. Todos os rostos se voltaram para ele. Não pareciam nem surpresos nem constrangidos, mas sua expressão deixava bem claro que aquela intromissão não era bem--vinda. Simon olhou para Anna-Greta e viu no rosto dela alguma coisa diferente. Um indício de dor. Ou de uma oração.

Vá embora. Por favor.

Simon fingiu não notar coisa alguma; simplesmente entrou e disse em tom alegre:

– Então, o que é que vocês todos estão aprontando?

Os presentes entreolharam-se; aparentemente o acordo tácito era o de que cabia a Anna-Greta responder. Depois que se passaram alguns segundos constrangedores sem que ela esboçasse uma resposta, Johan Lundberg tomou a palavra e explicou:

– Um morador de Estocolmo quer comprar a casa da missão.

Simon meneou a cabeça, num gesto pensativo.

– Sei. E o que vocês estão pensando em fazer?

– A gente está discutindo se deve vender.

– Quem é esse sujeito de Estocolmo? Qual é o nome dele?

Sem obter resposta, Simon encaminhou-se até o grupo, puxou uma cadeira e se sentou.

– Continuem. Eu também acho isso interessante.

O silêncio era sufocante. Das velhas paredes de madeira vinha um débil estalido, e uma pétala escapou das flores murchas no altar e flutuou no ar. Anna--Greta olhou para Simon com uma expressão carrancuda e disse:

– Simon. Você não pode ficar aqui!

– Por que não?

– Porque... simplesmente não pode.

– Não.

Karl-Erik se levantou. Era o mais bem conservado de todos ali presentes, um par de braços ainda musculosos ressaltando-se nas mangas dobradas da camisa.

– Bem, é assim que as coisas são – ele disse – e, se você não está preparado pra sair por vontade própria, vou ter de te carregar lá pra fora.

Simon também se pôs de pé. Não tinha muito a oferecer em comparação com Karl-Erik, mas mesmo assim olhou-o nos olhos e disse:

– Eu adoraria que você tentasse.

Karl-Erik ergueu as sobrancelhas espessas e deu um passo à frente.

– Se é assim que você quer...

Sem nenhum propósito definido em mente, Simon fechou a mão em volta da caixa de fósforos no bolso. Num ataque de fúria, Karl-Erik abriu caminho empurrando um par de cadeiras.

Anna-Greta gritou "Karl-Erik!", mas já não era possível detê-lo. Ele tinha um lampejo nos olhos e uma tarefa a cumprir. Aproximou-se de Simon e agarrou sua jaqueta com ambas as mãos. Simon perdeu o equilíbrio e atingiu Karl-Erik com uma cabeçada no peito, mas não soltou a caixa de fósforos.

Com a testa pressionada contra as costelas de seu oponente, ele pediu à água do sangue de Karl-Erik, à água de seus tecidos, que se arremessassem para cima. A força do pedido de Simon não era tão grande quanto a força com que segurava o Spiritus na mão, mas foi mais que suficiente. Karl-Erik cambaleou, soltou a jaqueta de Simon e levou as mãos à cabeça. Deu alguns passos trôpegos para trás, depois se inclinou e vomitou sobre o tapete, que era uma antiguidade.

Simon soltou a caixa de fósforos e mais uma vez cruzou os braços sobre o peito.

– Mais alguém?

Karl-Erik tossiu e teve nova ânsia de vômito; lançou um olhar venenoso para Simon, depois limpou a boca e sibilou:

– Mas que porra você...

Simon sentou-se em sua cadeira e disse:

– Eu quero saber o que vocês estão discutindo. – Encarou um por um: – É o mar, não é? O que está acontecendo com o mar.

Elof Lundberg passou uma das mãos sobre sua cabeça careca, que parecia indecentemente nua sem o gorro obrigatório, e perguntou:

– Quanto você sabe?

Alguns dos presentes olharam raivosos para Elof, já que sua pergunta implicava uma admissão de que havia alguma coisa para saber. Simon balançou a cabeça.

– Não muito, mas o suficiente para saber que há alguma coisa errada.

Karl-Erik tinha se recomposto e já estava voltando para seu lugar. Quando passou por Simon, cuspiu:

– E o que exatamente você pretende fazer a respeito?

Simon abriu o zíper de sua jaqueta para indicar que tinha a intenção de ficar. Olhou para o grupo, cujos integrantes estavam sentados bem próximos uns dos outros em torno de um centro invisível e não fizeram a menor menção de convidá-lo para o estreito círculo. Em momento algum Anna-Greta olhou em sua direção, o que o magoou. Apesar da sensação ruim, ele não quisera acreditar que as coisas seriam daquele jeito.

Do que eles têm tanto medo?

Não podia ser outra coisa. Eles ficavam lá sentados como uma espécie de seita, protegendo seu segredo e sua crença, aterrorizados diante da ameaça de qualquer intruso. O que Simon não conseguia entender era que Anna-Greta fizesse parte daquilo. Se havia uma pessoa que ele tinha conhecido na vida e que parecia não ter medo de *coisa alguma*, era ela. Porém, agora Anna-Greta estava ali sentada, lançando para todos os lugares, menos para ele, olhares que eram como flechas.

– Eu não pretendo fazer nada – disse Simon. – O que eu poderia fazer? Mas eu quero saber. – Levantou a voz. – Holger!

Holger, até então perdido em profundas reflexões, teve um sobressalto e ergueu os olhos. Simon perguntou:

– O que realmente aconteceu com Sigrid?

Talvez Holger não tivesse notado a agressividade com que Simon estava sendo tratado, porque respondeu em tom amargo, como se Simon já soubesse:

– É exatamente disso que estamos falando.

Simon estava prestes a dizer algo irônico sobre o fato de que achava que eles estavam falando sobre a casa da missão, mas se fizesse isso os ataques e brigas poderiam continuar por dias a fio, por isso preferiu cruzar os braços e simplesmente dizer:

– Eu não vou a lugar nenhum. E cabe a vocês decidir como vão lidar com isso.

Por fim Anna-Greta olhou para ele, com um olhar direto e impossível de interpretar, em que não havia amor. Tampouco desprezo ou outra emoção. Era uma função olhando para outra função e tentando avaliá-la. Ela o fitou por um bom tempo, e Simon devolveu o olhar. Entre os dois, havia o mar. No fim ela cerrou os lábios, assentiu brevemente e pediu:

– Você faria a gentileza de sair por alguns minutos, pelo menos? Para que a gente possa chegar a uma decisão?

– Sobre o quê?

– Sobre você.

Simon ponderou sobre a questão e concluiu que era um pedido razoável. Com cuidado exagerado, fechou o zíper de sua jaqueta e saiu. Um pouco antes de a porta se fechar, ouviu Karl-Erik:

– Esses malditos visitantes de verão, eles acham que... – então a porta se fechou e abafou o restante do comentário.

Simon caminhou até se afastar alguns metros da casa da missão e estacou, contemplando o outono. A moita de rosas-bravas junto à parede da casa da missão estava coberta de frutinhas, vermelhas e vivas como insetos. Todas as folhas estavam gradualmente ficando amarelas, e por causa da umidade as telhas cor de ferrugem brilhavam levemente. Lascas de cascalho cintilavam na trilha quando algum feixe de luz penetrava a folhagem.

O lugar mais lindo da terra.

Não era a primeira vez que Simon tinha pensado isso. Particularmente no outono, não era raro que ele ficasse paralisado de tanta admiração pela beleza de Domarö. Como podia ser uma comunidade tão pouco povoada? Por que nem todo mundo queria viver lá?

Caminhou um pouco ao longo da trilha, sorvendo mais um pouco dos milagres de outono: a água cristalina nas poças das pedras, os troncos molhados das árvores, o musgo saturado de umidade verde. A torre caiada de branco do sino de alarme esticando-se até o céu. Ele não estava pensando em qualquer outra coisa a não ser naquilo que via diante de seus olhos. Sabia que podia pensar em outra coisa, na mudança que talvez estivesse prestes a acontecer, mas se recusou. Talvez estivesse dizendo uma espécie de adeus.

Simon já estava andando a passos lentos dessa maneira havia uns cinco minutos quando a porta se abriu. Anna-Greta saiu e acenou chamando-o de volta. Pela expressão do rosto dela era impossível dizer qual tinha sido a decisão, e ela se virou antes que ele a alcançasse.

Quando Simon entrou de novo no calor da casa, não precisou sequer pedir. Uma cadeira adicional tinha sido incluída no círculo, entre Johan Lundberg e Märta Karlsson, a mulher que gerenciava a loja até seu filho assumir o negócio. Simon não sabia se tinha sido proposital, mas o fato é que o haviam colocado de frente para Anna-Greta.

Ele tirou a jaqueta, pendurou-a sobre o espaldar da cadeira e se sentou apoiando os cotovelos sobre os joelhos. Karl-Erik estava a duas cadeiras de distancia, à esquerda, sentado como se segurasse no colo um barril de nitroglicerina. Se acaso se mexesse ou afrouxasse o aperto, explodiria.

Anna-Greta fitou o grupo e lambeu os lábios. Obviamente tinha sido nomeada a presidente do conselho. Ou talvez sempre tivesse exercido essa função.

– Em primeiro lugar – ela disse –, quero que você diga pra gente quanto você sabe. E como é que ficou sabendo.

Simon balançou a cabeça.

– Pra que assim vocês decidam quanto podem me dizer? Não. Parece que vocês já decidiram... – Simon olhou de relance para Karl-Erik – ... que eu tenho o direito de saber. Então me contem.

Anna-Greta olhou para ele daquele jeito de novo. Mas havia uma diferença. Simon demorou um instante para decifrar o que era. Até que se deu conta: ela estava constrangida. Tudo aquilo era culpa dela, porque era ela a parceira de Simon. Ele era responsabilidade dela.

Elof Lundberg bateu as mãos nos joelhos e disse:

– A gente não pode ficar sentado aqui o dia inteiro. Conta para ele. Comece com Gåvasten.

Foi o que ela fez.

Gåvasten

Era um negócio perigoso ser pescador antigamente. Antes da meteorologia. Não havia previsões do tempo para consultar, nada que dissesse que bom lado de si mesma a natureza estava planejando mostrar; ou se pretendia dar as caras na forma de vendavais que despedaçariam marinheiros e embarcações.

E, se as coisas dessem muito errado, se os frágeis barcos que se lançavam ao mar para recolher as redes enfrentassem tormentas, que chance a tripulação teria de comunicar que estava em apuros? O máximo que o pessoal de bordo podia esperar era que Deus ouvisse seus gritos, e a boa vontade divina para ajudar era um tanto caprichosa.

Porém, eles faziam o melhor que podiam. Quando parecia que toda a esperança já estava perdida, quando a tripulação se alinhava ao longo da amurada para refrear as ondas que fustigavam o deque, às vezes os pescadores elaboravam listas arrolando as futuras coletas que fariam quando desembarcassem, se é que um dia voltariam a pisar em terra firme. Às vezes Deus se deixava convencer, e as listas eram lidas na igreja no domingo seguinte, quando se realizava a coleta.

Mas não era um método confiável. Muitas anotações detalhando amplas promessas de contribuições para a glória de Deus acabavam no fundo do mar junto com os homens que as haviam elaborado. Incompreensível, alguém há de pensar. Mas Deus Nosso Senhor não é um negociante.

Sim, em épocas passadas a vida de pescador de arenque era um negócio arriscado, mas às vezes podia ser bastante recompensadora. Naqueles dias famílias inteiras se mudavam para as ilhas mais distantes durante o verão, passavam alguns meses posicionando, recolhendo e verificando suas redes. O arenque era salgado em barris e estocado; mais tarde, no outono, o peixe seria transportado e vendido.

A Suécia foi erguida sobre o arenque salgado. O que é que eles usavam para alimentar o exército, o que é que davam aos estrangeiros que vinham para o país construir igrejas, e para os outros trabalhadores? Arenque, ora essa! E o que mantinha vivos os que habitavam a costa durante os sombrios meses de inverno?

Exatamente. Arenque.

As pessoas tinham tanto medo de perturbar esse valioso peixe que o documento oficial da guilda do porto assevera: "Qualquer pessoa que mostrar desrespeito para com qualquer tipo de peixe e chamá-lo pelo nome incorreto num espírito de desprezo pagará multa de seis marcos".

A prata do mar. Ela tinha de ser trazida à tona, e isso envolvia risco. Mas as pessoas procuravam oportunidades de tirar vantagem, por assim dizer. A fim de reduzirem os riscos e se sentirem seguras.

A história de Anna-Greta aconteceu muitas centenas de anos atrás. A área que hoje engloba Nåten ainda estava parcialmente debaixo d'água. Domarö e o arquipélago adjacente compunham as ilhas mais afastadas. Era também o ponto onde ficava a rocha que outrora, numa época ainda mais remota, era chamada de Gåfwasten. Esse era o lugar onde as pessoas tinham o hábito de deixar presentes para o mar depois, por exemplo, de uma bem-sucedida viagem de ida e volta até as ilhas Alanda.

Exatamente como teve início a fase seguinte é algo envolto em uma nuvem de mistério. É possível que alguém tenha encalhado em Gåvasten e depois tenha sido levado pelas águas, ou pode ter simplesmente desaparecido. De todo modo, as pessoas notaram que após esse evento a safra de pesca melhorou substancialmente e o mar continuou generoso o verão inteiro.

Isso fez as pessoas pararem para pensar.

No verão do ano seguinte, um rapaz insolente que não tinha tempo para baboseiras supersticiosas declarou que estava disposto a ficar sozinho em Gåvasten. O jovem foi municiado de uma provisão de comida e bebida suficiente para uma semana, e combinou-se que, se nada acontecesse durante esse período, alguém iria resgatá-lo.

Deixaram o jovem na rocha nua, remaram de volta para a zona de pesca, a cerca de uma milha náutica, e lançaram as redes como se nada tivesse acontecido. No dia seguinte a pescaria foi recorde, e o arenque continuou abarrotando as redes nos dias que se seguiram.

Quando, depois de uma semana, retornaram a Gåvasten, o jovem tinha desaparecido. Examinaram as sobras de comida e bebida e constataram que estavam praticamente intocadas. Ele não devia ter passado mais que algumas horas em Gåvasten até que o mar cobrasse seu tributo e em troca lhes desse o arenque.

Assim, a situação estava clara. O problema era como proceder no futuro.

A pesca foi abundante naquele verão, e no mercado de outubro venderam mais que o dobro de peixe em comparação com os anos anteriores. Com a chegada do inverno houve discussões e tomaram a seguinte decisão: já que ninguém estava disposto a se oferecer de bom grado como presente para o mar, eles simplesmente fariam uma votação. Mulheres e crianças não poderiam participar, tampouco corriam o risco de serem sacrificadas. Era uma questão para os homens.

Agora, seria ótimo poder falar da heroica resignação com que a pessoa escolhida recebia o veredicto. Infelizmente não era assim que acontecia. A votação ocorria sem misericórdia, e simplesmente implicava votar na pessoa tida como a menos benquista da comunidade de pescadores. Geralmente o selecionado era algum indivíduo raivoso ou pouco inteligente, que a duvidosa honraria não tornava menos afável.

Com alguma luta e violência a vítima era arrastada até Gåvasten; depois seus companheiros iam embora, remando para longe o mais rápido possível, enquanto o condenado os amaldiçoava e suas imprecações ecoavam pela baía. Todos mantinham os olhos abaixados.

Tornou-se prática comum simplesmente amarrar e acorrentar a vítima antes de depositá-la em Gåvasten. Com a passagem dos anos, o costume foi aperfeiçoado. Ninguém queria sequer pôr os pés em Gåvasten, e no fim ficou evidente que bastava agrilhoar a vítima e lançá-la ao mar. O efeito desejado ainda era alcançado. O arenque continuava abundante, e o mar não exigia nenhum outro sacrifício.

A essa altura as pessoas tinham fixado residência permanente em Domarö. Graças ao pacto com o mar a população havia ficado rica, tanto quanto era possível enriquecer com a pesca, e as casas em nada ficavam a dever às residências do continente. Entretanto, não era uma ilha feliz.

O sacrifício anual teve forte impacto negativo sobre a alma das pessoas. Não demorou muito para que deixassem de excluir da oferenda sacrificial as mulheres e as crianças. Uma vez que somente os homens votavam, vergonhosamente eram as mulheres e as crianças que corriam maior risco de serem os selecionados.

É pouco provável que alguém se sentisse exatamente feliz de ter de amarrar uma criança e depois, ouvindo os choros e soluços da vítima que implorava por sua vida, lançá-la ao mar e vê-la afundar. Mas eles faziam isso. Porque era o costume. Que consumia as pessoas.

Ninguém ficava contente quando chegava a primavera, porque a primavera era meramente um presságio do verão. As folhas demoravam a vicejar no arquipélago e, quando as árvores ficavam salpicadas de verde, não tardava a chegar o solstício do verão, e toda Domarö vivia com medo desse dia, o dia em que tradicionalmente ocorria a votação.

É de imaginar que o risco de ser escolhido tornava as pessoas mais afáveis e menos inclinadas a usar palavras ásperas, por medo de serem consideradas difíceis. Sim, é claro que se pode imaginar isso. Contudo, não era assim que as coisas se davam.

Em lugar da cordialidade, imperava um clima de bajulação e insinuações; em vez da honestidade, florescia a falsidade. As palavras gentis perdiam o rumo e davam lugar a intrigas e conspirações, as pessoas se reuniam em grupos clandestinos e firmavam alianças. Já tinha sido muito ruim quando a votação era uma questão de excluir a pessoa que trazia menos alegria para o grupo. Isso agora era coisa do passado. Agora eles afogavam a pessoa que se dava mal no jogo da intriga.

Havia gestos heroicos, é claro, frutos de uma espécie de amor. Uma mãe ou pai que tomava o lugar do filho, um irmão que se permitia agrilhoar em vez da irmã. Mas depois de alguns anos esse amor também desapareceu. Alguém cuja vida era poupada num ano podia ser a vítima do ano seguinte. As pessoas afundavam na apatia, levavam para casa sua opulenta safra de arenque e não sentiam prazer em coisa alguma.

A essa altura, Domarö era um lugar praticamente isolado. O único contato da ilha com o mundo exterior se dava por causa da venda de peixe no outono. Contudo, com o passar dos anos, inevitavelmente começaram a correr boatos. O visitante ou turista eventual fazia relatos sobre a atmosfera opressora na ilha, e no mercado os moradores de Domarö mantinham-se reservados. Não conversavam com ninguém a menos que se tratasse de negócios. Jamais ousavam se aventurar a abrir um sorriso. E, afinal de contas, as pessoas continuavam desaparecendo. Fato impossível de ocultar a longo prazo.

Em 1675, por fim foi realizada uma minuciosa investigação acerca da situação de Domarö. Uma delegação de conselheiros, sacerdotes e oficiais da polícia de Estocolmo foi enviada à ilha a fim de verificar se a epidemia de heresia e adoração do demônio que tinha criado raízes na capital também havia se espalhado para o arquipélago.

E descobriram que, de fato, havia. Acostumados à conspiração e à difamação recíproca, sob pressão os residentes de Domarö não demoraram a lançar mão de uma série de acusações, uns incriminando os outros. Não havia fim para as confissões que eram arrancadas a portas fechadas, mas sempre sobre os vizinhos. Sempre sobre os vizinhos.

Os membros da delegação julgaram impossível desenredar a emaranhada trama de acusações, denúncias e refutações mútuas com que se defrontaram e decidiram realizar uma série de prisões provisórias – acabaram detidos os que pareciam estar mais envolvidos. Esses homens foram levados a Estocolmo e mantidos sob custódia.

Nos interrogatórios os homens admitiram que sacrifícios tinham sido feitos visando à obtenção de benefícios materiais, mas se recusaram a admitir que houvera algum tipo de pacto com o demônio. Depois de algumas semanas de intensa investigação envolvendo instrumentos de tortura como tenazes e esmagadores de polegares, a maioria mudou de ideia. No fim das contas ficou evidente que as pessoas não apenas tinham rezado para o demônio, mas também tinham dançado com ele.

Por fim os torturadores e os escreventes conseguiram elaborar um alentado documento, que condizia completamente com o que as autoridades temiam encontrar. Domarö era um caldeirão onde o caldo fétido do demônio estava cozinhando lentamente, e a ilha era um perigo para todo o arquipélago.

As autoridades ficaram um tanto quanto surpresas quando retornaram a Domarö a fim de exigir explicações do restante da população e constataram que ninguém tinha fugido, atitude que interpretaram como obstinação e uma teimosa crença de que as forças do mal permaneceriam ao lado dos ilhéus. Domarö foi esvaziada de sua gente, e teve início uma longa e lenta investigação.

Depois de um ano inteiro foi anunciado o veredicto. Em Domarö haviam sido encontradas provas mais irrefutáveis do que em qualquer outro julgamento em curso no período. Ali não se tratava meramente de uma palavra fugaz que havia maculado a honra de Deus ou de confissões ambíguas de crianças e criados – não, nesse caso sacrifícios humanos tinham peremptoriamente ocorrido, e o mal pairava, feito uma nuvem, sobre os acusados. As autoridades queriam fazer do povo de Domarö um exemplo.

Todos os homens foram condenados à morte e algumas mulheres receberam a mesma pena. Por razões ainda hoje obscuras, a alguns indivíduos foi concedido o privilégio de serem decapitados primeiro. Talvez porque tivessem sido particularmente diligentes no que dizia respeito a denunciar os outros. Os demais sentenciados foram queimados vivos.

As mulheres que sobraram foram condenadas a trabalhar como fiandeiras em casas de correção, as crianças foram distribuídas entre diferentes instituições.

Em Domarö as redes apodreceram nos cavaletes de secagem, e o gelo do inverno destruiu os barcos, reduzindo-os a pedacinhos de madeira. Ninguém queria saber da ilha, e idealmente as pessoas teriam gostado de apagá-la das cartas marítimas, talvez da superfície da Terra.

Até certo ponto seus desejos foram atendidos. No verão do ano seguinte, alguns dias após o solstício, uma tempestade atingiu o arquipélago. Seus efeitos foram sentidos em todas as ilhas habitadas, grandes e pequenas, mas em lugar algum a devastação foi maior do que em Domarö.

Como já se disse, ninguém gostava muito da ideia de ter de pisar em terra firme em Domarö, mas, quando a tormenta amainou e as pessoas ousaram se aventurar de novo nos barcos, mesmo a uma distância considerável puderam avistar o que tinha acontecido. As magníficas casas que os moradores de Domarö haviam construído graças a seu pacto e comércio malignos tinham sido devastadas. Seus barcos tinham sumido e os píeres onde estavam atracados tinham sido desmantelados.

Não que as coisas todas tivessem desaparecido sem deixar vestígio, nada disso. Os alicerces das casas ainda estavam lá, havia destroços das casas espalhados pelas rochas, e na água ainda se via uma ou outra tora de madeira de pé, resquícios de algum píer. Mas não restava uma única edificação intacta.

Era impossível interpretar de outra maneira esse cenário a não ser supor que Deus tinha ficado ofendido com o que vira em Domarö. A ilha fora como uma agulha no olho de Deus, que agora tinha autorizado o mar a passar seu rastelo pelo arquipélago de modo a libertar as ilhas dessa abominação.

Durante todo o verão e por boa parte do outono, o continente e as ilhas circundantes foram atormentados pela madeira à deriva originária de Domarö. Levadas pela correnteza, vigas e ripas das casas e dos píeres chegaram a outras praias, onde foram recebidas com a mesma alegria com que se ganham de presente as roupas que pertenceram a alguém que morreu de peste bubônica. O fogo era a única cura, e a intervalos irregulares fogueiras ardiam nas rochas, queimando o que havia restado do povoado de Domarö, até a última lasca.

Assim termina o primeiro capítulo da história de Domarö.

Simon estava se sentindo constrangido, pouco à vontade. Anna-Greta não contou sua história como se fosse um velho conto da carochinha, mas como se estivesse repetindo um texto sagrado. Enquanto narrava, sua expressão se manteve distante; a voz, grossa e rouca, áspera por causa da seriedade do que saía de sua boca. Simon não reconhecia Anna-Greta.

Entretanto, ele não podia simplesmente descartar a história, considerá-la uma mera lenda folclórica que por alguma razão tinha se tornado verdade. Sua própria experiência não permitia isso. O que tinha acontecido com ele no píer do vapor cinquenta anos antes condizia perfeitamente com a história que Anna-Greta acabara de contar.

O silêncio caiu sobre o salão. Simon fechou os olhos. A narrativa tinha durado um bom tempo; lá fora devia estar escuro agora. Ele apurou os ouvidos e escutou o mar ao longe. O vento ganhava força. Um formigamento percorria sua espinha.

O mar. Ele ainda não encerrou o assunto com Domarö.

Quando abriu os olhos, constatou que todos os presentes estavam olhando para ele. Não eram olhares ansiosos ou inquisitivos, não havia a sensação de *Você acredita em nós, não acredita?* Apenas uma espera silenciosa por aquilo que ele talvez tivesse a dizer. Simon decidiu responder na mesma linha. Pigarreou e contou o que acontecera durante sua fuga. Assim que terminou, Margareta Bergwall disse:

– Sim, a Anna-Greta já contou isso pra gente.

Johan Lundvall bufou e abanou o dedo na direção de Simon.

– Ah, quer dizer que você *tinha* uma gazua, afinal. Exatamente como eu imaginei.

Então Anna-Greta tinha contado aos outros a história de Simon – quando ele lhe contou, ela simplesmente fez pouco caso.

– Quer dizer então que é um fato histórico? – perguntou Simon, virando-se para Anna-Greta.

– Sim. Há registros dos interrogatórios. E a julgar pelas entrevistas antes disso... Satanás entrou em cena.

– E vocês não acham que é ele? Satanás?

Uma salutar onda de risinhos sacudiu o grupo. As pessoas sorriram e balançaram a cabeça. A reação delas já era uma resposta.

À direita de Simon estava sentada Tora Österberg, uma mulher idosa bastante ativa no âmbito da missão, e que vivia em isolamento quase completo na porção sul da ilha. Ela deu um tapinha no joelho dele e disse:

– O diabo existe, você pode ter certeza. Mas ele não tem nada a ver com isso.

Até então Gustav Jansson tinha se mantido em silêncio. No apogeu da mocidade ele fora o melhor tocador de acordeão do vilarejo, um lendário beberrão e um piadista inveterado. Agora simplesmente não conseguiu se conter:

– Será que ele fez uma visitinha para você, Tora?

Tora estreitou os olhos.

– Sim, Gustav, ele me visitou, sim, e era parecidíssimo com você. Embora o nariz dele não fosse tão vermelho quanto o seu.

Gustav deu uma gargalhada e olhou ao redor, como se tivesse a ousadia de se sentir lisonjeado por ter sido comparado ao diabo. Simon percebeu que estava entrando em jogo um mecanismo humano normal. Aquelas pessoas ali sentadas eram um grupo fechado em que cada um exercia um papel. Agora elas tinham uma nova plateia e imediatamente começaram a representar com exagero cada um desses respectivos papéis. Ou talvez estivessem apenas tentando escapar do tema em discussão.

– Mas por que tanto segredo? – perguntou Simon. – Por que nem todo mundo que vive aqui pode saber disso?

A atmosfera mais relaxada que estivera prestes a entrar pela porta e se juntar ao grupo estacou na soleira. O peso retornou com uma força física, fazendo ombros caírem e corpos afundarem nas cadeiras. Anna-Greta disse:

– Acho que você se deu conta de que isso não é algo que pertence ao passado. É algo que está acontecendo agora.

– Sim, mas...

– Nós já não damos pessoas ao mar, mas mesmo assim ele está levando gente. Talvez já não seja uma pessoa por ano, como antes, mas leva muita gente. Verão ou inverno.

A objeção que vinha borbulhando dentro de Simon ao longo de toda a narrativa de Anna-Greta, deixando-o tão furioso com a população original de

Domarö, também se aplicava ao acovardado grupo ali sentado, curvado de medo na casa da missão, e por fim ele conseguiu expressá-la em palavras:

– Mas tudo que vocês têm a fazer é se mudar! Eles podiam ter feito isso, e vocês... nós podemos fazer isso. Se o mar realmente está *levando* as pessoas de um jeito que não é natural, se todo mundo anda por aí morrendo de medo de ser a próxima vítima, por que simplesmente a gente não se muda e deixa esta ilha pra trás?

– Infelizmente não é assim tão simples.

– Por quê?

Anna-Greta respirou fundou e já estava prestes a responder quando Karl-Erik se endireitou na cadeira e tomou a palavra:

– Corrijam-me se eu estiver errado, mas achei que a reunião de hoje era pra discutir o assunto Sigrid e o significado disso, e não retomar coisas que a gente já sabe. – Consultou o relógio. – E não sei quanto a vocês, mas eu gostaria de chegar em casa a tempo de assistir ao noticiário, pelo menos.

As pessoas conferiram os relógios e algumas expressaram sua preocupação com o adiantado da hora. Simon foi alvo de alguns olhares tortos, uma vez que sua chegada é que fora responsável por prolongar tanto as coisas.

Simon mal podia acreditar: ali estavam eles, sentados para discutir sobre forças terríveis, a melhor maneira de enfrentá-las, e sua própria sobrevivência. No entanto, tudo isso empalidecia em comparação com o risco de perder o telejornal. Então Simon se deu conta de que somente para ele a coisa tomava essa dimensão. Para os outros a ameaça tinha se tornado parte da vida cotidiana, um fato deprimente, não algo que precisava ser discutido. Como os moradores de uma zona de guerra ou uma cidade sitiada, eles agarravam-se aos pequenos elementos de felicidade que ainda existem na vida. Se é que o telejornal pode ser tido como um componente da felicidade.

Simon levantou as mãos para mostrar que estava desistindo, que não faria mais nenhuma exigência no sentido de tomar o tempo deles. Por enquanto.

Anna-Greta assentiu para Elof. Ele parecia desnorteado, depois se deu conta de que deveria continuar do exato ponto em que tinha parado um par de horas antes.

– Bem, como eu estava dizendo antes... antes de sermos interrompidos... Só posso pensar que se trata de um fato positivo. – Simon percebeu que vários dos presentes estavam balançando a cabeça, mas Elof prosseguiu: – Isso nunca aconteceu antes, ninguém jamais... voltou. Eu diria que isso é um indício de que... ele está ficando fraco. De algum jeito.

Seus lábios se moviam, mas ele não soube como seguir em frente. Anna-Greta o ajudou:

– E o que você acha que a gente deve fazer a respeito disso?

– Bem...

Antes de ter a oportunidade de dizer alguma coisa, Elof foi interrompido por um ruído. De início Simon pensou que era alguma distante buzina de alerta de nevoeiro, mas depois se lembrou do que era. O som tinha sido ouvido quando algum idiota de Estocolmo ateara fogo a um matagal no final de junho e quase incendiara toda a Kattudden.

Todos imediatamente se puseram de pé.

– Fogo!

Vestiram casacos e jaquetas, e um minuto depois o salão estava vazio. Ficaram somente Simon e Anna-Greta. Eles entreolharam-se sem dizer uma única palavra. Por fim Simon girou sobre os calcanhares e foi embora.

Em contraste com a luz no interior do salão, a escuridão de outono estava densa. O pequeno megafone na torre do sino de alarme irradiava seu tom pulsante, mas nem sinal de fogo na direção do vilarejo. Em todo caso, o vento estava vindo do sudoeste. Simon já teria sentido o cheiro da fumaça na brisa caso o fogo estivesse se encaminhando naquela direção.

Havia um corpo de bombeiros, mas que se concentrava na área em torno do porto, o povoado original. Uma poderosa bomba junto ao píer estava conectada a um cano de quatrocentos metros, que em emergências podia ser usado para esguichar água do mar sobre a maior parte dos edifícios na parte central do vilarejo.

Mas o fogo não estava na parte central do vilarejo. Quando os olhos de Simon se acostumaram à escuridão, ele viu os contornos das outras pessoas presentes à reunião. Elas estavam rumando para Kattudden. As nuvens baixas ao leste estavam tingidas de rosa. Depois de dar alguns passos nessa direção, Anna-Greta apareceu ao seu lado. Ela tateou o escuro em busca da mão dele, mas Simon afastou a mão.

Depois de cerca de cinquenta metros alcançaram Tora Österberg. Ela se movia com a ajuda de um andador, e suas botas de borracha rangiam lentamente na escuridão. A velha estava perigosamente perto da borda entre a trilha e a vala. Anna-Greta agarrou-a pelo braço e impediu que ela tombasse na beirada.

– Vá pra casa, Tora – aconselhou Anna-Greta. – Eles não precisam de você aqui.

– Não tem nada a ver com precisar ou não de mim – vociferou Tora. – Eu quero ver o que está acontecendo.

Simon aproveitou a oportunidade para se distanciar um pouco de Anna-Greta. Caminhou a passos largos, o mais rápido que podia, e só diminuiu o ritmo quando a voz indignada de Tora ficou bem para trás. Ele estava muito decepcionado com Anna-Greta e simplesmente não sabia o que fazer.

O aluguel puramente simbólico que ele vinha pagando por tantos anos lhe dera a possibilidade de guardar uma boa soma em dinheiro, e ele provavelmente tinha condições de comprar uma casa. Quem sabe não poderia comprar de Anna-Greta a casa que ela lhe alugava?

Ele sorriu com amargura. Não. Em primeiro lugar, não tinha dinheiro para pagar o preço de uma casa tão perto da praia; em segundo lugar talvez já não quisesse mais morar tão perto de Anna-Greta; além disso... além disso seria como devolver o valor do aluguel que ele realmente devia.

Foda-se ela. Fodam-se eles todos.

De repente o chão sob seus pés se dissolveu e ele desabou. A escuridão na floresta e a escuridão em sua cabeça o levaram até a vala. Quando aterrissou, ele arranhou a mão numa pedra. Lágrimas de dor e fúria brotaram em seus olhos, e ele berrou em alto e bom som:

– Porra do inferno!

Depois disso ele se recompôs e apalpou o corpo à procura de estragos. Nenhum osso quebrado, nenhum dano mais sério, mas ele não queria que Anna-Greta o visse daquele jeito. Arrastando-se, saiu da vala, depois ficou de pé, pressionando com a ponta da camisa o corte na mão. Estava prestes a reiniciar a caminhada quando ouviu o som de um motor se aproximando. O ruído vinha da floresta, da trilha que levava à praia no lado norte da ilha.

O som era distorcido, histérico, como um motor de motoneta sendo forçado a girar em rotação máxima. Ele espiou na floresta e lá estava: o farol de uma motoneta sacolejando ao longo da trilha estreita, o motor rugindo.

Quem diabos é esse cara? É praticamente impossível andar de moto lá!

A única casa naquela direção era a de Holger, e Holger não tinha uma motoneta. Além disso, ele jamais teria dirigido uma moto com reboque – pelo barulho estridente, Simon sabia que era uma motoneta com reboque – numa trilha tão acidentada.

A motoneta girou na trilha dez metros à frente de Simon, que teve a visão ofuscada pelos poderosos faróis. Ele havia achado que a motoneta faria a curva na direção contrária, rumo ao fogo, mas em vez disso ela guinou à direita e foi direto para cima dele. Quando Simon estava prestes a dar um passo para o lado, lembrou-se de que já estava na beirada.

Por causa da luz ofuscante era impossível ver alguma coisa, o que quer que fosse. Simon ouviu apenas o ronco da motoneta que passou por ele zunindo feito um raio, sentiu o leve golpe de ar na passagem do corpo metálico. A motoneta seguiu em frente pela trilha, em alta velocidade, na direção do vilarejo.

Anna-Greta, Tora!

Ele se virou e viu o facho de luz da motoneta se deslocando em disparada ao longo da trilha. Pôde ver também uma vaga silhueta da pessoa que estava pilotando. Não foi capaz de reconhecer quem era, viu somente uma figura curvada sobre o guidão e alguma coisa no reboque, algo do tamanho aproximado de uma criança em pé.

Imediatamente depois viu Anna-Greta e Tora na luz do farol. Elas tiveram a sensatez de dar um passo para o lado, e a motoneta passou por elas com espaço de sobra. Simon soltou o ar, aliviado. Podia estar profundamente magoado com Anna-Greta, mas é claro não queria vê-la atropelada por um lunático numa motoneta.

Quem era?

Simon vasculhou sua mente esquadrinhando o pequeno número de meninos e meninas que viviam em Domarö, mas não conseguiu chegar a um candidato único. Até onde ele sabia eram crianças tranquilas que passavam tempo demais às voltas com jogos de computador e ansiavam pelo dia em que finalmente poderiam ir embora de Domarö. O pior que elas faziam era rabiscar uma ou outra pichação grosseira e ofensiva contra os forasteiros de Estocolmo no abrigo do píer do vapor.

Entretanto, agora era inútil especular. Havia um fogo a ser debelado, e de nada adiantava ficar ali parado debatendo consigo mesmo. Mas ele estava se sentindo tonto e exausto, e nem um pouco a fim de empreender um esforço de resgate.

Da última vez ele tinha se envolvido. Eles conseguiram conectar algumas mangueiras de jardim umas nas outras de modo a jogar água na área em chamas, mas a maior parte da água tinha sido trazida do mar em baldes, que foram passados de mão em mão ao longo de uma corrente humana, e na ocasião havia bem mais gente para ajudar.

Assim que saiu da floresta, Simon viu que a casa mais requintada de Kattudden estava ardendo, a casa dos Grönwall. Uma das primeiras a ser construídas, quando a indústria do turismo de verão ainda engatinhava.

Não havia muito a fazer. As paredes externas já tinham praticamente desaparecido e, em meio às chamas amarelas e vermelhas, as vigas e a estrutura da casa eram visíveis como um conjunto de linhas escuras. Ouvia-se um barulhento crepitar e, embora estivesse a cerca de cem metros das labaredas, Simon podia sentir uma tênue brisa do calor do fogo.

Era uma pena ver o incêndio consumir a linda casa, é claro, mas ao mesmo tempo era uma sorte que aquela casa em particular é que estivesse em chamas. A residência ficava em um amplo jardim, e não parecia haver riscos efetivos de o fogo se alastrar para outras propriedades, desde que eles ficassem de olho nas faíscas e fragmentos chamuscados que poderiam ser levados pelo vento.

As pessoas delineadas feito homens-palito pareciam ser da mesma opinião. Ninguém fez coisa alguma. Estavam apenas parados de pé a uma distância segura ou zanzando de um lado para o outro a fim de verificar se não havia novas chamas.

Simon queria mesmo era ir para casa, mas se deu conta de que isso não pegaria bem. Quando avistou Göran em um canto falando ao telefone celular, caminhou na direção dele. Göran disse alguma coisa ao telefone, meneou a cabeça um par de vezes e depois, com um gesto rápido da mão, fechou o aparelho. Avistou Simon e foi encontrá-lo.

– Oi, e aí? – saudou Göran. – O corpo de bombeiros já está a caminho, mas acho que é só uma questão de molhar tudo pra abafar o fogo.

Os dois ficaram alguns instantes lado a lado, contemplando em silêncio a casa em chamas. Agora o calor pousava sobre seus rostos como uma película seca e, quando uma das vigas do teto ruiu, voou uma chuva de fagulhas.

– Como foi que isso começou? – perguntou Simon.

– Não faço ideia. Mas parece ter tomado conta de tudo com uma rapidez inacreditável. – Göran sacudiu o polegar na direção de uma das casas mais para cima, na floresta. – Lidberg, acho que esse é o nome do sujeito. Mora lá em cima. Ele disse que escutou um *bum* e o lugar inteiro pegou fogo.

– Tinha alguém aí? Dentro da casa?

– Não que eu saiba. Mas o que estou querendo dizer é que um incêndio não começa assim do nada.

– Os Grönwall... eles só vêm pra cá no verão, não é?

– Isso mesmo. Mas acho que a filha fica aqui de vez em quando.

Os dois deram alguns passos na direção do fogo, e Simon espiou o ardor incandescente como se esperasse conseguir ver alguma coisa nas chamas. Uma pessoa, alguma coisa se mexendo. Ou um esqueleto enegrecido. Outro pilar de escora veio abaixo, levando consigo um par de vigas em uma nuvem de chamas crepitantes. Se alguma coisa ainda estivesse viva ali dentro, agora certamente tinha deixado de viver.

A grama no jardim ao redor da casa tinha secado e em alguns pontos começava a chamuscar. Vendo que o fogo se movia na direção do poço, Simon foi tomado pelo ímpeto de fazer alguma coisa concreta, significativa. Ele podia invocar a água do poço, dar ordens para que ela se lançasse sobre o fogo, tornando desnecessário o trabalho do corpo de bombeiros. Com o Spiritus na mão, ele seria capaz de fazer essas coisas.

Se tivesse sido uma questão de salvar vidas, ele provavelmente teria feito. Mas na atual situação seria uma demonstração despropositada, que acabaria suscitando perguntas desagradáveis. Ele não queria tocar no Spiritus. Não sabia por que, mas a verdade era essa.

Quem bate à minha porta?

Anders não sabia se estava nadando para cima, na direção da superfície, ou para baixo, cada vez mais para o fundo. Estava preso em um terrível e amorfo pesadelo, de um tipo que ele jamais tivera antes. Parte de sua consciência dizia que tudo não passava de um sonho, e sem esse pequeno conforto ele provavelmente teria enlouquecido.

Estava debaixo d'água, em meio à escuridão total. Não havia o menor indício de luz em parte alguma, nada que fosse capaz de lhe dizer o que era acima e abaixo. A única coisa que ele sabia era que estava debaixo d'água, que estava escuro e que estava se afogando.

Seus braços se agitavam desesperadamente, ele estava morrendo e seus olhos estavam arregalados, em vão. Esperou pela calma resignação que, dizem, visita os que estão morrendo afogados ou congelados, mas ela não veio. Pelo contrário, havia somente pânico e a indubitável consciência de que só lhe restavam alguns segundos de vida.

Mas os segundos se passaram; ele continuava se afogando, mas não lhe era dada a permissão para morrer. Se o medo pode ser uma matéria, ele estava dentro da matéria. Que estava ficando cada vez mais densa. Seu coração havia disparado e sua cabeça estava prestes a explodir. Ele queria gritar, mas não conseguia abrir a boca.

Mais denso. Mais próximo. Saída da escuridão, alguma coisa foi até ele. Um imenso corpo informe tinha sentido seu cheiro e estava chegando mais perto. Sua cabeça girava de um lado para o outro, mas não havia coisa alguma para ver. Somente a escuridão e a consciência de que algo maior do que é possível imaginar estava se aproximando cada vez mais.

Em seus ouvidos houve um estrondo e uma pancada, que foi um alívio. Um ruído. Algo real, algo que tinha direção e permanência, algo que não era a escuridão. A pancada foi bastante barulhenta, alguma coisa estava batendo com violência e não era dentro dele. A escuridão se dispersou e o abismo em que ele se encontrara não era mais fundo do que suas pálpebras.

Anders abriu os olhos, e o som da última pancada na porta pairou no ar feito um eco. Ele precisou de alguns segundos para perceber que estava dentro da sua própria casa, que estava vivo. Então se levantou e correu até a porta da frente. Derrapou no chão da cozinha e quase caiu, mas conseguiu agarrar o morno fogão e seguiu em frente corredor adentro.

Dessa vez você não vai escapar.

Com um puxão, ele abriu a porta e berrou, jogou o corpo para trás a fim de evitar a coisa que estava de pé na varanda. Um rosto risonho assomou sobre ele, que caiu de costas no chão. Ainda tomado do mais cego terror, arrastou-se um metro para trás, arrastando consigo o tapete. Depois entrou em cena a voz mais calma da razão, puxando o fio do medo e começando a desenredá-lo.

É só o homem do sorvete GB. Ele não pode fazer mal algum.

O violento movimento oscilatório da figura de plástico perdeu força. Anders ficou deitado no chão do corredor, fitando o homem do sorvete. Seus sentidos estavam retornando, e ele conseguiu ouvir duas coisas: uma espécie de sirene lá no vilarejo, e o som de um motor de motoneta acelerando colina acima até se desvanecer ao longe. Escutou também um tênue estrépito e se deu conta de que era a motoneta com reboque.

O homem do sorvete GB ainda estava lá de pé, olhando fixamente para Anders, que não conseguia se levantar. Se ousasse se mexer, o homem pularia em cima dele. A fim de quebrar o encanto, ele desviou o rosto do olhar hipnótico do boneco e deixou a cabeça cair para trás e atingir o chão. Encarou o teto.

Não há nada a temer. Pare com isso. É só... um boneco de plástico produzido como ferramenta de marketing. Pare com isso.

Não fez a menor diferença. Era como se ele fosse duas pessoas. Ou como o Pato Donald, com um anjinho sobre um dos ombros e um diabinho no outro, cada um fazendo comentários divergentes e dando conselhos conflitantes. Ele não conseguia readquirir o domínio de si mesmo.

– Vá embora, seu fantasma idiota, você não existe.

O que era isso? Ah, era uma frase de Alfons Åberg, o personagem dos desenhos. Quando descia até o porão, morrendo de medo dos fantasmas. Era o que o pai do menino o ensinara a dizer. Aquela tinha sido uma das fitas favoritas de Maja. Anders ergueu a cabeça. O homem do sorvete GB ainda estava lá e agora tinha parado completamente de se mexer.

– Vá embora, seu fantasma idiota, você não existe.

A sirene no vilarejo silenciou. Anders já não conseguia mais ouvir o motor da motoneta. Encolheu as pernas e se levantou. Recompôs-se e foi até o homem do sorvete GB, perscrutando em vão a escuridão. Não havia nada lá fora.

Quem colocou isto aqui?

A mesma pessoa que estava pilotando a motoneta, obviamente. Mas quem?

Apesar de as palmas de suas mãos dizerem *Não*, porque estavam aterrorizadas diante da ideia de tocar no boneco, Anders conseguiu agarrar as cortantes bordas de plástico do homem do sorvete GB e tirar a coisa da varanda. O bloco de cimento no qual a figura se apoiava se mostrou inesperadamente pesado, razão pela qual ele só conseguiu arrastar o boneco por cerca de um metro no gramado, depois foi obrigado a soltá-lo. O homem do sorvete GB balançou algumas vezes para a frente e para trás, depois se aquietou em seu novo local. Continuava encarando Anders.

Eu devia quebrar essa coisa em pedacinhos.

Ele cogitou a ideia de ir buscar o machado, mas o depósito de madeira estava às escuras, exatamente o mesmo breu do seu sonho, e além disso... *o homem do sorvete GB poderia se vingar.*

Tentou colocar a figura meio de lado, mas isso em nada ajudou. O boneco continuava fitando-o pelo canto do olho.

Quem? Quem sabia?

A pessoa que tinha colocado o boneco na varanda tinha feito isso para assustá-lo, e quem poderia saber que ele tinha medo do homem do sorvete GB? Errado. Que ele tinha *passado a ter* medo do homem do sorvete GB? Quem?

A mesma pessoa que está me observando.

O homem do sorvete olhou para ele. Anders foi buscar um saco plástico, enfiou-o por baixo do bloco de cimento e cobriu a figura inteira. Por causa do vento o saco farfalhava ligeiramente, e qualquer outra pessoa teria julgado que agora a figura tinha ficado com um aspecto ainda mais desagradável. Mas pelo menos o homem do sorvete GB tinha parado de olhar. Anders fechara os olhos dele.

– Eu não estou com medo.

Ele disse isso em voz alta na escuridão. E repetiu a frase. Debaixo do plástico o homem do sorvete GB disse: *Você não teve coragem nem de ir buscar o machado. Mas não, você tem toda razão. Você é corajoso e forte. Sempre.*

Anders se enfureceu. Entrou de novo no corredor, vestiu a jaqueta, verificou se ainda havia um pouco de vinho na garrafa guardada no bolso, pegou a lanterna e saiu mais uma vez. Parou defronte à silhueta indistinta do boneco debaixo do saco, ergueu a garrafa e brindou:

– Saúde, seu desgraçado horroroso.

Tomou um longo gole, depois ligou a lanterna e saiu caminhando na direção da trilha.

Queria conferir por que a sirene tinha sido acionada. Parecia um alarme de ataque aéreo, mas não era o caso.

A menos que os russos tivessem voltado.

O facho da lanterna se movia à frente dele ao longo da trilha e ele brincava com a luz, apontando-a para cima e para baixo, para as copas das árvores e para a vala, fingindo que era um animalzinho ávido investigando os arredores. Farejando os arbustos, correndo pela grama. Um animal ávido feito de luz, que ninguém era capaz de pegar. Para testar a si mesmo, Anders desligou a lanterna.

A escuridão de outubro fechou o cerco ao seu redor. Ele esperou que o horror do sonho se apoderasse dele, mas isso não ocorreu. Ouviu o som de sua própria respiração. Não estava debaixo d'água. Não havia nada o perseguindo. Ele tombou a cabeça para trás e viu que o céu estava salpicado de estrelas.

– Está tudo bem – disse. – Não há perigo.

Ligou de novo a lanterna e retomou a caminhada. Tirou do bolso a garrafa e bebeu mais um gole para comemorar. Seu corpo ainda estava desidratado por causa do dia de trabalho árduo e seus músculos estavam doloridos, por isso tomou mais um gole. A garrafa já estava quase vazia.

A iluminação de rua começava na altura do albergue. No ar pairava um leve nevoeiro e o brilho das lâmpadas dominava a cena formando invólucros de luz suspensos em torno dos postes. Ele desligou a lanterna e contemplou a fileira de luzes. Era reconfortante. A luz se insinuava entre as casas das pessoas e lhe dizia que nada de ruim poderia acontecer. Apesar da escuridão e da umidade de outono.

O albergue se erguia em meio ao silêncio e à escuridão. Ele se lembrou de que, quando era criança, sentia pena das pessoas que tinham de viver ali. Dos que não tinham a própria casa. Embora a hospedaria fosse um edifício bastante elegante e estiloso, era *tanta gente* que vinha para ficar ali. Os andarilhos. Eles chegavam de barco e ficavam um ou dois dias, depois iam embora de novo, supostamente para o próximo albergue.

Mas tem alguém sentado lá.

Anders ligou a lanterna e mirou o facho de luz nos degraus da porta da hospedaria. Havia de fato uma pessoa sentada lá, a cabeça enterrada entre os joelhos.

Anders jogou a luz da lanterna para um lado e para o outro, checando se havia alguma motoneta por perto. Não havia. Mesmo assim, aproximou-se com cautela.

– Olá. Tudo bem com você?

A mulher ergueu a cabeça, e a princípio Anders não reconheceu Elin. O rosto dela estava ainda mais alterado desde a última vez que a vira, tinha... envelhecido. Ela espremeu os olhos contra a luz e recuou, como que assustada. Anders virou a lanterna para o próprio rosto.

– Sou eu, Anders. O que aconteceu?

Agora ele apontou o facho de luz da lanterna um metro à direita de Elin, de modo a não ofuscar os olhos dela, e viu que ela tinha relaxado. Aproximou-se e se sentou um degrau abaixo dela. Depois desligou a lanterna.

Elin estava encurvada, os ombros caídos, os braços em volta dos joelhos. Ele pousou a mão na canela da mulher, que estava tremendo:

– Qual é o problema?

A mão de Elin agarrou com força a mão dele.

– Anders, o Henrik e o Björn puseram fogo na minha casa.

– Não – disse ele. – Não, Elin. Eles já morreram.

A cabeça de Elin se mexia lentamente para a frente e para trás.

– Eu vi eles dois. Naquela merda de motoneta com reboque. Eles puseram fogo na minha casa.

Anders fechou a boca em torno das palavras que estava prestes a dizer.

A motoneta com reboque.

Mas havia uma porção de motonetas com reboque em Domarö. Praticamente todo mundo tinha uma. Isso não provava nada. Por outro lado: o homem do sorvete GB. O passatempo favorito de Henrik e Björn era mudar as coisas de lugar. Pegar a tina de alguém e colocá-la em algum jardim do outro lado da ilha ou entrar de fininho no depósito de madeira da casa de alguém, roubar a motosserra e esconder no galpão do vizinho.

Tudo isso fazia sentido. Porém, havia um grande problema nessa linha de raciocínio.

– Mas eles morreram afogados. Faz quinze anos. Não foi?

Elin balançou a cabeça.

– Eles não se afogaram. Eles desapareceram.

Hubba e Bubba

Toda turma tem uns desses. Os que não se encaixam. Talvez em algum momento eles até tenham tentado fazer parte do grupo, como manda o figurino, mas depois de certo tempo se dão conta de que a coisa jamais vai dar certo e começam a cultivar seu status de estranhos, de outsiders, transformando isso em emblema de honra.

Eles. Eles podem se considerar gente de sorte se houver dois deles na turma. Em geral é só um. Não são necessariamente vítimas constantes de amolação ou alvo de bullying. Às vezes, sim; mas em geral seu papel é funcionar como o parâmetro da turma, por assim dizer. A turma é uma turma pelo fato de que seus membros *não* são outsiders.

Esses indivíduos são tolerados justamente por essa razão. Um padrão de medida, ou uma plateia. Quase sempre é uma história triste. Se uma turma é uma corte real, então essa pessoa é seu bobo da corte – que de vez em quando ganha algumas migalhas de amizade ou tentação para que chacoalhe seus guizos ou diga alguma coisa imbecil que mais tarde pode ser trazida à baila. De novo e de novo.

Esse é o papel do bobo. É desagradável, mas pode funcionar muito bem, desde que o quase pária tenha plena consciência de seus limites. Quando o bobo da corte tenta ir além deles é que as coisas acabam em tragédia e tudo dá errado.

Então havia dois deles: Henrik e Björn.

Ao contrário do restante da turma, ambos eram filhos de pais que residiam de maneira permanente na ilha. O pai de Björn era um carpinteiro que construía píeres, e sua mãe trabalhava numa clínica geriátrica. Henrik morava sozinho com a mãe, e não se sabia ao certo o que ela fazia da vida.

Geralmente os filhos dos visitantes de verão e os filhos dos residentes permanentes pertenciam a tribos separadas, que viviam em campos separados, mas nesse caso havia um intermediário: Anders. Sua mãe tinha sido uma turista de verão; ela conheceu o pai dele e se mudou para Domarö quando Anders nasceu. O relacionamento durou cerca de um ano, e depois disso a mãe pegou o barco de volta para a cidade e levou consigo o menino.

Anders visitava o pai nas férias e às vezes nos finais de semana, e assim acabou ficando em cima do muro, com um pé em cada barco. Tinha os amigos de verão em Kattudden, mas no inverno às vezes brincava com Henrik e Björn, à época as únicas crianças do vilarejo que tinham sua idade.

Eles desciam de trenó na ladeira do píer do vapor, brincavam em celeiros abandonados e chamavam um ao outro de "babaca".

– Vamos fazer alguma coisa, babaca?

– A gente pode fazer, babaca. Cadê o outro babaca?

Depois de alguns anos, Henrik e Björn se aproximaram da turma de verão via Anders e até certo ponto passaram a fazer parte dela. Porém, quando o restante da turma estava por perto, eles evitavam usar o termo "babaca".

Houve um verão, somente um, em que Henrik e Björn foram membros efetivos da turma. Em 1983, quando Henrik estava com treze anos e Björn tinha doze, os dois viraram alvo das atenções e passaram a ser bem-vindos em todas as situações. A razão dessa popularidade era puramente mecânica: Henrik tinha adquirido uma motoneta com reboque.

Uma vez que não havia carros em Domarö, todas as crianças tinham permissão para andar de bicicleta à vontade; assim que dominavam a arte de pedalar, passavam zunindo entre as casas, pelas trilhas na floresta, entre o porto e Kattudden. No verão de 1983 as bicicletas começaram a parecer bastante infantis; afinal de contas, havia outras coisas muito mais legais.

Embora Henrik não tivesse idade suficiente, seu pai lhe deu de presente uma motoneta de três rodas – usada, mas reformada com esmero –, pela mesma razão pela qual as crianças de seis anos podiam andar de bicicleta onde bem quisessem: se houvesse um acidente, era porque a criança tinha batido em alguma coisa, e não porque tinha sido atropelada. E a motoneta não corria muito. Chegava, no máximo, a trinta e cinco quilômetros, descendo a ladeira, com o sol e o vento na esteira.

Contudo, os membros mais velhos da turma tinham treze anos e, em comparação com as bicicletas invariavelmente enferrujadas e ideais apenas para áreas rurais, a motoneta era um Lamborghini. Significava velocidade, era legal, era status e, uma vez que Henrik e Björn eram inseparáveis, Björn faturou com o surto de popularidade do amigo.

Naquele verão, e somente naquele verão, Henrik manipulou habilmente a gama de desejos, decepções e pequenas intrigas que existem em todo grupo. Graças à sua recém-adquirida popularidade, ganhou ares de menino corajoso, que de repente estava fazendo tudo certo. Quando a turma toda estava reunida, ele não cedia às pressões de Joel exigindo o direito de dar uma volta na motoneta. Porém, deixava Joel pilotar sua máquina quando os dois estavam a sós; assim, Henrik ganhava pontos sem perder status – o que certamente ocorreria caso ele deixasse Joel tomar conta da situação na frente de todo mundo.

Ele também fazia questão de dar carona a Elin quando sabia que alguns dos outros estavam vendo, já que a combinação de sua própria motoneta e Elin era praticamente imbatível. Os hormônios estavam à flor da pele, em ponto de bala, e Elin agora tinha seios. Quando Henrik parou a motoneta na frente da loja com Elin no reboque, os seios dela saltitando por causa da trilha acidentada, ele foi o rei. Daquele verão.

De resto ele e Björn podiam ser vistos pilotando a motoneta nas trilhas, na praia, floresta adentro. Uma vez que, à exceção de Henrik e Björn, Anders era o único membro da turma que vivia no velho vilarejo, ele quase sempre conseguia uma carona de volta para casa depois de passarem a noite na casa de Martin ou Elin.

– Sobe aí, babaca.

Em meados de agosto todos eles se separaram por um período de alguns dias. Henrik e Björn ficaram para trás, ao passo que o restante da turma viajou para Estocolmo e Uppsala e desapareceu. Quando Anders voltou para passar a semana do Natal, a baía abaixo da casa de seu pai tinha congelado, e os três – ele, Henrik e Björn – se divertiram a valer deslizando em esquis puxados pela motoneta ou simplesmente escorregando na neve.

No verão do ano seguinte, alguma coisa tinha mudado. Quando Henrik tentou impressionar a turma andando sobre duas rodas ao longo de toda a trilha da floresta, ninguém ficou especialmente interessado. Alguns já vinham pilotando motocas na cidade, modelos engenhosos modificados em nome de um melhor desempenho, e, no fim das contas, para dizer a verdade uma motoneta com reboque era algo muito... rural.

Henrik e Björn caíram em desgraça, perderam o prestígio, e de maneira vertiginosa. Talvez como uma reação à importância artificial e exagerada que tinham recebido no verão do ano anterior, agora começaram a ser alvo de certa dose de zombaria. Usavam as roupas erradas, os cortes de cabelo errados, falavam de um jeito engraçado e não entediam nada de música. Foi durante esse verão que alguém teve a ideia de chamá-los de H e B. Hubba e Bubba, a marca de chiclete. "Bolas enormes, cuca fresca".

Durante o inverno, Martin e Joel tinham deixado o cabelo crescer. O cabelo de Anders, o intermediário como sempre, era de comprimento mediano, como o de Johan. Já Hubba e Bubba tinham o cabelo sempre bem curto, o que levou o restante da turma a concluir que era para que não grudassem escamas de peixe. Ou, pensando bem, esterco.

Malin e Elin gostavam de usar os cabelos arrepiados, como Madonna, com bastante laquê; um ano mais novas, Cecilia e Frida não iam tão longe – tampouco usavam tanta maquiagem –, mas também já tinham começado a demonstrar interesse pela própria aparência.

Joel tinha uma camiseta com a frase "Frankie says RELAX"; ganhara do pai – que tinha feito uma viagem de negócios a Londres – o compacto *Two tribes*, antes mesmo que qualquer um tivesse tido a chance de ouvir a música no programa *Tracks*. Henrik e Björn não sabiam quem era Frankie Goes to Hollywood, mas, uma vez que Joel sempre se referia à banda como "Frankie", chegaram à conclusão errada.

Certa noite, na casa de Elin, Joel discursou sem parar sobre como era incrivelmente legal o videoclipe da música *Two tribes*, com Reagan e aquele cara russo trocando socos até jorrar sangue. Ele tinha passado alguns dias em sua casa na cidade; assistira ao canal a cabo Music Box e estava antenado com as informações mais recentes.

Two tribes estava tocando no volume máximo no aparelho de som, e Björn estava sentado num canto seguindo a batida com a cabeça. Assim que houve uma pausa no monólogo de Joel, ele declarou:

– Ele é bom pra caramba, hein?

Assim como uma andorinha-do-mar avista um vislumbre prateado no mar e mergulha, Joel abocanhou o comentário de Björn:

– Quem? – ele perguntou.

Björn meneou a cabeça na direção do aparelho de som:

– Ele.

– Tá falando de quem, do Holly Johnson?

Björn percebeu que estava pisando em terreno perigoso e olhou de relance para Henrik, que não foi capaz de lhe oferecer ajuda. Depois respondeu, hesitante:

– O Frankie, é claro.

No futuro essa resposta seria citada diversas vezes. Toda vez que algum membro da turma perguntava quem era alguém, a resposta nunca mudava:

– O Frankie, é claro.

O episódio era típico. Um sem-número de situações como essa deixou perfeitamente claro que, embora a turma os aceitasse como pessoas "mais ou menos", Henrik e Björn não passavam de uma dupla de camponeses, caipiras que não valia a pena levar a sério.

Quando Martin escalou a torre do sino de alarme, foi uma proeza. Quando Henrik fez a mesma coisa, cerca de uma semana depois, ninguém se interessou, embora ele tenha subido mais alto do que Martin, tão alto a ponto de bater no próprio sino com os nós dos dedos – a torre teve de dar o braço a torcer. Mas o que os bobos da corte fazem não tem importância.

Não que Anders se envolvesse no status de Henrik e Björn. Aquele foi o verão em que, certa noite, ele e Cecilia subiram juntos até a rocha, e havia outras coisas em que pensar. Ele também tinha o canal Music Box em sua casa na cidade e de vez em quando lia a revista de música *OK*. Por isso tinha condições de acompanhar as novidades e evitar boa parte das piores armadilhas. Às vezes chegava inclusive a arriscar uma opinião: "Eu não sei o que George Michael está *fazendo* com Andrew Ridgeley. Os dois devem estar namorando, sei lá". Mas ele gostava principalmente de Depeche Mode, predileção que não era compartilhada por mais ninguém da turma.

Certa noite, no final do verão, pouco antes da hora de voltar para casa, ele e Cecilia ficaram sozinhos na casa de Anders, e ele foi fundo: tocou *Somebody* para ela. Para seu infinito alívio, Cecilia gostou muito da música e quis ouvi-la de novo. Então os dois trocaram beijos e carícias. Um pouco.

Quando Anders voltou para o Natal, Henrik e Björn tinham mudado. Entre os dois havia uma diferença de idade de seis meses, mas mesmo no que dizia respeito às mudanças físicas e psicológicas os dois eram idênticos, unha e carne, como irmãos siameses; ambos tinham crescido, ambos exibiam uma generosa coleção de espinhas, ambos tinham deixado para trás a ingenuidade inocente que os caracterizava: agora estavam mais quietos, mais introvertidos.

Mas de vez em quando ainda saíam juntos durante a semana; iam de motoneta até Kattholmen e jogavam um bizarro jogo de RPG na floresta. Nem precisavam dizer com todas as letras que esse assunto *não* devia ser comentado com outras pessoas, isso era mais que evidente. Por meio do mesmo acordo tácito, eles também pararam de chamar um ao outro de babaca. Aqueles dias tinham ficado para trás.

Anders contou a eles sobre sua nova descoberta: The Smiths. Ele ganhara de presente de Natal um walkman e ouvia sem parar uma fita cassete da coletânea "Hatful of hollow". Henrik tinha adquirido o direito de usar como seu próprio quarto a casa de hóspedes no jardim, e lá eles ficavam sentados ouvindo *Heaven knows I'm miserable now* e *Still ill*. Quando chegou a hora de Anders voltar para a cidade, Henrik perguntou-lhe se podia gravar uma fita para ele. Anders presenteou Henrik com a fita que ele mesmo tinha trazido consigo, alegando que poderia facilmente gravar outra quando voltasse para casa.

Quando chegou o verão, era indiscutível que Henrik e Björn tinham achado sua praia. O disco "Meat is murder" havia sido lançado meses antes. Anders achou razoável, mas nem de longe tão bom quanto "Hatful of hollow". Henrik e Björn tinham uma opinião diferente. Os dois sabiam de cor cada verso de cada uma das canções, e ambos haviam se tornado vegetarianos, possivelmente os primeiros de Domarö.

Não é necessário entrar em mais detalhes sobre qual era o tipo de música tido como legal ou moderno naquele verão. Basta dizer que, definitivamente, The Smiths *não* era considerado o estilo mais bacana. Se Henrik e Björn desfrutassem de maior prestígio, de um status mais elevado, talvez a turma inteira tivesse somado forças a eles comprando a ideia de que comer carne é assassinato. Mas não era o caso. Em retrospecto, era claro que Henrik e Björn eram os mais descolados e mais "londrinos" da turma, mas, na época, de que isso adiantou, para que isso serviu? Para nada. Os dois eram lavradores, dois malucos.

Eles tentaram recrutar Anders para sua seita exclusiva, mas Anders não quis nem saber. Para começar, não era da natureza dele ficar tão obcecado por alguma coisa relacionada à música; além disso, agora havia uma espécie de doença em torno de Hubba e Bubba. A noção de que quem passasse algum tempo com eles corria o risco de se infectar. Os dois ainda eram tolerados quando o grupo todo estava reunido, mas ninguém queria ser considerado amigo deles.

Quando a turma se reunia na praia para assar salsichas e beber cerveja de baixo teor alcoólico, Henrik e Björn nem tocavam nas salsichas, porque comer carne é assassinato. Quando no rádio portátil de Joel tocava *Forever young*, da banda Alphaville, eles ficavam sentados dando risinhos zombeteiros, tirando sarro das rimas infantis cantadas em inglês claudicante e faziam comparações com o maior poeta vivo da humanidade: Steven Patrick Morrissey.

E assim por diante. Eles cultivavam seu status de outsiders, e sabiam que naquele jovem pálido de Manchester tinham um amigo. Alguém que sabia o que era crescer em um lugar onde nada acontecia. Um irmão de exílio.

Naquele inverno, Anders visitou apenas brevemente Domarö e evitou Henrik e Björn. Os dois telefonaram para ele na primavera, quando estavam prestes a embarcar em sua jornada até Estocolmo para comprar "The queen is dead", e perguntaram se poderiam dormir na casa dele, mas Anders disse que ia jantar com a mãe de Cecilia. O que era verdade, mas o jantar só estava marcado para a semana seguinte.

No verão em que tudo foi pelos ares, o interesse de Henrik e Björn tinha atingido proporções pouco saudáveis. Eles se vestiam como Morrissey, ambos adotaram cortes de cabelo *rockabilly* e, quando se constatou que Björn tinha um sério problema de visão que o obrigava a usar óculos, ele ficou absolutamente encantado, porque era o pretexto perfeito para comprar armações cinza-mosqueadas, como os modelos do exército, e ficar ainda mais parecido com... bom, você entendeu.

Graças ao estudo minucioso das letras de Morrissey, Henrik e Björn falavam um inglês perfeito, e ninguém em Domarö era tão proficiente quanto eles; já que Wilde, Keats e Yeats eram mencionados na letra de *Cemetry gates*, eles fizeram questão de retirar na biblioteca de Norrtälje diversos volumes com os contos e poemas desses autores no idioma original, e depois passaram a primavera cinzenta decifrando os livros com a ajuda de dicionários.

Eles podiam ter sido felizes.

Não tentavam se encaixar no grupo, porque sabiam que era impossível, e encaravam as outras pessoas com desprezo mal disfarçado, amarrando cordões de couro nos pulsos e ouvindo bandas com "z" no nome. Salpicavam suas conversas com referências oblíquas às canções dos Smiths, traduzidas para o sueco, com ênfase especial em "the riches of the poor" (as riquezas dos pobres).

Mas esse trecho vinha da música *I want the one I can't have*, e é aí que estava o problema. Tudo bem ter na turma uma dupla de esquisitões marginalizados, se ao menos eles se enxergassem e tivessem noção de qual era seu lugar. Se não pusessem as asinhas de fora na tentativa de ter o que não podiam ter.

Verão de 1986. Olof Palme estava morto, e os arbustos de mirtilo da porção sul de Domarö eram vistos com desconfiança enquanto ficavam lá sugando a água das nuvens de chuva que chegavam do leste. Sonny Crockett, da série *Miami vice*, era um ícone da moda e do estilo, e tudo se resumia a, de um lado, cores pastéis e, de outro, *Black celebration*. E Anders preferiu ficar com Depeche Mode, embora o programa *Tracks* tocasse sem parar *A question of lust*.

Henrik e Björn desprezavam mais ou menos tudo, achando que tudo não passava de babaquice. A única coisa que caiu nas graças dos dois foi *Eu, Claudius*, uma antiga produção da BBC. Da Inglaterra, de *Londres*. Björn sabia fazer uma excelente imitação do imperador gago, mas infelizmente era como jogar pérolas aos porcos, já que ninguém, a não ser ele e Henrik, queria assistir "a um bando de velhos usando lençóis e falando de um jeito esquisito".

Chega de falar nisso. Algumas pessoas se lembram de como as coisas eram, e as demais terão de se virar com essas pinceladas grosseiras – borrões em tom pastel num fundo preto. Verão de 1986. Medo mortal e dentes brancos, apocalipse e musculação na academia. Chega de falar nisso.

Para a turma, foi o verão em que começaram a beber álcool de verdade. Tudo teve início no ano anterior, com ocasionais drinques roubados furtivamente do estoque de bebida dos pais, mas no verão de 1986 eles começaram a pegar a balsa para as ilhas Alanda.

Martin era alto e musculoso. Tinha inclusive um belo princípio de barba, que ele fizera questão de deixar crescer dias antes de fazerem algumas viagens no barco de Joel para transportar a turma inteira até Kappelskär, onde pegavam a balsa. Martin comprava a birita no free shop, e zanzavam por Mariehamn bebendo e tagarelando à vontade.

Henrik e Björn nem sempre eram incluídos na distribuição da bebida e, durante a terceira viagem naquele verão, no início de agosto, resolveram o assunto com as próprias mãos. Na viagem de volta para casa, estavam mais quietos do que o habitual e entraram no free shop apenas para comprar doces.

A razão de seu comportamento calado e reticente ficou clara quando desembarcaram em Kapellskär e estavam a salvo. Abriram as jaquetas. Tinham escondido na cintura da calça e nos bolsos doze garrafas de meio litro de Bacardi. Todo mundo achou que os dois tinham ficado doidos, e eles foram recompensados com tapinhas nas costas e lugares na primeira viagem para casa no barco de Joel.

Geralmente, depois de um dia em Mariehamn sobravam um ou dois litros de birita. Agora, de repente eles tinham um *estoque*, e não apenas isso – de graça. Decidiram que as garrafas deveriam ficar escondidas debaixo da velha garagem de barco em Kattholmen. É claro que Henrik e Björn foram incluídos em todas essas discussões – eles eram os heróis do momento.

Mas no dia seguinte tudo tinha sido esquecido; seus comentários incompreensíveis e seus hábitos estranhos – uma mistura de submissão e uma arrogância enlouquecedora – tornaram-se alvo da habitual ridicularização. Mas eram os únicos que tinham roubado as garrafas, não havia como escapar desse fato.

Por isso, quando chegou a hora da última festa do verão, os dois foram incluídos desde o início. Geralmente Henrik e Björn apareciam nas festas sem serem convidados e ficavam sentados do lado de fora fazendo comentários dos quais somente eles achavam graça, ao passo que todos os demais ficavam rindo das chacotas disparadas contra os dois.

Mas dessa maneira eles cumpriam sua função particular. Sentados lá fora e falando uma linguagem diferente, eles consolidavam o grupo e a linguagem do grupo. Ninguém admitiria ou tampouco se daria conta disso, mas uma boa festa precisava de Henrik e Björn sentados lá como uma dupla de alienígenas, o que criava a atmosfera certa.

A noite chegou. Salsichas e carvão, batatas fritas e bebida foram transportados até Kattholmen, e todo mundo estava lá. Joel e Martin, Elin e Malin, Anders e Cecilia. A mãe de Frida dissera que a filha não podia ir, mas mesmo assim ela estava lá. Samuel, que morava em Nåten e jogava no mesmo time de futebol de Joel, chegou no seu próprio barco. Até mesmo Karolina, que todos os anos passava apenas algumas semanas em Domarö, estava lá. E Henrik e Björn, os fornecedores da noite.

O Bacardi foi misturado com Coca-Cola em canecas de plástico, alguém acendeu uma fogueira lá fora, junto à garagem de barco. Henrik e Björn tinham trazido um tipo especial de salsicha sem carne, que tinha coloração cinza-pálida e parecia um pênis. Apesar do Bacardi, eles foram devidamente informados desse fato.

Pela primeira vez Anders teve permissão para colocar Depeche Mode no toca-fitas. *A question of lust* abriu caminho. Mas depois das primeiras garrafas ninguém mais queria ouvir aquela música melancólica, e por insistência das meninas trocaram por Wham!

O fogo diminuiu e a festa continuou dentro da garagem de barcos. No começo havia apenas uma mesa, duas cadeiras e um beliche para os pescadores que ali passavam a noite. Algumas cadeiras de madeira e um tapete de retalhos foram acrescentados. Com todo mundo lá dentro estava um pouco apertado, mas Anders e Cecilia ajudaram a abrir espaço subindo para o embolorado colchão de crina de cavalo do beliche de cima, onde se deitaram para trocar beijos e carícias.

No verão do ano anterior eles tiveram de aguentar poucas e boas depois que Malin os vira aos beijos, mas agora isso tudo já tinha ficado no passado. Eles eram um casal e não havia muito que dizer a respeito, mesmo que fosse um tanto estranho estarem juntos há *tanto tempo*. Os dois tinham dormido juntos pela primeira vez durante o inverno e continuaram fazendo isso na primavera; por isso, quando se deitaram no beliche não havia aquele desespero inicial. Podiam pegar leve agora, descansando nos lábios e pontas dos dedos um do outro.

Lá embaixo a atmosfera estava bem mais agitada. Alguém tinha trazido um baralho e eles estavam prestes a jogar strip pôquer. Karolina imediatamente desistiu, quase sem esboçar sequer um protesto. Ela era gordinha e não era exatamente bonita. Infelizmente não tinha como ir embora sozinha, por isso teve de se enrodilhar no beliche de baixo e fingir, da melhor maneira possível, que encarava tudo aquilo numa boa.

Assim a diversão ficou toda com Elin e Malin, que eram as meninas mais atraentes. Frida era muito bonita, mas não tinha o tipo de corpo que se comenta ou com que se fantasia. Por outro lado, se as outras meninas topassem, ela não teria como escapar.

Quando Elin e Malin se cumprimentaram com um "toca aqui" e disseram "Vamos nessa!", Anders viu como os olhos de Frida se moveram feito setas de um lado para o outro e seus ombros tombaram ligeiramente. Mas ela cerrou os dentes e endireitou o corpo. Talvez tivesse a esperança de que seria capaz de jogar sem perder. Perderia mais caso se recusasse a participar.

Anders tomou um gole da garrafa com a mistura de rum e Coca-Cola e enterrou o nariz no pescoço de Cecilia. Estava com um pressentimento ruim sobre aquilo e ficou agradecido pelo fato de ele e Cecilia estarem tão longe do agito que tinham sido esquecidos.

No rádio portátil Joey Tempest cantava sobre a última contagem regressiva, e Martin distribuía as cartas. Ele hesitou quando chegou a Henrik, que declarou que gostaria de tirar as calças para o mundo, e Björn riu. Ninguém mais entendeu qual era a graça, mas a dupla ganhou suas cartas.

Martin continuou dando as cartas, mãos foram ganhas e perdidas. À medida que iam sendo tiradas, as peças de roupa eram jogadas numa pilha no meio do chão. Depois de cerca de vinte minutos Anders deve ter caído no sono, porque, quando ergueu de novo a cabeça, a situação tinha mudado completamente.

A porta tinha acabado de se fechar atrás de Joel, que voltava para dentro. Estava nu em pelo, exceto por um trapo de rede de pesca que ele tinha improvisado para cobrir seu pênis pendurado.

Os jogadores à mesa reagiram com vaias e gritos. Joel abriu bem os braços e executou alguns passos de dança. Não parecia infeliz com a situação. Ia com frequência à academia de musculação e estava aproveitando ao máximo a oportunidade de exibir o que tinha.

Estava tão quente na garagem de barco que o cabelo de Anders estava grudento de suor. O oxigênio era consumido por todas as velas e pelo álcool queimando nos corpos de todos. Outras duas garrafas de meio litro tinham sido esvaziadas e estavam caídas junto à pilha de roupas. A turma já tinha superado em pelo menos um litro a quantidade de bebida que estava habituada a consumir, e Samuel estava abrindo uma nova garrafa.

Frida, que tinha se saído bem e ainda estava usando a calcinha e o sutiã, apontou para Joel e protestou:

– Admita que você perdeu. Você está trapaceando.

Joel foi até Frida e chacoalhou a virilha em frente ao rosto dela.

– Como assim? Eu estou vestindo alguma roupa, não estou? Vai, sente aí.

Frida empurrou-o e Joel quase caiu de costas por cima de Karolina, mas agarrou-se à cama e endireitou o corpo. Estava muito bêbado, e o suor lhe pingava da nuca e das costas. Ele passou a mão por cima do pedaço de rede que fazia as vezes de cueca e disse:

– Última chance, certo? Última rodada. Depois eu... já era. Tudo bem?

Embora Anders não tivesse bebido tanto assim, sua cabeça girava e ele tinha a sensação de que estava três vezes mais pesada do que geralmente ficava.

Eles deviam abrir a porta.

Anders abriu a boca para dizer isso, mas simplesmente não tinha força. Olhou para a mesa onde os outros estavam sentados. Joel era o que mais tinha perdido, mas Henrik, Björn e Elin não ficavam muito atrás. Henrik e Björn tinham sido reduzidos às cuecas e, embora a parte inferior do corpo de Elin estivesse escondida pelas sombras sob a mesa, Anders podia ver que ela tinha sacrificado a calcinha antes do sutiã.

Pela respiração de Cecilia, Anders percebeu que ela estava dormindo. Colocou a mão no quadril dela e desviou o olhar dos pelinhos que apareciam entre as pernas cruzadas de Elin, tentando ser fiel até mesmo em pensamento.

O espírito estava disposto, mas os olhos estavam fracos. Ele tentou se concentrar em um par de espinhas já meio maduras nas costas de Henrik, mas seus olhos se recusavam a cooperar, deslizando para a direita e se movendo da sombra entre as coxas de Elin para o brilho de suor por cima dos seios dela. A base de seu pênis estava começando a ficar quente, e ele se virou na cama e deitou de costas, encarando o teto a apenas meio metro do nariz.

Tenho de sair daqui, preciso de ar.

As cartas faziam estalidos à medida que iam sendo distribuídas, as vozes viraram um balbucio. Anders esperava que Joel perdesse para que aquilo acabasse, para que todos pudessem sair no ar fresco e se tornassem de novo seres humanos.

Foi Henrik quem perdeu. Anders ouviu o som do tecido contra a pele e um farfalhar, e a pilha de roupas ficou um pouco mais alta. Ninguém pareceu se incomodar minimamente com aquilo. A nudez de Henrik não era algo que as pessoas desejassem ver, era apenas um acidente de percurso. As cartas foram distribuídas mais uma vez. Karolina suspirou no beliche de baixo. Não era a noite que ela tinha imaginado.

O suor ardia nos olhos de Anders, e ele sentiu uma desagradável coceira debaixo das roupas. Desejou estar a sós com Cecilia. Teria acordado a namorada para perguntar se ela queria sair para nadar sob o luar. Naquela situação tudo que ele podia fazer era continuar lá deitado encarando o teto, que começava a ficar cada vez mais parecido com a tampa de um caixão. Que, a julgar pelo calor, tinha acabado de ser enfiado dentro de uma fornalha.

– Mas que merda! – ele ouviu Elin gritando lá embaixo. – Mas eu também tenho três pares!

– Sim, mas olha só... – disse Martin, que parecia estar com dificuldade de se expressar. – Olha... você pode ver que a Frida tirou... a carta mais alta dela é maior que a sua. Isso significa que a mão dela é a mais alta. É a mais alta.

Ouviu-se um murmúrio de consenso; Elin ainda tentou rebater com alguns protestos pouco convincentes, mas depois caiu um silêncio reverente. Ouviu-se um leve clique metálico, e uma peça de roupa pousou sobre a pilha. Uma cadeira foi puxada para trás e Joel disse:

– Aonde você vai? Você tem de se sentar aqui e...

– Foda-se – respondeu Elin. – Eu posso fazer a mesma coisa que você.

Ouviu-se o som de pés descalços cruzando o piso de madeira, alguns dos meninos assoviaram e Anders continuou encarando o teto. Então seus olhos recuperaram o controle e ele olhou de relance para a porta, bem a tempo de ver Elin desaparecer lá fora.

Alguém ligou o rádio portátil e *Take on me*, do A-Ha, tocou a todo volume, dispersando um pouco a escuridão e iluminando o ar. Ou talvez fosse apenas o fato de que a porta aberta havia deixado entrar um pouco de oxigênio.

Todos à mesa cantaram junto o refrão. Cecilia acordou e se virou, sonolenta, para Anders. Ele afagou a bochecha da namorada e a pele dele colou-se à dela. Cecilia piscou e esfregou os olhos.

– Meu Deus, como está quente aqui.

Anders a abraçou.

– Vamos lá fora?

Ela apertou o corpo contra o dele e disse:

– Espera um minuto.

Por cima do ombro dela Anders viu Henrik se levantar da mesa e caminhar até a porta. Então os lábios de Cecilia encontraram os dele e ele afundou no calor macio e grudento.

Eles se beijaram até *Take on me* desaparecer aos poucos em um vislumbre de harmonias e baterias eletrônicas. Houve um instante de silêncio, depois ouviram um grito. Vinha lá de fora, e era Elin quem estava gritando. Como uma injeção de adrenalina em um coração que parou de bater, um solavanco sacudiu a sala. As peles coladas uma à outra se separaram, as cadeiras arrastadas para trás rasparam o chão ou desabaram aos compassos iniciais de *I should be so lucky*.

Joel e Martin foram os primeiros a sair pela porta, seguidos pelos outros que estavam sentados à mesa, com Björn na retaguarda. Cecilia desceu de um salto o beliche e Anders a seguiu, mas quase caiu sobre Karolina, que acordava com um gemido, feito uma velha.

Kylie Minogue estava cantando sobre a falta de complicação em sua imaginação, mas foi afogada debaixo dos berros histéricos de Elin.

– Seu desgraçado nojento... filho da puta nojento...

Anders chegou lá fora a tempo de ver Joel pousar a mão no ombro de Elin. Ela tinha amarrado uma rede de pesca em volta do próprio corpo e estava dando pancadas em Henrik, que tentava proteger o rosto. A lua cheia sobre a água dava a seus corpos uma aura branca.

– O que aconteceu? O que aconteceu? – perguntou Joel.

Elin ainda estava batendo em Henrik, que recuava na direção da praia enquanto ela gritava:

– Esse filho da puta tentou me estuprar, ele veio com o pau nojento pra fora e tentou... tentou me estuprar!

Henrik ergueu as mãos para mostrar que estava desarmado e alegou:

– Eu não, eu só...

Mas, mesmo que não se pudesse comprovar o crime, a arma estava claramente visível. O pênis ereto se projetava do corpo dele, disposto em ângulo, e se recusava a se abaixar embora os olhos de Henrik brilhassem de pavor.

Joel caminhou alguns passos na direção de Henrik e deu-lhe um soco na barriga. O ar saiu de Henrik numa lufada e ele dobrou o corpo. Joel agarrou sua nuca e arrastou-o na direção das brasas do fogo, aos berros:

– Isso não se faz, entendeu? Vou te fazer entender, vou te fazer entender...

É difícil imaginar um teste mais sério para a amizade de Henrik e Björn, mas Björn foi aprovado com distinção e louvor. Quando Joel começou a arrastar Henrik, que tossia e abanava indefeso os braços, na direção das cinzas, Björn saiu correndo e agarrou-o por trás, refreando-o:

– Segura sua onda aí, seu maluco desgraçado, solta ele!

Com a mão livre Joel acertou Björn, que tinha segurado seus ombros. Uma vez que não conseguia se desvencilhar, berrou para Martin:

– Porra, vem aqui me dar uma força!

Martin correu e usou seu corpo consideravelmente mais pesado para empurrar Björn e forçá-lo a cair no chão, de barriga para baixo. Henrik ainda tossia, depois do violento murro contra seu estômago. Ofegante, entre uma tossida e outra ele respirava fundo para recobrar o ar. Joel acertou-o na cabeça, chacoalhou-o e sibilou:

– Você quer foder, não quer? Nesse caso eu acho que você devia foder alguém que *quer* ser fodido, seu desgraçado.

Ele arremessou Henrik por cima de Björn. Martin pisou nas mãos de Björn para que ele não conseguisse se mexer.

– Agora sim, agora você pode foder – berrou Joel, que montou sobre o corpo de Henrik, agarrou seu quadril e puxou-o para trás, depois o pressionou para baixo de novo. Henrik se contorcia, tentando se desvencilhar, mas Joel pegou uma pedra do tamanho de um ovo e, usando seu peso extra, martelou a nuca de Henrik.

– Tá gostando, tá? Acho que você ainda não entrou direito.

Henrik estava deitado, impotente, por cima de Björn, que agora chorava, e Joel agarrou suas nádegas pálidas para colocá-las na posição certa.

– Para com isso, Joel, para com isso, porra!

Anders soltou Cecilia, correu na direção dos corpos nus enroscados um sobre o outro e disse de novo:

– Para com isso, já chega!

Quando estava a um passo de distância, Joel virou-se para encará-lo. Do canto de sua boca pingava saliva. Seus olhos eram inumanos e expressavam apenas uma única e simples emoção: *Toque em mim e eu te mato*. Joel ergueu a mão que segurava a pedra pronta para golpear, e Anders recuou. Deu um passo para trás e sentiu a náusea se formar em seu estômago. Virou as costas e se afastou.

Os outros continuavam paralisados, assistindo ao drama com os olhos arregalados. Somente o rosto de Elin traía alguma emoção que não era incredulidade e horror. Ela estava sorrindo. Um risinho tenso fazia seus lábios se dobrarem para cima. E seus olhos estavam... ávidos. Atrás de si Anders podia ouvir Joel lutando com Henrik, incapaz de obter o resultado que desejava. Talvez a humilhação tivesse finalmente forçado a ereção a arrefecer.

Desesperado, Björn chorava, uivando como um animal chicoteado. Joel ofegava e dizia palavrões, mas por fim desistiu. Afastou-se dos corpos caídos no chão e cuspiu. Quando passou pelos restos da fogueira, chutou com os pés descalços algumas brasas.

Com um arranco, Henrik saiu de cima do corpo de Björn. Joel entrou na garagem do barco e depois de alguns segundos voltou com uma garrafa de Bacardi. Seus olhos ainda estavam enevoados, tremendo de agitação, e Anders notou que a luta e a punição o tinham deixado excitado. O trapo de rede de pesca cobria seu pênis ereto como se tivesse sido posto ali para secar.

Ele caminhou na direção de Elin, agarrou a mão dela e disse:

– Você e eu vamos ter uma conversinha.

Elin foi com ele. O sarongue mal-acabado de rede de pesca foi se arrastando atrás dela como um véu de noiva quando os dois saíram por trás da garagem de barco e desapareceram na floresta.

Agora desabou o silêncio. Martin já tinha saído de cima das mãos de Björn havia muito tempo, e agora parecia sentir culpa enquanto fitava o rapaz encolhido e aos prantos. Ele olhou de relance ao redor na esperança de que alguém lhe dissesse o que ele tinha feito. Todos evitavam se entreolhar.

Cecilia entrou na garagem de barco e pegou as roupas de Henrik e Björn. A essa altura eles todos já podiam ouvir ruídos vindos da floresta, onde Joel estava pegando ou recebendo sua recompensa. A julgar pelos sons que Elin fazia, parecia mais a última opção. Samuel entrou e aumentou o volume da música.

A fita tinha voltado para o início, e Henrik e Björn se vestiram lentamente ao som da fanfarra de *The final countdown*. Anders jamais conseguiria ouvir essa música de novo sem sentir uma pontada de culpa.

Ele viu o rosto de Björn, banhado de lágrimas, suas mãos finas e trêmulas vestindo as cuecas horrorosas, e se lembrou das fortalezas de neve que eles tinham construído juntos, dos chocolates que a mãe dele lhe dera, dos programas a que tinham assistido juntos e das coisas que os faziam rir. Desejou ter agarrado uma pedra maior e jogado na cabeça de Joel.

Mas ele não tinha feito isso, e agora Björn chorou com intensidade ainda maior quando descobriu que seus óculos de Morrissey estavam rachados no meio.

Anders foi até ele, agachou-se e perguntou:

– Você está bem?

Björn estendeu o braço e aplicou-lhe um golpe na testa. Sem muita força, o suficiente para se fazer entender. Ele não queria que ninguém olhasse para ele ou lhe dirigisse a palavra. Depois de alguns minutos Henrik e Björn se vestiram e saíram andando pela praia, para longe dos barcos.

Mais tarde Anders descobriu que eles tinham nadado até Kattudden.

A última semana daquele verão passou em um estado não muito diferente de uma ressaca. Mesmo depois que a verdadeira ressaca pós-festa tinha desaparecido, todos continuaram conversando em voz mais baixa que o habitual, riam menos e andavam de um lado para outro convivendo com uma dorzinha corrosiva. Exceto Joel e Elin.

Os dois tinham finalmente se encontrado e se entendido para valer e queriam exibir o fato. Viviam se agarrando sem dar a mínima para ninguém, e reuniam as pessoas apenas para terem uma plateia enquanto se pegavam. Talvez fosse a maneira que os dois encontraram para lidar com seus sentimentos de culpa, mas ninguém interpretou assim. Na maior parte do tempo era trabalho árduo. Algumas vezes Joel dava um tapa em Elin, uma forma de brincadeira ou piada, mas é possível que sua futura carreira de espancador de mulheres tenha começado naquele verão.

Ninguém teve notícias de Henrik e Björn, e ninguém foi procurá-los. Sua exclusão da turma parecia algo que vinha se anunciando havia anos e agora era um fato. Não tinha sido exatamente um banimento, era mais como se tivessem sido cuspidos para fora do grupo. Era uma pena, uma vergonha, mas não havia o que fazer.

Em todo caso, um dia antes de voltar para a cidade, Anders foi ao chalé de Henrik. Ao se aproximar, ouviu que lá dentro tocava uma música: *There is a light that never goes out*. Bateu à porta.

A música foi desligada e Henrik abriu a porta. Parecia exatamente o mesmo de sempre, a não ser pelo fato de que tinha mais espinhas que antes. Anders viu uma pilha de embalagens de biscoitos de chocolate no chão. Henrik não fez menção de convidá-lo para entrar.

– Oi – disse Anders. – Eu só... amanhã eu vou embora pra casa, então eu... eu pensei em me despedir.

Um sorriso amargo distorceu a boca de Henrik. Uma vez que Anders não disse mais nada e tampouco esboçou qualquer gesto, o sorriso desapareceu e, por alguns segundos, o rosto de Henrik ficou nu.

– Eu não fiz nada – disse ele. – Só pra você saber. Eu não fiz nada. Eu só... não foi nada. Eu rocei o corpo dela. E ela começou a gritar. – Henrik cravou os olhos nos olhos de Anders. – Você acredita em mim?

Anders assentiu.

– Sim.

– Que bom – O rosto de Henrik se fechou de novo, aquele sorriso voltou. Ele disse: – Naqueles dias em que você era desesperadamente pobre, eu simplesmente gostava mais de você.

Anders percebeu que era uma citação, mas não conseguiu identificar exatamente de onde, por isso simplesmente resmungou:

– Hum.

– Então, tchau – disse Henrik.

E fechou a porta.

* * *

No verão do ano seguinte a turma tinha começado a rachar por dentro. Alguém embarcara em uma viagem de trem pela Europa, alguns arranjaram empregos temporários. Henrik e Björn podiam ser vistos pilotando a motoneta, e Anders era o único que se dignava a cumprimentá-los com um meneio de cabeça, mas eles jamais paravam para conversar.

Fatos estranhos começaram a acontecer no vilarejo. Coisas desapareciam e apareciam em outro lugar. O quadro de avisos da loja foi arrancado, e certa manhã um visitante de verão foi dar um mergulho e fez uma descoberta terrível. No galho mais baixo de um pinheiro junto ao vestiário havia um cisne pendurado, enforcado com um fio de aço.

Outro visitante de verão que criava três coelhos em um amplo cercado encontrou os animais mortos. A única coisa viva dentro da área era o buldogue de um vizinho, cão famoso pelo mau humor. Nada indicava que o cachorro tivesse conseguido cavar o chão e entrar sozinho. Ele tinha sido tirado de sua coleira e colocado dentro do terreno.

As suspeitas recaíram sobre Henrik e Björn. Montados na motoneta, os dois percorriam o vilarejo e em geral se comportavam de maneira estranha e negativa. Com crueldade, pode-se dizer. Uma vez ou outra eram repreendidos, mas simplesmente negavam tudo. Já que os ilhéus nunca conseguiram provar coisa alguma, nada podia ser feito. Mas as pessoas começaram a trancafiar seus pertences e animais.

Veio o inverno, e a banda The Smiths se separou. Quando Anders foi passar em Domarö a semana entre o Natal e o Ano-Novo, viu que Henrik e Björn estavam de luto, vestindo roupas pretas. Mas não foi encontrá-los nem falou com eles.

No verão do ano seguinte Anders e Cecilia passaram um mês viajando de trem pela Europa, e no restante do tempo ele trabalhou no depósito de um supermercado. Durante a semana de inverno daquele ano, ele não viu nem Henrik nem Björn. Contudo, por meio do pai soube que os dois tinham ficado impossíveis. Não conversavam com ninguém e, embora tivessem ido a algumas sessões com a equipe de psicólogos, o vandalismo e as pequenas crueldades continuaram, ainda que em menor escala.

Quando ligou para o pai em fevereiro, Anders recebeu a notícia de que Henrik e Björn tinham se afogado. Tentaram cruzar o gelo na motoneta e caíram na água congelada. Não estavam usando coletes salva-vidas, e provavelmente tudo acontecera muito rápido.

O vilarejo soltou um suspiro de alívio. Tinha ocorrido a expulsão final de Hubba e Bubba. Pouco depois os pais deles foram embora da ilha, e desapareceram da consciência geral. A morte de pessoas jovens é sempre muito triste, mas...

Finalmente tinha chegado ao fim.

NINGUÉM NOS AMA

Se você existe

À luz da lâmpada acima da mesa da cozinha era mais fácil ver o que tinha acontecido com Elin, o que ela tinha feito consigo mesma agora. Os pontos ainda estavam lá, e partes de seu rosto estavam inchadas com o tecido fibroso da cicatrização, mas ainda era possível ver o resultado pretendido pela mais recente operação.

Dois sulcos profundos alinhados com cicatrizes lívidas desciam da extremidade exterior das narinas até os cantos da boca. Abaixo dos olhos, agora fundos, havia manchas vermelhas inflamadas, riscadas por diversas linhas finas que continuavam até as têmporas. Ela tinha salientado as rugas. As operações a que se submetia almejavam o efeito contrário de uma cirurgia plástica normal. Ela estava ficando propositalmente mais velha, mais grosseira, mais feia.

Elin tinha recusado a oferta de café, pois estava com dificuldade de usar a boca, e preferiu tomar vinho em um copo. Anders não encontrou canudos, então cortou um pedaço de um tubo de borracha fino. Ela sugou de uma só vez metade do conteúdo do copo, sob o olhar de Anders.

Lamentável.

A menção a Henrik e Björn fez com que ele se lembrasse com força ainda maior do que Elin tinha feito, de quem ela tinha sido. Agora, dezoito anos depois, ali estava ela sentada, com as mãos trêmulas, o rosto em frangalhos, sugando vinho por meio de um tubo de borracha.

No fim das contas talvez exista alguma justiça no mundo.

Uma vez que era difícil olhar para ela por mais que alguns segundos, o olhar de Anders vagueou pela mesa e ele percebeu que o número de contas de plástico sobre o azulejo tinha aumentado consideravelmente. Outro trecho com contas brancas tinha sido acrescentado, e agora cerca de um sexto da superfície estava coberto de contas.

Elin sugou ruidosamente a última gota de vinho. Pelo rosto dela era impossível ler suas emoções. Anders estava a ponto de perguntar sobre Henrik e Björn, mas Elin se antecipou. Como seus lábios não estavam funcionando direito, todas as consoantes saíram fracas e a voz, monótona.

– Eu tenho um sonho. Um sonho recorrente. Não durmo muito bem, porque tenho esse mesmo sonho o tempo todo. Faz semanas que não durmo direito.

Ela serviu-se de mais vinho, e Anders pegou um copo para fazer-lhe companhia. Novamente Elin sugou de uma só vez metade da bebida, tossiu e continuou:

– Um homem está deitado num barco. Um bote, um velho bote. Ele está deitado no fundo do barco com a cabeça de lado, e está morto. Seus olhos estão abertos. Ao redor dele... há também uma rede no barco, com peixes dentro. E alguns dos peixes estão soltos, saltando de um lado para o outro. Debatendo-se e pulando. E os peixes na rede também estão se mexendo. Há um bom punhado de peixes, e estão vivos. Mas o homem deitado está morto. Entendeu? Os peixes estão vivos, embora estejam dentro do barco, mas ele está morto.

Elin sugou mais vinho e fez uma careta de dor. Talvez um dos cortes estivesse se abrindo.

– Essa imagem está aqui, o tempo todo. Acho que eu já devia ter me acostumado, mas toda vez que ela chega... eu simplesmente fico apavorada todas as vezes, no sonho. Eu me aproximo do barco e vejo aquele homem lá deitado entre os peixes, e aí é como se eu desmoronasse, fico morrendo de medo.

A última gota de vinho foi sugada pela boca de Elin. A bebida entrou no caminho errado e ela começou a tossir. Tossiu e tossiu, fazendo uma pausa apenas para gemer de dor, depois voltou a tossir tanto que Anders teve medo de que ela vomitasse. Mas por fim a crise de tosse passou e Elin ficou ofegante, buscando ar. Lágrimas escorriam pelos cortes em suas bochechas.

Anders não estava nem um pouco interessado nos sonhos de Elin. Tomou um gole de vinho e fechou os olhos, viu diante de si uma imagem pouco nítida dos corpos de Henrik e Björn sob o luar, o sorriso feio que tinha se insinuado entre os lábios carnudos de Elin.

Não vai embora. Nada vai embora.

Ele abriu os olhos e fitou Elin, que estava curvada, encarando o chão.

– Você disse que eles desapareceram. Que não se afogaram, Henrik e Björn. O que você quis dizer com isso?

– Eles nunca foram encontrados.

– Mas eles caíram num buraco na neve.

Elin balançou a cabeça.

– Não foi o que eu ouvi dizer.

– Então o que você ouviu?

Agora Elin tinha a mesma expressão nos olhos de quando os dois haviam chegado à Choça, vinte minutos antes, quando ela avistou o homem do sorvete GB embrulhado no saco de plástico. Na hora ela quis sair correndo, mas Anders a impediu. A mesma expressão agora. Como um animal cercado de todos os lados, sem ter para onde fugir. A única solução era implodir, desaparecer dentro de si mesmo.

– Eram eles, Anders. Estavam com aquele maldito boneco de plástico no reboque da motoneta e eles... eles não envelheceram nada, você entende? Eles não envelheceram.

Anders recostou-se na cadeira.

– O que realmente aconteceu? Naquela época?

Elin apertou os lábios, inflou as bochechas e olhou para ele com uma expressão suplicante que outrora poderia até ter funcionado, mas agora parecia repulsiva. Enrolou o tubinho de borracha no dedo indicador, deixou os ombros caírem e disse:

– O Joel está na cadeia, sabia? – Anders não respondeu, e ela seguiu em frente: – Foi por causa de uma mulher... ele a espancou até quase a morte, não sei por quê. Acho que ela não fez nada.

Ela fungou e enrolou o tubo com mais força em volta do dedo. A ponta do dedo ficou vermelho-escura, como a pele do seu rosto, e ela disse para a superfície da mesa:

– Eu não sei. Não sei de nada. Acho que eu era ruim. Uma pessoa pode ser ruim?

Anders encolheu os ombros, respirou fundo e soltou o ar. Uma fração do peso que ele estava sentindo dentro no estômago foi erguida. Ele se levantou e pegou a caixa de vinho.

– Quer mais um pouco?

Ela fez que sim com a cabeça e desenrolou o tubo. Eles beberam, ou sugaram, respectivamente, em silêncio. Pouco depois Anders perguntou:

– O que você ouviu dizer? Sobre eles?

Pelo canto da boca de Elin escorreu um filete de vinho; depois de limpá-lo cuidadosamente ela disse:

– Só que eles saíram com a motoneta gelo afora. E depois disso sumiram.

– Quer dizer que não caíram na neve?

– Não.

– Nada de buraco, então... o gelo não rachou, eles...?

– Não. Eles simplesmente desapareceram.

Anders pressionou o punho contra os lábios com tanta força que sentiu um gosto metálico na boca, depois se levantou e cambaleou pela cozinha. Elin seguiu-o com os olhos, sugou um pouco mais de vinho e perguntou.

– Qual é o problema?

Anders balançou a cabeça para indicar que não queria conversar, agarrou seu maço de cigarros e acendeu um, que fumou andando de um lado para o outro, no corredor, na sala de estar.

O que posso fazer? O que devo fazer?

Não havia garantia alguma de que a mesma coisa que tinha acontecido com Henrik e Björn acontecera também com Maja. Talvez eles apenas... tenham ido embora. Foram para algum outro lugar e começaram uma vida nova.

E agora eles voltaram, sem ter envelhecido?

Anders estacou junto à janela da sala de estar e olhou para o farol ao longe. Lágrimas brotaram de seus olhos.

Sem ter envelhecido...

Ele viu as mãozinhas de Maja pegando a mamadeira com suco, os dedos finos dela se dobrando sobre as páginas do gibi do ursinho Bamse enquanto ela lia deitada de costas na cama. Os pezinhos aparecendo debaixo das cobertas. Seis anos.

Anders fitou a vasta escuridão com seu único e cintilante ponto de luz. O vinho tinha subido para sua cabeça e a luz estava oscilando, deslizando pelo mar afora, e ele viu Maja em seu macacão de inverno vermelho. Ela brilhava intensamente na escuridão, caminhando sobre as águas. O corpinho dela, a pele macia, os músculos envolvidos pela roupa quente. Um borrão vermelho que corria e chegava cada vez mais perto, mas que se dissolveu quando ele tentou focalizar nele seu olhar.

Ele sussurrou:

– Cadê você? Onde você está?

Nenhuma resposta. Apenas o marulho das águas lambendo as pedras e a única e reiterada mensagem, repetida constantemente por Gåvasten, a mensagem de todo farol: *Estou aqui, estou aqui. Tome cuidado, tome cuidado.*

Anders ficou junto à janela encarando a escuridão até que uma corrente de ar entrou pelo caixilho e fez seu corpo estremecer e ele voltou para a cozinha.

Elin estava recostada em cima da mesa, a cabeça apoiada nos braços. Ele chacoalhou seus ombros e ela acordou com olhar confuso.

– É melhor você ira pra cama. – Ele apontou para o quarto. – Fique com a cama grande.

Elin desapareceu quarto adentro e Anders ficou sentado à mesa da cozinha, bebeu mais vinho e fumou vários cigarros, encarando as palavras arranhadas sobre a superfície da mesa.

Me carrega.

Bêbado, Anders assentiu e uniu as mãos em oração, murmurando:

– Eu vou te carregar. Eu vou, mas onde posso te encontrar? Onde você está?

Depois de cerca de uma hora, Elin saiu do quarto com a colcha enrolada em volta do corpo. Seus dedos raspavam nervosamente o tecido da coberta. Anders fechou um dos olhos para enxergar melhor. Ela parecia uma ruína, era impossível ter um aspecto físico mais degradado.

– Você não pode vir pra cama também? – ela perguntou. – Estou com tanto medo.

Anders entrou no quarto com Elin e se deitou na cama ao lado dela, por cima da colcha. Uma mão veio rastejando por baixo da coberta e encontrou a dele.

Que diferença faz? Que diferença faz, porra?

Ele segurou a mão dela e apertou-a como se quisesse dizer que estava tudo bem, que não havia com que se preocupar. Quando tentou soltá-la, Elin apertou com mais força, e ele não fez questão de desprendê-la. O raio de luz do farol no pontal Norte varreu o quarto, flamejando na parede oposta e pondo em evidência o contorno do nariz achatado de Elin. Anders ficou lá deitado olhando para a imagem e, depois que o raio passou dez vezes, ele perguntou de novo:

– Por que você está fazendo isto? Tantas cirurgias?

– Eu tenho de fazer.

Anders piscou e percebeu que estava ficando com sono. Seus pensamentos já tinham deixado de ser lúcidos, mas uma suspeita de teoria se insinuou em sua mente e ele perguntou:

– É uma punição?

Elin ficou um bom tempo em silêncio, e ele achou que ela não fosse responder. A luz do farol já tinha deslizado muitas outras vezes pelo quarto quando ela por fim disse:

– Acho que é...

Depois soltou a mão dele e virou-se para o outro lado. Anders ficou deitado pensando em crime e castigo, o equilíbrio que talvez seja incutido no mundo e na alma dos homens. Não chegou a conclusão alguma, e seu raciocínio tinha começado a se dissolver em imagens desconjuntadas quando ele recobrou os sentidos e, pela respiração de Elin, percebeu que ela tinha caído no sono. Anders se levantou, despiu-se e deitou-se na cama de Maja.

O sono se recusava a vir. Provavelmente ele tinha cochilado alguns minutos na cama grande e agora estava totalmente desperto. Contou os lampejos do farol e chegou a duzentos e vinte. Já estava pensando em acender o abajur e ler um gibi do ursinho Bamse quando viu Elin saindo da cama.

Achou que ela ia ao banheiro. Mas havia algo de errado em seus movimentos. Ela caminhou na direção da cama dele sem vê-lo. Somente no sutiã e na calcinha o corpo de Elin era disforme, inchado, e, quando a luz iluminou o rosto dela, Anders sentiu um súbito medo e se encolheu, como se esperasse uma pancada.

O monstro está vindo me pegar.

Mas ela passou por ele, indiferente, e o medo aquietou-se. Elin abriu a porta com os movimentos de um sonâmbulo e saiu do quarto. Anders titubeou por alguns segundos, depois se levantou, vestiu a camisa e a seguiu.

Ela passou pela cozinha e chegou ao corredor, mas, em vez de virar na direção do banheiro, rumou para a porta da frente. Quando começou a fuçar na maçaneta para abrir a porta, Anders caminhou até ela.

– Elin, o que você está fazendo? – ele perguntou para as costas dela, sem obter reação. – Não pode sair lá fora assim.

A fechadura fez um clique e ela abaixou a maçaneta. Anders agarrou o ombro dela.

– Aonde você vai?

Ela continuou apertando a maçaneta e respondeu sem se virar:

– Para casa. Vou para casa.

Quando a porta se abriu e o ar frio lambeu os pés descalços de Anders, ele agarrou com mais força o ombro dela e virou-a para que ela o encarasse.

– Você não pode. Você não tem casa para onde voltar. – Ele agarrou o outro ombro dela e deu-lhe um chacoalhão. A expressão de Elin era de alheamento. – Escuta. Você não vai a lugar nenhum.

Elin olhou para ele com olhos sem expressão. Seus lábios se mexiam aos arrancos, como se ela estivesse dizendo *o quê?, o quê?, o quê?, o quê?*, sem ser capaz de produzir qualquer som. Depois ela balançou lentamente a cabeça e repetiu:

– Não vou a lugar nenhum.

– Não. Venha.

Ele puxou-a de volta para o corredor, fechou e trancou a porta. Ela se deixou levar até a cama, onde imediatamente adormeceu. Anders não tinha a chave da porta do quarto, por isso encaixou uma cadeira debaixo da maçaneta como precaução: assim poderia ouvi-la caso ela tentasse sair de novo.

E se sair? Ela não é minha responsabilidade.

Ele se enfiou de novo na cama de Maja e, para sua surpresa, notou que agora seu corpo tinha decidido dormir, se ele quisesse. E ele queria. Fechou os olhos e logo descansou, deslizando numa superfície suavemente inclinada. Seu último pensamento antes de cair no sono foi: *Como se eu já não tivesse o bastante.*

Após o fogo

Depois que os bombeiros terminaram seu trabalho de rescaldo, restaram apenas vigas enegrecidas e uma lama cinzenta. Centenas de metros cúbicos de água do mar tinham sido bombeados sobre e ao redor da casa em chamas e, embora aqui e ali espirais de fumaça ainda subissem da devastação, não havia risco de o fogo voltar à vida; a área estava toda molhada.

Muita gente tinha ido para casa, mas Simon ainda estava de pé sobre as cinzas malcheirosas, contemplando as ruínas e meditando sobre a efemeridade de todas as coisas.

Você tem uma casa. Um segundo depois, não tem mais uma casa.

Um pequeno fósforo ou uma faísca no lugar errado. É o que basta para que tudo aquilo em torno do qual sua vida girou durante anos a fio, tudo aquilo que você fazia questão de deixar bonito e manter seguro e protegido, vire fumaça. Uma palavra descuidada ou um vislumbre de algo que você não deveria ter visto, e toda a vida à qual você nunca deu o devido valor vira violentamente do avesso e se despedaça bem diante de seus olhos.

Puxam o tapete debaixo de seus pés.

Você pode literalmente ver a coisa: o tapete de retalhos comprido em que está pisando, mas que figura é aquela ali na ponta? É um demônio ou um anjo? Ou apenas um homenzinho num terno cinza, um indivíduo cansado aguardando sua chance? Em todo caso, ele está segurando nas mãos a ponta do tapete. E é paciente, muito paciente. Pode esperar.

Mas, se você perde o equilíbrio, se por alguma razão deixa a desejar, então ele dá um rápido puxão no tapete. Num puro passe de mágica seus pés saem do chão e por um breve momento você paira, horizontal, as pontas dos dedos do pé alinhadas com seu nariz. Depois o chão surge para encontrar você com um estrépito, e dói.

Simon enterrou as mãos nos bolsos da calça e caminhou até os restos da casa. Debaixo de seus pés subia um som de chapinhar, e o cheiro das cinzas era sufocante. Ele não tinha nenhuma relação particular com a casa incendiada, nunca sequer havia entrado nela. E ainda assim era como se a casa tivesse algum significado.

Ele tinha tido um dia confuso e talvez estivesse se sentindo hipersensível, mas definitivamente já estava farto de encarar as coisas que aconteciam em Domarö como incidentes isolados sem uma conexão interna. Já tinha sido enganado...

Sim. Enganado.

... por tempo demais. À medida que caminhava entre os destroços, a cinza enlameada entre seus pés chapinhava. Os bombeiros disseram que a maneira como o fogo tivera início parecia suspeita. Mas não era trabalho deles investigar. A polícia assumiria assim que o dia amanhecesse.

Apesar de correr o risco de destruir pistas importantes, Simon seguiu abrindo caminho em meio aos destroços até que a bagunça diminuiu e ele parou a alguns metros do poço. Era para lá que estava se dirigindo, embora não tivesse consciência disso.

Era um poço velho. Uma parede circular de um metro de altura, feita de pedras cimentadas, e o poço propriamente dito era coberto por uma tampa de madeira. A construção mais antiga, com a manivela, o balde e a corrente, ainda estava lá, para fins decorativos. Uma grossa mangueira saía de um buraco na tampa e supostamente tinha sido acoplada a uma bomba dentro da casa. Agora a mangueira estava queimada a alguns metros do poço.

Simon empurrou ligeiramente a tampa e encarou a escuridão.

O que estou fazendo?

Ele não sabia. Assim como não sabia por que tinha ido até ali. Mas havia alguma coisa... que o atraía. Fechou uma das mãos em torno da caixa de fósforos e aguardou.

Nada. Não é nada.

Sentiu alguma coisa, mas não sabia dizer exatamente o quê. Era apenas uma sensação, um sopro de algo desaparecido, as ondulações na água depois que um peixe veio à tona mas na verdade já nadou para longe.

Ainda assim Simon desenganchou o balde e usou a corrente para baixá-lo poço adentro. Depois de cerca de cinco metros, o balde chegou à superfície e, içado, voltou cheio até a metade de água cristalina. Simon fechou as mãos em concha e bebeu um gole, primeiro limpando o corte na mão, que já tinha começado a cicatrizar.

Sal.

Não era incomum encontrar uma pequena quantidade de sal nos poços tão perto do mar. Se o tivessem consultado, Simon aconselharia a não cavarem um poço bem ali, mas agora nada se podia fazer a respeito. Ele pendurou o balde no lugar. O pressentimento não ficou nem mais forte nem mais fraco; simplesmente estava lá, como um tênue aroma, e ele não sabia o que era.

Deu um passo para trás e fitou o poço.

Que pena.

Que pena que um velho poço tão lindo não tivesse mais uma casa a que pertencer. Simon virou-se para olhar a devastação mais uma vez e avistou uma pessoa parada exatamente no mesmo lugar onde minutos antes ele próprio tinha estado. O brilho da luz das estrelas não foi suficiente para que ele identificasse a pessoa, mas mesmo assim ergueu um dos braços e acenou, num cumprimento. O aceno foi retribuído.

Quando chegou mais perto e viu que era Anna-Greta quem estava à sua espera, Simon empertigou o corpo, trocou sua expressão de pesar por uma de repulsa e, com a maior dignidade possível, saiu chapinhando ao longo dos últimos metros do mingau de cinzas.

Aparentemente Anna-Greta achou engraçado.

– O que você está fazendo?

– Nada. Eu estava com sede, só isso.

Anna-Greta apontou para o bebedouro público no cruzamento, a uma dezena de metros.

– Não teria sido mais fácil...?

– Nem pensei nisso – respondeu Simon, que passou por ela e saiu caminhando o mais rápido que podia na direção de casa, mas as pernas de Anna-Greta eram consideravelmente mais ligeiras e ela não teve a menor dificuldade de alcançá-lo. Ela surgiu ao lado dele e ligou a lanterna para iluminar o caminho de ambos.

– Você está com raiva? – perguntou ela.

– Não. Para dizer a verdade, decepcionado.

– Por quê?

– O que você acha?

Chegaram à trilha entre os abetos e Simon foi obrigado a diminuir o passo. Seu coração não queria fugir de Anna-Greta. Seu coração *físico*, pelo amor de Deus. Com relação ao outro, ele não sabia em que pé as coisas estavam. Mas certamente era uma constatação que valia a pena adquirir às portas da morte: ele não poderia fugir de Anna-Greta mesmo se quisesse. Ela era simplesmente rápida demais.

Cem metros floresta adentro ele parou para recobrar o fôlego. Anna-Greta estacou calmamente ao seu lado, iluminando com a lanterna a trilha. Não havia ninguém por perto.

– Deixe-me dizer uma coisa. Foi para o seu próprio bem que eu não te contei nada.

Simon bufou.

– Faz quanto tempo que a gente está junto? Quase cinquenta anos? Como você pôde... Há mais coisas que você não me contou?

– Sim.

A admissão deveria surpreender Simon, mas ele conhecia Anna-Greta. Ela dizia a verdade, mesmo que fosse inadequada. Era essa precisamente a razão pela qual era tão difícil de engolir: a ideia de que ele talvez nunca a tivesse conhecido, não de verdade.

– Bom, quero te dizer uma coisa – devolveu Simon. – Já fui casado uma vez. E sabe o que a Marita me disse sobre o fato de ser uma viciada em drogas? Que ela não tinha me contado *para o meu próprio bem*. Então acho que dá pra concluir que eu sou alérgico a esse argumento específico.

– Não é a mesma coisa.

– Mas eu acho que é, sabe? E acho incrivelmente difícil de aceitar. Não sei mais se quero ficar com você, Anna-Greta. Acho que não quero.

Simon estava com o corpo dobrado, as mãos pousadas nas coxas. Aprumou-se e saiu andando na escuridão. A lanterna de Anna-Greta não o seguiu. Ele sentia um caroço no estômago e caminhava sem olhar para onde estava indo, mas pelo menos tudo tinha sido dito. Agora ele devia encarar as consequências, fossem quais fossem. Era incapaz de viver com uma pessoa que mentia para ele.

A floresta estava um breu e ele tinha de seguir em frente com cuidado a fim de evitar uma nova queda na vala. O círculo de luz da lanterna ainda estava fixo em sua retina, então ele parou e esperou que desaparecesse. Olhou para trás ao longo da trilha e viu que a verdadeira lanterna estava caída no chão, iluminando as pernas de Anna-Greta, que estava deitada junto a ela.

Simon abriu a boca para gritar alguma coisa, mas não conseguiu articular nada que fosse adequado.

Isso não é justo. Não é uma luta justa.

Simon cerrou as mandíbulas. Ele tinha sido perfeitamente claro sobre a situação, explicara o que sentia. E aí ela fazia aquilo. Era uma vergonha, era... Simon espiou a figura caída no chão e torceu as mãos.

Será mesmo que não aconteceu alguma coisa com ela?

Anna-Greta gozava de boa saúde, e era bastante improvável que tivesse sofrido um ataque cardíaco ou uma hemorragia cerebral só porque tinha sido rejeitada. Ou tinha? Simon olhou a trilha na direção do velho vilarejo. E se a motoneta voltasse? Ela não podia ficar deitada lá daquele jeito.

Por que ela está lá deitada desse jeito?

Com gosto de chumbo na boca, Simon voltou correndo até Anna-Greta, guiado pela luz da lanterna dela. Quando chegou a poucos metros de distância viu que ela estava viva porque o corpo dela estava trêmulo. Ela estava chorando. Simon se aproximou e estacou junto a ela.

– Anna-Greta, pare com isso. Não somos adolescentes. Não faça isso.

Anna-Greta soluçou e enrodilhou ainda mais o corpo, formando uma bola compacta. Simon sentiu seus próprios olhos ardendo, as lágrimas se insinuando e, furioso, enxugou-as.

Não é justo.

Para ele era insuportável vê-la daquele jeito, aquela mulher forte e obstinada, que por tanto tempo ele tinha amado. Não podia suportar vê-la deitada na floresta como um pacote indefeso e choroso. Jamais tinha imaginado que algo dito por ele fosse provocar aquela reação. Sentiu um nó na garganta, as lágrimas escorriam, e agora ele sequer se dava ao trabalho de enxugá-las.

– Pare com isso. Vamos, Anna-Greta. Levante-se.

Entre um soluço e outro Anna-Greta disse:

– Nunca. Mais. É. Para. Você. Dizer. Que. Não. Quer. Mais. Ficar. Comigo.

– Não – Simon prometeu. – Não vou dizer. Agora vamos.

Ele estendeu a mão para ajudá-la, mas ela não viu. Simon não se achava capaz de se abaixar e erguê-la nos braços; havia o risco de os dois acabarem estatelados no chão.

Ele jamais tinha se envolvido em uma situação parecida. Não com Anna-Greta. Quando os dois brigavam, às vezes ela podia ser terrível e, depois que a discussão acabava, ela chorava um pouco, mas Simon nunca a tinha visto em tamanho desespero. Por outro lado, ele jamais tinha dito, tampouco sugerido, que queria se separar.

Acenou a mão diante do rosto dela.

– Venha, vou te ajudar.

Anna-Greta fungou, sua respiração se apaziguou um pouco e ela relaxou. Agora ela respirava devagar, mas arfando, e ficou deitada em silêncio. Por fim perguntou:

– Você quer ficar comigo?

Simon fechou os olhos e os esfregou. Aquela cena era simplesmente ridícula. Os dois eram adultos, mais que adultos. E pensar que tudo podia dar uma volta completa e terminar com a mais simples e mais básica das perguntas, a questão que podia ter sido resolvida décadas antes.

Mas não foi resolvida, foi? Talvez nunca seja.

– Sim – ele respondeu. – Sim, eu quero, mas você precisa se levantar. Vai ficar doente se continuar deitada aí desse jeito.

Anna-Greta segurou a mão de Simon mas não se levantou, simplesmente deixou sua mão pousada sobre a dele, acariciando com a ponta dos dedos a palma da mão de Simon.

– Tem certeza?

Simon sorriu e sacudiu a cabeça. Por alguns segundos percorreu um labirinto de salas em seu coração, sem conseguir encontrar em parte alguma a sensação que lhe dissera que ele queria abandoná-la, nunca mais vê-la. Esse sentimento tinha sumido, como se jamais tivesse existido.

Nada a fazer. Acabou.

– Tenho certeza – respondeu ele, e ajudou-a a ficar de pé.

Anna-Greta aninhou-se em seus braços e os dois ficaram lá abraçados por tanto tempo que, quando se soltaram, a luz da lanterna tinha começado a mudar de branco para amarelo. Tinha acabado.

Por enquanto, pensou Simon. Deram-se as mãos e voltaram para casa, guiados pela luz fraca da lanterna. Ambos estavam exaustos pela pouco familiar tempestade de emoções, e seus corações estavam doloridos pelo exercício físico a que não estavam afeitos. Ficaram de mãos dadas e a conversa chegou ao fim, mas, assim que saíram da floresta, Simon disse:

– Eu quero saber.

Anna-Greta apertou a mão dele.

– Eu vou te contar.

Quando entraram na casa de Anna-Greta, ambos desabaram no sofá e lá ficaram por algum tempo, recobrando as forças. Era como se fossem tímidos e estivessem com dificuldade de se encararem nos olhos. Toda vez que isso acontecia eles sorriam, hesitantes, um para o outro.

Como adolescentes, pensou Simon. *Adolescentes no sofá da casa do papai e da mamãe.*

Talvez os adolescentes de hoje em dia não se comportassem assim, mas para manter a consistência da analogia Simon foi até a cozinha e pegou uma garrafa de vinho. Para aliviar a atmosfera. Amolecer as línguas e... fazer as coisas acontecerem.

Mas não daquele *jeito, não, obrigado. Isso seria...*

Cravou o saca-rolhas, girou-o e parou no meio do caminho. Não fazia três dias que tinha feito amor com Anna-Greta? Parecia mais tempo. Mas o fato de estarem se comportando como adolescentes não significava que seus corpos tivessem a mesma opinião.

A rolha emperrou. Simon puxou com toda a força de que era capaz e percebeu que não era tanta força assim.

Como eu disse...

Levou a garrafa para Anna-Greta, que se endireitou no sofá, prendeu a garrafa com firmeza entre as coxas e conseguiu arrancar a rolha. Como se tentasse justificar o insucesso de Simon, alegou:

– Estava muito apertada mesmo.

Simon afundou no sofá.

– Hum.

Anna-Greta serviu o vinho e ambos tomaram um gole, deixaram o líquido rolar na boca, e engoliram. O sabor pouco familiar ficou na língua de Simon, que suspirou de prazer. Hoje em dia nem sempre ele tomava vinho. Fitou Anna--Greta com um olhar de desafio; ela pousou as mãos sobre o joelho.

– Por onde devo começar?

– Comece com a pergunta que eu te fiz. Por que as pessoas não se mudaram, por que não foram embora? E o que você quis dizer com aquela história de que não me contou para o meu próprio bem? Por que ninguém...

Anna-Greta ergueu a mão para interrompê-lo. Pegou de novo sua taça, bebericou e passou o dedo na borda.

– Em certo sentido é a mesma pergunta – disse ela. – Se eu te contar isso, você também não vai poder ir embora daqui. – Olhou de relance para o mar escuro. – Embora talvez já tenha acontecido. É provável que você não possa ir embora.

Simon jogou a cabeça de lado.

– Como eu disse, não tenho a intenção de ir a lugar algum. Não precisa me assustar pra me fazer ficar.

Anna-Greta esboçou um sorriso pálido.

– Ele vem atrás de nós. Se a gente tentar ir embora desta ilha, há um grande risco de que ele venha procurar a gente.

– Ele? – Simon a interrompeu. – O que você quer dizer como "ele"?

– O mar. Ele vem atrás de nós e leva a gente. Onde quer que a gente esteja.

Simon balançou a cabeça, com expressão incrédula.

– Mas você vai a Norrtälje. Às vezes vai a Estocolmo. A gente vai de balsa para a Finlândia, você e eu. Até agora, foi tudo bem.

– Hum. Mas de vez em quando você sugeria que a gente fosse para mais longe. Pra Maiorca, lugares assim. E eu dizia "não", porque... ele poderia pensar que eu estava querendo fugir.

Anna-Greta lambeu o dedo indicador, passou-o pela borda da taça e produziu um som. Um som solitário e lamurioso se ergueu da taça e se espalhou pela sala como a voz de um fantasma. Uma nota perfeita, tão pura e cristalina que parecia se fortalecer usando o ar como caixa de ressonância. Simon pousou a mão sobre o dedo de Anna-Greta para silenciar o som.

– Mas isso me parece uma loucura – alegou ele. – Você está dizendo que o mar vai até a terra firme procurar vocês? Não tem como isso acontecer.

– Ele não precisa fazer isso – respondeu Anna-Greta. – Ele existe em toda parte. Está conectado a tudo. O mar. A água. Ele não precisa ir a lugar algum. Porque já existe em todo lugar.

Simon bebeu um gole mais generoso de vinho e relembrou a experiência do dia anterior. Quando segurou o Spiritus na mão e viu como a água corria por tudo, como tudo consistia basicamente em água. Agora ele ampliou a perspectiva em sua mente e viu todos os mares conectados por rios, córregos, riachos. As veias de água correndo através dos leitos de rocha, pântanos, brejos e piscinas. Água, água, por toda parte.

Até aqui tudo certo, mas...

– Estou me perguntando o que você quer dizer com "leva". Como é que "leva" a pessoa?

– As pessoas se afogam. Nos lugares mais absurdos. Em um riachinho. Em uma poça d'agua. Em uma pia. – Simon franziu a testa e estava prestes a fazer a pergunta sequencial lógica, mas Anna-Greta se antecipou: – Não tenho ideia de como acontece. Ninguém sabe. Mas os que... pertencem a Domarö e tentam fugir... são encontrados afogados, mais cedo ou mais tarde. Geralmente. Os que ficam sobrevivem. Geralmente.

Simon colocou a mão sobre a mão de Anna-Greta, que ainda estava pousada sobre a borda da taça.

– Mas isso parece completamente...

– Não interessa o que parece. É assim que as coisas são. A gente sabe disso. E agora você também sabe. Para usar uma palavra que caiu em desuso, nós estamos amaldiçoados. E vivemos com isso.

Simon cruzou os braços sobre o peito e afundou de novo no sofá. Era muita coisa para assimilar de uma só vez, por assim dizer. As respostas que ele obteve tinham levado a mais perguntas, e ele não se achava em condições de lidar com tudo aquilo numa única noite. Uma vez que não estava acostumado a beber, a pequena quantidade de vinho que ele tinha ingerido foi suficiente para deixá-lo com sono.

Fechou os olhos e tentou ver tudo à sua frente. Os pescadores que tinham feito um pacto com o mar, como o pacto foi se perpetuando e propagando ao longo dos anos, alastrando-se como o próprio mar, infiltrando-se em cada fresta.

Infiltrando-se em...

Estalou os lábios quando pensou na água que tinha bebido do poço na casa incendiada. O leve gosto de sal, o mar que abriu caminho e se insinuou. O gosto tinha desaparecido agora, substituído pela doçura cortante do vinho. Sem abrir os olhos, Simon perguntou:

– Agora eu também pertenço a Domarö? Eu também estou... amaldiçoado?

– Supostamente, sim. Mas só você pode saber isso.

– Como é que eu vou saber?

– Você simplesmente sabe.

Simon meneou lentamente a cabeça e sondou as profundezas de si mesmo, deixou que o fio de prumo mergulhasse na escuridão, nas coisas não ditas que ele sabia sem ser capaz de expressá-las em palavras, e constatou que chegou ao fundo antes do esperado. O conhecimento estava lá, mas ele não tinha as ferramentas para encontrá-lo. Ele pertencia ao mar. Ele também pertencia ao mar. Talvez havia muito tempo.

– Alguma coisa aconteceu – disse Anna-Greta. – Foi por isso que a gente se reuniu pra conversar hoje. Essa história da Sigrid. Até onde a gente sabe, ninguém jamais... voltou.

– Mas ela estava morta.

– Sim, mas mesmo assim. Nunca aconteceu antes.

– E o que isso significa?

Anna-Greta afagou o joelho.

– Bom, é isso que a gente estava discutindo. Quando fomos interrompidos.

Simon bocejou. Tentou colocar em palavras uma das muitas perguntas que se retorciam em sua cabeça feito serpentes indolentes, mas antes que conseguisse Anna-Greta anunciou:

– Eu também quero te perguntar uma coisa.

– Ah, é?

Simon bocejou de novo; simplesmente não conseguia evitar. Abanou a mão na frente da boca para indicar que, se pudesse, teria sufocado o bocejo, mas era impossível.

Anna-Greta dobrou as pernas, puxou-as para o sofá e abraçou os joelhos. Simon ficou lá sentado, piscando, surpreso com a agilidade e flexibilidade com que ela conseguia construir a própria pequena fortaleza em torno de si. Já devia fazer pelo menos uns quinze anos, ou mais, que ele não era capaz de tamanha destreza.

Ela apoiou o queixo nos joelhos e fitou-o atentamente, depois perguntou:

– Quer se casar comigo?

Apesar de todo o esforço, Simon não conseguiu refrear outro gigantesco bocejo, que rompeu o contato visual com Anna-Greta. Ele levantou as duas mãos como quem diz, *Chega, chega*, e por fim declarou:

– *Isso*. É o limite do que eu consigo aguentar num único dia. Sobre *isso* a gente pode falar amanhã.

O que você está olhando?

Anders acordou sentindo um aroma pouco familiar, sons desconhecidos. O aroma era de café, os sons eram de alguém andando de um lado para o outro na cozinha, abrindo gavetas e armários. Ele ficou deitado algum tempo na cama e fingiu que tudo estava normal. Que a pessoa que tinha feito o café e estava atarefada na cozinha era alguém que ele amava e com quem queria estar. Que aquela era outra linda manhã em uma vida maravilhosa.

Dobrou as mãos sobre a barriga e olhou pela janela. Um céu enevoado com trechos azuis, um agradável e provavelmente frio dia de meados de outubro. O cheiro de café era tentador, e ele ouviu o tinido de louça na cozinha.

Cecilia está preparando o café da manhã, Maja está sentada à mesa da cozinha, entretida com alguma coisa. Estou deitado aqui, pronto e descansado, na... cama da Maja...

A fantasia começou a esgarçar nas pontas. A sujeira em seu corpo depois de mais uma noite de bebedeira e cigarros se fez sentir. Ele olhou para os dedos. Estavam ligeiramente amarelos, pretos debaixo das cutículas e fediam a tabaco. Sua boca estava grudenta, ele se inclinou na ponta da cama, encontrou uma garrafa de plástico com vinho diluído, cheia até mais da metade, pegou-a e bebeu: álcool para rebater o efeito da ressaca.

Certo. De volta à realidade.

A empolgação da noite anterior tinha esmorecido. O que Elin lhe dissera sobre o desaparecimento de Henrik e Björn parecera febrilmente promissor, mas à luz fria da manhã ele podia ver que não era necessariamente assim. Os dois eventos eram distintos. Não havia necessariamente uma conexão, e, mesmo que houvesse, o que ele poderia fazer? Nada.

Ergueu-se da cama. Debaixo de seus pés descalços o chão estava gelado, e ele vestiu meias frias e uma camiseta fria. A dor de cabeça começou a martelar suas têmporas. Enfiou a calça jeans e entrou na cozinha.

Elin estava acabando de colocar pão e queijo sobre a mesa. Levantou os olhos e disse:

– Bom dia.

À radiante luz matinal que entrava pela janela, a aparência dela era medonha. Ele resmungou alguma coisa em resposta, pegou na despensa uma nova caixa de vinho, abriu-a e bebeu duas goladas, sob o olhar de Elin. Anders não deu a mínima. A dor de cabeça estava piorando e ele apertou os olhos e massageou as têmporas.

– Você tem um problema e tanto com álcool, hein? – disse ela, curta e grossa.

Anders sorriu, malicioso, e um gracejo que ele tinha ouvido de um comediante saiu feito um raio de sua boca:

– Eu sou bebum e você é feia. Eu posso parar de beber...

Fez-se silêncio, e era isso que Anders queria. Ele se serviu de uma xícara de café e olhou para o relógio. Passava das onze. Tinha dormido bem mais que o habitual. Apesar da tentativa de fuga durante a noite, talvez a presença de Elin tivesse dado ao quarto uma espécie de segurança, o que possibilitou que Anders dormisse.

Ele bebericou o café e olhou de relance para Elin. Aos poucos a dor de cabeça foi perdendo força e ele sentiu uma pontada de remorso quando a viu ali sentada, quebrando o sanduíche de queijo em minúsculos pedacinhos de modo a conseguir colocá-los na boca. Quis dizer alguma coisa, mas, se por um lado é fácil fazer comentários maldosos e sabichões, é bem mais difícil encontrar o tipo de observação capaz de consertar as coisas.

Anders terminou o café e estava prestes a servir uma xícara para ela quando lhe ocorreu que provavelmente Elin não conseguiria beber um líquido tão quente. Ela tinha feito o café para ele. Ele devolveu a xícara ao escorredor de pratos e agradeceu:

– Obrigado pelo café. Foi muito gentil da sua parte.

Elin assentiu e tomou um cauteloso gole do copo de suco. As feridas deviam ter cicatrizado um pouco, pois ela já não precisava usar o canudo. O que ela tinha feito com o próprio rosto era incompreensível. Elin tinha trinta e seis anos, mas estava começando a parecer uma senhora sessentona cuja vida era uma sucessão de maus bocados.

– Vou checar a correspondência – disse Anders.

Saiu às pressas da cozinha e colocou a blusa Helly Hansen, fugindo da agonizante desolação que pousava como uma névoa ao redor de Elin.

Desceu a varanda e deu de cara com o homem do sorvete GB, embrulhado no saco de plástico. Não conseguia entender por que aquele boneco o tinha deixado tão apavorado. Pegou o boneco e carregou-o até a pilha de lenha, onde lhe aplicou um pontapé e derrubou-o no chão.

– Agora você não parece tão durão, não é? – disse Anders para a figura caída, que nada tinha a retrucar em sua própria defesa.

O ar estava límpido e frio, os demônios da noite se dispersavam. Ele olhou com satisfação para o bem abastecido depósito de madeira, enfiou as mãos nos bolsos e caminhou na direção do vilarejo. Era como se ele tivesse dois estados diferentes. Um que era comparativamente claro e lúcido e capaz de cortar madeira, que pensava coisas sensatas e era "para cima". E havia também o outro, o lado noturno, que estava em processo de se perder em uma escuridão labiríntica de medo e conjecturas, e que descambava ladeira abaixo.

Pelo menos é uma luta, ele pensou. *Na cidade não havia nada além de apatia.*

Em todo caso, foi assim que ele escolheu ver a situação no momento, enquanto se aproximava da loja com as mãos cansadas por causa do trabalho árduo enterradas nos bolsos. Enquanto os raios de sol rompiam a camada de nuvens a intervalos irregulares e faziam o mar faiscar, enquanto ele estava sob a luz do novo dia. Assim que a noite caísse, tudo teria um aspecto bastante diferente.

Ele abriu a velha caixa de correio que ganhara de Simon, na expectativa de nada encontrar, como sempre, mas hoje havia um envelope amarelo dentro da caixa. Os filmes. As fotografias tinham sido reveladas.

Pesou o envelope na mão. Era mais fino e mais leve que o normal, porque ele tinha tirado apenas algumas fotos antes de abandonar de vez a fotografia. Mas elas estavam ali. As últimas fotos. Ele segurou a aba do envelope e olhou ao redor. Não avistou vivalma. Com um pequeno rasgo, abriu o envelope.

Anders não quis voltar para casa porque Elin estava lá e ele queria ficar em paz com aquele momento. Sentou-se nos degraus da loja e tirou de dentro do envelope um envoltório menor, pesando-o também na mão. Quantas fotos havia ali? Dez? Onze? Ele não lembrava. Respirou fundo e, cuidadosamente, retirou o pequeno pacote de fotos.

Minha querida...

As primeiras eram duas fotos bem ruins da Choça, e depois lá estavam elas, rumo ao farol, Maja no macacão vermelho, abrindo caminho na neve, Cecilia logo atrás dela, a coluna reta apesar da dificuldade do terreno. Lá estavam elas defronte ao farol, lado a lado, as bochechas rosadas. A mão de Cecilia no ombro de Maja, Maja se afastando, correndo para longe, como sempre.

Mais fotos das duas em frente ao farol, as duas pessoas que ele mais amava no mundo, e ambas tinham ido embora. Diferentes graus de zoom, as mãos em diferentes posições. Fotos de longe, cabeças e ombros, closes. Maja junto ao refletor.

Anders sentiu um nó na garganta e teve dificuldade para respirar. Como elas podiam ter ido embora? Como podiam ter deixado de existir, se ele estava ali sentado, segurando-as nas próprias mãos? Como isso era possível?

As lágrimas começaram a cair; uma broca rompia caminho dentro de seu peito. Ele abaixou as fotos e deixou acontecer. Abraçou o próprio corpo e pensou: *Se houvesse um jeito...*

Se houvesse um jeito, uma máquina, um método para libertar as pessoas de dentro das fotografias, capturar aqueles momentos congelados e descongelá-los, fazer com que se tornassem reais e fossem trazidos de volta para o mundo... Ele assentiu para si mesmo enquanto as lágrimas continuavam a escorrer e a broca seguia perfurando, girando e girando sem trégua.

– Devia haver um jeito – murmurou –, devia haver um jeito.

Anders ficou lá sentado até que a dor começou a se apaziguar e as lágrimas secaram. Depois examinou uma a uma as fotos, passando os dedos sobre os rostos bidimensionais que jamais voltariam a ser dele.

Que engraçado...

Ele viu e reviu a pilha de fotos de cabo a rabo, inúmeras vezes. Em nenhuma das fotos Maja olhava diretamente para a câmera. Cecilia, por sua vez, encarava obedientemente as lentes, todas as vezes, e em uma das fotos chegava inclusive a abrir um sorriso radiante, mas Maja...

Os olhos da menina fitavam a distância, e em um par de fotos não eram apenas os olhos dela. Seu rosto inteiro estava voltado para a esquerda. Para o leste.

Anders estudou com mais atenção as fotografias e constatou que em todas elas os olhos de Maja pareciam estar fixados num ponto específico. Mesmo quando ela encarava diretamente a câmera – no close, por exemplo –, suas pupilas estavam atraídas para a esquerda.

Ele baixou o punhado de fotos e olhou fixamente para a frente, boquiaberto. Lembrou. Lá em cima, no farol. Como ela tinha apontado e...

Papai, o que é aquilo?

Do que você está falando?

Lá. No gelo.

Ao longe, à distância, Gåvasten não passava de uma difusa elevação no mar cinza-azul. Com os indicadores e os polegares Anders fez um orifício em formato de losango, através do qual olhou para aguçar o foco. Os contornos de Gåvasten ficaram ligeiramente mais claros, mas ele não conseguiu avistar nada em particular.

O que será que ela viu?

Ele se levantou dos degraus, enfiou as fotos no bolso e saiu decidido, caminhando a passos largos, para casa. Tinha um trabalho a fazer.

Anders passou pelo barco emborcado, olhando-o de um ponto de vista mais pragmático. Sim, a embarcação parecia velha e acabada, mas será que daria conta de cumprir sua função: cair na água e suportar um motor que o levasse até Gåvasten?

O elemento mais fraco de um ponto de vista prático era o cavalete ou suporte para o motor. A chapa de metal na popa tinha praticamente se esfarelado por causa da ferrugem, e a tentativa de acoplar um motor a ela provavelmente resultaria na queda do motor em pleno mar. Anders examinou a estrutura. Atarraxando à coisa toda alguns parafusos, a chapa de metal poderia ser reforçada com um pedaço de madeira. Não era uma tarefa complicada, mas para que ele pudesse trabalhar nisso o barco teria de ser virado.

Anders voltou para casa e pediu a ajuda de Elin. Foi uma trabalheira danada, mas por fim eles conseguiram inclinar e erguer o barco de modo a deixá-lo equilibrado, e assim Anders pôde dar a volta a fim de tirar o peso e amortecer a queda quando o barco pousou no chão do lado certo.

Elin olhou o assento rachado, as fissuras ao redor das forquetas e das bordas da fibra de vidro ao longo da amurada trincada.

– Você pretende entrar no mar nisto?

– Se o motor funcionar, sim. E o que você vai fazer?

– Com relação a quê?

– Com relação a tudo. À sua vida. O que vai fazer da vida?

Elin arrancou algumas folhas de absinto e esmagou-as entre os dedos, cheirou e fez uma careta. Anders percebeu movimento atrás de Elin e viu que Simon se encaminhava na direção deles. Quando Elin o avistou, sussurrou:

– Não diga pra ele que sou eu. Se ele perguntar. Eu não posso...

Ela não teve tempo de dizer mais nada. Simon achegou-se e, meneando a cabeça na direção do barco, perguntou:

– Então. Você vai para o mar?

– Vou.

Simon virou-se para Elin e teve um sobressalto. Durante um par de segundos ele ficou lá parado, com a testa franzida, encarando o rosto dela. Depois estendeu a mão.

– Olá. Simon.

Continuou encarando o rosto de Elin, como se tentasse se lembrar de alguma coisa. Anders não conseguiu entender a reação de Simon. Tudo bem, Elin era medonha, mas aquele comportamento de Simon era totalmente grosseiro e nada tinha a ver com ele. Quando alguém se depara com uma pessoa cujo rosto foi desfigurado por queimaduras de terceiro grau, por exemplo, não fica lá parado olhando com cara de pateta as cicatrizes e escoriações.

Simon pareceu dar-se conta da própria atitude, soltou a mão de Elin, atenuou sua expressão atordoada e iniciou uma pergunta:

– Então, você é...

Elin não parou para ouvir a pergunta; pediu licença e voltou para a casa. Depois de vê-la se afastar, Simon virou-se para perguntar a Anders:

– Amiga sua?

– Sim. Ou... é uma longa história.

Simon assentiu e esperou que Anders continuasse. Como ele não fez essa gentileza, em vez disso Simon contemplou o barco e decretou.

– Não está me parecendo nada bom.

–Não, mas acho que vai flutuar.

– E o que me diz do motor?

– Não sei. Ainda não tentei ligar.

– Você pode pegar o meu barco emprestado, se precisar. Você sabe disso.

– Quero algo que seja meu. Mas obrigado.

Simon crispou as mãos e andou ao redor do barco, inspecionando-o e resmungando "Hum" para si mesmo a intervalos irregulares. Parou ao lado de Anders e esfregou as bochechas com as mãos. Era óbvio que tinha algo a dizer. Pigarreou, mas as palavras não saíram. Tentou novamente, e dessa vez saiu-se melhor:

– Tinha uma coisa que eu queria te perguntar.

– Manda.

Simon respirou fundo.

– Se a Anna-Greta e eu... se a gente se casasse. O que você acharia disso?

Simon parecia profundamente preocupado. Alguma coisa irrompeu do peito de Anders, e por uma fração de segundo ele não soube o que era, de tão desacostumado que estava com a sensação, mas era uma gargalhada.

– Vocês vão *se casar*? Agora?

– Bom, a gente está pensando nisso, sim.

– E aquele papo todo de não conhecer a outra pessoa?

– Acho melhor a gente considerar aquilo como... um certo exagero.

Anders olhou para a casa de Anna-Greta como se esperasse vê-la lá parada, ansiosa, escutando clandestinamente a conversa. Ele não entendeu.

– Por que está perguntando isso *pra mim*? O que *você* quer?

Simon coçou a cabeça e pareceu constrangido.

– Bom, é claro que eu quero, mas o que estou querendo dizer é que... eu herdaria tudo, se ela morresse antes de mim. O que não parece muito provável, mas...

Anders pousou a mão sobre o ombro de Simon:

– Tenho certeza de que a gente pode colocar tudo por escrito. Um documento assegurando que eu fique com a Choça. De resto, eu não me preocupo com mais nada.

– Tudo bem para você? Tem certeza?

– Simon, está mais do que bem. É a primeira notícia boa que eu escuto em muito, muito tempo, e... – Anders deu um passo adiante e abraçou Simon. – Parabéns. Já era hora, para dizer o mínimo.

Depois que Simon foi embora, Anders ficou um bom tempo de pé, com as mãos nos bolsos, encarando o barco sem pensar no barco. Pela primeira vez seus órgãos internos se sentiam aquecidos e fáceis de carregar. Ele queria que aquela sensação perdurasse.

Quando por fim subiu até o depósito de lenha, descobriu que podia levar consigo a sensação. Que permaneceu enquanto ele cortou um pedaço de madeira tratada, fez buracos nele com uma broca e afixou-o à popa.

Vai haver uma cerimônia de casamento?

Ele não tinha perguntado a Simon se eles estavam planejando uma cerimônia de casamento completa na igreja de Nåten, ou se pretendiam celebrar em casa, ou apenas uma cerimônia no civil. Provavelmente nem eles tinham pensado nisso ainda, já que nada estava decidido.

Quem pediu quem em casamento?

Ele simplesmente não conseguia imaginar a cena, como a coisa tinha acontecido ou como uma coisa havia levado a outra. Mas era divertido pensar nisso. A sensação continuava com ele.

Somente quando ele pregou uma prancha entre duas árvores, colocou o motor em cima e conectou um tanque de pressão é que a costumeira melancolia começou a tomar conta dele mais uma vez. O motor não estava colaborando. Ele bombeou a gasolina, puxou o afogador e deu sucessivos puxões na corda de partida até seu braço começar a ficar dormente. Nada.

Porra, por que tudo tem que me espicaçar? Por que nada funciona?

Ele removeu a tampa e viu que o motor estava encharcado. A gasolina tinha vazado do carburador e formou uma poça debaixo do filtro de combustível. Ele fez tudo que podia, verificou todos os conectores e limpou a vela de ignição. Estava começando a escurecer quando ele recolocou a tampa e puxou o cordão de partida até ficar ensopado de suor, sem sucesso.

Anders resistiu ao impulso de erguer o motor da prancha de madeira, carregá-lo até o píer e jogá-lo no mar. Em vez disso, retirou mais uma vez a tampa e, com ar de resignação, aplicou spray lubrificante WD-40, recolocou a tampa no lugar e deixou o motor em paz.

Questões importantes e desimportantes

Caía a noitinha quando Simon se aproximou da casa de Anna-Greta e viu que ela tinha acendido velas na cozinha. Sentiu um aperto na barriga e um súbito nervosismo. Julgou que até certo ponto estava na mesma sintonia dela, tendo vestido seu melhor pulôver sob o paletó, mas percebeu um ar cerimonial do qual não tinha certeza de estar à altura.

Olhando para trás e reexaminando sua vida, Simon tinha a impressão de que havia vivido sem nunca tomar *decisões* de verdade. As coisas tinham acontecido do jeito que tinham acontecido, e ele simplesmente se deixara levar, seguindo adiante ao sabor das marés. Sua aliança com o Spiritus talvez fosse uma exceção, mas que tinha sido ditada pela necessidade. Ele não poderia ter feito outra coisa.

Ou poderia?

Talvez fosse apenas o fato de que antes ele jamais tinha se visto diante de uma questão tão clara, uma escolha tão precisa e definida como uma proposta de casamento. Provavelmente tinha tomado suas decisões e feito suas escolhas, mas tudo isso acontecera na surdina, por assim dizer. Nada de alarde, sinos, assovios, nada de velas, de frio na barriga.

A questão dos filhos, por exemplo. Ele e Anna-Greta nunca puderam ter filhos, e supostamente ele era o elo mais fraco da corrente. Jamais tinham tentado conscientemente ter filhos. Se o seu amor tivesse resultado em uma criança, eles teriam aceitado com alegria. Como isso não aconteceu, deixaram o assunto de lado. Nunca fizeram exames, jamais discutiram a possibilidade de adoção.

As coisas simplesmente não aconteceram dessa maneira porque não tinha de ser.

Essa expressão continha a essência de uma atitude em relação à vida que era adotada por muita gente em Domarö, e que Simon também compartilhava. Uma espécie de fatalismo. A reunião na casa da missão havia mostrado a ele onde estavam as raízes desse fatalismo. As coisas aconteciam, e porque simplesmente era assim que tinha de ser. Ou não aconteciam, e simplesmente não aconteciam porque não tinha de ser. Nada a fazer.

Mas agora ele estava a caminho de uma casa lindamente iluminada para responder a uma pergunta que não ia simplesmente se resolver sozinha de um jeito ou de outro. Agora o que importava era "sim" ou "não", e seu melhor pulôver estava raspando ligeiramente na nuca. Ele desejou ter trazido um presente, uma flor, ou pelo menos algo para segurar nas mãos.

Com sua costumeira combinação de comportamento citadino e comportamento de aldeão, ele primeiro bateu à porta e depois a abriu. Pendurou o paletó no corredor, passou o dedo por dentro da gola do pulôver e entrou na cozinha.

Parou junto ao forno. O ar cerimonial que ele tinha pressentido estava de fato ali. O candelabro tinha sido tirado do armário, havia uma toalha branca limpa sobre a mesa e uma garrafa de vinho à espera. Anna-Greta estava usando seu vestido azul de gola alta e bordado chinês. Fazia pelo menos dez anos que Simon não via aquele vestido, razão pela qual ficou paralisado.

Ali estava ela, a mulher que ele...

a mulher que ele...

a mulher.

Ela. A outra. *Você.* E ela não era linda, não era elegante? Certamente que sim. As velas faziam com que a seda do vestido tremeluzisse, e o brilho se irradiou para o rosto dela, que, mais do que ter rejuvenescido vinte anos, parecia ter perdido completamente a idade. Era simplesmente ela, Anna-Greta, depois de tantos anos e todas as mudanças na aparência. Era apenas Anna-Greta.

Simon engoliu com a boca seca e não sabia o que fazer com as próprias mãos. Devia haver algo nelas, algo que ele pudesse entregar a ela, algum gesto a ser feito. Em vez disso, acenou vagamente na direção da mesa, da sala, de Anna-Greta, e disse:

– Está tudo... lindo.

Anna-Greta encolheu os ombros e disse:

– Às vezes a gente só precisa fazer um pouco de esforço...

E a atmosfera de comunhão se atenuou um pouco. Simon sentou-se do outro lado da mesa e estendeu sua mão vazia, a palma voltada para cima. Anna-Greta segurou-a.

– Sim – disse ele. – É claro.

Anna-Greta inclinou-se para a frente.

– É claro o quê?

– É claro que eu quero me casar com você.

Anna-Greta sorriu e fechou os olhos. Com as pálpebras fechadas, assentiu em silêncio. Simon engoliu o nó na garganta e apertou a mão dela.

É assim que as coisas são, ele pensou. *É assim que as coisas vão ser*.

Ele enfiou a mão livre no bolso da calça e tirou a caixa de fósforos, colocando-a sobre a mesa, entre os dois.

– Anna-Greta, tem uma coisa que eu preciso te contar.

Malditos turistas, vão embora para casa

Anders e Elin dedicaram a noite a muito vinho e pouca conversa. Elin acendeu o fogo na sala de estar e lá ficou. Anders sentou-se na cozinha encarando o azulejo de contas, tentando encontrar um padrão. Não conseguiu chegar a conclusão alguma. Com a presença de Elin, o silêncio, que antes era aceitável quando ele estava sozinho em casa, o sufocava.

De um dos armários ele desencavou o velho toca-fitas do pai e uma sacola plástica abarrotada de fitas, usadas e imundas, e que já tinham sido tocadas à exaustão. Eram em sua maioria compilações de um programa de grandes sucessos, coletâneas das "vinte mais", Alf Robertsson e Lasse Lönndahl. Ele já tinha se resignado à ideia de ouvir por um bom tempo a voz rosnenta de Al Robertsson quando encontrou uma fita tão velha que o rótulo estava ilegível. Isso não tinha importância, pois ele reconheceu a fita e sabia o que estava escrito: "Kalle Sändare faz um telefonema".

O toca-fitas estava sem o cabo da tomada. Ele vasculhou freneticamente as gavetas, tomado de crescente expectativa. Tinha ouvido aquela fita específica com o pai inúmeras vezes. Quando criança, Anders achava muito engraçados os trotes telefônicos de Kalle, e estava ansioso para saber o que pensaria daquelas pegadinhas agora.

Encontrou o cabo, enfiou-o no aparelho, inseriu a fita e apertou o Play. Escutou o ligeiro bipe indicando o início da conversa e aumentou o volume; a fita era tão velha e gasta que o som propriamente dito parecia estar carcomido.

– Ah, boa tarde, meu nome é Måstersson e sou engenheiro...

Anders sentou-se com o ouvido encostado ao aparelho, ouvindo a lenga-lenga de Kalle fingindo interesse na compra de colmeias, fazendo perguntas detalhadas sobre sua compra. Do outro lado da linha a vítima inocente respondia de bom grado às perguntas, que iam ficando cada vez mais insanas.

Anders gargalhou quando Kalle perguntou se as colmeias tinham refletores agregados como os tanques de barco, e gargalhou ainda mais quando ele começou a discorrer sobre as colmeias subterrâneas que tinha visto na Alemanha. Mais para o final da conversa, quando contou uma história sem pé nem cabeça sobre um pequeno bote que tinha ficado encalhado no gelo – "E aí, quando veio a primavera... o barco saiu flutuando!" –, Anders se flagrou tendo um ataque de riso tão violento que perdeu um trecho da conversa e teve de rebobinar a fita.

Quando o diálogo acabou, Anders apertou o botão Stop. Estava com a barriga dolorida e lágrimas nos olhos. Mas era uma dor boa, e as lágrimas também eram boas. Enxugou os olhos e serviu-se de outro copo de vinho. Quando já estava prestes a religar a fita para ouvir o trote seguinte, Elin entrou na cozinha.

– O que você está escutando?

– Kalle Sändare. Não acha que ele é brilhante?

– Para falar a verdade, não.

Anders ficou chateado e teve de se segurar para não fazer um comentário maldoso. Elin bocejou e disse:

– Vou pra cama.

– Pode ir. – Ela se demorou por um momento e Anders assentiu. – Eu vou ficar aqui mais um pouco. Vá em frente.

Elin foi para o quarto e Anders ficou sozinho na cozinha com Kalle Sändare. Fez um brinde em homenagem ao toca-fitas, acendeu um cigarro e continuou escutando a fita. Kalle estava procurando emprego como baterista de uma banda de música eletrônica, investigou oportunidades na área de derrubada de árvores e depois demonstrou interesse em comprar uma guitarra elétrica. Anders não teve outras crises de gargalhada, mas riu quase sem parar o tempo todo.

Quando a fita acabou, o silêncio tomou conta da cozinha, e ele se sentiu mais abandonado que nunca. A voz suave e amigável de Kalle tinha sido uma companhia. Anders tirou a fita do aparelho, girando-a entre os dedos. Tinha sido gravada em 1965.

Isto é cultura.

O humor de Kalle consistia quase exclusivamente em reviravoltas e volteios linguísticos, e era *gentil* do começo ao fim. Nada havia de cínico, rude ou agressivo no tratamento que Kalle dava a suas crédulas vítimas. Ele era apenas um velho sujeitinho engraçado, uma parte excêntrica da vida sueca.

Anders pensou nos programas de comédia que tinha visto na televisão em anos recentes, e começou a chorar, porque Kalle Sändare já tinha morrido e porque hoje em dia tudo era tão horrível. Depois de alguns minutos de choro, ele ficou de pé, lavou o rosto na água fria e tentou se recompor.

Para com isso. Você não pode continuar assim.

Secou o rosto num pano de prato e se sentiu purificado por dentro. Gargalhadas e lágrimas tinham se sucedido umas às outras, e por fim ele estava suficientemente cansado para conseguir dormir. Uma noite boa, apesar de tudo. A caminho do quarto, roçou um dedo sobre a fita.

Elin também devia ter escutado Kalle Sändare; a porta do quarto estava entreaberta, e claramente a fita tinha feito o papel de cantiga de ninar. Ela estava dormindo a sono solto, respirando profundamente, e Anders ficou agradecido por não ter de conversar. Despiu-se e enfiou-se na cama de Maja, depois ficou um bom tempo olhando para o grande volume que era o corpo de Elin na cama grande.

O que vou fazer com ela?

Não havia muito que ele pudesse fazer. Ela tinha de tomar a própria decisão. Ele diria que ela podia ficar ali por alguns dias, se necessário, mas que depois disso precisaria encontrar uma solução diferente. Ele não queria mais ninguém vivendo ali, queria ficar sozinho com seus fantasmas. E Kalle Sändare.

Anders sorriu. Havia outra fita, onde é que tinha ido parar? "As aventuras e peripécias de El-Zou Zou, o mágico". Havia uma história sobre um macaco que entrava e saía das alças de uma sacola de papel e de lá tirava diferentes ferramentas...

Com o macaco ao seu lado, ele tombou reino dos sonhos adentro.

Foi acordado por uma gelada corrente de ar e, piscando, sentou-se na cama, tentando enxergar o relógio na parede ao lado da cama. Meia-noite e meia. Tinha dormido por cerca de uma hora.

Uma noite. Por favor, será que posso dormir uma noite inteira?

A porta do quarto estava escancarada, e a cama grande estava vazia. Anders desabou de volta sobre o travesseiro e apurou os ouvidos. Não se ouvia um único ruído dentro da casa, mas os barulhos do lado de fora estavam bem mais nítidos, como se a porta da frente estivesse aberta. Ele tinha se esquecido de fazer uma barricada na porta do quarto, e agora tinha de lidar com as consequências.

Bocejando, vestiu suas roupas e entrou na cozinha. A porta da frente estava de fato aberta para a noite, e a casa estava implacavelmente gelada. O termômetro junto à janela da cozinha marcava quatro graus. As roupas de Elin estavam meticulosamente dobradas na cadeira do quarto, portanto ela devia ter saído de calcinha e sutiã.

Embora para casa.

Era para onde ela tinha ido na noite anterior, e supostamente para onde tinha ido agora. Do outro lado da ilha, talvez dois quilômetros na direção de Kattudden.

Anders esfregou furiosamente o rosto com a palma das mãos.

Merda! Merda! Merda! Merda!

Não havia outra coisa a fazer. Anders encontrou um suéter bem quente e uma jaqueta, enfiou as roupas de Elin dentro de uma sacola de plástico, colocou o gorro e saiu. Com sorte ela ainda não teria ido muito longe e ele a alcançaria em algum trecho da estrada.

A cabeça de Anders zunia com a embriaguez que estava em vias de se transformar em ressaca mas tinha sido interrompida no meio do caminho. O raio dançante da lanterna se deslocando ao longo da trilha deixou-o ligeiramente nauseado. Quando chegou ao ponto onde a trilha se bifurcava, teve um instante de genialidade e tomou a direção da casa de Simon.

A bicicleta de Simon estava encostada a um abeto que margeava a trilha. Estava sem cadeado. Era uma velha bicicleta do exército, que a bem da verdade nem valia a pena roubar, mesmo no caso do mais desesperado dos ladrões. Além disso, Simon tinha dito que já não tinha condições físicas de usar a bicicleta, e que qualquer pessoa que precisasse dela tinha plena liberdade para pegá-la.

E Anders a pegou. Percebeu algo inusitado: a casa de Simon estava às escuras, mas havia luz na casa de Anna-Greta. Depois lembrou.

Provavelmente os dois estão lá sentados, fazendo planos.

O pensamento serviu para deixá-lo animado, e o ar gelado da noite tinha aclarado sua cabeça. Ele pendurou a sacola no guidão, montou na bicicleta e saiu pedalando, usando a lanterna para iluminar o caminho, uma vez que o farol da bicicleta estava quebrado desde tempos imemoriais. Se havia alguma chance de outra pessoa ter parado Elin, era remota. Somente no verão as pessoas de Domarö saíam para andar à noite.

Anders passou pela loja e pela casa da missão sem ver sinal da sonâmbula. Quando chegou à trilha dentro da floresta, estava bufando e suando em bicas. Em sua boca havia um gosto amargo e defumado, e, quando ele apontou o facho da lanterna para as árvores sombrias, foi mais uma vez invadido pelo desalento; a lembrança de um verso da música *Heaven knows I'm miserable now* pipocou de surpresa em sua cabeça.

The Smiths. Fazia muitos anos que o verso de uma canção da banda não aparecia sem convite em sua mente e, enquanto ele pedalava em meio à floresta, seu pensamento começou a divagar para o passado. Ele saiu na clareira que levava a Kattudden, continuou por mais ou menos cinquenta metros e então avistou algo que fez com que freasse de modo tão abrupto que os pneus derraparam no cascalho.

Anders tentou endireitar a bicicleta, mas não conseguiu mantê-la na vertical. A bicicleta deslizou de lado e desabou com estrépito e um "plim" da campainha. Ele esfolou o joelho direito no cascalho e, por causa da velocidade, saiu rolando algumas vezes até ser finalmente interrompido por uma cerca. Depois ergueu o corpo e, já sentado, tentou entender o que seus olhos estavam vendo.

A motoneta com reboque de Henrik estava estacionada debaixo de um poste de iluminação. No jardim da casa ao lado, Elin caminhava com duas outras pessoas. O som da queda de Anders fez com que elas se virassem. Eram Henrik e Björn. Ambos pareciam ter aproximadamente a mesma idade de quando Anders os vira pela última vez, dezoito anos antes.

Isto não é real. Isto não está acontecendo.

Henrik e Björn contemplaram calmamente Anders, que estava lá sentado como um animal acuado e confuso, iluminado pelo brilho que vinha da lâmpada do poste. Elin seguiu em frente, contornando a lateral da casa. Não era uma casa que Anders conhecia. Um dos chalés de verão. Elin estava carregando alguma coisa pesada. Foi difícil ver o que era, pois a luz não chegava tão longe.

O gosto de sangue infiltrou-se na boca de Anders enquanto ele procurava a lanterna. Estava caída aos seus pés, ainda acesa. Ele apontou-a para Henrik, que se sobressaltou quando a luz radiante o atingiu em cheio. Depois sorriu.

– Infelizmente não é assim tão simples, Anders.

Alguma coisa na mão de Henrik refletiu a luz e ofuscou a vista de Anders antes que o reflexo desaparecesse. Uma faca. A lâmina era tão comprida que quase chegava ao chão; Henrik segurava o cabo entre o indicador e o dedo médio, balançando o gume afiado de um lado para o outro. Se não fosse pelo formato da lâmina, bem que poderia ser um facão.

Anders se levantou. Sua calça estava rasgada na altura do joelho direito, que latejava de dor. Era inútil questionar a evidência de seus próprios olhos. Henrik e Björn estavam lá, de pé, à sua frente. Mesmo depois de tantos anos, tinham a mesma aparência, a voz de Henrik era idêntica. Anders cuspiu uma gosma de saliva misturada com sangue e perguntou:

– O que vocês estão fazendo?

Henrik olhou para Björn, que respondeu:

– Incendiando a discoteca.

Henrik fez sinal de positivo. Anders apontou a lanterna na direção da casa. Elin estava realmente vestindo apenas suas roupas de baixo, e em contraste com suas costas a tira estreita do sutiã reluzia. Ela estava carregando nas mãos uma lata de gasolina, cujas últimas gotas ela acabava de despejar num dos cantos da casa.

Por quê...

Os pensamentos giravam ao redor da cabeça de Anders, matizados de vermelho e imunes a qualquer tipo de ordenação. A única coisa que ele conseguiu articular foi uma pergunta simples:

– ... por quê?

Henrik franziu o lábio e o cenho, como se a ignorância de Anders o deixasse aborrecido. E respondeu:

– Acho que você sabe.

– Não.

– Ah, por favor.

– Não sei do que você está falando.

Balançando o facão, Henrik disse para Björn.

– Porra, agora eu fiquei decepcionado. Você não está decepcionado?

Os cantos da boca de Björn se curvaram para baixo:

– Muito decepcionado mesmo.

Os dois estavam jogando alguma espécie de jogo, do qual Anders não queria participar. O fato de estarem ali à sua frente, vivos e conversando e jogando seu joguinho, era coisa demais para assimilar, por isso Anders aferrou-se ao motivo que o tinha levado até ali:

– O que a Elin tem a ver com tudo isso?

Björn balançou a cabeça.

– Você realmente não entende nada mesmo, hein? Mente ou corpo? Quem manda em quem? Sei lá.

Henrik acenou a faca na direção de Elin e disse:

– Vamos lá, velhinha.

Elin se aproximou e parou entre deles. Ela se movia feito uma sonâmbula, exatamente como tinha feito na noite anterior, e seus olhos estavam vazios. Por causa do frio, sua pele estava com uma palidez de morte, e era difícil ver onde acabava a pele e começava o tecido da calcinha e do sutiã. Enquanto Anders olhava ao redor procurando a sacola com as roupas de Elin, Henrik passou as mãos nos seios e na barriga dela e disse:

– Você fez por merecer, meu bem? Acho que não. Ainda não.

A sacola estava caída junto à cerca, a alguns metros de onde Anders tinha aterrissado após a queda. Henrik e Björn podiam formar uma dupla de fantasmas ou de malucos ou as duas coisas, mas aquilo não podia continuar. Elin morreria congelada.

Anders tirou o suéter da sacola e caminhou na direção do grupo. Apesar da impossibilidade da presença de Henrik e Björn, e apesar da faca na mão de Henrik, Anders não estava com medo. Assim como uma reunião de escola tende a fazer com que os ex-alunos reassumam seus mesmos papéis de outrora, na opinião de Anders Henrik e Björn não passavam dos mesmos garotos mais ou menos ridículos que tinham sido décadas antes; ele não os respeitava. Estendeu o suéter para Elin e disse:

– Pegue. Vista isto.

Elin não se moveu, e seu olhar fixo estava ensimesmado. Quando Anders fez menção de enrolar o suéter para vestir nela, Henrik deu um passo adiante e se interpôs no caminho. Encarou Anders nos olhos e disse:

– O que mudou? Nada, eu só te amo menos. Bom, um pouco menos que antes.

Assim que terminou de pronunciar a última palavra, deslizou a mão em arco sobre as pernas de Anders, que teve a sensação de ter sido chicoteado e, quando olhou para baixo, viu que sua calça jeans tinha sido rasgada na altura das duas coxas; no tecido havia dois cortes da largura de uma mão. Por um segundo Anders viu também a carne viva rosada nos cortes. Depois veio o sangue, que encheu os talhos; manchas escuras se espalharam por todo o tecido.

Antes que Anders tivesse tempo de pensar *Fui cortado*, seu queixo foi atingido pela saliência de metal na ponta do cabo da faca. Tudo ficou preto e ele cambaleou alguns passos para trás antes de desabar e bater o ombro no reboque da motoneta. A adrenalina percorria seu corpo a mil por hora, e ele começou a tremer.

Henrik apontou a faca na direção de Anders e fez graça, fingindo refletir:

– O que você acha que a faca está querendo?

Sorriu de modo malicioso e fez um movimento cortando o ar.

Björn soltou uma gargalhada, como se tivesse ouvido uma piada extraordinariamente engraçada. Sem tirar os olhos de Anders, Henrik estendeu a palma da mão. Björn cumprimentou-o com um "toca aqui" e disse:

– Essa foi boa.

Anders tinha encolhido os joelhos, e o sangue morno escorria de suas coxas, abrindo caminho pela virilha e formando uma poça debaixo do traseiro. Sua cabeça reverberava com um som semelhante ao demorado eco de um sino de igreja, e ele estava fraco demais para ficar de pé. Henrik continuou sua palestra.

– A Elin aqui – disse Henrik , prosseguindo seu discurso com um braço nos ombros dela – era uma grande garota. Se cuidava. Se alguém chegasse perto, ela começava a gritar. Com certeza os tempos mudaram.

Incapaz de fazer qualquer coisa a não ser erguer um dos braços numa impotente tentativa de dar fim a tudo aquilo, Anders apoiou-se na motoneta e viu Henrik agarrar a lâmina da faca e empurrar para dentro da calcinha de Elin a saliência de metal do cabo. Ele olhou de relance para Anders, meneou a cabeça e depois enfiou o cabo inteiro na vagina de Elin.

Ela não emitiu um único som. A faca ficou pendurada em sua calcinha, feito um pênis de metal. Quando ergueu os olhos para fitar o rosto de Elin, Anders viu que ela estava sorrindo. Um sorriso arreganhado e medonho. Anders sentiu o estômago revirar, e um vômito azedo esguichou de seus lábios, molhando o cascalho ao seu lado.

Ele limpou a boca e respirou fundo. Através de sua garganta pegando fogo, conseguiu articular uma única palavra rouca:

– Elin!

As pálpebras de Elin tremeram e ela olhou para Anders. Os olhos dela voltaram à vida e, quando ela olhou para o próprio ventre, soltou um berro. Henrik bufou, agarrou a lâmina e puxou o cabo. Björn agarrou Elin por trás, imobilizando seus braços enquanto Henrik acariciava a pele dela com a lâmina. Virou-se para Anders.

– Você ainda não respondeu à pergunta.

Uma ínfima quantidade de força estava voltando ao corpo de Anders. Logo ele teria condições de ficar de pé, e pensou: *Uma arma. Onde posso encontrar uma arma?*, enquanto respondia:

– Que pergunta?

– Aquela sobre a discoteca – esclareceu Henrik, adotando um tom pedagógico, como se estivesse se dirigindo a um aluno particularmente imbecil. – Por que é que a gente está incendiando a discoteca?

– Eu não sei.

A estaca da cerca. Aquela que ficou solta.

Elin berrava, sem formar palavras, e se contorcia tentando se desvencilhar do domínio de Björn. Henrik encaixou o braço em volta do pescoço de Elin e tapou sua boca com uma das mãos, depois se virou de novo para Anders, meneou brevemente a cabeça e esfaqueou o estômago dela.

Elin soltou um grito abafado, que escapou por debaixo das mãos que apertavam com firmeza sua boca; ela chutou o ar, debatendo as pernas na tentativa de se libertar, enquanto um filete de sangue escorria horizontalmente ao longo de uma dobra em sua barriga. Cambaleante, Anders conseguiu ficar de pé, e Henrik apontou a faca na direção dele.

– Calminha aí – disse ele. – Fica frio. Isso valeu a pena.

Anders não tinha certeza de que seu corpo lhe obedeceria caso ele tentasse sair correndo até a cerca, por isso permaneceu onde estava e tentou juntar suas forças. Björn disse:

– Pela mesma razão que estamos enforcando o disc jockey.

Henrik assentiu e afrouxou o aperto na boca de Elin, enfiou a mão dentro do sutiã dela, agarrou um dos mamilos, tirou-o para fora e pousou sobre ele a lâmina da faca. Elin estava tão apavorada que não conseguia sequer gritar.

– Última chance – disse Henrik. – Por que é que a gente vai enforcar o DJ e incendiar a discoteca? – Ele fez movimentos de vaivém com a faca, como se serrasse alguma coisa, um centímetro acima do pedaço de pele esticada e rosada de Elin, e insistiu: – Vamos lá, Anders, você *sabe* isso.

Não havia a menor possibilidade de Anders conseguir alcançar a cerca antes de Henrik usar a faca. Ele comprimiu os pulsos contra as têmporas. *Enforcar o DJ, incendiar a discoteca.*

Alguma coisa estalou. Ele virou e revirou as palavras e deixou escapar o nome da canção que era tão relevante para sua atual situação.

– Pânico! – ele berrou. – Pânico!

Henrik enrijeceu o corpo. Depois soltou o mamilo de Elin e abaixou a faca. Fez um gesto não muito diferente de um aplauso.

– Muito bem! Não foi tão difícil, foi?

Anders ignorou a pergunta.

– Por que vocês estão fazendo isso?

Henrik refletiu por alguns segundos. Depois balançou a cabeça e se virou para Björn, que ainda estava segurando Elin. Björn respondeu:

– Humm... porque... nós somos humanos e precisamos de amor, como qualquer pessoa?

– Não – disse Henrik. – Tente de novo.

Björn franziu a testa. Depois, mais animado, deu outra resposta:

– Nós nos agarramos porque sabemos que já acabou, mas não sabemos pra onde mais ir.

Henrik assentiu.

– Chegou perto. E é a pura verdade.

Os cortes na coxa de Anders não eram tão profundos quanto ele a princípio havia imaginado. Tinham parado de sangrar, mas sua calça estava ensopada e o frio começava a tomar conta de suas pernas.

– Dá pra gente parar com esse joguinho agora? – disse ele. – Soltem a Elin.

Henrik pareceu ter ficado surpreso.

– Isso não é possível. Nós vamos afogar ela...

Elin começou a gritar de novo quando Henrik e Björn uniram forças para arrastá-la na direção da água, os pés descalços dela traçando uma trilha no cascalho. Anders se dirigiu aos trancos e barrancos até a cerca e deu puxões na estaca até arrancá-la.

Quando se virou, Elin já tinha sido arrastada vinte metros na direção do mar, e faltavam ainda quarenta metros. Deixou a adrenalina entrar em cena, dessensibilizando seus problemas físicos. Correu para alcançá-los. Quando estava a alguns metros de distância, berrou:

– Soltem ela!

Henrik se virou, e Anders golpeou-lhe a cabeça com a estaca, que tinha um metro de comprimento. Henrik levantou o braço para se defender, e a estaca atingiu seu cotovelo. A sensação de dois objetos sólidos colidindo devia ter avançado pelas mãos de Anders, mas não foi o que aconteceu. Quando a estaca de madeira atingiu o corpo de Henrik, Anders teve a impressão de estar batendo em uma esponja cheia de água. O braço de Henrik se dobrou em torno da estaca e um punhado de água acertou em cheio o rosto de Anders.

Henrik arrancou a estaca das mãos de Anders e arremessou-a no chão.

– Acho que não é sua hora de morrer. Ainda. Então segura a sua onda.

Anders ficou lá parado com os braços pendurados ao lado do corpo enquanto a dupla continuava arrastando Elin para a água. Depois ele girou sobre os calcanhares e correu na direção da motoneta, fuçando no bolso. *Cadê... cadê...*

Sim. No bolso encontrou cigarros e fósforos. Correu até a motoneta, abriu a tampa do tanque de gasolina e berrou para o grupo, que a essa altura já estava bem perto da água.

– Escutem! Soltem ela, senão eu...

Acendeu um fósforo e segurou-o bem acima da abertura do tanque.

Eles pararam. Anders chacoalhou a caixa de fósforos e constatou que já estava meio vazia. Ele não tinha plano algum, não sabia o que fazer a seguir. Tinha sido obrigado a encontrar uma maneira de refreá-los, e até ali fora bem-sucedido. Mas e depois? Podia ficar lá acendendo fósforos até a caixa ficar vazia, mas e depois?

Em todo caso, era difícil que se deixassem enganar, pois deviam ser capazes de perceber suas verdadeiras intenções. Anders não tinha o menor desejo de ir pelos ares junto com a motoneta para salvar Elin. Olhou para o fósforo, já queimado quase até o fim.

Além disso...

Além disso, não ia funcionar, ele agora lembrava. Não sabia ao certo quem tinha sido ou em que contexto tinha acontecido, mas uma vez alguém derrubara um fósforo aceso dentro de um tanque de gasolina, para impressionar os outros. O fósforo simplesmente se apagara. A gasolina precisa de ar para queimar. Talvez tivesse sido o próprio Henrik, naquele verão em que ele e Björn viraram reis com sua motoca nova.

Talvez tivesse sido mesmo, porque nem Henrik nem Björn se impressionaram com sua ameaça e seguiram em frente, arrastando Elin na direção da praia; Elin agora berrava com toda a força dos pulmões.

Ar...

Anders agarrou a borda do reboque e tombou a motoneta, que caiu de lado e ficou apoiada no guidão enquanto a gasolina vazava, gorgolejando, do tanque. Ele levantou os olhos e viu que agora os dois estavam com Elin na beira da água. Não havia mais tempo para ameaças. Recuou alguns metros, até onde a gasolina tinha começado a vazar deixando um rastro no cascalho, acendeu um fósforo e jogou-o no chão, saltando para trás ao mesmo tempo.

As chamas brotaram do chão feito uma parede azul e amarela, e Anders berrou o mais alto que podia:

– Escutem!

Através do fogo, que agora lambia as pranchas de madeira do reboque, Anders viu que Henrik e Björn tinham soltado Elin e voltavam correndo na direção dele.

Anders tinha feito o que podia para dar a Elin uma chance de escapar, agora era com ela. Correu até a bicicleta, e o jeans foi rasgado agonizantemente de suas pernas quando ele se jogou em cima do selim e saiu pedalando floresta adentro o mais rápido e com toda a força que podia. Não se virou sequer para ver se o estavam seguindo.

A inimiga da água

As pernas de Anders pedalavam como se tivessem sido desconectadas de seu corpo e agora estivessem sendo controladas por outra vontade, alheia à sua. A escuridão ao redor era densa, mas ele não pensou que a qualquer momento podia acabar parando na valeta, o que talvez tenha sido a razão pela qual isso não aconteceu. O instinto o manteve na trilha certa, e ele conseguiu atravessar a floresta sem cair.

Na última parte da jornada foi guiado pelas fracas luzes do vilarejo, e nesse momento cambaleou pela primeira vez e quase desabou. Conseguiu frear e firmar um pé no chão antes que a bicicleta tombasse de lado. Olhou para trás, para a trilha da floresta. Aparentemente eles não o estavam seguindo.

Reiniciou a jornada e passou pedalando pelo vilarejo, sentindo-se ligeiramente protegido pelas pálidas lâmpadas dos postes da rua. Somente depois de passar pelo albergue permitiu que seus pensamentos viessem à tona. Uma nuvem de imagens horríveis e incompreensíveis encheu sua cabeça, e de repente ele sentiu que sua temperatura corpórea era de quarenta graus. Seu corpo perdeu toda a estabilidade e ele desejou simplesmente cair. Trilha abaixo, escuridão adentro. Descansar.

Contudo, Anders conseguiu chegar rápido como um raio ao ponto onde a trilha se dividia em duas, e enveredou pela da esquerda. A leve ladeira que descia até a casa de Anna-Greta significava que ele podia simplesmente deixar a bicicleta seguir sozinha, sem precisar pedalar, as pernas penduradas. Quando chegou cambaleante à entrada da casa, viu que ainda havia uma luz acesa na janela da cozinha.

Jogou a bicicleta no chão e se arrastou até a porta, as pernas pesadas. Estava suando e tremendo, e na primeira vez que tentou agarrar a maçaneta não teve sucesso; por fim conseguiu abrir a porta.

Simon e Anna-Greta estavam sentados na cozinha, curvados sobre uma porção de fotografias espalhadas sobre a superfície da mesa. Quando Simon viu Anders, seu rosto se iluminou por um instante, mas depois o semblante se alterou para uma expressão de horror.

– Anders, o que você fez?

Apoiado no fogão, Anders acenou na direção de Kattudden, mas de seus lábios não saiu som algum. Simon e Anna-Greta se aproximaram de Anders e deixaram que o corpo dele caísse em seus braços, afundasse no tapete de retalhos. Assim que se deitou de costas e respirou fundo um par de vezes, Anders disse:

– Eu só preciso... descansar um pouco.

Ele ficou onde estava enquanto Simon e Anna-Greta acendiam a lâmpada da cozinha, buscavam água e colocavam um travesseiro sob sua cabeça. A essa altura tinha parado de tremer e talvez até conseguisse ficar de pé, mas permaneceu no mesmo lugar e deixou que cuidassem dele, simplesmente porque era uma absoluta felicidade deixar tudo nas mãos de outras pessoas, pelo menos por um tempo.

Eles tiraram sua calça e lavaram os cortes nas pernas, fizeram curativos com compressas e bandagens. Simon deu-lhe dois analgésicos e um pouco mais de água. Depois de alguns minutos entregue à bênção dos cuidados alheios, Anders ergueu-se e se sentou numa cadeira da cozinha. Tentou reorganizar os pensamentos e olhou para as fotografias espalhadas sobre a mesa.

Eram fotos velhas, muito velhas. Mostravam casas e fazendas, pessoas trabalhando, closes. Muitas estavam amareladas pela ação do tempo, e as pessoas nelas retratadas tinham aquela expressão de severa concentração tão comum em fotos antigas, como se o próprio ato de ser fotografado exigisse um esforço especial.

Diretamente à frente de Anders havia uma fotografia em close que lhe causou um sobressalto. Tinha sido tirada ao ar livre e impressa em uma coisa parecida com papel-cartão fosco. De lado a lado a foto estava manchada por um par de chamas amarelo-malhadas, como se alguém tivesse espalhado urina por cima da imagem de uma mulher de mais ou menos sessenta anos, que encarava furiosamente a câmera.

– Sim – disse Simon. – Achei mesmo que eu a tinha reconhecido.

Sobre a mesa Anders encontrou outra foto da mesma mulher, dessa vez tirada de longe. Ela estava de pé defronte a uma casinha mal-ajambrada, num promontório.

– Quem é ela? – perguntou Anders.

Anna-Greta se posicionou atrás de Anders e apontou:

– O nome dela era Elsa Persson, era prima do pai de Holger. Ela morava naquela casa. Em Kattudden. Até que o pai de Holger vendeu o terreno. Ela foi despejada e a casa foi posta abaixo. Depois chegaram os visitantes de verão.

– Foi seu bisavô quem tirou as fotos – explicou Simon. – Torgny. Ele tirava fotos de todas as casas da ilha, de acordo com Anna-Greta. De vez em quando eu gosto de me sentar e ficar olhando essas fotos. Foi por isso que a reconheci.

O queixo curto, o nariz achatado, os olhos fundos e os lábios finos. A mulher na foto era a imagem da Elin de hoje. Ou melhor, Elin era de certa maneira uma espécie de versão tosca da imagem da mulher na foto. Nem todos os detalhes estavam lá ainda, mas, assim como é óbvio que uma máscara de plástico barata de George Bush tem a intenção de representar o presidente e mais ninguém, era óbvio que...

...que é com essa mulher que Elin quer ficar parecida.

Anders apontou para a casa atrás da mulher. Reconheceu o lugar, a posição da ilha de Kattholmen ao fundo, mas ainda assim perguntou:

– Essa casa. Ficava no mesmo lugar onde a casa dela, a casa da Elin, está agora, não é? – Ele se corrigiu: – Onde estava a casa da Elin. Até outra noite.

Simon fez que sim com a cabeça. Anders ficou lá sentado, com a boca aberta, encarando as fotos. Depois disse:

– Deixa ver se eu adivinho. Ela morreu afogada.

Anna-Greta pegou a foto da Elin de olhar furioso e suspirou.

– Isso tudo aconteceu antes da minha época, mas... Torgny disse que ela ameaçou se afogar caso tomassem o chalé dela. E eles tomaram o chalé. Depois disso ela desapareceu.

Se imaginarmos que todas as impressões assimiladas pela mente de Anders desde que ele voltou para Domarö foram sendo despejadas dentro de uma espécie de recipiente, então essa última gota de informação foi a que fez o recipiente transbordar.

As palavras simplesmente jorraram de sua boca. Ele contou tudo. Desde a primeira sensação da presença de Maja até a crescente convicção de que ela estava na casa. A figura de contas que ia ficando cada vez maior, as fotos que ele tinha mandado revelar e as letras raspadas na mesa da cozinha. As primeiras pancadas na porta no meio da noite e a sensação de estar sendo observado ao encontro, naquela mesma noite, com Henrik e Björn. Finalmente tudo foi derramado.

Simon e Anna-Greta ouviram atentamente, sem interrompê-lo para fazer perguntas. Assim que Anders terminou seu relato, Anna-Greta puxou uma cadeira e nela subiu para alcançar a parte de cima do armário. De lá tirou uma garrafa e colocou-a sobre a mesa. Aparentemente Simon também não sabia o que era, pois olhou com expressão interrogativa para Anna-Greta.

Fosse qual fosse o conteúdo da garrafa, parecia uma espécie de infusão. Todo o espaço interno do recipiente estava ocupado por ramos e folhas, mergulhados em um líquido até a metade da garrafa. Anna-Greta pegou um copo de dose e encheu-o com o líquido turvo.

– O que é isso? – perguntou Anders.

– Absinto – respondeu ela. – Dizem que protege a gente.

– Do quê?

– Das coisas que vêm do mar.

Anders olhou para Simon e para Anna-Greta.

– Então isso quer dizer que vocês... acreditam em mim?

– Agora eu acredito. Embora eu não soubesse de nada disto – disse Simon, apontando para o copo.

Anders cheirou o conteúdo. Era alcoólico, o que até certo ponto era uma boa notícia. Mas o aroma contido nas emanações alcoólicas era oleoso e amargo, com um toque de putrefação.

– O absinto não é venenoso?

– Ah, sim – respondeu Anna-Greta. – Mas não em pequenas quantidades.

Por certo Anders não achava que sua avó estava tentando envenená-lo, mas o fato é que jamais tinha cheirado nada que fosse mais parecido com a essência de um veneno do que o aroma que se erguia daquele copinho em sua mão.

Absinto.

Toda uma série de associações invadiu sua mente enquanto ele erguia o copo e o levava aos lábios.

A campina de absinto junto à praia... a garrafa plástica no depósito de madeira, em cima da qual o passarinho havia pousado... e o nome da estrela era Absinto... Chernobyl... e os rios serão envenenados... absinto, inimigo da água...

O que pôs um ponto final à questão foi sua necessidade desesperada de um drinque. Ele tragou de um só gole o conteúdo do copo.

O gosto era horrivelmente amargo e, em protesto, a língua de Anders se dobrou. A sensação era a de que o álcool tinha subido direto para o cérebro, e o mundo estava girando quando ele pousou o copo sobre a mesa. Sua língua parecia paralisada e, quase engolindo as palavras, ele conseguiu dizer:

– O gosto não é muito bom.

O calor percorreu as veias e chegou até a ponta dos dedos de Anders, depois fez meia-volta e passou ao longo de seu corpo mais uma vez. Com os lábios ainda retorcidos por causa do gosto horrível, ele perguntou:

– Posso beber outra dose?

Anna-Greta reabasteceu o copinho, tampou a garrafa e guardou-a de novo no armário. Anders esvaziou o copo e, já que o céu da sua boca estava entorpecido em razão do primeiro choque, dessa vez não foi assim tão ruim. Quando ele baixou o copo e estalou os lábios, chegou inclusive a sentir no gosto final um leve toque que era... bom.

Levantou-se, usando a mesa como esteio.

– Posso pegar uma calça emprestada? Preciso voltar pra Choça e ver se a Elin está lá, caso contrário... Não sei o que a gente vai fazer.

Simon foi checar o "esconderijo", a pequena despensa onde eram guardados roupas e pertences de gerações passadas. Anders ficou sozinho na cozinha com Anna-Greta. Ele olhou com desejo para o copinho vazio, mas ao guardar a garrafa ela tinha feito questão de deixar bem claro seu ponto de vista.

– Proteção do mar. O que isso quer dizer? – perguntou Anders.

– A gente fala sobre isso outra hora.

– Quando?

Anna-Greta não respondeu. Anders examinou a fotografia de Elsa. Ela parecia furiosa; furiosa e decepcionada. Se as pessoas das outras fotos pareciam achar que ser fotografado era uma trabalheira danada, Elsa dava a impressão de que era um insulto. Mesmo depois de setenta anos seu olhar enfurecido deixava Anders nitidamente desconfortável.

– Ela sempre foi sozinha? – quis saber Anders. – A Elsa?

– Não, ela tinha um marido, que era bem mais velho. Anton, acho que era o nome dele. Ele tinha problemas de coração e... teve um ataque cardíaco e morreu.

– Quando estava no mar, pescando?

– Sim. Como é que você sabe disso?

– E foi ela quem encontrou o corpo dele no barco. Alguns peixes ainda estavam vivos, só que ele estava morto.

– Disso eu não sei, mas foi ela quem encontrou o corpo, isso é verdade, sim. Quem te contou tudo isso?

– A Elin.

Simon entrou na cozinha trazendo nas mãos uma calça fina que devia ter alguma coisa a ver com o exército. Junto com um cinto, entregou-a a Anders e disse:

– Não sei se vai servir, mas foi o que eu consegui encontrar.

Anders vestiu a calça, que era grande demais, e apertou o cinto no cós. As pernas largas eram uma coisa boa, porque não ficavam apertadas em cima dos cortes.

Simon, que o observava de braços cruzados, perguntou:

– Você vai mesmo sair de novo? É uma boa ideia? Quer que eu vá com você?

Anders sorriu.

– Não sei se tem muita coisa que você possa fazer, e além disso... – meneou a cabeça na direção do armário da cozinha – ... agora eu estou protegido, não estou?

– Não sei, não – disse Simon. – E acho que nem a Anna-Greta sabe direito.

– É verdade – confirmou ela. – Isso aí é só boato.

– Vou descer lá e ver em que pé estão as coisas – disse Anders. – Eu ligo para vocês. Estando ela lá ou não. Aí a gente decide o que fazer.

Ele pegou emprestada uma lanterna, ergueu a calça e fez uma careta de dor. A caminho da porta, parou e se virou. De repente se deu conta de uma coisa. Já fazia algum tempo que trazia consigo esse conhecimento, mas só naquele momento a coisa tinha ficado óbvia a ponto de poder ser dita em alto e bom som, com todas as letras.

– Fantasmas – disse ele. – Fantasmas existem.

Assentiu para Simon e Anna-Greta e saiu rumo à escuridão.

Antes de ligar a lanterna, contemplou o céu. Não havia um matiz laranja nas nuvens ralas sobre Kattudden? Sim, havia, e ele não dava a mínima. Contudo, virou-se, entrou de novo na cozinha e, indiferente, anunciou:

– Acho que tem outro incêndio lá em Kattudden.

Se Simon e Anna-Greta quisessem fazer alguma coisa sobre isso, eles que ficassem à vontade. Anders não tinha condições. Tinha sido uma longa noite, e já eram quase três da manhã. Quando chegasse em casa, ele queria ver Elin dormindo a sono solto, como se tudo que acontecera com ela tivesse ocorrido nos sonhos dela, e pudesse ser esquecido.

Quando se aproximou da Choça, deu uma guinada rumo ao galpão de ferramentas e pegou um machado. Talvez fosse tão inútil quanto a estaca da cerca que ele tinha usado, mas era uma sensação boa segurar o machado nas mãos, e talvez uma arma cortante funcionasse melhor.

Assim que Anders abaixou a maçaneta da porta, soou o alarme de incêndio do vilarejo. A porta estava trancada. Ele refletiu. Não, ele não tinha trancado ao sair. E não havia luz acesa na janela da cozinha. Tinha sido em sua ausência.

– Elin! – gritou ele para a porta fechada. – Elin, você está aí?

A porta era velha e estava em péssimas condições; graças a muitos invernos de trabalho paciente, ela tinha sido encaixada no batente. Anders enfiou a lâmina do machado na larga fenda acima da fechadura e fez alavanca para forçar a porta, que se abriu com um estalo. Ele entrou no corredor e chamou, com cautela:

– Elin? Elin, sou eu.

Tirou os sapatos e trancou a porta, agora ainda mais empenada. Apesar de uma exaustão que parecia grande demais para caber em seu corpo magro, o medo acionou a adrenalina, que entrou em ação mais uma vez enquanto ele se esgueirava corredor adentro, apertando nas mãos o cabo do machado.

Agora chega, ele pensou. *Chega*.

O facho de luz da lanterna fazia a mobília absolutamente banal da cozinha parecer agourenta, criando sombras de contornos desagradáveis.

– Elin – sussurrou ele. – Elin, você está aí?

O piso rangeu sob seus pés e ele estacou e apurou os ouvidos. Dentro da casa o alarme de incêndio era menos audível, mas ainda assim abafava os pequenos ruídos capazes de indicar a presença de outra pessoa.

Ele foi até a sala de estar. Do fogão de Roslagen ainda emanava um leve calor, e ele passou a lanterna ao redor sem perceber nada de estranho, além do fato de o quarto estar fechado. Lambeu os lábios. A língua ainda estava rígida por causa do absinto, e o gosto parecia ter penetrado tão fundo na carne do palato que a sensação era a de que nunca mais seria possível tirá-lo da boca.

Quando Anders tentou girar a maçaneta, viu que a porta tinha sido obstruída por dentro com uma barricada. Mas o trabalho não fora bem-feito e bastou empurrar a porta para que a cadeira caísse.

Elin estava sentada na cama, encostada à cabeceira. Tinha enrolado a colcha em volta do corpo de tal maneira que apenas sua cabeça era visível. Ao pé da cama, o lençol estava manchado de sangue e coberto de nacos de lama.

– Elin?

Os olhos dela o encararam com terror. Ele não ousou entrar no quarto, tampouco acender a luz, porque não sabia como ela reagiria. Deu-se conta do machado em sua mão e o colocou no chão, junto à porta. Passou a lanterna ao redor do quarto, ouviu o alarme de incêndio. Olhou para Elin, e um calafrio percorreu seu corpo.

Ela está morta. Eles a mataram e colocaram o corpo aqui.

– Elin? – sussurrou ele. – Elin, sou eu, Anders, está me ouvindo?

Ela assentiu. Um leve, quase imperceptível meneio de cabeça. Ele fez um gesto, *aguente firme aí*, e se virou. Atrás de si ouviu Elin pedir:

– Não me abandone.

– Vou só fazer um telefonema. Já volto.

Entrou na cozinha, acendeu a luz e teclou o número de Anna-Greta; contou que Elin tinha voltado e que, após algumas horas de sono, os dois lidariam com tudo. Depois que Anna-Greta desligou, Anders ficou parado com o fone na mão, encarando a velha e encardida fita sobre a mesa.

A música que vocês tocam, você diria que é... cá entre nós... uma música alegre?

Ele quis telefonar para algum lugar e pedir ajuda. Quis ligar para Kalle Sändare. Sentar-se à mesa da cozinha com o fone apertado contra a orelha ouvindo o delicado sotaque de Gotemburgo de Kalle, um bálsamo para a alma, conversar sobre pequenas coisas e de vez em quando dar gargalhadas.

Como é que o mundo pode ser assim? Como podem existir ao mesmo tempo as coisas que aconteceram hoje e Kalle Sändare?

Recolocou o telefone no gancho e sentiu uma estranha dor no peito. Não era de Kalle Sändare que ele sentia falta, mas de seu pai. Kalle era apenas um substituto mais simples e mais tratável. Uma vez que junto com o pai ele tinha se divertido tanto com Kalle, Kalle acabou significando o papai, mas sem as associações problemáticas.

Na verdade era com seu pai que ele queria conversar. A sensação de perda que ele se recusava a admitir insinuou-se, rastejando, dentro de seu peito, mirando seu coração com garras pontiagudas. Ele a repeliu e entrou no quarto.

Elin ainda estava sentada do mesmo jeito de antes. Com cautela, Andres sentou-se ao lado dela na beirada da cama.

– Quer que eu acenda a luz?

Elin fez que não com a cabeça. A luz que vinha da cozinha era suficiente para que ele visse o rosto dela. À meia-luz ela era ainda mais parecida com Elsa. Outrora Elin tivera um queixo bastante proeminente, que agora tinha sumido e se transformara numa continuação do pescoço, como o de Elsa.

Como deixaram ela nesse estado? Devem ter... esmagado as pernas dela.

Os olhos dele se deslocaram para os sinais de sangue e lama ao pé da cama.

– A gente precisa... fazer uns curativos em você.

Elin apertou ainda mais a colcha em volta do corpo.

– Não. Eu não quero.

Anders não teve forças para insistir. Tinha a sensação de que havia uma corrente de âncora amarrada em volta do seu pescoço. Sua cabeça teimava em pender, e tudo que ele queria era desabar na cama. De quando em quando lampejos brancos passavam como raios diante de seus olhos, e ele não sabia se era apenas cansaço ou se o absinto tinha realmente envenenado seu corpo exausto.

– Tem alguma coisa errada comigo – murmurou Elin. – Eu estou louca, eu devia me matar.

Anders ficou lá sentado com os cotovelos sobre os joelhos, encarando o guarda-roupa. Não sabia o que era melhor: contar ou não contar. No fim procurou refúgio em uma simples frase: *É melhor saber*. Que ele tinha ouvido em um contexto de doença, e não sabia se era apropriada aqui, mas estava sem energia para pensar no assunto.

– Elin – disse ele. – Alguém está te obrigando a fazer tudo isso. Todas essas operações. As coisas que você faz à noite. Os seus sonhos. Eles não são seus.

No silêncio que se seguiu, Anders notou que o alarme de incêndio tinha parado, ele não sabia havia quanto tempo. Podia ouvir a respiração de Elin. E o som de seu próprio sangue envenenado nos ouvidos.

– Então de quem são? – perguntou ela.

– De outra pessoa. Outra mulher. Ela está dentro de você.

– Mas como?

– Não sei. Mas ela viveu em Kattudden antes da construção da sua casa. Ela quer vingança e está usando você. – Anders hesitou, depois acrescentou: – Ela era igualzinha a você, como você é agora. É ela quem fez com que você... recriasse ela própria, por meio de todas essas cirurgias.

Se Anders tivesse energia para se surpreender, teria ficado surpreso com o que aconteceu a seguir. Elin soltou um longo e profundo suspiro, e seu corpo se curvou, relaxado. Ela meneou lentamente a cabeça e disse:

– Eu sabia. No fundo.

Anders segurou a cabeça com as mãos e fechou os olhos. Os clarões cintilaram e desapareceram.

É melhor saber. É melhor...

Ele deve ter cochilado por alguns segundos, porque só acordou quando estava em vias de cair de lado. Elin falou baixinho:

– Vá pra cama.

Anders se pôs de pé, deu um passo e desabou na cama de Maja. Encostou a cabeça no travesseiro, apalpou a cama à procura da colcha e conseguiu jogá-la sobre o corpo. Quando estava adormecendo, ouviu Elin dizer:

– Obrigado. Por vir atrás de mim. Por me ajudar.

Separou os lábios para responder, mas, antes que as palavras tivessem tempo de surgir, dormiu de novo.

Uma criança estava gritando. Uma única nota, longa e lamuriosa.

Gritando é a palavra errada, lamuriosa é a palavra errada. Criança é a palavra errada. Era o som monótono de puro medo que um ser humano é capaz de produzir quando se vê acuado, preso numa armadilha, e a coisa de que mais tem medo no mundo está se aproximando de maneira inexorável. A língua não é usada, os lábios não são usados, é somente o ar sendo forçado a sair dos pulmões e ressoando através de uma garganta obstruída. Uma única nota, a nota primal que estremece através do esterno à medida que a morte se aproxima.

Anders acordou e viu tudo enevoado. O quarto ainda estava às escuras, e o som vinha da cama grande. Era tão horrível que ele também ficou aterrorizado. Enrodilhou-se dentro de si mesmo, escondeu-se na colcha. O som continuou a emanar de Elin. Alguma coisa a estava deixando apavorada a ponto de perder o juízo.

Ele ouviu passos na varanda, depois alguém batendo à porta da frente. Três pancadas firmes e secas. O grito prolongado de Elin ficou um pouco mais alto e penetrou o corpo de Anders como uma vibração, transmitiu-se para o corpo dele e fez com que ele inteiro começasse a tremer.

Alguma coisa sensata dentro de Anders fitou o machado encostado à porta, disse-lhe que ele devia correr e pegá-lo, mas o medo irracional ancorou seu corpo à cama.

É o homem do sorvete GB. O homem do sorvete está vindo.

Um golpe derrubou a porta da frente e Anders puxou a coberta por cima da cabeça. Seus dentes batiam e ele recolheu os pés; nenhuma parte dele devia ficar visível fora da colcha.

O machado! Pegue o machado!

Passos pesados caminharam pelo corredor, mas ele foi incapaz de esboçar o menor movimento. Por meio de uma minúscula fresta em seu casulo, olhava para o machado e sua vontade estendia a mão para alcançá-lo, mas o corpo se recusava. A canção de horror de Elin subiu mais um tom e de repente o traseiro de Anders ficou quente, pois ele defecou em si mesmo.

Passos cruzaram a sala e então a voz de Henrik:

– Olááá? Alguém em casa?

Faça alguma coisa! Faça alguma coisa!

Anders fechou os olhos e cobriu com as mãos os ouvidos. Caiu o silêncio. Os passos também pararam. Debaixo da colcha, o cheiro de excremento. Embora a contragosto, ele abriu de novo os olhos e espiou pela fresta.

Henrik e Björn estavam de pé no meio do quarto. Henrik tinha a faca em punho e Björn segurava um balde, um balde de plástico cheio de água.

Estou sonhando. Isso não é real. Se fosse real, eu faria alguma coisa.

Como uma criança, Anders beliscou o braço com força para acordar, mas Henrik e Björn continuavam lá. Estavam de frente para a cama grande, de onde a nota de terror de Elin continuava a inundar o quarto.

Anders não se moveu quando eles arrancaram Elin da cama dizendo:

– Sinto muito, querida, isso não pode mais continuar. Você sabe o que dizem sobre meninas bonitas, não sabe? Elas fazem túmulos.

Anders mordeu os nós dos dedos enquanto eles a arrastaram para o meio do quarto e a obrigaram a enfiar a cabeça dentro do balde de plástico. Björn segurou as pernas dela, ao passo que Henrik agarrou a nuca com mão de ferro e a empurrou para dentro do balde, fazendo a água entornar dos lados. Elin agitava as pernas, mas Björn segurava com firmeza os tornozelos dela, pressionando-os contra o chão.

Ouviu-se um grito abafado e bolhas subiram, fazendo a água esguichar no chão. De repente o corpo de Elin arqueou, afundou bruscamente e ficou imóvel.

Henrik enrolou o cabelo dela na mão e, com um arranco, puxou-o para fora do balde. Olhou para o rosto de Elin e, em tom pesaroso, disse:

– Quinze minutos... acho que eu não diria "não".

E nesse momento soltou a cabeça dela, que despencou no chão com um baque molhado.

Como que obedecendo a uma deixa, os dois se viraram para a cama pequena. Anders enrodilhou o corpo numa bola ainda mais compacta, mordendo a pele dos nós dos dedos.

– Por favor. Não me machuquem. Eu sou tão pequena.

Henrik caminhou até ele e arrancou a colcha.

– As criancinhas, como sofrem. – Ergueu as sobrancelhas como se estivesse satisfeito consigo mesmo, e estalou os dedos. – Isso é simplesmente perfeito, não é?

Agarrou o ombro de Anders, mas recolheu a mão, como se tivesse levado um choque. Uma expressão de repulsa distorceu seu rosto.

– Qual é o problema? – perguntou Björn. – Ele se cagou, foi?

Henrik contemplou Anders, que estava lá deitado com a única arma que havia sobrado: seus olhos suplicantes. Henrik perscrutou os olhos dele como se estivesse em busca de alguma coisa. Björn aproximou-se da cama e colocou o balde no chão. Dentro do balde havia alguma coisa, algo que estava fazendo se mexer de um lado para o outro a pequena quantidade de água que havia sobrado. Alguma coisa invisível.

Björn olhou para Henrik e disse:

– Ele está escondido?

Henrik assentiu e agachou-se junto à cama. Anders deixou escapar o ar, numa respiração trêmula e ofegante, e Henrik deu a impressão de que ia vomitar quando o cheiro atingiu seu rosto. Sem falar com Anders, ele perguntou:

– Então, como você descobriu?

– O que a gente vai fazer? – perguntou Björn.

– Não há nada que a gente possa fazer. No momento.

Olhou de relance para o balde e aparentemente ficou feliz com o que viu. Alguma coisa rodopiava lá dentro, chapinhando. Henrik ficou de pé, assomando sobre Anders. Inclinou-se e sussurrou no ouvido dele:

– Você também não pode ficar aqui, pequena Maja. A gente vai levar você também, na hora certa.

Björn pegou o balde e a dupla saiu do quarto. Anders ouviu os passos deles avançando pela sala e o corredor. Depois a porta da frente se fechou. Ele ficou lá deitado, imóvel, encarando o corpo sem vida de Elin no chão, os fios do seu cabelo molhado irradiando da cabeça como raios de sol negros.

O medo que ele sentia do homem do sorvete GB. O jeito como ele tinha recitado palavras de Alfons Åberg, o fato de que tinha começado a fazer desenhos com contas de plástico, de que tudo que ele queria fazer era se deitar na cama lendo gibis do ursinho Bamse. Eu sou tão pequena.

Ele finalmente entendeu o que aquilo queria dizer: *Me carrega*.

II

Possuídos

"Enquanto o barquinho puder velejar
Enquanto o coração puder bater
Enquanto o sol brilhar
Sobre as grandes ondas azuis."

Evert Taube, *Enquanto o barquinho puder velejar*

CORPOS NA ÁGUA

> Cuidado com o mar, cuidado com o mar
> O mar é tão grande, o mar é tão grande...

Cuidando dos negócios

A alvorada vinha rastejando atrás das ilhas ao leste e um vislumbre do sol aparecia entre os pinheiros penteados pelo vento em Botskär. Anders estava de pé na ponta do píer de Simon, fitando com os olhos semicerrados a luz que se avizinhava. Apesar do cachecol e da jaqueta acolchoada, estava congelando, e não conseguia fazer seu corpo parar de tiritar. Teve um sobressalto quando, às suas costas, Simon deixou cair uma corrente no barco. Tentou encontrar dentro de si um ponto de calor, tentou encontrar Maja. Nada havia lá, e ele se sentiu como um ser humano que acabou de trocar de pele, feito uma cobra. Virou-se.

A corrente estava amontoada na proa do barco de Simon. Na popa estava Elin. Anders não se lembrava de por que tinham decidido embrulhar o corpo dela em dois sacos plásticos pretos com fita adesiva enrolada em volta. Desejou não terem feito aquilo, preferia os olhos vazios e pasmados dela àquela embalagem em forma de pessoa no convés. Era horrível, e ele não queria nem chegar perto.

– A gente vai mesmo fazer isso?

– Sim – respondeu Simon. – Acho que é a única coisa que a gente pode fazer.

Com as pernas lambuzadas de excremento meio seco, Anders tinha se arrastado até o telefone e ligado para Simon. Simon foi até lá, colocou um pano de prato sobre o rosto de Elin e ajudou Anders a se lavar. Depois eles se sentaram à mesa da cozinha, um de frente para o outro, e os dois ficaram olhando fixamente pela janela até que uma solitária nuvem rosada passou deslizando no céu, a bandeira de largada de um novo dia.

Havia duas rotas de ação possíveis.

Ninguém acreditaria que dois adolescentes mortos tinham aparecido e afogado Elin em um balde. Por outro lado, até onde todos sabiam não havia sinal de Elin desde o incêndio.

Portanto, uma possibilidade era contar uma história diferente: uma versão que seria escrutinada com toda minúcia sob interrogatório, já que se tratava de um assassinato. Anders seria capaz de sustentar uma história inventada quando a polícia começasse a fazer perguntas? Provavelmente não.

O que levava à outra possibilidade. Livrar-se de Elin e fingir que aquilo nunca tinha acontecido.

Depois que Simon passou um bom tempo argumentando e contra-argumentando, principalmente consigo mesmo, eles chegaram ao consenso de que essa estratégia era dos males o menor.

Anders pegou a lanterna e foi ao galpão buscar alguns sacos plásticos. Uma vez lá dentro, estacou, e seus joelhos bambearam. Sentia uma bola de boliche emperrada no meio do peito. Uma esfera preta e brilhante de culpa. Ele não tinha feito coisa alguma enquanto assassinavam Elin, simplesmente ficara imóvel na cama, assistindo.

– Não é minha culpa – murmurou ele.

Diga isso uma, duas, mil vezes. Pode ser que no fim das contas você acabe acreditando.

Ele estava com dificuldade de respirar, porque a bola de boliche atravancava o caminho, comprimindo seus pulmões. Com o corpo enrijecido, passou a lanterna pelas paredes do galpão e avistou a garrafa de plástico.

Absinto...

Tirou a rolha. Levou a garrafa à boca e tomou dois goles. Se havia um pensamento em sua cabeça, era *queime*. Ele não fazia ideia do que queria que fosse queimado. Talvez fosse a bola, talvez ele mesmo. O líquido foi abrindo caminho em sua garganta e ele esperou pelo fogo, mas o fogo não veio.

Esse absinto não tinha sido dissolvido em álcool, mas em alguma outra coisa, e a substância que agora descia para o estômago de Anders tinha uma consistência espessa, escorregadia. Como óleo. Somente quando ele terminou de engolir é que sentiu o gosto, que não explodiu no céu da boca como a infusão de Anna-Greta, mas foi se insinuando e apertou sua língua, seu palato, sua garganta, seu peito.

Anders curvou o corpo, se agachou e ficou prostrado, enquanto a parte de cima de seu corpo era revirada do avesso. Ele perdeu toda a sensibilidade dos dedos, e sua respiração parou.

Paralisia. Paralisia dos pulmões. Eu vou morrer.

Veneno. Não o choque instantâneo de uma toxina que compele o corpo a cuspi-la imediatamente, mas o efeito traiçoeiro de algo que desce deslizando e finca raízes, espalha-se pela corrente sanguínea e mata.

Anders apertou as têmporas com as mãos e seu cérebro crepitou com uma descarga elétrica. Ele respirou fundo e descobriu que era capaz de fazer aquilo. Seus pulmões não ficaram paralisados, na verdade ele estava prendendo a respiração. O ar que inspirou acionou suas papilas gustativas, e ele virou absinto. O gosto era tão repugnante que nem sequer era um gosto, era uma forma de ser. Ele agarrou a bancada e se pôs de pé.

Eu sou absinto.

A bola em seu peito sumiu. O sabor repulsivo tinha envolvido a esfera, que encolheu e desapareceu. Ele piscou repetidas vezes, tentando focalizar o olhar. Fixou-o num pedaço de corda com a ponta esgarçada. Iluminou-a com a lanterna e pôde ver cada uma das fibras. Havia cinquenta e sete fios.

Cinquenta e sete. A mesma idade que o papai tinha quando morreu. O mesmo número de parafusos e buchas que havia no armário que Cecilia e eu compramos na IKEA *para o quarto. O mesmo número de centímetros da altura de Maja quando ela tinha dois meses. O mesmo...*

Os contornos de todas as coisas que eram captadas pelo olho da lanterna estavam borrados, indistintos, e ao mesmo tempo tudo era claro até demais. Ele não estava vendo os objetos, estava vendo o que os objetos *eram*. Esticou o braço para pegar o rolo de sacos plásticos e sabia que havia oito sacos no rolo e que juntos eles somavam mil e seiscentos litros.

Mil e seiscentos litros de coisas. Folhas, galhos, brinquedos, latas de tinta, ferramentas, gramofones, pares de óculos, pinhas, fornos de micro-ondas. Mil e seiscentos litros de coisas...

Anders pegou o rolo de sacos e encontrou um ponto sossegado dentro de sua cabeça, uma rocha no meio do rio em cima da qual ele podia ficar de pé e pensar com clareza enquanto tudo passava por ele e fluía ao seu redor.

Pegue os sacos. Vá para casa.

Foi o que ele fez. Enquanto o mundo continuava à deriva, se dissolvia e passava jorrando por ele, Anders ficou de pé sobre a rocha e viu suas mãos ajudando Simon a vestir de plástico o corpo de Elin para essa derradeira jornada. Depois a percepção ficou mais fraca e ele começou a tremer.

Anders agachou-se na proa, o mais longe que podia do fardo de plástico. Para caber no assento de pilotagem, Simon teve de se sentar com os pés enfiados debaixo das coxas de Elin.

Como ele consegue fazer isso?

Simon estava como os lábios apertados e a testa enrugada, como se o tempo todo mantivesse a mais absoluta concentração. Mas estava agindo. Anders se deu conta de que deveria sentir gratidão, mas não tinha espaço para esse tipo de sentimento. O mundo havia se esgarçado, como a corda no galpão.

Simon deu partida no motor e eles se afastaram de Domarö, circundaram o pontal Norte e rumaram para a baía entre Kattholmen e Ledinge. Soprava uma brisa leve, e Anders fixou seu olhar no horizonte enquanto o sol nascente aquecia sua bochecha.

Mais ou menos a uma dezena de metros à frente do barco uma gaivota alçou voo da superfície da água e se lançou a grande altitude com um grito. Anders seguiu a ave com os olhos, viu-a cruzar o disco do sol e desaparecer na direção de Gåvasten.

Papai...

Quantas madrugadas Anders tinha se deitado na proa do barco de seu pai, enquanto o sol ia nascendo, e rumara para as áreas de pesca a fim de erguer as redes? Quarenta? Cinquenta?

Papai...

Fazia muito tempo que ele não pensava direito no pai. Com o voo da gaivota e o sol nascente, tudo voltou. Inclusive aquela vez.

Aquela vez...

Pescando arenque

No verão em que completou doze anos, Anders estava guardando dinheiro para comprar um barco com controle remoto. Tinha visto o barco numa loja de brinquedos em Norrtälje e fora seduzido pela fantástica ilustração da caixa. O casco branco rasgando as águas, as listras customizadas na lateral. O barco custava trezentas e cinquenta coroas, e seria dele antes que o verão chegasse ao fim.

Não era impossível. Ele e o pai lançariam as redes duas vezes por semana, depois Anders venderia os peixes em frente à loja. Seis coroas o quilo, e ele ficava com metade. Então o barco representava cento e dezessete quilos de arenque, segundo os cálculos dele. Com uma coroa de sobra.

Ele não era nenhum Tio Patinhas, guardando cada moedinha que ganhava, mas tinha conseguido poupar cento e noventa coroas. Cada viagem de pesca rendia entre trinta e quarenta quilos, mas quando chegou o final de junho e o arenque começou a se deslocar para o mar aberto, as viagens foram ficando cada vez menos abundantes. Ele ainda precisava vender cinquenta quilos de peixe, e era improvável que lançassem a rede mais que duas vezes antes do final da estação.

Por isso, a primeira coisa em que Anders pensou quando acordou naquela manhã foi: *cinquenta quilos.*

Ele pulou da cama e pegou suas roupas de pesca na gaveta de baixo. Só o cheiro bastaria para causar palpitações em sua mãe. A calça jeans e o pulôver estavam cobertos de escamas velhas e ovas ressecadas, e tinham mais ou menos o mesmo aroma do peixe seco que se dá aos cães.

Por fim colocou o boné. Era um boné com um logotipo do estaleiro de Nåten onde seu pai trabalhava, e também estava tão repleto de escamas incrustadas e uma camada viscosa de arenque solidificado que provavelmente um cachorro o comeria inteiro.

Anders gostava de seu traje. Quando vestia aquela roupa, ele deixava de ser Anders-zé-ninguém e passava a ser Anders, o menino pescador. Não era algo que pudesse compartilhar com seus amigos da cidade, e ele fazia questão de trocar de roupa antes de se sentar em frente à loja. Mas nas manhãs em que todos eles ainda estavam dormindo, ele era apenas o filho de seu pai, o menino pescador, e gostava disso.

A manhã estava linda. Anders e o pai se sentaram à mesa da cozinha, um de frente para o outro, com uma caneca de chocolate e uma xícara de café, respectivamente, e fitaram a baía, que estava uma calmaria. O refletor do farol de Gåvasten ricocheteava os primeiros raios de sol. Uma ou outra nuvem flutuava no céu como cisnes sobre uma lagoa.

Cada um comeu um sanduíche. Depois de terminarem suas bebidas, vestiram os coletes salva-vidas e desceram para o barco. Papai deu partida no motor de ignição por compressão, que pegou de primeira. No começo do verão Anders tinha pedido para tentar ligar o barco, mas ficou apavorado com o coice da alavanca da manivela quando o motor não pegou. Deixou essa tarefa a cargo do pai.

Tempo ótimo. O motor pegou de primeira. Bons presságios. Cinquenta quilos.

Ele sabia que não conseguiriam pegar cinquenta quilos *naquele dia*, que isso só tinha acontecido com eles uma vez, no verão do ano anterior, e que tinha sido bem no comecinho de junho. Mas trinta. Trinta estaria bom. Dali em diante ele guardaria cada centavo.

Contornaram o pontal Norte e adentraram o ensolarado trecho da baía de Ledinge, onde soprava uma leve brisa leste. O sol baixo tinha acabado de se livrar das copas dos pinheiros de Ryssholmen e celebrava espalhando sua luz sobre a superfície ondulada do mar. Anders sentou-se junto à amurada, e com os dedos foi abrindo uma trilha na água, que já estava quente o suficiente para nadar, variando entre dezessete e dezenove graus, dependendo do vento.

Ele foi para a proa e se deitou todo esticado na madeira aquecida pelo sol, fixando o olhar na direção do ponto onde tinham deitado a rede, no estreito braço de mar entre Ledinge e o recife de Ledinge. Quando apertou os olhos, julgou ter avistado a bandeira sinalizadora que marcava a localização exata da rede.

O suave ronco resfolegante do motor estava deixando Anders com sono, por isso ele esfregou os olhos e pensou no barco com controle remoto. Até que distância o brinquedo podia ir antes de perder contato com o radiocontrole? Cinquenta metros? Cem? A que velocidade ia? *Bom, provavelmente mais rápido que o barco do papai,* ele pensou enquanto deslizavam na direção da baía.

Anders ainda estava perdido em fantasias de menino-piloto quando seu pai diminuiu a velocidade do barco. O ronco mudou para um som de pancadas, com intervalos cada vez maiores entre uma estocada e outra. A bandeira estava mais próxima. Anders começou a se mexer no exato momento em que seu pai gritou "Assumir postos de combate, capitão!" e pôs o motor em ponto morto.

Anders saltou e acercou-se do leme, ao passo que seu pai foi para a proa. Passaram um pelo outro ao lado do motor. Já tinham feito isso antes. O pai sorriu e disse:

– Agora vá devagar e com cuidado.

Anders fez uma cara feia que dizia *Já fiz isso antes, não fiz?*

O pai pegou a bandeira, puxou-a e agarrou a corda. Pouco a pouco Anders foi dando a marcha a ré, invertendo a posição do barco até que este ficasse completamente imóvel. Enquanto o pai começava a rebocar a rede, ele fez o barco avançar um pouco, de modo que seguisse a linha da rede. Essa era a parte que ele mais adorava durante aquelas viagens matinais. Quando ele estava no comando. Ele poderia acelerar o motor, dar a marcha a ré e virar o leme, se quisesse – mas ele queria?

É claro que não.

Devagar e com cautela, o menino ajustou a direção e a velocidade, para facilitar ao máximo o trabalho do pai de erguer a rede. Anders era bom naquilo. Ele era o capitão.

Anders inclinou-se sobre a amurada e olhou para dentro da água escura. Em geral era possível vislumbrar a prata brilhante a caminho da superfície, o suficiente para ter alguma ideia de qual tinha sido o tamanho da pescaria.

Anders olhou para baixo e franziu o cenho.

O que é isso? Será que...

O que ele viu subindo à tona não era o clarão metálico e esparso deste tanto ou daquele tanto de arenque, não, parecia que naquela manhã eles tinham pegado na rede um único e gigantesco arenque, uma massa compacta que estava sendo lentamente puxada para o barco.

O pai tinha parado de içar a rede e agora estava de pé, imóvel, na proa, encarando a água. Anders espiou lá embaixo e agora podia ver que na verdade o corpo aparentemente sólido não era um único arenque. Era uma pescaria recorde, além de toda e qualquer expectativa. Seu coração começou a bater mais depressa.

Tem cinquenta quilos aqui, pelo menos. Talvez mais. Será que a gente vai conseguir vender tudo isso?

Ele esperou que a carga chegasse mais perto da superfície para que pudesse ver melhor, mas nada aconteceu. O pai ainda estava imóvel na proa, a corda pendurada nas mãos.

– Qual é o problema? – perguntou Anders. – É uma pesca e tanto!

O pai virou o rosto para o filho com uma expressão que Anders não entendeu. Ele parecia... assustado. Assustado e preocupado. Anders balançou a cabeça.

– Ué, não vai trazer os peixes pra cima?

– Acho... que é melhor a gente não fazer isso.

– Mas por quê? Olha só, é um recorde! Tem um montão de peixe!

O pai soltou a corda com uma das mãos e apontou para a superfície.

– Sinta a água.

Anders fez o que o pai pediu e enfiou a mão na água. Rapidamente puxou-a de volta. Estava para lá de gelada. Ele piscou e, cautelosamente, mergulhou a mão de novo. O frio cortante mordiscou e queimou a ponta dos seus dedos. De tão gélida a água estava a ponto de congelar.

Mas como isso é possível?

Olhou com expressão interrogativa para o pai, que perscrutava a água como se estivesse à procura de alguma coisa. Anders olhou ao redor. Não havia o menor sinal que indicasse que de repente o inverno estava a caminho. A única explicação era uma corrente extraordinariamente fria e forte. Não era?

– Por que a água está assim?

O pai soltou um suspiro profundo. A corda começou a escorregar de suas mãos.

– Papai!

A corda parou.

– Sim?

– A gente tem que pegar estes peixes, não tem?

O pai virou a cabeça na direção da larga faixa de luz do sol e respondeu com um murmúrio:

– Por quê?

A pergunta deixou Anders confuso e um pouco assustado. Ele balbuciou:

– Porque... porque tem muito peixe aí e o senhor sabe que eu estou juntando dinheiro para, isso é, e... não vai adiantar se a gente deixar tudo aí, vai?

O pai se virou de novo para Anders, meneou lentamente a cabeça e disse:

– Não, acho que não. Talvez você tenha razão.

E recomeçou a puxar a rede, os músculos de sua mandíbula se mexendo como se ele estivesse mastigando alguma coisa que jamais conseguiria engolir. Anders não sabia o que tinha acontecido, o que tinha dito, mas ficou aliviado por ter funcionado. A pesca seria trazida à tona.

Além do problema que Anders não tinha entendido, o pai teve muita dificuldade de puxar sozinho um volume tão grande de peixes. Anders ajudou movendo o barco da maneira mais útil possível, mas a rede que o pai estava içando até a proa não era uma rede abarrotada de peixes individuais, mas antes um grosso cabo de prata circundado por uma rede.

Assim que a rede e todo o seu conteúdo ocuparam o barco e a âncora foi erguida, o pai andou até o motor e, sem dizer uma palavra, colocou as mãos sobre seu cilindro.

– O que você está fazendo? – perguntou Anders.

Se o comportamento do pai durante a segunda metade da jornada tinha sido estranho, aquilo era algo inédito.

O pai deu um sorriso cansado:

– Esquentando minhas mãos.

Anders assentiu. É óbvio. Era no mínimo compreensível. A água estava fria – as mãos dele tinham ficado geladas. Anders deixou o leme e foi dar uma olhada na pescaria. Ele não era nenhum especialista, mas com certeza havia ali um pouco mais de cinquenta quilos? Setenta? Oitenta? Quando olhou para a gigantesca pilha de peixes enroscados na rede, notou uma coisa incomum.

Os arenques não tinham a mesma resistência das percas ou linguados, que depois de tirados do mar ainda conseguiam viver bastante, mas normalmente ficavam se debatendo na rede, agitando-se e contorcendo-se por um bom tempo quando o barco já estava a caminho de casa. Mas não desta vez.

Os arenques estavam completamente imóveis, sem o menor sinal de agitação. Anders se agachou e tocou num dos peixes que tinham escapado da rede. O corpo estava rígido, quase congelado, e os olhos tinham um branco leitoso. Ele mostrou o peixe ao pai, que ainda estava de pé com as mãos sobre o motor.

– Por que eles estão assim?

– Não sei.

– Mas... tipo... o que aconteceu?

– Eu não sei.

– Mas como é que pode o arenque...?

– Eu já disse que não sei!

Era raríssimo seu pai levantar a voz. No momento em que ele gritou, o corpo de Anders foi percorrido por uma sensação quente e aguda, como se tivesse recebido uma punhalada, o que fez com que suas bochechas se afogueassem e ficassem vermelho-vivas; ele fechou a boca, refreando novas perguntas. Não sabia o que podia ter dito de tão errado, mas alguma coisa tinha sido, e ele ficou chateado. Porque, sem saber como, tinha destruído a ótima atmosfera entre os dois.

O arenque tinha amolecido no calor de sua mão. Ele deixou o peixe cair no convés e rastejou até a proa, encarando o sol com os olhos semicerrados, com uma sensação de peso no estômago. A bela pescaria tinha perdido a graça. Se dependesse dele, podiam jogar os malditos peixes de volta no mar.

Ele encostou a bochecha na madeira e ficou deitado, imóvel. *Estranho...*

Ficou um bom tempo deitado, de ouvidos atentos. Depois ergueu a cabeça e fitou a baía.

Por que até agora ele não tinha notado? Não havia uma única gaivota à vista. Normalmente elas estariam berrando e lutando pelos peixes que iam caindo da rede no momento em que era içada, batendo as asas, corpos brancos mergulhando na água enquanto esperavam que Anders jogasse sobras de peixes ou arenques pequenos demais para serem vendidos.

Mas agora: não havia barulho algum. Nada de aves.

Anders ainda estava pensando nisso quando sentiu no pé o toque da mão do pai.

– Escute, eu sinto muito por... ter gritado daquele jeito. Não tive a intenção.

– Tudo bem.

Deitado de barriga para baixo, Anders permaneceu onde estava e esperou para ver se o pai diria mais alguma coisa. Assim que percebeu que não, tomou a palavra:

– Papai?

– Sim?

– Por que não tem gaivota nenhuma?

Uma breve pausa, depois o pai suspirou e, sem o menor traço de raiva na voz, disse:

– Não comece de novo, Anders.

– Tudo bem. Mas é esquisito, não é?

– É.

O pai deu um tapinha na panturrilha do menino, depois foi dar a partida no motor. Após alguns minutos, Anders se sentou e contemplou o mar. Não havia uma única gaivota à vista. E nenhum outro tipo de ave. O mar estava deserto. O único movimento era o da proa, o único som era o ronco do motor.

Durante a viagem de volta para casa, Anders fantasiou que ele e seu pai eram os únicos sobreviventes de um desastre que tinha acabado com a vida no planeta. Como seria a vida deles de agora em diante?

Evidentemente outras criaturas tinham sobrevivido à hecatombe, porque Dante, o gato de Simon, estava esperando por eles no píer. Anders agarrou a corda da popa e, com um salto, posicionou-se junto ao cabrestante externo. Com o gato entrançado entre as pernas, amarrou cuidadosamente a corda, fazendo o nó simples que tinha aprendido no verão do ano anterior.

Assim que se assegurou de que o barco estava atracado em segurança, Anders afagou a cabeça de Dante, desceu para a proa e jogou alguns arenques no píer. Estava curioso para ver como o gato reagiria. A princípio o bichano se comportou como sempre. Talvez por exigência de seu orgulho, Dante sempre fingia que ele próprio tinha capturado sua presa. O gato se agachou e foi se aproximando lentamente do peixe sem vida, como se a máxima vigilância fosse necessária para garantir que sua comida não escapasse.

Então o gato deu um salto à frente e mergulhou com as duas patas em um dos arenques, prendendo-o firmemente com as garras estendidas. Assim que tivesse certeza absoluta de que o peixe não iria a lugar algum, cravaria os dentes no arenque. O que aconteceu a seguir foi tão engraçado que Anders deu gargalhadas.

Dante parou com os dentes a meio caminho do arenque, depois ergueu a cabeça e fungou duas vezes. Olhou para Anders como que para perguntar: *Isso é algum tipo de pegadinha?* e cutucou com a pata o peixe, fazendo-o rolar no píer algumas vezes.

O pai de Anders estava sentado de cócoras, observando com interesse tenso os movimentos do gato. Quando Dante julgou que já tinha passado tempo suficiente rolando o peixe, sossegou e cravou os dentes no arenque, e dessa vez ouviu-se o estalar de espinhas sendo quebradas. Em um minuto o gato deu cabo do arenque, depois pegou outro com a boca e foi embora do píer com o rabo apontado para o ar.

O pai se pôs de pé e esfregou as mãos.

– É melhor a gente começar, então. – Antes que Anders tivesse tempo de descer para pegar o equipamento necessário, o pai olhou de relance para o barco e acrescentou: – Sabe de uma coisa? Foi uma pescaria e tanto.

Ah, então agora o senhor notou, né?, pensou Anders, mas limitou-se a dizer:

– Quanto o senhor acha que tem aqui?

O pai franziu os lábios:

– Uns noventa quilos. Isso vai nos manter ocupados por um tempo.

Noventa... duzentas e setenta coroas, mas eu não vou conseguir vender tudo isso. Se eu baixar o preço...

Anders desembarcou e foi pegar a rede de enxágue e as caixas. Enquanto isso o pai girou o timão, ergueu a rede e começou a chacoalhá-la. Os arenques saíram voando da rede para o fundo do barco. Alguns caíram na terra. Mas ainda assim não se via uma única gaivota para abocanhá-los. Contudo, um par de corvos tinha chegado ao píer. Ficaram lá parados, andando de um lado para o outro sem saber como se comportar já que não tinham a concorrência das gaivotas.

Anders pulou para dentro do barco com a rede de enxágue e jogou alguns arenques para os corvos. As aves engoliram os peixes inteiros de uma só vez, grasnaram agitadas e depois de alguns minutos ganharam a companhia de três outros corvos.

Os arenques rodopiavam ao redor da cabeça de Anders e era tudo que ele podia fazer para entorná-los na rede, enxaguá-los no mar e jogá-los dentro das caixas. Foi mais difícil que o habitual porque os peixes ainda estavam rígidos e insistiam em escorregar de suas mãos. Depois de encher uma das caixas, ele levantou a cabeça e viu um par de gaivotas pairando sobre a água ao largo do píer.

Assim que curvou a cabeça para retomar o trabalho, ele ouviu um bater de asas e um chapinhar perto do barco. As gaivotas tinham começado a se servir dos peixes que afundaram, e tudo voltou ao normal.

O pai de Anders levou uma hora para chacoalhar todo o peixe, e depois os dois trabalharam juntos enxaguando os arenques e jogando-os nas caixas. Terminada a tarefa, cada um se sentou em um cabrestante, e contemplaram a pilha de cinco caixas de vinte quilos cada no píer.

Anders tirou o boné e coçou o couro cabeludo suado.

– A gente vai conseguir vender tanto peixe?

O pai fez uma careta.

– Duvido. Vou ter de levar uma caixa comigo para o trabalho e... bom, acho que a gente pode defumar o que sobrar.

Anders meneou a cabeça, acabrunhado, mas por dentro estava exultante. Embora a venda do arenque fosse um pouco lenta, o *böckling* – arenque defumado com as vísceras e a cabeça retiradas – vendia feito pão quente e desaparecia num piscar de olhos nas raras ocasiões em que o pai acendia o defumador. Os turistas ficavam loucos pelo *böckling*, e a respeitável opinião do pai era a de que os visitantes consideravam *exótico* o arenque defumado a quente.

Anders saiu empurrando o carrinho de mão na direção do píer do vapor a fim de buscar um pouco de gelo no armazém que era administrado pelo conselho do vilarejo desde que a indústria da pesca encerrara suas atividades. Quando voltou, seu pai já tinha desembarcado as caixas e pendurado a rede para secar. Eles encheram de gelo as caixas e colocaram uma grossa lona por cima de tudo.

Anders desceu até a praia e esfregou as mãos com areia para tirar as escamas. Depois ficou um bom tempo acocorado em cima de uma pedra e deixou seu rosto se aquecer ao sol, que agora tinha subido acima dos pinheiros do pontal Norte.

Quando chegaram em casa, Anders foi direto para a cama a fim de dormir mais algumas horas. Para ele essa era a melhor parte dos dias de pescaria com o pai. Ficar lá deitado sob a luz amarelo-fogo que acossava as venezianas enquanto suas mãos relaxavam e descongelavam debaixo das cobertas, ouvindo sonolentamente os gritos das gaivotas no mar. Se ele não adormecesse de imediato, ficava algum tempo deitado, satisfeito pelo trabalho bem-feito, tirando escamas das mãos. Depois caía no sono, enquanto o dia de verão se materializava ao seu redor.

Mas ainda não chegamos lá...

Anders tinha ido tão longe, estava tão distante em suas lembranças que não percebeu por que razão o motor tinha sido desligado, por que o barco estava diminuindo a velocidade a meio caminho da baía. A rede não estava lá, bem no meio do braço de mar.

Então ele se deu conta de que o convés onde estava deitado era feito de fibra de vidro e que seu corpo era tão grande que nem havia espaço suficiente para ele. Era um homem feito, seu pai tinha morrido e tudo que acontecera depois nada tinha a ver com a tarefa em questão naquele momento.

Na verdade tem, sim. Tudo está conectado a tudo aqui. Eu sou o único que não vê isso.

O motor parou e caiu o silêncio. Simon estava sentado na proa, olhando ao redor. Não havia um único barco à vista, nenhum par de olhos espionando. Anders voltou ao presente, ainda que desejasse poder permanecer no passado. Os sacos pretos aos pés de Simon eram reais e exigiam um ato do qual ele jamais teria se imaginado capaz.

É tudo culpa minha. Eu tenho de... contribuir.

Agarrou a corrente e jogou-a para a frente, deixando que se enrolasse formando uma espiral em cima do pacote preto. Simon abriu um sorriso triste.

– Sabe de onde vem esta corrente?

– É a que você usava quando...

– Hum. Ela já esteve no mar antes.

Simon assentiu para si mesmo, e ambos ficaram alguns instantes em silêncio. Simon afagou o plástico que cobria a cabeça de Elin.

– Ela está morta. Nada que a gente fizer agora vai fazer alguma diferença. Ela se afogou. Alguém a afogou. E agora ela vai para o mar. Não tem nada de estranho nisso. Não é errado. A gente simplesmente tem de fazer isso. Porque a gente precisa continuar vivendo. – Simon olhou Anders nos olhos. – Você não concorda?

Anders assentiu, num gesto mecânico. Aquele não era o problema. A bem da verdade o problema era começar a tocar no cadáver, sentindo músculos e ossos através do plástico, sem saber ao certo... se ela estava realmente morta.

– Pra que o saco plástico? – perguntou Anders.

– Eu não sei – respondeu Simon. – Achei que... seria melhor.

– Não é.

– Não.

Anders compreendeu o pensamento por trás daquilo, a ideia de esconder de si mesmos o que eles estavam fazendo. Mas foi um alívio quando arrancaram dos sacos o corpo de Elin e o viram aos seus pés. A pele dela tinha perdido todo o lustro, e a cor tinha abandonado seus olhos arregalados. Foi uma visão horrível, e ainda assim era melhor.

Quando se curvou para agarrar a corrente, Simon viu as cicatrizes no rosto e no corpo de Elin, marcas brancas e brilhantes à luz da manhã.

– O que são? Cicatrizes?

– Vou te contar tudo sobre isso aí – respondeu Anders. – Mas não agora.

Os dois trabalharam juntos para erguer o corpo, virá-lo, enrolar nele a corrente e prendê-la com um par de linguetas. Por mais que apertassem a corrente não houve a menor reação do corpo de Elin, cuja pele não ficou avermelhada e tampouco inchou. Os olhos vidrados do cadáver fitavam sem piscar o céu, e seu olhar vazio hipnotizou Simon.

– Quem era ela? – quis saber ele.

Era a pergunta que precisava ser feita, a derradeira questão. Infelizmente, Anders não sabia a resposta.

– Eu não sei – respondeu ele. – Acho que era alguém que... estava em busca de aprovação. Alguém que tentou, de diversas maneiras indiretas... fazer com que o mundo inteiro pensasse que ela era maravilhosa. Mas...

Rápida com um raio, uma lembrança veio à mente de Anders: o sorriso de Elin enquanto Henrik e Björn eram humilhados junto à garagem de barcos; ele abaixou a cabeça.

– Nesse caso, vamos nos lembrar de uma pessoa que queria ser maravilhosa – disse Simon, agarrando a corrente em volta das coxas e da barriga do cadáver.

Juntos eles ergueram o corpo por cima da amurada. As pernas de Elin engancharam na borda e por alguns segundos ela ficou pendurada, a cabeça e a parte de cima do corpo na água. Então Simon levantou delicadamente os pés dela. O corpo se soltou e escorregou água adentro com um discreto chapinhar.

Anders se inclinou sobre a amurada e viu o cadáver afundar. Algumas bolhas escaparam da boca de Elin e subiram à superfície como contas transparentes. O cabelo dela se espalhou pela água e escondeu seu rosto enquanto ela era arrastada para as profundezas. Depois de alguns segundos ela tinha afundado tanto que não passava de uma mancha borrada e pálida na grande escuridão. Anders continuou fitando até não saber ao certo se ainda a enxergava, até que ela foi substituída por um desenho cambiante de luz na superfície da água.

A água negra. Ele estava tão terrivelmente exausto que poderia dormir por um ano a fio. Encostou a cabeça na amurada, fechou os olhos e murmurou:

– Estou tão cansado, Simon. Eu não aguento mais.

Sua cabeça se alargava e encolhia, seu cérebro era um pulmão. Expandindo-se e contraindo-se rapidamente, arquejante. Sua consciência ofegava, lutava por ar, como se estivesse se afogando, o pulmão a ponto de estourar.

Ouviu-se um rangido quando Simon se levantou e foi se sentar ao lado de Anders, afastou-o vagarosa e cuidadosamente da amurada e aninhou a cabeça dele em seu joelho. Anders se enrodilhou e colocou os braços em volta da cintura de Simon, pousando a cabeça sobre as coxas dele. A mão gelada de Simon afagou seu cabelo.

– Calma, calma, pequeno Anders. Vai ficar tudo bem. Está tudo bem. Vai dar tudo certo, Anders.

A mão de Simon continuou afagando delicadamente o cabelo de Anders e foi como oxigênio. Ele parou de arquejar por dentro, o pânico se apaziguou e ele relaxou. Deve ter adormecido por alguns segundos. Se de fato pegou no sono, quando acordou o pior já tinha passado. A mão de Simon estava pousada sobre sua nuca.

– Simon – disse Anders, sem levantar a cabeça.

– Sim?

– Você lembra quando me disse... que a gente nunca consegue se tornar outra pessoa, lembra? Que, por mais próximo que a gente seja de alguém, jamais consegue se tornar a outra pessoa?

– Sim, eu disse isso, sim. Mas parece que eu estava errado.

– Não é só a Elin. Sou eu também. Eu estou me tornando a Maja.

– Como assim?

Havia de fato uma palavra para o que estava acontecendo com ele. Não era a palavra exata, pois tinha o tipo errado de associações. Demônios e espíritos malignos. E ainda assim era única palavra que havia.

– Eu estou possuído. Estou me tornando outra pessoa. Estou virando a Maja.

Anders endireitou o corpo de modo a ficar sentado e de frente para Simon. E contou mais uma vez a história, à luz dessa nova revelação. Falou de como de vez em quando ouvia dentro da própria cabeça a voz da menina, de seu medo do homem do sorvete GB, dos gibis do ursinho Bamse, da cama, das palavras escritas na mesa e do azulejo com as contas.

Simon não fez pergunta alguma, não apresentou objeções. Simplesmente ficou ouvindo e de tempos em tempos murmurava "Hum", e foi como se a mão poderosa que até então estava apertando com força cada vez maior a mente de Anders aos poucos começasse a afrouxar o aperto.

– Então eu acho... eu sei – disse Anders por fim – que ela está fazendo tudo isso através de mim. É ela quem está fazendo o desenho com as contas e lendo o gibi do Bamse, mas pra isso está usando os meus dedos e os meus olhos, e eu não sei... eu não entendo o que devo fazer.

Agora o sol já ia tão alto que fazia algum calor. Durante sua longa narrativa, Anders tinha começado a suar em suas roupas quentes. Tirou o gorro, mergulhou a mão em concha na água e lavou os olhos. Simon fitava Nåten, onde o primeiro escaler da manhã acabava de sair do píer. Ele perguntou:

– Então o que ela quer?

– Você... acredita em mim?

Simon abanou a cabeça de um lado para o outro.

– Digamos assim: não é a coisa mais estranha que eu ouvi. Nos últimos tempos.

– O que você quer dizer com isso?

Simon suspirou.

– Acho melhor deixar assim por enquanto. – Quando notou que Anders franziu a testa, acrescentou: – Preciso falar a com a Anna-Greta. Tudo bem se eu contar para ela o que você acabou de me contar?

– Sim, acho que sim, mas...

– Por falar em Anna-Greta, acho que é melhor a gente voltar pra casa. A essa altura ela já deve estar preocupada.

Anders fez que sim com a cabeça e olhou fixamente por cima da amurada. Agora Elin estava no fundo do mar, talvez cinquenta metros abaixo deles. Imaginou os peixes cutucando a recém-chegada, as enguias saindo da lama e rastejando ao sentirem cheiro de comida...

Interrompeu o pensamento antes que começasse a chafurdar em detalhes físicos.

– Simon? – perguntou ele. – A gente fez a coisa certa?

– Sim. Acho que sim. E se foi a coisa errada... – Simon encarou a superfície da água – ...agora não há muito que a gente possa fazer.

Anders se pôs de pé e foi para a proa, ajeitou-se no assento da melhor maneira que pôde enquanto Simon dava a partida no motor e virava o barco na direção de casa. Por um bom tempo Anders ficou lá sentado, tentando manter os olhos fixos no ponto exato onde tinham dado sumiço em Elin. Devia haver alguma coisa lá. Uma boia ou bandeira de sinalização, algum tipo de memorial, algo para marcar o fato de que havia uma pessoa lá embaixo. Mas havia apenas o movimento constante das águas, e Elin pertencia aos que tinham desaparecido no mar.

Eles se despediram em silêncio no píer de Simon, e Anders se arrastou de volta para a Choça. Se houvesse alguém de tocaia nos arbustos, apontando-lhe uma arma, Anders teria sido incapaz de reagir. Simplesmente teria seguido adiante, arrastando os pés, talvez ansiando pela sensação ardente nas costas.

Olhou para os próprios pés, que se moviam sem sua cooperação ou contribuição. Ele estava sendo puxado. Assim como um animal caçado de maneira implacável, que mesmo já sem forças ainda se arrasta de volta para a toca movido por puro instinto ou um sentido cego de autopreservação, Anders também seguia em frente, na direção de casa, na direção de casa...

Ele entrou, despiu-se, deitou-se na cama de Maja e se cobriu com as cobertas. Depois ficou lá encarando a janela, cansado demais para fechar as pálpebras. Estava deitado no mesmo lugar e a luz era mais ou menos a mesma daquelas manhãs em que tinha voltado para a cama depois de sair para pescar com o pai.

Pensou que era a mesma pessoa, a mesma criança. Que o tempo se movia em círculos, e logo seria hora de se levantar da cama, encher o carrinho de mão e ir para a loja.

Foi muito boa a pescaria desta manhã...

Talvez ele tenha caído no sono com os olhos abertos.

Força de atração

Ele mesmo escrevera o cartaz: "ARENQUE FRESCO 6 COROAS O QUILO", porque seu pai era disléxico e além disso tinha a letra horrorosa. Anders posicionou o cartaz ao seu lado no banco defronte à loja, onde ficou sentado enquanto esperava os primeiros clientes do dia.

Eram nove da manhã, e a loja tinha acabado de abrir. Duas pessoas que entraram na loja disseram que queriam comprar arenque tão logo fizessem o resto de suas compras.

Parecia promissor. Apesar da pescaria abundante, Anders não tinha baixado o preço, principalmente porque não tivera tempo de alterar o cartaz. Tinha dormido demais, por um período excepcionalmente longo, e ficou na cama até quinze para as nove. Teve de se levantar às pressas, e foi uma correria para colocar uma caixa carregada de peixes no carrinho de mão e chegar antes que a loja abrisse.

O primeiro freguês do dia saiu da loja, uma senhora idosa a quem Anders via todo verão desde que se conhecia por gente, embora não soubesse o nome dela nem onde ela morava. Toda vez que se encontravam, a velhinha o cumprimentava, e Anders retribuía a saudação sem fazer a menor ideia de quem era a velhinha a quem dizia "Oi".

A senhorinha se aproximou e anunciou:

– Vou querer um quilo, por favor.

Anders teve uma ideia de gênio.

– Estamos em liquidação hoje. Dois quilos por dez coroas.

A velhinha ergueu as sobrancelhas e se inclinou sobre os peixes, como que para verificar se havia algo de errado com os arenques.

– Por quê?

Anders julgou que a melhor coisa seria dizer a verdade.

– Pegamos muito peixe, e a gente precisa se livrar da mercadoria.

– Mas o que eu vou fazer com tanto peixe a mais?

– Conserve na salmoura. Congele. Pode ser que não haja mais neste verão. Estes aqui talvez sejam os últimos.

A velhinha gargalhou e Anders se preparou para a pior coisa que podia acontecer a seguir: ela despentear o cabelo dele. Era o tipo de coisa que ele tinha de aturar. Mas a senhorinha se limitou a rir e disse:

– Mas que comerciante! Tudo bem, então. Vou levar dois quilos. Já que está em liquidação.

Anders se muniu de uma sacola plástica e contou quarenta e dois peixes dentro de outra sacola, acrescentou dois a mais para garantir, amarrou com um nó e pegou o pagamento no exato instante em que saía da loja o segundo cliente do dia, um senhor de meia-idade que, a julgar pelas roupas, provavelmente era um iatista.

A velhinha ergueu sua sacolinha abarrotada e anunciou:

– Hoje está em liquidação.

O jeito jocoso com que ela falou fez Anders desconfiar de que *liquidação* talvez não fosse a palavra certa. Dava a entender que ele estava vendendo alguma sobra, o que não era apropriado no contexto de arenque fresco. Dali por diante ele decidiu dizer *oferta especial*.

Não foi o sucesso que Anders tinha imaginado quando teve a ideia, mas a cada quatro clientes um era tentado a levar um quilo extra, talvez mais para ajudar o vendedor do que para aproveitar uma pechincha. Anders não achava que duas coroas aqui e ali faziam grande diferença para os adultos.

Contudo, houve mais fregueses que o habitual, e Anders voltou para buscar outra caixa de peixes a tempo de oferecê-los para os passageiros do barco das onze, já que a primeira caixa estava mais ou menos vazia. O barco das onze ocasionou certo tumulto, e o peixe foi o suficiente, sem tirar nem pôr. Uma pequena fila se formou na frente da caixa; Anders parou de acrescentar um par extra de arenques, e colocava apenas dezoito ou dezenove peixes na sacola quando não reconhecia o cliente – quando se tratava de alguém que tinha ido apenas passar o dia na ilha.

Ao meio-dia ele já estava pronto para a terceira caixa. O barco atracou no píer e seu pai, de folga do trabalho, estava de volta do estaleiro, onde obviamente havia se livrado da quarta caixa.

Tudo parecia mais que promissor. Embora a essa altura as vendas andassem mais fracas, não estava descartada a possibilidade de Anders conseguir vender também todo o conteúdo da terceira caixa. Apesar da oferta especial, isso significava que ele completaria com sucesso sua missão, e que em breve o seu barco de controle remoto estaria rasgando as águas da baía.

Animado por esse pensamento, Anders empurrou o carrinho de mão com a terceira caixa de peixes até a loja, e lá encontrou um cliente esperando junto ao cartaz. Quando mais uma vez conseguiu vender dois quilos, ele decidiu celebrar com um sorvete. Entrou na loja e comprou um picolé de pera, depois retomou seu posto na banquinha.

Soprou dentro da embalagem para separar o papel do sorvete, leu a historinha engraçada na figurinha colecionável, depois chupou o sorvete enquanto contava os barcos espalhados pela baía. Podia avistar seu barco de controle remoto passando feito um raio por todos eles, o motor rugindo.

Anders tinha acabado de chegar à melhor parte do picolé, em que a camada externa de gelo começava a derreter em sua língua e o sabor mais doce se fundia ao sorvete de baunilha da camada de dentro, quando viu um homem caminhando pela trilha que vinha de Kattudden.

Os olhos do homem eram estranhos. Como se ele estivesse bêbado. Às vezes, quando bebia demais, o pai de Anders tinha aquele mesmo andar resoluto, como se nada mais existisse a não ser o objetivo diante de seus olhos, como se a vida fosse meramente uma questão de levar o corpo ao lugar onde tinha de estar.

Anders o reconheceu. Era o filho de alguém que sua avó conhecia – que antes talvez vivesse no continente e agora tinha se mudado de volta para a ilha. Anders não lembrava. O homem era um indivíduo irritadiço, de mau gênio. Uma vez tinha gritado com ele porque o carrinho de mão do menino estava na porta da loja, atravancando o caminho, e desde então Anders jamais lhe perguntara se queria comprar arenque.

O homem estava usando calça jeans e uma camisa xadrez, como a maior parte dos residentes permanentes da ilha. Nos pés, tamancos de madeira, e marchava determinado na direção do píer.

Marchava, sim. Era essa a palavra. O homem caminhava de uma maneira que não tolerava interferência. Se alguma coisa obstruísse seu caminho, ele ignoraria o obstáculo e passaria por cima, mas não desviaria. Perfeitamente consistente, tendo-se em mente quanto tinha ficado furioso quando Anders atrapalhara seu caminho.

Quando chegou perto do píer, o homem rumou para o arbusto de espinheiro-marítimo à direita. Anders estava tão fascinado por aquele comportamento que se esqueceu do sorvete, e a substância grudenta e derretida escorreu pelo palito e entre seus dedos.

O homem desapareceu da vista atrás do espinheiro-marítimo, e Anders aproveitou a oportunidade para lamber dos dedos a doçura melada. Depois avistou novamente o homem, que tinha chegado à praia e estava a caminho da água. Nem tinha tirado os tamancos.

Somente agora Anders começou a sentir que havia algo de desagradável naquilo tudo. O homem escorregou nas pedras úmidas e caiu, mas imediatamente se levantou e continuou andando. Anders olhou ao redor, procurando algum adulto que lhe pudesse explicar a situação, ou simplesmente indicar com um olhar calmo que tudo estava dentro da normalidade.

Não havia adultos nos arredores. A bem da verdade não havia ninguém. Somente Anders e o homem, que agora estava com água na cintura, marchando adiante com passadas cada vez mais pesadas, direto rumo a Gåvasten, como se houvesse uma trilha secreta que levava até lá, uma trilha que só poderia ser usada por quem tivesse a atitude correta.

Quando a água chegou ao peito do homem, ele começou a nadar. Anders se levantou, sem saber o que fazer. Chupou o picolé, deu algumas mordidas e viu a cabeça do homem se afastando lentamente, cada vez mais longe do píer do vapor. Ele não parecia ser um nadador dos melhores, pois esparramava muita água e fazia movimentos estranhos.

Talvez seja porque ele está de roupa.

Anders terminou o sorvete e o homem ainda não dava sinal algum de que fosse voltar; o menino jogou o palito no cesto de lixo e entrou na loja.

Lá dentro também não havia vivalma, graças à calmaria do meio-dia. Anders encontrou Ove, o proprietário, no refrigerador de laticínios, repondo o leite.

– Como vão os negócios? – perguntou Ove, sem tirar os olhos do trabalho.

– Bem, obrigado – respondeu Anders.

– Aqui também. Muita gente hoje.

– É.

Anders começou a ficar intranquilo. Nunca tinha falado com Ove, que era uma figura assustadora, com uma barriga enorme e sobrancelhas gigantescas. Anders esfregou um braço e disse:

– Tem um homem nadando lá.

Ove colocou a última caixa de leite no refrigerador e se empertigou.

– Não me surpreende. Está quente hoje.

– Hum. Mas ele ainda está de roupa e... – Anders não sabia como descrever a sensação de mau pressentimento que tomou conta dele enquanto o homem descia o píer – ... e tinha alguma coisa estranha nele.

– Estranha como?

– Bom... o fato de que ele não tirou as roupas. Ele simplesmente foi andando e entrou na água... e andava de um jeito esquisito também.

– E onde ele está agora, então?

– Ainda nadando.

Ove fechou a porta do refrigerador, secou as mãos no avental e disse:

– Então é melhor a gente dar uma olhada.

Quando saiu pela porta da loja, alguns passos atrás de Ove, Anders viu o que temia. O homem tinha desaparecido.

– Cadê ele, então? – perguntou Ove.

Anders sentiu um leve rubor se insinuando por suas bochechas.

– Ele estava ali ainda agorinha.

Ove olhou para ele com desconfiança, como se estivesse tentando formular uma explicação razoável para o menino ter inventado aquela história. Evidentemente não conseguiu, pois saiu andando a passos largos na direção do píer, seguido de perto por Anders.

Quando chegaram ao píer, também não havia vivalma. Ove balançou a cabeça.

– Bom, meu jovem Anders, parece que não tem ninguém aqui.

Anders perscrutou a água e avistou um par de patos balouçando na superfície, a dez metros do píer. Mas não eram patos. Eram tamancos de madeira. Ele apontou, mostrando-os para Ove, e depois armou-se um circo.

* * *

Ove telefonou e as pessoas vieram. Saíram em barcos e a guarda costeira de Nåten foi chamada. Anders teve de descrever o homem que tinha entrado na água, e todos concordaram que devia ser Torgny Ek, filho de Kristoffer e Astrid Ek, que moravam a poucos metros da loja.

Turistas curiosos de Kattudden e hóspedes do albergue foram ver qual era o motivo do rebuliço. Não demorou para que todo mundo ficasse sabendo da história do que a pobre criança – Anders – tinha testemunhado, e qual era a melhor maneira de as pessoas demonstrarem sua boa vontade para com o desafortunado menino? Comprando o arenque dele.

Para dizer a verdade Anders não se sentiu exatamente afetado ou chateado com o que tinha acontecido, mas percebeu que era melhor adotar uma expressão séria enquanto o arenque voava de suas mãos e o dinheiro jorrava para dentro de seus bolsos. Teve inclusive a sensatez de evitar menções à oferta especial, o que obviamente seria inapropriado.

Quando a caixa de peixes ficou vazia, ainda havia gente reunida ao redor do porto esperando para ver o que os mergulhadores talvez encontrassem, e pela terceira vez naquele dia Anders foi embora para casa empurrando o carrinho de mão. Quando se aproximou da Choça, avistou uma coluna de fumaça subindo para o céu.

Seu pai estava agachado junto ao defumador, empurrando ramos de junípero no fogo. A última caixa de arenque estava ao lado dele, que, porém, ainda não tinha começado a colocar os peixes nos espetos. Pareceu surpreso quando avistou Anders.

– Já de volta?

– Sim – respondeu Anders, tombando a carriola para mostrar a caixa vazia. – Vendi tudinho.

O pai se levantou e olhou. Primeiro para a caixa, depois para Anders.

–Você vendeu... sessenta quilos?

– Vendi.

– Como?

Anders contou sobre Torgny Ek. Como o homem viera andando, como ele nadara mar adentro. Todas as pessoas que tinham se aglomerado no porto. Ao longo do relato sua voz foi ficando cada vez mais hesitante, pois notou que o pai estava bastante chateado com a história toda. Ele ouvia sentado no banco junto ao defumador, encarando o chão.

– E aí a guarda costeira chegou... – A voz de Anders aquietou-se e o silêncio desabou. Ouvia-se apenas o estalar dos ramos de junípero queimando dentro do defumador. – Trezentas e vinte coroas. É o que eu arrecadei. É um pouco menos porque fiz uma oferta especial.

O pai assentiu pesadamente.

– Muito bem.

Anders pegou um espeto de metal e enfiou nele um par de arenques. O pai interrompeu-o com um gesto lento:

– Pode deixar isso pra lá. Acho que a gente não vai defumar hoje.

– Por que não?

– Bom, você... vendeu tanto peixe.

A sensação de peso no estômago voltou, e Anders foi puxado para baixo, para o chão. Abaixou o espeto.

– Mas... é sempre bom ter arenque defumado.

O pai se levantou devagar e disse:

– É que eu não estou com disposição. – Fez um esforço e puxou para cima os cantos da boca, esboçando uma espécie de sorriso. – É muito bom que você tenha vendido tanto peixe. Agora pode comprar aquele barco. Vá devagar, descanse um pouco.

Sem dizer mais nada, saiu caminhando na direção de casa, os ombros caídos. Anders balançou o espeto na mão. Os dois arenques estavam lá pendurados, espetados pelos olhos. Que por sua vez estavam dependurados das respectivas cabeças, presos por finas membranas. Anders empurrou os arenques até a ponta do espeto, jogou o braço para trás, deu uma leve chicotada com o pulso. Os peixes saíram voando num largo arco, e aterrissaram na serragem ao lado da pilha de lenha.

Então é isso, pronto e acabou-se.

Lavou as mãos no tambor de água da chuva e voltou para a loja. Não sabia o que tinha acontecido, mas desde o começo havia algo de errado com aquela pescaria.

Exceto uma coisa.

Ele tocou o maço de cédulas no bolso direito, o punhado de moedas no esquerdo. Podia até estar sentindo um troço esquisito no estômago, e talvez em muitos sentidos o dia pudesse ter sido melhor. Mas uma coisa não havia como negar: ele tinha ganhado muito dinheiro.

ENCONTRE A PESSOA QUE VOCÊ AMA

"Desde que pelo menos um de seus filhotes sobreviva, a fêmea do pato marinho parece bastante contente e se comporta dentro da normalidade. Mas invariavelmente acontece que a ninhada inteira morre ainda durante a primeira hora de vida. Quando isso ocorre, vê-se claramente que ela é dominada pela neurose. Ela anda em círculos no ponto onde os filhotes desapareceram, retorna ao mesmo local e procura por eles, dia após dia, e também sai em busca dos filhotes ao longo da trilha que percorreu com eles – como se o cheiro deles ainda estivesse lá, na superfície da água."

Sten Rinaldo, *Rumo ao arquipélago distante*

Em vez de Las Vegas

Simon foi acordado por uma sensação de cócegas no lábio superior. Um segundo depois, dois lábios foram comprimidos contra sua testa e ele abriu os olhos. Anna-Greta recuou, e a mecha de cabelo que tinha sido responsável pelas cócegas sumiu.

Anna-Greta estava sentada na beirada da cama, com a mão no quadril.

– Bom dia – disse ela.

Simon meneou a cabeça em resposta, e Anna-Greta baixou a voz, como se alguém pudesse ouvir.

– Como foi? De manhã?

Ao desembarcar, Simon simplesmente dissera a Anna-Greta que estava cansado demais para conversar sobre o que tinha acontecido, e depois foi direto para casa e adormeceu na mesma hora.

Ele ainda não queria falar sobre sua jornada daquela manhã, por isso limitou-se a dizer apenas que as coisas tinham saído da melhor maneira possível, e perguntou as horas.

– Onze e quinze – respondeu Anna-Greta. – Eu não sabia se devia te acordar, mas... tenho uma sugestão. Talvez você não goste. Nesse caso, sinta-se à vontade pra recusar.

– Que tipo de sugestão?

Simon achava que provavelmente já tinha tido um estoque suficiente de surpresas para os próximos anos. A postura de Anna-Greta, a maneira como ela cutucava as cutículas davam a entender que estava prestes a fazer uma pergunta difícil. Simon suspirou e desabou novamente a cabeça no travesseiro; já estava em vias de dizer que naquele momento específico a resposta para todas as perguntas era *Não*, quando Anna-Greta perguntou:

– Você ainda quer se casar comigo?

O *não* teria de esperar um pouco. Simon deu a resposta contrária, mas acrescentou:

– Por que está me perguntando isso?

– Você quer se casar comigo *agora*?

Simon piscou e olhou ao redor do quarto como que para verificar se havia um padre escondido em algum canto. Aparentemente não havia. Ele não entendeu a pergunta.

– *Agora*? O que você quer dizer com *agora*?

– O mais rápido possível.

– É... urgente?

Anna-Greta pousou o queixo numa das mãos. Havia dor no olhar com que encarou Simon, seus olhos fixos nos dele por alguns instantes, até que por fim ela disse:

– Talvez. Nunca se sabe. Eu quero estar casada com você se... alguma coisa acontecer.

– Como assim?

Com o dedo indicador Anna-Greta traçou a linha da vida na palma da própria mão e, sem olhar para Simon, respondeu:

– Você sabe que eu não sou exatamente religiosa. Mas mesmo assim. Tem alguma coisa nisso tudo. Eu quero que a gente... – Ela respirou fundo e estufou o peito, como se tivesse de fazer um esforço para que as palavras saíssem. – ... esteja casado aos olhos de Deus. Se alguma coisa acontecer. – Olhou para Simon com expressão de pesar. – É isso.

– Tudo bem – disse Simon –. Eu entendo. Qual é a sugestão, então?

Anna-Greta tinha feito diversos telefonemas naquela manhã. Para se casar era necessário provar que não havia impedimentos legais. Essa documentação tinha de ser obtida junto ao cartório nacional de registro civil em Norrtälje. Normalmente a papelada demorava duas ou três semanas para chegar, mas em casos urgentes era possível acelerar o processo e obter os papéis mais rapidamente. No mesmo dia, na verdade.

– Eu disse que a gente reservou a igreja para amanhã – disse Anna-Greta. – Mas que a gente tinha se esquecido desse detalhe. – Ela olhou de relance pela janela. – A gente consegue se pegar o barco da uma.

Simon tinha se esquecido de que ia dizer "não" e começou a tirar o paletó do pijama. A meio caminho, parou e deixou o paletó cair de volta por cima da cabeça.

– E você fez isso? Reservou a igreja?

Anna-Greta gargalhou.

– Não. Eu não sabia se você ia achar uma boa ideia.

Ela se levantou a fim de abrir espaço para que Simon saísse da cama. Ele tirou o paletó do pijama e se pôs de pé, usando a coluna da cama como esteio.

– Não sei se era boa ideia, mas entendo o raciocínio. Seria possível tomar uma xícara de café antes... da viagem nupcial?

Anna-Greta foi para a cozinha fazer o café. Simon encostou-se à coluna da cama. Cambaleou quando os eventos da manhã se lançaram sobre ele, golpeando-o por trás. De repente sentiu-se tonto e sentou-se de novo na cama. Com mãos que pareciam irreais ele tirou a calça do pijama, vestiu a cueca e as meias. Depois estacou de vez. Ergueu as mãos até a altura dos olhos.

Estes meus dedos.

O trabalho de sua vida inteira tinha sido construído com base no que ele podia fazer – ou que costumava ser capaz de fazer – com aqueles dedos. Milhares de horas diante do espelho, aperfeiçoando o mais ínfimo movimento de modo a fazer com que parecesse natural, embora estivesse escondendo alguma coisa. Ele tinha treinado seus dedos para obedecê-lo e exercia sobre eles absoluto controle.

Naquela manhã esses mesmos dedos tinham enrolado sua velha corrente em volta do corpo de uma pessoa morta, essas mesmas mãos haviam jogado um par de pés por cima da amurada do barco, fazendo uma jovem mulher desaparecer nas profundezas. Para escapar de perguntas embaraçosas. Para evitar problemas. Seus dedos treinados tinham feito essas coisas.

O pensamento não arredava pé. Enquanto se levantava e abria a porta do guarda-roupa, Simon olhava para as próprias mãos o tempo todo como se fossem próteses, coisas alienígenas que tinham sido aparafusadas às extremidades de seus braços enquanto ele dormia.

Pegou a calça, uma camisa e um paletó. Suas melhores roupas. Vestiu-se. Talvez a quebra de sua rotina cotidiana normal tivesse bagunçado alguma coisa em sua cabeça, mas de fato parecia que seus dedos estavam se comportando como se tivessem vontade própria, e somente com alguma dificuldade Simon conseguiu obrigá-los a fazer o que ele queria. Fechar os botões, afivelar o cinto.

Ele parou de vez quando abotoava o botão de cima da camisa.

É essa a sensação? De estar possuído?

Olhou-se no espelho na porta do guarda-roupa. Não que soubesse qual devia ser a sensação, mas não achava que era isso que estava acontecendo aqui. Tinha mais a ver com aquela expressão: ele estava *fora de si*. Duas pessoas lado a lado, uma executando as ações, a outra olhando.

Penteou para trás a longa cabeleira grisalha, vestiu o paletó e se olhou de novo no espelho.

Aqui estou.

Tentou evocar a sensação que tomara conta dele quando uma folha de bordo cruzou seu caminho. Sem sucesso. Mas ainda assim fez uma ligeira reverência para o espelho, agradeceu pela vida dividida que lhe tinha sido dada, apesar de tudo.

Palmas, palmas.

Encostada à soleira da porta, Anna-Greta assistia a tudo e aplaudiu mais algumas vezes.

– Muito elegante. O café está pronto.

Simon seguiu-a cozinha adentro. Assim que bebeu a primeira xícara de café, seus pensamentos começaram a ficar mais claros. Olhou pela janela e avistou o ponto exato na grama onde Marita havia se sentado daquela vez. Quando ele tinha ficado de frente para ela com uma espingarda apontada. Pensando em matá-la à queima-roupa.

Também naquela ocasião ele se sentira como se tivesse sido arrancado para fora do próprio corpo e ficado de pé ao lado de si mesmo, olhando tudo.

Tudo isso não passa de desculpa, ele pensou consigo mesmo enquanto se servia de outra xícara. As pessoas dizem que estão fora de si, que estão fora de órbita, fora de controle. Diferentes maneiras de dizer a mesma coisa. Mas somos sempre nós mesmos. Não existem amigos imaginários fazendo as coisas em nosso nome.

Exceto... exceto...

– No que você está pensando? – perguntou Anna-Greta.

Simon reproduziu todo o relato que Anders lhe fizera no barco. Que Maja tinha entrado nele e estava influenciando seus atos, guiando suas mãos à noite. Que ele estava possuído, exatamente como Elin tinha estado.

Quando terminou, Anna-Greta ficou sentada em silêncio, olhando na direção da Choça. Por fim ela disse:

– Pobre alminha.

Simon não sabia se ela estava se referindo a Anders ou a Maja, e a bem da verdade isso não importava. De repente tudo pareceu absolutamente impossível, e a compaixão simples de Anna-Greta serviu apenas para intensificar essa sensação.

– Você acredita mesmo que é isso que está acontecendo? – perguntou ele. – Que as almas dos mortos saem do mar e... e...

– Não há garantia de que eles estejam mortos. A gente não sabe de nada. Nada. Não com cem por cento de certeza.

– Mas o que a gente pode fazer?

Anna-Greta esticou o braço sobre a mesa e pousou a mão na mão de Simon.

– O que a gente pode fazer agora é pegar o barco da uma, ir a Norrtälje e assinar os papéis para poder se casar.

Simon espiou o relógio. Faltavam vinte para a uma, e eles teriam de sair imediatamente se quisessem chegar lá a tempo. Ele pegou a caixa de fósforos no peitoril da janela e disse:

– Sim. Hoje é o nosso dia. Vamos lá. Você poderia só... me esperar lá fora um minuto?

Anna-Greta ergueu as sobrancelhas com expressão interrogativa, e Simon mostrou-lhe a caixa.

– Eu tenho de...

– Vá em frente, então.

– Eu prefiro estar sozinho.

– Por quê?

Simon olhou para a silhueta branca do menininho na caixa. *Por quê?* Ele poderia alegar uma porção de motivos, mas disse a verdade.

– Porque é constrangedor. Seria como... ir ao banheiro na frente de uma plateia. Você consegue entender isso?

Anna-Greta balançou a cabeça e sorriu.

– Se nós vamos envelhecer ainda mais juntos, há uma boa chance de que antes do fim um dos dois tenha de limpar o traseiro do outro. Vá em frente, faça o que tiver que fazer.

Simon hesitou. Não tinha se dado conta de quanto sua relação com o Spiritus estava repleta de vergonha. Sentiu-se sujo ao abrir a caixa. Olhou de relance para Anna-Greta e viu que ela, num gesto gentil, olhava pela janela.

O inseto não parecia nada saudável. Sua pele, outrora negra e lustrosa, estava baça e com aspecto de pergaminho. Estava começando a parecer o espécime morto que ele tinha visto no expositor de vidro na casa do grande mágico. Simon pigarreou e juntou saliva.

O relógio tiquetaqueava. O tempo passava. O barco estava se aproximando.

Deixa pra lá.

A bolha de cuspe surgiu, caiu e se espalhou pela pele seca. O inseto se mexeu, absorveu o líquido e voltou um pouco à vida. Simon levantou os olhos. Anna-Greta assistia a tudo.

– Vamos? – perguntou ela, apontando para o queixo dele.

Simon limpou um fio de saliva, levantou-se e guardou no bolso a caixa de fósforos. Assim que saíram, Anna-Greta segurou a mão de Simon e perguntou:

– Não foi tão ruim, foi?

– Não – respondeu Simon, e estava sendo sincero.

Os dois iam se casar. Então provavelmente era hora de pôr em prática as palavras da epístola aos coríntios: “Logo que cheguei a ser homem, acabei com as coisas de menino”.

Deixa pra lá.

Simon seguiu Anna-Greta ao longo da trilha, e a rigidez matinal em seus braços e pernas começou a se atenuar. Ele olhou para o mar e viu que o escaler já tinha vencido metade da distância entre Nåten e Domarö. Os dois apertaram o passo. Quando chegaram ao píer, Simon estava exausto.

Anna-Greta parou na frente de Simon e ajeitou os cabelos dele puxando-os para trás, tirando dos ombros alguns fios soltos.

– Eu sirvo? – perguntou ele.

– Serve. Na verdade, mais do que serve. Sabe que palavra combina com você?

– Não.

– É uma palavra bonita. Você é misterioso.

Ao se aproximar do píer, o escaler diminuiu a velocidade. Simon estava prestes a dizer alguma coisa sobre jogar pedras e telhados de vidro quando o ruído furioso de um motor surgiu atrás deles. No exato momento em que a proa do barco tocou o píer e Roger foi para a frente a fim de jogar o cabo de amarração, Johan Lundberg estacionou ao lado deles sua motoneta com reboque.

– Aí está você – disse ele. – Que bom.

Contudo, sua expressão não sugeria que as coisas estavam bem – pelo contrário.

Ele ignorou Simon e se virou para Anna-Greta.

– Você tem de vir. O Karl-Erik perdeu completamente o juízo. Você precisa falar com ele. Ele vai te ouvir.

– Como assim, perdeu o juízo? – perguntou Anna-Greta.

– Estamos ocupados limpando a área da casa que foi incendiada e... você tem de vir. Ele está fora de si.

Roger aproximou-se deles com o cabo de amarração na mão.

– Vocês vêm? Eu preciso ir agora.

Anna-Greta assentiu e se virou para Johan.

– Infelizmente eu estou ocupada hoje. A gente volta às seis.

O queixo de Johan caiu, como se a resposta de Anna-Greta tivesse acabado de lhe revelar um dos grandes mistérios do universo. Antes que ele pudesse formular alguma objeção, Simon e Anna-Greta subiram a bordo. Roger foi logo atrás e assumiu seu lugar no assento de pilotagem. O barco deu marcha a ré e foi se afastando do píer.

Johan ficou lá parado, fitando os dois com a expressão de uma criança enjeitada entregue aos cuidados de estranhos. Se Simon precisava de alguma prova de que Anna-Greta era a líder não declarada do vilarejo, agora já tinha.

Quando o barco começou a fazer a volta para rumar na direção de Nåten, Johan ergueu a mão num gesto tímido de despedida, montou na motoneta, ligou-a com um coice no pedal de partida e saiu na direção do vilarejo.

Enquanto o barco deixava Domarö rumo ao continente, Anna-Greta e Simon encostaram-se à amurada. A baía estava movimentada, salpicada de gaivotas brancas que levantavam voo, uma a uma ou em bandos, voavam em círculos e depois voltavam para a terra.

– O que você acha que aconteceu? – perguntou Simon.

Anna-Greta contemplava o mar.

– Eu não sei do que se trata, e também não quero saber. Viu só quantas gaivotas? Acho que nunca vi tantas.

O barco singrava a água, abrindo caminho em meio a um tropel de corpos brancos que chapinhavam ou voavam em um ritmo vagaroso. Era realmente fora do comum ver tantas gaivotas.

Convidados para o casamento, pensou Simon. *E aqui vai o casal feliz.*

Ele abraçou Anna-Greta e deixou que seus pensamentos se voltassem para o continente.

Duelo

Dessa vez não havia margem para dúvida: era incêndio criminoso. Enquanto os homens trabalhavam para debelar o fogo, o cheiro de gasolina era mais do que perceptível, e quando o pior já tinha passado encontraram também a lata. Alguém ateara fogo ao chalé de verão dos Wahlgren, e foi fácil supor que o incendiário era a mesma pessoa que tinha incendiado a casa dos Grönwall.

Durante a noite houve momentos em que parecia que as coisas iam ficar feias. O fogo tinha dominado as coníferas do jardim dos Wahlgren e centelhas e fragmentos chamuscados estavam sendo carregados para o interior da ilha. Antes da chegada do corpo de bombeiros, uma decisão motivada pelo pânico tinha sido a de derrubar algumas árvores que caso contrário poderiam ter levado o fogo floresta adentro. Tinha sido um dia seco de outono e, se o fogo alcançasse as copas dos abetos, poderia haver um desastre. As chamas se espalhariam através da floresta até o velho vilarejo e não parariam antes de chegar ao mar.

Três homens trabalharam com motosserras para derrubar cerca de quarenta abetos e pinheiros que se estendiam por um contraforte ao largo da floresta, um braço que ansiava ardentemente para se apoderar do fogo. Era o tipo de façanha sobre a qual se escrevem canções. Mas hoje em dia essas canções já não são entoadas, e na melhor das hipóteses Karl-Erik, Lasse e Mats podiam esperar uma pequena menção no jornal local.

Contudo, a reportagem deveria mencionar que os homens tiveram de trabalhar rapidamente, que as árvores não podiam tombar na direção do fogo e que eles também precisavam se assegurar de que as árvores não caíssem sobre os chalés da área, o que implicava que cada uma tinha de ser derrubada com precisão, e é claro que tudo isso foi feito na escuridão, com a ajuda apenas da luz do poste da rua e do próprio fogo.

Quem se lançaria a essa empreitada, e com êxito?

Ora, Karl-Erik, Lasse e Mats!

Tudo bem que eles quase derrubaram o telheiro dos Carlgren, e que aquelas pessoas de Örebro perderam alguns painéis de vidro de sua estufa, mas de maneira geral ninguém teria sido capaz de fazer um trabalho melhor, e os três mosqueteiros, empunhando motosserras em vez de floretes, foram os heróis da noite. Com o fogo sob controle, podiam ir para casa e dormir à vontade. Tinham cumprido seu papel, e muito mais.

Na manhã seguinte, quando apareceram para cortar as árvores derrubadas, eles foram saudados assim: "Lá vêm os três mosqueteiros de novo!"

Mas Mats foi o único que riu e esboçou uma resposta. A expressão de Lasse era sombria, e Karl-Erik parecia furioso. Era como se a lembrança da cooperação da noite anterior tivesse ido pelos ares. O que aconteceu a seguir só pode ser descrito como incompreensível, um evento não muito diferente do episódio em Söderviken com Gustavsson e o cisne.

Gustavsson tinha o hábito de dar de comer a um cisne. A ave voltava ano após ano, aceitando os pedaços de pão que ele lhe dava e em troca propiciando alguma companhia. Tão logo conhecia uma pessoa, Gustavsson começava a falar sobre o cisne, como ele era lindo e inteligente, e que bom amigo tinha se tornado.

Até que um dia Gustavsson levou sua espingarda para a baía e atirou no cisne; acertou em cheio o pescoço da ave, arrancando-lhe a cabeça. Depois ficou inconsolável, incapaz de encontrar uma explicação para seu comportamento, exceto que tinha posto na cabeça que ia atirar no cisne.

Contudo, o incidente com Karl-Erik foi bem mais amplo, no sentido de que durou mais que o tempo necessário para carregar uma espingarda, mirar e disparar. E não foi somente Karl-Erik – Lasse também estava tomado pelo mesmo comportamento irracional.

O trabalho da manhã consistiu na remoção dos galhos e no corte das árvores caídas, e teve seguimento mais ou menos normal, embora mais tarde Mats tenha dito que havia algo ligeiramente estranho com Karl-Erik e Lasse. Os dois estavam caladões, trabalhando em silêncio. Durante a pausa que os homens fizeram para beber água e comer seus sanduíches, os dois sentaram-se bem longe um do outro.

Após a pausa os três colocaram seus protetores de ouvido, ligaram as motosserras e retomaram o trabalho. Mats estava às voltas com a raiz de um dos abetos mais grossos. O progresso era lento, e a máquina esquentou demais. Por isso, depois de terminar ele desligou a motosserra, tirou os protetores de ouvido e começou a afiar a corrente.

A motosserra de Lasse também foi desligada, e assim Mats pôde ouvir o som de alguém serrando em outra parte, lá para cima, na direção do vilarejo, a uma boa distância da área das árvores recém-derrubadas que eles estavam limpando. Ele se empertigou e procurou a fonte do barulho. Quando a localizou, deixou sua motosserra cair no chão e saiu correndo.

Na época em que o pai de Holger vendeu Kattudden ao agente de Estocolmo, algumas famílias do vilarejo tinham conseguido que fosse firmada a promessa de que poderiam ao menos dividir e comprar uma pequena área, de modo que nem tudo passasse para a posse de estranhos. A eles coube a partilha de alguns pequenos lotes de terra bem longe do mar, floresta acima.

A família Bergwall, de que Lasse fazia parte, era uma delas. A mãe, Margareta Bergwall, agora era dona dos dois chalés de verão que ficavam colina acima, no oeste, a cerca de trezentos metros da praia, mas com certa vista panorâmica do mar. Os chalés eram alugados pelos turistas de verão, mas o irmão de Lasse, Robert, estava planejando reformar um deles e se mudar de volta para casa.

Entre as duas propriedades erguia-se a maior bétula de Kattudden: um verdadeiro gigante de vinte metros de altura. Um homem adulto mal dava conta de abraçar a árvore. E era com essa bétula que Karl-Erik estava ocupado.

Quando Mats viu o que outro estava aprontando, largou sua motosserra e correu na direção de Karl-Erik. A bétula ficava entre as duas propriedades, mas inclinava-se ligeiramente na direção da casa da mãe de Lasse, e, a julgar pelo modo como Karl-Erik estava fazendo o corte de entalhe, ele pretendia usar a inclinação natural da árvore para assegurar que ela caísse em cheio sobre a futura herança de Lasse.

– Karl-Erik! – berrou Mats assim que chegou perto o suficiente para ser ouvido. – Karl-Erik, o que você está fazendo?

Mas, por causa dos protetores de ouvido, Karl-Erik não escutou coisa alguma. Ele estava acabando de cortar a parte final da cunha, abrindo na base da árvore um rasgo tão largo e profundo que se escancarava como uma boca faminta na direção da casa de Lasse. Examinou seu trabalho, pareceu satisfeito e deu a volta na árvore para começar a fazer do outro lado o corte de derrubada. Era coisa de um minuto, não mais que isso, e depois a árvore viria abaixo.

No exato momento em que a serragem começou a subir rodopiando da árvore, Mats alcançou Karl-Erik, agarrou seu ombro e deu-lhe um chacoalhão. Karl-Erik levantou os olhos e Mats deu um passo para trás. Os olhos que o encaravam não estavam nem furiosos nem confusos. Estavam vazios e gelados como o mar em novembro. É testemunho da coragem de Mats o fato de que, mesmo quando Karl-Erik religou no máximo a motosserra, ele tirou os protetores de ouvido do colega e gritou:

– Você está louco? Não pode derrubar essa árvore! Pare!

Karl-Erik ameaçou-o sacudindo na direção dele a motosserra, e Mats foi obrigado a recuar de novo. Passou as mãos pelo rosto suado e pensou: *Ele enlouqueceu completamente. Como vou parar esse cara?*

Não houve tempo para pensar nisso, porque Lasse tinha percebido o que estava acontecendo e veio correndo, empunhando sua motosserra. Quando Karl-Erik mais uma vez enfiou a lâmina no corte de derrubada que tinha começado a fazer, Lasse veio com tudo para cima dele, e Mats viu que os olhos de Lasse também estavam vazios. Olhavam fixamente para Karl-Erik, mas não demonstravam nenhum tipo de emoção.

Foi somente nesse momento que Mats começou a sentir medo.

A motosserra de Karl-Erik rugiu atrás dele, e a serragem fazia cócegas em suas panturrilhas; Lasse se precipitava furiosamente com a motossera em punho, o motor na velocidade máxima. Não é surpresa que Mats tenha feito o que qualquer um teria feito naquelas circunstâncias: deu alguns passos para o lado e gritou para o grupo de pessoas que mais para baixo fazia a limpeza da área incendiada:

– Socorro! Aqui em cima! Eles vão se matar! Socorro!

Quando Mats gritou, Karl-Erik levantou os olhos e no último minuto viu a ameaça iminente. Tirou sua motoserra do corte e deu um pulo para trás, a tempo de escapar da investida de Lasse, que saltava para a frente brandindo a motosserra contra ele. A corrente uivante errou o alvo por um triz, e a força de seu próprio ataque fez com que Lasse caísse de cabeça, ainda segurando a motosserra nas mãos, a corrente espirrando óleo em seu rosto.

Mats viu quando Karl-Erik acionou sua motossera na potência máxima e mirou as costas de Lasse; só teve tempo de pensar: *Ele vai fazer isso*, antes de ser tomado por um reflexo graças ao qual se lançou na direção de Karl-Erik. A lâmina cortou as alças do macacão de Lasse, chegou até sua pele, e Lasse teria sido rachado ao meio como um tronco podre se no último momento Mats não tivesse se arremessado para cima de Karl-Erik, fazendo-o cambalear de lado sem poder completar a incisão.

Lasse se levantou e o macacão caiu em volta de seus tornozelos enquanto o sangue começava a jorrar do talho nas costas. Ele ergueu sua motosserra e mostrou os dentes. Por alguns segundos os dois homens ficaram parados frente a frente, encarando-se com olhares vazios, as motosserras berrando.

Mats viu que algumas pessoas vinham subindo desde a praia, mas a mais próxima delas ainda estava a centenas de metros; virou-se para os combatentes e, com lágrimas queimando os olhos, berrou como uma criança desesperada:

– Parem com isso!

Seu apelo não surtiu efeito algum. Lasse deu um desajeitado passo à frente, investindo a motosserra contra o braço de Karl-Erik, que conseguiu erguer sua máquina e aparar o golpe. Faíscas voaram quando as duas lâminas rivais fizeram contato.

Karl-Erik respondeu com um ataque por baixo, mirando as pernas desprotegidas de Lasse; embora com o macacão amontoado em torno dos pés, Lasse conseguiu dar um pulo para trás na direção da bétula, de modo que as lâminas de Karl-Erik erraram suas canelas e atingiram apenas terra e grama.

Mais uma vez houve uma breve pausa enquanto os dois homens se mediam e aumentavam a velocidade de suas motosserras.

Mats olhou ao redor, procurando no chão algo que pudesse atirar em Karl-Erik, mas, quando avistou uma pedra do tamanho de um punho, percebeu que era inútil. Se conseguisse derrubar um deles, o outro mataria o homem caído. Ouviu gritos atrás de si, e sua única esperança era a de que os outros chegassem a tempo.

Agora um indício de emoção era visível no rosto de Karl-Erik. Os cantos de sua boca se curvaram para cima, num sorriso perverso. Ele balançou a motosserra para trás e deu um passo à frente, ao mesmo tempo em que soltou a mão esquerda, de modo que estava segurando a máquina com a mão direita na alavanca do acelerador enquanto brandia a motosserra em arco na direção da cabeça de Lasse.

Mats arfou, e era tarde demais. Mas no último segundo Lasse conseguiu erguer sua lâmina para se defender, e as correntes se encontraram a alguns centímetros de sua orelha. Faíscas saíram voando, depois se ouviu um estrépito seco e Lasse caiu para trás.

Mais tarde chegou-se à conclusão de que a corrente da motosserra de Lasse tinha se partido, atingindo-o, feito um chicote, na testa. Naquele momento tudo que puderam ver foi a cabeça de Lasse dando um solavanco para trás quando a motossera voou de sua mão. Com um baque pesado ele bateu na bétula e caiu de lado.

Quaisquer que fossem as intenções de Karl-Erik, ele não conseguiu levá-las a cabo. Göran foi o primeiro a chegar, seguido de perto por Johan Lundberg. Juntamente com Mats, eles entraram em luta corporal com Karl-Erik, derrubaram-no no chão e arrancaram dele a motosserra.

Mas também em outro sentido era tarde demais. Quando voltaram as atenções para Lasse, viram que ele estava estatelado no chão com um machucado na testa, e ainda vivo. Mas a bétula... a bétula na qual ele batera as costas e cujo tronco agora estava borrifado com seu sangue – a bétula tinha começado a cair.

Tinha começado a cair e não havia como impedi-la. A árvore era grande demais. Mats e os outros puderam apenas ficar lá parados, boquiabertos, enquanto a enorme bétula, majestosamente e com estudada lentidão, tombava e caía.

O corte de entalhe tinha sido posicionado com perfeição para cumprir seu intento. O grosso tronco rompeu primeiro o teto da varanda de vidro, estilhaçando diversas vidraças, antes de esmagar a chaminé e reduzir a pedaços as vigas do teto. Com um estrondo de telhas quebradas, o teto inteiro do pequeno chalé se dobrou e caiu para dentro. Antes de se aquietar, o tronco ficou a meio caminho, até que por fim sua copa bateu violentamente contra o chão em meio a uma nuvem de estilhaços e poeira de tijolos.

A essa altura diversas pessoas tinham chegado e estavam cuidando de Lasse, que sangrava copiosamente do machucado na testa e do corte nas costas. A árvore caída tinha absorvido completamente todas as atenções, tanto que por alguns minutos até se esqueceram de Karl-Erik. Ele tinha muitas explicações a dar, mas quando se deram conta ele não estava mais lá.

Contudo, não tinha ido longe. Como se nada tivesse acontecido, Karl-Erik se levantou, pegou sua motosserra e já estava a caminho de um dos jardins vizinhos, rumando direto para um par de altos pinheiros entre os quais havia um balanço.

Dessa vez não houve negociação. Mats, Göran e Johan o alcançaram, arrancaram a motosserra de suas mãos e o agarraram antes que pudesse causar mais devastação. Karl-Erik resistiu, mas, louco ou não, eram três contra um, e conseguiram imobilizá-lo.

Enquanto Mats e Göran o seguraram pelos braços, Johan se postou na frente dele e tentou fazer contato visual, atrair sua atenção. Era impossível. Os olhos estavam lá, mirando-o, mas não era possível estabelecer nenhum tipo de contato.

– Karl-Erik? – perguntou Johan, mesmo assim. – O que deu em você? Que diabo você está fazendo?

Durante todo o terrível duelo Karl-Erik não tinha emitido um único som, e eles não esperavam que agora fosse responder. Mas ainda assim tinham de tentar fazê-lo falar como se ele fosse uma pessoa sensata que tinha uma razão, um motivo para suas ações. E conseguiram uma resposta.

Hesitante, como se estivesse desacostumado com sua própria boca e em uma voz que parecia a de Karl-Erik mas ainda assim não soava como de Karl-Erik, ele respondeu:

– Aquelas casas. Elas têm de ser destruídas.

– Como assim? – perguntou Johan. – Do que você está falando? As casas não são nossas. Não cabe a nós decidir.

Essa objeção não surtiu efeito sobre Karl-Erik. Com os lábios rijos, fazendo caretas, ele insistiu:

– Aquelas casas têm de vir abaixo.

Ele lutava e se debatia para se desvencilhar, mas Mats e Göran conseguiram segurá-lo. Elof Lundberg se aproximou do grupo, olhou de relance para Karl-Erik e perguntou:

– Qual é problema com ele?

– Ele está completamente alucinado – respondeu Johan. – Se você puder dar uma força aqui, eu vou buscar a Anna-Greta. Ela o Karl-Erik vai escutar.

Isso explica por que Johan Lundberg montou em sua motoneta e foi até o velho vilarejo pedir a ajuda de Anna-Greta, e depois se viu parado no píer feito uma criança órfã, vendo-a desaparecer junto com Simon na direção do continente, em meio a uma nuvem de gaivotas.

Meio perdido, ele subiu de novo em sua motoneta e voltou para Kattudden para ver o que se podia fazer.

Aquele mágico, ele pensou no caminho, *é alguém que não faria a menor falta.*

Em Norrtälje

Às três e meia da tarde Simon e Anna-Greta estavam sentados em uma pizzaria em Norrtälje, cada um tendo diante de si uma capricciosa que eles haviam cortado em pedacinhos pequenos, fáceis de mastigar. Para beber, Fanta morna. No bolso interno do paletó Simon havia guardado o certificado exigido, e no bolso de fora um belo par de alianças de ouro. Anna-Greta tinha pedido para usar o telefone do cartório e de lá ligou para Geir, o padre de Nåten, reservando a igreja para o domingo, dali a dois dias, após a missa principal. Estavam prontos.

Havia algo de... juvenil na pressa com que tinham feito as coisas. Talvez tenha sido a mesma sensação de rejuvenescimento que os levou a celebrar com uma pizza seus apressados e bem-sucedidos preparativos. Anna-Greta e Simon não comiam pizza desde os tempos em que a iguaria ainda era uma novidade, e escolheram o sabor capricciosa justamente porque se lembravam vagamente do nome.

Depois de comer metade da sua pizza, Anna-Greta afastou o prato e disse:

– No começo estava saborosa, mas parece que vai enchendo.

Simon tinha exatamente a mesma sensação. Era como se tivesse mandado para dentro do estômago meio litro de farinha com uma colher de chá. Sua barriga estava borbulhando, inchando, e ele parou quando ainda tinha na boca um sabor delicioso.

Anna-Greta olhou pela janela enquanto Simon cutucava no prato os restos do que provavelmente era a última pizza que ele comeria na vida. Quem contemplasse aquilo sem estar com fome nem sequer acharia que se tratava de comida de seres humanos.

– Simon – disse Anna-Greta. – Você tem de tomar cuidado.

Simon, que ainda meditava sobre a adequação da pizza como comida, retrucou:

– Você quer dizer com o que eu como?

Anna-Greta balançou a cabeça.

– Se eu soubesse o que vocês pretendiam fazer hoje de manhã, jamais teria deixado você ir.

– A gente precisa mesmo falar disso?

A ida ao cartório e ao ourives tinha distraído Simon dos pensamentos sobre o horror daquela manhã, e ele queria permanecer o maior tempo possível nesse abençoado estado de esquecimento. Anna-Greta virou a palma das mãos para cima para indicar que não tinha a menor intenção de dar continuidade àquele assunto. Respirou fundo e disse:

– Muito tempo atrás. Quando eu costumava viajar por aí vendendo coisas. Durante a guerra. Eu me envolvi em algo... algo que eu nunca te contei.

Simon não precisou perguntar. As coisas tinham mudado. Agora ele era um dos que sabiam, alguém a quem se podia contar as coisas. Ele recostou-se na cadeira de espaldar reto e Anna-Greta continuou.

– De vez em quando eu recebia autorização para viajar com os soldados porque eu era... popular. Acho que na verdade eles nem podiam permitir a presença de civis a bordo, mas afinal de contas eu conhecia o arquipélago e então... – Anna-Greta levantou os olhos e franziu a testa. – Está rindo de quê?

Simon abanou uma das mãos.

– Nada. Nada. Só vou dizer uma coisa. *Bonitona do barco!*

– Eu não era uma bonitona do barco! Eu conhecia cada...

– Certo, certo. Mas eu tenho certeza de que havia uma porção de outras mulheres que conheciam ainda melhor o arquipélago. Só não eram tão bonitas quanto você.

Anna-Greta tomou fôlego, mas parou e olhou desconfiada para Simon.

– Você está com *ciúme*? – perguntou ela. – Do alto dos seus sessenta anos, você está aí com *ciúme*?

Simon pensou um pouco e respondeu:

– Já que você tocou no assunto, estou sim.

Anna-Greta olhou para Simon, depois balançou a cabeça para o absurdo daquilo.

– Eles estavam pensando em espalhar minas. Lá perto de Ledinge. Já que a principal rota de navegação para Estocolmo passa por lá. E eu fui junto numa daquelas... expedições de reconhecimento, em que eles mergulhavam para checar as condições do fundo do mar. Tinham começado a usar equipamentos de mergulho modernos, com tanques nas costas. Mas, como a visibilidade na água era ruim e eles ainda não botavam muita fé nessas coisas novas, usavam um cabo de segurança, preso ao corpo do mergulhador.

Anna-Greta assentiu para si mesma e apontou vagamente para o ar, como se tivesse acabado de pensar em alguma coisa.

– Talvez tenha sido por isso que eu fui junto, acho. Porque queria ver os mergulhadores.

Simon estava com um comentário espirituoso na ponta da língua, mas se conteve e guardou-o para si. Anna-Greta prosseguiu com seu relato.

– Então lá se foi ele para baixo, o mergulhador, e o cabo de segurança ficava preso a uma roldana no convés. Havia algo de hipnótico naquilo. Quer dizer, não dava para ver o mergulhador, a gente só tinha aquela roldana pra olhar, e ela fazia um estalido enquanto ia girando e deixando desenrolar o cabo à medida que o mergulhador ia descendo. E então... ela parou. O cabo parou de se mexer, como se o mergulhador tivesse chegado ao fundo. Mas não podia ser, não tinha como, porque só uns sete ou oito metros de cabo tinham sido desenrolados, e naquele ponto a profundidade era de pelo menos trinta metros. O cabo ficou um bom tempo simplesmente parado, e eu pensei que o mergulhador devia ter encontrado um novo recife e que estava lá especulando sobre qual seria seu nome, se devia receber um nome. E aí...

Anna-Greta sacudiu a mão, que fez um pequeno movimento circular.

– ... e aí o cabo começou a se mexer de novo. Mas agora mais rápido que antes, muito mais rápido. Dez metros, quinze, vinte, vinte e cinco. E a roldana já não estava estalando, estava... retinindo, bem forte. Depois a velocidade aumentou tanto que só se ouvia um zumbido contínuo. Trinta, quarenta, cinquenta metros. Em poucos segundos. Como se ele estivesse caindo em pleno ar, e não afundando em meio à água. A gente não podia fazer nada. Alguém tentou agarrar o cabo e queimou a palma das mãos. Daí o cabo correu até o fim, outros trinta metros, escapou da roldana e desapareceu dentro da água. Na mesma velocidade.

Anna-Greta bebeu um pouco da Fanta e limpou a garganta.

– Foi isso que aconteceu. E é por isso que eu quero que você seja cuidadoso. – Pousou o copo e acrescentou: – É claro que eles tiveram de arranjar algum tipo de explicação. Concluíram que de algum jeito o mergulhador tinha se enroscado num submarino. Uma estupidez, mas é verdade. Ele nunca foi encontrado. Mas talvez você já suspeitasse disso.

Simon olhou para Anna-Greta, que limpou a boca com o guardanapo. Ela não dava a impressão de que tinha acabado de descrever algo incompreensível; parecia mais que tinha sido *obrigada* a explicar o funcionamento da eletricidade a fim de convencer alguém a não enfiar o dedo na tomada.

– Eu sou cuidadoso – alegou Simon. – Acho.

* * *

Os noivos foram passear em Norrtälje e discutiram até que ponto mudariam, depois de casados, seu atual esquema de vida. Bem, não havia muito que discutir – *fizeram piada* sobre o assunto. Na verdade, desde o princípio ambos haviam chegado ao consenso de que queriam manter tudo como antes.

Uma lua de mel seria impossível, mas decidiram fazer uma pequena viagem de ida e volta até a Finlândia. Um jantar num restaurante chique e alguns passos de dança simbólicos, se Deus (e os quadris de ambos) quisesse.

Às cinco pegaram o ônibus de volta para Nåten e às quinze para as seis já estavam de novo a bordo do escaler. Simon contemplou o mar escuro e julgou que a água tinha mudado. Ele já não via a superfície, via as *profundezas*. Tinha estudado as cartas marítimas, tinha conversado com as pessoas, e sabia que na baía de Nåten a profundidade era de vinte a sessenta metros, ao passo que no norte e no leste havia abismos profundos de cem metros ou mais.

As profundezas.

A extensão colossal, a imensa quantidade de água apenas entre Domarö e Nåten, simplesmente lá, esperando o momento propício em sua própria escuridão, mostrando somente sua superfície brilhante e inofensiva.

No olho de sua mente Simon podia ver o navio para a Finlândia no qual dentro em breve viajariam. *Silja Symphony*. Centenas de cabines e um enorme shopping center no meio. Dez andares; pelo menos cento e cinquenta metros da proa à popa.

Olhou para baixo, para o mar, que espumava em torno da proa, e pensou: *O barco podia afundar aqui e tudo chegaria ao fim. Não sobraria nem sinal. Iria direto lá pra baixo.*

Um calafrio percorreu a espinha de Simon, que pôs os braços em volta dos ombros de Anna-Greta quando costearam Domarö.

Um comitê de boas-vindas estava esperando no píer. O grupo era formado pelas mesmas pessoas que tinham comparecido à assembleia na casa da missão, menos os ausentes Tora Österberg e Holger, além de Karl-Erik.

Tora não tivera forças para ir, e Holger estava junto com Göran, ambos de olho em Karl-Erik.

– Para que ele não apronte mais alguma – definiu Johan.

Lasse tinha sido levado ao hospital em Norrtälje, onde levou pontos nos ferimentos e onde se recusou a ficar um minuto além do necessário. Quando os amigos o levaram de volta para casa, sua esposa Lina agiu com a mesma irracionalidade. Normalmente ela era a pessoa mais doce e solícita que se pode imaginar, mas parecia transformada, irreconhecível, e recebeu os companheiros de Lasse com quatro pedras na mão, cuspindo e vociferando. Nem lhes ofereceu café.

Tudo isso foi relatado para Anna-Greta. Simon foi deliberadamente ignorado e, embora Anna-Greta segurasse sua mão para mantê-lo no círculo, o grupo deu um jeito de se fechar em torno dela e excluí-lo. Depois de alguns minutos ele ficou farto. Apertou a mão de Anna-Greta e, sussurrando, avisou-a de que ia ver como estava Anders.

Ele sentiu uma pontada de culpa quando, depois de dar alguns passos, virou-se e viu Anna-Greta de pé no píer, cercada por figuras sombrias como um bando de corvos. Embora talvez não fosse culpa, ele pensou, enquanto caminhava rumo à Choça. Talvez fosse ciúme.

Ela não é de vocês. Ela é minha. Minha!

A Choça estava em silêncio, às escuras, mas quando Simon entrou na cozinha viu a luz derramando-se por debaixo da porta do quarto. Ele a abriu com delicadeza e encontrou Anders dormindo a sono solto na cama de Maja, abraçado ao ursinho Bamse. Simon ficou lá um bom tempo parado, observando Anders, depois saiu e, sem fazer barulho, fechou a porta atrás de si.

Na cozinha, acendeu a luz, achou caneta e papel e escreveu um bilhete sobre o casamento. Quando estava prestes a ir embora, avistou o azulejo com as contas. Examinou minuciosamente o desenho. Acrescentou alguma coisa ao bilhete e saiu da casa.

* * *

Anna-Greta já estava em casa. No fim das contas não tinha havido muita coisa a discutir com o grupo. A única estratégia já tinha sido posta em ação: manter Lasse e Karl-Erik sob supervisão e ver o andar da carruagem. Ela tirou suas melhores botas e massageou os pés, que estavam sentindo os efeitos de toda aquela caminhada por Norrtälje.

– Sinto muito que os outros ajam desse jeito – desculpou-se. – Tenho certeza de que com o tempo eles vão se acostumar com a situação.

– Duvido – disse Simon, sentando-se. – Você contou pra eles? Sobre a Elin?

– E como é que eu podia fazer isso?

– Não. É claro que não.

Anna-Greta pôs os pés sobre o joelho de Simon e ele os massageou, distraidamente. As mãos dele estavam de volta ao lugar, uma parte natural de seu corpo.

Mágico. Misterioso.

A coisa toda era como um truque de magia. Um efeito que na superfície era visível, que parecia fantástico, mas por trás de tudo havia um mecanismo cuja essência era bastante simples, desde que fosse compreendida. Talvez. Talvez não. Simon desejou poder colocar em ação seu antigo talento para trabalhar nesse efeito particular, esmiuçá-lo, e encontrar o compartimento oculto, o mecanismo secreto. Talvez fosse tudo tão simples quanto um fio invisível ou um fundo falso, desde que se conseguisse ver. Mas ele não conseguia.

– Tem uma coisa que eu não entendo – disse Anna-Greta, balançando os dedos do pé e fazendo-os estalar de leve. – Elin. Anders. Karl-Erik. Lasse. Lina. Por que essas pessoas especificamente? Por que *eles*?

– Tem muita coisa que eu não entendo. E essa é uma delas. Onde estão os fios?

Esconde-esconde

Quando Anders conseguiu se apoderar do despertador e decifrar, com olhos turvos de tanto sono, a posição dos ponteiros, mal pôde acreditar no que estava vendo. Eram vinte para as sete. A julgar pela luz lá fora, era manhã, e não noite. O que significava que ele não tinha dormido mais do que um quarto de hora, embora tivesse se deitado exausto até os ossos.

Voltou a se deitar de costas e apertou o despertador contra o peito. Estranhamente, sentia-se descansado, de um jeito como não se sentia havia muito tempo. Seu corpo estava suave e seu cérebro estava vazio, relaxado. Era como se tivesse dormido...

Espere aí um minuto...

Havia outra possibilidade. A de que ele tivesse dormido um dia inteiro. De que agora fosse sábado. Fechou os olhos, que, porém, já tinham despertado e certamente não queriam voltar a ser fechados. Anders já tinha terminado de dormir. Não havia outra explicação: ele devia ter dormido por quinze minutos mais vinte e quatro horas.

Ou quarenta e oito. Ou setenta e duas. Ou...

Estava desesperado para fazer xixi. Sua bexiga parecia um enorme tumor. Mesmo assim ele não se levantou. Era tão incrivelmente maravilhoso ficar lá deitado sentindo-se aquecido e *descansado*. Ele não tinha uma noite de paz assim desde que voltara para Domarö. Agora a impressão era a de que tinha recuperado tudo de uma só vez. Anders encolheu os joelhos e se virou para a parede, onde encontrou um velho amigo.

Bamse.

O ursinho Bamse era o brinquedo favorito de Maja quando estavam em Domarö. Ela nunca quis levá-lo para casa. Não, Bamse pertencia a Domarö e lá tinha de ficar, esperando por ela até a próxima visita.

Anders afagou o bonezinho de feltro azul, os olhos arregalados, os botões do macacão.

– Oi, Bamse.

Ele sentia-se tão *calmo*. Um ou dois dias antes, a essa altura os pensamentos teriam começado a rodopiar dentro de sua cabeça, revolvendo-se em busca de uma explicação para o fato de Bamse estar deitado a seu lado embora estivesse embaixo da cama quando Anders pegou no sono.

Mas agora não. Não havia problema algum. Bamse estava ali. Tudo bem.

Além disso, agora ele sabia como as coisas funcionavam. Era ele quem tinha pegado Bamse, ou melhor, seu corpo tinha feito isso. Maja queria dormir com Bamse deitado ao lado dela, e tinha usado Anders para conseguir o que queria.

– Bom dia, querida.

Ele tentou ouvir dentro de si mesmo em busca de uma resposta, mas não encontrou nenhuma. Tudo bem com isso também. Achou que seria capaz de sentir alguma coisa, capaz de encontrar dentro de si mesmo um lugar que fosse Maja, mas não tinha a menor intenção de ir até lá agora. As coisas estavam bem do jeito que estavam, com Bamse e tudo mais. Ela estava lá.

Ele sorriu.

– Você se lembra disso?

Pigarreou e cantarolou baixinho a versão que Maja tinha feito da canção--tema de Bamse:

Oi, Bamse, o ursinho maioral
Mas, minha nossa, como gosta de brigar!
Mel-trovão, mel-trovão da vovó
É o que ele come quando é hora de brigar.

Ela realmente adorava brincar com canções e expressões, com a língua. Gostava acima de tudo de deixar as coisas... bom, piores. Em geral começava com uma pronúncia errada, que depois ela ia elaborando e desenvolvendo. Um de seus trocadilhos favoritos era substituir a palavra "Natal" pelo neologismo "Bagunçal". Eles trocavam presentes de Bagunçal, montavam a árvore de Bagunçal e na véspera do Natal sentavam-se e se divertiam com diferentes quebra-cabeças de Bagunçal. Depois disso chegava o Papai Baguncel.

A dor espetou o abdome de Anders, que franziu o cenho. Lembrou-se de como a menina ficava ali sentada tagarelando sobre uma lista de diferentes coisas que eram "bagunçadas". A música de Bagunçal e a atmosfera bagunçalina. O verso que ela tinha acrescentado à tradicional canção natalina "Eu vi mamãe beijando o Papai Noel", e que envolvia o pai entrando em casa e matando o bom velhinho. Papai Baguncel.

Não posso continuar assim.

Anders deu um rápido giro, deslizou para fora da cama e, meio agachado, correu para o banheiro, onde provavelmente estabeleceu um novo recorde mundial do mais longo e demorado xixi de todos os tempos. Seu corpo sentiu-se purificado, capaz, pronto para qualquer coisa. Ele deu a descarga e a imagem de Elin lhe veio à mente. O cabelo dela flutuando em volta da cabeça, seu corpo afundando...

Não!

Ele lavou o rosto com água gelada e matou sua sede. Não pensaria naquilo. Nunca. Era assunto encerrado, pertencia ao passado. Era como se naquela manhã ele tivesse recebido de presente um novo corpo e um novo cérebro. Não tinha a intenção de usá-los para chafurdar no lamaçal das coisas que não podiam mais ser alteradas. Estava farto de fazer isso.

Anders estava faminto; de pé junto à geladeira, devorou três torradas de centeio cobertas com uma grossa camada de queijo enquanto a água pingava na cafeteira. Mastigou e mastigou, ouvindo o ruído dentro da cabeça; olhou pela janela e percebeu que a baía estava repleta de gaivotas. Não estava com medo.

Eu não estou com medo.

Mastigou ruidosamente a última torrada de centeio e examinou os movimentos das gaivotas que flutuavam ao sabor das correntes de ar, alçando voo e cintilando ao passar pela luz do sol baixo, e depois voltando de novo para a superfície.

Eu não estou com medo.

Fazia tanto tempo que ele andava por aí mais ou menos em um estado de medo e horror que isso tinha se tornado parte de sua natureza. Mas agora eram águas passadas. Havia somente a baía, o céu azul, as gaivotas e seu próprio corpo, sem medo, vendo tudo sob a luz de outono.

Era maravilhoso.

Ele deu as costas para a janela e avistou o azulejo com as contas. Seus olhos se arregalaram e ele foi até o outro lado da cozinha, passou a mão sobre a superfície lisa, que agora estava maior do que a área saliente. Novas contas haviam sido acrescentadas, muitas outras contas tinham sido adicionadas...

Eu mesmo acrescentei as contas.

...enquanto ele dormia. Muitas e muitas contas azuis, e o longo trecho do meio estava concluído, cercado de azul, e ganhara a companhia de uma área branca, menor, na diagonal superior esquerda.

Enquanto Anders ficou ali de pé contemplando o desenho incompreensível, uma ideia começou a tomar forma, mas antes que ele conseguisse concebê-la avistou o bilhete.

Anna-Greta e eu vamos nos casar em Nåten no domingo às duas horas. Gostaríamos muito que você estivesse lá. Simon.

Abaixo da assinatura havia um pós-escrito e, quando Anders leu a frase, deu um tapa na testa e gritou:

– Idiota! É tão óbvio!

Examinou novamente o azulejo com as contas e não entendeu por que razão não tinha visto logo de cara.

P. S. Não é uma carta náutica?

O azul era o mar, o trecho branco era Domarö e a porção branca menor era Gåvasten. A realização era canhestra, e claro e escuro estavam invertidos em comparação a uma carta náutica tradicional, mas ainda assim Anders ficou aborrecido por não ter entendido há mais tempo, tão logo os contornos de Domarö começaram a se formar.

Era uma revelação, nos mesmos moldes de: *finalmente as peças se encaixaram, a ficha caiu, levantou-se o véu.* A descoberta fez Anders se sentir embriagado de entusiasmo, e ele bateu palmas de pura alegria, mas parou no meio de um aplauso. Olhou para as contas.

É uma carta náutica. Certo. E daí?

O que ele tinha à sua frente era um mapa rudimentar representando Domarö, Kattholmen e Gåvasten, com Ledinge aparecendo aos poucos.

E daí?

Parecia um mapa marítimo comum, mas desenhado de maneira menos habilidosa. Uma carta náutica comum que ele já tinha na prateleira de livros. O que deveria fazer com aquela especificamente? O que aquele mapa poderia lhe dizer que ele já não soubesse?

– Por que você está fazendo isso? Por que desenhou este... mapa bagunçado?

De súbito Anders ficou furioso e foi invadido por um poderoso impulso de jogar fora aquela merda toda; chegou inclusive a esticar os braços na direção do azulejo, mas conseguiu se conter. Olhou para as próprias mãos, segurou uma com a outra e deu nelas um chacoalhão.

Um de seus próprios jogos de palavras surgiu de repente em sua cabeça. Maja não tinha gostado muito, mas ele achava engraçado. Trocar a palavra "mão" por "cão" em diferentes expressões. Dar a cão a alguém. Me dá sua cão. Eu sou sua cão direita. E havia a sua favorita de todas. Olhou para as próprias mãos e disse em voz alta:

– Uma cão não sabe o que a outra está fazendo.

É isso.

Sentou-se pesadamente numa cadeira da mesa da cozinha. O repentino ataque de ódio não tinha sido dele, era Maja que podia ficar furiosa com pequenas coisas. Como as meias, no dia em que ela desapareceu. Através dele, a menina tinha sentido raiva do mapa. Assim como ela tinha ficado tão alegre quando viu que *era* uma carta náutica mostrando o mar e as ilhas.

Não. Sim.

Ele se inclinou mais uma vez sobre o azulejo com as contas. Se Maja tinha desenhado o mapa, então ela não podia ter ficado alegre com a descoberta de que *era* um mapa. E além disso.... como é que Maja saberia desenhar um mapa com contas de plástico? Provavelmente ele tinha mostrado a ela a carta náutica em algum momento quando estavam no barco, mas era impossível que ela conseguisse reproduzir uma... imagem dele.

Anders era o único que poderia ter feito o mapa. Portanto, ele tinha desenhado a carta náutica sem saber, e era ela quem tinha...

Ele segurou a cabeça com as mãos.

Uma cão não sabe o que a outra está fazendo.

Se ela queria se comunicar com ele, por que fazer isso de um jeito tão complexo, demorado? Por que não simplesmente escrever ou dizer o que precisava ser dito?

Porque uma cão não sabe o que a outra está fazendo.

E além disso...

Anders respirou fundo e segurou a respiração, perscrutando dentro e fora de si. Não ouviu coisa alguma. Ninguém estava de olho nele, ninguém estava atrás dele. No momento. Mas eles existiam.

Você também não pode ficar aqui, pequena Maja. A gente vai levar você também, na hora certa.

Era uma questão de tomar cuidado. Se ele se mostrasse demais, eles o veriam. Era o que tinha acontecido com Elin. Talvez. Então era preciso ser cuidadoso. Ir aos poucos e evitar ser descoberto.

Maja era muito boa de esconde-esconde. Quase boa demais. Ela era capaz de permanecer escondida por horas a fio quando encontrava um bom esconderijo. Não reaparecia nem mesmo depois que todos já tinham desistido de procurá-la e começavam a chamar, aos berros, seu nome. Eles sempre tinham de encontrá-la.

Naquele último verão eles brincaram de esconde-esconde fora de casa, e tinha sido como sempre. Em outros contextos Maja podia ser extremamente impaciente, mas, quando se tratava de jogos e brincadeiras, sua paciência era infinita. Ela ficava escondida em algum lugar bem longe até que a pessoa encarregada de encontrá-la baixava a guarda e ia embora na direção contrária. Só depois disso é que Maja aparecia correndo. Ela era capaz de esperar o tempo que fosse necessário.

Anders serviu-se de uma xícara de café e bebeu devagar e metodicamente, visualizando o líquido quente e ligeiramente venenoso que percorria seu corpo, mais uma vez limpando os canais. Seu cérebro estava começando a se sentir entupido, e ele não queria que isso acontecesse.

Olhou para o mar, o céu, as gaivotas, e se concentrou no calor de sua garganta, seu peito, seu estômago.

Funcionou, até certo ponto, e com olhos razoavelmente limpos ele olhou de novo para o azulejo com as contas. *Se* era como ele tinha pensado, se Maja estava brincando de alguma espécie de esconde-esconde em que a coisa mais importante era evitar ser descoberta, então ainda devia haver algum tipo de pista.

Ele foi buscar o mapa verdadeiro e comparou-o ao desenho feito de contas. De modo geral as distâncias e proporções estavam exatas. Embora quadrado demais, o formato das ilhas estava mais ou menos correto. Não havia desvio perceptível que se destacasse ou destoasse do original.

Ele guardou o mapa e esfregou os olhos. Quando olhou de novo, viu algo que *não* se destacava, pelo contrário.

Tem alguma coisa faltando aqui...

Ele se inclinou sobre o azulejo e examinou o conjunto de contas brancas representando Gåvasten. Na parte de cima havia um corredor estreito onde nenhuma conta tinha sido afixada, uma faixa de vazio.

O que isso significa? Isso significa alguma coisa?

Abriu a gaveta da cozinha, pegou as fotos e espalhou-as sobre a mesa. Concentrou-se no rosto de Maja, nos olhos de Maja. Sim, era exatamente o que ele tinha pensado. A atenção da menina tinha sido atraída por alguma coisa no leste, naquela faixa vazia.

– *Papai, o que é aquilo?*

Anders olhou pela janela. Além do tapete de gaivotas cobrindo a baía ele avistou o pequenino farol branco. Não passava de um lampejo na luz da manhã, um pontinho no céu.

Dez minutos depois, já vestido com suas roupas de frio e com ferramentas em punho, Anders lidava com o motor de popa em cima da prancha de madeira. A temperatura tinha caído vários graus e agora estava próxima de zero, mas, depois de ele dar sucessivos puxões no cordão de partida, seu corpo estava bem quente.

Anders checou tudo que podia ser checado, esparramou lubrificante sobre todas as peças e fluido de partida no filtro de ar, tirou e secou as velas de ignição, embora já estivessem secas, recolocou-as no lugar, bombeou a gasolina e estapeou o motor com a palma da mão.

– Agora funciona, desgraçado.

Puxou a corda de partida cinco vezes, sem que o motor fizesse o menor esforço para funcionar, nem mesmo uma tossida do carburador.

Ele berrou:

– Porra, mas qual é o seu problema, seu desgraçado de merda!?

E puxou a corda com toda a força. Colocou na puxada todo o peso do corpo e, quando o cordão se partiu em sua mão, caiu para trás e bateu as costas no chão duro.

Uma névoa vermelha desceu sobre seus olhos e, de um salto, ele se pôs de pé, ergueu o motor da prancha e saiu cambaleando até o píer, onde fez uma alavanca com os ombros e arremessou o motor com toda a força dentro da água.

Algumas gaivotas que voavam rente à água junto ao píer entraram em pânico e saíram batendo as asas quando o motor atingiu a água e afundou. O esforço deixou Anders ofegante; ele dobrou o corpo, as mãos sobre os joelhos, e murmurou:

– Isso vai te dar uma lição. Por essa você não esperava, né?

As gaivotas voltaram à superfície, observando-o com seus olhos pretos.

Quando voltou a si, Anders se deu conta de que sua atitude não tinha sido exatamente inteligente. Podia ser um simples defeito, e no vilarejo havia gente que entendia dessas coisas. Ao mesmo tempo ele sentiu um súbito impulso de fugir e se esconder. Tinha feito uma coisa errada e agora precisava sentar-se num lugar escuro, onde ninguém pudesse encontrá-lo.

O depósito de madeira passou como um raio por sua mente. Se ele se esgueirasse atrás de uma pilha de lenha e cobrisse a cabeça com um saco, ninguém conseguiria vê-lo.

Rápido! Antes que apareça alguém!

Ele se virou e saiu andando pelo píer a passos rápidos e arrastados. Quando já estava no meio do caminho, se recompôs. Balançou a cabeça e jogou os braços em volta do corpo.

O que estou fazendo?

Ele sabia o que estava fazendo: não sabia o que estava fazendo. Uma cão não sabia. Uma cão estava dando voltas em torno da outra, uma estava cheirando o rabo da outra. Ele se abraçou e, com voz suave e tranquilizadora, disse:

– Tudo bem. Está tudo bem. Não estou irritado. Ninguém está irritado.

Tem certeza?

– Sim, sim. Certeza absoluta. O motor era um idiota.

Não diga isso sobre o motor. Ele vai ficar triste.

Não era a voz de Maja que Anders estava ouvindo, eram simplesmente seus próprios pensamentos, mas eles estavam sendo... guiados. Ele apertou os pulsos contra as têmporas.

Isso está me levando à loucura. É o tipo de coisa que as pessoas dizem, mas isso... isso está realmente me levando à loucura.

Anders se empertigou e respirou fundo um par de vezes. Ele estava no controle, ele era Anders. Ouviu o tênue sussurro do vento nas orelhas, o marulhar das ondas e um vozerio vindo do píer do vapor. Vozes agitadas e o som de crianças gritando. Por um momento achou que tinha algo a ver com ele, mas a gritaria estava distante demais. Havia uma porção de gente reunida no píer e algum tipo de discussão estava em curso, mas ele não conseguiu saber do que se tratava.

Não tem nada a ver comigo.

Anders se recompôs e saiu andando, afastou-se do mar. Simon tinha dito que ele poderia pegar o barco emprestado quando quisesse, e era exatamente isso que pretendia fazer.

A confusão abandonou Anders; a cada passo que ele dava na direção do píer de Simon, mais e mais a decisão e a determinação da manhã retornavam. Ele sabia o que tinha a fazer, tinha uma direção.

Agora bastava segui-la.

Crianças horrendas

Em Domarö viviam sete crianças entre um e seis anos. Sete crianças que toda manhã ficavam juntas no píer do vapor, esperando o escaler para o continente, Nâten e a escola. Os adultos e os adolescentes do ensino médio viajavam mais cedo rumo à escola em Rådmanby ou para seus respectivos empregos em Norrtälje.

Apesar de as idades variarem – Mårten e Emma estavam no primeiro ano, Arvid estava no sexto –, havia no grupo um senso de comunidade. Os mais velhos ensinavam a rotina aos mais novos, e todos viajavam juntos, juntos esperavam e se asseguravam de que tudo acontecesse do jeito certo.

Até certo ponto esse senso de comunidade se estendia também à vida escolar. Quando um dos pequenos de Domarö era provocado ou sofria bullying no pátio, invariavelmente um dos mais velhos do grupo entrava em cena e punha um ponto final ao problema. Talvez fosse em nome da honra de Domarö, talvez para que pudessem se olhar nos olhos, talvez fosse por causa de uma empatia espontânea, adquirida durante aquelas manhãs no frio, debaixo de chuva ou do sol radiante.

Em todo caso, as crianças formavam um grupo, e sabiam disso. Eram sete e eram de Domarö.

Nessa manhã em particular, várias das crianças estavam preocupadas com o grande número de gaivotas reunidas na baía. A temperatura tinha caído vários graus durante a noite, e as aves sentadas na superfície da água flutuando ao sabor dos ventos pareciam congeladas, chacoalhando-se de vez em quando como se tentassem se manter aquecidas.

As crianças vestiam roupas mais ou menos quentes. Mårten e Emma estavam enrolados em macacões de neve; Maria, do quinto ano, usava um enorme gorro e um cachecol; embora um pouco mais modestos, Johan e Elin, do terceiro ano, também estavam bem protegidos do frio.

Arvid estava dentro do abrigo, tiritando. Tinha herdado do avô uma jaqueta de couro que era seu bem mais precioso, mas não propiciava muito calor num dia como aquele. Seu avô tinha sido funcionário da guarda costeira e era imune tanto ao frio como ao calor. Com as mãos nuas puxava redes de dentro de buracos no gelo e apagava cigarros entre o polegar e o indicador. Era o ídolo de Arvid, mas morrera de câncer meses antes. Arvid ficou com a jaqueta e descobriu que ela era grande demais e aquecia de menos. Mas tinha pertencido ao avô e – verdade seja dita – também era muito bonita.

Até aqui, seis crianças. Não havia nem sinal da sétima. Sofia Bergwall, a filha de Lasse e Lina. Nessa manhã ela estava atrasada.

Maria olhou na direção da estrada. Embora Sofia fosse um ano mais nova, era a melhor amiga de Maria, e as duas viviam juntas desde que tinham ido para a creche. Era chato esperar o barco quando Sofia não estava. Maria virou-se para o mar e viu que o escaler se aproximava pouco além do tapete de gaivotas. Ainda levaria alguns minutos para aportar, mas Sofia sempre chegava bem antes, com tempo de sobra. Maria mordeu o lábio e avistou a amiga, que caminhava desde a loja.

Maria acenou, mas aparentemente sua melhor amiga não percebeu. Havia algo de rígido e esquisito no seu jeito de andar; ela estava usando roupas leves e parecia preocupada com algum problema difícil. Maria sabia o que tinha acontecido com o pai dela, Lasse, no dia anterior, e pensou que provavelmente era alguma coisa relacionada a isso.

Quando chegou ao píer, Sofia nem disse "oi"; simplesmente ficou parada na ponta, encarando as gaivotas, que tinham começado a levantar voo em bandos desorganizados assim que o barco se aproximou.

– Soffi, o que foi?

Maria pousou a mão sobre o ombro da amiga, que meramente bufou e virou o rosto. Maria examinou as roupas de Sofia e balançou a cabeça. Não fazia o menor sentido. A mãe de Sofia não abria mão de que a filha se vestisse da maneira adequada, mas hoje ela estava sem gorro, sem luvas e envergando uma parca fina que certamente não oferecia proteção contra o vento.

Maria sentiu uma dor no peito. Desde pequena sempre fora uma alma sensível, que padecia toda vez que alguém estava com algum problema. Portanto ela tirou o cachecol e começou a enrolá-lo no pescoço de Sofia.

– Você deve estar congelando, porque hoje está...

As palavras "realmente muito frio" ficaram paralisadas em seus lábios quando Sofia se virou. A expressão nos olhos da amiga era tão horrível que Maria gemeu e soltou o cachecol.

– Não toque em mim! – vociferou Sofia.

Maria ergueu as mãos para indicar que não tinha intenção de fazer mais nada, mas, antes que tivesse tempo de dizer alguma coisa, Sofia agarrou-a pela jaqueta.

Arvid estava estudando a pichação no abrigo. Ouviu Maria gritar, mas não deu muita atenção, supondo que as meninas estivessem apenas fazendo alguma gracinha. Mas então o tom do grito se alterou, e pouco depois ele ouviu um tchibum na água.

Arvid olhou pela janela do abrigo bem a tempo de ver Sofia correndo na direção de Mårten e Emma. Ela agarrou os macacões dos dois pelo peito e puxou-os para si. Emma conseguiu se desvencilhar, o que deixou Sofia com as duas mãos livres para segurar Mårten. O menininho gritou com toda a força dos pulmões quando Sofia o arrastou até a beirada do píer e jogou-o no mar. O grito continuou enquanto ele tombava na água, depois silenciou abruptamente.

O escaler estava a cerca de cinquenta metros do píer e as gaivotas levantaram voo, subindo para o céu como uma cortina esvoaçante e barulhenta.

A coisa toda era tão sem pé nem cabeça que o cérebro de Arvid demorou alguns segundos para aceitar que eles não estavam brincando de pique ou de algum outro jogo, que Sofia realmente tinha arremessado o pequeno Mårten dentro da água gelada.

E cadê a Maria?

Sofia mostrou os dentes e correu na direção das outras crianças, que fugiram do píer berrando de terror. Era como brincar de Lobo Mau e Chapeuzinho Vermelho – com a diferença de que aqui o lobo era de fato perigoso, e fugir cautelosamente na ponta dos pés de nada adiantava.

Quando Arvid correu para a extremidade do píer, viu que o escaler ainda estava longe demais para que Roger pudesse ajudar. Olhou para a água e viu o macacão azul-claro de Mârten pouco abaixo da superfície.

Arvid hesitou. Não devia caber a ele a obrigação de fazer esse tipo de coisa. Ele tinha apenas treze anos e a temperatura da água era quase congelante e devia haver algum adulto que...

O vovô. O vovô teria...

O pensamento foi tolhido assim que suas mãos tomaram a iniciativa de abrir o zíper da jaqueta e arrancá-la. O azul-claro do macacão de Mârten foi ficando mais escuro à medida que o menino afundava, e ninguém além de Arvid poderia salvá-lo.

Arvid tinha acabado de tirar a jaqueta e estava prestes a respirar fundo quando um violento empurrão por trás jogou-o para fora do píer. Ele virou meio corpo e, antes de cair dois metros e bater na água, viu Sofia encarando-o com loucura nos olhos.

O frio arrancou dele todo o ar e seus pulmões se contraíram, impedindo que aspirasse mais oxigênio. Arvid viu a proa pontuda do escaler a cerca de dez metros. A embarcação rumava direto para ele, que ouviu o rugido dos motores quando Roger puxou a alavanca da ré.

Puramente acionando os músculos, Arvid conseguiu aspirar uma pequena quantidade de ar, prendeu a respiração, colocou o rosto na água e nadou para baixo. Seu nariz, sua boca e seus olhos congelaram instantaneamente, mas nesse momento havia uma única coisa em sua mente: alcançar a forma azul que estava bem embaixo dele.

Arvid deu outra braçada e o ronco dos motores encheu sua cabeça enquanto ele sentia os próprios pés deixando a superfície. Havia uma imensa pressão em seus ouvidos e ele tentou, sem sucesso, livrar-se de suas pesadas botas, mas deu outra braçada, a última antes de ficar sem ar, esticar o braço e conseguir agarrar o tecido nas costas de Mârten.

Inacreditavelmente, Arvid teve a presença de espírito de dar uma guinada de lado antes de nadar para a superfície. Bateu o braço livre, impulsionou com toda a força as pernas e empurrou Mårten para fora da água, como se estivesse levantando um troféu, antes de também subir à tona, ofegante.

As duas cabeças emergiram a apenas um metro do casco metálico do escaler. Arvid não conseguia ouvir mais nada, era como se estivesse usando tampões de ouvido feitos de gelo. Acima de sua cabeça o céu fervilhava de gaivotas silenciosas.

O macacão de neve de Mårten estava cheio de água e teria feito os dois afundarem, mas Arvid conseguiu agarrar um dos pneus de trator afixados à ponta do píer, depois impulsionou o corpo para a frente e se segurou no pneu seguinte. Quando chegou à extremidade do píer, ouviu alguém gritando ao longe, mas não deu atenção. Manteve a cabeça de Mårten acima da água e abriu caminho na direção da margem.

Circundou o píer e tomou vaga consciência de outra figura engatinhando em direção à terra firme, a alguns metros de distância.

Maria... bom... bom...

Suas mãos já não estavam preparadas para obedecê-lo. Quando tentou agarrar o último pneu de trator, seus dedos congelados enrijeceram e escorregaram na dura superfície de borracha.

Alguém no píer esticou um gancho de barco, mas Arvid não conseguiu fechar os dedos em volta da haste de metal. Achou que ia afundar, mas o gancho prendeu a gola de seu pulôver e ele foi puxado na direção da margem, junto com seu fardo.

Depois de alguns metros ele notou que suas pernas se mexiam de um jeito esquisito, e percebeu que estavam se arrastando ao longo do fundo de areia. O gancho foi tirado de seu pulôver e ele recebeu um esguicho de água no rosto quando Roger pulou no mar e içou-o para a terra firme. Ele viu que Maria já estava deitada lá, encarando-o de olhos arregalados e com o rosto branco feito papel.

Alguém o cutucou.

– Arvid. Arvid. Solta. Você precisa soltar.

Roger estava puxando seu braço esquerdo, o braço que segurava Mårten. Arvid tentou soltar, mas não conseguia. Seu braço estava travado. O único lugar onde ainda havia sobrado algum calor era dentro de sua boca, e ele conseguiu separar os lábios para dizer:

– Não consigo.

Olhou para Mårten e viu algo maravilhoso. A boca do menino estava se mexendo e ele tossiu uma golfada de água no rosto de Arvid. Estava vivo. Com um pouco de força branda, Roger conseguiu mover o braço de Arvid e soltar Mårten.

Enquanto Roger pelejava para tirar o macacão de neve de Mårten e enrolar o menino em seu próprio blusão de lã, Ulla e Lennart Qvist, que tinham estado a bordo do escaler, foram cuidar de Maria e Arvid.

Ouviu-se uma gritaria no píer, e quando, com alguma ajuda, Arvid conseguiu ficar de pé, viu que os adultos tinham agarrado Sofia, que se debatia de um lado para o outro, uivando feito um animal, tentando mordê-los. As gaivotas giravam em círculos acima da cena, como uma plateia agitada numa luta de boxe, fazendo uma algazarra, grasnando e instigando o combate.

Chorando nos braços de Roger, Mårten foi carregado para casa; com os lábios azuis de frio, Maria também soluçava, e Ulla levou-a pela mão. Arvid tirou o pulôver e Lennart cobriu-o com um enorme sobretudo, dando tapinhas em seu ombro.

– Muito bem, Arvid. Muito bem.

As mandíbulas de Arvid tremiam tanto que ele mal conseguia falar. Meneou a cabeça na direção das gaivotas e de Sofia, que estava sendo arrastada, berrando palavrões e esperneando.

– Por que. Está. Assim?

– Ninguém sabe – respondeu Lennart. – Ninguém sabe. Vou te levar pra sua casa.

Com as pernas trêmulas, Arvid se deixou levar, passando pelo arbusto de espinheiro-marítimo e vilarejo acima. Quando viu que seu caminho ia cruzar o de Sofia, estacou.

– Pode me fazer um favor?

– Claro, Arvid – respondeu Lennart. – Qualquer coisa.

– Pode ir pegar minha jaqueta?

Enquanto Lennart voltava para buscar a jaqueta, Arvid ficou lá parado, enrolado no sobretudo, observando Sofia, que estava sendo carregada para casa feito um pacote. As gaivotas seguiam no encalço deles, girando acima de suas cabeças como se tivessem avistado a presa e apenas esperassem o melhor momento para fazer a investida.

Quando Lennart voltou, Arvid devolveu-lhe o sobretudo, ajeitou a jaqueta de couro sobre sua pele nua e disse que ficaria bem. Depois voltou para casa aos trancos e barrancos, a água chapinhando dentro das botas.

Assim que chegou à loja, parou e fitou a trilha ao longo da qual Mårten estava sendo carregado de volta para sua mãe e seu pai, ainda choramingando, mas vivo. Arvid apertou sua jaqueta e pensou em como o menino devia estar se sentindo.

Por alguma razão, era estranho.

Pela primeira vez teve a sensação de que a jaqueta o aquecia. E não era grande demais. Servia direitinho.

De volta a Gåvasten

O frio alfinetava as bochechas de Anders e fazia seus olhos se encherem de lágrimas. Na tentativa de se manter aquecido, ele tinha se protegido da melhor maneira que podia, e estava usando um colete salva-vidas sob a jaqueta acolchoada, mas o vento contrário achou uma brecha em cada fresta e cada fenda, e na metade do caminho para Gåvasten Anders já estava congelando.

No começo ele achou que havia alguma coisa estranha com seus olhos, que estava enxergando pontinhos, mas daquela distância viu que os pontinhos enxameando o céu ao redor de Gåvasten eram na verdade pássaros. Era impossível dizer de que tipo, mas pareciam de diferentes tamanhos, portanto de diferentes espécies.

O motor de vinte cavalos de Simon zumbia monotonamente e o casco de fibra de vidro esbofeteava as ondas. Por causa do frio, o rosto de Anders estava tão enrijecido que ele já nem sentia quando algumas gotas voavam e batiam em suas bochechas ou seu queixo. Ele mantinha os olhos fixos em Gåvasten e a sua mão esquerda agarrada ao manete do acelerador do barco, que estava no máximo. Ele era uma flecha disparada de Domarö e seguindo direto para o alvo: o farol.

E mesmo assim Anders não conseguiu impedir que uma coisa se infiltrasse e corroesse sua determinação pétrea. Um tremor desagradável e gelatinoso foi crescendo dentro de seu peito à medida que ele se aproximava do farol e dos pássaros. Uma sensação tão conhecida quanto um parente detestável: o medo. O bom e velho medo, que fez com que a flecha se desviasse da rota e diminuísse o ritmo.

A ressonância do motor ficou mais grave e intensa quando ele desacelerou e deixou que o barco seguisse lentamente ao longo das últimas centenas de metros. Os pássaros em torno do farol eram de fato uma mistura de espécies. O adejar desenfreado dos patos-da-islândia, os corpos pesados dos patos êider-edredão, a elegância das gaivotas, planando a grandes altitudes ao sabor das correntes de ar. Havia inclusive um bom número de cisnes nas águas ao largo do farol.

O que eles estão fazendo?

Muitas das aves estavam voando bem alto, girando em círculos em volta do farol, mas a maioria estava aglomerada na superfície da água. Seu comportamento não parecia ter um propósito definido, a não ser mostrar que eram uma frente unida, dizer: *Estamos aqui.*

Contudo, era desagradável: Anders não tinha assistido ao filme de Hitchcock, *Os pássaros*, mas podia muito bem imaginar o que aconteceria caso um bando tão numeroso de aves decidisse atacar. No momento elas não mostravam a menor intenção de querer fazer isso... mas talvez quando ele desembarcasse?

Assim que o barco deslizou em meio ao primeiro grupo de pássaros, eles saíram do caminho nadando suavemente e encarando-o com agressividade, Anders pensou. Ele decidiu usar a única arma – ou pelo menos proteção – a que tinha acesso.

Soltou a mão do acelerador e deixou o motor em marcha lenta enquanto pegava a garrafa de plástico, respirava fundo e tomava dois goles do concentrado de absinto.

A náusea queimou sua boca, sua garganta, seu estômago, e as chamas subiram feito um raio até sua cabeça, lambendo seu cérebro. Ele pelejou para refrear a ânsia de vômito, tampou a garrafa e agarrou de novo o manete do acelerador. Os pássaros abriram caminho, deixando uma rota livre de plumas até a rocha.

Ele hesitou por alguns segundos antes de pisar em terra firme. Depois pulou do barco e olhou ao redor. Lá em cima os pássaros ainda rodopiavam, e Anders teve a sensação de que os gritos das aves estavam se tornando mais intensos. Mas não estavam atacando. Ele avançou com o barco o máximo que pôde e atracou o cabo de amarração a uma pedra.

E assim, mais uma vez Anders se viu em Gåvasten.

Da primeira e última vez que ele fora ali, as pedras estavam cobertas de neve. Agora Anders podia ver que elas tinham sido polidas pelo mar, e que veios rosados e brancos se espalhavam pela rocha cinzenta, formando um desenho sob o borrão de guano. Ele ficou imóvel, os braços pendurados ao lado do corpo, a boca aberta, enquanto o desenho se libertava de sua base e se juntava para formar... um alfabeto.

Uma linguagem.

As linhas corriam na vertical e na horizontal, os pontos e rabiscos separados eram caracteres, partes de um sistema de escrita tão complexo que o cérebro de Anders era incapaz de apreendê-lo; ele podia apenas atestar sua existência.

Como um bebezinho que pega uma Bíblia e depois joga o livro de lado assim que constata que é impossível mastigá-lo, Anders desviou os olhos da escrita na rocha e seguiu em frente rumo à parte leste da ilha. Aquela não era a sua língua, nada significava para ele.

Ele não sabia como olhar porque não sabia o que estava procurando, mas sua consciência sondava a área como se fosse um nó que devia ser desfeito. Ele precisava encontrar o ponto onde houvesse uma pequena folga, em que pudesse enfiar o dedo para começar a desatar.

Não conseguiu encontrar esse ponto. O mundo era impenetravelmente sólido e repleto de mensagens que ele não conseguia interpretar.

A formação rochosa era como um lance de escadas quebrado que levava direto para o mar, os blocos de pedra individuais e as linhas de cascalho nas fendas formavam novos caracteres que queriam dizer alguma coisa. Quando levantou os olhos, Anders viu uma imagem desnorteadora de aves criando figuras no céu, figuras que continuamente se dissolviam e formavam novos seres.

Todas as coisas estão falando comigo. E eu não entendo o que estão me dizendo.

Anders se agachou e enfiou as mãos em uma cristalina poça de água da chuva, esfregou os olhos e o rosto, depois ficou alguns momentos de olhos fechados.

Quando os abriu, em parte a impressão visionária tinha se dissipado, e com os olhos semicerrados ele conseguiu caminhar até o farol. A porta estava destrancada, como na ocasião anterior. Por uma coisa ele sentia-se grato: o efeito alucinatório do absinto bloqueou quase todas as suas lembranças. A bem da verdade o que o absinto fez foi situá-lo de maneira tão poderosa no *aqui e agora* que chegava a ser doloroso. Mas ainda assim era melhor do que a alternativa.

Ele abriu a porta e foi saudado pela pequena caixa de coleta e o pedido de contribuições em dinheiro. Vasculhou os bolsos, mas não encontrou nenhum, então passou batido e entrou. Parou e riu.

Talvez os pássaros ataquem agora.

Não. Enquanto começava a subir a escada, ele podia ouvir as aves lá fora, gritando e cacarejando entre si. Será que as diferentes espécies entendiam a língua uma das outras? Provavelmente não, mas nesse caso como é que sabiam que tinham de se agrupar daquele jeito?

Tudo está falando. Tudo está ouvindo.

Com a mão direita ele afagou a parede externa e seguiu subindo os degraus. Passou pela sala circular e continuou escadaria acima até o refletor.

A sala era exatamente igual à lembrança que Anders tinha dela, nada havia mudado. Os janelões e os espelhos cintilantes do refletor propagavam a luz do dia ao redor do ambiente, de modo que o espaço parecia mais claro do que lá fora. Ele ficou de pé no exato local onde Maja tinha perguntado *Papai, o que é aquilo?* e olhado para a vastidão do mar, a fim de ver o que sentiria.

No começo, nada.

Seus olhos estavam extraordinariamente sensíveis à luz e, embora o céu estivesse recoberto de nuvens, ele foi obrigado a espremer os olhos para conseguir ver ao longo da água levemente espumante. Olhou para baixo, para as pedras pontiagudas, a congregação de pássaros, e sentiu o líquido venenoso percorrendo seu corpo feito um fio verde fluorescente.

Nada.

E aí a sensação veio. No começo, fraca, como a consciência de que há outra pessoa respirando em um quarto às escuras. Depois mais forte. Uma percepção que era difícil de descrever. Anders arfou e cambaleou, apoiou-se na cápsula de vidro que circundava o refletor.

As profundezas.

As profundezas. Como são profundas...

Ele estava de pé sobre o nada. As profundezas eram tudo.

Dizem que somente dez por cento de um iceberg é visível acima da linha d'água. O que Anders sentiu no corpo inteiro em um único momento, frio e ardente, foi semelhante, só que muito maior, mais intenso: a parte que se projetava, que sobressaía, não chegou sequer a *um* por cento. Era quase nada. Um fio de algodão sobre um abismo.

Suas pernas bambearam, ele foi se curvando para trás e desabou de costas até que sua cabeça bateu no piso de madeira.

Somos tão pequenos. Uns coitadinhos minúsculos com nossas luzes brilhantes.

Tolamente, Anders pensara que o *farol* tinha alguma coisa a ver com a coisa toda. Fora enganado pelo olho fantasmagórico e cintilante que ilumina o mar à noite. Mas o que é um farol? Uma invenção humana feita de madeira e pedra. Um edifício com uma lâmpada dentro, nada mais. A luz pode ser apagada e o edifício pode se arruinar, mas as profundezas...

As profundezas permanecem.

A revelação saiu rapidamente de dentro de Anders como uma onda recuando da praia, e ele ficou deitado no chão, acompanhado somente dessa árida descoberta. Os riachos de veneno se diluíram no seu sangue, e ele respirou fundo, para fora e para dentro, para fora e para dentro.

Anders rolou de lado e olhou de relance para as pichações nas paredes caiadas do interior do farol.

FRIDA ESTEVE AQUI 21/06/98

JM

Na dúvida, ou encrencado,
Corra em círculos, berre adoidado

MENINOS DE NÅTEN = IDIOTAS

Uma das frases estava escrita em letras maiores e mais nítidas que as demais. Anders achava que se lembrava de tê-las visto da última vez que ali estivera, mas na ocasião não dera importância. Agora ele deu.

Debaixo da data 28/01/89, lia-se:

STRANGE WAYS, HERE WE COME.

Henrik e Björn tinham desaparecido mais ou menos nessa data.

Strangeways, here we come era o título do último disco da banda The Smiths.

Os dois tinham se sentado ali para escrever, quase entalhar, aquela mensagem final na parede com uma caneta esferográfica e depois... foram embora. Trilhar os estranhos caminhos.

Eles sabiam. Eles sabiam o que estavam fazendo.

Anders se pôs de pé e desceu correndo a escada.

– Eu vou pegar vocês, seus desgraçados! Eu sei onde vocês estão escondidos e vou pegar vocês! Juro por Deus, de algum jeito eu vou trazer ela de volta!

De pé em cima das pedras do leste, Anders berrou para o mar e os ventos, gritando junto com os pássaros – que passavam voando por seu rosto como uma gigantesca cortina – que seus braços eram curtos demais, seu conhecimento era limitado demais para conseguir espiar a verdade. Mas ele faria isso. De algum jeito, faria isso.

Continuou berrando e ameaçando o mar até sua garganta ficar inchada e seu ódio se apaziguar.

Quando voltou novamente a si, Anders viu que os pássaros tinham chegado mais perto uns dos outros. Quase todos os patos e cisnes tinham se amontoado na superfície da água ao largo da porção leste de Gåvasten. Os pássaros estavam de frente para ele, balançando nas ondas. Milhares de aves tão espremidas umas contra as outras que aparentemente seria possível caminhar cem metros mar adentro pisando em suas costas. As gaivotas tinham parado de voar em círculos em torno da ilha e agora batiam as asas diretamente à frente de Anders, em uma única nuvem branca que parecia se erguer do mar e vaguear até o ponto exato onde ele estava.

A qualquer momento as aves receberiam uma ordem audível ou inaudível e Anders se afogaria em um enxame de bicos ávidos para cortar e retalhar.

Elas entendem. Tenho de dar o fora daqui.

Lentamente, um passo de cada vez, ele andou para trás, recuando até o barco, sem jamais tirar os olhos das aves. Se os pássaros mostrassem o menor sinal de que atacariam, Anders ainda teria uma chance de entrar no farol antes que o despedaçassem – desde que continuasse de olho neles.

Por causa do líquen as pedras estavam escorregadias feito sabão, e a certa altura ele pisou em falso e perdeu o equilíbrio. Mesmo assim manteve os olhos fixos nas aves e, embora tenha batido com força o quadril, conseguiu evitar a queda.

O bando de gaivotas tinha chegado mais perto e agora elas sobrevoavam em círculos as rochas do lado leste; enquanto isso, sem sequer olhar para as próprias mãos, Anders soltou o cabo de amarração e empurrou com as costas o barco para dentro da água. Os gritos agitados das gaivotas rasgaram o ar e encheram a cabeça de Anders, impossibilitando qualquer pensamento racional. A única coisa que ele conseguiu pensar foi: *Entre no barco. Fuja daqui.*

O barco se afastou suavemente das pedras e ele foi andando de costas na água, depois pegou impulso firmando um dos pés na areia do fundo e pulou para dentro do barco, que deslizou e se distanciou alguns metros da ilha. Agora não havia a menor chance de fugir para o farol. Anders não ousou virar as costas para as gaivotas a fim de dar a partida no motor, por isso agarrou um dos remos e remou como um gondoleiro, um lado de cada vez.

Quando já estava a cerca de cem metros de Gåvasten os pássaros começaram a se acalmar. A revoada de gaivotas se separou e elas se espalharam em uma nuvem mais fina que abarcou toda a ilha. Anders largou o remo, sentou-se e soltou um longo e trêmulo suspiro. Pousou a cabeça entre as mãos e avistou a garrafa plástica, rolando pelo convés.

Ele tinha se esquecido da garrafa, de que o conteúdo dela poderia tê-lo protegido dos pássaros ameaçadores enquanto ele batia em retirada. Talvez ela tivesse feito isso, de qualquer maneira. Ele olhou para a garrafa, que rolou quando uma onda ergueu o barco. Leu o rótulo com a caligrafia infantil do pai: ABSINTO.

E entendeu. Finalmente entendeu o que tinha acontecido com seu pai. Naquele dia e em todos os outros dias.

Absinto

Anders realmente devia ir para casa e guardar o dinheiro no cofrinho, mas queria andar um pouco por aí curtindo a sensação de ser *rico*. Seus bolsos cheios de dinheiro. Como o Menino das Calças de Ouro, o personagem do livro e da série de TV, ele podia simplesmente puxar uma cédula, que sairia roçando a calça, e depois outra, e outra.

Subiu até a loja com um único plano em mente: simplesmente perambular como o menino mais rico em Domarö no momento.

Os barcos ainda estavam no mar à procura de Torgny Ek, mas a multidão no píer havia diminuído. Anders hesitou. Se descesse até lá encontraria uma porção de adultos fazendo-lhe perguntas, e ele não sabia se queria isso.

– Oi.

Montada em sua bicicleta, Cecilia parou ao lado dele. Anders ergueu uma das mãos para cumprimentá-la. Quando a mão passou perto de seu nariz, ele percebeu que estava cheirando a peixe. Enfiou ambas as mãos nos bolsos de trás da calça e adotou uma postura relaxada.

– O que você tá fazendo? – perguntou Cecilia.

– Nada de mais.

– O que tá acontecendo lá no píer?

Anders respirou fundo e perguntou, em tom casual:

– Aceita um sorvete?

Cecilia olhou para Anders como se ele estivesse brincando e sorriu, incerta.

– Não tenho dinheiro.

– Eu tenho.

– Você vai pagar, então?

– Vou.

Anders sabia perfeitamente bem que era uma pergunta estranha, uma coisa estranha de se fazer. Mas nenhum dos outros estava por perto, e os bolsos dele estavam abarrotados de dinheiro. Ele tinha de perguntar.

Os dois subiram até a loja, ela empurrando a bicicleta, ele caminhando ao lado dela, ainda com as mãos enterradas nos bolsos de trás da calça. Ela tinha sardas no nariz e prendera o cabelo em duas tranças médias; ele sentiu o súbito impulso de tocar as tranças dela. Elas pareciam tão... macias.

Felizmente as mãos de Anders estavam enfiadas bem fundo nos bolsos, o que evitou que ele cedesse àquele ímpeto particular.

Cecilia encostou a bicicleta no muro da loja e perguntou:

– Então vocês pegaram muito arenque hoje?

– É. Hoje de manhã. Um monte.

– Em geral eu vendo revistas de Natal.

– Vale a pena?

– É razoável.

Anders começou a relaxar de verdade. Foi o primeiro verão em que ele realmente tinha pensado no fato de que era diferente de seus amigos, que não passavam de turistas de verão. Que talvez pudesse ser um pouco constrangedor ficar sentado na frente da loja vendendo arenque e acabar com as mãos fedendo a peixe. Que ele talvez fosse... meio caipira. Mas no fim das contas ele descobriu que Cecilia também vendia coisas, embora provavelmente revistas de Natal não cheirassem mal.

Eles entraram na loja e examinaram o conteúdo do freezer.

– Então, o que eu posso pedir?

– O que você quiser.

– O que eu quiser? – ela olhou para ele com ar desconfiado. – Uma Casquinha Gigante?

– Sim.

– *Duas* Casquinhas Gigantes?

– Sim.

– *Três* Casquinhas Gigantes?

Anders deu de ombros e Cecilia abriu a tampa do freezer.

– Você vai querer o quê?

– Uma Casquinha Gigante.

Ela pegou duas Casquinhas Gigantes e, quando Anders se inclinou para pegar uma terceira, deu um tapinha no ombro dele e disse:

– Eu tava só brincando, bobão! – e entregou-lhe um dos sorvetes.

No caixa Anders sacou do bolso uma cédula de dez coroas, sem conseguir produzir aquele ruído especial que sempre se ouvia quando o Menino das Calças de Ouro tirava do bolso seu dinheiro vivo.

Eles se sentaram no banco do lado de fora da loja e chuparam seus sorvetes. Anders contou a ela o que tinha acontecido naquela manhã, e Cecilia ficou sinceramente impressionada com o fato de que ele tinha visto uma pessoa *se afogar de verdade.*

Enquanto estavam ali dando cabo de seus sorvetes, enquanto Anders contava sua história e, depois disso, enquanto contemplavam a água, o tempo todo uma pequena oração passava pela cabeça de Anders: *não deixe ninguém aparecer, não deixe ninguém aparecer*. Ele se perguntava se Cecilia estaria pensando a mesma coisa, ou se no caso das garotas esse tipo de coisa era perfeitamente normal.

Tudo bem, não era exatamente embaraçoso estar sentado ali com Cecilia tomando o sorvete que ele mesmo tinha comprado, mas ele tampouco queria que a atmosfera do momento fosse quebrada. Embora se sentisse titubeante e não soubesse como se comportar, ele estava se divertindo a valer. Estar ali sentado com Cecilia era *o máximo*.

Assim que acabaram o sorvete e depois de ficarem alguns minutos fitando o mar, a suspeita de Anders de que as meninas estavam mais acostumadas àquele tipo de coisa se confirmou quando Cecilia se levantou, limpou as mãos no short e disse:

– Vamos voltar pra sua casa?

Tudo que ele podia fazer era dizer que sim com a cabeça. Cecilia pegou a bicicleta e apontou para a garupa.

– Sobe aí, te dou uma carona.

Ele montou na garupa da bicicleta e Cecilia saiu pedalando colina abaixo, deixando a loja para trás.

Não havia outra coisa a fazer. Era completamente natural. No começo Anders tentou manter o equilíbrio segurando-se na parte de trás da garupa, mas a trilha era acidentada, ele cambaleou e quase fez a bicicleta cair. Por isso colocou as mãos nos quadris dela.

Anders podia sentir o calor da pele de Cecilia, o sol brilhava no céu e o vento acariciava sua testa. Desceram a ladeira que cruzava o vilarejo, ele ainda agarrado a ela. Os poucos minutos que levaram para atravessar a vila e pedalar até sua casa foram os mais felizes que ele tinha conhecido na vida, até então. Foram... perfeitos.

Cecilia estacionou sua bicicleta junto ao depósito de madeira e meneou a cabeça na direção do defumador, que ainda exalava um leve aroma.

– A gente ia defumar peixe, mas decidiu deixar pra lá.

– Vocês iam defumar *böckling*?

– Ahã.

Anders não se deu ao trabalho de corrigi-la. *Böckling* era arenque defumado. Dizer "*böckling* defumado" era como dizer "curva dobrada" ou "sorvete gelado", mas isso provavelmente era o tipo de coisa que um caipira saberia, e não algo de que valia a pena se gabar.

Quando Cecilia estava com ele, Anders via com clareza: o jardim da casa dele não era como os outros jardins. No jardim dele havia uma pilha de lenha e fumaça e um monte de tralhas que seu pai guardava porque "podia ser útil". Nada de gramados bem aparados, arvores frutíferas em filas esmeradas. Nada de quadras de badminton e nada de redes de dormir. Em geral ele não reparava nessas coisas. Mas agora tinha percebido.

Cecilia foi andando na direção da casa e Anders pensou que pelo menos o *quarto* dele era parecido com os outros quartos, felizmente.

O que a gente vai fazer no meu quarto? As meninas se interessam pelo quê?

Ele tinha uma porção de gibis. Não sabia se Cecilia lia quadrinhos. Ele tinha livros. Talvez pudessem *assar* alguma coisa. Ele sabia assar pão doce de passas e bolinhos de aveia. Será que ela gostava de cozinhar?

Suas reflexões não foram muito longe, porque agora Cecilia tinha parado e estava olhando para alguma coisa no chão. Ele correu na direção dela e, quando viu o que ela estava olhando, seus pulmões foram parar nas coxas.

Junto ao espigado arbusto de groselheira perto da casa, seu pai estava caído de bruços, os braços ao lado do corpo, o rosto colado no chão. Cecilia fez menção de se encaminhar na direção dele, mas Anders agarrou-a pelo ombro.

– Não – disse ele. – Venha. Vamos.

Cecilia se desvencilhou.

– Não seja bobo. A gente não pode deixar ele desse jeito. Ele pode sufocar.

Anders jamais tinha visto o pai tão bêbado a ponto de cair no chão e pegar no sono em plena luz do dia, mas a bebedeira propriamente dita não era novidade. Às vezes ele voltava para casa e encontrava o pai sentado de olhos vidrados, tagarelando asneiras, e nessas ocasiões o menino tentava ficar fora de casa o máximo de tempo que podia. Agora ele estava tão constrangido que não sabia onde enfiar a cara.

Cecilia agachou-se ao lado do homem adormecido e chacoalhou seu ombro.

– Ei. Oi – disse ela, e virou-se para Anders. – Qual é o nome dele?

– Johan – respondeu Anders. – Olha só. Deixa ele aí. Ele está bêbado.

– Johan – insistiu ela, chacoalhando-o com mais força. – Johan, o senhor não pode ficar deitado aqui.

O corpo de Johan se contorceu e em seu peito ressoou uma tosse cavernosa. Cecilia recuou quando Johan ergueu a cabeça e rolou para o lado. Ele estava deitado em cima de uma garrafa de plástico cheia até a metade; esmagada sob o peso de seu corpo, a garrafa estava meio deformada.

Com olhos feitos de vidro sujo o homem avistou Cecilia; um fio de saliva pendurado no canto de sua boca caiu na grama. Ele estalou os lábios, pigarreou e balbuciou, engolindo as palavras:

– Amem-se.

A humilhação golpeou Anders em cheio e afogueou suas bochechas. A mão do pai tateava o pé de Cecilia, como se quisesse agarrá-lo. Uma vez que não conseguiu, o homem levantou os olhos e disse:

– Só tomem cuidado com o mar.

A vergonha de Anders explodiu e se converteu em ódio cego, ele foi correndo na direção do pai e preparou um chute. Porém, no último momento um tênue resquício de bom senso fez com que ele mudasse a direção do chute: em vez da cabeça do pai, acertou a garrafa plástica, que voou sobre o gramado malcuidado e crescido em excesso.

Não bastou. O pai esboçou um sorriso abobalhado, e Anders já estava prestes a pular em cima dele e aliviar sua fúria dando uma surra no homem quando Cecilia agarrou seu braço e o empurrou:

– Para! Para com isso! Não vale a pena!

– Eu te odeio! – gritou Anders para o pai. – Eu te odeio de verdade!

Então ele fugiu. Não tinha palavras para dizer a Cecilia, nada que servisse de justificativa ou explicação. Ele era um merda, com um pai de merda, e pior que isso, um caipira de merda. *Nenhum* dos outros tinha um pai que fazia aquele tipo de coisa. Eles bebiam vinho, eram legais. Não ficavam caídos no chão, na porta do chalé, babando, em plena luz do dia. Isso era coisa que só os pais de meninos caipiras imprestáveis faziam.

Ele correu para as pedras junto às garagens de barcos no porto. Queria apenas fugir, fugir. Abraçaria uma pedra enorme e pularia no mar, se apagaria, não queria mais existir.

Passou pelas garagens de barcos e correu até um dos pequenos píeres onde lanchas coloridas estavam atracadas, correu até o fim e parou, ficou olhando para a água cintilante. Depois se sentou, bem na ponta do píer.

Eu vou matar ele.

Ficou um bom tempo lá sentado, cogitando diferentes maneiras de matar o pai, quando ouviu passos atrás de si no píer. Pensou em pular na água, mas permaneceu onde estava. Ouviu a voz de Cecilia.

– Anders?

Ele balançou a cabeça. Não queria conversar, não estava ali, não era Anders. Ouviu um leve roçar do tecido do short de Cecilia quando ela se sentou atrás dele no píer. Não queria que ela o consolasse ou dissesse algo bonito, algo para amenizar a situação. Em todo caso, ele não acreditaria. Queria que ela fosse embora e o deixasse sozinho.

Os dois ficaram lá sentados por um bom tempo. Por fim Cecilia disse:

– Com a minha mãe é a mesma coisa.

Anders balançou novamente a cabeça.

– É, sim – insistiu Cecilia. – Bom, não é *tão ruim* assim. Mas quase. – Uma vez que Anders ficou quieto, ela prosseguiu: – Ela bebe muito e aí... faz as coisas mais estúpidas. Ela jogou meu gato da sacada.

Anders virou meio corpo.

– Ele morreu?

– Não. A gente mora no primeiro andar. Mas depois disso ele ficou morrendo de medo. De praticamente tudo.

Os dois ficaram sentados em silêncio. Anders imaginou o gato sendo jogado do primeiro andar. Então Cecilia morava em um apartamento. Ele se virou para que pudesse vê-la pelo canto do olho. Ela estava sentada de pernas cruzadas no píer, o queixo pousado nas mãos. Ele perguntou:

– Você mora só com a sua mãe?

– É. Quando ela fica assim, eu vou pra casa da minha vó. Ela é legal. Me deixa dormir lá e tal.

Anders tinha visto Cecilia com a mãe algumas vezes, e a mulher não estava bêbada. Mas, pensando bem, ela tinha mesmo aquele olhar. Alguma coisa hostil no rosto, os olhos úmidos. Talvez estivesse bêbada, mas ele não tinha conseguido ver isso com tanta clareza como no caso do próprio pai.

Os dois continuaram trocando histórias e depois a conversa descambou para outros assuntos. No fim ficou claro que Cecilia também gostava de assar coisas e também lia livros, especialmente de Maria Gripe. Anders tinha lido apenas um conto dela, mas Cecilia falou sobre outros livros da autora, que pareciam bons.

Em retrospecto, Anders podia ver que aquele dia tinha sido bom. Somente no verão do ano seguinte, ele e Cecilia se beijariam e se tornariam um casal na pedra grande.

Mas tudo começou naquele dia.

A volta para casa

O motor pegou de primeira e, roncando, o barco de Anders se afastou de Gåvasten. A velocidade fez com que ele se sentisse seguro, pois não achava que uma gaivota fosse capaz de voar a quinze nós. Depois de algumas centenas de metros, ele se virou para olhar. As gaivotas tinham voltado a voar em círculos em torno do farol.

Ele pegou a garrafa de plástico e sacudiu-a na mão livre. O líquido era turvo, opaco. A mesma dolorosa clareza de visão que o afetara quando bebeu o veneno tinha estado nos olhos do pai naquele dia, quando o homem olhou para Cecilia e Anders.

Amem-se. Só tomem cuidado com o mar.

Essa era provavelmente a história da vida de Anders, em resumo, desde aquele dia. Mas, para começar, por que o pai dele tinha bebido veneno? Afinal de contas, no fim não foi o mar que o pegou.

Ou foi?

Anders tinha vinte e dois anos quando aconteceu. A essa altura o pai se aposentara precocemente, porque tinha "lapsos". Aparecia no estaleiro para trabalhar sentindo-se grogue, depois passava alguns dias sem dar as caras. Então voltava, trabalhava normalmente por uma semana, aí desaparecia de novo. Essa situação não podia continuar assim, por isso fizeram com ele um acordo de aposentadoria precoce.

Contudo, o pai de Anders ainda era uma pessoa querida e, quando precisavam de ajuda extra, ligavam para ele e viam como estavam as coisas. Se ele estivesse se sentindo bem, ia ao estaleiro e trabalhava arduamente, fazendo o que fosse necessário; recebia em dinheiro, sem perguntas.

Entre outras coisas, teve uma significativa participação na construção do novo galpão onde seriam guardados os barcos dos turistas de verão. Planejaram uma festa de inauguração e ele naturalmente foi convidado. O prédio ainda não tinha sido concluído, mas a estrutura e o teto já estavam no lugar, e como fazia muito tempo que não davam uma festa, decidiram celebrar.

Todos beberam e bateram papo até tarde da noite. Já de madrugada Johan se despediu e, cambaleando, desceu até o porto para pegar o barco e voltar para casa. Nada de estranho nisso; todos sabiam que se precisasse ele seria capaz de voltar para Domarö de olhos vendados.

Então se despediram dele dizendo coisas como *Boa noite*, *Boa viagem* e *Tente não atropelar um alce*, e nunca mais o viram.

Ninguém sabia exatamente o que acontecera, mas ganhou força a hipótese de que, quando chegou ao porto na escuridão, Johan foi vencido pelo cansaço ou decidiu não voltar de barco para casa. Em vez disso, arrastou algumas lonas e improvisou uma cama. Empilhou algumas lonas para servir de colchão, e outras para fazer as vezes de cobertor.

Ele ainda estava deitado lá às sete da manhã, quando uma carreta carregada de areia chegou à área do porto. Torbjörn, o motorista, também tinha ido à festa e ficara acordado até altas horas. Quando viu pelo retrovisor a pilha de velhas lonas, não se deu ao trabalho de descer e tirá-las do lugar; em vez disso, engatou a marcha a ré e foi direto na direção delas.

A roda traseira passou por cima de alguma coisa, e ele continuou acelerando. A roda da frente passou por cima de algo menor, e ele seguiu manobrando. Somente depois de mais alguns metros ele olhou de relance para a pilha de lonas. Viu alguma coisa escorrendo por debaixo delas. Aí parou e desceu do caminhão.

Mais tarde Torbjörn se amaldiçoaria por não ter percebido que o barco de Johan ainda estava no porto. Se tivesse reparado nisso, talvez desconfiasse de alguma coisa, porque Johan tinha a tendência de adormecer em praticamente qualquer lugar. Mas ele não havia pensado nisso, e acabou passando por cima de Johan com cinco toneladas de areia. A imagem que Torbjörn viu quando puxou as lonas o acompanharia por toda a vida.

Mencionou-se algo sobre uma garrafa de aguardente encontrada junto ao corpo de Johan. Agora Anders sabia a verdade.

Naquela noite, diante do mar, encarando as profundezas que teria de atravessar, de repente seu pai tinha sentido medo. Ele pegou a garrafa de absinto no barco e tentou criar coragem, tentou se proteger.

Fosse por causa do veneno ou do medo que não passava, ele tinha se deitado debaixo das lonas. Como uma criança.

Como eu.

Enrodilhou-se debaixo das cobertas, na esperança de que aquilo fosse embora e o deixasse em paz.

Anders podia ver tudo em sua mente, com clareza. O mar, a noite, o medo. Deixar para trás as luzes e as pessoas, e de repente ser invadido por um medo que não era suscetível a negociações e para o qual só havia uma cura: *Esconda-se! Não deixe que ele veja você!*

– Oh, papai... pobre papai...

O arpão

Simon estava sentado à mesa da cozinha com as costas retas, as mãos cuidadosamente dobradas sobre o joelho, enquanto Anna-Greta fuçava no "esconderijo". Ela estava em pleno processo de escolha de seu vestido de noiva, e ele aguardava instruções.

A manhã tinha sido dedicada aos preparativos para o dia seguinte. Eles passaram um bom tempo ao telefone convidando as pessoas que queriam convidar, a comunidade já tinha sido avisada de que haveria uma pequena recepção e um serviço de bufê de Norrtälje já havia sido contratado. Na manhã seguinte, antes da cerimônia, Anna-Greta viajaria a Nâten para ver uma amiga que trabalhara como cabeleireira e ainda sabia muitos truques para incrementar a aparência das pessoas.

– Então, o que eu faço? – perguntou Simon.

Anna-Greta gargalhou.

– Bom, acho melhor você aproveitar ao máximo suas últimas horas de liberdade. Vá treinando como fazer o nó na gravata-borboleta.

Simon tinha ligado para Göran a fim de convidá-lo, e decidiram também que ele usaria seu tempo para finalmente resolver o assunto do poço de Göran. Simon tinha de fazer alguma coisa, caso contrário acabaria zanzando por aí, nervoso.

Apesar da maneira acelerada como Anna-Greta conduzira todo o processo, como se quisesse se livrar logo de uma obrigação, as coisas tinham mudado tão logo ficara claro que o casamento ia de fato acontecer. Em primeiro lugar havia a recepção, depois o bufê e os convites. E depois a ideia de que ela precisava se arrumar toda com antecedência. E agora o vestido.

Simon não passou incólume por esse surto de atividade frenética. Agora ele estava ali sentado, preocupado se devia ou não usar seus sapatos de couro envernizado e se perguntando se o par ainda servia. E até mesmo se devia ou não usar gel no cabelo.

No "esconderijo" tudo estava quieto e tranquilo, correndo às mil maravilhas enquanto Anna-Greta ia juntando coisas. Então ela surgiu. Simon endireitou as costas. Para dizer a verdade, ele estava achando a coisa toda muito divertida. O casamento e tudo que cercava a cerimônia haviam despertado um novo lado de Anna-Greta, mais feminino do que a pessoa que ela era no dia a dia. Ele gostava disso, desde que não fosse longe demais.

Ela entrou na cozinha com uma pilha de vestidos no braço e carregando nas mãos um objeto que ela pousou sobre a bancada. Um a um, foi erguendo os vestidos à frente do corpo, e Simon demonstrou preferência por uma peça bege de tecido pesado, com flores brancas bordadas. Esse era também o favorito de Anna-Greta, e assim a questão foi liquidada. Depois de guardar os vestidos rejeitados, Anna-Greta pegou o item de cima da bancada e colocou-o sobre a mesa, na frente de Simon.

–Você se lembra disto? Achei aqui.

O objeto sobre a mesa era um pequeno arpão de metal. Simon pegou-o e girou-o entre os dedos.

Ah, sim, ele lembrava muito bem.

Quando Johan tinha dezoito anos, ele e Simon trabalharam juntos para cavar uma horta ao lado da casa de Anna-Greta. Enquanto cavavam, Johan encontrou aquele arpão. Eles retiraram livros na biblioteca para pesquisar e chegaram à conclusão de que o artefato tinha pelo menos mil anos.

O achado despertou o interesse de Johan, e ao longo daquele verão ele consultou mais livros e leu sobre o tema. O que mais o fascinava era o fato de que seu pedaço de terra, o lugar onde ficava sua casa, outrora tinha sido uma área submersa. Bem lá no fundo, debaixo de muita água.

É claro que na escola ele tinha lido sobre a elevação, e aprendera que as ilhas subiam de nível no mar um centímetro por ano. Mas o arpão fez com que isso ficasse real e concreto. Mil anos atrás, uma pessoa em um barco, alguém que tinha saído para caçar peixes com um arpão, tinha passado exatamente por seu jardim e deixado cair o arpão. Era um pensamento que não lhe dava sossego.

A leitura nunca tinha sido uma de suas paixões, mas naquele verão ele estudou a história do arquipélago em geral e a de Domarö em particular. A coisa foi tão longe que Johan chegou a cogitar a ideia de tentar uma vaga na universidade para cursar geologia ou algo parecido, mas, quando o outono chegou, ele conseguiu uma vaga de aprendiz no estaleiro em Nåten e abandonou seus planos de educação superior.

O arpão foi esquecido e, por fim, acabou indo parar no "esconderijo".

Simon equilibrou o arpão entre o indicador e o polegar. O objeto pesava cerca de um quilo, e provavelmente devia ser afixada a um cabo, que tinha apodrecido havia muito tempo. Os peixes tinham sido espetados, erguidos da água e comidos. A pessoa que caçava os peixes provavelmente tinha feito um novo arpão, caçara mais peixes e os comera, mas isso de nada adiantou. No fim das contas ela também foi parar no fundo do mar ou da terra e apodreceu. Só o arpão ainda existia.

– Anna-Greta? O que realmente aconteceu com Johan? – perguntou Simon.

Anna-Greta dobrou cuidadosamente o vestido de noiva e guardou-o dentro de um saco plástico para protegê-lo. Simon não sabia se era uma pergunta idiota, mas em certo sentido a própria Anna-Greta tinha trazido o assunto à baila ao tirar do esquecimento o arpão.

Quando ele já estava começando a pensar que ela não responderia, Anna-Greta pôs o saco plástico sobre o sofá e disse:

– Você já ouviu falar de uma coisa chamada Gunnilsöra?

– Sim – respondeu ele. – É aquela ilha que só dá pra ver de vez em quando. Aquela que aparece e desaparece. Por quê?

– O que você pensa a respeito disso?

Mesmo sem entender o rumo que a conversa estava tomando, Simon respondeu da melhor maneira que pôde.

– Para falar a verdade eu nem sei se *penso* alguma coisa sobre isso. Sei que essa história já foi interpretada de todas as maneiras, das praias do Paraíso à morada do diabo, mas é algum tipo de fenômeno óptico. Alguma coisa a ver com o clima.

Anna-Greta passou o dedo pelo arpão, imaculado e liso depois que Johan o havia limpado.

– A ilha chamou Johan. Ele pescou alguma coisa que não devia ter pescado.

– Chamou Johan? O que chamou ele?

– Ele dizia que era uma ilha lá pelos lados de Gåvasten. Mas não era Gåvasten. Que ela se movia. Certa noite estava bem ao largo da Choça, ele disse. E estava chamando ele. Você não se lembra de como ele tinha medo? De que vivia o tempo todo apavorado?

– Sim – respondeu Simon. Ele se lembrava tanto do moço entusiasmado que tinha encontrado o arpão como do homem cada vez mais confuso e distante que ele se tornou. – Mas isso parece loucura. Uma ilha? Caçando uma pessoa?

Anna-Greta inclinou-se sobre Simon e abaixou a voz até virar um sussurro:

– Você nunca ouviu o mar? Nunca ouviu ele chamando?

Se apenas uma semana antes Anna-Greta lhe tivesse feito uma pergunta dessas com tamanha e trêmula sinceridade, Simon teria ficado preocupado com a saúde mental da mulher. Uma semana antes ele ainda não tinha visto as profundezas, não tinha jogado um cadáver para as profundezas.

– Eu não sei – respondeu ele. – Talvez. Você ouviu?

Anna-Greta olhou pela janela e seu olhar chegou bem longe, alcançou as mais distantes rotas marítimas.

– Já te contei sobre Gustav Jansson? O zelador do farol? Em Stora Korset?

– Sim. Você conhecia ele, não?

Anna-Greta fez que sim com a cabeça.

– Tudo começou com ele. Para mim.

O zelador

Stora Korset é o último posto avançado de frente para o mar de Alanda. A ilha é tão remota que além do salário normal o zelador do farol de lá recebe o que é conhecido como adicional de isolamento, um pequeno bônus por suportar a solidão.

Do final da década de 1930 ao início da década de 1950, Gustav Jansson foi quem esteve no comando por aquelas bandas. Originalmente de Domarö, Jansson achava difícil conviver com as pessoas e, quando surgiu a vaga de zelador do farol, ele se candidatou ao emprego como uma oportunidade para, finalmente, viver em paz. Então passou treze anos lá, tendo como únicas companhias quatro galinhas.

Ele *não gostava* da guerra. Para começar, havia os estrondos do treinamento diário da artilharia e da varredura de minas que tinham de ser desativadas, mas o pior mesmo eram os visitantes que chegavam à ilha. Militares batendo à sua porta com perguntas sobre isto e aquilo, barcos atracando em seu píer em missões de reconhecimento. A certa altura correu o boato de que seria construída uma fortificação em Stora Korset, mas felizmente a ideia não foi levada adiante.

Como teria sido terrível! Uma torre com uma plataforma para canhões lá embaixo nas rochas, soldados marchando de um lado para outro, fumando e assustando as galinhas. Não, se isso tivesse acontecido ele teria se demitido e ido embora imediatamente.

Contudo, a guerra trouxe uma coisa boa.

Gustav Jansson jamais se casou. Não porque tivesse alguma coisa especificamente contra as mulheres – detestava os homens na mesma medida. Era por natureza uma alma solitária, que não se adequaria à companhia de uma esposa.

Entretanto, a guerra propiciou a presença de uma mulher que ele conseguia tolerar. Não que teria se casado com ela mesmo que a possibilidade existisse, mas era capaz de suportar a companhia dessa mulher e aos poucos se flagrou aguardando com ansiedade os dias em que ela chegava à ilha munida de rapé e jornais.

Apesar de tudo Gustav era homem o suficiente para apreciar a beleza feminina, mas o que mais gostava em Anna-Greta era que ela não conversava além da conta. A taciturnidade de Gustav deixava as outras pessoas nervosas, e aí elas tagarelavam ainda mais, como se houvesse algum tipo de cota de papo furado a cumprir.

Anna-Greta não. Somente depois que já se conheciam havia mais de um ano é que trocaram outras palavras além das estritamente necessárias para levar a cabo suas transações comerciais. A essa altura Gustav tinha comprado de Anna-Greta um quebra-cabeça. Assim que acabou de montá-lo, quis comprar outro, o que exigiu certa dose de conversa. Que tipo de imagem, quantas peças?

Ele acabou virando uma espécie de assinante, um comprador regular, e gostava especialmente de quebra-cabeças com motivos marinhos. Uma vez que não dispunha de espaço e tampouco tinha a inclinação de manter intactos os quebra-cabeças depois que os montava, manejava as peças com extremo cuidado e, assim que terminava, desmontava o quebra-cabeça e guardava as peças de volta dentro da caixa. Uma vez por mês Anna-Greta vinha e substituía o quebra-cabeça completo por outro, novo. Pela metade do preço, ela podia revender o velho.

Ao longo dos anos eles tinham conversas esporádicas sobre assuntos que não estavam relacionados aos seus negócios. Entre os dois surgiu certo nível de intimidade.

Alguns anos depois do término da guerra, a opinião geral era a de que Gustav tinha enlouquecido. Ele realizava extremamente bem seu trabalho de zelador do farol, nunca houve queixas a esse respeito, mas era simplesmente impossível conversar com o homem. Ele tinha passado tempo demais lendo a Bíblia.

Anna-Greta não caía nessa. Era verdade que, além dos quebra-cabeças, a leitura da Bíblia era a única diversão de Gustav em sua ilhota. Ele conhecia de cor o livro sagrado, e inclusive mantinha conversas consigo mesmo, nas quais um dos interlocutores era um profeta austero e o outro, um livre-pensador.

Mas ele não estava louco. Gustav simplesmente tinha se dado conta de que a melhor maneira de afugentar visitantes indesejados era submetê-los a sermões e pregações. As pessoas se sentiam estranhamente desconfortáveis quando ouviam a palavra do Senhor sendo proclamada para elas enquanto amarravam o barco no píer de Gustav, e assim as visitas eram escassas e breves. Gustav era deixado em paz com seu farol e seu Deus.

Numa tarde do início de 1950, Anna-Greta chegou depois do habitual para sua visita mensal. O vento norte soprava a doze metros por segundo, e Gustav ficou surpreso de vê-la. Já dentro do chalé de Gustav, enquanto Anna-Greta desembrulhava as compras do zelador, o vento ficou ainda mais forte. Algumas rajadas fizeram o anemômetro chegar a vinte.

Pelo visto Anna-Greta teria de pernoitar em Stora Korset. Gustav conseguiu entrar em contato com Nåten pelo rádio de ondas curtas, e eles prometeram avisar Torgny, Maja e Johan de que ela estava bem, apenas esperando melhores condições climáticas para ir embora para casa.

Embora Anna-Greta e Gustav tivessem uma relação comercial e talvez pudessem até mesmo se considerar amigos, ainda assim era ligeiramente embaraçoso para ele ter uma mulher passando a noite em sua casa. Gustav não sabia como agir, sentia-se como uma peça sobressalente em seu próprio chalé.

Foi um alívio descobrir que Anna-Greta não recusaria uma dose de *aguardente*. Eles se sentaram à mesa da cozinha, um de frente para o outro, ambos contemplando o mar encrespado, as ondas da arrebentação iluminadas pelo farol cintilante, e bebendo alguns copos. O constrangimento mútuo se esvaiu.

Qualquer pessoa que não tivesse visto com os próprios olhos não acreditaria, mas o fato é que à medida que a noite avançava Gustav foi ficando definitivamente tagarela. Ele acendeu a lareira e, quando a temperatura subiu, contou histórias de navios soçobrados, mapas marítimos entalhados em pedras planas e pássaros que em sua migração de outono colidiam contra o farol e caíam mortos junto ao carrinho de mão.

Quando Gustav tirou seu blusão de lã, Anna-Greta notou que ele estava vestindo o colete do lado avesso e mencionou o fato. Gustav fitou-a com os olhos semicerrados:

– Ora, é preciso se proteger da melhor maneira possível.

– É claro que você não acredita nessas bobagens supersticiosas, Gustav.

– Não. Mas nisto aqui eu acredito – disse ele, mostrando uma garrafa que continha um líquido turvo. – E você devia fazer a mesma coisa. Se vai passar a noite aqui.

Apenas por educação Anna-Greta tomou um gole da amarga bebida fermentada. Ela sabia que muitos zeladores de farol cultivavam absinto, que usavam para "condimentar" sua aguardente, mas a versão de Gustav estava exagerada, para dizer o mínimo. Tinha um gosto repulsivo.

– Não é muito saborosa – disse ele quando Anna-Greta bateu o copo na mesa –, mas protege a vida, e no fim das contas isso deve valer alguma coisa.

Anna-Greta não estava preparada para aceitar uma declaração como aquela. A aguardente deixou-a ávida por fazer perguntas e tornou Gustav mais comunicativo, e assim aconteceu que o zelador acabou explicando pela primeira vez qual era a situação com o mar.

Ele disse que o mar o queria. Que o mar o chamava. Mostrava-lhe coisas e fazia falsas promessas. Ameaçava-o. Ele tinha recorrido à Bíblia em busca de orientação, mas, se o absinto não tivesse crescido com tanta abundância nos arredores do farol, ele jamais teria tido a ideia.

E parecia funcionar. O mar já não ousava tocá-lo de jeito ameaçador, e os sussurros da noite tinham silenciado desde que ele começara a diluir seu sangue com absinto.

Na manhã seguinte o vento havia amainado, e Anna-Greta já podia voltar para casa. Antes de partir, ela ganhou de Gustav uma lata de café dentro da qual ele tinha plantado uma raiz de absinto num punhado de terra.

– Cuide bem disto – disse ele, meio brincando e meio a sério, com sua voz gutural e profética –, para que frutifique e encha a terra.

Anna-Greta se despediu de Gustav e foi embora de Stora Korset. Depois de percorrer pouco mais de uma milha náutica, ouviu um barulho estranho no motor; por medo de causar um estrago ainda maior, ela desligou imediatamente o motor e começou a checar todas as conexões e velas.

O ruído continuava, embora o motor estivesse desligado. Era um som carinhoso, sussurrado. Ela procurou aqui e ali, mas não conseguiu localizar a fonte do barulho. Inclinou-se sobre a amurada e olhou dentro da água. A água estava macia e acolhedora, como os braços abertos de um amante. Era lá que ela queria estar.

Essa foi a primeira vez que Anna-Greta ouviu o chamado.

Ela conseguiu quebrar o encanto dando a partida no motor e se concentrando em seu ronco constante, mas por trás do som rouco e monótono dos pistões e manivelas trabalhando Anna-Greta ainda podia ouvir o sussurro sem palavras que prometia calor e simplicidade.

Gustav tinha afirmado que havia em Domarö pessoas que conheciam os segredos do mar, mas jamais falavam disso. Anna-Greta achou que agora entendia por quê. Na revelação de Gustav faltava um importante detalhe.

Quem não sabe do segredo do mar não pode ouvi-lo.

Anna-Greta continuou com seu comércio pelas ilhas por mais alguns anos, mas, depois que conheceu Simon, vendeu seu barco de modo a evitar ouvir o canto de sereia do mar. Com o passar do tempo parecia que o mar tinha perdido o interesse por ela. O chamado cessou.

Ela tinha plantado o absinto de Gustav na beira da costa, abaixo da Choça, e lá a erva cresceu e se espalhou em silêncio, sem que ninguém fizesse perguntas.

Junto com Simon, ela entrou em uma vida diferente, a que o mar não tinha acesso. E provavelmente as coisas continuariam nessa toada se numa certa noite, muitos anos depois, Johan não tivesse contado a ela sobre a ilha que o acossava, as vozes que falavam com ele.

Para encurtar uma história longa, ela por fim conseguiu arrancar de Margareta Bergwall tudo o que se sabia sobre o mar. Anna-Greta tinha nas mãos um trunfo, porque era capaz de oferecer o que até então não existia: uma defesa. Em poucos anos o absinto já vicejava em diversos jardins das casas dos que sabiam, e Anna-Greta subiu na estima de todo mundo.

Ela tomou o cuidado de não envolver Simon. Mesmo que o mar fosse caprichoso e de vez em quando selecionasse suas vítimas entre os que nada sabiam, era evidente que, quanto mais uma pessoa soubesse, maior o risco de ouvir o chamado. Ou de ser levado.

* * *

E que fim levou Gustav Jansson, então?

Ninguém sabe o que aconteceu. Talvez ele tenha ficado sem absinto, talvez alguma outra coisa tenha dado errado, mas no inclemente inverno de 1957 o farol de repente ficou às escuras. Foi uma noite de pesadas nevascas, e somente na manhã seguinte conseguiram chegar a Stora Korset.

As roupas de inverno de Gustav não estavam no chalé, portanto ele devia ter saído no gelo. Contudo, a nevada durante a noite tinha apagado as pegadas.

Apenas na primavera, quando o gelo derreteu, tiveram condições de encontrar uma indicação do que tinha acontecido com Gustav. No gelo brilhante de Stora Korset, surgiram pegadas visíveis. A neve tinha sido comprimida no trecho onde Gustav havia caminhado, e estava derretendo mais devagar do que a neve solta ao redor.

Uma linha de pegadas de um branco fantasmagórico se estendia ao longo do gelo na direção do continente. Era possível segui-las por mais de um quilômetro. Depois as marcas no solo paravam. No meio do nada, em um ponto onde mal se avistava Ledinge, podia-se ver a última pegada. Depois disso a trilha chegava ao fim.

Talvez o vento tivesse conseguido varrer o resto da trilha, talvez Gustav tivesse caído naquele mesmo local e depois sido buscado, arrastado ou erguido de alguma maneira desconhecida.

Em todo caso, ele tinha sumido, e no ano seguinte o farol de Stora Korset foi automatizado. O chalé do zelador do farol foi alugado para um grupo de ornitólogos que instalaram luzes de alerta ao redor do farol para avisar os pássaros pequenos do perigo.

Correção

Assim que Anna-Greta terminou sua história, a porta da frente se abriu. Ela e Simon sabiam que era Anders, pelo puxão com que a porta foi aberta e pelos passos que se seguiram. Ele entrou na cozinha de olhos pasmados, esfregando as mãos de uma maneira que Simon reconheceu ser herança de Johan. Nervosamente, impacientemente.

– Só queria que você soubesse que eu peguei seu barco emprestado. E que estarei lá amanhã. Parabéns.

Anders fez menção de ir embora, mas Anna-Greta disse:

– Sente-se. Tome um café com a gente.

Anders mordeu os lábios e esfregou as mãos, mas depois tirou a jaqueta e o gorro e puxou uma cadeira.

– Então você saiu de barco? – perguntou Simon.

Anders fez que sim com a cabeça. Anna-Greta serviu-lhe café, que ele bebeu com as mãos em volta da xícara fina, como se estivesse congelado.

– Fui a Gåvasten.

Anna-Greta pousou a mão sobre o braço dele.

– O que aconteceu?

Anders encolheu o ombro, com um espasmo.

– Não é nada. Só estou possuído pela minha própria filha e ela está em algum lugar lá no mar e as gaivotas estão de vigília...

– Tem muita gente – disse Anna-Greta. – Muita gente que ficou... possuída.

Simon se surpreendeu de ver Anna-Greta falando abertamente sobre algo relacionado ao mar. Talvez ela julgasse que era impossível esconder essa informação de Anders, que era melhor que ele descobrisse desse jeito. O pé de Anders, que vinha tamborilando no chão, parou de repente, e ele ouviu atentamente o relato de Anna-Greta sobre o que tinha acontecido com Karl-Erik e as crianças no píer.

– Por quê? – perguntou Anders assim que ela terminou. – Por que isso acontece? Como isso pode acontecer?

– Não sei responder a essa pergunta – disse Anna-Greta. – Mas acontece. E você não é o único.

Anders assentiu e fitou o fundo de sua xícara. Seus lábios se moviam ligeiramente, como se ele estivesse lendo um texto invisível na borra de café. De repente ele levantou os olhos e perguntou:

– Por que são pessoas horríveis? Quer dizer, parece que são simplesmente... horríveis?

Anna-Greta respondeu como se estivesse pesando cada palavra antes de falar.

– É que... praticamente foram só pessoas horríveis... que desapareceram. Ao longo dos anos. Horríveis. Ou agressivas. Elsa Persson. Torgny. Sigrid. E assim por diante.

Anders olhou de Anna-Greta para Simon.

– A Maja não era horrível – disse ele, buscando confirmação nos olhos dos dois.

Não a encontrou. Ambos evitaram o olhar de Anders e ficaram em silêncio. Anders levantou-se de um salto da cadeira e agitou violentamente os braços.

– A Maja não era horrível! Quer dizer, era só uma *criança*. Ela não era horrível!

– Anders – disse Simon, tentando tocar o braço de Anders, que rechaçou o gesto.

– O que vocês estão me dizendo?

– A gente não está dizendo coisa alguma – esclareceu Anna-Greta. – A gente só...

– Não, nem vem com essa. Estão dizendo, sim. Estão dizendo que a Maja... que ela era horrível. Ela não era. Isso é completamente errado. Isso é loucura, o que vocês estão dizendo.

– É você quem está dizendo isso – insistiu Anna-Greta.

– Não, não estou! É completamente errado!

Anders se virou e saiu correndo da cozinha, a porta da frente se abriu e depois fechou com um estrondo. Simon e Anna-Greta ficaram um bom tempo sentados em silêncio. Por fim ela disse:

– Ele esqueceu.

– Sim – concordou Simon. – Ele fez questão disso.

O jeito como as coisas eram

Anders vagou a esmo pelo vilarejo. Foi a Kattudden e lá viu de perto a devastação, ficou algum tempo sentado jogando seixos na fina camada de gelo próxima da orla, voltou para a parte velha do vilarejo e lá passou um bom tempo de pé junto ao píer do vapor olhando fixamente na direção de Gåvasten.

Já estava começando a escurecer quando voltou para a Choça. Encontrou na porta um bilhete de Simon dizendo que ele devia subir para a casa de Anna-Greta de modo que pudessem ter uma conversa sensata. Anders rasgou e amassou o papel.

A casa estava gelada, mas mesmo assim ele não quis acender o fogo; Simon e Anna-Greta veriam a fumaça da chaminé e desceriam para conversar. Ele não queria conversar. Não queria discutir o assunto.

Pegou um cobertor da sala de estar. Enrolou-se nele e sentou-se à mesa da cozinha. Sob a última réstia de luz, examinou as fotografias de Gåvasten. O sorriso de Cecilia, a expressão ausente de Maja, o olhar da menina voltado para o leste.

Ele tinha guardado todas as coisas de seu apartamento em um depósito, confiante de que começaria uma vida totalmente nova em Domarö. Não tinha trazido consigo sequer a foto de Maja, a foto com aquela máscara.

O diabinho.

Anders esfregou os olhos e balançou a cabeça. Conhecia a foto de cor, não precisava dela à mão. A expressão de expectativa da menina depois de tê-lo assustado.

Papai Baguncel, presentes de Bagunçal...

– Não!

Anders se levantou e cobriu as orelhas com as mãos, como se pudesse impedir que sua mente fosse invadida pela lembrança da voz da menina. A vozinha fina de Maja, sentada ao pé da árvore de Natal, cantando...

"Eu vi o papai matando o Papai Noel, eu..."

Toda criança faz esse tipo de coisa!

Anders abriu com um pontapé a porta da despensa e encontrou uma última caixa de vinho, que ele abriu e bebeu aos borbotões, com tanta avidez que o líquido escorreu pelos cantos da boca.

Era uma vida maravilhosa, eu a amava tanto...

– Idiotas estúpidos, estúpidos! Eu odeio vocês!

Ele girou e avistou a garrafa de absinto, bebeu um gole e lavou a náusea abrasadora com mais vinho. Em protesto, seu estômago revirou e ele correu para o banheiro para vomitar, mas, quando se inclinou sobre a privada, tudo que conseguiu expelir foi um par de arrotos azedos. Sentou-se no chão, com as costas apoiadas no radiador.

Não era verdade que Maja fosse horrível. Sim, ela se irritava facilmente. Sim, ela tinha uma imaginação fértil. Mas não era uma pessoa horrível.

Anders jogou a cabeça para trás e bateu a nuca no radiador; sombras vermelhas dançaram diante de seus olhos. Cambaleando, ele foi até a cozinha e puxou as fotos em sua direção, contemplou sua família. Os olhos cálidos e bondosos de Cecilia fitando os dele. Seu lábio inferior tremia quando ele pegou o telefone e teclou o número dela. Cecilia atendeu no segundo toque.

– Oi, sou eu – disse ele.

Anders ouviu um leve suspiro do outro lado da linha.

– O que você quer?

Ele enterrou a mão no cabelo e coçou algumas vezes o couro cabeludo.

– Preciso te perguntar uma coisa. Preciso dizer uma coisa. A Maja não era horrível, era?

Não houve resposta, e Anders coçou a cabeça com tanta força que arrancou sangue.

– É isso que eles estão dizendo. É o que eles pensam. Mas você e eu... a gente sabe que isso não é verdade, certo?

A cada segundo que passava sem uma palavra de Cecilia, alguma coisa crescia dentro da cabeça de Anders, algo tão grande e que doía tanto que ele poderia arrancar o próprio crânio, inteiro.

– Anders – disse Cecilia por fim. – Depois... você transformou a Maja numa outra coisa. Em algo diferente do que ela era.

A voz de Anders virou um murmúrio.

– O que você está dizendo? Ela era maravilhosa. Ela era simplesmente... maravilhosa.

– Sim, ela era. Isso também. Mas...

– Eu nunca pensei em outra coisa. Sempre achei ela incrível. O tempo todo.

Cecilia pigarreou e, quando voltou a falar, havia em sua voz uma impaciência ríspida.

– Se é assim que você quer pensar, tudo bem, mas não era assim que as coisas eram, Anders.

– Como era então? Eu sempre achei que ela era... a melhor que se pode imaginar.

– Você criou isso depois. Você mal conseguia lidar com a Maja. Uma vez você fez piada dizendo que ia trocar ela por...

Anders bateu com força o telefone no gancho. Agora tinha escurecido lá fora. Ele estava com tanto frio que seu corpo tremia. Caiu de joelhos e se arrastou até o banheiro, onde se sentou novamente de costas para o radiador, encarando a pia e mordendo os lábios até sentir na boca um gosto metálico.

Suas mãos estavam frouxas; os dorsos, pousados no chão. Havia no ar um leve cheiro de urina, e sua boca estava grudenta depois de um dia inteiro sem ingerir outro líquido além do vinho e do absinto. Ele era um pedaço seco de nada, os restos ressecados de algo que talvez nem tivesse existido.

– Eu não sou nada.

Ele disse isso em voz alta para si mesmo no escuro, e nessas palavras havia consolo, por isso ele as repetiu:

– Eu não sou nada.

O fato de que nos últimos anos sua vida tinha sido uma merda não era exatamente novidade. Ele sabia disso, mas pelo menos acreditara ter suas lembranças de uma vida vivida na luz, aqueles anos preciosos juntos com Cecilia e Maja.

Mas isso também não era verdade. Nem isso.

Ele riu em silêncio, com escárnio. Riu mais ainda. Depois se deitou de bruços no chão e lambeu o chão em volta da privada, foi subindo pelo vaso sanitário inteiro. Tinha um gosto salgado. Pelos estranhos grudaram em sua língua, mas ele continuou lambendo. Limpou as bordas, lambeu a tampa do assento e terminou engolindo a gosma pegajosa que havia se juntado em sua boca.

Então. Era isso. Então.

Ele se levantou de um salto, respirou fundo duas vezes e disse mais uma vez:

– Eu não sou nada.

Pronto, ele tinha dito. Já com pernas mais firmes, voltou para a cozinha e sentou-se novamente à mesa, olhou na direção de Gåvasten, que tinha começado a enviar seus sinais noite afora. Ele estava boiando no mar num estado de calmaria absoluta. Não havia ondas de expectativa ou falsas lembranças para obscurecer sua visão.

Você me abandonou.

Sim. Ele não tinha sido capaz de identificar a sensação quando ela estava lá, mas agora que ela tinha ido embora, ele sentia a ausência dela. Maja não estava mais dentro dele. Ele a tinha expulsado. Ela o tinha abandonado.

Nada.

* * *

Por meia hora Anders ficou sentado com a cabeça pousada sobre os braços, com frio até nos ossos, aceitando as coisas do jeito que elas eram. Maja tinha sido uma criança terrível. Muitas e muitas vezes ele desejou que ela jamais tivesse nascido. Ele tinha dito em voz alta diversas vezes: que queria que ela simplesmente desaparecesse. Que podiam trocá-la por um cachorro, um cão bem comportado.

Eu queria que ela desaparecesse. E ela desapareceu.

Quando as coisas não saíam do seu jeito, Maja chorava, berrava, esperneava. Destruía na mesma hora todo e qualquer objeto que não se comportasse como ela queria. Não tinha limites. Depois que ela atirou um vaso de flores na tela da TV só porque um personagem de desenho animado disse algo idiota, Anders e Cecilia nunca mais ousaram deixá-la assistir a programas infantis. Quantas e quantas horas eles tinham passado recolhendo as contas de plástico que ela jogava de propósito no chão, quantas horas lidando com blocos de desenho e revistas em quadrinhos rasgados?

As coisas eram assim. Era assim que tinham sido. Tendo um monstro em casa, era preciso ser cauteloso a cada passo, viver em constante estado de alerta, a fim de não provocar sua fúria. Eles tinham ido a uma clínica, tinham consultado um especialista em psiquiatria infantil, mas de nada adiantou. Sua única esperança era que passasse quando ela ficasse mais velha.

Tremendo e batendo os dentes, Anders se enrolou mais ainda no cobertor.

Era essa a razão por trás de seu enorme fardo de culpa, a culpa da qual ele tinha tentado se livrar recorrendo à bebida, e que depois, com esforço e paciência, conseguira sufocar: o fato de que ele mesmo era o causador de tudo. Ele tinha desejado que ela desaparecesse, apenas desaparecesse, e foi exatamente isso que aconteceu. Ele tinha feito acontecer.

"Todos os pais se culpam quando alguma coisa acontece com seus filhos", tinha dito o terapeuta familiar quando Cecilia obrigou Anders a ir junto com ela a uma sessão.

Sem dúvida isso era verdade. Mas supostamente esses pais tiveram condições de chegar à conclusão de que não era culpa deles se seu filho tinha sido atropelado, desenvolvido câncer ou se perdido na floresta. Pelo menos eles não tinham *desejado* que isso acontecesse. E se tivessem desejado, então pelo menos seu filho tinha desaparecido de maneira natural, se é que existe esse tipo de coisa.

Maja tinha deixado de existir como se jamais tivesse estado lá, como se tivesse sido... extinta pela força do pensamento. Isso não era possível, portanto a explicação de que Anders tinha sido o causador da extinção da menina pela força do pensamento era tão razoável quanto qualquer outra, e era a essa explicação que ele se aferrava. Por qualquer ângulo que ele olhasse, chegava sempre à mesma conclusão: tinha matado a própria filha.

Somente quando Cecilia o abandonou e depois de ele se embebedar sem trégua para esquecer é que uma última réstia de esperança tinha aparecido na escuridão: ele começou a remodelar suas lembranças. Em meio a dias e noites de bebedeira, forjou um novo passado, em que Maja tinha sido uma menina maravilhosa o tempo todo e em que ele simplesmente a amara, de maneira pura e simples.

Anders jamais tinha tido um pensamento ruim sobre Maja, cujo desaparecimento era, portanto, incompreensível. Foi uma grande tragédia que nada tinha a ver com ele, ele que amara sua filha mais do que qualquer outra coisa no mundo.

Era assim que seu passado parecia ter sido. Até agora.

Anders teve um sobressalto quando o telefone tocou. Ele não tinha condições de atender, e depois de seis toques fez-se silêncio novamente. Não podia falar com ninguém. Ele não existia, não era nada.

Mais uma vez Anders pousou a cabeça nas mãos e escutou o vazio. Um novo pensamento lhe ocorreu.

Então, se eu queria me livrar dela... por que foi tão terrível quando ela desapareceu? Quero dizer, eu devia ter ficado... contente. No fim. O que eu queria aconteceu.

Levantou-se da cadeira. Seus joelhos rijos e congelados rangeram quando ele deu uma guinada no piso.

A resposta era óbvia: no fundo, bem no fundo, em algum lugar nas entranhas de sua cabeça, ele não queria que aquilo acontecesse. Por mais difícil que a menina fosse, havia períodos melhores, bons momentos. E que tinham começado a ficar mais frequentes, a durar mais tempo. A mudança pela qual eles tinham ansiado estava a caminho. Aquele último dia, a viagem a Gåvasten era um exemplo. Durante várias horas ela tinha quase se comportado como uma criança normal.

E ele amara aquela criança, aquela criança questionadora, intensa, viva; tinha se preparado para esperar por ela em meio aos surtos histéricos e aos objetos quebrados. As coisas vinham caminhando na direção certa. Então ela desapareceu, e ele só conseguia se lembrar de seus próprios pensamentos ruins, até que o barco virou na direção contrária.

Eu nunca a conheci.

Não. Parado ali de pé agora no meio da cozinha, com um cobertor enrolado sobre o corpo, Anders se deu conta de que o cerne da questão podia ser expresso nos seguintes termos: ele jamais soube quem ela era. Tinha havido muita negociação, muito toma lá dá cá. Se as crianças podem ser horríveis, será que Maja era de fato horrível? Ele não tinha a menor ideia. Não a conhecia.

E agora ela o tinha abandonado.

Céu

– Papai? O que acontece quando a pessoa morre?

– Bom, tem...

– Eu acho que a pessoa vai para o céu, você não acha?

– É... acho, sim.

– Então como é lá? Tem anjos e nuvens e essas coisas todas?

– É assim que você gostaria que fosse?

– Não. Eu odeio anjos. Eles são horrorosos e feios e parecem imbecis. Eu não quero ficar no meio deles.

– Então onde você quer ficar?

– Aqui. Mas no céu.

– Então eu espero que isso aconteça.

– Não, não vai! É Deus quem decide o que acontece!

– Nesse caso eu espero que Deus decida que todas as pessoas podem ter as coisas exatamente do jeito que elas querem.

– Mas isso é impossível.

– Por quê?

– Porque aí todo mundo teria seu próprio céu, e Deus não ia gostar disso.

– Você acha que não?

– Acho. Porque Deus é um idiota. Ele só fez coisa ruim.

Visita domiciliar

Eram quase oito horas e Anders ainda estava sentado à mesa da cozinha com os fragmentos de sua vida anterior espalhados diante de si, tentando juntá-los de modo a formar alguma coisa que pudesse ajudá-lo a se erguer, quando ouviu uma motoneta.

Eles estão vindo.

Anders tinha quase conseguido esquecer Henrik e Björn. Depois de seu longo sono, os dois haviam sido reduzidos a um sonho distante, algo que acontecera muito tempo atrás e que nada tinha a ver com ele. Mas ali estavam eles. Os rapazes mais tristes do mundo, que tinham decidido levar a cabo a ordem do mar. E que agora estavam vindo para pegar Anders.

Então que venham.

O motor da motoneta estava trovejando, como se tivesse emperrado na primeira marcha. Talvez Anders tivesse conseguido danificá-lo com o fogo. O motor estrondoso chegou mais perto da casa, e Anders ficou na expectativa de ouvir a motoneta sendo desligada e a porta da frente sendo aberta. Estava resignado e pousou uma mão sobre a outra em cima da mesa, à espera do que ia acontecer, fosse o que fosse.

A motoneta não parou quando chegou defronte à casa, mas seguiu adiante, contornou a lateral ao longo das pedras até que desacelerou e parou junto à porta da cozinha. Estavam à espera dele. Usando a mesa como esteio, Anders endireitou o corpo, com o cobertor enrolado sobre os ombros feito um casaco, e caminhou até a janela.

Avistou os dois nas pedras, duas silhuetas escuras. Henrik estava no assento da motoneta e Björn no reboque. Anders empurrou o ferrolho da janela e abriu-a com um puxão. Henrik desligou o motor, agora reduzido a um ronco emudecido.

– O que vocês querem? – perguntou Anders.

– Podemos estar mortos – disse Henrik. – Mas estaremos sempre bem ao...

– Para com essa baboseira. O que vocês querem?

– Nós gostaríamos de quebrar alguns dentes seus – pra falar a verdade, todos eles. Porque você está *enchendo nosso saco*. Você tem de parar de *encher nosso saco*. Se eu fosse você eu não me incomodaria com isso. Sério.

– Por quê?

– Porque alguma coisa ruim pode acontecer com alguém de quem você gosta muito. Ou, dizendo de outra maneira...

Henrik seguiu adiante com mais uma de suas paráfrases maníacas, mas Anders já não estava ouvindo. Ele tinha se afastado da janela e agora estava à procura da lanterna. Björn segurava alguma coisa nos braços, e se fosse o que Anders achava que era...

A lanterna estava dentro da "gaveta da bagunça". Depois de pegá-la e acendê-la, ele voltou à janela e direcionou o facho de luz na direção de Björn, enquanto Henrik resmungava um palavrório sonolento com referências esotéricas à letra de *Girlfriend in a coma*, sobre como houve ocasiões em que ele podia ter cometido assassinato, e assim por diante.

A luz caiu em cheio sobre Björn, que estava sentado de pernas cruzadas no reboque, segurando nos braços o corpo de uma criança que vestia um macacão de neve vermelho. A listra refletiva branca na lateral brilhou, e ficou evidente que era o macacão de Maja, o mesmo que ela tinha usado naquele último dia.

Anders podia ter passado horas e horas sem fazer nada a não ser pensar, mas agora todos os pensamentos foram varridos para longe numa fração de segundo, e tudo era somente ação. Ele atravessou correndo a cozinha e entrou na sala de estar no momento em que atrás de si o motor da motoneta era ligado e mais uma vez começava a acelerar.

A porta de acesso à varanda estava emperrada e Anders perdeu valiosos segundos quando ela se recusou a abrir. Com uma ombrada ele se arremessou sobre a porta e saiu na varanda a tempo de ver as luzes da motoneta sacolejando entre as pedras, a caminho do mar.

Agora peguei vocês, seus desgraçados. Vocês não têm pra onde fugir.

Se Anders tivesse parado um momento para refletir, talvez se desse conta de que Henrik e Björn não eram tão estúpidos a ponto de achar que ele simplesmente ficaria parado assistindo a tudo de braços cruzados enquanto os dois fugiam com sua filha. De que o fato de que estavam rumando para o mar era bastante estranho.

Mas ele não parou para refletir. Tinha visto que Björn estava com Maja nos braços, tinha ouvido a ameaça de Henrik de que poderia machucá-la, e estava agindo de acordo com esses dois fatos. Calçando apenas meias, venceu em dois saltos os lances da escada da varanda e viu que Henrik e Björn estavam na orla.

Os lábios de Anders se curvaram para cima, formando um risinho de predador. Eles não tinham para onde fugir. Mesmo se fossem fantasmas, a motoneta era um veículo comum, e uma motoneta não é capaz de andar sobre as águas. Não ocorreu a Anders que ele já os tinha encontrado antes, e que não tinha armas para usar contra eles. O único pensamento em sua cabeça era: *Agora peguei vocês*, e o conhecimento em seu corpo, o conhecimento do absinto, de que eles também não podiam feri-lo.

No encalço dos dois, Anders estava a apenas cinco metros de distância quando viu que eles avançaram água adentro. Por vontade própria o corpo de Anders continuou se movendo para a frente até que ele caiu na praia. A motoneta seguiu adiante na água, passou pelo cais, e Henrik acenou. Anders ficou parado na orla com os punhos cerrados e uma torrente de sangue subindo-lhe à cabeça.

É impossível. Eles não podem fazer isso!

– Parem, seus desgraçados! Parem!

Mais uma vez Henrik meneou os dedos por cima dos ombros, num aceno de adeus; tomado de fúria cega, Anders saiu correndo dentro da água. Que não era água. Depois de percorrer alguns metros, ele se deu conta de que estava pisando no gelo. Por um momento seu corpo estacou, de puro assombro físico. Ele ainda segurava na mão a lanterna, que apontava sem parar ao seu redor, à sua frente.

O mar ainda não estava congelado, mas na esteira de Henrik e Björn estendia-se uma calçada de gelo, larga o suficiente apenas para assegurar a passagem da motoneta, uma ponte de água congelada que começava no ponto exato em que eles tinham entrado na água e de lá avançado.

Anders correu.

Em outras circunstâncias ele teria ficado surpreso com o fato de estar passando – correndo – por seu píer com pequenas ondas batendo dos dois lados, mas agora a única coisa que ele conseguia ver era a linha reta entre seu corpo e o de Maja, a distância que ele tinha de percorrer para tê-la nos braços.

Ele corria com passadas largas, e a cada passo suas meias molhadas congelavam no gelo por uma fração de segundo antes de se descolarem de novo, o que lhe dava ótima aderência, e Anders estava se aproximando deles, estava se aproximando deles. Antes de começar a correr na água, Anders estava vinte metros atrás de Henrik e Björn. Agora a distância diminuía a cada passo. A motoneta não desenvolvia grande velocidade, e ele conseguiria alcançá-la.

E depois?

Ele nem pensava nisso.

A lua ia alta no céu, criando uma trilha prateada que caía em diagonal de um lado ao outro na vereda de gelo. O facho de luz do farol de Gåvasten brilhava diretamente na direção de Anders. Era para lá que eles estavam indo, mas não chegariam lá. Ele os pegaria. De algum jeito, ele os pegaria.

Anders tinha corrido aproximadamente trezentos metros desde a orla. Já não sentia mais os próprios pés, que não passavam de um par de caroços congelados impulsionando-o para a frente. Estava tão perto da motoneta que sob a luz da lua era capaz de distinguir cada um dos fios de cabelo de Henrik, e tentava instigar seu corpo a dar uma última arrancada quando algo caiu do reboque.

Anders escorregou, tropeçou, desabou de joelhos no gelo e apontou o facho da lanterna para o fardo caído à sua frente, enquanto a motoneta seguia adiante, rumo ao mar.

Maja, Maja, Maja...

Era ela, disso não havia dúvida. Assim que ele direcionou a lanterna, viu o remendo no peito do macacão de neve da menina. Uma vez que estava com dificuldade de vesti-lo, Maja tinha enfiado uma faca no agasalho, e Cecilia o havia costurado com um remendo que nada mais era que uma ilustração do ursinho Bamse.

– Docinho? Bonequinha?

Engatinhando, Anders se aproximou dela e puxou-a para perto. Quando a segurou nos braços, ele gritou.

Ela estava sem a cabeça.

O que eles fizeram, o que eles fizeram, o que eles...

Tudo enegreceu e ele desabou por cima do pequeno corpo que já não era possível ajudar. Caiu diretamente em cima dela, e isso pouco importava. Ela não tinha cabeça, nem as mãos, nem os pés.

A escuridão amarrou um nó em volta da cabeça de Anders e ele ouviu as gaivotas ao longe. Gaivotas que estavam voando à noite. O corpo de Maja moído debaixo do dele, esmagado.

Ele se enrodilhou no gelo e ergueu ligeiramente a cabeça, apontou o facho de luz da lanterna para a gola do macacão de neve. Dentro não havia corpo. Ele estendeu debilmente a mão e tocou o que havia no lugar do corpo. Algas marinhas. O macacão estava repleto de sargaços.

Por um momento Anders ficou deitado completamente imóvel, digerindo esse fato, e enquanto isso os gritos das gaivotas iam ficando mais próximos. Ele sentiu alguma coisa gelada pingar na sua orelha e levantou a cabeça, encolheu as pernas para debaixo do corpo e conseguiu ficar de pé segurando nos braços o macacão de neve.

A cerca de cem metros mar adentro, Anders viu a motoneta girar. O farol o encarava feito um olho diabólico, e estava vindo em sua direção.

Uma armadilha. Era uma armadilha.

Ele girou sobre os calcanhares e deu alguns passos trôpegos na direção da praia. Seus pés patinharam e chapinharam sobre a superfície. O gelo em cima do qual ele tinha corrido começou a derreter. Depois de percorrer cerca de outros dez metros, seus pés estavam debaixo d'água e a ponte de gelo oscilava sob o peso de seu corpo.

Ele agarrou com força o macacão de neve e seguiu em frente. Depois de mais alguns metros o gelo se rompeu e ele afundou na água. Não tinha armas, e somente a lua era sua testemunha. Caiu no mar gelado enquanto o farol continuava se aproximando.

Esperto. Muito esperto da parte deles.

Mas os dois tinham deixado passar em branco um detalhe ínfimo, insignificante. Os sargaços que eles tinham usado para rechear o macacão de neve atuaram como uma espécie de boia. Anders não afundou de imediato. Ganhou mais um minuto de respiro antes que o frio e a água tomassem conta dele.

Era praticamente impossível tentar qualquer movimento. Seu corpo já tinha congelado, e agora a sensação era a de que seu próprio esqueleto estava tinindo com estilhaços de gelo enquanto ele começou a remar na direção da praia movido por um puro e disparatado instinto de autopreservação.

A motoneta passou por ele e Henrik e Björn frearam, bloqueando o caminho. Ele os viu apenas vagamente, como se uma película de gelo tivesse se formado sobre seus olhos. Atrás deles, centenas de silhuetas se moviam em contraste com o céu estrelado.

As gaivotas também querem se juntar a nós.

Uma espécie de paz penetrou em seu corpo, uma sugestão de calor. Estava tudo acabado agora. Seus esforços tinham sido em vão, mas isso já não importava. Ele saía com algum lucro. Pelo menos tinha visto mais uma vez o macacão de neve dela. Já era alguma coisa. Ele o levaria consigo em seu túmulo aquático. A única nota triste era que as gaivotas despedaçariam seu corpo também, e talvez arrancassem seus olhos antes que ele...

Enquanto uma nuvem de pássaros o envolvia, Henrik berrou:

– Saia... encontre aquele que...

Os gritos agudos das gaivotas encheram o ar quando as aves mergulharam sobre os rapazes na motoneta, investindo contra seus cabelos e bicando seu rosto.

Björn ficou de pé em cima do reboque, golpeando as gaivotas que agitavam loucamente as asas, mas a cada pássaro que ele conseguia afugentar outros cinco pousavam sobre ele, atacando suas roupas, cravando os bicos em sua carne inumana.

As pálpebras de Anders estremeceram e tudo que ele queria fazer era dormir, afundar. Agora estava quente, e era um belo espetáculo. As asas brancas das gaivotas tremeluzindo ao luar, em sua feroz defesa de Anders, um pequeno ser humano.

Obrigado, lindos pássaros.

Sua mão esquerda agarrava com firmeza o macacão de neve de Maja, e os movimentos de suas pernas cessaram quando Henrik e Björn fugiram em disparada na motoneta, desaparecendo na direção de Gåvasten, perseguidos pelo bando de gaivotas. Anders remava fracamente com a mão direita, apenas o suficiente para se manter à tona e apreciar mais um pouco aquela linda cena.

Boa noite, marulho das ondas, boa noite, marulho das ondas...

Anders pensou que Henrik e Björn estavam de volta, depois de terem se livrado das gaivotas. Mas de alguma maneira o som do motor que agora ficava cada vez mais alto era diferente. Seus pensamentos congelados se moveram lentamente dentro de sua cabeça assim que ele começou a afundar. A água tinha começado a cobrir seus olhos e entrar em sua boca quando ele imaginou que provavelmente devia ser o motor do barco de Simon.

O motor desacelerou e entrou em ponto morto, e Anders teve tempo apenas de engolir um gole de água fria antes que uma mão agarrasse seu cabelo e o puxasse para cima.

Depois disso ele foi içado para dentro do barco de uma maneira incompreensível. Era como se a própria água o tivesse levantado no ar, longe de si mesma, e então ele desabou sobre o convés.

Ficou lá deitado de costas, olhando para as estrelas e o rosto de Simon. Um punho cerrado foi colocado sobre a testa de Anders, que antes de desmaiar julgou ter visto a água se erguendo de seu corpo em nuvens de vapor, pôde sentir uma onda de calor verdadeiro percorrendo seu sangue. Depois disso ele nada mais viu ou sentiu.

ESTRANHOS CAMINHOS

“Então carregue-me. Ao longo do caminho, carregue-me para casa.
Carregue-me trilha acima,
contorne a lateral da casa, passe pela soleira, casa adentro.
Erga-me dentro de suas mãos
abertas delicadamente como pálpebras.”

Mia Ajvide, *Se uma menina quiser desaparecer*

Mais um que o mar leva

O barco balançava junto ao píer, Anders deitado no convés. Com a ajuda do Spiritus, Simon continuava secando as roupas de Anders e aquecendo seu corpo. Ele tinha pedido à água que lançasse Anders para longe de si mesma, mas não poderia contar com ajuda alguma para desembarcá-lo.

Ao longo da tarde Simon e Anna-Greta tinham ficado de olho na casa de Anders a fim de checar se havia alguma luz acesa, se Anders tinha voltado. Os dois andaram pelo vilarejo à procura dele, telefonaram, mas sem resposta. Quando anoiteceu, começaram a pensar que Anders tinha entrado a bordo do escaler e ido embora de Domarö. Bem que podia ser verdade.

Entretanto, voltando para casa a fim de experimentar as roupas que usaria no dia seguinte, Simon teve uma sensação ruim.

Desde que Anders regressara à ilha, em momento algum Simon tinha questionado a imagem reajustada que ele havia criado de Maja, jamais vira alguma razão para fazer isso. Era a maneira como Anders lidava com seu luto, e, contanto que funcionasse, Simon era da opinião de que Anders podia muito bem viver à sombra das próprias ilusões.

Mas a situação tinha mudado.

Tinha mudado quando Elin Grönwall começou a incendiar casas em Kattudden, quando Karl-Erik e Lasse Bergwall ficaram possessos de fúria homicida com suas motosserras e quando Sofia Bergwall jogou na água as outras crianças no píer. Quando as pessoas horríveis retornaram a Domarö.

Simon não sabia se de fato era possível considerar Maja uma pessoa horrível. Ele também teve suas rusgas com ela, que definitivamente não era uma criança "boazinha". Era temperamental, hiperativa, enfurecia-se facilmente. Sim, ela dava gargalhadas quando alguém levava um tombo e se machucava. Sim, ela gostava de esmagar borboletas com tapas que as transformavam em pó entre seus dedos. Mas horrível? Simon também tinha visto um apetite feroz pela vida e uma imaginação fértil que, na melhor das hipóteses, garantiriam a Maja vantagens e um bom lugar nos anos vindouros.

Mas mesmo assim. Mesmo assim.

Se Anders estava realmente carregando dentro de si a menina Maja ou uma parte de Maja, não era uma coisa boa se ele se considerasse prenhe de um anjo. Não havia garantia de que Maja o queria bem, e ele devia tomar consciência disso.

Esses tinham sido mais ou menos os pensamentos de Simon naquele dia, quando não fora capaz de dar a Anders a confirmação sobre a bondade da filha que ele procurava. Na atual situação não era possível fazer isso.

Anders se retorceu no convés e Simon pousou o punho sobre a testa dele, enviando para dentro de seu sangue outra pulsação de calor. Na mão esquerda Anders ainda agarrava firmemente o macacão de neve, a peça de roupa que Simon também reconheceu.

Como isso é possível?

Simon estava de pé diante do espelho de seu quarto, erguendo à frente do corpo, uma a uma, diversas peças de roupa, quando ouviu o grito "Parem, seus desgraçados!". Jogou as roupas na cama e correu até a janela da cozinha.

Não era fácil enxergar à luz da lua, e o que ele viu no píer contrariava toda lógica. Contudo, Simon sabia reconhecer uma emergência quando via uma e imediatamente foi tão rápido quanto podia até a porta da frente, e de lá seguiu rumo ao píer.

Quando chegou ao barco, Anders tinha parado ao longe, baía adentro.

Spiritus, Spiritus...

Felizmente Simon estava com a caixa de fósforos no bolso e, quando fechou os dedos em torno dela, julgou poder analisar o real estado de coisas. Anders também tinha um Spiritus, mas, assim como o próprio Simon, ele não dissera uma única palavra a respeito. De que outra maneira seria possível explicar aquela faixa de gelo que se estendia ao longo de uma linha negra rasgando o mar?

Simon tinha bombeado gasolina no motor, puxou o afogador e deu a partida. Estava tão agitado que se esqueceu de empurrar de volta o afogador quando acelerou, e o motor morreu. Demorou um pouco para pegar de novo, e a essa altura Anders, em sua tentativa de alcançar a orla, começava a afundar.

Quando viu o farol da motoneta avançando na direção de Anders através da água, Simon se deu conta de que a existência de outro Spiritus talvez não fosse a explicação correta. De que tudo que ele sabia já não servia mais. Seus pensamentos chegaram até aí, e depois disso ele desamarrou as cordas e acelerou o motor em velocidade máxima na direção do bando de pássaros que caíam da lua.

Anders tossiu algumas vezes e abriu os olhos. Olhou para Simon e meneou levemente a cabeça. Então puxou para junto do peito o macacão de neve e disse:

– Eles me enganaram.

Por um bom tempo ele não disse mais coisa alguma. Ficou deitado no convés, girando e torcendo o macacão entre os dedos. Por fim sentou-se e apoiou as costas no assento central. Olhou para o próprio corpo, puxou a camisa.

– Por que eu não estou... molhado? – Olhou para Simon e franziu a testa. – Como é que você conseguiu me tirar da água?

Simon coçou o pescoço e examinou o remendo do macacão de neve. Bamse segurava nas mãos uma pilha de potes de mel. Supostamente estava muito feliz, mas o luar não brilhava o suficiente para que Simon pudesse decifrar o humor do ursinho.

Anders virou a cabeça e olhou de novo para a baía atrás de si, para o ponto onde Simon o tinha resgatado.

– Não aconteceu? Foi só... não aconteceu?

Simon fechou os olhos com força, abriu-os de novo, pigarreou e respondeu:

– Oh, aconteceu, sim. E eu acho... que você precisa saber. De algumas coisas.

* * *

Na casa de Anna-Greta o televisor estava ligado, embora ela não estivesse assistindo a nada. Era um hábito, ou vício, dela; assim, foi ao som de um bando de pessoas gritando e berrando umas com as outras que Simon e Anders entraram e sentaram-se à mesa da cozinha; Simon envolveu o corpo de Anders em um cobertor e serviu-lhe uma taça de conhaque.

Quando Anna-Greta foi até a sala de estar para desligar o televisor, Simon a seguiu. A imagem de um homem suado parado diante de um arranha-céu de aço cinzento sumiu da tela e Simon disse em voz baixa:

– Ele precisa saber. Tudo.

A expressão de Anna-Greta não se alterou. Ela examinou detidamente o rosto de Simon, depois assentiu de modo quase imperceptível e deduziu:

– Então ele também vai...

– Eu sei – interrompeu-a Simon. – Mas isso não importa. Já está atrás dele. Ele tem de saber o que é.

Simon fez um breve relato do que tinha acontecido na baía. Depois os dois voltaram juntos para a cozinha, sentaram-se de frente para Anders e lhe contaram a história toda.

Abandonado

Temperado pelo fogo. Anders jamais tinha realmente entendido o conceito, algo que era temperado pelo fogo para mudar. Ele ainda não entendia de verdade o significado disso, mas tinha uma ideia de qual era a sensação.

Ele tinha se desesperado e não tinha sido nada, depois tinha corrido atrás de uma esperança ardente. No decorrer de poucos minutos tinha ido das profundezas do frio a um rápido processo de aquecimento, o processo oposto ao da têmpera do aço, e era justamente assim que se sentia. Ele tinha sido suavizado. Cada nervo estava exposto na superfície, e seu corpo frouxo parecia uma pera podre. Se ele não se agarrasse à borda da mesa, se dissolveria numa poça. A cada copo de água que ele bebia, sentia-se mais e mais diluído.

Anna-Greta e Simon falavam e contavam histórias. Sobre o passado de Domarö, sobre o pacto com o mar e sobre as pessoas que tinham desaparecido. Sobre a ilha que tinha perseguido o pai dele e sobre a recente mudança do mar.

Anders ouvia e entendia que estavam lhe relatando fatos assombrosos. Mas a ficha não caía, as coisas estavam passando batido. De tempos em tempos seu olhar se voltava para o macacão de neve vermelho, pendurado para secar em frente ao fogão da cozinha.

Ele ouvia com o máximo de atenção de que era capaz, mas ainda assim lhe parecia uma velha história qualquer, uma história em que ele não tinha papel efetivo. A história dele tinha a ver com Maja, e agora essa história estava encerrada. Um pensamento insistia em girar incessantemente dentro de sua cabeça como a lamúria de uma broca de dentista: *Eles me enganaram. Eles. E Maja.*

Maja havia sido cúmplice naquilo tudo. Ela o abandonara e voltara para eles. Ela era um dos espíritos malignos agora, uma entre todas as pessoas horríveis que tinham sido mortas, sacrificadas ou ido para o mar por livre e espontânea vontade. Tudo não passara de um jogo para ludibriá-lo, atraí-lo.

Para Gåvasten.

E ele tinha ido. Supostamente eles o teriam levado embora naquele dia se não fossem acossados pelas gaivotas. Os pássaros não estavam interessados em fazer mal a Anders, eles o tinham protegido, formando uma muralha entre ele e a coisa que queria atacá-lo.

Você me levou com você. E depois me abandonou.

O tempo todo ele tinha tomado ciência da presença de Maja. No começo pensou que era na casa, depois se deu conta de que era dentro de seu próprio corpo. Agora ela tinha ido embora. Ele sabia disso. Ela tinha feito o que tinha de fazer. E depois o abandonara.

As horas passavam e ele perguntava algo quando necessário, de modo que a narrativa continuasse. Estava com medo de ser deixado sozinho com os próprios pensamentos.

Gåvasten.

Que significa "a pedra dos presentes". Que dava. E tomava de volta. E tomou de volta.

Agora ela tinha tomado tudo. Anders já não conseguia sequer ouvir a voz de Anna-Greta e Simon. Ele encarava o macacão de neve vermelho de Maja, e era realmente o fim agora. Para usar uma linguagem bem clara e direta, não havia razão para continuar vivendo.

Por que devo continuar vivendo?

Com as vozes zumbindo ao fundo, ele fez força para nomear um único motivo pelo qual deveria continuar a se arrastar entre o céu e a terra. Não conseguiu encontrar um sequer. Uma pessoa recebe certo número de oportunidades e um número de estradas a seguir. Ele tinha chegado ao fim de cada uma delas.

E tudo que restara era o medo da dor.

Enquanto examinava as alternativas, Anders não percebeu que Simon e Anna-Greta tinham parado de falar.

A última coisa que ele queria era se afogar. Enforcar-se era horrível, e nem de longe um método infalível. Ele não tinha remédios, e beber até morrer demoraria demais.

Por um breve momento Anders se viu, por assim dizer, de fora, e descobriu que esses pensamentos lhe traziam paz. Ele finalmente tinha tomado uma decisão, e a sensação era... não boa, mas menos dolorosa. No fundo havia inclusive uma comichão de expectativa.

As coisas vão melhorar.

Essa última e vagamente vacilante possibilidade era a de que algo de fato existia do outro lado. Um lugar ou estado onde havia alegria, felicidade. Um lugar que era feito para ele. Essa não era sua crença, mas...

Tudo é possível.

Sim, tudo é possível. Isso não tinha ficado provado nas últimas semanas? A gente não sabe de nada e tudo é possível, então por que não o céu ou o paraíso?

E então lhe ocorreu. A espingarda. Aquela que aparecia na história de Simon e Anna-Greta. Ele sabia que para Anna-Greta era difícil se livrar das coisas, então supostamente a arma estava em algum lugar da casa, possivelmente no "esconderijo".

Anders assentiu para si mesmo. A espingarda era uma boa saída. Satisfazia a todas as exigências. Era rápida, infalível, e havia uma beleza perversa em tirar a própria vida usando a mesma espingarda que salvara a vida de seu pai. Terminar as coisas com a mesma arma.

Então que assim seja.

Uma vez tomada a decisão e definido o método, Anders percebeu o silêncio na cozinha. Estava receoso de acabar falando em voz alta sem saber, e, arriscando um sorriso neutro, virou-se para Simon e Anna-Greta.

– Sim – disse ele. – É muita coisa pra pensar.

Anna-Greta lançou-lhe um olhar penetrante, e Anders emendou o próprio comentário com um meneio de cabeça pensativo, como se Simon e Anna-Greta realmente lhe tivessem dado uma porção de assuntos sobre os quais refletir, embora houvesse perdido diversos trechos do relato.

– Anders – ponderou Simon –, você não pode ficar na Choça enquanto... essas coisas estão acontecendo.

Anna-Greta deu a palavra final.

– Você fica aqui.

Anders assentiu por um longo tempo, depois disse:

– Obrigado. Isso é ótimo. Obrigado. – Olhou para Simon. – Obrigado por tudo.

Por que você não me deixou morrer afogado?

Simon continuou olhando para ele com ar desconfiado, e Anders vasculhou a memória em busca de algum detalhe que desse a impressão de que ouvira tudo atentamente. Encontrou um e acrescentou:

– É inacreditável, aquela história toda com o... Spiritus.

– Sim – confirmou Simon.

Mas a atmosfera tensa e vigilante não foi atenuada. Anders constatou que não estava atuando muito bem, e que isso estava muito na cara. Se aquilo continuasse, a conversa tomaria um novo rumo, e ele não queria isso. Deixou o corpo afundar pesadamente na cadeira e disse:

– Estou absolutamente arrebentado.

Isso pelo menos era verdade, e a reação dos dois foi exatamente a que ele esperava. Anna-Greta saiu para preparar a cama no quarto de hóspedes e Anders continuou na cozinha com Simon.

– Tem mais um pouco de conhaque? – perguntou Anders, só para ter o que dizer.

Simon buscou a garrafa e serviu-lhe outra dose. Anders memorizou onde a garrafa ficava guardada, para o caso de precisar de uma bebida para levar a cabo seu plano.

Engoliu de um trago todo o conteúdo do copo, que não fez o menor efeito, meramente desceu e se dispersou na escuridão de seu corpo. Simon ainda o encarava, parecia a ponto de fazer uma pergunta, mas Anders se antecipou retomando outro dos fios da meada do relato dele e de Anna-Greta.

– É estranha a história dos Bergwall. O fato de que eles todos parecem ter sido... influenciados.

Para seu alívio, Simon mordeu a isca.

– Pensei muito nisso. Por que somente certas pessoas foram afetadas. Elin, os Bergwall, Karl-Erik. E você.

Antes que pudesse se conter, Anders disse:

– Ela se foi.

Simon inclinou-se sobre a mesa.

– Quem se foi?

Anders podia ter mordido a língua, mas encolheu os ombros e tentou soar o mais despreocupado possível.

– Ela me abandonou. A Maja. Estou livre. Está tudo bem.

Ele ouviu os passos de Anna-Greta descendo as escadas, se levantou e dobrou o cobertor sobre o espaldar da caldeira. Simon também se pôs de pé, e Anders evitou qualquer pergunta aproximando-se dele e abraçando-o:

– Boa noite, Simon. Obrigado por esta noite.

Anders não se sentiu nem um pouco pesaroso quando Simon deu tapinhas de leve em suas costas e retribuiu o abraço. A decisão tinha sido tomada com a convicta clareza de que para todos os efeitos e em todos os sentidos ele já estava morto. Era meramente uma questão de marcar a hora e o lugar para sua morte no mundo físico.

Anna-Greta repassou os arranjos para o dia seguinte e Anders fez que sim com a cabeça para tudo. Foi fácil. Tudo é geralmente mais fácil quando se está morto, ele percebeu. Era a solução perfeita, uma cura milagrosa. Todo mundo devia experimentar. Subindo a escada, ele olhou de relance para o "esconderijo".

Quando?

O quanto antes. A vaga euforia que naquele momento fluía dentro de seu peito não duraria muito, ele sabia disso. Se adiasse o ato, a escuridão estrondosa e sem fundo retornaria. Tinha de acontecer logo, muito rápido.

Anders ainda podia ouvir as vozes de Simon e Anna-Greta no térreo quando entrou no quarto de hóspedes, que ficava bem de frente para o quarto de Anna-Greta. Ela tinha separado algumas peças de roupa que ele poderia pegar emprestadas no dia seguinte. Anders se despiu e entrou na cama, sentindo a mesma empolgação de uma criança na véspera do aniversário. Nos seus pensamentos ele viu Maja, pulando na cama e abrindo aos rasgos os presentes enquanto ela...

Não. Vá embora, vá embora.

Sentindo uma facada de dor no peito, Anders afastou a figura de Maja e evocou o gosto de metal na língua, sentiu os lábios se fechando em volta do cano da arma, o dedo no gatilho. Absorveu a imagem e mais uma vez sentiu-se em paz.

Um pouco mais tarde ele ouviu Anna-Greta e Simon subindo a escada e entrando no quarto defronte. A essa altura estava tão distante, tão absorto em sua própria morte, que realmente escapou deste mundo, e adormeceu.

Varinha mágica

– Seu velho tolo, que história é essa?

– Achei que já era hora.

– Foi ideia sua?

Simon hesitou. Göran gargalhou e deu-lhe um tapinha de leve no ombro.

– Não, achei mesmo que não. Não tem nada a ver com você. Mas é a cara da Anna-Greta!

Simon fez uma careta e respondeu em tom infantil:

– Sim, mas eu também quero me casar.

– Sim, sim, não duvido disso – disse Göran –, mas achei difícil imaginar você... se ajoelhando.

Simon olhou de relance paras as pernas enrijecidas de Göran, que tinha um jeito desengonçado de andar.

– Acho difícil imaginar você conseguindo se ajoelhar também.

Os dois saíram da floresta e rumaram para Kattudden. A pior parte da devastação já tinha sido roçada e estava limpa, mas, quando cortaram caminho pelo jardim dos Carlgren, cujo telheiro havia sido danificado por algumas das árvores que tiveram de ser derrubadas, foram obrigados a abrir caminho entre galhos cortados e troncos ásperos que supostamente ficariam ali por um bom tempo. Göran chutou uma garrafa de plástico vazia e disse:

– Eu me pergunto se adianta alguma coisa.

– O quê?

– Bom, a gente tentou manter vigilância aqui à noite. Para que nada mais aconteça. Mas o que quero dizer é que a gente não pode continuar assim pra sempre.

– Você está pensando no seu próprio chalé?

– Sim. Se isso continuar, imagino que um dia ele vai ter o mesmo fim. A menos que a gente pegue os caras.

O chalé de Göran ficava na extremidade sul de Kattudden. Uma linha de árvores separava a casa da área que o pai de Holger tinha vendido ao corretor. Contudo, Simon entendia a intranquilidade de Göran. Com um incêndio de grandes proporções e o vento soprando na direção errada, as chamas não demorariam a chegar ao chalé dele. E nesse caso um poço recém-cavado não seria de grande valia.

– Vamos ver como a coisa anda – disse Simon. – É que você sempre pode deixar a escavação propriamente dita para mais tarde.

– Verdade.

Passaram pelo vilarejo e olharam de relance para o que antes era a residência de veraneio dos Grönwall. A garganta de Simon ficou seca quando ele pensou no que tinha acontecido com a moça que ali morava. Pegaram o atalho para a casa de Göran.

– O que você acha disso tudo? – perguntou Göran. – Consegue entender?

– Nada – mentiu Simon, sacando a varinha mágica que usava em nome das aparências.

– Acha que vai conseguir encontrar uma fonte pura aqui? – quis saber Göran. – Sei que no passado houve problemas.

– Vamos esperar pra ver – respondeu ele, e começou a esquadrinhar o solo enquanto caminhavam na direção da casa.

* * *

Göran sentou-se na varanda e ficou observando a movimentação de Simon, que andava lentamente pelo jardim com a varinha mágica numa das mãos, a outra no bolso. Achou que era uma técnica estranha. Já tinha visto outras pessoas usando uma varinha daquelas, mas seguravam a forquilha com ambas as mãos. Nunca tinha visto nem ouvido falar do sistema da mão única.

Ora, na opinião de Göran não fazia a menor diferença se Simon caminhasse para trás com a varinha na boca. O que interessava era que ele encontrasse uma fonte de água limpa.

Göran suspirou e olhou de lado, para a fachada do pequeno chalé que seu avô construíra mais de cem anos antes. Pensou que tudo aquilo era um terrível desperdício. Uma pequena fagulha, e toda a história dessa parte da família seria apagada do mapa.

Quando olhou de novo para o jardim, Simon tinha parado e fitava o chão.

Então havia água, afinal de contas.

Göran se pôs de pé para caminhar até ele, mas congelou quando Simon ergueu a cabeça e os olhares de ambos se cruzaram. Havia alguma coisa errada. Simon estava de olhos arregalados, a boca escancarada, a varinha caiu de suas mãos e ele cambaleava como se tivesse recebido uma violenta pancada.

– Simon!

Sem obter resposta, Göran correu na direção de Simon, que balançava no gramado, com olhos cegos. Duas palavras abriram passagem à força e Göran julgou ter ouvido:

– Eu... sei.

Velho chumbo

Anders acordou em uma casa silenciosa e vazia, tanto dentro como do lado de fora. Nada se movia, e ele podia ouviu os sons vagos da própria casa. Por alguns momentos continuou deitado, encarando o teto de madeira pintado de branco.

Nada tinha mudado. A escuridão estava pronta para se lançar sobre ele feito uma ave de rapina, somente sua resolução a mantinha à distância.

Ele se levantou e lenta e cuidadosamente vestiu as roupas que Anna-Greta tinha deixado separadas. Depois se arrastou escada abaixo. O relógio da cozinha marcava onze e quinze, e Simon e Anna-Greta tinham saído para cuidar de suas respectivas tarefas. Tudo estava como deveria estar. Ele abriu a porta do "esconderijo" ao pé da escada.

O "esconderijo" consistia em dois quartos contíguos, cada um medindo aproximadamente sete ou oito metros quadrados, e cuja função original seria servir de dormitório para os filhos que nunca vieram. Agora os quartos estavam abarrotados de toda sorte de tralhas e recordações havia muito esquecidas, coisas que talvez pudessem ser úteis mas nunca tinham a oportunidade de sê-lo; perto da porta ficavam as coisas mais práticas, como ferramentas e equipamentos de pintura.

Anders passou por uma pilha de trapos e roupas velhas coberta por uma bandeira da Suécia e entrou no quarto interno, mais escuro porque a janela estava parcialmente coberta por uma velha mesa, e onde o cheiro de mofo e velharia era mais perceptível. Ele acendeu a luz.

O quarto estava entulhado de redes velhas, ferramentas agrícolas, rocas e itens semelhantes. Algum especialista em antiguidades provavelmente seria capaz de farejar itens valiosos em meio a tanta porcaria. O objeto que ele procurava estava bem à sua frente, encostado a uma cadeira quebrada como se estivesse à sua espera.

Ele se agachou e pegou a espingarda de dois canos, virou-a e abriu-a. As câmaras estavam vazias. Anders abaixou a cabeça. A escuridão aguçou os ouvidos e se arrastou para mais perto dele; Anders sentiu a presença como uma dor no estômago, mais forte a cada minuto.

Ele colocou os canos na boca, fechou os lábios em volta deles e dobrou o dedo sobre o gatilho. A escuridão estacou, recuou um pouco. Ele ganhou mais algum tempo.

Com as mãos trêmulas, Anders abaixou a arma e começou a procurar os cartuchos. Vasculhou o chão, as mesas, atrás das redes. Por causa do medo da escuridão, seu corpo inteiro tremia enquanto ele punha de lado pilhas de jornais velhos, fuçava atrás de uma cômoda e sentia grânulos de cocô de rato ressecado esfarinhando entre os dedos.

Sentou-se com as costas retas, abriu uma última gaveta e ali, entre pedras de amolar e chaves de fechaduras que já nem existiam, encontrou a caixa. Uma despretensiosa caixa de papelão marrom contendo sete cartuchos. Ele soltou o ar, um som arquejante, depois retirou um dos cartuchos e o examinou.

Esse pequeno instrumento de morte era consideravelmente mais novo que a arma. Um cilindro de papelão vermelho e espesso servia como invólucro para uma densa pelota de chumbo. No fundo ficava o detonador dourado com sua carga de pólvora e o escorvador.

Anders cutucou o pequeno círculo no centro da base do cartucho. Uma pancada naquele círculo e o escorvador seria detonado, explodiria e dispararia o chumbo.

Tão simples, na verdade.

Anders puxou a espingarda para perto, enfiou o cartucho no espaço vazio do tubo e, com um estalo, colocou os canos no lugar. Passou o dedo pelo cão da arma e puxou-o para trás até ouvir o clique.

Tão simples.

Toda a estrutura da arma não passava de um laço em torno do fino cão que bicaria o detonador e depois... tudo acabado. Em poucos segundos tudo estaria terminado, por fim.

Talvez a melhor coisa fosse escorar a coronha da espingarda num canto de modo que o coice não deslocasse a arma, sob o risco de que o tiro fizesse sua cabeça em pedaços sem de fato matá-lo. Ele olhou pelo quarto e, assim que constatou que seria fácil encontrar um canto adequado atrás das redes, tomou consciência do próprio egoísmo.

É o dia do casamento deles.

Mas ele não podia esperar. Abaixou cuidadosamente a arma e ergueu a primeira rede.

Você pode esperar. Pode esperar um dia.

Parou com a rede dobrada sobre o braço e balançou a cabeça.

Você tem de esperar. Por mais duro que seja. Por eles. Você não pode fazer isso com eles.

Ele sabia que era verdade. Com a rede apertada contra o peito, esperou que a escuridão o atacasse, o punisse por sua hesitação. Mas ela não veio. Ela confiava nele. Ela podia esperar.

Amanhã.

Ele sabia que no dia seguinte Simon e Anna-Greta partiriam para sua pequena lua de mel na Finlândia. Aí então ele poderia agir. E poderia também mostrar consideração não fazendo *ali*, na casa deles. Isso seria o cúmulo do egoísmo, e além do mais ele sabia exatamente onde a coisa devia ser feita. O lugar perfeito para oferendas e sacrifícios.

Delicadamente Anders moveu o cão da espingarda para trás e escondeu a arma carregada atrás das redes, voltou para a cozinha e serviu-se uma xícara de café enquanto esperava Simon.

Simon não apareceu.

Os dois tinham combinado de pegar juntos o barco da uma da tarde, mas o relógio marcou meio-dia e meia, quinze para a uma, e nem sinal de Simon. Anders achou que, por causa de suas preocupações da noite anterior, tivesse entendido errado, e que na verdade devia se encontrar com Simon já no píer do vapor.

Ele fingiria estar vivo por mais um dia, em consideração a Simon e a Anna-Greta. Depois seria o fim de sua estima pelos outros. Já era péssimo saber que eles descobririam tudo quando voltassem de sua viagem, mas não havia como evitar. Ele não podia seguir vivendo apenas para assegurar a felicidade alheia.

Mas fingiria por mais um dia; por isso, enquanto fumava um cigarro, conferiu sua aparência no espelho a fim de ver se estava apresentável para uma cerimônia de casamento. A calça e a camisa branca eram ligeiramente grandes para ele, mas os sapatos serviram direitinho, o que foi uma surpresa. Em meio aos cabides de casacos encontrou um dos velhos paletós de Simon e o vestiu.

Quando fechou a porta atrás de si foi saudado por mais um dia cinzento e coberto de nuvens, e pensou que provavelmente era capaz de aguentar isso também. A arma estava carregada e pronta, era só uma questão de suportar talvez vinte horas antes de usá-la.

Por enquanto a escuridão parecia satisfeita com os preparativos já efetuados, e chegou inclusive a tirar os olhos de Anders enquanto ele rumava para o píer do vapor.

* * *

Simon não estava no píer do vapor. Lá havia cerca de vinte pessoas reunidas, todas aprumadas em suas melhores roupas e todas a caminho de Nåten e do casamento, mas nada do noivo. Anders foi falar com Elof Lundberg. Ele estava envergando um imponente sobretudo, que não combinava nem um pouco com o inevitável gorro.

– Viu o Simon?

– Não – respondeu Elof. – Ele já está lá então?

– Sim, acho que está.

Anders se afastou e tentou se lembrar do que Simon tinha dito.

Ele ia procurar água no terreno de Göran, não ia?

Anders olhou ao redor, mas Göran tampouco estava no píer. Não sentiu orgulho algum, mas uma terrível e tênue esperança se acendeu dentro dele: alguma coisa tinha acontecido. Algo que significava que o casamento teria de ser adiado. Algo que lhe permitiria voltar ao "esconderijo" naquele mesmo dia, afinal de contas.

O escaler veio deslizando de lado, e entre conversas e risadinhas os convidados do casamento embarcaram. Enquanto o barco manobrava, Anders ficou de pé na proa, fitando o píer de Simon. Será que ele foi com o próprio barco até Nåten?

Mas o barco estava atracado, e não havia nem sinal do noivo em parte alguma.

Prova de elegibilidade

Anders ficou na proa durante toda a travessia e não falou com ninguém; quando aportaram, foi o primeiro a desembarcar e caminhou apressado até a igreja. Atrás dele vinham os convidados, tagarelando ruidosamente.

A igreja de Nåten ficava num belo local, uma pequena colina à beira-mar, e o cemitério cobria toda a encosta até a orla, onde a emblemática âncora – que adornava todas as comunicações escritas oficiais da Igreja – estava assentada feito um freio, como que para impedir que as cruzes e lápides caíssem mar abaixo.

A cerimônia só começaria dali a meia hora. Anders supôs que os noivos geralmente deviam esperar pelo momento exato no centro comunitário depois do portão do cemitério. Subiu os degraus e bateu à porta. Como ninguém respondeu, ele entrou.

Duas compridas mesas estavam preparadas para os convidados, e um bufê decorado com extravagância estava em exibição sobre a mesa menor no meio do salão. Ele ouviu vozes de mulheres atrás de uma porta na ponta.

Ela tem de saber.

O som das vozes dos convidados estava ficando mais próximo. Anders caminhou até o outro lado do salão, bateu de leve na porta e a abriu.

Apesar de estar comprometido com a morte e nada mais importar, ele não pôde evitar e ficou perplexo diante da visão de sua avó vestida com seus refinados ornatos de noiva.

O arranjo escolhido para a longa cabeleira grisalha de Anna-Greta tinha um estilo de onda que refletia a pálida claridade da janela, de modo que a luz escorria por seu corpo em cascatas de prata. As flores brancas de seu vestido bege reforçavam a impressão de um clarão tomado de empréstimo às estrelas e que subia até a testa. Seu rosto tinha sido cuidadosamente maquiado para realçar o brilho dos olhos.

Ao lado dela, duas mulheres de mesma idade estavam sentadas ajeitando alguma coisa no vestido. Anders passeou os olhos pelo salão. Nada de Simon.

– Como estou? – perguntou Anna-Greta.

– Maravilhosa – respondeu ele, com sinceridade. – O Simon está aqui?

– Não. – O brilho nos olhos dela embotou um pouco. – Ele não chegou?

Anders balançou a cabeça e Anna-Greta fez menção de sair para conferir com os próprios olhos, mas uma das mulheres a conteve, alegando:

– Não se preocupe, ele vai chegar. Agora fique paradinha aí.

Anna-Greta abriu os braços num gesto largo de impotência, como que para mostrar que era uma prisioneira.

– Vá e espere com os outros – disse ela. – Tenho certeza de que ele virá.

Anders saiu do salão e deixou-a nas mãos das duas guardas. Tinha feito o que podia. Agora já não era problema dele. E mesmo assim sentiu pena de Anna-Greta. Tão linda, toda arrumada, tão cheia de expectativa. Sua vovozinha.

Porque ele sabia que Simon não viria. Que de um jeito ou de outro ele tinha sido capturado pelas forças que estavam em ação. Fim da história. Simon se foi, e Anders pretendia pegar o barco das três horas e dar um ponto final a seus próprios sofrimentos.

Faltavam quinze para as duas quando Anders subiu até a igreja e espiou pela porta aberta. Havia cerca de trinta pessoas sentadas nos bancos. Os convidados que tinham vindo no escaler ganharam a companhia dos moradores de Nåten e dos que vieram em seus próprios barcos. No altar o padre ajeitava um feixe de rosas brancas em um vaso.

A encosta atraiu Anders até o cemitério da igreja, e ele perambulou pelas lápides. Ficou um bom tempo defronte ao túmulo da família, onde seu pai e seu avô estavam sozinhos, com os nomes abaixo de Torgny e Maja. Supostamente Anna-Greta tomaria providências para que o nome dele fosse acrescentado no pé da coluna de homens solitários.

E Simon? Onde Simon vai terminar?

Pouco depois das duas da tarde as pessoas começaram a sair da igreja para ver o que estava acontecendo, ou melhor, para ver por que nada estava acontecendo. Pouco a fim de conversas, Anders prosseguiu até a beira-mar. Parou diante da enorme âncora e leu a placa.

EM MEMÓRIA DOS QUE SE PERDERAM NO MAR

Anders passou a mão sobre o ferro fundido enferrujado, sobre a madeira tratada. Para ele seria mais adequado ser enterrado ali, sob a âncora, porque ele tinha se perdido no mar e depois vagado sem rumo em terra seca por alguns anos. Seguiu a corrente que descia do topo da âncora chão adentro.

Onde isto vai dar?

Ele viu a corrente desaparecendo nas profundezas da terra ou no fundo do mar; em sua mente, arremessou o corpo na direção da corrente e seguiu-a para baixo...

... escavando e entocando-se no lodo do fundo do mar, na lama e na argila azul, lá embaixo, no ponto onde nada é capaz de viver, onde o silêncio é completo...

Seus pensamentos foram interrompidos por gritos vindos da direção da igreja. As pessoas estavam apontando para o mar e, quando Anders se virou, a despeito de tudo seus lábios se curvaram formando um sorriso. Do meio da baía um barco rumava na direção da pequena multidão. Um barco frágil e instável de fibra de vidro, com um motor Evinrude de vinte cavalos. O barco de Simon.

Os convidados se precipitaram encosta abaixo como um bando de ovelhas e se aglomeraram na orla enquanto o barco se aproximava. Havia duas pessoas a bordo e, quando o barco estava a cerca de cem metros, Anders viu que eram Simon e Göran. Göran pilotava, e Simon estava sentado na proa com as costas retas e o cabelo esvoaçando nas orelhas. A multidão aplaudiu e gritou.

A entrada final do mágico.

O barco não seguiu para o porto, mas rumou direto para o declive abaixo da âncora. Göran pôs o motor em ponto morto e flutuou os últimos metros até a praia. Simon saltou e os convidados juntaram forças para puxar o barco em segurança para a terra firme.

Os olhos de Simon buscaram os de Anders e ele começou a dizer alguma coisa, mas os convidados o agarraram pelos braços e o puxaram para a igreja, onde Anna-Greta agora o aguardava, com os braços cruzados sobre o peito. Sem dúvida foi uma entrada de efeito, mas Anna-Greta podia ser perdoada por preferir que nesse dia em particular houvesse menos espetáculo e mais solenidade.

Anders seguiu o grupo alguns passos atrás e esperou que todo mundo desaparecesse dentro da igreja antes de se sentar num dos bancos do fundo.

Que venha o amor

A descrição da cerimônia de casamento foi omitida.

Estranhamente, descrições de casamento não são tão interessantes. Quero dizer, duas pessoas prometendo uma para a outra comprometimento e fidelidade eternos diante de Deus era para ser algo agradável, mas na verdade não é.

É como uma história de terror, mas ao contrário. Quando o monstro revela sua medonha careta no final, é sempre uma decepção. Jamais está à altura de nossas expec-

tativas. O mesmo acontece com um casamento. A jornada ao longo das trilhas sinuosas do amor é de gelar a espinha, a sucessão de eventos em alguns casos é um verdadeiro campo de batalha e a ideia básica por trás da coisa toda é linda e deslumbrante.

Mas e o ritual em si?

Seria preciso convocar a equipe de especialistas composta por Marc Chagall, Wolfgang Amadeus Mozart e David Copperfield para fazer justiça à ideia. As pessoas seriam suspensas no ar, haveria raios de luz, cachoeiras e uma sinfonia que faria o reboco se descolar das paredes e girar em farelos em torno dos consortes como espirais de confete do chão ao teto.

Nada disso ocorreu na igreja de Nåten.

Basta dizer que Simon e Anna-Greta trocaram votos, que o órgão tocou a música adequada e que muita gente ficou comovida. Contudo, aconteceu uma coisa bonita. Anna-Greta estava uma noiva radiante e Simon, um caco. Embora tenha envergado seu traje de noivo, a impressão era que isso tinha sido feito às pressas. A gravata estava torta, as meias não combinavam com a calça e o cabelo estava desgrenhado.

Mas, mesmo assim, que haja alegria irrestrita! Que venha o amor! Que seja vitorioso!

Que o casal desça a escadaria da igreja e que as duas amigas de Anna-Greta, que sabem como essas coisas devem ser feitas, despejem sobre o casal uma chuva de confete, que ouçamos o coro de anjos ao fundo e vejamos as cataratas de plumas dos patos êider-edredão – coletadas nas ilhas durantes meses –, caindo dos céus como flores de maçãs nevadas, direto das mãos de Deus Pai, que abre seu cálido abraço.

Sim!

Sim, sim, sim!

E depois vamos juntos para o centro comunitário nos servir do bufê. O dia ainda não acabou. Nem de longe. Vamos.

A água

As pessoas se espalharam pelas mesas e, para alívio de Anders, Anna-Greta pegou-o pelo braço de modo que ele ficasse ao lado dela, sem ninguém do outro lado. De frente para Anders sentaram-se as duas amigas de Anna-Greta; depois que a avó as apresentou como Gerda e Lisa, as duas senhoras se concentraram uma na outra.

Os convidados encheram seus pratos e se serviram de cerveja ou refrigerante. Certamente não era um evento pomposo, e foi quase uma sorte que a entrada de Simon tivesse propiciado algo memorável.

Mas Simon ainda não tinha terminado.

Depois de cumprimentar a avó e dizer mais uma vez que ela estava linda, Anders inclinou-se para estender as congratulações também a Simon, que, contudo, estava preocupado com alguma coisa dentro de si, e encarava a mesa com ar compenetrado, seus lábios mexendo-se ligeiramente.

Anders estava prestes a dizer alguma coisa para trazê-lo de volta à realidade quando Simon de repente se pôs de pé e bateu com o garfo na garrafa do conviva ao lado.

– Caros amigos! Há certas coisas que...

Parou e olhou para Anna-Greta, que o encarava com ar interrogativo. Ele pigarreou e tentou de novo.

– Em primeiro lugar eu gostaria de dizer o quanto estou feliz. Por vocês terem vindo aqui hoje, por ter sido abençoado com a dádiva de me casar com a mulher mais maravilhosa que já se sentou em um barco. Ou que não se sentou em um barco.

Algumas pessoas riram e irromperam aplausos esparsos. Anna-Greta abaixou os olhos, como convinha.

– E há outra coisa... e eu não sei como... há algo que tenho de contar a vocês e eu de fato não sei... há tantas...

Simon passou os olhos pelo salão. Agora imperava o completo silêncio. Uma pessoa parou com o garfo no ar, a meio caminho da boca, e abaixou o talher enquanto Simon escolhia as palavras certas.

– O que eu queria dizer – continuou Simon – é que já que há tanta gente de Domarö reunida aqui hoje... e talvez esta não seja a ocasião mais adequada e eu realmente não sei como expressar...

Mais uma vez Simon parou de falar e Anders ouviu Gerda sussurrar para Lisa:

– Ele está bêbado?

Lisa assentiu e apertou os lábios, enquanto, sob a mesa, Anna-Greta dava um puxão hesitante na perna da calça de Simon, numa tentativa de fazê-lo se sentar.

Simon tomou uma decisão e endireitou o corpo, falando com mais clareza.

– Não há um jeito delicado de dizer isto, então eu simplesmente vou dizer e vocês entendam como quiserem.

Lisa e Gerda tinham se recostado e, de braços cruzados, olhavam com repugnância para Simon. Outros convidados entreolhavam-se, imaginando o que estava por vir. Quando Simon recomeçou seu discurso dando sinais de que mudaria completamente a toada, muita gente franziu a testa.

– Os poços de Domarö. Eu sei que várias pessoas tiveram problemas com a invasão da água salgada, que a água potável foi contaminada pela água do mar que se infiltrou.

Houve meneios de cabeça aqui e ali. Embora fosse impossível entender por que razão Simon tinha trazido esse assunto à baila, pelo menos era um fato público e notório. Simon retomou a palavra, e de tempos em tempos seus olhos buscavam os de Anders.

– Também tivemos alguns outros problemas recentemente. Pessoas que de repente começaram a ficar estranhas ou até mesmo... más. Pessoas que nem parecem ser elas mesmas, se vocês entendem o que eu quero dizer.

Aqui e ali houve novos meneios em sinal de concordância. Isso também eles podiam entender. Não demoraria muito e Simon provavelmente também mencionaria a pesca de bacalhau, outro fato tedioso mas incontestável.

– O que eu queria dizer – concluiu Simon – é que descobri que essas duas coisas estão relacionadas. Essa... doença ou qualquer que seja o nome, afeta as pessoas que têm água salgada nos poços. Então... aqueles de vocês que tiverem água salgada no poço, não bebam!

Se Simon tinha esperado suspiros de espanto e agradecimento, ficou desapontado. A maior parte da plateia limitou-se a continuar olhando para ele com expressões que variavam do ceticismo à incompreensão. Simon escancarou os braços e elevou a voz.

– É assim que o mar entra! Vocês não entendem? Eles estão no mar e... abrem caminho infiltrando-se na água dos poços. Se a gente beber, eles entram na gente e a gente... muda.

Sem obter a reação desejada, Simon suspirou e disse em um tom de voz mais resignado:

– Estou apenas pedindo que vocês acreditem no que eu digo. Não bebam a água que ficar salgada. Digamos que ela está envenenada, para simplificar. Não bebam.

Simon deixou-se cair pesadamente na cadeira e houve um longo silêncio. Aos poucos pipocaram conversas sussurradas na mesa. Anna-Greta inclinou-se para Simon e disse-lhe alguma coisa. Lisa e Gerda ainda estavam de braços cruzados, como que aguardando o próximo número.

E Anders...

Era como se até agora ele tivesse escutado apenas fragmentos de uma melodia. Às vezes era uma música vaga, quase inaudível, como se atravessasse as paredes de outra sala. Às vezes era mais alta, mas rapidamente desvanecendo, como se viesse de um carro passando com o som ligado no último volume. Às vezes, apenas uma ou duas notas no rumorejar das árvores ou na água pingando durante a noite.

Com as palavras de Simon, a orquestra inteira deu um passo à frente, saindo da escuridão para a vida, ensurdecendo-o e silenciando seu corpo.

A água. É claro. A água potável.

Apesar da percepção de que Maja estava percorrendo seu corpo, jamais ocorrera a Anders que as coisas tinham sido de fato *assim*. Ele vinha enxugando garrafas de plástico cheias de vinho, às vezes vários litros por dia. Vinho diluído com água da torneira. Acordava de ressaca, sentindo sede, e bebia litros e litros de água.

E o que de fato quase fez Anders cair da cadeira, à medida que foi afundando cada vez mais na música: Maja não o tinha abandonado, nada disso. Ele é que simplesmente tinha parado de beber água. Ao longo do dia anterior bebera apenas vinho diluído e concentrado de absinto, e foi somente quando chegou à casa de Anna-Greta é que ingeriu líquido em forma de água. E a água deles não estava... infectada.

Anders sentiu uma mão nas costas e Simon inclinou-se sobre ele e sussurrou:

– Você entendeu?

Anders meneou vagamente a cabeça enquanto a música de todas as conexões continuava a reverberar em sua mente. O mar eterno, sempre o único e mesmo, capaz de abrir caminho em cada fresta, que podia se espalhar e se estender, mas sempre retornava a si mesmo. Um vasto corpo com bilhões de braços e pernas, de ondas trovejantes a canais da espessura de pernas de aranha. O mar. E os que existiam dentro dele.

Simon cutucou o braço de Anders, que se levantou e o seguiu como se estivesse em transe.

Ninguém tem dedos tão longos.

Enquanto Simon o levava para fora, em seus pensamentos Anders podia ver o mar abrindo caminho, apalpando as pedras nas ilhas, através de fissuras no leito das rochas, nas profundezas do chão, dentro dos poços, e era como um mantra percorrendo sua cabeça: *Ninguém tem dedos tão longos. Ninguém tem dedos tão longos.*

– Anders, você ainda está com a gente?

Simon acenou uma das mãos na frente dos olhos de Anders, que com esforço deu um jeito de voltar a si e descobriu que estava na varanda do centro comunitário. Sua mão direita estava pousada sobre a grade de ferro; ele agarrou-a com força, segurando-se com firmeza no lugar.

– Como você descobriu? – perguntou.

– Quando eu estava procurando água pro Göran – disse Simon – e senti a água salobra entrando pela pedra...

– Sentiu?

– Sim.

Simon tirou do bolso a caixa de fósforos e mostrou-a a Anders, depois a guardou de novo. Anders assentiu. Ele se lembrava dessa parte da história.

– E então eu pensei em como é a sua água e, acima de tudo, em como era a água de Elin. Depois do incêndio eu fui ao poço dela, alguma coisa me atraiu até lá, havia alguma coisa lá. Na ocasião eu não soube o que era, mas experimentei a água e estava salgada. Mais salgada que a sua. Desde então esse pensamento ficou na minha cabeça e... hoje eu vi.

Simon suspirou e olhou de relance para a porta fechada do centro comunitário.

– Mas para falar a verdade acho que não consegui convencer ninguém.

– Por que você se atrasou tanto?

Simon encolheu os ombros.

– Eu tinha de ir verificar. O poço de Karl-Erik e o poço dos Bergwall. Nos dois a mesma coisa. Sal na água. Quando eles saíram com as motosserras, provavelmente levaram frascos de água e beberam enquanto trabalhavam. Acho que chega uma espécie de ponto crítico e aí... ela aparece. A outra pessoa.

Anders inclinou-se sobre a grade e olhou na direção do porto. Faltava uma hora para que o escaler seguinte cruzasse o mar. Tivesse permissão para cruzar o mar.

Ninguém tem dedos tão longos. Ninguém tem dedos tão fortes.

Sem anúncio, uma lembrança pipocou em sua mente. Ele tinha dez anos quando seu pai enfiou na água uma rede cônica, só por diversão, e acabou pegando uma enguia solitária. Anders ficou no píer, vendo as tentativas do pai de agarrar a enguia e tirá-la do barco. Tinha sido impossível.

Por fim o pai conseguiu enfiar a enguia dentro de um saco plástico. Serpenteando, ela escapou. Mais uma vez ele a enfiou no saco, cuja boca segurou com ambas as mãos enquanto descia do barco com grande dificuldade.

Já no píer ele parou, encarou o saco e deu uma gargalhada. Embora suas mãos firmes estivessem tapando a boca do saco com toda a força de que era capaz, a enguia tinha dado um jeito de se fixar no fundo e estava lenta e inexoravelmente forçando passagem por entre os punhos cerrados do pai, até que por fim conseguiu fugir do saco. Caiu no píer, arremessou o corpo para a frente e escapuliu água adentro.

– Bom, tem uma coisa – disse o pai com uma espécie de admiração na voz. – Essa certamente queria viver.

Depois os dois deram risada do episódio. O pai tão grande e tão forte, e a enguia tão pequena e durona. Mas a enguia tinha levado a melhor.

Ninguém tem dedos tão longos, tão fortes.

E ainda assim é possível escapar deles. Basta querer realmente viver.

Entre

Às seis e meia o escaler atracou no cais de Domarö, e um homem que já não queria morrer se apartou do grupo de alegres passageiros que desembarcavam. Correu para o oeste. Quando chegou ao albergue, teve de diminuir o ritmo, uma vez que o desejo renovado de viver não traz a reboque um novo par de pulmões.

Anders correu até o ponto onde a trilha se bifurcava em duas. Foi forçado a caminhar ao longo do último trecho porque sua traqueia estava assobiando e ele tinha a sensação de que respirava por um canudo. Passou pelo pinheiro reto, abriu a porta da Choça e entrou direto na cozinha sem tirar os sapatos. Inclinou-se sobre a pia, abriu a torneira e bebeu como um homem que tinha acabado de atravessar o deserto. Arfou, respirou fundo, bebeu de novo. Endireitou o corpo, arquejou, bebeu de novo.

Bebeu até que sua barriga ficasse dilatada e a água fria ameaçasse voltar garganta acima. Depois se deitou no chão. Quando se virou para o lado, ouviu a água batendo nas paredes do estômago.

Entre. Eu vou carregar você.

Ele fechou os olhos e ouviu, prestando atenção ao que sentia.

Tinha prometido a Simon e Anna-Greta que voltaria para a casa da avó assim que terminasse de fazer o que precisava na Choça. Mas ficou lá deitado no chão, esperando até que a água em seu estômago gradualmente deixasse de ser um amontoado frio e separado, até que sua temperatura se equiparasse à temperatura corporal e se tornasse parte dele.

Você está aí?

Não houve resposta, e a dúvida cravou suas garras na pele de Anders. E se Simon estivesse errado? E se Simon estivesse certo, mas ainda assim não significasse que Maja estava ao lado dele? O macacão de neve. Como é que Henrik e Björn tinham se apoderado do macacão?

Essa era sua última chance. Ele estava se equilibrando na beira de um precipício, e somente um toque leve como uma pluma seria capaz de salvá-lo. Do contrário, não restava coisa alguma a não ser o mergulho escuridão abaixo.

Venha. Toque em mim.

Dentro de seu corpo havia um espaço oco que era maior que seu corpo. Uma brisa de verão soprou desde o alto-mar, trazendo consigo para a casa uma penugenta semente de dente-de-leão, que flutuou de um lado para o outro nas correntes de ar até que por fim pousou no interior da pele de Anders. Fez cócegas e sossegou. Foi essa a sensação. Tão tênue. Mas ele sabia.

Você está aqui.

Depois desse primeiro e microscópico toque a sensação ficou mais forte. O que a água tinha trazido com ela se espalhou pelo sangue de Anders, por seus músculos, e a cócega tornou-se uma suave carícia e uma presença maior, como se a semente felpuda realmente tivesse trazido consigo outras sementes que agora fincavam raízes em sua carne, fazendo com que os pequenos dentes-de-leão florescessem. Ele não podia vê-los, mas por baixo do horizonte eles iluminaram seu mundo e seus olhos se encheram de lágrimas.

Oi, meu bem. Eu sinto muito... me perdoe. Por tudo.

Ele olhou nos armários e gavetas e tirou todas as garrafas que foi capaz de encontrar, depois encheu tudo com água da cozinha. Terminou com dez litros de água em recipientes grandes e pequenos, que carregou em duas sacolas. Encontrou espaço para o absinto também.

Por fim pegou algumas revistas em quadrinhos do ursinho Bamse e enfiou no bolso as fotografias de Gåvasten. Depois foi embora da Choça. Antes de chegar à casa de Anna-Greta, pegou uma das garrafas e tomou alguns goles.

Os recém-casados estavam na cozinha, agora já vestindo roupas do dia a dia. Tudo estava como sempre, e tudo estava diferente. Novos laços tinham sido formados sem que na superfície nada se alterasse. Quando Simon viu as sacolas, perguntou:

– Isso aí é... água?

– É.

– Posso dar uma olhada numa das garrafas?

Anders tirou uma das garrafas e colocou-a sobre a mesa diante de Simon. Era uma velha garrafa de plástico, cujo rótulo tinha se soltado, e a água ligeiramente turva era de todo visível através do plástico. Os três se reuniram em torno da garrafa como se fosse uma relíquia, um objeto sagrado.

Nada havia de especial para ver, Anders já tinha constatado isso enquanto enchia as garrafas. A água da Choça sempre tinha sido baça por causa do gás metano ou de depósitos químicos, sempre tivera aquela aparência nebulosa, ligeiramente fantasmagórica; precisava ficar um bom tempo em um recipiente aberto até clarear.

Simon puxou um copo para junto de si, olhou para Anders e perguntou:

– Eu posso...?

Anders foi invadido por uma pontada de... instinto protetor, mas, antes que pudesse abrir a boca, Anna-Greta disse o que ele estava prestes a dizer:

– Você não vai beber isso, vai?

– Eu já bebi antes – alegou Simon. – Mas dessa vez eu só pretendia despejar um pouco no copo. Tudo bem?

Anders fez que sim com a cabeça, achando a situação um tanto absurda. Simon estava pedindo permissão para despejar água de uma garrafa em um copo. Mas isso não era absurdo. Não mais.

Anders sentiu-se desconfortável quando Simon abriu a tampa e despejou a água. Maja estava naquela água, e Simon sabia disso, razão pela qual pediu a permissão. Era como mexer nas cinzas de alguém. Os parentes devem ser consultados.

Ela não está morta. Ela não se foi. Ela...

De repente Anders pensou em algo que Simon lhe tinha dito muito tempo atrás, ou seriam alguns dias atrás? O tempo havia perdido seu sentido à medida que dias e noites, esperança e impotência se interpenetravam de estranhas maneiras.

Ele estava prestes a perguntar, mas o experimento de Simon absorvia sua atenção. Simon pegara a caixa de fósforos e tombara o inseto em sua mão esquerda. Ele então moveu a mão direita na direção do copo, olhou de relance para Anders, depois enfiou o dedo indicador e o médio na água. Fechou os olhos.

Enquanto Simon aguardava, silêncio total na cozinha. Trinta segundos se passaram. Então Simon tirou os dedos do copo e balançou a cabeça.

– Não – disse ele. – Tem alguma coisa aqui. Especialmente agora que eu sei. Mas é fraco demais.

Por um momento Simon não soube o que fazer com os dedos molhados. Estava prestes a secá-los na calça, por puro reflexo, mas parou e deixou que secassem sozinhos. Anders levou o copo aos lábios e bebeu a água.

– Acha mesmo que é uma boa ideia? – perguntou Anna-Greta.

– Vovó – disse Anders. – A senhora não sabe como é bom.

Era inevitável, toda aquela água deixou Anders desesperado para urinar. Supostamente todo o líquido que saía de seu corpo, lágrimas, suor, urina, de alguma maneira fazia com que o que estava na água... evaporasse dele, mas estava lá. Depois ele simplesmente teria de beber mais.

A caminho do banheiro ele passou pela porta fechada do "esconderijo", e pela parede disse adeus à espingarda guardada lá dentro. Memorizou que deveria retirar o cartucho assim que tivesse a oportunidade, para que ninguém tivesse de ficar de luto.

Esvaziou a bexiga enquanto contemplava o retrato emoldurado acima da privada. Um motivo clássico: uma menina com um cesto no braço caminhando ao longo de uma estreita ponte sobre um desfiladeiro. Ao lado dela paira um anjo com grandes asas e braços abertos, como se pronto para amparar a menina em caso de queda. A menina está completamente distraída, alheia tanto ao perigo como à presença do anjo, ela é simplesmente as rosas em suas bochechas e o brilho do sol em seus olhos.

É assim, pensou Anders, *é exatamente assim*.

Não fazia a menor ideia do que queria dizer com isso, do que aquela imagem tinha a ver com sua história, mas de uma coisa ele sabia: as grandes histórias eram verdadeiras, as imagens imortais retratando necessidade, beleza, perigo e graciosidade eram plenas de significado.

Tudo é possível.

Quando ele voltou à cozinha, Anna-Greta estava ocupada acendendo o fogo. Simon ainda fitava a garrafa como se encarasse uma bola de cristal, em que a qualquer momento apareceria o vislumbre de alguma coisa. Anders sentou-se de frente para ele.

– Simon, o que aconteceu com a esposa do Holger? Com a Sigrid?

Simon tirou os olhos da garrafa.

– Eu sei. Também andei pensando nisso.

– E a que conclusão você chegou?

– Não se lembra do que aconteceu?

Anders agarrou a garrafa e tomou um gole.

– Não – respondeu. – É tanta coisa que eu... muitas coisas simplesmente desapareceram. Aqueles primeiros dias na ilha são... nebulosos.

Anders sorriu e bebeu outro trago.

– E eu provavelmente estava fora de mim... se é que entende o que eu digo.

– E agora, como se sente?

Anders passou o dedo pelo peito.

– Quente... e menos solitário. E quanto à Sigrid?

Anna-Greta colocou sobre a mesa um bule fumegante de café e sentou-se entre os dois homens.

– Preciso falar uma coisa – anunciou ela, olhando de Anders para Simon, depois de novo para Anders. – Tendo em mente o que a gente sabe e o que aconteceu, isso pode parecer... duro. Mas o que quero dizer é... não tentem fazer nada. Não tentem... desafiar o mar. É perigoso. Pode dar errado. Pode dar muito, muito errado, terrivelmente errado. Muito pior do que a gente é capaz de imaginar.

– Como assim? O que você está querendo dizer? – perguntou Simon.

– Quero dizer que... ele é maior que nós. Infinitamente maior. Ele pode nos esmagar. Já aconteceu antes. E não se trata só de nós. Outras pessoas vivem aqui também.

Anders pensou no que Anna-Greta tinha acabado de dizer, e que certamente fazia sentido, mas havia uma coisa que ele não entendia.

– Por que está dizendo isso agora? – perguntou ele.

A mão de Anna-Greta estava trêmula quando ela serviu café em sua xícara e pegou um torrão de açúcar.

– Achei que era apropriado. Lembrar vocês.

Ela levou o torrão de açúcar à boca e bebericou o café fumegante.

– Não fazia muito tempo que a Sigrid estava na água quando eu encontrei o corpo – explicou Simon. – Apenas algumas horas. Embora ela tivesse desaparecido um ano antes.

– Mas ela estava morta, não estava? – quis saber Anders.

– Ah, sim – respondeu Simon. – *Naquela época* ela estava.

Anna-Greta ofereceu o bule de café para Anders, que recusou com um gesto impaciente. Ela recolocou o bule sobre o descanso de mesa, passou a mão na testa e fechou os olhos.

– O que está dizendo? – insistiu Anders. – Achei que ela... estava morta fazia um ano, mas que o corpo estava na água apenas por algumas horas. Esse era o fato mais estranho.

– Não – disse Simon. – Ela tinha sumido fazia um ano, mas morreu afogada poucas horas antes de eu encontrar o corpo.

Anders olhou para a avó, que ainda estava sentada de olhos fechados como se sentisse dor, um fundo sulco de ansiedade entre as sobrancelhas. Ela balançou violentamente a cabeça e perguntou:

– Então onde ela estava esse tempo todo?

– Eu não sei – respondeu Simon. – Mas estava em algum lugar.

Anders ficou imóvel enquanto calafrios percorriam seu corpo inteiro. Ele se contorceu. Olhava fixamente para a frente. Viu a imagem. Contorceu-se de novo.

– E é onde a Maja está agora – murmurou. – Sem o macacão de neve.

Por um bom tempo ninguém ousou dizer uma palavra. Anna-Greta pousou a xícara sobre a mesa e agora só tinha olhos para Anders. Simon ficou lá sentado, fuçando em sua caixa de fósforos. Lá fora e ao redor deles o mar respirava, aparentemente adormecido. Anders continuava sentado, sem movimentos, e de tempos em tempos seu corpo se contorcia, quando alguma outra imagem horrível perfurava seu peito como uma lâmina fria.

Alguma coisa dentro dele já sabia disso. O fato é que em algum canto de sua mente talvez ele se lembrasse do que tinha acontecido com Sigrid. Ou talvez ele simplesmente soubesse. Que uma parte de Maja existia dentro dele, e outra parte existia... em algum outro lugar. Um lugar onde ela não conseguia alcançá-lo e ele não conseguia alcançá-la.

Anna-Greta rompeu o silêncio. Virou-se para Anders e disse:

– Quando seu bisavô era criança, havia um homem na parte oeste do vilarejo que perdeu a esposa para o mar. Ele jamais falava sobre como tinha acontecido. Mas nunca parou de procurar por ela.

Anna-Greta apontou para o leste.

– Você sabe sobre o naufrágio? Nas rochas de Ledinge? Quando eu era menina, ainda havia restos dos destroços lá, mas agora tudo sumiu. Era o barco dele. Não sei o que ele fez pra... irritar o mar. Mas, em todo caso, no fim das contas o barco dele foi encontrado lá. Longe da costa, em cima da colina. Despedaçado.

– Perdão – interrompeu-a Simon. – Você disse que ele era da parte *oeste* do vilarejo?

– Sim – disse Anna-Greta. – É aí que eu quero chegar. A casa dele e todas as casas ao redor... desapareceram. Uma tempestade veio do oeste. E como você sabe perfeitamente bem: tempestades não vêm do oeste, do continente. Não é possível. Mas essa veio. Chegou à noite, por um momento soprou com a força de um furacão. Oito casas foram... reduzidas a pó. Cinco pessoas morreram. Três eram crianças que não conseguiram fugir a tempo.

Ela pronunciou as últimas frases com o olhar fixo em Anders.

– E também o homem que deu início à história toda. O que começou tudo.

Como Anders continuou em silêncio, ela acrescentou:

– E você sabe o que aconteceu em Domarö num passado mais remoto ainda. A gente te contou ontem.

Anders agarrou a garrafa e tomou mais alguns goles. Não respondeu. O rosto de Anna-Greta se contorceu em uma expressão entre a simpatia e o ódio – mais parecida com uma careta, a bem da verdade.

– Eu entendo como você se sente – disse ela. – Ou pelo menos... eu posso imaginar. Mas é perigoso. Não só pra você. Pra todo mundo que vive aqui.

Ela esticou o braço por cima da mesa e pousou a mão nas costas da mão de Anders, que estava gelada.

– Sei que parece terrível, mas... eu vi que você ficou olhando a âncora ontem. Em Nåten. Há *muitas* pessoas que morreram afogadas, que desapareceram... por meios naturais, se é que posso dizer assim. A Maja pode ter sido uma delas. *Talvez* você possa ver a coisa por esse ângulo. E me perdoe por dizer isto, mas... você *tem* de ver por esse ângulo. Pro seu próprio bem. E o de todo mundo.

A transferência (somos segredo)

Anders estava sentado na beirada da cama no quarto de hóspedes. Entre todas as imagens que haviam passado por sua mente ao longo da noite, uma não arredava pé, não o deixava em paz.

Ela não está com o macacão de neve.

Ele tinha trazido o agasalho da cozinha e o pendurara cuidadosamente no espaldar da cadeira de madeira junto à janela. Agora, enquanto balançava o corpo para a frente e para trás, segurava nos braços a peça de roupa.

Ela vai congelar, onde quer que esteja.

Se pelo menos ele pudesse vestir nela o macacãozinho de neve, se ao menos pudesse fazer isso. Acariciou o tecido ligeiramente puído, o remendo com Bamse e os potes de mel.

Fazia uma hora que Simon e Anna-Greta tinham ido para a cama. Anders se ofereceu para dormir no sofá no térreo caso eles... quisessem ficar a sós em sua noite de núpcias, se não quisessem ninguém por perto. A oferta foi recusada com a garantia de que não havia absolutamente o menor problema em ter alguém por perto e, no que dizia respeito à noite de núpcias, aquela era uma noite como outra qualquer. Uma noite tranquila.

Anders abraçou o macacão, sentindo-se dilacerado entre dois mundos. Um mundo normal, onde dois anos antes sua filha tinha se afogado e se tornado um dos que haviam se perdido no mar, um mundo onde se podia falar sobre dormir no sofá e receber uma resposta indulgente, onde as pessoas se casavam e contratavam um bufê.

E havia também o outro mundo. Aquele onde Domarö jazia nos braços das forças sombrias que subjugavam a ilha com mãos de ferro. Onde era preciso ficar de olhos abertos a cada passo e estar preparado para a qualquer momento ser afastado dos entes queridos. Para que nem tudo desaparecesse.

Bamse, Bamse, Bamse...

Talvez essa fosse a razão pela qual Maja sempre tinha gostado tanto de histórias do ursinho Bamse. Havia problemas, havia os vilões malvados e havia os que eram imbecis. Mas nunca era *realmente* perigoso. Nunca havia dúvidas de verdade sobre como se comportar. Todo mundo sabia. Mesmo Krösus Sork. Ele era malvado porque era malvado, não porque era problemático ou ansioso.

E Bamse. Sempre do lado do bem. Protetor dos fracos, infalivelmente honesto.

Mas ele adora brigar...

Anders bufou. Bamse era muito mais interessante na versão de Maja. Um ursinho que só quer o bem, mas não se contém e entra na primeira briga assim que tem a chance.

Igualzinho a Maja.

Sim, talvez. Talvez ela quebrasse as canções porque quebrava as coisas também. Elas tinham de ficar despedaçadas, tornar-se como ela. Mas mais interessantes.

Anders pegou uma das revistas em quadrinhos de Bamse que tinha trazido consigo e descobriu que a história era ridiculamente adequada para o que estava acontecendo. O coelho Pulinho ganha um final de semana numa estação de esqui. Acontece que o hotel é mal-assombrado. O fantasma parece estar atrás de Pulinho, mas a tartaruga Carapaça entende tudo, como sempre.

Ela constrói uma máquina que faz a roupa de Pulinho cair em cima do fantasma invisível. O fantasma se vê no espelho e deixa de ser medonho. No fim das contas ele nem pretendia assombrar Pulinho. Queria apenas ser como ele.

Anders sentiu alguma coisa se desligar dentro de sua cabeça enquanto lia a história; só voltou a si quando fechou a revistinha.

Eu sou a roupa. A aparição.

Ele queria dormir. Queria que Maja assumisse as rédeas e lhe desse alguma espécie de orientação. Antes de se despir, colocou a cadeira junto à cama. Sobre a cadeira deixou uma caneta e um bloco de anotações aberto. Depois bebeu três goles de água, tirou a roupa, enfiou-se na cama e fechou os olhos.

Bastaram poucos minutos com os olhos espremidos para se dar conta de que estava bem acordado. Não existia a menor possibilidade de pegar no sono, por mais que quisesse. Sentou-se e recostou-se na parede.

O que devo fazer? O que posso fazer?

O papel branco brilhou na cadeira e atraiu seus olhos. A claridade de sua visão se alterou. Anders estava vendo de uma maneira diferente. Por uma fração de segundo conseguiu pensar: *estou vendo através dos meus olhos*, e então deixou de ser parte de si mesmo.

Um rangido trouxe Anders de volta ao próprio corpo. Ele não sabia quanto tempo tinha se passado, mas se viu sentado no chão com a revistinha do ursinho Bamse à sua frente e a caneta na mão. A colcha era um amontoado sobre a cama.

A revista estava aberta em uma historieta de apenas duas páginas intitulada "Os amigos secretos de Brumma". Brumma se esconde no armário debaixo da pia e faz amizade com a escova e a pá. Quando a mãe grita chamando Brumma, a escova fica aterrorizada e diz: "Somos segredo, somos segredo", e se transforma de novo em uma escova comum.

Havia desenhos nas páginas, linhas e formas ocupando toda a superfície disponível. Nenhuma letra. A única coisa que Anders pôde interpretar ou para a qual conseguiu atribuir algum sentido foi uma linha em ziguezague cruzando diversos quadrinhos, mais parecida com um templo do que qualquer outra coisa.

Havia alguma razão para que essa história específica tivesse sido escolhida, ou era apenas uma coincidência, como a historinha do hotel assombrado? Maja estava apenas lendo e desenhando, como costumava fazer às vezes?

Ele ouviu novamente o rangido, dessa vez do lado de fora da casa. Anders teve um sobressalto e puxou a colcha para perto, cobriu a cabeça e se enrodilhou, o mais imóvel possível. Alguém girou a maçaneta e a porta se abriu. Anders enfiou o polegar na boca.

– Anders?

A voz de Simon não passava de um sussurro. A porta se fechou atrás dele.

– O que você está fazendo?

De pijama, Simon estava de pé à frente de Anders, que saiu de debaixo da colcha.

– Eu fiquei com medo.

– Posso entrar?

Anders acenou na direção da cama, mas ficou onde estava no chão, com a coberta em volta dos ombros. Simon sentou-se na cama e olhou para a revista em quadrinhos.

– Você andou desenhando?

– Eu não sei de nada – respondeu Anders. – Não sei nada sobre nada.

Simon uniu as mãos e se inclinou para a frente. Respirou fundo.

– É assim. Eu estive pensando sobre as coisas. Tenho muito pra dizer, mas vou começar com uma pergunta. Você gostaria de ficar com o Spiritus?

– O inseto? Na caixa de fósforos?

– Isso. Achei que ele pode te proteger. O negócio é o seguinte: Anna-Greta e eu vamos viajar amanhã. Não gosto da ideia de te deixar... desprotegido.

– Você não disse que envolvia uma espécie de pacto?

Simon tirou a caixa de fósforos de dentro do bolso do pijama.

– Sim. E eu não sei o que isso realmente significa. Mas acho que alguma coisa terrível acontece quando você morre.

– E você quer dar ele pra mim?

Simon girou a caixa nas mãos. Ouviu-se um som rascante: era a larva mudando de posição lá dentro.

– Vivo com medo. Você faz uma forma de pacto com o que existe de profundo e escuro no mundo. Eu me arrependi de ter feito isso. Mas não pude evitar. Eu fui estúpido, pra usar uma expressão suave.

Simon tocou com os dedos a aliança de casamento, ainda pouco familiar, e prosseguiu:

– Mas eu não ia sugerir isso se não acreditasse que pode te ajudar. O que está atrás de você, seja lá o que for, tem alguma coisa a ver com a água, e isto aqui... consegue domar a água.

Anders olhou para a caixa na mão de Simon; seus olhos se ergueram do tecido verde do pijama e pararam no rosto de Simon, que de repente pareceu imensamente velho e cansado. A mão que segurava a caixa estava quase tocando o chão, como se o inseto pesasse cem vezes mais do que sua aparência sugeria.

– O que eu devo fazer? – perguntou Anders.

Simon recolheu a mão que segurava a caixa e balançou a cabeça.

– Você sabe no que está se metendo?

– Não – respondeu Anders. – Mas pouco importa. Pra falar a verdade, não importa. Não mesmo.

Agora que tinha conseguido o que queria, Simon parecia afetado pelo remorso. No fim das contas talvez não quisesse expor Anders aos riscos envolvidos. Talvez quisesse se separar do seu Spiritus mágico. Passou o polegar distraidamente pelo menino no rótulo da caixa.

– Você tem de cuspir – disse ele, por fim. – Dentro da caixa. Tem de dar saliva pra ele. E precisa fazer isso todo santo dia, enquanto você viver. Ou até você... passar o Spiritus adiante.

Anders juntou saliva na boca. Depois assentiu para Simon, pegou a caixa da mão dele e abriu-a. Anders deixou que a gosma aflorasse entre seus lábios e escorresse...

– Não, espere! – disse Simon. – Não vamos...

Mas era tarde demais. Quando Simon esticou o braço, a gosma borbulhante em forma de lágrima já tinha deixado a boca de Anders e caído na pele coriácea do inseto.

Anders tinha achado que nada poderia ter um sabor mais repugnante do que o concentrado de absinto. Estava errado. Fosse lá o que fosse, o que penetrou sua boca e se espalhou por seu corpo tinha uma dimensão não física a que gosto algum seria capaz de se equiparar. Como se ele tivesse mordido um pedaço de carne podre e no mesmo momento se *tornasse* a carne.

Ele abriu e fechou a boca numa série de ânsias secas e seu corpo foi chacoalhado por pequenas convulsões, o que fez com que a caixa caísse de sua mão. Simon sentou-se na cama com as mãos cobrindo o rosto, enquanto Anders afundou de lado, apertando a barriga. Vomitou e vomitou diversas vezes, sem que nada saísse de seu corpo.

A caixa estava caída cerca de vinte centímetros à frente de Anders. Uma forma negra e redonda apareceu na ponta, e no momento seguinte o inseto saiu inteiro da caixa. Tinha crescido. Sua pele estava brilhante e seu corpo se movia suavemente pelo chão, na direção dos lábios de Anders. Queria mais de seu maná, diretamente da fonte.

Embora se sentisse doente, Anders deu um jeito de ficar sentado, de modo que o inseto não encontrasse o caminho até sua boca. Com as mãos trêmulas, ele colocou a caixa sobre a larva e fechou-a, sem machucar o Spiritus.

Houve uma boa dose de atividade frenética no interior da caixa, que se deslocou pelo chão aos trancos e solavancos. Anders engoliu uma bolha de abjeção e perguntou:

– Ele está irritado?

– Não – respondeu Simon. – É justamente o contrário, eu acho.

Simon olhou Anders dentro dos olhos. Por um bom tempo. Alguma coisa aconteceu entre eles, e Anders assentiu.

Antes de sair do quarto, Simon disse:

– Cuide-se.

Apontou para Anders e depois para a caixa de fósforos.

– Isso só acontece da primeira vez. O gosto.

* * *

Anders ficou sentado no chão observando o Spiritus dar saltos de um lado para o outro em sua pequena prisão como uma espécie de brinquedo mórbido.

Ainda não sabia o que faria ou como faria, mas de uma coisa ele sabia: durante aquele longo olhar, Simon tinha dado sua aprovação. *Faça o que tiver de fazer.*

Anders dominou sua repugnância e colocou a mão em concha por cima da caixa. O inseto se acalmou quando sentiu o calor do seu corpo, sua presença, e Anders tomou consciência de tudo que *fluía*.

Seu corpo era um imenso sistema de canais maiores e menores, pelos quais corria água em forma de plasma. Ele tinha aprendido sobre isso na escola: o plasma carregava corpúsculos, trombócitos ou plaquetas, mas ele não era capaz de ver e tampouco de sentir esses elementos, podia ver apenas uma água turva sendo bombeada pelo coração, para dentro das artérias, e ele viu e soube que era uma árvore, inteiramente, até o mais frágil dos galhos. Uma árvore feita de água.

Ele também pôde sentir claramente toda a água fluindo ou imóvel na casa, embora essa sensação não tivesse a mesma intensidade de revelação. A rede de tubos de água era visível através das paredes, exatamente como raios X, e as garrafas de água que ele tinha trazido consigo...

Agora... agora...

Ele dobrou uma das mãos em torno de uma das garrafas no chão e, enquanto isso, manteve a outra mão sobre a caixa de fósforos. Sim, ele podia sentir a água na garrafa. Mas nada mais. Com o seu sangue era a mesma coisa: ele sentia apenas a água, mas sentia isso com muito mais força.

Olhou para a mão fechada em forma de concha sobre a caixa e veio-lhe à mente um par de versos do poeta Tomas Tranströmer. Ele nunca fora um grande leitor de poesia, mas tinha se arriscado tantas vezes a começar a leitura de uma edição dos poemas reunidos de Tranströmer que sabia de cor o primeiro texto:

Nas primeiras horas do dia a consciência é capaz de abarcar o mundo
Como a mão agarra uma pedra banhada de sol.

Era exatamente isso, com a ressalva de que o mundo que sua consciência tinha abarcado era a parte que consistia em água. Ele podia segui-la através dos canos de água fria, sentir os pingos da torneira da cozinha – onde por meio segundo perdeu contato com a água até que ela se juntou à fina película de líquido que abria caminho cano de esgoto adentro e dali continuando sua trajetória para baixo –, lá fora e por fim num corpo d'água maior, que se estendia já além de seu alcance.

Anders soltou a caixa e a percepção desvaneceu conforme ele foi afastando a mão, centímetro por centímetro. Quando a mão alcançou seu rosto e se moveu de lado a lado, a sensação tinha sumido. Ele era uma pessoa, não uma árvore.

Bastaria menos que isso para levar alguém à loucura.

Uma vez, por volta dos vinte anos, Anders foi a uma festa e acabou ao lado de um sujeito que tinha acabado de engolir um comprimido azul. Os dois estavam sentados diante de uma mesa de vidro, e o rapaz estava encarando essa mesa. Depois de alguns minutos o cara começou a chorar. Anders perguntou o motivo.

– Porque ela é tão bonita – respondeu o sujeito, com a voz embargada de emoção. – O vidro. Eu posso *ver*, sacou? Do que ele é feito, do que ele é realmente feito. Todos os cristais, os fios, as minúsculas, minúsculas bolhas de ar. *Vidro*, saca? Entende o quanto ela é linda?

Anders tinha olhado para a mesa e não fora capaz de descobrir nada de especial nela, além de que era uma mesa extraordinariamente feia e canhestra, mas decidiu não mencionar o fato. Talvez o sujeito tivesse tomado outra coisa, pois mais tarde foi encontrado em cima de um monte de neve em que ele tinha tentado cavar um buraco. O motivo por ele alegado foi que seu sangue havia começado a ferver.

Dá para enlouquecer.

Talvez o ser humano tenha a habilidade de ver através do vidro, por assim dizer, de sentir a água, se tivermos uma ferramenta que nos ajude a usar ao máximo nosso cérebro e nossas percepções sensoriais. Mas não fazemos isso, por causa do preço que se cobra. Nós nos refreamos, para assim continuarmos vivos.

Anders bebeu alguns goles da água e voltou para a cama. A poderosa experiência de tomar consciência da vida secreta da água o deixara exausto mas não sonolento, e durante várias horas ele ficou deitado, encolhido, encarando a parede do outro lado do quarto, cujo desenho do papel de parede formava estruturas moleculares de elementos desconhecidos.

Somente quando a primeira luz da manhã começou a se infiltrar pela janela, pintando de cinza o papel de parede, Anders começou cochilar. Como que ao longe, pôde ouvir o despertador tocar no quarto de Simon e Anna-Greta, e em seus pensamentos viu os dois se levantando e se vestindo para a curta lua de mel.

Divirtam-se, meus queridos.

Havia em seus lábios um leve sorriso quando ele adormeceu.

OS QUE FORAM EMBORA

"Escadas que vão para cima, mas que a bem da verdade estão indo para baixo..."

Kalle Sändare

Maja

– *Me solta! Me solta!*

Eu não gosto dele. Ele é horroroso. Eu grito. O outro vem e põe a mão na minha boca. Eu mordo ele. Tem gosto de água. Por que a mamãe e o papai não vêm me buscar?

Eles estão me carregando pra algum lugar. Eu não quero ir. Quero ir com a mamãe e o papai. Tô com muito calor. Meu macacão de neve é muito quente. A gente desce uma escada. Eu grito de novo. Ninguém pode me escutar. É quando começo a chorar. Tem muitos degraus.

Eu tento olhar pra depois me lembrar do caminho de volta. Não tem caminho de volta. Só tem degraus. E eles não funcionam.

Estou chorando. Não estou mais com medo. Não quero mais gritar. Só chorar.

Aí fica mais quente e alguma coisa tem um cheiro bom. Eles já não estão me segurando com tanta força. Não estou me debatendo. Paro de chorar.

A motoneta

Anders já se sentara na cama quando descobriu que estava acordado, com o corpo empapado de suor e o coração apertado; por um momento achou que estava em uma cela. Depois reconheceu as paredes, o desenho do papel de parede, e se deu conta de que ainda estava no quarto de hóspedes da casa de sua avó.

Mas ele tinha estado lá, dentro da lembrança de Maja.

Tinha sentido o medo, o calor, e gritou com toda a força dos pulmões. Tinha visto o incompreensível lance de escada e tinha visto Henrik e Björn. Henrik o carregara e Björn pusera a mão sobre sua boca quando ele gritou.

Um sonho. Era um sonho.

Não. Elin também tinha sido atormentada por lembranças que não eram dela. Imagens das quais ela não tinha como saber. Lembranças alheias. Agora era a mesma coisa.

Henrik e Björn. Hubba e Bubba.

Ele sabia o que tinha de fazer. As roupas que usara no casamento estavam penduradas na cabeceira da cama, mas ele as rejeitou e pegou suas próprias roupas, que estavam amontoadas numa pilha no canto. Embora tivessem acidentalmente se molhado no mar, mesmo assim a felpuda blusa Helly Hansen e o jeans surrado ainda tinham cheiro desagradável. Suas roupas estavam impregnadas de cheiro de fumaça, vinho derramado e suor do medo, e seria preciso uma boa lavada para se livrar de tudo isso.

Mas ainda assim. Era seu uniforme. Ele o vestiu com a intenção de usá-lo até que a coisa toda tivesse chegado ao fim. Recolheu do chão suas garrafas e revistas em quadrinhos. Quando olhou para os desenhos rabiscados no gibi do ursinho Bamse, viu que a linha em ziguezague que ele tinha interpretado como um templo podia muito bem passar por um lance de escada.

Bebeu alguns goles de água. Mais uma vez a percepção da presença de Maja em seu corpo era tão familiar que ele nem sequer a sentia, simplesmente sabia que estava lá. Assim que acabou de engolir a água, abriu a caixa de fósforos.

O inseto tinha crescido e agora estava tão carnudo que mal cabia na caixa. Quando Anders deixou o pesado bocado gosmento de saliva cair sobre ele, o Spiritus reavivou e começou a se contorcer na estreiteza de sua prisão. Anders tampou a caixa e fechou a mão em volta da caixa, mais uma vez sentindo aquela abrangente consciência da água ao seu redor, e dentro dele.

Ele podia sentir os movimentos da larva através do papelão fino, e teve um pouco de pena. Mas não era o momento adequado para refletir sobre a crueldade contra os animais e os direitos dos insetos. Em todo caso, Simon tinha dito na cozinha que aquilo não era um inseto. Não tinha vontade própria, nenhum outro propósito que não o de ser uma fonte de poder para seu portador. Uma espécie de pilha. Spiritus.

Anders enfiou debaixo do braço o macacão de neve de Maja e foi para a cozinha. Passava um pouco das onze. Encontrou sobre a mesa um bilhete com a letra de Anna-Greta. Era para ele se cuidar, e a casa estava abastecida com tudo de que ele precisava. Não havia absolutamente necessidade alguma de sair.

A cafeteira estava cheia, e Anders serviu-se de uma xícara. Enquanto bebia, era capaz de sentir cada ínfimo movimento do líquido percorrendo seu corpo. Assim que terminou, pegou um balde de plástico no armário de limpeza e encheu-o até a metade com água da torneira. Sentou-se numa cadeira com o balde entre as coxas, segurou com firmeza a caixa de fósforos em uma das mãos enquanto mergulhava na água as pontas dos dedos da outra mão.

Ele simplesmente sabia.

Como se a mão na água segurasse um controle remoto, ou melhor, como se tivesse *se tornado* um controle remoto com o qual ele estava tão familiarizado que já não precisava sequer olhar para os botões, agora Anders conseguia direcionar a água. Sua mão não existia, os sinais iam diretamente de seu cérebro para a superfície de contato.

Ele pediu à água que se movesse no sentido horário, depois anti-horário. Pediu que ela subisse e transbordasse o balde, de modo que suas pernas ficaram ensopadas. Depois ele abaixou o balde, pousou a mão sobre a calça molhada e pediu que água fosse embora do tecido. Uma rajada de vapor subiu na direção do seu rosto.

Eu consigo fazer isso.

Assim que esvaziou o balde e devolveu ao bolso a caixa de fósforos, Anders foi buscar a espingarda. Ficou um bom tempo examinando-a nas mãos, perguntando-se se teria alguma valia. Seu peso metálico era reconfortante e sua madeira, polida; uma arma.

Mas não era de uma arma que ele precisava, pelo menos não de uma como aquela. Retirou os cartuchos, devolveu-os à gaveta onde os encontrara e esfregou as mãos. Estava limpo.

No corredor, Anders viu um velho par de botas de Simon – botinas gastas, da loja de artigos militares. Eram só um pouco grandes. Ele as calçou, pegou o macacão de neve de Maja na cozinha e saiu.

* * *

Independentemente do tipo de criatura que Henrik e Björn tinham se tornado, fosse qual fosse a matéria de que os dois eram compostos, uma coisa estava clara: a motoneta era um veículo comum. Tinha peso e solidez, podia ser danificada ou destruída. E tinha de estar em algum lugar.

Quando chegou à estrada do vilarejo, Anders pôde sentir como estava frio. O ar estava áspero, a temperatura era quase congelante. Ele enrolou o macacão de neve de Maja em volta do pescoço e enfiou as pontas dentro da blusa para se manter aquecido.

Olhou ao redor. O albergue estava à direita, a trilha para os píeres à esquerda. Improvável.

Um lugar para onde ninguém vai.

A porção oeste da ilha era mais ou menos desabitada, com apenas algumas casas de campo isoladas recém-construídas do lado de frente para o continente. Ele ficou impressionado com o fato de que praticamente jamais tinha ido para aquelas bandas, pelo menos não desde que era pequeno. Naquela época, de vez em quando ele e outros da turma se arriscavam em expedições rumo ao desconhecido. A porção oeste da ilha simplesmente não fazia parte do mundo deles, porque ninguém que eles conheciam vivia lá.

Anders enfiou as mãos nos bolsos da frente da calça e, assim que uma das mãos roçou a caixa de fósforos, ele imediatamente tomou consciência da água; por isso mudou de ideia e transferiu as mãos para os bolsos de trás. Não era a maneira mais confortável de caminhar, mas ele só conseguia suportar por pequenos períodos de tempo aquele estado de consciência intensificada. Ela estava lá, de todo modo, uma vez que a caixa estava tão colada ao seu corpo.

Passou pela casa dos Bergwall e parou. Não havia sinal de vida no interior da casa; talvez a família tivesse se mudado para o continente. A torneira do lado de fora brilhava.

Quem está aí?

A casa ficava no topo de uma pequena colina e tinha vista para o mar, mas estava a cem metros ou mais da beira d'água. Anders acendeu um cigarro e pôs suas sensações à prova. Não conseguia ver a água dentro da rocha, mas ela devia estar lá, devia ter encontrado um caminho com seus longos dedos até ser capaz de espionar através de torneiras brilhantes e entrar na vida das pessoas.

Anders foi percorrendo veredas que as pessoas raramente trilhavam, encontrou alguns alicerces cobertos de vegetação das casas que outrora constituíram a porção oeste do vilarejo. Por fim chegou às pedras e olhou na direção de Nåten, quase indistinguível em meio à névoa sobre o mar. Continuou floresta adentro, atravessou terras agrícolas não cultivadas. Quando encontrou um velho celeiro – mais mal-acabado do que a Choça, com o telhado à beira do colapso –, pensou que era o lugar certo, mas o celeiro continha apenas lenha apodrecida, ferramentas enferrujadas e uma pilha de telhas de ardósia compradas para um telhado que jamais foi erguido. Anders sentou-se numa das pilhas e deu um longo suspiro.

Onde estão vocês? Onde diabos estão vocês?

O plano dele era simples. Se encontrasse a motoneta, encontraria também Henrik e Björn. Esperaria por eles e, quando aparecessem, ele... aqui o plano acabava. Mas ele tinha o Spiritus, e alguma coisa seria feita.

Depois de tantas horas procurando, Anders estava exausto e faminto. Se quisesse continuar, teria de voltar para casa e comer alguma coisa.

Quando chegou novamente à estrada do vilarejo, Anders cogitou a ideia de voltar para a Choça e esperar, afinal de contas era provável que eles saíssem de novo para procurá-lo. Sim, era isso que ele faria. Passaria a noite na Choça à espera dos dois, acontecesse o que acontecesse.

Já que na casa da avó havia mais comida, Anders passou lá primeiro e fez alguns sanduíches de rosbife, que comeu contemplando o mar. Já era quase crepúsculo, e ele estava esperando que o farol de Gåvasten acendesse suas luzes.

Bebeu alguns goles da substância em que agora tinha começado a pensar como água de Maja e passou os dedos distraidamente pelo disco do telefone. Anna-Greta nunca tinha se dado ao trabalho de comprar um telefone com teclado, embora isso dificultasse muito qualquer contato com organizações computadorizadas. De acordo com suas próprias palavras, ela queria conversar com uma pessoa real.

Antes que tivesse tempo de pensar em como e por quê, Anders se viu discando o número de Cecilia. Só porque era tão divertido usar um telefone com disco, e ele também não conseguia pensar em nenhum outro número para o qual ligar.

Não achou que Cecilia estaria em casa e, à medida que o telefone foi tocando, uma imensa desolação começou a ecoar em seus ouvidos. Ele se sentiu *solitário*, de uma maneira horrível e irrevogável. Não era uma sensação de pânico, tampouco o medo que tinha tomado conta dele tantas vezes no passado; agora era uma enorme dor, e a sensação esmagadora de que estava totalmente sozinho no mundo.

– Alô?

Anders respirou fundo e sufocou a dor da melhor maneira possível; porém, quando conseguiu falar, sua voz saiu fraca:

– Oi, sou eu. De novo.

– Você não devia ligar aqui, Anders.

– Não, acho que não. Mas pelo menos estou sóbrio.

– Bom, isso é bom.

– É.

Houve um silêncio entre os dois, e Anders olhou para a Choça, para o poente.

– Lembra aquela vez em que você me deu uma carona na sua bicicleta? Depois que te paguei um sorvete?

Cecilia deu um suspiro exagerado. Contudo, quando ela por fim respondeu, sua voz era menos desdenhosa do que nas conversas anteriores. Pelo menos Anders estava sóbrio, como ele mesmo tinha dito.

– Sim. Eu lembro.

– Eu também. O que você está fazendo?

– Agora?

– É.

– Eu estava tirando um cochilo.

Ela hesitou antes de acrescentar algo mais pessoal.

– Na verdade eu não tinha mais nada para fazer.

Anders meneou a cabeça e olhou para o mar; seu olhar alcançou Gåvasten no exato momento em que brilhou o primeiro clarão.

– Você está feliz? – perguntou ele.

– Nem um pouco. E você?

– Não. O que aconteceu com o cara que você conheceu?

– Não quero falar disso. E você?

– Como assim?

– O que você está fazendo?

Um clarão, dois clarões, três clarões. O facho intermitente ainda estava fraco demais para que conseguisse formar uma trilha no mar. Quatro clarões.

– Eu estou procurando a Maja – disse ele.

Cecilia não respondeu. Anders ouviu apenas um clique quando ela pousou o fone. Ele esperou. Instantes depois percebeu que ela estava chorando, a alguma distância do aparelho.

– Cilia? – disse ele, e então mais alto. – Cilia?

Ela pegou o fone, com a voz embargada.

– Como... como você pode estar procurando a Maja?

– Porque acho que posso encontrar ela.

– Você não pode, Anders.

Ele não tinha a intenção de começar a explicar tudo, levaria horas e em todo caso Cecilia não acreditaria nele. Um clarão, dois clarões. Alguma coisa aconteceu. De repente ele sentiu que os clarões do farol estavam quentes. E bons. Uma luz encontrou caminho dentro dele e um aterrorizado e pequeno bolsão de alegria saltou no ar.

– Lembra aquela música que eles cantaram no funeral do papai? "Enquanto o barquinho puder velejar, enquanto o coração puder bater, enquanto o sol brilhar sobre as grandes ondas azuis"?

– Sim, mas...

– É assim. É exatamente assim. Não tem fim. Tudo ainda está aqui.

Cecilia suspirou de novo, e ele podia imaginá-la balançando lentamente a cabeça.

– O que você está dizendo, meu be...

Cecilia engoliu a última palavra. Por força do hábito ela ia terminar a frase com "meu benzinho". Do mesmo jeito que eles costumavam se tratar um ao outro. Ela limpou a garganta e, com voz controlada, disse:

– Acho que a gente não deve mais se falar.

– É – concordou Anders. – Acho que você tem razão. Mas eu te desejo tudo de bom. É provável que eu nunca mais te ligue.

– Por que está dizendo isso?

– Você quer que eu te ligue de novo então?

– Não. Bom... mas por que você disse isso?

– Por via das dúvidas.

Anders engoliu um caroço que tinha começado a crescer em sua garganta e emendou rapidamente:

– Eu te amo.

E depois desligou. Ficou um bom tempo sentado com a mão sobre o fone, como se quisesse refrear o desejo de arremessá-lo no ar ou de ligar de novo.

Ele não sabia disso até dizer em voz alta. Talvez nem fosse verdade. Mas, depois de vários minutos escutando em seu ouvido a agora mais amigável voz de Cecilia, ele subitamente tinha sido arrebatado. Talvez fosse apenas a saudade de outra pessoa, ou a nostalgia evocada por lembranças mais felizes, talvez ele a idealizasse agora que já não a via, talvez não fosse verdade.

Mas amor? Quem é capaz de dizer o que é apenas um atoleiro de carências e desejos obscuros e o que é amor verdadeiro? Existe esse tipo de coisa? Será que se a gente disser para alguém "eu te amo" sabendo que está sendo sincero então é amor, independente dos motivos?

Com Maja ou sem Maja, ele amava a pessoa sentada do outro lado da linha, distante dele. Qual era a razão, o que tinha mudado, disso ele não fazia ideia. Mas as coisas eram assim.

Agora a baía já estava quase às escuras e, quando Anders pousou os cotovelos no peitoril da janela, viu o facho do farol de Gåvasten tremeluzindo como uma rua dourada ao longo da água, desaparecendo por cinco segundos e depois reaparecendo, e desaparecendo de novo.

Onde as ruas são revestidas de ouro.

Piscou algumas vezes e balançou a cabeça diante da sua própria estupidez. Por que razão a motoneta deveria estar necessariamente em Domarö só porque era o lugar onde eles costumavam andar com ela? Ela podia estar em qualquer lugar, qualquer ilha, Anders devia saber disso. O mar era a estrada deles.

O mar é tão grande, o mar é tão grande...

Mas eles não podiam sair para zanzar com a motoca toda vez que lhes desse na telha; se esse fosse o caso, então alguém os teria visto. Devia ser em algum lugar não muito distante, um lugar onde não houvesse muita gente...

Anders entrou na cozinha, pegou uma enorme lanterna e checou se as pilhas estavam funcionando. Depois vestiu uma jaqueta de Simon por cima da blusa Helly Hansen e fechou o zíper com o macacão de neve de Maja enfiado por dentro. O resultado era que parecia estar grávido. Alojou o Spiritus no bolso da jaqueta.

Quando saiu, Anders viu que não estava tão escuro quanto parecia do lado de dentro, mas dali a cerca de meia hora cairia a noite. Ele acelerou o passo até o píer, cruzando os dedos para que Göran tivesse trazido de volta o barco de Simon, como tinha prometido.

Dito e feito. O barco estropiado que nos últimos dias se envolvera em tanta coisa estava lá, raspando suavemente o píer; Anders subiu a bordo, desamarrou as cordas e deu a partida no motor.

Parecia perfeito, quase perfeito demais, e ele não sabia se Henrik e Björn tinham o tato para essas coincidências, mas desconfiava que sim. Não se pode idolatrar Morrissey ou os Smiths sem alimentar um desejo de voltar ao início, à época e ao lugar em que tudo começou, para o bem ou para o mal.

Anders deu meia-volta no barco, abriu o afogador e rumou direto para Kattholmen.

De volta ao velho lugar

As árvores derrubadas pela tempestade estavam caídas feito dinossauros pescoçudos e sedentos, estendendo-se por todo o caminho até a beira d'água. Uma anistia geral tinha sido declarada. Se o mar congelasse no inverno, qualquer pessoa que estivesse interessada poderia abrir caminho até Kattholmen e cortar quanta madeira quisesse; o principal era limpar o terreno.

Mas havia somente aqueles enormes abetos, com os quais era muito difícil lidar. Difíceis de serrar, difíceis de cortar, e a madeira também não era lá muito boa. Havia pouco interesse. Se fossem bétulas, com as quais é bem mais fácil trabalhar, não teria havido necessidade de esperar o gelo; as pessoas viriam em barcos para pegar o que pudessem, e Kattholmen teria ficado limpo em um piscar de olhos.

Mas os abetos derrubados ainda estavam ali, troncos escuros e sombrios caídos entre as pedras; aqui e ali um ou outro galho se projetava da água, como os braços de esqueletos pedindo ajuda, ignorados e rejeitados por todos.

A lua tinha começado a se cansar e minguar, equilibrando-se, desamparada, nos galhos dos poucos abetos ainda de pé. Véus de nuvens passavam deslizando, e quando Anders chegou mais perto de Kattholmen foi banhado em uma luz sem luminosidade, como alumínio envelhecido. Ele circundou o pontal Norte, onde uma boia de concreto assinalava uma rota marítima que já não era usada, e continuou ao longo da costa pedregosa da face leste da ilha.

A garagem de barco ainda estava lá. Demoraria centenas de anos para que a ação do tempo começasse a cobrar seu preço e desgastar as paredes, construídas com toras dispostas horizontalmente, e nenhuma árvore tinha desabado sobre o lugar. Anders diminuiu a velocidade e flutuou ao longo dos últimos metros, desligando o motor e dobrando-o para dentro do barco de modo a não danificar o propulsor. Quando a quilha raspou o fundo, ele saltou na água, que imediatamente se infiltrou em suas botas. Arrastou o barco em terra firme e acendeu a lanterna, apontando o facho na direção da garagem.

Nada tinha mudado. Parecia exatamente o mesmo lugar da última vez em que ali estivera. O local onde haviam acendido a fogueira ainda estava lá, a fogueira cujas brasas incandescentes tinham sido chutadas no traseiro nu de Henrik. Mas a grama amassada pelos corpos de Henrik e Björn havia muito tempo crescera de novo, e agora reluzia, úmida, no facho da lanterna.

Anders olhou para a porta e quase pôde ouvir a fanfarra, a voz cantando, "*It's the final countdown...*", mas o único som era o sussurro do vento entre as folhas dos pinheiros secos.

Ele deu alguns passos para a esquerda, mirou sua lanterna ao longo da lateral da garagem, e lá estava. O reboque de madeira tinha sido danificado pelo fogo mas ainda estava inteiro, a tampa do combustível brilhou quando Anders passou a lanterna sobre a motoneta de Henrik e Björn. Havia marcas de pneu na grama na direção da água.

Então aqui estamos...

Anders sentou-se no degrau mais baixo e olhou para o mar. O barco de Simon balançou suavemente quando uma onda bateu na popa. A luz de alumínio da lua deixava o mundo congelado e metálico. Um tronco seco rangeu atrás de suas costas e ele se viu no início de tudo e no final de tudo. O ponto fixo. A contagem final.

Dez, nove, oito, sete, seis...

Lentamente, Anders fez contagens regressivas de dez até zero, talvez umas trinta vezes, e nada aconteceu; ele continuou encarando a água enquanto esperava por aqueles que tinham a chave, os que sabiam, e que, querendo ou não, iam ajudá-lo.

Ainda sentado no degrau, Anders enfiou a mão dentro da jaqueta e roçou com os dedos o tecido suave do macacão de neve. Olhando para ele, a lua se lançou laboriosamente para longe das copas dos abetos. Inquieto, Anders se levantou, puxou a cavilha da porta e a abriu, e iluminou o interior com a lanterna.

Era óbvio que outras pessoas haviam estado ali desde sua última visita. Uma geração diferente assumira as rédeas do ponto em que a dele chegara ao fim, uma geração mais descuidada. Uma cadeira de madeira tinha sido reduzida a pedaços e um baralho jazia no chão. Num canto viu uma pilha de garrafas vazias, e nas camas não havia colchões nem lençóis ou cobertas.

Anders caminhou até a mesa e sentou-se numa cadeira que vergou sob seu peso. Através da pequena janela ele viu a motoneta encostada à parede. Abaixou-se e começou a recolher as cartas, pensando em jogar uma partida de paciência, mas desistiu. Em todo caso, aparentemente faltavam algumas cartas, ele viu apenas cerca de vinte.

Enquanto ainda estava inclinado para a frente, Anders ouviu um chapinhar lá fora. Parecia diferente da água batendo contra o barco, e ele enrijeceu o corpo. Imediatamente depois ouviu a voz de Henrik, aos berros:

– Não venha para casa esta noite. Alguém aqui vai enfiar uma machadinha na sua cabeça!

Anders lentamente se empertigou e deixou cair a carta que segurava na mão. O cinco de ouros. Encarou os símbolos em forma de losangos e não encontrou significado algum, nada a interpretar. Levantou-se da mesa, ajeitou o macacão de neve de Maja de modo que ficasse como uma cinta em volta da barriga e caminhou na direção da porta.

Henrik e Björn estavam parados ao pé da escada. A lâmina ridiculamente longa da faca era mais do que visível na mão erguida de Henrik.

– Esta velha casa. Tantas lembranças ruins – disse Björn.

Anders sentou-se no primeiro degrau e olhou para os dois. De fato, não tinham mudado muito desde aquela época. O lugar onde eles estavam fez com que Anders os visse por meio de um filtro de lembranças, e ele já não via dois fantasmas vingativos, mas dois rapazes infelizes que não tinham mais ninguém no mundo a não ser um ao outro. E Anders conhecia a canção, por isso devolveu:

– Eu gostava mesmo de você e pretendia te dizer isso. Mas nunca disse.

Henrik abaixou a faca e a expressão de desprezo abandonou seus olhos. Anders estendeu sua mão na direção deles, a palma para cima, e disse:

– Fui eu que dei a fita pra você, lembra?

Björn fez que sim com a cabeça e começou a falar, mas Henrik o silenciou com um gesto.

– O que você quer?

Anders passou a mão sobre a barriga, sobre o macacão de neve.

– Eu quero a minha filha de volta. E acho que vocês dois têm a chave.

O sorriso distorcido voltou aos lábios de Henrik.

– A chave?

– Só vocês podem me ajudar.

Henrik e Björn entreolharam-se. Na mão de Henrik a faca balançava de um lado para o outro. Anders não conseguiu decifrar que decisão silenciosa tinha sido tomada entre os dois, que se sentaram lado a lado, um degrau abaixo dele. Já que da última vez tinha funcionado, Anders pensou rápido e disse:

– Por favor, por favor, por favor...

Era como um jogo em um campo minado. Mais uma vez o rosto de Henrik relaxou. Os três ficaram sentados juntos, amontoados nos degraus, num toma lá dá cá de referências aos Smiths. Podia ser normal, podia ser terno. Anders não sabia se era.

Juntinhos...

Ele tentou não deixar transparecer no rosto um arrepio de medo que trespassou seu peito, enchendo seu estômago de inquietação. Por causa de sua ansiedade, tinha se esquecido de uma parte essencial do plano, para dizer o mínimo. Ele não tinha bebido o absinto. Nem hoje, nem no dia anterior. E eles sabiam disso. Caso contrário não teriam se sentado tão perto dele.

Björn fitava Henrik como se estivesse esperando para ver o que ele diria. Henrik permanecia em silêncio, olhando para um ponto específico logo abaixo do queixo de Anders. Então ele ergueu a faca e aproximou-a lentamente do rosto de Anders. Anders recuou um milímetro.

O absinto. Como eu pude...

– Espere – disse Henrik. – Espere.

Os cantos de sua boca se contraíram.

– Sossegue o facho e espere.

Imóvel, Anders tentou esboçar uma expressão de interesse amigável quando Henrik pousou a lâmina contra o lado esquerdo de seu pescoço. Ele olhou dentro dos olhos de Henrik, mas nada conseguiu ler através da fina e gelatinosa película que cobria a íris e a pupila dele. O metal frio estava encostado na pele de Anders poucos centímetros abaixo do queixo, sobre a artéria carótida.

Henrik disse:

– Eu posso ver o seu rosto. E ele é bondoso, de um jeito desesperado. Mas essa coisa no fundo da sua mente... o que *é* isso?

Henrik emitiu uma pulsação de emoção negra, e Anders se deu conta de que tinha perdido, de que talvez jamais tivesse tido a menor chance de ganhar. A pulsação entrou em seu corpo feito um espasmo, uma ordem para seus músculos – *fujam* –, mas antes que ele tivesse tempo de dar um salto ou se jogar para o lado, Henrik já tinha feito o corte.

Um filete ardente queimou a pele de Anders e, antes que ele tivesse tempo de reagir, o sangue começou a jorrar de seu corpo. O sangue saiu em jatos, numa série de poderosos esguichos que molharam o rosto e as mãos de Henrik, os degraus e as pernas de Anders. Uma artéria tinha sido talhada e, quando Anders instintivamente usou a mão esquerda para pressionar o ferimento, percebeu que não tinha salvação.

Seu sangue vital estava sendo expulso do corpo no mesmo ritmo de seus batimentos cardíacos, jorrando sob seus dedos com uma força incompreensível.

Somente agora, quando seu coração trabalhava contra ele, Anders foi capaz de sentir plenamente o poder do órgão. Sentia cada batida debaixo da palma da mão como uma pancada, à medida que o sangue fresco ia abrindo caminho para fora do sistema circulatório, escorria por debaixo de sua jaqueta e ensopava sua blusa em questão de segundos.

Suas pálpebras tremeram e apenas vagamente ele viu Henrik se levantar e se posicionar defronte aos degraus, como se estivesse prestes a fazer um discurso. Björn e o agonizante Anders seriam sua plateia.

– Então, o fim do mundo. Será que é à noite? – perguntou Henrik.

E Björn respondeu:

– Eu realmente não sei.

– Durante o dia, então?

– Eu realmente não sei.

Anders caiu de lado e sua mão direita pousou sobre o bolso da jaqueta. Através do tecido ele sentiu a caixa dura e, quando Henrik perguntou "E quanto a ter filhos? Faz algum sentido?", Anders enfiou a mão no bolso e segurou a caixa. Seus dedos estavam rijos e frios, como se estivessem congelados, e suas unhas rasparam, impotentes, a superfície macia. Agora o sangue da garganta fluía em pulsações mais fracas, mas ainda fortes o bastante para que uma leve cascata esguichasse para dentro de seus olhos. E ele viu a água, viu a água no plasma do sangue indo embora de seu corpo, mas não teve forças para fazer nada a respeito. Então sentiu cócegas quando a caixa se abriu e o Spiritus rastejou palma de sua mão adentro, no exato momento em que Henrik disse:

– Então não há debate. Apenas sossegue o facho e espere.

Está fluindo. A água está fluindo.

Ele pediu que ela parasse. A súplica saiu rapidamente de sua mão e se espalhou ao longo da árvore que eram suas veias e artérias. Quando chegou ao corte a súplica parou, atraindo para si tudo aquilo no fluxo de sangue que era água, até que somente os elementos sólidos coagulados permanecessem ao redor do ferimento. Para compensar a perda de fluido a artéria de seu pescoço correspondente ao lado da mão direita começou a latejar com tanta força que as palpitações podiam ser sentidas como espasmos sob a pele.

Anders fechou cuidadosamente a mão em volta do Spiritus e, através de um véu vermelho, viu que agora Björn estava sentado bem à sua frente, de costas para ele. Henrik procurava um comentário final adequado. Quando encontrou um, seu rosto se iluminou. Abriu os braços num gesto largo e estava prestes a começar sua declamação, mas nesse momento Anders saltou sobre Björn e agarrou-o com os braços.

Água.

Ele podia ver. Um pepino. É um tanto quanto incompreensível que um pepino seja quase inteiramente composto de água e mesmo assim tenha uma forma sólida, e era exatamente a mesma coisa com Björn. Seu sangue, seus órgãos internos, seu esqueleto eram todos feitos de água em vários graus de inércia, e Anders estava segurando essa água nas mãos.

Björn tentou ficar de pé e se desvencilhar, mas Anders pediu calor. Pediu todo o calor que podia ser invocado, e pediu que a água em seus braços fervesse.

Ferve, desgraçado!

Björn caiu de costas nos degraus quando uma onda de calor atravessou seu corpo. Em poucos segundos ele foi transformado numa massa de água fervente, queimando Anders nos braços e no peito. Henrik correu na direção dos degraus e chegou no exato momento em que Björn abriu a boca para gritar.

Não saiu grito algum, mas de sua boca jorrou uma fonte de água fervente e borbulhante que atingiu Henrik no rosto e no peito e o fez cambalear para trás e tombar numa nuvem de vapor. Björn desabou na escada e vomitou em Henrik um último esguicho de água fervente antes de despencar de cabeça no chão e rapidamente encolher. Em poucos segundos foi reduzido a uma pilha de roupas molhadas e fumegantes.

Henrik se contorcia na grama, rolando de um lado para o outro como se tentasse apagar as chamas de seu corpo. Depois seus movimentos diminuíram e ele ficou imóvel.

Anders inclinou-se e tentou se levantar. Era impossível. Suas pernas tinham perdido todas as forças quando o sangue deixou seu corpo. Ele era um farrapo torcido, e feito um farrapo deixou-se desabar escada abaixo, conseguindo apenas esticar as mãos para se salvar quando chegasse ao chão.

Ele saiu rastejando para a frente. O vapor das roupas de Björn subiu e evaporou no céu da noite e, quando passou arrastando-se por elas, Anders pôde sentir o calor que emanava de dentro do amontoado de roupas, como um pequeno vulcão adormecido. Henrik estava estatelado de costas na grama, encarando o céu. Anders rastejou na direção dele o mais rápido que podia e sentiu o macacão de neve de Maja escorregando em cima de sua barriga.

Não morra. Não morra.

O rosto de Henrik estava em processo de derretimento. O peito estava afundado. A pele fina em volta dos olhos já tinha se dissolvido em líquido e seus globos oculares pareciam bolinhas de gude de porcelana, pintadas e colocadas em um oco de carne inflamada. Os dedos de Henrik se mexiam sobre a grama, como se a afagassem.

Enquanto Anders avançava na direção de Henrik, o processo de desintegração desacelerou, uma vez que o calor da água fervente diminuiu. Algumas últimas espirais de vapor subiram do que sobrara do rosto de Henrik, e o ataque tinha chegado ao fim.

Não era um ser humano que estava ali deitado na grama. Um ser humano não desmorona ou se despedaça do jeito que tinha acontecido com Henrik. A água o havia fatiado sem fazer distinção entre as partes duras e moles de um corpo humano. O lado esquerdo do queixo e do pescoço tinham desaparecido, suas bochechas estavam perfuradas com uma série de buracos grandes e pequenos que se estendiam pela cabeça.

Um ser humano recém-vitimado por esse tipo de ferimento deixa escapar um fedor de sangue e pele queimada, mas Henrik não exalava odor algum. Um rosto esculpido na areia em cima do qual tinha sido jogado um balde de água. Algumas partes haviam sido levadas pela água, outras haviam desabado, outras estavam intactas.

– Henrik.

Anders apoiou-se sobre os cotovelos de modo a poder olhar Henrik nos olhos, que ainda estavam lá, mas pasmados de uma maneira insana e esbugalhada, já que a pele ao redor deles tinha desaparecido. As pupilas de Henrik se moveram na direção de Anders. Era impossível dizer se Henrik estava sorrindo, pois de certo modo seus lábios nem existiam mais.

– Posso ver... – balbuciou Henrik.

Sua voz era pouco nítida, gorgolejante, como se ele falasse através de uma película líquida.

– Posso ver... o que você tem aí...?

Anders não entendeu o que ele quis dizer, mas nesse exato momento o Spiritus se mexeu em sua mão, contorcendo-se como um dedo na tentativa de escapar do aperto. Ele ergueu a mão diante dos olhos de Henrik. Abriu-a e fechou-a rapidamente.

A cabeça de Henrik se mexeu de maneira quase imperceptível.

– Bem que eu achei mesmo – disse ele.

– Henrik – disse Anders. – Você tem de me dizer.

Henrik interrompeu-o com sua voz inumana, borbulhante.

– Está se sentindo mal por mim? Não sinta. No fundo, você sabe, eu quero ir.

– Dormir – completou Anders. Eu sei. A gente ouviu no seu chalé. Sentados na sua cama. Por favor, por favor, por favor, Henrik. Me conta.

– A chave... – disse Henrik.

– É. O que eu tenho que fazer?

Henrik soltou uma baforada de vapor ou de ar que foi transformado em vapor pelo frio, era impossível dizer. Seu peito afundou mais alguns centímetros. Sua voz agora não passava de um silvo quase inaudível, e Anders colocou a orelha perto de sua boca para conseguir ouvi-lo.

– Está na sua mão.

Houve um breve silêncio, depois Henrik acrescentou:

– Babaca.

Como que em resposta, o dedo extra de Anders se sacudiu e deu trancos na palma de sua mão; Anders jogou o corpo para a frente de modo que sua boca ficou colada à orelha completamente ilesa de Henrik, mas, antes que tivesse tempo de perguntar mais alguma coisa, Henrik murmurou num último suspiro:

– Deve haver um outro mundo. Um mundo melhor.

Depois se calou. Anders rendeu-se aos músculos do seu pescoço, que insistiam em descansar, e desabou de testa na grama junto à cabeça de Henrik.

Adeus, babaca.

A perda de sangue e o esforço tinham acabado com Anders. Tudo que ele podia fazer era ficar lá deitado, empenhando-se para virar a cabeça de lado de modo a conseguir respirar. Os minutos foram se passando e o frio do chão começou a fazer com que o lado direito de sua cabeça adormecesse. O Spiritus rastejava de um lado para o outro em sua mão, mas sem tentar escapar. Anders podia sentir os lençóis e veios de água no chão sob seu corpo, e mal conseguia distingui-los de sua própria circulação enfraquecida.

Eu estou... afundando...

O único calor existente vinha da ferida ardente e agonizante em sua garganta. A ferida quente continuava na superfície, ao passo que ele afundava para dentro da frialdade da terra e a escuridão crescia ao seu redor. Ele perdeu contato com o próprio corpo e caiu.

Cante para eu dormir...

Anders já não sabia o que ficava acima ou abaixo, estava em queda livre, ignorava se havia alguma coisa sob ele ou alguma conclusão iminente. Ele estava flutuando. Estava em águas escuras e estava se afogando.

Seus pulmões se contraíram quando ele tentou aspirar o ar que não existia. Tinha apenas alguns segundos de vida. Mas os segundos se passaram e ainda assim sua consciência boiava à deriva em meio à escuridão informe, recusando-se a morrer e pensando: *Eu já estive aqui antes. Sei o que acontece a seguir.*

O horror do que estava por vir fez um coração começar a bater mais rápido em algum lugar na escuridão. Podia ser seu próprio coração, mas tais distinções não faziam sentido aqui. Havia um coração batendo no medo, havia alguma coisa chegando mais perto.

Está vindo...

A escuridão ficou mais espessa, uma sombra começou a se formar dentro de uma sombra. Contra essa sombra Anders nada era, e estava sendo sugado na direção dela como um punhado de crustáceos prestes a serem filtrados através das barbas de uma baleia. Ela não estava interessada em Anders, era imensa demais para se incomodar com ele, mas acontece que Anders estava no caminho e acabou sendo arrastado na direção dela.

Venha comigo... venha comigo...

Uma mão roçou a dele, uma mão pequena. Puxou e cutucou. A mão de Maja.

Você tem de vir agora!

Não. Eu sou a Maja. A mão do papai é tão grande. Quando a gente sai pra passear, eu seguro só o fura-bolo dele. O fura-bolo dele está na minha mão. Por que ele não vem?

Papai, vamos!

A mão dela está na minha, é tão pequena e fina, é como se eu estivesse segurando um dedo, vamos, papai, agora, papai, a gente de tem ir!

Estou indo.

Ele seguiu a mão que o puxava, puxou o dedo que o estava seguindo e a escuridão cambiou em tons de alumínio quando o dedo e a mão se transformaram em um inseto e o salgado ar marinho foi puxado para dentro de seus pulmões em um único e profundo trago.

Estou indo.

Ele conseguia ver de novo. Conseguia respirar. Seu corpo estava deitado numa encosta coberta de grama. O vento passava por seu rosto. Ao seu lado havia roupas molhadas, como se tivessem sido estendidas para secar ao luar. A julgar pela posição da lua no céu, ele devia ter partido havia muito tempo, várias horas talvez. A dez metros de distância estava o barco, em terra firme.

Não consigo fazer isso.

Viu diante de si o esforço necessário para puxar o barco água adentro, dar partida no motor. Ele não se achava capaz. Queria continuar dormindo, mas sem sonhos.

Vamos!

– Sim, sim – resmungou Anders.

Ele se levantou cambaleando e aos trancos e barrancos caminhou até o barco na orla. O vento estava forte e o ajudou. As ondinhas que vinham batendo no barco tinham começado a atraí-lo na direção delas. Mais um pouco e provavelmente o barco teria flutuado sozinho. Anders teve de dar apenas um leve cutucão e o barco saiu boiando na água, depois ele foi atrás, subiu com dificuldade e desabou por cima da amurada.

Tentou abrir a mão que segurava o Spiritus, mas seus dedos estavam travados. Com a ajuda dos dedos ligeiramente mais flexíveis da outra mão, conseguiu abri-la à força e, com um piparote, guardou de novo o Spiritus dentro da caixa de fósforos. Encarou o motor.

Um puxão. Isso eu consigo.

Quando o motor não pegou de primeira, Anders esteve mais uma vez a ponto de desistir, mas rangeu os dentes, rezou uma oração sem palavras e tentou de novo. O motor pegou. Antes de agarrar os controles, ele verificou se o macacão de neve ainda estava dentro da jaqueta.

Em vão.

Afundado no assento na proa de modo que mal conseguia além da amurada, Anders deixou Kattholmen para trás e rumou para Domarö. Sabia o que tinha de fazer, mas primeiro precisava descansar, recuperar um pouco das forças.

Estava quase inconsciente quando chegou ao seu píer, e já a meio caminho da Choça viu a si mesmo por um breve momento e se fez uma pergunta:

Você amarrou o barco?

Anders não sabia, não conseguia lembrar, e nem sequer tinha forças para se virar e conferir. Se ele *não tinha* amarrado o barco, em todo caso nada havia que pudesse fazer a respeito. Um pouco mais tarde, ainda vagamente consciente, ele abriu a porta da frente da casa, fechou-a atrás de si, encontrou uma garrafa de vinho diluído e tomou tudo de um gole só. Depois disso desabou no chão e não soube de mais nada.

O primeiro

Anders será o último. Deixemos que ele durma e descanse. Ele vai precisar. Enquanto isso, vamos ouvir a história do primeiro.

É uma espécie de conto de fadas, e, como em todos os contos de fadas, os detalhes se perderam, submersos nas marés do tempo, e nós ficamos para trás, abandonados na praia, na melhor das hipóteses com um pedaço da quilha, uma figura de proa ou um diário de bordo danificado pela água.

Alguma coisa aconteceu. Aconteceu em algum momento. Isso é tudo de que precisamos saber. Na época em que os habitantes de Domarö viviam da pesca do arenque e uma aliança profana foi firmada com as forças das profundezas a história devia ser mais conhecida. Agora restaram apenas fragmentos, e devemos deixar que nossa imaginação construa o navio.

Porque a história trata de um navio. Ou melhor, dos destroços de um navio. Talvez tenha sido uma pequena peça da engrenagem, isso não tem importância. O navio transportava sal, supostamente entre a Estônia e a Suécia, seguindo uma rota qualquer.

A tripulação talvez fosse sueca ou estoniana, mas em todo caso temos um único sobrevivente para levar em conta. Vamos supor que ele é sueco, e podemos chamá-lo de Magnus.

Nós o encontramos no mar de Alanda. Seu navio se extraviou da rota e foi a pique em meio a um extraordinariamente denso nevoeiro de outubro. Aterrorizado e congelado até os ossos, Magnus conseguiu agarrar-se com dificuldade a um pedaço da popa, que tinha se rompido. Ele chama seus companheiros de bordo, mas não há resposta. A névoa cai como um cobertor ao redor, o que impede Magnus de enxergar até mesmo o tamanho do destroço que o está carregando.

Mas ele está boiando. Teve sorte em meio ao desastre. Graças ao formato do pedaço do navio em que ele se encontra nenhuma parte de seu corpo está em contato com a água. Ele teve sorte. Se pelo menos não estivesse fazendo um frio tão terrível!

Não sabemos quanto tempo Magnus fica assim à deriva. Talvez sejam dias, mas o mais provável é serem somente algumas horas, já que a névoa não se dissipou. Ele flutua em um mundo branco-leitoso, mas não consegue escutar coisa alguma exceto os sons que ele mesmo faz quando muda de posição ou grita, pedindo ajuda, para a vastidão vazia.

A primeira coisa de que ele toma consciência não é uma impressão visual, tampouco um som. É um cheiro. E por si só o cheiro basta para que ele sinta que o calor está começando a se infiltrar em seu corpo. É o cheiro de animais.

Ele já se perdera antes na névoa do mar, uma vez. Naquela ocasião eles rizaram as velas e esperaram que as brumas se dispersassem. Mas antes disso acontecer fizeram contato com a terra através do cheiro. Esterco, corpos de animais, terra! Animais significam pessoas, e resgate. Remaram na direção do cheiro e encontraram o caminho até o porto.

Daí a centelha de esperança nas entranhas apavoradas de Magnus. Ele agarra uma prancha de madeira solta e rema na direção de onde julga estar vindo o cheiro. Deve estar indo na direção certa, porque o odor fica mais forte.

Ele pode ouvir uma vaca mugindo. O nevoeiro começa a se dissolver em véus e seções separadas. O frio diminui, e a leve brisa que carrega o cheiro é quente, uma brisa de verão, nada mais, nada menos.

Supostamente Magnus é um homem religioso. Supostamente está louvando a Deus quando a névoa se dissolve e ele por fim avista a terra. Mas mal consegue crer no que seus olhos veem.

Paraíso.

É a única explicação possível. Que ele se desviou tanto da rota que acabou no paraíso. Ouviu dizer que o Jardim do Éden podia muito bem estar numa ilha. E parece que a encontrou.

Mais algumas remadas com o remo improvisado e ele chega a uma praia de areia fina e pálida. No ponto onde termina a praia tem início uma campina vicejante. Algumas vacas bem alimentadas estão pastando. Numa encosta ele avista casas de construção robusta, cercadas de árvores frutíferas.

E o lugar é quente, agradavelmente quente. Por um bom tempo Magnus não faz nada a não ser ficar sentado em seu pedaço de destroço, encarando, boquiaberto. Não ousa pisar em terra firme, pois tem medo de que esse paraíso derreta como a bruma assim que tocá-lo com os pés.

Há frescor em tudo. Tudo brilha e reluz como se fosse novo, criado apenas para ele. Sim, é exatamente essa a sensação. Paira sobre todas as coisas uma película de umidade, e a água pinga das folhas das árvores, como se essa ilha tivesse se erguido do mar apenas para encontrá-lo.

Cautelosamente ele põe o pé dentro da água e descobre que o fundo arenoso é firme. Anda na água até chegar à orla, caminha pela praia, sobe até a campina e as casas. Desaparece da história, e nunca mais se tem notícia dele.

Hora de começar uma briga

Quando amanheceu, Anders já não tinha um corpo. Tinha um ferimento. Depois de uma noite no chão duro seus braços e pernas estavam doloridos, a cabeça doía, a garganta palpitava e latejava. Seus dedos estavam rijos e sua bexiga marcou presença, juntando-se ao coro de dor.

No momento em que abriu os olhos, que haviam dado um jeito de se colar durante a noite, Anders sentiu uma dor no fundo da pupila quando a luz do dia avançou como se fosse uma faca. Ele ficou deitado, imóvel, olhando para a porta do banheiro e tentando encontrar uma única parte do corpo que não estivesse dolorida. Passou a língua dentro da boca e constatou que a língua estava ilesa e que nem o céu da boca nem os dentes tinham sofrido danos nos últimos dias. O interior da boca estava pegajoso e com um gosto repugnante, mas não doía.

Ele esfregou os olhos e pedaços de sangue ressecado se descolaram, colorindo de vermelho-pálido a ponta dos seus dedos. Perdera toda a sensibilidade na orelha que tinha sido comprimida contra o tapete durante as horas da noite. Espirrou, e de seu nariz saiu uma mistura de sangue e muco.

Hoje é o primeiro dia do resto da sua vida.

Anders conseguiu se sentar e agarrou a maçaneta da porta. Usando-a como apoio, pôs-se de pé e cambaleou até o banheiro, onde bebeu água da torneira até não aguentar mais. Pontos brancos dançavam na frente de seus olhos, e ele teve de se sentar para urinar. Ficou um bom tempo sentado com a cabeça nas mãos.

Quando passou a pior parte da tontura, ele se levantou e sacou de dentro da blusa o macacão de neve de Maja, que já não estava molhado, mas manchado com nódoas de sangue seco e escuro. Ele jogou a peça no chão do corredor e se despiu.

A blusa Helly Hansen estava dura, o jeans e a camiseta colados à sua pele. Ele tirou por completo a roupa e sentiu uma dor abrasadora quando o corte na coxa direita se abriu de novo e começou a sangrar. Seu corpo exalava um cheiro de putrefação e ele não ousou se olhar no espelho.

A caldeira não era muito boa, e Anders ligou o chuveiro na temperatura máxima. Depois ficou debaixo da água morna com o rosto virado para cima. De quando em quando bebia alguns goles. O sangue que tinha jorrado de seu corpo precisava ser reposto. Quando a água começou a esfriar, ele se ensaboou e lavou cuidadosamente o talho na coxa.

Fechou os olhos e moveu os dedos ensaboados para o ferimento na garganta. Quando tocou a pele fendida em um corte de meio centímetro de largura, ele constatou que estava sensível e dolorida. Podia sentir sua pulsação sob a ponta dos dedos. A artéria tinha se emendado durante a noite, mas estava quase exposta na ausência de pele protetora. Limpou cuidadosamente a área e lavou-a com água limpa, que agora estava quase fria.

Ficou lá até a água esfriar, deixando-a escorrer sobre o rosto, e bebeu e bebeu. Desligou o chuveiro e, depois de se secar esfregando e dando tapinhas no corpo com uma toalha de rosto, percebeu que os pontos brancos tinham desaparecido e que ele podia enxergar com clareza.

O espelho do banheiro tinha embaçado; ele limpou um trecho com a mão e inspecionou o corte na garganta. Não parecia tão grave, mas ele pôde ver a artéria se mexendo sob o tecido conjuntivo como um pequeno peixe numa rede. Encontrou gaze e esparadrapo e fez um curativo da melhor maneira que pôde. Sua garganta precisava de pontos, mas ir até Norrtälje, esperar no pronto-socorro, tentar explicar para um médico... isso simplesmente não ia acontecer.

E ademais...

Quando estava lutando com Henrik e Björn, e depois, enquanto atravessava a água para entrar no barco, tinha adquirido uma espécie de conhecimento. Podia ser por causa de seu próprio estado traumatizado, mas ele achava que não. E Simon tinha dito alguma coisa parecida: o mar estava enfraquecido.

Havia uma fraqueza no mar. Essa era a razão pela qual Sigrid tinha ido parar na praia, e que explicava por que algum elemento das pessoas que tinham desaparecido conseguira escapar e penetrar nos poços. Havia um cansaço, uma falta de atenção, e Anders pretendia aproveitar isso ao máximo. Se pudesse. Se isso estivesse mesmo lá.

Caminhou nu pelo corredor, recolheu do chão o macacão de neve e continuou banheiro adentro. Por causa do frio seu corpo estava arrepiado, e ele vestiu roupas limpas tiradas da mala que tinha trazido da cidade. Cueca, calça preta de veludo cotelê e uma camisa xadrez azul e branca. Em um guarda-roupa ele encontrou a grossa malha de lã verde do pai, que enfiou com cuidado por sobre a cabeça. A gola rulê fazia sua garganta coçar, mas era boa porque mantinha o curativo no lugar.

Sentiu como se estivesse se vestindo com elegância, se embelezando para sua própria execução, e foi uma sensação boa. Era o ponto a que tinha chegado. Devia ter limpado a casa também, deixado tudo arrumado, mas não tinha tempo nem energia.

Examinou o macacão de neve de Maja e concluiu que as manchas não sairiam com água, e ele tampouco tinha tempo para isso. Colocou o macacão enrolado na altura da barriga, e conseguiu amarrar com nós as mangas e enfiar as pernas dentro da calça de modo que o resultado final ficou parecido com uma enorme pochete.

No corredor, pegou a jaqueta de Simon. Seus dedos encontraram a caixa de fósforos, meio escondida no forro rasgado do bolso. Ele levou-a até a cozinha, sentou-se à mesa e olhou pela janela.

Evidentemente Anders tinha amarrado o barco, pelo menos a popa. A proa estava de costas para o píer em um ângulo reto e o motor raspava na construção de pedra, mas o mar estava em calmaria e não havia com que se preocupar. Além do píer, baía afora ele avistou o farol de Gåvasten, um ponto branco na luz da manhã. De repente um refletor reluziu como um sinalizador.

Não se preocupe. Estou indo.

O Spiritus se movia lentamente em torno das laterais da caixa quando Anders a abriu e deixou cair sobre ele um bocado de saliva. Tentou fechar a caixa, mas a pele enrugou, porque o inseto tinha inchado a ponto de não caber ali.

Ele conseguiu cutucar o inseto com o dedo e empurrá-lo para dentro, mas era demais. Afinal de contas o Spiritus salvara sua vida na noite anterior. Na "gaveta da bagunça" ele encontrou uma caixa de fósforos um pouco maior, com os palitos que eram usados para acender a lareira. Tirou os fósforos e transferiu o Spiritus para o espaço mais amplo.

Anders não sabia dizer se o inseto ficara mais feliz em sua nova prisão, mas pelo menos pôde fechar a caixa sem resistência. Levantou-se e guardou a nova caixa no bolso da calça.

Anders devia estar com fome, mas não estava. Era como se seu estômago tivesse se solidificado em torno de seu próprio vazio, e sem vontade de deixar entrar comida. Tudo bem com isso. Em todo caso ele não conseguia sequer imaginar o que poderia comer.

Encheu um copo com água da torneira da cozinha e bebeu, *saúde, querida*, encheu-o de novo. E de novo. Seu estômago, já rijo, se contorceu ao redor do líquido gelado.

Em cima da bancada estava a garrafa de absinto. Sem pesar os prós e os contras Anders levou-a aos lábios e tomou alguns goles profundos. Sua boca ficou com gosto de excremento e a tontura subiu direto para a cabeça, fazendo-o cambalear.

Com as costas apoiadas na pia, ele escorregou no chão dando risadinhas. Quando seu traseiro bateu no linóleo com um baque surdo, as risadinhas se transformaram em gargalhadas ofegantes. Ele dava palmadas no chão, mas não conseguia parar de gargalhar, tinha de extravasar, por isso cantou em alto e bom som:

"Mel-trovão, mel-trovão da vovó, é o que ele come quando é hora de brigar".

Ainda rindo, ele cambaleou até o quarto e encontrou Bamse. Enfiou o ursinho debaixo da manga amarrada do macacão de neve, de modo que a cabeça de Bamse ficou grudada acima de seu quadril e as perninhas do ursinho ficaram penduradas ao longo de sua coxa esquerda. Ele afagou o gorrinho de Bamse e disse:

– Que sorte eu tenho de ter um amigo assim!

Apoiando-se nas paredes e na mobília, conseguiu atravessar a casa e chegar à varanda.

Assim que Anders saiu no ar fresco, sua cabeça desanuviou um pouco. Usando os nós dos dedos, ele esfregou os olhos com força e parou de rir, piscando na luz do sol. Era um dia calmo e bonito, um maravilhoso dia de outono, não muito diferente do dia de inverno de quase dois anos antes que o levara até aquele ponto.

Suas pernas o conduziram com firmeza até o píer. Ele podia ver o mundo natural ao seu redor com clareza exagerada, podia sentir a água dentro, abaixo e à frente dele. Ele era uma consciência supersensível transportada em um corpo frágil, um computador orgânico infinitamente complexo dentro de uma carapaça de metal enferrujado.

E o ursinho mais forte do mundo!

Ele afrouxou o cabo de amarração, subiu com dificuldade no barco, sentou-se, pegou o galão de combustível e chacoalhou-o. O líquido chapinhou dentro do galão, de maneira agourenta. Ele ergueu os olhos e fitou Gåvasten.

Bem, eu vou fazer uma viagem só de ida, não vou? É bem pouco provável que eu volte.

Olhou para a bolha de ar que marcava o nível do combustível. Ela afundou até a parte mais baixa quando ele colocou o galão no chão do barco, e ao mesmo tempo alguma coisa afundou dentro dele. A calma fatalista que tinha enchido seu espírito desde que ele se vestira tinha minguado em face desse fato prático: não havia necessidade de encher o tanque de combustível do barco, porque ele não voltaria para casa.

Lentamente, bem devagar, o barco deslizou para o sul, enquanto Anders ficou sentado com os braços pousados sobre os joelhos, olhando fixamente na direção de Gåvasten. Depois ele meneou brevemente a cabeça, bombeou a gasolina, puxou o afogador e deu um puxão na corda de partida.

Enquanto o barquinho puder velejar...

O motor pegou e ele bloqueou a mente contra qualquer pergunta, engatou a marcha do barco e partiu o mais devagar possível. Gåvasten veio deslizando em sua direção através do mar, e enquanto isso Anders não pensou em coisa alguma, simplesmente manteve os olhos fixos no farol e ficou observando a distância diminuir. Mais ou menos no meio do caminho viu que os pássaros ainda estavam lá. Centenas, talvez milhares de pontinhos brancos enxameavam-se em torno do farol como mariposas em volta de uma lâmpada.

Faltando apenas algumas centenas de metros, o motor tossiu. Anders estava ficando sem combustível, mas o estranho era que o barco parecia estar se movendo *ainda mais devagar*. Depois de percorrer mais uns cem metros, ele ouviu um estalo de rachadura.

Aterrorizado, Anders olhou ao longo das laterais do barco, porque a julgar pelo som parecia que a fibra de vidro estava rachando. Embora não houvesse sinal de coisa alguma, o barulho ficou mais alto e o barco começou a vibrar.

Mas que merda...

O motor tossiu mais uma vez e, quando o barco avançou de novo, a impressão era a de que estava lutando com um vento contrário. O motor estava rugindo, mas o barco mal se deslocava para a frente. As vibrações se transformaram em solavancos e sacudidas e o motor começou a tossir.

Vamos! Vamos!

Anders se virou e estapeou o motor, como se quisesse evitar que ele pegasse no sono. Quando sua mão retornou da capota, Anders viu algo que o fez perceber que seus esforços eram em vão. Ele podia açoitar o motor até fazê-lo sangrar, e mesmo assim não iria a parte alguma.

A baía inteira estava congelada. Ele estava rodeado de gelo por todos os lados. O motor deu duas últimas tossidas e morreu de vez.

Nada de marulhar das ondas, nada de vento, nada de zumbido do motor. O único som eram os gritos das gaivotas voando em torno da roda de oração do farol como peregrinos vestidos de branco. Anders pendeu a cabeça de lado e olhou para as aves, que se moviam em sentido horário.

O eixo central.

Sozinho no silêncio do mar desolado, onde o único som e o único movimento vinham das gaivotas, não era difícil perceber. Girando em torno de um eixo central, eram elas que mantinham o mundo em movimento.

Seus pensamentos sobre voar para longe foram interrompidos por um estalo de rachadura. Dessa vez o ruído não estava sendo criado pelo avanço do barco através da água congelada. Dessa vez era o que Anders tinha pensado a princípio. O casco de fibra de vidro estava rachando por culpa da ação do gelo, que tinha agarrado o barco e agora o espremia. Anders balançou a cabeça.

Desculpe. Não vai ser assim tão fácil.

Se houvesse alguma forma de entidade pensante por trás do que estava acontecendo, ela não era exatamente inteligente. Por certo ela tinha conseguido colocar o barco em um beco sem saída. Mas não era tão fácil colocar Anders num beco sem saída. Ele afagou o ursinho Bamse e passou por cima da amurada.

O gelo suportou seu peso. Anders deixou o barco para trás e saiu caminhando gelo afora, rumo ao farol.

A lua de mel

O navio era um microcosmo de prazeres flutuante. Bastava andar alguns passos para comer, mais alguns para desfrutar da loja duty free. Se o passageiro quisesse dançar, era só dobrar uma esquina, ou subir um lance de escadas quando chegava a hora de dormir. Em geral Simon achava que isso era uma agradável mudança em comparação com as dificuldades criadas pelas distâncias em Domarö, mas nessa viagem o navio estava induzindo uma sensação mais de claustrofobia do que de liberdade.

Contudo, ele e Anna-Greta tinham reservado uma cabine bem maior e melhor do que nas viagens anteriores. Não era exatamente uma suíte, mas ficava no convés superior e tinha janelas. Em geral Simon se dava por satisfeito com uma cabine no convés inferior, onde a pulsação dos motores embalava seu sono, mas na noite anterior ele ficara acordado ao lado de Anna-Greta, com um nó no peito.

Fiz a coisa certa?

Essa era a pergunta que o atormentava. Ele tinha dado o Spiritus para Anders, e tinha feito isso de uma maneira que só podia ser interpretada como um incentivo para que Anders tentasse resolver as coisas do jeito que considerasse adequado. Tinha sido a coisa certa?

Simon passou a noite em claro no beliche, ouvindo o vaivém das ondas ao longo das laterais do navio e sentindo-se fraco, sem peso, de tanta dúvida e angústia. Ele tinha se comprometido a seguir seu destino, junto com o Spiritus, qualquer que fosse o amargo fim. Não sentia exatamente medo.

Ou sentia?

Será que na verdade ele temia e usara Anders para se livrar de seu medo? Ele já não sabia dizer ao certo. Quando abriu mão do Spiritus, Simon perdeu seu alicerce, seu fulcro, e o que estava sentindo agora não era alívio, mas uma desagradável sensação de fraqueza.

Assim Simon passou a noite, enquanto o navio sulcava as águas através da escuridão, chegando ao amanhecer às distantes ilhotas rochosas do arquipélago de Roslagen. Quando Anna-Greta acordou, eles se vestiram e desceram para o desjejum.

Depois de se servirem de pãezinhos, café e vários tipos de coisas para passar no pão, sentaram-se a uma mesa junto à janela. Anna-Greta olhou de modo penetrante para Simon e perguntou:

– Você dormiu ontem à noite... – ela sorriu –... marido?

Simon devolveu o sorriso.

– Não... esposa... foi uma noite ruim.

– Por quê?

Simon esfregou a palma da mão com o dedo indicador e encarou os ovos mexidos que tremiam em seu prato no mesmo ritmo das vibrações do navio. Seu cérebro também parecia se sentir trêmulo, e ele não conseguiu formular uma boa resposta. Uma vez que Simon permaneceu em silêncio, Anna-Greta perguntou:

– Não tem uma coisa que você precisa... fazer?

– Como o quê?

Anna-Greta meneou a cabeça na direção do bolso do paletó de Simon.

– Com a caixa.

O movimento do dedo indicador ficou mais frenético, e a palma da mão de Simon começou a doer. Ele olhou pela janela e viu que as ilhotas rochosas tinham se tornado ilhas. O navio acabara de passar por Söderarm. Em mais ou menos uma hora chegariam a Kappellskär. O dedo parou de esfregar e ele colocou as mãos sobre a mesa, a palma virada para baixo.

– Bom, sabe... é que eu dei para o Anders.

– Deu?

– Sim, ou... transferi. Passei pra frente.

Anna-Greta franziu a testa e balançou a cabeça.

– Por quê?

– Porque...

Por quê? Por quê? Porque eu sou um covarde, porque eu estou com medo, porque sou corajoso, porque Anders...

– Porque achei que talvez ele pudesse precisar.

Anna-Greta olhou Simon direto nos olhos.

– Para quê?

– Para... o que ele tinha de fazer.

Como Simon temia, o choque e a surpresa fizeram com que Anna-Greta ficasse sem palavras. Ela deixou as mãos caírem sobre os joelhos e olhou pela janela, encarando, boquiaberta, as ilhas, que pareciam estar sendo bobinadas em câmera lenta. Simon pegou o garfo e levou à boca uma pequena quantidade de ovos mexidos. Tinham gosto de cinzas. Ele abaixou de novo o garfo no exato momento em que o navio deu um solavanco e os ovos acabaram indo parar no meio do prato feito uma ameba.

Anna-Greta olhou para Simon. Os olhos dele fugiram como flechas. O navio balançou de novo, dessa vez com um solavanco mais violento, e, quando Simon finalmente fez o supremo esforço de olhar dentro dos olhos de Anna-Greta, encontrou alguma coisa lá.

Os dois entreolharam-se. As rotações do motor aumentaram e tudo ao redor era estrépito e tinidos, à medida que copos e talheres chacoalhavam e colidiam. Uma leve sacudida percorreu o navio inteiro. Simon foi jogado ligeiramente para a frente, mas não desgrudou os olhos de Anna-Greta.

Os motores rugiram e tudo tremeu. Nas mesas ao lado as pessoas elevavam a voz e tentavam se fazer ouvir por cima dos ruídos e estrondos. Houve um solavanco mais vigoroso e Simon bateu a barriga na mesa. Anna-Greta quase caiu de costas da cadeira, mas conseguiu se salvar agarrando o peitoril da janela. Os solavancos pararam.

Seu contato visual havia sido interrompido durante a última convulsão do navio, e ambos olharam pela janela. Simon achou que conseguia avistar Ledinge e Gåvasten ao longe, em um mar que tinha congelado. O navio estava preso numa espessa camada de gelo, e Simon foi inteligente o bastante para entender.

O que foi que eu fiz? O que foi que eu fiz?

As pessoas tinham se levantado de suas mesas e conversavam em voz alta enquanto corriam para as janelas a fim de ver o que estava acontecendo. Um homem e uma mulher furaram fila e grudaram em uma das janelas, obstruindo a visão e exclamando, em tom incrédulo:

– Isso é simplesmente ridículo... isso não pode estar acontecendo. Como isso pode acontecer se minutos atrás a gente estava em mar aberto?

Mais uma vez Anna-Greta olhou Simon direto nos olhos. Meneou lentamente a cabeça e disse:

– Então, aqui estamos. O que tiver de ser, será.

Ela esticou o braço e pousou a mão sobre a mesa entre os dois, a palma para cima. Simon segurou-a e apertou-a.

– Eu sinto muito – desculpou-se ele. – Eu não podia fazer outra coisa.

– Não, eu sei disso. – disse Anna-Greta.

Soltou a mão de Simon e ficou olhando para ela, aberta em cima da mesa. Com o dedo indicador ela contornou as linhas da palma da mão dele.

– Eu sei disso. Meu marido.

Um mundo melhor

Os gritos e a algazarra das gaivotas tinham se tornado parte da normalidade quando Anders pôs os pés nas rochas de Gåvasten pela terceira vez em sua vida. Ele mal deu atenção a elas, que eram meramente um tapete de som, uma parte do lugar, agora que ele já não as temia.

De um mar coberto de gelo ele subiu em uma ilha onde ainda era outono. Onde não havia neve, onde um ou outro arbusto ainda tinha folhas e as moitas de grama nas fendas ainda eram verdes.

O lugar para onde ele estava indo ficava na porção leste da ilha. Ele o tinha visto da última vez em que ali estivera, e era um local perfeitamente visível no segundo plano das fotografias, mas até agora ele não tinha *reparado* nele, não ousara formular o pensamento.

De pé sobre as pedras no lado leste, ele não conseguia entender como podia ter sido tão cego. Maja tentara mostrar-lhe com as contas de plástico, com as linhas em ziguezague na revistinha do ursinho Bamse, e o lugar tinha estado ali bem na frente dele o tempo todo: as rochas achatadas do lado leste da ilha se transformavam em um íngreme declive e levavam mar adentro, em uma formação em degraus.

Mas não era uma formação em degraus. Era um *lance de escada*.

Do ponto onde Anders estava, os quatro primeiros degraus eram claramente visíveis e desapareciam sob o gelo. Ele os reconheceu de um sonho-visão que tivera quando havia sido Maja. Tinham cerca de três metros de largura, e cada degrau tinha mais de meio metro de profundidade. Estavam tão gastos pela ação da água e do vento que era possível perdoar quem não os identificasse imediatamente.

Mas era um lance de escada. Degraus que levavam para baixo. Era uma vez, muitas centenas de anos atrás, degraus que deviam ter sido completamente submersos, mas a elevação da terra os tinha trazido à tona, para a luz. Ou talvez tivessem estado ali antes que o gelo comprimisse a água. De pé, com os braços em volta do próprio corpo, Anders olhou para os degraus.

Quem é que vai ali?

Teve de usar as mãos para descer o primeiro degrau. Essa escada não tinha sido construída para seres humanos, tampouco por seres humanos. Quem poderia ter executado essa obra em épocas pré-históricas *debaixo d'água?*

Ele desceu mais um degrau, talvez um pouco menos fundo que o primeiro.

Quem?

Alguém ou alguma coisa além do escopo de sua imaginação. Que, era uma vez, muito tempo atrás, tinha usado essa rota a fim de abrir caminho para cima e para baixo, mas depois parou porque tinha ficado velho demais ou fraco demais. Ou grande demais. Agora só restava a rota.

Outro degrau. E outro.

Anders estava sobre o gelo ao pé da seção visível do lance de escada. O céu fervilhava de pássaros brancos na extremidade de seu campo de visão. Ele enfiou a mão no bolso da calça e tirou a caixa. Depois se sentou no degrau de cima com os pés pendurados pouco acima do gelo.

Abriu a caixa e tombou o Spiritus na mão, fechando delicadamente os dedos em volta do inseto. O conhecimento da água fluiu através dele, e isso veio acompanhado de uma nova percepção. Ele abriu sua mão de novo e olhou para o inseto negro, agora da espessura de um dedo médio, contorcendo-se em sua palma.

Seu lugar é aqui.

O ferimento na garganta estava comichando e Anders coçou-o com cuidado enquanto encarava a camada semitransparente de gelo. Movendo-se sonolentamente em círculos, o Spiritus fazia cócegas na palma de sua mão.

É daqui que você veio.

O inseto era uma parte do que havia sob o gelo, ao pé da escada. Por que outra razão teria aparecido em Domarö, uma ilha desolada e esquecida por Deus – no sentido literal da expressão – no sul do arquipélago de Roslagen? Porque era dali que ele tinha vindo, é óbvio.

Ele levantou a mão à altura dos olhos e examinou a pele preta e brilhante do inseto, a segmentação vestigial do corpo que era como um pequeno e único músculo. Respirou em cima do Spiritus.

– Você é meu? – sussurrou Anders.

Mas não houve resposta. Manteve a boca junto ao inseto e bafejou ar morno em cima dele.

– Você é meu?

Deixou cair sobre o Spiritus um bocado de saliva, e o inseto rolou de um lado para o outro, abraçando-se como um gato contente no líquido viscoso até que sua pele reluziu.

Eu não sei de nada.

Ainda assim Anders arrastou os pés e saiu do degrau, de modo que agora estava pisando no gelo mais uma vez. Agachou-se e tocou-o com a ponta dos dedos. Pediu que derretesse. Uma camada de água formou-se na superfície, e um instante depois ele afundou dez centímetros e se viu de pé sobre uma rocha.

A água infiltrou-se nas botas de Anders, gelando seus pés. Um semicírculo de água estendeu-se dois metros para além do ponto onde ele estava. Através da água cristalina ele pôde vislumbrar mais três degraus, que desapareciam lá embaixo, escuridão adentro.

O gelo tinha no mínimo um metro de espessura na borda, e o peito de Anders se contraiu. O poder que devia ser necessário para cobrir uma área inteira com gelo tão grosso. Ele sentiu o peito sendo comprimido por mãos poderosas e mal conseguiu respirar. Levantou os olhos para o céu.

As aves estavam enlouquecidas. Era como se cada pássaro estivesse desesperado para ocupar o espaço diretamente acima de sua cabeça, e era quase impossível distinguir corpos individuais em meio ao alarido de asas batendo, penas e carne pairando acima dele.

Anders fechou os olhos e passou os dedos no tufo do gorrinho do ursinho Bamse, a borla que Maja costumava chupar quando se deitava para ouvir suas fitas. Sob os pés de Anders jazia o mar profundo, acima de sua cabeça as aves gritavam e berravam. Anders estava na iminência de alguma coisa, cujas proporções ele, na condição de homenzinho, era incapaz de entender.

Onde está o homenzinho? Nem sinal! Aqui não está! Sangue vai jorrar, ho ho ho...

Na TV estava passando *Ronja, filha de ladrão*, e por engano Maja acabou vendo o trecho em que chegam as fadas malvadas. Ela saiu correndo para o quarto, soluçando.

Anders agarrou o tufo do gorrinho de Bamse com a mão esquerda, fechou a mão direita em volta do Spiritus e pediu à água que se separasse.

Em volta dos pés de Anders elevou-se um inchaço e ouviu-se uma pancada. A água gelada esguichou por sobre a extremidade do gelo em cascatas e respingou em seu rosto. Uma cunha em forma de V formou-se diagonalmente abaixo dele, como se a água, mais do que forçada a jorrar sobre a extremidade do gelo, tivesse sido sugada para dentro de um buraco. Porém, a cunha não era suficientemente funda para libertar o degrau seguinte.

Separe-se!

O poder do Spiritus irrompeu através de seu corpo como uma corrente de baixa voltagem, desceu até os pés e saiu para a água, mas nada aconteceu. Ele apertou a mão em volta do Spiritus, o máximo que tinha coragem. Sabia que o poder necessário para conseguir o que ele queria estava lá. Mas simplesmente não conseguia transmiti-lo. Soltando o ar, ele fez a súplica, e mais uma vez a água redemoinhou sob seus pés.

Uma gota de titica de pássaro caiu em cheio sobre sua cabeça e escorreu pela testa. O braço esquerdo também tinha sido atingido, e um filete branco-leitoso de excremento foi abrindo caminho ao longo da manga com nervuras. Ele chacoalhou o braço antes que o cocô chegasse a Bamse, limpou a testa, jogou a cabeça para trás e gritou:

– Então o que eu tenho de fazer? Me digam, em vez de cagarem em mim! Me digam o que fazer!

As gaivotas não tinham resposta para ele. Trombavam umas nas outras, numa confusão farfalhante de penas, ainda gritando com toda a força de seus pequenos pulmões e derrubando fios de excremento viscoso dentro da água, no gelo.

Nojento. É nojento.

Anders olhou para o Spiritus. O inseto também parecia uma bolota de titica.

Devia ser lindo. Mas é apenas repulsivo.

A sensação de repulsa física cravou suas garras em Anders, porque ele sabia qual era o passo seguinte. O que ele podia fazer para propiciar uma melhor conexão com a fonte de poder, criar um contato entre ele e... a pilha.

É uma pilha. Eu sou uma máquina e ele é uma pilha. Nada mais.

Seu estômago não aceitou esse argumento e se encolheu, se retorcendo como se tentasse escapar de um soco ameaçador quando Anders levou a mão direita à boca. Uma onda de resistência subiu desde seus pés congelados e atravessou seu corpo, com a intenção de refreá-lo, de impedir que aquilo acontecesse, de se proteger.

Anders espremeu bem os olhos, escancarou a boca e enfiou dentro a mão direita, como se estivesse aterrorizado. O Spiritus entrou na boca e rastejou em sua língua. Antes que Anders tivesse tempo de mudar de ideia, antes que seu corpo pudesse esboçar uma resistência mais vigorosa, ele engoliu o inseto.

Tomar uma decisão é uma coisa, levá-la a cabo é outra, totalmente diferente. O corpo carnudo e escorregadio do Spiritus entalou antes de ter ido muito longe, e a garganta de Anders se fechou, recusou-se a deixar o inseto passar. Anders tentou engolir novamente enquanto os movimentos do Spiritus faziam cócegas no céu da boca, ameaçando disparar o vômito que estava em compasso de espera.

Ele fechou as mãos em concha e pegou um punhado de água do mar, jogou dentro da boca e mais uma vez tentou engolir. A pressão em sua garganta se atenuou e o Spiritus deslizou goela abaixo.

Anders ficou com os braços pendurados do lado do corpo e respirou fundo, absorvendo e expulsando o ar diversas vezes. Todos os sons ao seu redor se aquietaram, e o mundo diante de seus olhos se estratificou e tremeluziu, como se ele estivesse enxergando tudo através de camadas de teias de aranha.

E então aconteceu.

Antes Anders tinha sentido que suas mãos eram como um controle remoto; agora a sensação se espalhou por todo o seu corpo. E não era apenas o fato de que ele era capaz de exercer controle. Ele *era* tudo aquilo que controlava, fosse o que fosse. Quando olhou para a superfície da água, Anders não viu mais a água, viu a matéria de que ele era feito, de que ele fazia parte.

Passou a mão pelo rosto. Ainda estava lá. Beliscou a bochecha. A pele resistiu e se irritou um pouco. Ele era uma pessoa feita de carne e osso, mas uma pessoa *diferente*. Alguém cujo corpo era o espaço que ele habitava. Fora desse espaço ele podia ouvir os gritos dos pássaros, através das janelas de seus próprios olhos ele viu a si mesmo, e ele era o mar.

Ele pediu salvo-conduto para seu carregador, e começou a abrir caminho escada abaixo. Nenhuma porção de água se encrespou nas extremidades, era como se o mar estivesse de *fato se abrindo*, acumulando-se dos dois lados dele, e Anders desceu os degraus entre duas paredes tremeluzentes de água.

Os degraus estavam escorregadios por causa das algas marinhas, e as vesículas dos fucos estouravam baixinho enquanto Anders ia descendo, cautelosamente. Ele escorregou e, para se salvar, agarrou-se ao degrau de cima.

Isto aqui não é feito para humanos...

A sensação de ser o mar perdurava, mas sua consciência anterior aflorou e começou a questionar a facilidade com que ele estava descendo um lance de escada rumo às profundezas.

Isto aqui não é feito para humanos. Você vai morrer.

Sim. Mas ele já tinha aceitado esse fato, não tinha? Nem tinha combustível suficiente para voltar ao mundo normal, já não precisava de combustível. Ia descer a escada e ver até onde ela levava. Depois disso, nada mais.

Maja.

Ele ia ver Maja.

Anders já tinha descido seis degraus. Sua mão esquerda se fechou em volta do tufo em seu quadril e o trouxe ainda mais para perto de seu corpo e consciência humanos. Acima de sua cabeça, um som de luta e de asas batendo, e quase toda a luz havia desaparecido. Ele se virou.

Somente alguns pontos indistintos de luz do céu penetravam através do bloco de aves em luta furiosa que tinha se amontoado na passagem para segui-lo. As asas batendo bafejavam no rosto de Anders; como se os pulmões dos pássaros estivessem sendo amassados, ou como se a acústica tivesse se alterado, tudo que ele conseguia ouvir eram os silvos e grasnidos das gargantas das aves, que tentavam manter distância dele e ao mesmo tempo ainda segui-lo.

Uma gaivota foi forçada a escapar ao longo da beirada, rompeu as paredes de água e foi sugada de volta para a superfície. Um pássaro ferido caiu a dois passos de Anders, bateu na pedra e jazeu imóvel.

Isso é impossível...

Anders pediu à água que se fechasse bem devagar em torno das gaivotas. A passagem se estreitou e os pássaros se arremessaram por cima das extremidades e dentro da água, nadaram uma curta distância e depois subiram à tona. O silêncio caiu. Anders estava de pé no sexto degrau envolto em uma bolha de ar, numa escuridão de crepúsculo avançado. Podia sentir o degrau seguinte, mas nada além.

Ele continuou descendo.

Depois de mais sete degraus, o negrume já engolira Anders quase que por completo. As algas e fucos escassearam e desapareceram. Se ele levantasse a cabeça, ainda poderia ver a superfície lá em cima, azul-escura como o céu de uma noite de verão, mas praticamente nenhuma luz penetrava. Anders seguiu em frente.

Quanto mais avançava nas profundezas, mais rasos ficavam os degraus. Depois de ele percorrer trinta ou quarenta metros em meio à escuridão total, os degraus tinham as mesmas dimensões de uma escadaria normal. Anders perdera a noção de tempo e espaço, era meramente um corpo que avançava para baixo. A fim de não perder contato consigo mesmo nem ser engolido pelo breu, começou a contar os degraus.

Fez aparecer, como que por mágica, números amarelos em contraste com a parede grafite da escuridão. Enfeitou-os com toques florais e imaginou pequenos animais saltitando em volta, para rechaçar a derradeira separação da essência de si mesmo, um ser pensante. Caminhou. Caminhou.

Setenta e nove... oitenta... oitenta e um... oitenta e dois...

Estava tão ocupado criando floreados e cores em torno dos números, afirmando sua humanidade na desmedida escuridão, que não notou o que aconteceu. Ainda decidia se queria um esquilo ou uma pega em cima do galho que brotava do degrau oitenta e dois quando reparou que os degraus já não levavam para baixo, e sim para cima.

Anders parou. Olhou ao redor. Em vão. Estava imerso na total escuridão. Podia jurar que não tinha chegado a nenhum tipo de plataforma, nenhuma superfície plana onde os degraus que levavam para baixo tivessem acabado e dado lugar a uma escadaria para cima. A certa altura os degraus tinham simplesmente... mudado de direção.

Ele tentou visualizar uma imagem, ver de que maneira tal construção podia ser possível. Não conseguiu. A única ideia mais aproximada foi a de uma escadaria que se dobrava para dentro de si mesma, tornando-se uma imagem invertida de si própria.

Não tem caminho de volta. Só tem degraus. E eles não funcionam.

Essas tinham sido as palavras de Maja no sonho. Agora ele as compreendia. Os degraus não funcionavam. Estavam todos errados. Mas ele seguiu em frente. Para cima.

Depois de outros vinte degraus, Anders conseguiu avistar o céu de uma noite de verão acima dele. Mais dez degraus e tornou-se um céu comum, visto através da água. A escada tinha mais uma vez se tornado íngreme e, quando Anders tentou subir para o degrau seguinte, bateu o joelho na beira.

Ele se sentou e olhou para o céu. O ar em sua bolha estava começando a rarear, e ele pediu que a água se separasse ao longo do caminho até a superfície. A passagem se abriu como se Anders tivesse usado braços extraordinariamente compridos para descerrar um par de cortinas. O que ele viu fez com que abaixasse a cabeça, desesperado.

Não, não, não! Tudo isso, e agora...

As janelas do farol de Gåvasten resplandeciam intensamente na luz do sol acima dele. Agora Anders entendia o que significava o comportamento impossível dos degraus. Ele tinha sido levado ao ponto de partida. O Spiritus tinha possibilitado a Anders passar de um lado para o outro, mas ele não estava autorizado a *entrar*. A única recompensa por seus esforços era um joelho machucado.

Anders apoiou as costas no degrau e puxou a perna da calça. A ponta denteada do degrau havia rasgado sua pele, de onde escorria uma pequena quantidade de sangue. Ele riu com desdém e jogou a cabeça para trás. O céu estava límpido, e o pedaço do farol que ele conseguia ver por cima da pedra reluzia, todo branco. Ele se perguntou o que aconteceria se simplesmente pedisse à água que se fechasse ao redor dele. Supostamente ele não morreria, mas sempre havia essa possibilidade.

Exausto, Anders piscou para a luz brilhante acima e apesar de tudo decidiu esperar um pouco. Afinal de contas, era lindo. Não havia razão para alimentar esperança, mas...

As gaivotas.

Para onde as gaivotas tinham ido? Seu campo de visão era limitado, mas pelo menos um pássaro devia ser visível. Porém, no céu nada se movia exceto tênues véus de nuvens, e Anders não conseguiu ouvir som algum.

Ele se pôs de pé e subiu para o degrau seguinte. E o seguinte. Teve de içar o próprio corpo para chegar ao último degrau, e mais uma vez se viu sobre as rochas de Gåvasten.

Era o final da primavera.

O ar estava agradavelmente ameno, e flores cresciam em todas as fendas. Camomilas e cebolinhas-capins dançavam numa brisa gentil que soprava do mar. O farol cintilava luz branco-giz sob o sol da tarde quente na medida certa. Um dia maravilhoso.

Anders olhou ao redor. Nenhuma gaivota na água, nenhuma gaivota no céu. Nenhum pássaro, até onde a vista alcançava. No calor a malha de tricô começou a causar coceira, por isso ele tirou-a e amarrou-a na cintura, por cima do macacão de neve de Maja.

Perplexo, andou a esmo pelas rochas. Quando avistou o barco de Simon, cuidadosamente amarrado na margem e não abandonado em pleno mar, ele se sentou e pousou o queixo nas mãos.

Onde estou? Em que época estou?

Espremeu os olhos e fitou o sol que faiscava no mar, e examinou o barco. De alguma maneira não parecia mais o mesmo. Parecia mais novo, ou... mais inteiro. Não havia arranhões, nem rachaduras no casco, e a capota do motor reluzia. Anders foi invadido por uma súbita sensação de inquietude, e virou a cabeça para o sul.

Domarö estava exatamente onde deveria estar. Uma intumescência entrançada de horizonte, uma pincelada de abetos em contraste com o céu pálido. Mas, assim como o barco, de algum modo o lugar parecia mais... novo. Mais saudável. Mais forte.

Ele sentiu um deslocamento no estômago, como os primeiros movimentos perceptíveis de um feto. Enfiou a mão por dentro da camisa, colocou-a sobre a barriga e, com uma sensação de nojo, percebeu que a larva negra estava vivendo uma vida própria. Os dois tinham se separado e já não eram mais o mesmo e único ser. Ele era Anders, e havia um inseto rastejando dentro de seu estômago.

Levantou-se e caminhou até o barco. A corda de amarração estava enrolada na proa; os remos recém-envernizados brilhavam. Empurrou o barco, que saiu deslizando com facilidade pelos seixos, e pulou para dentro.

Puxou o cordão de partida e o líquido de refrigeração borrifou através do pequeno buraco da capota do motor. Anders sentiu o motor. Estava vibrando. Estava funcionando. Mas não fazia ruído algum. Ele engatou o manete e o barco se moveu suavemente para a frente. Acelerou e o barco avançou mais rápido, ainda sem som.

Anders guinou a proa na direção de Domarö e o barco ganhou velocidade. Uma vez que estava se deslocando mais rápido, era de esperar que o ar morno que batia em seu rosto ficasse gelado, porém manteve a temperatura agradável, pouco importava se o barco aumentava a velocidade ou deslizava mais devagar. Tudo estava perfeito, e o medo dentro dele ficava cada vez mais forte.

A viagem até Domarö transcorreu com velocidade incompreensível, como se a distância tivesse diminuído enquanto ele viajava. Depois de mais ou menos um minuto, o barco balançava ao longo dos píeres menores próximos ao píer do vapor; ele amarrou o barco com a macia corda branca de algodão e desceu.

As garagens de barco estavam lindamente pintadas de vermelho-escuro, e à luz da tarde pareciam feitas de veludo. Anders olhou ao redor e percebeu que havia alguém no píer do vapor, de costas para ele.

Anders caminhou ao longo da orla e, quando levantou os olhos na direção do vilarejo, viu que a loja estava aberta e que as flâmulas de propaganda de sorvete tremulavam suavemente. Casquinha Gigante, Pera com Calda. Hoje em dia esses tipos de sorvete já nem eram vendidos, até onde ele sabia. Alguém estava de pé examinando os cartazes:

CARNE MOÍDA 7,95/KG, PEPINOS EM CONSERVA 2,95/KG

Eu sei o que é isso, pensou Anders, que subiu no píer do vapor e caminhou na direção da pessoa de costas para ele. *Eu sei onde estou.*

– Com licença – disse Anders.

E pensou que tinha pronunciado essas palavras apenas em sua mente, pois não saíram de sua boca. A pessoa à sua frente era um homem vestindo calça jeans e camisa xadrez, não muito diferente das roupas que ele próprio estava usando. O homem não reagiu a suas palavras inaudíveis. Anders se aproximou.

– Com licença?

Anders tateou os lábios, lambeu o dedo indicador. Sim, sua boca estava lá, sua língua estava lá. Estava tudo tão quieto. Nenhum som de máquinas, nada de vozes, nenhum pássaro cantando nas árvores.

Uma vez que o homem continuava não dando sinais de ter ouvido, Anders andou de um lado para o outro de modo que pudesse olhá-lo direto nos olhos ou dar-lhe um chacoalhão. Passou ao lado do homem e seu estômago se agitou bruscamente e tudo tremeluziu diante de seus olhos quando a coisa toda se inverteu e se transformou em seu contrário.

Anders estava parado de pé onde o homem tinha acabado de estar, encarando as costas do homem que começava a subir na direção da loja. Correu até o homem e à volta dele, e aconteceu a mesma coisa. Alguma coisa se alterou em sua cabeça, e ele estava seguindo um homem a caminho do píer, de quem mais uma vez só conseguia ver as costas e a nuca.

Ele parou. O homem retomou sua posição anterior no píer, contemplando o mar. Anders se virou e caminhou até a loja. Já meio que esperava ver lá sua caixa de arenques, seu cartaz escrito à mão.

Porque era aquele dia. O dia em que um homem saiu andando e entrou na água e Cecilia lhe dera uma carona na bicicleta. O melhor momento de sua vida. O mesmo clima, os mesmos cartazes, a mesma sensação. Exceto pelo medo que borbulhava dentro dele.

Você quer que eu fique. Você me quer aqui. Você está me mostrando o que você acha que eu quero ver. Céus. É isso que você está fazendo.

O homem que até então examinava os cartazes saiu andando para longe. Na estrada do vilarejo que levava para o sul da ilha, uma mulher usando um antiquado vestido de verão também se afastava a pé. Uma mulher usando uma saia feita de um grosseiro tecido caseiro e lenço na cabeça estava numa encosta colhendo lírios-do-vale, de costas para ele.

Ninguém está vendo a mesma coisa.

A mulher que colhia flores não pertencia ao século atual e tampouco ao anterior. Supostamente ela não era capaz de ver uma loja, e por certo não via os anúncios de sorvete. Possivelmente via a padaria que, Anders sabia, outrora tinha existido no lugar onde agora ficava a loja. Aos olhos dela o píer do vapor não devia passar de uma pequena estrutura de madeira.

Hoje. O que é hoje? Onde nós estamos?

Anders fechou os olhos e esfregou-os com tanta força que afundou os globos oculares para dentro da cabeça. Quando os abriu, viu a mesma coisa de antes. Uma bela paisagem, um belo dia, e pessoas andando de costas para ele.

Anders chutou o cascalho e algumas pedrinhas rolaram para longe, sem ruído. Ele respirou fundo e gritou "Maja!", mas não o fez. O ar saiu dele, suas cordas vocais vibraram, mas nada se ouviu. O silêncio era tão denso que o ensurdecia, como se ele estivesse debaixo d'água.

Que é exatamente onde eu estou.

Ele se virou para a estrada sul e caminhou na direção do albergue. Como todas as edificações nessa versão de Domarö, o albergue estava mais lindo do que nunca. Não era apenas o fato de que parecia *recém-construído*. Prédios novos em folha quase nunca são bonitos. Não, era mais o fato de que tudo tinha envelhecido de maneira tão perfeita que meramente enfatizava a beleza do edifício.

Skansen. O museu folclórico da Suécia.

Algo assim. Cada um dos prédios, cada objeto, cada planta parecia fazer parte de uma exposição. Como se *representassem* alguma coisa em vez de efetivamente *ser* alguma coisa. Eles mesmos. Modelos em tamanho natural.

Uma mulher de vestido branco com bolinhas pretas e um homem usando calça, colete e camisa com as mangas dobradas jogavam croqué no jardim do albergue.

Os tacos atingiam silenciosamente as bolas de madeira, que rolavam através ou ao largo de aros fincados na grama. Além da falta de som, a única coisa estranha era que o homem e a mulher jamais olhavam um para o outro e em momento algum encaravam Anders. O jogo continuou até que a bola da mulher acertou a estaca de madeira na extremidade do campo.

Sem sequer tentarem dizer alguma coisa um para o outro, o homem e a mulher pegaram as bolas e começaram a caminhar na direção do albergue, como que numa pantomima coreografada cuja única exigência era que seus olhos jamais se encontrassem.

No exato momento em que o corpo do homem se virou na direção do albergue, na direção de Anders, ele sentiu aquele poderoso movimento de onda no peito e se viu de pé no degrau mais baixo da escada observando enquanto o homem e a mulher caminhavam na direção dos degraus, abriam a porta e desapareciam dentro do prédio.

Sou apenas eu.

Todos os outros a bordo dessa ilha irreal estavam enredados na pantomima e se comportavam exatamente como deveriam. Somente Anders era um desvio, um distúrbio, de modo que ele devia ser continuamente deslocado à força para que a dança não fosse interrompida ou entrasse em colapso.

Tem de ser desse jeito.

Se todas as pessoas zanzando de um lado para outro ali estavam realmente vendo coisas diferentes, mundos diferentes, então também era essencial que jamais se entreolhassem, porque então veriam algo *diferente*, e a ilusão que estava sendo apresentada somente para elas se estilhaçaria.

A estreita trilha de cascalho que levava à Choça estava margeada de lírios-do-vale. Anders se agachou e colheu um ramalhete, dentro do qual enfiou o nariz. Nada. Ali também não havia cheiros. Ele colocou uma das bagas venenosas na boca e mastigou. Nada. Podia sentir a baga na língua, portanto esse sentido estava intacto, mas não havia gosto.

Ele chegou às rochas, e lá estava a Choça, exatamente como no outro mundo.

Não...

Anders fechou um dos olhos e fitou o pinheiro reto ao longo de toda a sua extensão. A casa tinha deixado de ser torta e empenada. Ele sempre tinha achado a casa feia, toda inclinada e irregular, e desejara poder fazer algo a respeito. Agora seu desejo tinha sido atendido. A casa estava reta e equilibrada, e, de todas as coisas que ele tinha visto até agora, isso foi o que mais o apavorou. Era um belo chalé de verão, bem construído e situado no mais lindo dos lugares.

Com cautela, Anders caminhou até a porta e a abriu; uma colônia de pupas de moscas eclodiu em seu peito e elas começaram a voar, procurando uma saída e fazendo seu peito tremer por dentro. Já não era mais o dia em que Cecilia tinha lhe dado uma carona. O interior da Choça era do tempo em que ele e Cecilia tinham morado ali e sido mais felizes do que nunca.

Porque é assim que eu quero que seja.

Trêmulo, Anders passou por cima do tapete de retalhos que tinha comprado por dez coroas em um leilão, ou a imagem dele. Tudo que ele era capaz de ver saía de dentro de sua própria cabeça. Caminhou até a sala de estar e, quando reparou que a porta do quarto estava entreaberta, de lá veio o primeiro som que ele ouvia nesse lugar: um tique-taque irregular que parecia provir de dentro de seus ouvidos.

Ele levou a mão à boca e percebeu que os dentes estavam tiritando. Nem mesmo esse silêncio era capaz de engolir sons internos. Ele se esgueirou pelo chão da sala de estar, embora esgueirar-se não fizesse sentido ali.

O tique-taque mudou para batidas agitadas quando ele chegou à porta e a olhou.

Lá estava ela.

Maja estava sentada no chão junto à cama, enfiando a mão no balde de contas de plástico. À frente dela havia pequenas pilhas de contas coloridas com as quais ela estava entretida em um trabalho de separação. Anders ouviu que ela estava cantarolando de si para si com os lábios fechados, sem de fato cantar. Ele sabia que ela sempre cantarolava baixinho quando estava preocupada com alguma coisa.

Alguns fios dos finos cabelos castanhos de Maja estavam soltos sobre a nuca e outros puxados para trás de suas orelhas ligeiramente salientes. Ela estava descalça e usava o mesmo agasalho aveludado azul que tinha vestido debaixo do macacão de neve vermelho.

A perna de Anders afrouxou e ele desabou, desamparado e em silêncio, no chão. Sua nuca bateu nas grossas tábuas do assoalho e lampejos brancos cauterizaram suas retinas. Antes que a flor da dor tivesse tempo de florescer plenamente, ele levantou a cabeça de modo a poder continuar olhando, temeroso de que a imagem fosse arrancada de seu alcance, extirpada de seu campo de visão caso ele perdesse a concentração por um segundo que fosse.

A dor encheu o crânio de Anders, mas Maja ainda estava lá. A cabeça de Anders latejou quando ele virou o corpo e ficou deitado de bruços, com o rosto a apenas dois metros das costas da menina. Os pequenos dedos dela pegavam as contas, cuidadosamente separando-as e colocando-as uma a uma na pilha certa.

Eu estou aqui. Ela está aqui. Eu estou em casa.

Por um bom tempo Anders ficou lá deitado, simplesmente olhando para ela, enquanto a dor de cabeça se atenuava. Seus dentes tinham parado de bater. Ele tinha feito uma viagem tão longa para ver exatamente aquilo. E agora ela estava sentada ali, a dois metros dele.

Mas ele não conseguia alcançá-la.

– Maja? – disse ele.

Nenhum som. Ela não reagiu.

Anders arrastou-se pelo chão, passou pela soleira da porta até ficar bem perto de Maja e viu a mancha de leite no joelho do agasalho dela. Ele se sentou e pousou a mão no ombro da menina.

Anders tocou a curva macia sob o tecido, não muito maior que um ovo. Afagou o ombro dela, saboreando a sensação em sua mão e apertando-o de leve, delicadamente, enquanto lágrimas escorriam por seu rosto. Ele acariciou o braço dela, e as lágrimas entraram em sua boca. Tinham gosto de sal. Vinham dele.

Mas ela não se virou. Ela não sabia que ele estava ali. Ele era apenas um par de olhos mudos e chorosos, observando-a.

– Querida. Maja, meu bem, pequenina, eu estou aqui agora. O papai está aqui. Estou com você. Você não está mais sozinha.

Ele abraçou as costas dela, encostou a bochecha na nuca da menina e continuou chorando. Ela devia ter se virado, devia ter reclamado: *Papai, sua barba rala tá me dando coceira e eu tô ficando molhada*, mas nada aconteceu. Até onde ela sabia, ele não existia.

Anders ficou lá sentado até que suas lágrimas secaram, até não conseguir mais chorar. Afastou a mão do corpo de Maja e, arrastando os pés, recuou meio metro, deixando que seu olhar vagasse pelas costas da menina, ao longo dos contornos de sua coluna, saliente sob a roupa.

Eu vou ficar aqui sentado pra sempre. Quando ela se levantar, eu vou atrás dela. Como um fantasma. Eu estou com ela. Ela está comigo.

Fechou os olhos. Agora sentia coragem suficiente para fechar os olhos.

Será que para ela a sensação seria a mesma? A presença vaga e imprecisa de outra pessoa, seguindo-a para onde quer que fosse? Isso a deixaria com medo? Ela era capaz de sentir medo? Ele teria algum efeito sobre ela?

Com os olhos ainda fechados, ele estendeu o braço e tocou as costas de Maja. Estava lá. O toque do tecido aveludado na palma da sua mão estava lá, embora ele estivesse de olhos fechados.

Eu posso...?

Arrastando os pés, Anders se moveu para a frente e para a direita, e deslizou a mão pelas costas dela, pelos ombros. Ajoelhado e ainda de olhos fechados, ele se moveu ao redor dela, sentiu sob a ponta dos dedos a clavícula da menina. Sentou-se bem de frente para ela e seguiu a linha da garganta até o rosto. Lá estava. O rosto dela. As bochechas redondas, o nariz pequeno e arrebitado, os lábios que se mexiam enquanto ela cantarolava baixinho.

Ele abriu os olhos.

Sua mão estava pousada sobre a nuca de Maja, e ele estava sentado exatamente onde estivera sentado antes de começar a se arrastar pelo quarto. Tinha passado os dedos sobre os lábios da menina e ela não percebera coisa alguma. Ele não existia. Não era sequer um fantasma para ela.

Ele inclinou-se para trás, esticou-se no chão e olhou para o teto, que não tinha manchas de fumaça nem marcas de teias de aranha, mas era um belo teto branco com placas de gesso com encaixe "macho e fêmea". Exatamente o tipo de teto de que ele mais gostava.

Anders podia se sentar ao lado de Maja, podia olhar para ela e tocá-la, mas não conseguia alcançá-la. Seus mundos não tinham permissão para se encontrar.

Mas ela veio até mim. Eu sabia que ela estava aqui. Ela veio até mim. Através da água.

Tudo que havia dentro dele ficou imóvel. A decepção e a frustração se dissiparam. Ele tentou entender, tentou pensar.

Ela veio até mim...

Anders levantou a cabeça e olhou para a pequena figura azul junto à cama e que agora pegara um azulejo com as contas formando um coração e estava ocupada colocando as contas no lugar. Maja.

Mas aquela não era Maja. A pessoa que era Maja, que tinha lembranças e imagens e que podia falar, que tinha vindo até ele, de alguma maneira havia conseguido escapar mar adentro. O que estava sentado ao lado da cama era apenas o corpo dela, ou a parte dela que era necessária para possibilitar que ele visse o que queria ver.

Maja?

Havia um ponto em que os ambos os mundos colidiam e se mesclavam. Esse ponto era ele mesmo, uma vez que existia dentro dele. Ele fechou os olhos e procurou por ela.

A gente não está mais brincando de esconde-esconde, minha pequena. Você pode sair. Vem, aparece! O jogo acabou, não tem mais perigo agora.

Ele se concentrou no que tinha acontecido com Elin. A coisa dentro do balde, que tinha sido arrancada de Elin à força e teve de ser devolvida ao mar. Em algum lugar dentro dele havia alguma coisa semelhante. Agora ele a chamou, vasculhou a escuridão de seu próprio corpo.

Onde está você... Onde está você...

Como o vislumbre prateado de um peixe na rede bem abaixo da superfície, ele a avistou. Estava dispersa por todo o seu corpo, mas ele se acercou dela por todas as direções e ao mesmo tempo e fez com que ela se juntasse originando uma massa informe e suspensa que ele era capaz de segurar e localizar com sua consciência. Agora ela estava em seu estômago, girando em círculos em volta do inseto que lá se debatia e se contorcia em pânico.

Tudo ao redor dele era morto, era irreal. Sua força e seus pensamentos miraram uma única coisa: agarrar-se a algo intangível. Enquanto ele se movia de olhos fechados na direção do corpo de Maja no chão, teve de desviar uma ínfima quantidade de sua atenção para seus próprios movimentos, e a outra coisa ameaçou escapulir de seu controle como a enguia tinha escorregado por entre os dedos de seu pai.

Anders rechaçou a enguia, não podia pensar na enguia, não podia pensar nos próprios joelhos que deslizavam pelo chão, não podia alimentar nem esperanças nem desejos enquanto seus dedos mais uma vez se moviam na direção do corpo de Maja até que ele estivesse sentado bem de frente para ela. Ele ainda não tinha perdido o controle, ela ainda estava lá na escuridão nas mãos dele, na mente dele, e Anders inclinou-se para a frente e colocou a boca sobre a dela.

Vem. Sai.

Ele empurrou a coisa para a sua frente, estômago acima, através da garganta, e realmente podia senti-la como um pequeno corpo, uma torrente de líquido sedoso escorrendo sobre sua língua, para fora de seus lábios e para dentro da boca de Maja.

Anders ofegou e desmoronou. Uma parte dele tinha ido embora de seu corpo. Ele não ousou olhar. Agora não havia mais nada. Fechou os olhos, e tudo mais era silêncio. Então ouviu a voz de Maja.

– Papai, o que foi?

Lentamente ele abriu os olhos. Maja estava lá sentada, fitando-o com a testa franzida e a expressão intrigada.

– Você tá triste? Por que tá segurando o Bamse?

Ele olhou dentro nos olhos dela. Os olhos cor de mel que o fitavam com ar interrogativo. Um corpo enorme mudou de posição, e um tremor percorreu o mundo.

O ruído que emergiu da garganta de Anders mostrou-lhe que agora ele também era capaz de produzir sons. A expressão preocupada de Maja estava a ponto de descambar para o medo, porque ele estava se comportando de um jeito muito esquisito. Anders engoliu tudo o que queria que saísse jorrando de dentro de si, libertou Bamse e passou-o para as mãos de Maja.

– Eu trouxe ele pra você.

Maja agarrou Bamse e o abraçou, embalando o ursinho para a frente e para trás. Anders podia ouvir um tênue roçar enquanto a menina mexia os cotovelos por cima dos joelhos; ele se inclinou e sentiu o cheiro tão familiar do xampu de Maja. Acariciou a bochecha da menina.

– Maja, minha querida...

Maja levantou o rosto e olhou-o de relance. Outro tremor abalou a casa e Anders sentiu-o como uma poderosa vibração nas tábuas do assoalho. Maja gritou.

– O que é isso?

– Eu acho... eu acho que a gente tem de ir embora agora – disse Anders, segurando a mão dela e pondo-se de pé.

Maja tentou se soltar.

– Para onde a gente tá indo? Eu não quero ir!

A casa tremeu e Anders viu o atiçador cair junto à lareira. As pilhas de contas de Maja desabaram e todas elas se misturaram. A menina se desvencilhou da mão dele e quis começar a separá-las de novo.

Ele se abaixou e pegou a menina. Maja esperneou e protestou nos braços dele, mas Anders não deu a mínima. Segurou-a colada ao corpo e correu pela casa na direção da porta da frente.

Já tinha passado pelo jardim e corria rumo ao píer do vapor quando Maja relaxou e começou a rir.

– Vai, papai! Upa! – berrou ela, estalando a língua.

Ele ouviu o som dos próprios pés avançando ao longo da trilha, mas já não corria no cascalho, que estava se desintegrando, desabando sobre si mesmo, e os lírios-do-vale ao longo das margens da trilha murcharam, foram sugados para dentro do chão e desapareceram.

Ele pegou a rota mais curta, pelas pedras, mas elas tinham se tornado escuras e escorregadias. O céu se dissolvia como uma nuvem numa tempestade. No píer, duas pessoas usando roupas antiquadas berravam uma com a outra e olhavam ao redor, aterrorizadas.

Exceto pelas pessoas, tudo estava encolhendo e implodindo em câmera lenta, e, enquanto corria para o barco com Maja nos braços, Anders viu por uma fração de segundo o que não tinha permissão para ver. Viu aquilo de que este mundo de fato era constituído. Ele teria se atirado de rosto no chão em terror ou adoração se não tivesse...

– Vai, papai! Upa!

... se não tivesse de tirar Maja dali.

Assim que pulou dentro do barco e colocou Maja no assento, Anders percebeu que sua fuga não levara mais que alguns segundos. Ele tinha dado de cara com as pedras e achou que elas pareciam escorregadias, e depois passou por elas sem sequer reparar em como isso tinha acontecido.

Deu partida no motor e, pouco depois de conseguir virar o barco, já tinham chegado a Gåvasten. As distâncias estavam sendo recolhidas para dentro de si mesmas, e tudo estava ficando mais perto de tudo.

Gåvasten ainda estava lá. O farol branco ainda se esticava na direção do céu, agora tão escuro quanto a noite, mas, quando Anders se virou na direção de Domarö, a ilha estava a apenas algumas dezenas de metros de distância. A perspectiva tinha mudado. Domarö ainda tinha o mesmo tamanho de quando ele a vira a um quilômetro de distância, mas Anders compreendeu que estava mais perto porque podia ver as pessoas. Podia ver os braços acenando, os corpos correndo.

E a altura de Domarö continuava diminuindo. A ilha estava afundando.

– Vamos, querida! O mais rápido que você puder!

Maja desceu por cima da proa e pulou na praia rochosa. Ela tinha visto o que ele podia ver e estava apavorada.

– Pra onde a gente tá indo?

Ela ergueu os braços para ele, que a pegou no colo e correu na direção da parte leste da ilha.

Por favor, esteja lá, esteja lá...

Os degraus ainda estavam lá, mas, quando ele chegou às rochas da porção leste da ilha, o mar também tinha começado a deixar cair a máscara e estava em processo de dissolução, evaporando-se em uma névoa de chumbo através da qual a escada descia.

Anders pôs Maja no chão. Ela abraçava com força o ursinho Bamse. Ele se agachou e disse com toda a alegria que foi capaz de demonstrar:

– Vem cá. Você pode subir nos meus ombros.

Maja enfiou o polegar na boca e assentiu. Anders desceu o primeiro degrau e com alguma dificuldade Maja subiu nos ombros dele, com as pernas em volta do pescoço. Ela não quis tirar o polegar da boca nem soltar Bamse. Anders segurou com firmeza os joelhos da menina para que ela não caísse e começou a descer a escada.

Os dois estavam andando em seu estreito corredor de ar, e a descida tornou-se uma escalada sem que Anders sequer percebesse. Em algum lugar ao longo do caminho, os degraus mudaram de direção e a névoa ao redor dele se transformou em água. O suor escorria para dentro dos olhos de Anders; não lhe ocorreu pedir que parasse. Suas pernas doíam, e também suas costas e sua nuca, mas ele agarrou com força os joelhos de Maja e seguiu em frente, para cima, com medo constante de tropeçar e cair nos degraus irregulares.

Quando mais uma vez Anders se viu sobre as pedras de Gåvasten, seus pulmões estavam ardendo e ele respirava penosamente, e cada arfada trazia consigo baforadas de fumaça de tabaco encrostada, solta durante sua fuga. Quando se agachou para deixar que Maja descesse deslizando de seus ombros, Anders desabou. Maja guinchou e tombou de lado sobre as rochas, mas caiu em cima de Bamse.

Ela não chorou nem gritou. Ficou lá sentada com os olhos arregalados e o polegar enfiado na boca, abraçada a Bamse. Anders esticou uma mão debilitada e tocou o pé da menina, como se quisesse verificar se ela estava mesmo ali. Maja olhou para ele com os mesmos olhos bem abertos, mas nada disse.

O interior do corpo de Anders estava arruinado, como se tivesse acabado de sair de dentro de uma fornalha. Ele tinha usado suas últimas reservas de força na corrida e na escalada, e tudo que podia fazer era ficar lá estatelado sobre as pedras, olhando para sua filha aterrorizada.

Ela vai ficar bem. Ela não entende. Ela vai ficar bem.

Não era Anders quem estava tremendo, era a própria rocha. Um rugido estrondoso subia das entranhas da terra, cada vez mais forte. Anders estava deitado com a orelha colada ao chão, e podia ouvir.

Está vindo...

Por um breve momento ele a tinha avistado através das teias de ilusão em que ela se ocultava. A coisa que mantinha as pessoas cativas, a coisa que precisava da força das pessoas para poder viver e crescer. A ameaça do mundo subterrâneo, o espírito do mar, ou a criatura cuja presença dava origem a lendas. O monstro.

Não fazia sentido tentar descrevê-la. Ela era uma força descomunal e uma visão de muitas cabeças, um músculo negro com milhões de olhos, cegos e sem corpo. Não existia. E era tudo que existia.

As vibrações na rocha foram transmitidas para o crânio de Anders. Seu pequeno cérebro chapinhou de um lado para outro lá dentro, tentando conceber uma ideia de tudo por que ele tinha passado, mas sem sucesso. O importante era não estar ali quando a coisa chegasse.

Anders deitou-se de costas e pousou a mão sobre o joelho de Maja. A verdade era que ele não tinha forças, mas, como um sargento lhe dissera durante o serviço militar, "Você vai correr até sua própria mãe achar que você está morto, e depois vai correr mais um pouco".

A mãe de Anders já tinha saído de cena, ele só podia contar consigo mesmo, e não achava que estava morto. Então devia restar alguma coisa dentro dele. Limpou o suor dos olhos e fitou o mar coberto de gelo.

Os pássaros...

As aves já não giravam em círculos em volta da ilha, mas não tinham desaparecido por completo como no outro lugar. Agora o bando todo estava agrupado em uma área cerca de cem metros ao leste. Muitos pássaros ainda voavam como antes, mas muitos outros caminhavam sobre o gelo, zanzando inquietos de um lugar para outro, como se esperassem por alguma coisa.

Não havia tempo para pensar. Agora Anders e Maja estavam de volta ao seu mundo, onde era outubro. O corpo dele ainda fumegava de calor, mas...

– Aqui, pequena...

Ele desamarrou o macacão de neve da cintura e chegou mais perto de Maja, que ainda estava sentada com os joelhos encolhidos, chupando o dedo. A maneira como ela o encarava deixou Anders desassossegado. Ele tentou soltar Bamse para vestir nela o macacão. Ela não o soltava.

– Meu bem, está frio. Você precisa vestir isto aqui.

Embora impedisse o que ele estava tentando fazer, Anders ficou aliviado quando Maja balançou violentamente a cabeça. Ele puxou Bamse pelo gorrinho para tirar o ursinho dela. As vibrações no chão estavam ficando mais fortes, e ele teve de fazer um enorme esforço para falar com calma.

– Vamos, minha boneca. Você vai pegar um resfriado...

Ele puxava o ursinho, mas Maja segurava Bamse com força. Anders sentiu uma espécie de tosse no peito, e uma risada irrompeu. Ele estava gargalhando. Seu estômago borbulhava de pura alegria, e ele continuou rindo. Era tudo tão estúpido.

Ele tinha buscado Maja do outro lado, um terremoto vindo de algum lugar debaixo da terra se aproximava e ali estava ele, sentado, dando puxões no ursinho ao passo que a menina insistia em não largar Bamse e balançava a cabeça. Maja jogou a cabeça de lado e tirou o dedo da boca.

– Eu não tô com frio, papai. Só meus pés, um pouquinho. Cadê a mamãe? Eu quero que ela venha também.

– Tudo bem – disse Anders, engolindo a risada. – A mamãe vem depois.

Maja olhou com expressão crítica para o macacão de neve nas mãos dele.

– E isso aí tá *sujo*. Muito sujo mesmo.

O tecido estava manchado de sangue ressecado, que em alguns pontos tinha ficado grudento com o calor de seu corpo durante a fuga. Sim, estava realmente *muito sujo mesmo*.

Maja olhou ao redor.

– Que barulho foi esse?

– Eu não sei – mentiu ele. – Mas a gente tem de ir agora.

Mais uma vez Anders pegou Maja nos braços e ela soltou Bamse de modo a poder abraçar o pai pelo pescoço, enquanto o ursinho ficou amassado em segurança no meio dos dois. O estrondo estava ficando mais alto e, quando eles chegaram à orla no lado sul, a camada de gelo que cobria o mar tinha se separado da ilha. Ele teve de saltar sobre uma faixa de água para correr até o barco, que ainda estava lá, preso no gelo.

Quando Anders chegou ao barco e colocou Maja no chão, o gelo tinha principiado a rachar e explodir. Rachaduras profundas começavam a percorrer a superfície brilhante, e todos os pássaros subiram no ar, gritando freneticamente enquanto o gelo se fendia e apareciam faixas de água.

Eu sou o mar.

Ele transformou o gelo à sua frente em água, agarrou o barco e o empurrou. Maja quase caiu quando o barco começou a atravessar como um raio o corredor de água que foi surgindo à frente da proa. Ela agarrou-se à amurada, gargalhando.

– Mais rápido! Mais rápido!

Anders balançou a cabeça. Ela não estava interessada em saber como aquilo era possível. O importante é que era *divertido*. Ele era o mar e impeliu o barco adiante com poder ainda maior. O cabelo de Maja esvoaçava ao vento, enquanto ela se mantinha agarrada à amurada e balançava a parte de cima do corpo para a frente e para trás, como se tentasse ajudar a impulsionar o barco adiante.

Um estrondo ecoou pelo ar, e Anders se virou. Ao leste de Gåvasten ergueu-se uma forma negra, despedaçando o gelo espesso ao longo das bordas. Já estava com um metro de altura e vinte metros de largura, e à medida que ia subindo aumentava de tamanho.

Eles estavam tão longe que Anders mal conseguia distinguir os pássaros, mas pôde ver o bando mergulhando sobre a coisa que se levantava do mar, atacando-a, mas o estrago que seus bicos pequenos conseguiam causar não era muito diferente de uma picada de mosquito.

Anders virou-se para fitar Domarö, que surgia rapidamente. Um mosquito era pequenino, era um nada comparado a um homem, que podia esmagá-lo com seu dedinho. Mas mil mosquitos eram outra coisa. Talvez a batalha das gaivotas não fosse tão inútil como parecia.

O gelo já tinha se partido em enormes pedaços quando Anders pilotou o barco na direção do mesmo píer onde o tinha amarrado no outro mundo. Ele ajudou Maja a descer no píer e se virou para olhar o mar mais uma vez.

Junto a Gåvasten havia agora uma nova ilha, da mesma altura da rocha na qual ficava o farol, e pelo menos cinco vezes mais larga.

Gunnilsöra. A orelha de Gunnil. A orelha dourada. A ilha dos sonhos.

Um tremor percorreu o mar e o píer balançou sob os pés de Anders. Gåvasten e a outra ilha desapareceram, e Anders piscou, espantado. A linha do horizonte estava se movendo, ondulando feito asfalto no sol quente.

Ele entendeu. Mais uma vez pegou Maja no colo e saiu correndo com ela em terra firme. Enquanto corria na direção do píer do vapor, viu que Mats, o dono da loja, estava ali perto olhando através de uma luneta. Sua esposa Ingrid estava ao lado dele. Mats abaixou a luneta, balançou a cabeça e disse alguma coisa para a mulher.

– Oi! Mats! Oi! – gritou Anders.

Mats o avistou.

– Anders, o que...

Ele encarou o volume azul nos braços de Anders e apontou.

– É a...?

Anders chegou ao píer.

– É – respondeu Anders. – Acione o alarme de incêndio, agora!

– Mas como... quero dizer...

– Por favor, Mats, apenas confie em mim. Isto aqui vai virar um inferno. Acione o alarme de incêndio e...

Anders olhou de relance para o mar. O horizonte tinha subido e chegado mais perto do céu.

– ... suma daqui. Agora!

Mats olhou para o mar e seu queixo caiu quando ele viu o que estava por vir. Acompanhado de Ingrid, foi correndo até a loja. Anders seguiu-os com Maja nos braços e chegou no exato momento em que Mats estava abrindo o armário. Ele apertou o botão do alarme, que enviou através da ilha seu gemido pesaroso.

– As pessoas não estão em casa – alegou Mats, trancando o armário de novo, por força do hábito.

Enquanto corriam colina acima, Anders agradeceu a alguma estrela da sorte pelo fato de que as crianças ainda estavam na escola e os que tinham emprego no continente estavam no trabalho.

Ele se virou.

A essa altura a onda estava a apenas poucas centenas de metros. Embora Anders agora estivesse em terreno elevado, a onda era tão alta que obscureceu a visão de Gåvasten e a coisa ao lado. Maja também viu.

– Papai, a gente vai morrer?

– Não, meu bem – respondeu Anders, seguindo Mats e Ingrid, que corriam para um local ainda mais alto. – Não vai, não. Não depois de tudo isso. De jeito nenhum.

– A mamãe vai morrer?

– Ela não está aqui. Ela está muito, muito longe. Ela está bem.

– Por que ela está muito, muito longe?

Dois idosos de cujos nomes Anders não lembrava e que moravam a alguns quarteirões da loja abriram a porta da frente e olharam para fora.

– Cadê o incêndio? – perguntou o velho.

– Tem uma onda vindo. Saiam daqui.

O velho espiou o mar e seus olhos se arregalaram. Ele agarrou a esposa pela mão.

– Vem, Astrid.

No momento em que os dois idosos calçaram os sapatos e desceram os degraus da frente da casa, ouviu-se um estrépito ensurdecedor desde o porto, e uma violenta rajada de ar fez o corpo de Anders cambalear para a frente. Maja soltou um grito estridente, achando que o pai cairia por cima dela, mas ele conseguiu recuperar o equilíbrio e seguiu aos trancos e barrancos na direção da floresta.

Atrás de si ele podia ouvir um som trovejante como uma catarata, e segundos depois a água começou a redemoinhar sobre seus pés. Uma dor aguda subiu por sua perna quando uma lasca de gelo atingiu seu pé direito. Ele rangeu os dentes e seguiu em frente, mancando, abrindo caminho entre pequenos e grandes pedaços de gelo que boiavam na água que ia sendo sugada de volta para dentro do mar.

Felizmente o casal de idosos era da velha guarda do arquipélago, uma raça de gente durona, e eles se arrastaram penosamente, seus tamancos de madeira chapinhando na água, poucos metros à frente de Anders, logo atrás de Mats e Ingrid. Maja ergueu o corpo e olhou por cima do ombro.

– Papai, tem outra vindo!

Anders olhou para trás. As garagens de barco junto ao porto haviam sumido e a orla tinha subido diversos metros, como se Domarö também tivesse se sacudido e se levantado do mar para enfrentar a ameaça. Infelizmente não era esse o caso. Era a onda sugando a água em sua direção. A onda seguinte.

Mats notou que Anders estava mancando e se ofereceu para carregar Maja. Anders balançou a cabeça. Ele tinha carregado a filha até ali, ia carregá-la até o fim. O único problema era que mal conseguia andar.

– Espere, aguente aí só um minuto! – gritou o velho para Anders, acenando para que os outros seguissem em frente. Anders ficou parado com Maja nos braços enquanto o velho voltava correndo para casa. Agora ele se lembrava do homem. Ele costumava comprar arenque de Anders; já era velho naquela época, e Anders achou que tinha um nome estranho para um senhor idoso.

Kristoffer, Anders pensou. *O nome dele é Kristoffer Ek. O pai de Torgny.*

Kristoffer desapareceu da vista de Anders, que olhou apreensivo para o mar. Ainda demoraria um pouco até que a próxima onda os alcançasse, mas quando isso acontecesse...

Eu sou o mar.

Anders ainda estava com os pés na água, e a água o conectava diretamente à muralha de água do mar que vinha se aproximando desde a baía. Ele se insurgiu contra ela e o Spiritus queimou em seu estômago quando ele abandonou sua própria consciência e se tornou a onda que se movia violenta e rapidamente.

Pare! Pare!

Ele estava na onda e a onda estava nele, o poder insano dela atravessou o Spiritus e chegou aos dedos de Anders, que se cerraram em punhos fechados em torno do corpo de Maja enquanto ele tentava refrear, frear a água. O inseto em seu estômago se tensionou como um músculo distendido a ponto de se romper, e isso não era feito para humanos.

Anders sabia que era inútil. Como tentar deter um cavalo em disparada com linha de pescar. E mesmo assim ele resistiu até que foi demais e tudo ficou além da conta, e alguma coisa estourou dentro dele. Ele sentiu uma dor cáustica no estômago. Seu contato com a água foi interrompido.

– Ai, papai! Você tá me pinicando!

Ele retornou ao mundo sólido, onde seus braços apertavam com força a filha. Ele relaxou. Tinha de se concentrar para impedir que suas pernas desmoronassem. Perto de sua orelha, Maja perguntou:

– Por que a mamãe tá muito, muito longe?

– A gente liga pra ela depois, querida. Mais tarde.

A onda tremeluziu como um gigantesco espelho sendo arrastado ao longo da superfície do mar, e os pedaços quebrados de gelo eram como rachaduras e marcas sobre sua superfície lustrosa. Não estava ao alcance do esforço humano a capacidade de detê-la. Mais uma vez Anders tinha se virado e começado a correr quando ouviu o som de um motor dando partida, e no momento seguinte Kristoffer saiu de sua garagem montado em uma reluzente motoneta azul com reboque.

– Sobe aí! – gritou ele.

Com Maja nos braços, Anders subiu com dificuldade no reboque e, quando Kristoffer saiu acelerando ao longo da trilha da floresta, a menina sussurrou no ouvido de Anders:

– Quem é *esse*?

– Esse é o Kristoffer – respondeu Anders. – Ele está ajudando a gente.

Maja assentiu.

– Ele parece legal. E parece um pouco com o Simon.

Anders não pensava em Simon e Anna-Greta desde que aquilo tudo tinha começado; tinha apenas registrado o fato de que estavam fora do caminho e, portanto, a salvo. Ou no mar ou em Kappellskär.

Domarö. Ela só quer chegar até Domarö.

Eles alcançaram os outros. Kristoffer freou e, agradecida, Astrid se empoleirou na beira do reboque. Kristoffer acenou para Mats e Ingrid, mas Mats balançou a cabeça e continuou correndo com sua esposa. Teoricamente, com eles a bordo a motoneta perderia tanta velocidade que era mais rápido correr.

– Para a rocha! – gritou Anders. – O bloco errático. É o ponto mais alto.

Kristoffer fez que sim com a cabeça e eles dispararam ao longo da trilha. Quando passaram por Mats e Ingrid, Anders gritou a mesma coisa para eles. Depois de cem metros Kristoffer deu uma guinada e eles sacolejaram em meio a pedras e raízes. Mas estavam rumando para cima, subindo o tempo todo.

Era impossível avançar com a motoneta ao longo do último trecho e, apesar do fato de que seus pés estavam doendo tanto a ponto de lhe provocar lágrimas nos olhos, Anders agarrou-se a Maja e Maja grudou nele, e assim os dois desceram do reboque e começaram a escalada.

Chegaram ao bloco errático a tempo de ver a onda desabar com estrépito sobre Domarö. Como uma parede azul-escura de quinze metros encimada por uma coroa de lascas de gelo, o vagalhão despencou sobre a comunidade. Anders deixou-se cair na ponta da pedra e viu o que a primeira onda deixara sobrar da Choça ser engolido pela massa de água.

Os nacos de gelo soltos voaram da crista da onda e destruíram os tetos das casas de Anna-Greta e Simon poucos segundos antes que a torre do sino de alarme desmoronasse sob a pressão e a parede de água esmagasse a coisa toda, reduzindo tudo a pedaços de madeira dançando na espuma, e depois disso não restou coisa alguma. Os seis refugiados estavam em uma minúscula ilhota uma dezena de metros acima de um mar impetuoso e estrondoso, e destroços torvelinhavam ao redor.

Anders levantou os olhos. Já não era possível ver o farol de Gåvasten. A pequena ilha ainda estava lá, mas o farol propriamente dito tinha desaparecido, varrido pela onda. Um tremor se iniciou no mar, rasgou a terra, continuou para dentro dos corpos dos seis refugiados através da rocha, e a ilha que tinha aparecido junto a Gåvasten começou a afundar.

A água sob os pés dos seis recuou. Acima de sua cabeça Anders ouviu Mats dizer:

– Tinha gente lá...

Anders recostou-se e viu que Mats estava olhando através de sua luneta. Ele a abaixou, balançou a cabeça e apontou para a ilha que submergia:

– Tinha gente lá. Na ilha. Um monte de pessoas. Agora elas se foram.

Anders abraçou Maja e enterrou o nariz no oco da nuca da menina. A água baixou, deixando à mostra um vilarejo que já não estava lá. Abaixo deles nada havia além de uma massa lamacenta de árvores caídas e os destroços de casas e anexos. A única coisa que ficou de pé foi o amontoado de concreto que formava o píer do vapor.

É perigoso. Não só pra você. Para todo mundo que vive aqui.

Era isso que Anna-Greta queria dizer, o que ela queria evitar. Mais uma vez Anders enfiou o nariz atrás do pescoço de Maja, esfregando a bochecha contra as costas dela.

– Ai, papai, você tá todo espinhento. Para com isso.

Anders sorriu e virou-a de frente para ele, acariciando delicadamente com um dos dedos a maçã do rosto da menina. Maja apertou os lábios de uma maneira que significava que ela estava pensando.

– Papai?

– Sim.

– Eu sonhei que tava chamando você. Um montão de vezes. Eu tava?

– Sim, estava sim.

Maja assentiu de cara amarrada, como se isso confirmasse algo de que ela já vinha suspeitando havia muito tempo.

– E o que você fez então?

Anders olhou dentro dos olhos sérios e preocupados de Maja. Puxou um fio de cabelo dela para trás da orelha e beijou a testa da menina.

– Eu vim encontrar você. É claro.

No cemitério em volta da igreja em Nåten há uma âncora. Uma âncora enorme, feita de ferro fundido, com uma placa memorial:

Em memória dos que se perderam no mar

Depois da tempestade incompreensível, a âncora sumiu. Uma trincheira recém--cavada se estendia desde o local onde outrora ficava a âncora até a orla. Como se a âncora tivesse sido arrastada por sua corrente, arrastada através da terra como um arado, deixando um sulco atrás de si antes de desaparecer dentro do mar.

Fosse o que fosse, o que estava preso à âncora tinha se libertado à força. Ou tinha sido libertado.

Este livro, composto com tipografia Garamond
e diagramado pela Alaúde Editorial Limitada,
foi impresso em papel Norbrite sessenta e seis gramas,
pela Bartira Gráfica, no vigésimo oitavo ano da
publicação de *O nevoeiro*, de Stephen King.
São Paulo, outubro de 2013.